KB124031

후원의 목적

Purpose Of Spousorship

2

감초비
장편소설

후원의 목적 2

2020년 8월 24일 초판 1쇄 인쇄
2020년 8월 27일 초판 1쇄 발행

지은이 감초비
발행인 이종주

기획 편집 이은정 송영경
경영 지원 배진경
마케팅 김정수

발행처 (주)로크미디어
출판등록 2003년 3월 24일
주소 서울시 마포구 성암로 330(상암동) DMC첨단산업센터 B동 318호
편집 문의 (02)6365-5156 **구입 문의** (02)3273-5135
홈페이지 rokmedia.blog.me
E-mail romance@rokmedia.com

© 감초비, 2020

값 10,000원

ISBN 979-11-354-8607-4 04810 (2권)
ISBN 979-11-354-8605-0 04810 (세트)

"너무 좋은 것만
주려 하지 않아도 돼

감초비
장편소설

2

후원의 목적

ROCODO

CONTENTS

2부: 채운여름

15.
설탕혁명

도시 불빛으로 곱게 수놓아진 한강 물결은 오늘도 평화롭고 아름답기만 해서, 좀 전에 벌어진 일이 꿈처럼 느껴졌다.

유리와 거실 창가에 나란히 앉은 성진은 할 말을 신중히 골랐다. 그녀의 수치심을 건드리지 않을 말. 그녀가 두려움을 잊게 할 말.

"유리야."

성진이 간신히 입을 뗀 순간, 유리가 먼저 고개를 돌려 해죽 웃었다.

"성진아, 정말 고마워. 덕분에 살았어."

"어⋯⋯."

"어쩜 이렇게 타이밍 맞게 와 줄 수 있어? 완전 드라마 같아."

억지웃음을 자아낸 입술이 점차로 경련을 일으켰다.

"네가 이렇게 있어 주니까 되게 안심되고⋯⋯."

무리하게 부풀린 명랑함은 금방 폭삭 내려앉았다. 유리는 바닥을 내려다보며 중얼거렸다.

"나…… 벌 받는 건가 봐."

"벌이라니?"

"아버지 가슴에 대못 박고 나와 반년째 연락 한 번 안 하고. 내 멋대로 살고 있어서……."

"이딴 벌을 내리는 신이 세상에 어디 있어?"

성진이 격앙된 소리를 냈다.

"그런 변태 쓰레기 자식을 너한테 보내는 게 무슨 신이야? 그냥 악마 새끼지."

"그런가……."

"그리고 난 절대, 네가 벌 받을 게 있다고 생각하지도 않아."

유리는 침울하게 고개를 주억거렸다.

"내일 나랑 같이 경찰서에 가서 신고부터 하자."

"으응, 내가 기억나는 게 별로 없어서 범인은 잡기 힘들겠지만……."

"그래도 일단 신고하면 경찰이 이 부근 순찰을 강화할 거고, 그 놈도 당분간은 얼씬거리지 않을 거야."

허나 순찰이 강화된다 한들, 운 좋게 범인이 잡힌다 한들, 유리는 당분간 두려움에 떨게 될 테고, 자신은 도저히 마음이 놓일 거 같지 않다.

"본가로 돌아갈 생각은 여전히 없는 거지?"

"응."

"강두현이랑 결혼해야 할까 봐?"

"그렇기도 하고. 집에 돌아가면…… 아젤리아를 완전히 접어야 할 테니까."

8

유리는 완강하게 고개를 가로저었다.

"둘 다 죽어도 싫어."

심지어 아까 겪은 일보다도 싫은 듯 보였다.

성진은 쓰게 웃었다. 보기보다 고집이 세다는 건 지난 반년간 같이 지내보며 알게 됐지만, 이런 일을 당하고도 꺾이지 않는 결심이 새삼 경이롭기까지 하다.

"야경이 멋지네."

창 너머로 펼쳐진 야경을 보며 성진이 나직이 중얼거렸다.

"전에 몇 번 여기 와 봤지만, 제대로 보는 건 이번이 처음인 거 같아."

그땐 유리의 간호에 전념하느라 경치를 감상할 겨를이 없었으니까.

"이렇게 너랑 같이 야경 보는 날도 다 오네."

유리가 꿈꾸듯 중얼거렸다. 성진과 눈이 마주치자 그녀는 멋쩍은 눈웃음을 지었다.

"이 상황에 이런 말이나 하고. 나 진짜 대책 없지?"

이런 순간까지도 일일이 의미 부여하고, 괜히 설레고 말야.

"그럼 여기서 야경이나 실컷 볼까? 나도 오늘 밤은 잠이 안 올 것 같으니까."

두 사람의 시선이 서울의 밤 곳곳에 녹아들었다.

유리는 물결 위를 헤매는 교량의 불빛을 애절하게 바라보았고, 성진은 어떤 답을 찾으려는 듯 차도를 밝히는 가로등을 뚫어져라 보았다.

"염장 지르는 말로 들리면 미안한데, 널 보다 보면 우리 집은 정말 화목한 편이구나 싶어."

집에 가면 반갑게 맞아 주던 부모님, 내 몸처럼 소중한 형제들.

"다른 집도 다 우리 집 같을 거라 생각했어."

하지만 세상 모든 가정이 살가운 건 아니었다.

사랑의 방식이 달라 그런 집도 있지만, 더러는 정말 사랑이 없어 보이는 집도 있다. 성진으로선 후자에 속하는 괴로움이란 상상조차 할 수 없는 것이었다.

혹시라도 유리가 그런 괴로움은 경험하지 않았기를 바라지만.

"내 집에 돌아가는 게 왜 이토록 어려운 일이어야 하는지, 나로선 도무지 이해하기 어려워."

남의 가정사 함부로 넘겨짚지 않으려 해 봐도, 이건 정말 아니다 싶었다. 궁금해하지도 묻지도 말아야 한다는 다짐을 깨고, 성진은 유리에게 물었다.

"금유리. 넌 대체 어떻게 살아온 거야?"

눈을 내리깐 유리에게 그가 부드럽게 덧붙였다.

"마음이 편해질 때까지 얘기해 봐. 비밀 꼭 지킬게."

그 말을 들은 순간, 유리는 지난 14년간 수도 없이 반복된 꿈을 떠올렸다.

진달래나무 아래 교복 재킷으로 자리를 깔아 주고, 속에 맺힌 말들을 들어 주고, 유일한 마음의 안식처가 되어 준 오직 한 사람.

지금 곁에 있는 사람은, 꿈과 함께 허무하게 사라져 버릴 15세 소년이 아니다.

지금 이곳에서 함께 같은 곳을 바라보며 숨을 섞는, 29세 청년이 된 복성진.

오늘 밤은 절대 꿈에서 깨지 말아야지.

"나한텐 오빠가 둘 있어."

어렸을 때부터 공부도 운동도 뭐든 잘 했던 오빠들.

"특히 큰오빠는 학교 다닐 때 너처럼 전교 1등을 놓친 적이 없었어. 미국에 있는 엄청 유명한 대학원도 나왔는데, 무슨 대학원이더라……. 아하하, 또 까먹었네."

어쨌거나 중요한 건 엄청 유명하고 대단한 곳이란 사실. 그리고 자신은 큰오빠가 나온 대학원 이름 하나 제대로 못 외운단 사실 아닐까.

"모 대기업 회장 따님이랑 결혼도 하고. 지금은 황금글라스랑 수많은 계열사를 이끄는 부회장이야. 우리 아버진 이제 후계자 걱정은 할 필요가 전혀 없으시지. 정말 대단하지 않아?"

"별로…… 대단하신 분이네."

성진이 유리의 눈을 살피며 말했다. 훤히 보였다. 다갈색 눈동자 속에 쪼그려 앉은 서글픈 영혼의 모습이.

"내가 큰오빠의 반의반만 따라갔어도 진짜 좋았을 텐데. 하지만 난 머리가 나빠서……."

'머리가 나빠서 이따위라는, 우리 부모님 욕되게 하는 변명은 하지 마.'

열 살 때 큰오빠에게 들은 질책이 어김없이 뇌리를 스치고, 늘 그랬듯 말문이 막혔다.

"다 핑계지. 제대로 노력하지도 않아 놓고."

계란으로 바위를 치는 것 같아도, 어떻게든 해내려 몸부림쳤던 때도 있었지만.

'넌 그냥 공부하기 싫은 거야. 의욕이 없는 거야.'

진심으로 존경하고 기대고 싶었던 사람에게 경멸을 당한 날, 마음이 파탄 났다.

"아, 그래도 요즘 하는 공부는 정말 재밌어. 네가 쉽고 재미있게 가르쳐 줘서."

제게 향하는 성진의 시선이 점차로 서글픈 빛을 띠어서, 유리는 얼른 웃어 보였다.

"어디 가서 이런 말 하면 욕먹을 거 아는데, 자꾸 이런 생각이 들어. 다 쓰고 죽지도 못할 돈이 아니라, 자신감이나 능력을 갖고 태어났으면 좋았을 걸 하고……."

그랬다면 나도 아버지께 인정받았을 텐데.

사랑받았을 텐데.

"아버지랑 사이가 틀어진 건, 내가 못나서 그래."

서글픈 결론을 짓고서 유리는 강물로 시선을 던졌다.

윤수영 생각이 났다. 높고 험한 암벽도 제 힘으로 보란 듯이 멋지게 올라간 애. 정상에 죽치고 앉아 멀미나 하는 저랑 한참 비교됐던 애.

존재만으로도 자신을 부끄럽게 만드는 그 애가, 죽도록 부러웠다. 중학교 시절부터 줄곧.

"우리 사장님 삽질 한번 거하게 하네. 이러다 지구 내핵까지 뚫겠어."

성진은 자세를 고쳐 유리와 마주 앉았다.

"좋은 대학 나오고 대기업 취직하면 나름 성공한 인생이라고, 나도 한때는 생각했지."

그런 부류인 강두현과 친구라는 사실이, 그런 윤수영과 결혼을 앞둔 것이, 열심히 살아온 보상처럼 느껴졌던 때가 있다.

"하지만 날 봐. 그런 거 진짜 1도 의미 없잖냐."

철석같은 신뢰를 배신해 놓고, 그들은 마지막 순간까지 미안해하지도 않았다.

"선샤인주류에서 잘리고 파혼까지 당하면서 깨달았어. 좋은 대학, 대기업 직장이 내 행복을 보장해 주진 않는다는 걸."

"후회할 거야. 다른 사람도 아니고 널 내쫓았으니까. 수영이도 도저히 이해할 수 없어."

유리가 새삼 분한 듯 중얼거렸다.

"하하, 지금은 정말 아무렇지 않지만. 그땐 정말 다 내려놓고 싶을 만큼 절망했어. 그런 나에게 손을 내밀어 준 게, 너야."

그 순간이, 좀 전에 자신이 유리를 구출한 순간보다도 극적으로 느껴진다.

공이 저에게 돌아오는 것이 쑥스러워 유리는 괜스레 말을 돌렸다.

"그냥……. 내가 정략결혼하기 싫어서 괜히 너까지 끌어들인 건지도 몰라."

"그렇다 쳐도, 지금까지 누리던 것들을 내려놓고 소신을 지키는 게 쉽지 않잖아."

겪지 않아도 될 고생을 하면서도, 너는 단 한 번도 선택을 번복하지 않았어.

"미나도 넓은 마음으로 품어 주었고."

눈물을 흘릴지언정, 단 한 번도 남을 원망하지 않았고.

"네가 요 반년간 한 일들, 아무나 하는 거 아냐."

비록 시행착오도 있었고 미흡한 부분도 있었지만.

13

네 사업은 우리 모두에게, 그 누구도 주지 못할 희망을 줬어.

"네가 거울을 봤을 때, 지금 내 눈에 보이는 멋진 금유리가 비쳤으면 좋겠어."

유리를 보는 성진의 눈동자에 그윽한 빛이 맺혔다.

"금유리가 얼마나 아름다운 사람인지 정작 본인은 잘 모르는 거 같아서, 참 안타까울 때가 많아."

그 말을 하고, 성진은 뜨끈하게 열이 오른 볼을 감쌌다.

"저기, 느끼했다면 미안. 근데 난 진심이거든?"

개구진 웃음을 내걸고 성진은 뛰는 심장을 바삐 수습했다.

미처 깨닫지 못했다. 이토록 낯 뜨거운 진심이 지금껏 제 가슴속에서 감쪽같은 위장술을 펼치며 숨어 있었을 줄이야.

"아니야, 정말 고마워."

유리는 감격을 숨기지 않았다.

"네가 그렇게 말해 주니까, 지금이라도 거울 보고 싶어진다."

"꼭 봐. 얼마나 예쁜데. 으이그, 이런 착하고 예쁜 딸을 푸대접하다니. 너희 아버님이야말로 기필코 후회하실 거다."

성진의 손이 무심코 유리의 얼굴로 뻗어 갔다.

서울 하늘의 위성처럼 말똥말똥 깜박이는 유리의 눈을 보고서야, 성진은 자신이 그만, 그녀의 볼을 꼬집고 말았음을 깨달았다.

'내 얼굴에 손대지 마. 뾰루지 생겨.'

연애 초기 윤수영에게 타박을 들었다. 그래서 얼굴에 손대면 여자들은 다 싫어하는 줄 알았다.

미안! 나도 모르게 그만.

성진이 황급히 손을 떼며 사과하려는 찰나.

눈앞의 여자는, 그 손에 자기 따스한 손바닥을 살포시 겹쳐 붙이며.

기분 좋아 죽겠다는 미소를 발산했다.

"……."

5초일까, 5분일까. 실제 흐른 시간에 비해 한없이 길게 느껴지는 순간. 성진은 그 미소에 흠뻑 빨려들고 말았다.

"성진아, 너한텐 늘 고마워."

'행여나 네가 내 옆에 있어 준다면…… 무언가 달라지지 않을까?'

꿈속의 그에게 소원을 빌듯 건넸던 말.

이제는 그 말을 바꾸어, 현실의 그에게 전한다.

"나는 달라질 거야. 네가 옆에 있으니까."

얼마나 오랜 결심으로 다듬어진 말인지, 샛별처럼 찬연한 눈과 마주한 순간 성진은 깨달았다.

이젠 자신도 마음을 완전히 잡아야 할 때다.

"알았어. 앞으로 집에 가란 말 두 번 다신 안 할게. 여기서 죽도록 행복하게 살아갈 방법, 함께 찾아보자."

그 말만으로도 유리는 벌써부터 행복해진 듯 보였다.

"사실 난, 성진이 너한테만 괜찮은 사람이 되어도 더 바랄 게 없을 텐데……."

밤빛을 받으며 유리는 수줍게 웃었다.

"역시 난 대책이 없나 봐."

성진은 대답할 겨를이 없었다. 수습되다 말고 마구 날뛰는 제 심장이야말로 대책이 없는 것 같았다.

"성진아, 데려다줘서 고마운데…… 나 이젠 정말 괜찮아."

밤새도록 초롱초롱 눈을 빛내며 이야기꽃을 피웠던 그 밤부터, 성진의 과보호가 시작되었다.

"안 돼. 당분간은 같이 좀 다녀."

"저녁때는 괜찮을 거야. 매일 이럴 수는 없잖아."

유리가 안절부절못하며 말하자.

"매일 이럴 수 있으니까 걱정 마."

성진은 꽤나 완강하게 잘라 말했다.

유리가 발그레한 얼굴로 저를 빤히 보자, 성진은 멋쩍게 헛기침을 했다.

"크흠! 물론 평생 이러겠다는 건 아니고. 당분간은 좀 불편해도 참아."

"난 괜찮은데 네가……."

"내 몸보단 마음의 불편함을 생각해 주면 안 될까."

"…….."

유리는 잠잠해졌다. 내가 미안해서 안 된다고 분명하게 말을 해야 하는데. 아직 말끔히 가시지 않은 그 밤의 악몽으로부터 안전해지고 싶은 마음이, 한시라도 그와 함께이고 싶다는 내밀한 바람이, 할 말을 모조리 없앴다.

"어머나, 둘이 같이 왔네?"

다희가 두 사람에게 손을 흔들었다. 평소보다 2배는 산뜻해 보이는 그녀에 비해.

"안녕하세요오……."

미나는 바 테이블에 껌딱지처럼 눌어붙어 숨 쉰 채 발견되었다.

"아, 맞다. 그저께 이삿날이었지, 너."

성진이 생각났다는 듯 손뼉을 쳤다.

"근데 왜 이렇게 피곤해 보이냐? 이삿짐 정리할 게 그렇게 많았어?"

"아뇨오……. 짐 정리는 금방 끝났는데…….."

더 말할 기운도 없다는 듯 미나가 헐떡였다.

"고작 워밍업 한 거 가지고, 참. 너 평소에 운동 더럽게 안 하지?"

성진과 유리는 다 죽어가는 미나를 보고 눈을 끔벅였다. 무슨 워밍업을 하셨길래 애가 초주검이 된 건지요.

"체력을 좀 더 키워 봐. 한창 팔팔하게 뛰어다닐 때잖아. 누가 보면 나한테 정기라도 빨린 줄 알겠네."

다희의 목소리는 귀에 꿀이 발리듯 야릇했다.

"하하……. 다들 모였으니 수업 시작하자."

분위기가 더 위험해지기 전에 성진은 바 카운터에 술병을 올려놓았다.

"오늘 배울 증류주는 해적의 술, 럼이다."

"해적의 술 치곤 무색투명하네요. 럼주는 뭔가 시커멓고 음침할 거 같은 느낌이었는데."

"숙성하지 않은 화이트 럼이라 그래."

럼은 숙성 기간이 길수록 색이 짙어지며 화이트 럼, 골드 럼, 다크 럼으로 분류된다.

"물론 칵테일에 쓰기 무난한 건 화이트 럼이야. 칵테일 레시피엔 보통 '라이트 럼'이라 표기되지."

미나는 고개를 끄덕이려다 철퍼덕 뻗어 버렸다.

"사탕수수로 설탕을 만들고 남은 찌꺼기를 '당밀'이라 하는데, 럼은 당밀술을 증류한 거야. 아, 그렇다고 술에서 단맛이 나거나 하진 않아. 럼도 어디까지나 알코올 물을 뽑아낸 거니까."

"대신 특유의 단 향이 있지."

다희가 한마디 거들었다.

"럼은 무더운 카리브해 지역에서 나는 술이라 주로 여름 칵테일에 많이 쓰여. 대표적으로 헤밍웨이가 즐겨 마셨다는 다이키리, 파인애플 언덕이란 뜻의 피나콜라다, 그리고 두말하면 입 아픈 모히또가 있지."

유리는 지난여름 아젤리아의 광경을 떠올렸다. 직원들이 출근하자마자 하는 일이 애플민트 한 포대 다듬는 거였다. 모히또는 원래도 인기 칵테일이지만, 모 배우가 '모히또에서 몰디브 한 잔'이라는 대사를 친 뒤로 한여름 바의 주 수입원이 되었다나.

"지금이야 설탕 정도는 마트에서 포대로 살 수 있지만, 원래 설탕은 부유층이 먹는 기호품이었던 거 알지?"

"응, 후추나 홍차도 되게 비쌌던 때지? 그래서 식민지가 생겨나고……."

"맞아. 그런 기호품들을 대량 생산하기 위해 유럽은 식민지에서 플랜테이션을 했어."

카리브 해역에서 대대적인 사탕수수 플렌테이션이 이루어지면서, 전 세계에 설탕이 들이부어졌다.

"한 역사책에선 그걸 '설탕혁명'이라 칭하기도 해. 진실은 별로 달콤하지 않지만."

유럽인들이 먹을 설탕 때문에 수많은 흑인들이 희생되었다. 사탕수수와 함께 럼도 넘쳐 나게 되었다.

"해군이건 해적이건, 럼은 생필품이었어."

뱃사람들은 오랜 항해 동안 혹한이나 혹서에 시달리고, 염장 식품 위주로 된 식량 때문에 극심한 목마름에 시달렸다. 배에 실은 걸 지키기 위해 생사를 건 전투를 벌이기도 했다.

고통스러운 항해를 이겨 낼 무모한 용기를 불어넣어 준 럼은, 뱃사람의 생명수였다.

"그러다 다들 알코올 중독된 거 아녜요?"

"실제로 영국 해군들은 해롱거릴 때가 많았대. 물에 럼과 라임 주스를 탄 '그로그'라는 칵테일을 입에 달고 살았거든. 배에 실은 식수가 썩지 않게 하려는 조치였는데, 그걸 고안해 낸 해군 제독이 그로그램grogram이란 피륙으로 짠 망토를 입고 다녀서 '그로그'란 별명이 붙었어. 이게 그 '그로기 상태'의 유래지. 근데 말이다."

성진이 뻗어 버린 미나에게 다가서서 물었다.

"넌 어제 뭘 했길래 그로기 상태냐?"

"그게요……. 어제 밤새도록…… 운동을 했거든요. 다희 언니랑."

"아니, 대체 무슨 운동을 했길래?"

성진이 다희를 흘끗 보았다.

"그래그래 인정할게. 어젠 내가 좀 하드했어. 간만에 파트너가 생겨서 나도 모르게 기분이 너무 업됐나 봐."

다희가 축 늘어진 미나의 어깨를 한 손으로 꾹꾹 주물렀다.

"으억! 어제부터…… 댄스를 배우기 시작했어요. 다희 언니한테, 어억!"

보기엔 살살 주무르는 것 같은데 미나는 연신 억 소리를 냈다.

"오늘도 할 거지? 괜찮지? 응?"

상큼하게 묻는 말에 거역할 수 없는 기운이 실렸다.

"으흑······. 알았어요. 근데 오늘은 좀만 살살······."

"알았어. 그럼 오늘은 어제 한 거의 70프로 정도만 하자."

저기요, 70프로가 아니라 7프로만 해도 애 잡겠어요. 성진과 유리는 감히 지적하지 못했다.

"자자, 이제 실습하자!"

다희가 기운차게 수업을 진행하는 동안 성진은 골똘한 생각에 잠겼다. 좀 빡세 보이긴 하지만 미나는 다희와 함께 사는 한 밤길 걱정은 덜어도 될 것 같다.

하지만 유리는? 저조차도 지난 금요일 밤에 마주친 괴한의 면상이 문뜩문뜩 떠올라 소름이 끼치는데. 그녀를 이대로 방치하는 건 너무 가혹한 처사다.

뭔가, 혁명적인 변화가 필요하다.

"오늘의 수업은 여기까지! 아, 미나는 집에 가서 기본 스텝 가르쳐 줄게."

"으어어······. 제발 좀 봐줘요."

"유리야, 오늘은 택시 타고 갈까?"

성진이 유리에게 말하는 순간, 다희와 미나가 일제히 돌아보았다.

"택시 타고 간다고? 너희 둘이 같이?"

"그러게요? 두 분 집 가는 방향 완전 반대잖아요."

"일이 좀 있어서 당분간 데려다주려고요."

"무슨 일인데 그래?"

고개를 숙이는 유리를 보니 말하기 곤란한 일인 듯 보였다.

"저기, 다희 누님. 혹시 집에 남는 방 없으신가요?"

"왜? 나더러 유리하고 같이 살라고?"

"가능하시다면 부탁드리고 싶습니다."

고개까지 숙여 부탁하는 성진을 보고 다희는 난감하게 웃었다.

"이런 말까지 나오는 걸 보니 꽤 심각한 일이 있었나 보네. 근데 어쩌나. 우리 집은 수용 가능 인원이 딱 2명이라."

"그럼 할 수 없죠. 당분간 제가 유리랑 같이 다닐게요."

무거운 표정으로 돌아서는 성진에게 다희가 따끔하게 말했다.

"설마 이대로 맨날 2호선 한 바퀴 돌려고? 더욱이 아젤리아 개업하고 나면 대중교통 다 끊긴 시간에 퇴근할 텐데? 매일 마포에서 강남까지 택시비 뿌리고 다닐 셈이야?"

심지어 야간 할증 요금으로 말이다.

"달리 방법이 없으니까요."

유리를 절대 혼자 둘 수 없으니, 시간과 돈이 들어도 그렇게 할 수밖에.

성진의 마음에 바위가 얹어진 찰나, 다희가 솔깃한 말을 꺼냈다.

"방법이 없긴. 교통비 걱정 따위 1도 할 필요 없는, 근본적인 해결책이 있는데."

"그게 뭘까요?"

성진이 지푸라기 잡듯이 덥석 물었다.

옳거니! 이놈의 텐션비가 드디어 떡밥을 무셨어.

다희는 오래도록 벼러 온 말을 번개같이 꺼냈다.

"네가 유리 집에 들어가면 되지!"

✢ ✱ ✢

"와……. 어떻게 깜박이도 안 켜고 들어오냐."

얼굴이 화끈거렸다. 한겨울을 목전에 두고 동장군이 뜬금없이

21

히터라도 틀어 놓았나 싶다.

"하, 농담할 게 따로 있지."

민망한 마음을 삼키며 성진이 연신 헛웃음을 흘렸다.

"유리야, 너무 신경 쓰지 마. 다희 누님이 농담이 좀 과했⋯⋯."

성진은 말끝을 흐렸다. 다희의 폭탄발언 때문에 곁에서 함께 발갛게 익어 가는 줄 알았던 유리는, 살을 에는 겨울바람도 까맣게 잊은 듯 생각에 잠겨 있었다.

"금유리. 지금 무슨 생각 해?"

"아니, 그냥⋯⋯."

그녀가 생각에 잠긴 모습은, 경민 앞에서 순식간에 사업을 결심했던 그날과 같은 모습이었다.

물론 성진은 거기까진 미처 몰랐고, 며칠 뒤 급반전을 맞게 될 제 운명도 어림잡지 못했다.

✣ ✳ ✣

다음 날, 성진은 평소대로 쾌활하게 수업을 진행했다.

"오늘은 진을 배울 차례입니다. 이번 강의는 사심이 잔뜩 들어갈지도 몰라."

"꺅! 언니 방금 들었죠? 사심이 있대요!"

미나가 꺅꺅대며 유리의 팔을 콩콩 두드렸다.

"아니, 내가 제일 좋아하는 증류주가 진이라 그렇다고!"

하루 새 아젤리아의 공기가 달라졌다.

말 한마디에 호들갑을 떨어 대는 꼬맹이. 볼을 발갛게 물들인 채 상념에 빠진 유리. 뒤편에서 이 사태를 관망하며 번뜩이는 눈빛을 휘두르는 다희.

"아무튼! 진은 특유의 청명한 솔 향 덕에 칵테일의 황제라 불리는 마티니, 진토닉, 진피즈 등 깔끔하고 청량한 칵테일의 베이스가 되는 증류주야."

성진은 수업을 강행했다.

"진 특유의 솔 향은 주정에 주니퍼베리를 착미해서 나는 거야."

"아항, 그런 거구나."

미나가 턱을 두 손으로 받쳐 배시시 웃는 리액션을 취했다. 마음이 노골적으로 꽃밭에 가 있었다.

"오늘따라 수업 태도가 매우 요망하구나, 꼬맹아."

"어제 보던 드라마가 클라이맥스에서 끊어져서요."

"뭔지는 모르지만 집에 가서 마저 보면 되잖아."

"현실보다 더 재밌는 드라마는 없죵."

성진이 부글부글 끓어오르자 다희가 스리슬쩍 끼어들었다.

"나도 앞으로의 전개가 차암 궁금한데 말이지."

휘말리지 말자. 휩쓸려 가지 말지어다. 성진은 분연히 목청을 돋우었다.

"칵테일 중에 '슬로 진피즈Sloe Jin Fizz'가 있는데, 슬로 진은 진에 야생자두를 숙성시킨 리큐어니까, 증류주인 진과 확실하게 구별할 줄 알아야 해. 조주기능사 공부하면서 둘을 헷갈려 하는 사람이 은근히 많더라고."

그 말에 미나는 의미심장하게 중얼거렸다.

"쌤도 자신의 마음을 헷갈리지 않았으면 좋겠어요."

"뭐라고?"

"미나, 오빠 자꾸 놀리면 못써."

다희가 미나의 머리를 쓰다듬었다.

"성진아……. 미안한데 나 잠깐만 화장실 좀 다녀올게."

유리가 불쑥 자리에서 일어섰다. 복숭앗빛 뺨에 손을 댄 폼이, 볼일이 급해서라기보단 찬바람이라도 쐬어 머릿속에 엉킨 생각을 풀어낼 심산으로 보였다.

유리가 자리를 비우자 성진이 볼멘소리를 냈다.

"잘들 하십니다. 결국 유리가 도망갔잖아요."

"어머나, 우리가 좀 심했나?"

"누님이 그런 말씀을 하시는 바람에, 저희 괜히 서로 얼굴 보기 민망해졌어요. 농담이 너무 과하셨어요."

"하긴, 말은 쉽지."

다희가 씁쓸하게 웃었다.

"30년 가까이 다른 환경에서 살아온 사람들끼리 살림을 합치는 일이니, 칫솔 놓는 위치부터 사사건건 부딪치게 될 거야. 주변 시선도 아주 무시 못 할 거고. 그에 비하면, 남녀가 한 지붕 아래 마주치면서 느끼는 낯간지러움쯤은 아주 사소한 문제일걸?"

"……."

"역시 혼자 지내기 무섭더라도, 유리가 감수해야 하는 거겠지? 어쩔 수 없으니까."

마지막에 덧붙은 말이 가슴에 콱 박힌다.

"전 그런 뜻으로 말한 게 아니라……."

성진은 탄식하듯 내뱉었다.

"유리 집에 며칠 머문 적은 있지만, 아예 합치는 건 미처 상상 못 해 봤으니까. 누님 말씀대로 서로 간 생활 양식의 차이도 있고. 주변 시선도 있고. 솔직히…… 쑥스러운 마음도 있고."

24

한편으로는 강렬한 의문도 든다. 그 모든 걸 감수하는 게, 유리를 혼자 내버려 두는 것보다 어려운지.

정녕 어쩔 수 없는 일인지.

"그래도 너라면 잘 해낼 거 같은데?"

고뇌에 빠진 성진에게 다희가 부드럽게 속삭였다.

"속은 덜 여물었으면서 고집 하난 황소 같은 우리 사장님, 너만큼 믿고 맡길 사람이 없거든. 여자 남자를 떠나서."

상냥한 설득에 혹한 듯 성진이 고개를 든 순간, 다희는 기습적으로 입꼬리를 히죽 올렸다.

"그래서 짐은 대체 언제 쌀 거야?"

❖ ✳ ❖

살다 살다 칵테일 바가 세계대전 휴전의 장처럼 느껴지는 날이 다 왔다.

"진피즈, 설탕 빼고 주세요."

주문을 넣은 뒤 성진은 앞머리에 손가락을 푹 찔러 넣었다.

"넌 심란할 때 꼭 진피즈 설탕을 빼더라."

옆자리에 앉은 경민이 눈을 흘겼다.

그녀의 예리한 지적을 시인하듯, 성진은 진피즈가 나오자마자 단숨에 반 이상 들이켰다.

피즈Fizz. 탄산음료 캔을 딸 때 나는 소리를 본뜬 말. 피즈 계열 칵테일은 기주에 레몬주스와 설탕을 셰이킹한 후 탄산수를 부어 만든다. 특히 진피즈는 첫 잔으로 마시기 좋은 칵테일로 꼽힌다. 산뜻한 솔 향, 거친 탄산 방울, 시원스런 투명함. 답답한 가슴을 비집어 열기 그만이니까.

"요새 유리랑 꼬맹이 술 공부 가르친다며. 잘돼 가냐?"

"둘 다 엄청 열심히 해. 재능도 있고."

"가르치는 보람이 있겠네. 근데 뭐가 또 문제야?"

성진의 심각한 얼굴과 마주한 순간부터 경민은 불려 나온 이유를 대강 짐작했다.

"이실직고하셔. 유리한테 무슨 일 있는 거지?"

"며칠 전에 유리가 밤에 잠깐 편의점 다녀오다가…… 안 좋은 일 당할 뻔했어. 마침 내가 그 근처에 있어서 막긴 했는데……."

경민은 하마터면 경망스레 비명을 내지를 뻔했다.

"아니, 거기 그 정도로 으슥한 곳은 아니잖아. CCTV도 지천에 깔렸을 텐데?"

"나도 그렇게 생각했는데, 너무 마음을 놓았던 거 같아."

"세상에나. 이거 완전 청정지역에서 구더기 튀어나온 격이네. 유리는 좀 어때?"

"본인 말로는 괜찮다고 하지만……."

아무렇지 않은 듯 애써 웃던 유리를 떠올리자니 또다시 가슴이 미어지려 했다.

"하다못해 편의점이라도 맘 놓고 다닐 수 있게 해 주고 싶은데."

유리가 본가로 돌아가면, 예전처럼 고급 세단과 건장한 사용인들이 견고한 벽이 되어 줄 터다.

대신에, 또다시 새장에 갇힌 새가 되겠지.

그녀의 안전도 행복도 지켜 주려면, 결단이 필요하다.

"내가 어떻게 하면 좋을지 고민해 봤는데, 주변 사람들 의견이……."

본론을 꺼내면 귀싸대기 맞을지도 모른다. 아니, 우경민 성격에 싸대기로 끝나면 차라리 다행이겠다.

성진이 각오를 다지는 찰나, 경민이 선수를 쳤다.

"그냥 네가 유리랑 합치면 안 돼?"

오늘만큼 우경민의 볼륨 Max 하이톤이 무자비하게 느껴졌던 때도 없었다.

"아니, 왜 갑자기 눈 튀어나오고 그래? 진피즈에 네 눈알을 가니시로 올릴 기세다?"

"……우경민. 너 진심으로 하는 소리야?"

"당연하지. 겨우 그거 상의하려고 불러낸 거야? 에라이, 별거 아닌 거 가지고."

대수롭잖게 키득대는 경민에게 성진은 경악을 금치 못했다.

21세기 대한민국. 남녀의 동거를 보는 시각은 마냥 곱지만은 않다. 남녀칠세부동석을 부르짖던 시절보다 너그러워졌다 한들, 아주 조금 나아진 정도다.

자신은 차치하고 유리에게 향할지 모를 손가락질이 아프게 느껴져서, 남자인 저보다 유리의 평판에 누가 될지 모를 일이어서, 몇 날 며칠 심각하게 고민한 끝에 믿을 만한 친구에게 상의해 볼 마음을 먹었건만.

지금 이 순간도 시한폭탄 회로의 수많은 전선을 골라내듯 조심스럽건만.

겨우 그거라니? 별거 아니라니!

"뺨 안 때리냐?"

인지 부조화의 끝은 처참한 헛소리였다.

"정 그렇게 안면이 근질거리면 한 대 쳐 줄 수는 있다만. 내 손

힘이 고작 효자손 강도는 아닌 거 알지? 3반 국수장인 아직 안 죽었다."

경민이 뚜둑 소리 나게 손목을 주물렀다.

"아니, 보통은 이 상황에 날 미친놈이라 욕해야 되는 거 아냐? 어째선지 나 혼자만 되게 심각한 거 같다?"

강미나 꼬맹이는 그렇다 쳐도, 유다희에 우경민까지. 여자들이 오히려 심각성이 결여되어 있고, 심지어 어딘가 이 상황을 즐기는 듯 보인다.

"너 설마 다희 누님이랑 뭔가 말을 맞추고 이러는 건 아니겠지?"

아, 새끼. 쓸데없이 예리하긴. 정색하고 묻는 성진 앞에서 경민은 가슴이 철렁했다.

허나 말로 정신없게 만드는 거야말로 이 몸의 특기렷다.

경민은 성진을 째리며 급속 냉각된 목소리로 랩을 했다.

"시방 너 지금, 대학교 때 술 처먹고 과 선배랑 사고 쳐서 한 큐에 애 들어앉는 바람에 20대 초반에 어거지로 결혼했다가 3년도 안 돼서 이혼녀행 익스프레스 열차 티켓 끊고 돌싱맘 외길 인생을 걸어오며 이날 이때까지 각본 없는 인간극장을 찍고 있는 이 내게, 모럴하고 십선비 같은 매크로 답변을 바란 거냐."

나비처럼 날아 벌처럼 쏘아붙이니 성진은 금세 숙연해졌다.

"……죄송합니다. 소인이 죽을죄를."

"어쨌든 넌 싫지 않은 거잖아. 답정너 그만 시전하고 빨랑 결단을 내려."

"확신이 안 서. 이게 정말 최선인지."

지켜 주고 싶은 마음이야 차고 넘치지만, 그 마음 하나로 이래도 되는 건가 싶다.

저 때문에 안전하고 예쁜 새장을 뛰쳐나온 유리에게, 주는 것도 없는데 저를 무한정 믿어 주는 그녀에게 먼저 주제넘은 제안을 해도 되는 걸까?

고민으로 흐려진 성진의 눈을 보다가, 경민이 흘리듯이 중얼거렸다.

"난 말야, 요새 금유리를 보면 내가 참 겁쟁이였구나 하는 생각이 들어."

"우경민 네가?"

"내가 나 좋을 대로만 하면서 산 거 같지? 그렇지만도 않아. 나한테도, 포기해야 할 이유만 잔뜩 찾다가 결국 영영 떠나보낸 게 있어."

"그게 뭔데?"

경민은 물음에 답하지 않았다. 굳게 걸어 잠근 입안, 진득이 감춰 둔 말들이 무성히 맴돌았다.

중학교 1학년 때 반장, 부반장으로 만난 남자애가 있었어.

키 크고, 겁나 잘생기고, 공부 잘하는 걸 떠나 매사 성실하고, 가식이 없고, 우직할 만큼 정직했어.

그 남자애를 좋아하지 않을 수 없었어.

하지만 그 애 가슴속엔 이미 다른 기집애가 박혀 있더라.

그래서 나는.

"내가 중2때 소면 한 사리 수확한 5반 여자애 말야, 지금쯤 머리털 다 났겠지? 그래도 평생 날 원망하겠지만."

마치 내 마음을 죽이듯 그 기집애 머리채를 쥐어뜯었어.

내 마음을 철저히 감추는 게 '의리'고, 너의 사랑을 지켜 주는 거야말로 '진정한 우정'이라고.

29

스스로에게 처절할 정도로 부르짖었어.

그래서 나는.

"죄 받은 건지도 몰라. 인생 제대로 불태웠잖냐."

아무하고나 불장난하고, 결혼하고, 이혼했어. 애 키우면서 커리어 쌓느라, 20대가 어떻게 지나가는지도 모를 나날들을 보냈지.

내 나이 서른을 앞두고 지난날을 곰곰이 반추해 보니, 억지로 누른 마음은 언젠가는 가스처럼 누출되어 인생에 더 큰불을 지른다는 걸 알았고.

의리니 진정한 우정이니 하는 말로 포장해 온 나의…… 첫사랑은, 죽는 날까지 자기기만으로 남겨질 것임을 깨달았어.

그래서 나는.

"어쨌든 난 내 딸을 세상에서 가장 사랑하고, 지금의 삶에 나름 만족해."

불 다 끄고 한숨 돌린 뒤, 사람이 하고 싶은 말 다 하고 살 수는 없다는 것쯤 깨달은, 조금은 현명해진 우경민이 되었어.

"나와는 달리, 금유리는 끝까지 포기 안 했어. 갖고 싶은 것도, 자기 자신도."

이건 어디까지나 심증이지만.

금유리가 정재계의 잘난 남자들이 죄다 눈살 찌푸릴 옷차림을 고수해 온 건, 수많은 선 자리를 물리치려는 고의가 아니었을까?

복성진 아닌 남자는 죽어도 싫다는 필사적인 시위였던 게 아닐까?

"나쁘게 말하면 위태위태할 정도로 고집이 세지만."

그 덕에 결국 금유리에겐 기회가 돌아갔잖은가. 15년 내내 오매불망 원하던 내 님 가질 기회.

"적어도 금유리 걘 지가 정말 원하는 게 뭔지 아주 잘 알고, 절대로 자기 자신을 속이지 않아."

제 마음에 솔직하고, 그 마음을 행동에 옮기는 용기. 돈이 많고 적음과 별개인 용기.

"그러니 넌 유리의 선택을 믿고 존중하면 돼. 걔가 원하기만 하면 넌 더는 생각할 게 없다고, 인마."

경민의 속 깊은 조언이 끝난 뒤, 성진은 어떤 깨달음을 얻은 듯 개운하게 웃었다.

"고맙다. 우문에 현답을 줘서."

"그러니 이건 네가 사라."

"당연하지. 역시 우경민이 진피즈보다 백배는 시원하네."

"유리한텐 언제 말할 거야?"

"내일 만나서 얘기하려고. 본인이 원하면 당장이라도…….."

성진은 결의를 다지듯 칵테일 잔을 꽉 쥐었다.

"그러고 보니 어머니한테도 말씀은 드려 놔야겠다. 이 나이 먹고 허락받고 자시고 할 건 없지만, 원만하게 이야기되면 좋겠어."

술자리는 쿨하게 한 잔으로 좋냈다.

한결 가벼워진 걸음으로 나서는 성진을 배웅한 뒤, 경민은 혼잣말을 했다.

"자식. 씁쓸하게."

자신의 선택과 금유리의 선택. 어느 한쪽이 옳았다고 할 수는 없다. 금유리에게 복성진이 있다면, 자신에겐 그 누구와도 바꾸지 않을 딸이 있으니. 이런 게 운명인 걸까?

어쨌거나 의리 빼면 시체인 여장부이자 자랑스러운 유진맘인 우경민. 여전히 15년 묵은 친구 놈의 사랑을 지켜 주고 싶고, 서른

전에 새로이 사귄 친구 금유리의 사랑도 응원하고 싶으니 뒤에서 쭉 지켜보며 팝콘이나 뜯으련다.

경민은 신나게 핸드폰을 두들겼다.

[드디어 시동 걸린 것 같소이다. 부릉부릉!]

단톡방 이름은 아젤리아B. 세 여인이 소기의 목적(?)을 달성하기 위해 팠다. 본연의 목적에 맞게 '아젤리아 연애조작단'으로 짓는 게 어떠냔 의견도 있었으나, 너무 직관적이라 발각 위험이 크다는 이유로 기각됐다.

[수고했어ㅎ]

다희가 짤막한 톡을 보냈다.

[이제 성진이 어머님이 문제예요.]

저리도 반듯한 텐션비를 키워 낸 분이니, 맏아들의 동거 선언에 충격받는 건 아니시려나 몰라. 혹여나 '내 두 눈에 흙'을 시전하시면 안 될 텐데.

경민이 또 다른 난관에 봉착한 순간.

[그건 걱정 ㄴㄴ염]

'꼬맹이'로 저장된 녀석이 뜻밖의 말을 했다.

[제가 성진 쌤 집에 첩자 심어 놓음ㅋ]

❖ ✳ ❖

성진이 데리러 왔을 때, 유리는 아파트 정문 앞에 다소곳이 서 있었다. 양모 트렌치코트에 털후드 달린 망토까지 걸친 가녀린 몸이 파묻힐 듯 보였다.

시간이 정지한 것처럼 골똘한 생각에 잠긴 그녀. 한 걸음 두 걸음 다가가면서, 성진은 시선의 변화를 체감했다.

전에는 금유리의 과할 정도로 화려한 옷차림에 어쩔 수 없이 시선이 갔는데, 이제는 조막만 한 얼굴을 물들인 미세한 수심 같은 것이 눈에 들어온다.

"유리야."

부름 한 번에, 다갈색 눈동자에 경이적인 속도로 빛이 돌았다.

"어머, 성진아. 언제 왔어? 나 좀 봐. 딴생각하느라……."

"무슨 고민이라도 있어?"

"아니야. 완전 쓸데없는 생각이라……."

성진이 기척을 내기 전만 해도 얼굴에 선연히 떠올라 있던 고민이 급히 감추어졌다.

"나 때문에 많이 번거롭지?"

"전혀. 내가 이렇게 해야 안심이 돼서."

"매번 미안해."

"어허, 네가 미안할 일이 아니라고 한 백 번은 말한 것 같은데?"

"그래도 언제까지고 이럴 수는 없을 텐데……."

유리가 혼잣말을 하는 순간, 성진이 진지한 목소리로 말했다.

"유리야. 나, 너한테 긴히 할 말이 있어."

"뭔데?"

"오늘 수업 끝난 뒤에 말할게."

"지금 말하면 안 돼?"

때마침 콜택시가 왔다. 유리에게 차문을 열어 주며 성진은 비장함이 감도는 미소를 지었다.

"지금 말하면, 오늘 수업 내용이 하나도 귀에 안 들어올 거야."

                    ❖ ✳ ❖

"오늘은 테킬라를 배울 차례입니다."

마지막 증류주를 배우는 날이다. 준비된 커리큘럼도 어느덧 마지막을 향하고 있었다.

"멕시코에는 알로에랑 비슷하게 생긴 아가베라는 식물이 자라는데, 아가베 수액을 발효하면 풀케라는 멕시코의 국민주가 돼. 풀케를 증류한 술을 메즈칼Mezcal이라 하는데……. 금유리!"

성진이 기습적으로 유리를 불렀다. 턱을 괸 채 눈을 아래로 굴리던 그녀가 화들짝 놀라 고개를 들었다.

"아젤리아 오픈 때 입고한 술 중에, 혹시 오동통한 애벌레 들어간 건 없었어?"

"으엑! 바, 방금 애벌레라고 했어요?"

미나가 냅다 비명을 질렀다.

"있었어. 그땐 아무것도 모르고 종류별로 다 달라고 주문했으니까."

"그래? 왜 난 못 본 거 같지?"

"보자마자 반품했거든. 불량인 줄 알고."

설령 불량이 아니더라도 두 번 다신 보고 싶지 않은 술이었다.

잔뜩 움츠린 모습이 귀여워 성진은 저도 모르게 웃음이 났다. 수심으로 가득한 얼굴보단 지금 표정이 백배 나아 보인다.

"그 술이 바로 메즈칼이야. 애벌레는 아가베에 사는 나방 유충인데 행운의 상징으로 통해. 술 따르다 그게 딸려 나오면 로또 당첨될지도?"

"몰라. 나라면 로또 사러 가기도 전에 까무러칠 거야."

유리는 소름이 오소소 돋은 팔을 사악 문질렀다.

"하하, 벌레 되게 싫어하는구나, 너."

혼자 살면서 한두 번쯤 벌레가 튀어나온 적 있을 텐데, 그때마다 어떻게 버텼을까? 짓궂게 웃는 중에 생각이 안쓰러운 데 미쳤다.

"메즈칼 중에서도 테킬라 마을 같은 특정 지역에서 나면서, 블루 아가베만 사용한 증류주를 테킬라라 해."

멕시코 특정 지역의 토속주에 불과하던 테킬라가 전 세계적으로 유명해진 계기는 멕시코시티 올림픽, 특히 테킬라 베이스 칵테일 마가리타의 공로가 컸다고 한다.

"마가리타, 아젤리아 영업할 때 여성 고객한테 인기 많았지."

미숙했던 만큼 아쉬움이 많이 남은 나날들이 생각나, 유리는 쓰게 웃었다.

"그렇게 많이 팔아 놓고, 마가리타가 테킬라 베이스인 줄도 몰랐네."

"앞으로도 많이 팔 테니까 잘 봐 둬."

성진이 칵테일글라스를 집어 들었다. 마가리타는 전용 글라스가 따로 있지만, 시험 볼 때는 칵테일글라스를 사용한다.

"마가리타의 가니시는 소금이야. 잔의 림 부분에 레몬즙을 바르면 소금을 붙일 수 있어."

성진은 잔을 뒤집어 림머에 담긴 레몬즙을 바른 다음 소금을 골고루 묻혔다. 눈이 내린 듯 하얀 소금이 예쁘게 묻었다.

"잔 가장자리를 소금이나 설탕으로 눈처럼 장식하는 걸 스노 스타일Snow Style이라 불러. 색소 입힌 소금이나 설탕을 쓰면 다양한 스타일을 연출할 수 있지."

"근데 마가리타는 왜 하필 소금을 바르는 거예요?"

"테킬라는 원래 라임, 소금과 함께 먹는 술이야. 라임은 테킬라 특유의 독특한 향을 순화하고, 소금은 술맛을 달게 하는 효과가 있거든."

성진은 셰이커에 테킬라, 트리플섹, 라임주스를 계량해 넣고 흔들었다. 연녹색이 옅게 감도는 노란색 음료가 눈 내린 잔에 따라졌다.

"이 칵테일에는 슬픈 전설이 있어."

마가리타를 내려놓으며 성진이 목소리를 착 깔았다.

"어느 바텐더에게 마가리타라는 연인이 있었는데, 사냥을 갔다가 그만 사고를 당해 죽었어. 바텐더는 연인의 죽음을 슬퍼하며 그녀의 이름을 딴 칵테일을 만들었는데, 그게 마가리타야. 잔에 소금을 묻힌 것도 눈물 맛을 내기 위함이라나."

"저런……."

"허얼, 실화예요, 그거?"

한 토막짜리 전설에 여인들의 표정이 어수선해졌다.

"물론 호사가들이 지어낸 이야기란 말도 있긴 해. 그 외에도 파티에서 만들어졌단 주장도 있고, 배우에게 헌정된 칵테일이란 설도 있고. 마가리타 같은 클래식 칵테일은 기원설이 워낙 많아 정확한 창작자를 찾기 힘들지."

"실화가 아니래도 왠지 칵테일이 슬퍼 보여요."

"그래서 스토리텔링의 힘이 대단하지. 특히 여성 고객들은 칵테일 추천받을 때 감성적인 부분도 중시하니까……."

성진이 유리를 보며 말끝을 흐렸다. 사실인지 아닌지도 모를 이야기가 마음속 깊이 고여 든 건지, 노란 마가리타를 말끄러미 들여다보는 그녀의 눈빛이 퍽 애절했다.

"너도 이런 이야기 좋아하는구나."

성진의 생각도 애틋한 방향으로 흘렀다.

이렇게나 감성이 촉촉한 여잔데, 지금까지 어찌 외로움을 견뎠을까? 혼자 살기 전에도 혼자였던 그녀가.

❖ ✳ ❖

"성진아. 네가 만들어 준 마가리타 정말 맛있었어."

아파트에 도착하자 유리가 눈을 빛내며 말했다.

"테킬라의 독특한 향이 나랑 잘 맞는 거 같아. 꿀로 가득 찬 벌집이 통째로 들어간 느낌이랄까. 소금이랑 같이 먹으니까 설탕보다 더 깔끔한 단맛이 났어."

"네가 이렇게까지 구체적인 테이스팅 노트를 남기는 건 처음인데. 금유리 오늘 인생 칵테일 찾은 거야?"

"그런가⋯⋯."

그녀의 말이 부드럽게 퍼지는 밤. 마가리타의 소금 같은 눈이 세상에 내리고 있었다.

그와 함께여서 좋았던, 끝나 가는 오늘.

잠시 찾아온 침묵도 아쉬운 듯 유리는 속마음을 내보였다.

"솔직히 좀 불안해. 내가 술맛을 잘 못 느끼는 거 같아서."

수업을 들으며 여러 칵테일을 시음해 봤지만, 아직까진 술 본연의 맛보단 과일 리큐어나 우유 맛에 의존하는 감이 있었다.

"손님은 몰라도 칵테일 바 운영하는 사람이 이러면 곤란할 텐데."

"걱정 마. 바텐더라 해서 모든 술을 맛있게 느끼는 건 아니니까. 바텐더도 사람인데 당연히 호불호가 있지. 심지어 본인은 술 잘 못 마시는 바텐더도 많아."

정말? 하고 묻듯 유리가 눈을 둥글게 떴다.

"술맛 보는 실력은 차차 좋아질 거야. 맛뿐만 아니라 색을 보거나 냄새 맡는 일도 훈련이 필요해. 나도 처음엔 위스키나 브랜디나 그게 그거 같았어."

"난 네 반만큼만 돼도 좋겠다."

"야, 목표를 더 높게 잡아야지! 내 생각엔 앞으로 반년도 안 돼서 네가 나보다 훨씬 잘할 거 같은데?"

"에이, 말도 안 돼."

"반드시 그렇게 될 거야. 네가 이렇게 열심히 노력하니까."

확신으로 가득 찬 격려에, 유리의 얼굴에서 반신반의하는 웃음이 걷혀 나갔다.

그녀를 직시하며 성진은 머지않은 미래의 모습을 그렸다.

앞으로 금유리는, 술맛도 잘 보고 바텐딩도 잘해서 손님의 마음을 사로잡는 바텐더가 된다. 몇 번이고 그녀를 다시 찾는 손님들 덕에 외로울 짬도 없다.

반드시, 그녀 자신이 바라는 모습대로 될 거다.

젊음의 성지 홍대에서 손꼽히는 칵테일 바 아젤리아의 주인이.

"유리야. 아까 내가 너한테 할 말이 있다고 했잖아."

"어, 응……."

유리가 갑자기 눈을 내리깔아 성진의 눈을 피했다.

"왜 또 그래. 내가 무슨 말 할 거 같아서? 혹시 안 좋은 말일까 봐?"

성진은 그녀를 달래며 쓰게 웃었다. 다음부터는 중대발표를 할 때 불안감보단 기대감을 주었으면 좋겠다.

유리는 심호흡을 하고 말했다.

"본가로 돌아가란 말만은 아니었으면 좋겠어."

"당연히 아니지! 내가 며칠 전에 다신 그 말 안 한다 했잖아. 나도 남자다. 한 번 뱉은 말은 안 바꿔."

"그럼…… 뭐야?"

혹시라도 그보다 더 안 좋은 말이면 억장이 무너질 거야.

"금유리. 나는, 더 이상 널 여기서 혼자 살게 할 수 없어."

유리의 얼굴에 되묻는 말이 고스란히 쓰였다. 그게 본가로 돌아가란 말 아니야?

"그래서 방법을 찾았어. 고민하고 또 고민해 봤는데, 진짜, 미친 소리라는 건 알지만……."

한겨울에 목이 바짝바짝 타고 얼굴이 화끈거렸다. 동장군이 또 직무유기를 하나 보다.

정말…… 미친 소리 하기도 전에 미쳐 버리겠다.

눈을 질끈 감고 싶은 충동을 억누르고, 성진은 유리를 똑바로 보며 말했다.

"너랑 나랑, 당분간 같이 지내면 안 될까? 이 아파트에서."

말을 뱉은 직후. 밀어닥치는 긴박감이 상상초월이었다.

성진은 후폭풍을 기다렸다. 유리는 워낙 착하니까 정강이를 걷어차거나 하진 않겠지만. 미친놈 소리 정도는 할지도 모르지.

"……."

유리의 반응은 환장할 정도로 느렸다.

성진은 애원하듯 그녀를 보았다. 당황스러운 거 충분히 이해하지만, 뭐라고 말 좀…….

"……."

미친놈인지, 미친 자인지, 미친 색히인지 고르는 거니?

"……."

아 좀 제발!

결국 성진은 참지 못했다.

"네가 싫다면 강요는 안 해! 그냥 이대로……."

"아니! 완전 좋아!"

목소리 크기도 내용도, 예상과 180도 달랐다.

"……완전 좋아?"

성진이 얼결에 따라 말했다.

"성진아. 그 말 농담 아니지? 진짜로 우리 둘이 같이 살자는 거지?"

유리가 믿기지 않을 정도로 또박또박 발음했다.

"당연하지! 설마 농담으로 이런 말을 하겠어? 근데 너……."

"성진아. 지금까지만 해도 내가 너한테 엄청 의지하고 폐 끼친 거 알아. 근데."

유리가 가슴에 두 손을 모아 붙였다.

"나 솔직히 그 일 뒤로 꿈자리도 사납고…… 혼자 있기 무서웠어. 행여나 네가 같이 있어 주면 얼마나 좋을까, 나 혼자 막 상상하고 그랬는데……. 진짜 그렇게 해 준다니 진심, 완전 기뻐."

괴한의 손이 자신의 몸을 무참히 더듬었던 날. 당시 느꼈던 감정들을 곱씹어 보니, 두려움만 있지는 않았다.

너무, 후회되었다. 이럴 줄 알았으면 성진이한테 조금이라도 더 마음을 표현할걸. 돌이켜 보면 기회가 적지 않았던 지난 반년, 답답하고 소심하게 흘려보내기만 하지 말걸.

긴박한 순간에 속으로 기도했었다.

신이시여. 이 순간을 무사히 넘길 수만 있다면, 제가 잘할게요. 이번엔 진짜로요.

그 바람을 신이 들어주셨으니. 다 된 밥은 맛있게 먹어 주고, 넝쿨째 굴러온 호박은 온 힘을 다해 끌어안기로. 빛의 속도로 마음을 고쳐먹은 참이다.

"어……. 오케이. 알았어. 그럼 그렇게 하는 걸로."

성진이 손바닥을 내밀며 어색하게 웃었다. 금유리가 이렇게 숨 넘어가게 말을 빨리 할 수 있을 줄은 몰랐다.

"좋다. 정말 좋은데……. 하아."

꿈꾸듯이 웅얼거리던 유리가 깊은 한숨을 쉬었다.

"왜 그래? 또 다른 고민이라도 있어?"

"실은 나 요 며칠간 말도 못 하는 고민을 했거든……. 근데 이젠 말해도 되겠다. 성진아."

유리는 샤방샤방 웃으며 말했다.

"안방이 좋아, 작은방이 좋아?"

"……."

"도저히 결론을 못 내겠더라고. 안방은 넓긴 한데 뷰가 삭막하고. 작은방은 강이 잘 보이지만 네가 지내긴 좁지 않을까 싶고."

"너 설마 요 며칠간 표정 안 좋았던 게……."

내가 백팔번뇌에 시달리는 동안 너는…… 짜장면이냐 짬뽕이냐 고민하느라?

"나 혼자 너무 김칫국 마셨지? 그래도 이런 상상이라도 해 보니 마음이 안정됐어. 마치 네가 정말 같이 있는 것 같아서……."

수줍게 중얼거리는 유리를 보자니, 주변 공기가 이상하도록 따뜻하게 느껴졌다.

집을 떠나 친구, 그것도 여자랑 단둘이 동거하는 건 난생처음인지라 실전에 투입되면 적잖은 어려움을 겪으리라.

하지만 이리도 격한 환영을 받아서일까? 순수한 호기심이 현실적인 걱정을 하나둘씩 밀어냈다.

이 여자랑 한집에 사는 건 어떤 느낌일까?

집 안에서 마주칠 때마다, 그녀가 이렇게 반색을 띠며 웃어 준다면. 그녀와의 일상은 포슬포슬하고, 따스하고, 때로는 간지럽고. 뭔가 되게 좋은 느낌일 거 같다. 성진이 그런 생각을 하는 찰나, 유리가 그의 팔을 과감하게 잡아끌었다.

"역시 네가 직접 보는 게 낫겠지? 온 김에 결정하고 갈래?"

"어…… 지금 당장?"

"그래! 차 마시면서 얘기하자. 아, 원한다면 라면도 끓여 줄 수 있는데."

"야, 그 발언은 좀…… 위험하지 않냐? 아, 잠깐만! 내 발로 들어갈게."

잡아끄는 힘이 정녕 제가 아는 금유리의 것이 맞는가 하는 의문을 품으며, 성진은 901호 안으로 훅 빨려들고 말았다.

"그렇게 됐습니다."

성진은 이번에야말로 눈을 질끈 감았다.

'당분간 유리네 집에서 함께 지내기로 했어요.'

그렇게 말한 직후, 감히 어머니의 얼굴을 똑바로 뵐 수 없었다. 어머니는 워낙 저를 사랑하시니까 정강이를 걷어차거나 하시진 않겠지만. 못난 놈 소리 정도는 하실지 모른다.

"……."

어머니의 반응 또한 환장할 정도로 느렸다.

당황스러우신 거 충분히 이해하지만 뭐라고 말씀을…….

"……."

안 된다인지, 내 두 눈에 흙인지를 고르시는 겁니까?

"……."

결국 성진은 참지 못했다.

"죄송하지만, 이미 그렇게 하기로 유리랑……."

"완전 잘됐구나."

"완전…… 잘됐구나……라고요?"

성진이 멍하니 따라 말했다.

"안 그래도 아가씨 혼자 사는 게 못내 마음에 걸렸는데. 네가 같이 있어 주면 얼마나 든든할 거야. 험한 일 당하지 않게 네가 잘 지켜 주렴."

"……."

"밤에 둘이 꼭 붙어 다니고, 맛있는 것도 많이 만들어 주고, 집안일도 도와주고. 한강 보여서 좋겠네. 근처에 한강공원도 있으니 둘이 오붓하게 산책하기도 좋겠다."

어머니의 리액션은 아들의 백팔번뇌를 형체도 없이 쌈 싸 먹은 것이었다.

"왜 그런 애매모호한 표정을 짓니?"

벙찐 성진에게 오히려 어머니가 의아한 듯 물었다.

"아니, 정말 다들 너무하는 거 아니에요?"

자동문보다 허무하게 열린 최후의 관문 앞에서, 성진은 끝내 억울함을 토로하고 말았다.

"난 얼마나 고민에 고민을 거듭했는데. 혹시라도 내가 애먼 처녀 혼삿길 막는 거 아닌가 해서……."

어머니는 허탈하게 중얼거리는 큰아들을 흘겼다.

"흠. 우리 아들 그렇게 안 봤는데, 시대성이 조금 떨어지는구나. 마치 어디의 선비 같달까."

성진은 입을 떠억 벌렸다. 방금…… 반세기 이상 살아오신 어머니가 현역 20대인 아들더러 시대성 운운하신 거?

"요즘 세상에 처녀 총각이 같이 사는 게 그렇게 큰 흉도 아니고. 두 사람 다 충분히 알 만큼 아는 나이고."

어머니는 툭툭 털어 내듯 중얼거렸다.

"만에 하나 정말로 그 아이 혼삿길 막을 일이 생긴다면, 당연히 책임질 거라 믿는다."

맏아들을 보는 어머니의 눈에 엄격함과 굳건한 신뢰가 함께 담겼다.

"성재야! 그것을 대령해라."

어머니의 지엄하신 분부가 떨어지기 무섭게, 문밖에서 바퀴가 드르르 구르는 소리가 났다.

"이거 말씀이시죠?"

안방에 28인치 캐리어를 끌어다 놓고 성재가 씩 웃었다.

"복성재! 그건 뭐야? 어머니, 저거 설마 제 짐이에요?"

"정장은 가자마자 바로 옷장에 걸어 놔라. 그래야 덜 구겨진다."

쿨하게 당부하는 어머니에게 성진은 마지막으로 물었다.

"설마 지금 당장 가라고요?"

✣ ✳ ✣

휘오오오.

써늘하게 휘도는 바람의 출처는 한강인가, 아니면 제 마음인가.

새벽별이 밤하늘을 수놓은 시각, 성진은 다시 망원동 아파트 정문 앞에 섰다.

며칠간 뜬눈으로 밤을 지새우며 번뇌한 보람 더럽게도 없게, 그의 최측근들은 너무나 쿨했다. 오히려 꽉꽉 떠밀려서 등짝이 다 얼얼하다.

이 새벽에 캐리어 한 대와 함께 이곳에 덩그러니 서 보니, 무언가에 격하게 당했다는 생각이 뒤늦게 밀려들었다.

허나 그 실체는 영원히 알 수 없으리라.

"에라 모르겠다!"

성진은 하늘을 보며 힘차게 외쳤다.

뭐가 어찌 됐건, 웃음꽃을 피운 금유리를 본 순간 제 마음은 확실히 정해졌으니.

캐리어를 끌어 망원동 아파트에 입성하며 성진은 들뜬 듯이 웃었다.

16.

네가 버린 남자, 내가 아주 잘 쓸 테니까

"술은 크게 발효주, 증류주, 혼성주 세 가지가 있다고 전에 얘기 했지."

화이트보드 앞에서 성진이 침침한 눈을 슥 비볐다.

"혼성주는 어떤 술이랬지?"

"증류주에 과일이나 약초를 넣은 술이요."

"잘 기억하고 있네. 리큐어의 어원은 '녹아 있다'라는 뜻의 라틴 어 리케파세르Liquefacere. 말 그대로 술에, 흐암…… 과실이나 약재 를 녹여낸 거야."

성진은 하품을 삼키며 이끼 같은 진녹색을 띠는 리큐어를 찾아 냈다.

"리큐어의 여왕이라 불리는 샤르트뢰즈야. 프랑스 샤르트뢰즈 수도원에서 만들어졌고, 무려 131가지 약초가 들어가는 리큐어지."

한 모금 머금는 순간 약초원을 통으로 삼켰나 싶을 만큼 달콤한 허브 향에 취하게 되는 샤르트뢰즈. 그 제조 비법은 지금도 소수의 수도사에게만 전승된다고 한다.

"리큐어의 왕 베네딕틴은 27가지 약초가 들어가고, 예거밤으로 유명한 예거마이스터도 56가지 약초가 들어가."

"음……. 왠지 한약 맛 날 거 같아요. 꼭 그렇게까지 약초를 욱여넣어야 했을까요?"

"예전에 증류주가 생명수 취급받았단 얘기 했었지? 리큐어는 증류주에 귀한 재료를 때려 넣은 업그레이드 버전 생명수인 셈이야. 흐암……."

"쌤, 간밤에 잠 못 잤어요?"

"아니……. 그건 아닌데……. 하암."

아니라는 말이 한 큐에 무색해졌다. 미나는 손으로 입을 틀어막는 성진을 위아래로 훑었다.

며칠 전. 드. 디. 어! 29년 차 선비와 선녀님을 한 지붕 아래 두는 미션 임파서블을 달성하였다.

성진이 이삿짐 정리에 시간이 필요하대서 수업이 며칠 미뤄졌다. 그동안 미나는 뛸 듯한 기쁨을 아젤리아B 단톡방 언니들과 나누었으며, 카톡으로 긴밀한 공조를 펼친 성재랑 피자 약속까지 잡아 뒀다.

모두가 자축하는 사이, 한 지붕 아래 만난 두 남녀가 실컷 깨를 볶으리라 믿어 의심치 않았다.

며칠 만에 나타난 성진은 무척이나 피곤해 보였다. 이삿짐 풀다 온 게 아니라, 공사 현장에서 풀타임 노가다라도 뛰고 온 사람처럼 말이다. 대체 요 며칠 둘이서 뭐 했길래!

'서, 설마…… 둘이…… 벌써 어른의…….'

48

대놓고 입 밖에 냈다간, 머리에 피도 안 말랐다는 잔소리만으로 끝나지 않을 상상이었다.

'아이, 강미나 이 변녀!'

야시꾸리한 생각의 흐름을 탓하며 미나는 유리를 흘끗 살폈다.

유리는 성진만큼 피곤에 절어 있지는 않았지만 턱을 괴고 앉아 복잡한 한숨을 토해 내고 있었다. 수심에 찬 표정이, 에로틱이나 로맨틱과는 거리가 멀어 보인다.

'아오, 대체 뭔 일이 있었던 거냐고요!'

물론 수업 중에 대놓고 물어볼 수는 없었다.

"액체의 보석이라 불릴 만큼 다양한 리큐어가 생겨난 건 프랑스의 공이 커. 약재상 출신 명가인 메디치가 여인이 프랑스 왕실로 시집가면서 리큐어가 식후주로 자리 잡았고, 특히 루이14세 때 리큐어의 다양성이 절정을 이루었어."

연일 궁정에서 열리는 호사스러운 파티. 광기에 가까운 화려함을 추구하는 프랑스 상류사회에서 술 역시 견줌의 대상이 되었다. 술 제조자들은 지체 높은 귀부인들의 의상과 장신구에 걸맞은 빛깔의 술을 만들어 냈다.

그렇게, 보석처럼 알록달록한 술이 세상에 무수히 쏟아져 나왔다.

"즉, 우리는 귀부인에게 바쳐지던 술들을 손쉽게 즐기게 된 셈이지."

성진은 풍족한 오늘날의 현실에 유쾌해지자고 한 말이지만.

"귀부인⋯⋯."

유리는 생뿌리를 씹은 듯 쓰게 되뇌었다.

요 며칠, 자신은 귀부인이 된 기분이었다.

지체 높고 교양이 풍부한 그런 우아한 귀부인이 아니라, 할 줄 아는 거라곤 파티에서 무위도식을 즐기는 일뿐이라 민폐 작렬하는 귀부인 말이다.

✢ ✳ ✢

며칠 전, 새벽하늘을 수놓은 별들의 가호를 받으며 망원동 아파트 901호에 입성한 성진의 입에서 터져 나온 것은.

"콜록!"

"서, 성진아! 괜찮아?"

현관에 멈춰 서서 재채기를 뱉는 성진을 보며 유리가 허둥댔다.

"네가 온대서 급하게 청소기 돌렸는데, 어째선지 오히려 먼지가 많아진 거 같아……."

저를 기다리는 틈에 청소기까지 돌렸다는 마음 하난 고마웠다. 눈물까지 찔끔 나오려 한다.

……눈이 따가워서.

"유리야. 청소기 어디 있어?"

"뒤 베란다에 세워 뒀는데……."

"좀 봐도 돼?"

"으응……."

유리는 어딘가 찔려 하는 얼굴로 길을 터 주었다.

성진은 문제의 청소기를 확인했다. 딱 봐도, 전원 버튼을 누르는 순간 먼지를 가두는 본연의 기능을 발휘하는 대신, 매연 방귀를 뿡뿡 뀌어 댈 것처럼 보였다.

판도라의 상자보다도 위험해 보이는 구형 청소기를 열어 본 순간.

"크헉!"

얼굴에 푸아악 분사되는 먼지 세례에 성진은 손사래를 쳤다.

"이거 먼지 봉투를 좀 갈아 줘야 할 거 같은데…….."

그 말에 유리는 크나큰 깨달음을 얻은 듯 고개를 끄덕였다.

"아……. 청소기도 그런 거 갈아 줘야 하는 거구나. 어쩐지 먼지가 잘 안 빨리는 거 같았어."

농담하는 표정은 아니었다.

성진은 진심 어린 애도를 담아, 지난 반년간 용케 폭발 안 하고 살아남은 구형 청소기를 쓰다듬었다.

"유리야, 이 청소기는 이제 그만 보내 주자. 요새 성능 좋은 무선 청소기 많으니까 이참에 하나 마련하는 게 어때? 거실에 충전해 두면 공간도 많이 안 잡아먹고 손도 잘 가거든."

"응, 지금 바로 주문해야지."

쇼핑몰 어플로 무선 청소기를 검색하다가 유리는 생각났다는 듯이 말했다.

"필요한 거 있으면 얼마든지 말해 줘. 앞으로 너랑 같이 살 집인데, 네가 불편한 게 있으면 안 되니까."

그 말에 성진은 옅게 웃음 지었다.

"나 편하자고 온 건 아니야."

나보단 네가, 매일 아침 산뜻한 공기를 마시며 하루를 시작하고. 퇴근하고 집에 돌아오면 깨끗한 욕조에 몸을 담그며 하루 동안 쌓인 피로를 마음껏 내려놓고, 폭신한 이불과 베개에 몸을 파묻어 하루를 마무리할 수 있었으면 해서, 내가 여기까지 왔어.

"유리야, 잠깐 환기 좀 시킬 테니 코트 입어. 추울 거야."

창문을 여니 차갑고 맑은 바람이 얼굴에 쏟아진다.

개판 5분 전. 아니, 실시간으로 이미 개판인 집 안을 등진 성진은 다시 한 번 결의를 다졌다.

순탄할 거란 기대는 이미 버렸다. 전혀 다른 환경에서 살아온 우리. 더욱이 남자와 여자 아닌가. 아무리 서로 이해하고 절충한들, 더 이상 좁혀지지 않는 다름의 영역에 부딪치게 될 거다.

어쨌거나 하나 자명한 사실은.

오늘 밤은 차마 이 먼지의 포화 속에서 잠들 수는 없으며, 어딘가 농익기까지 한 이 먼지는 유리에게 바깥의 괴한보다도 위험한 존재란 것이었다.

"유리야, 전에 내가 한 말 기억나? 여기서 죽도록 행복하게 살아갈 방법, 함께 찾자는 말."

"응……."

"나한테 이곳을 맡겨 주지 않을래? 진짜 금유리의 스위트홈으로 만들어 볼까 하는데."

유리는 성진의 미소에 홀랑 넘어가 고개를 주억거렸다.

그 뒤로 며칠간 두 사람은 러브하우스를 찍었다. 사랑이 넘쳐서 러브하우스가 아니라, 초등학생 시절 본 동명의 주택 갱생 예능 말이다.

성진은 거실 바닥에 앉아 A4용지에 필요한 것들을 적어 내렸다. 그 모습을 보고 유리는 고등학생 때 본 하울의 움직이는 성의 한 장면을 떠올렸다.

영화관 스크린으로 애니메이션을 본 대다수 여성들은, 소피의 양손을 부드럽게 감싸 올려 왈츠를 추듯이 푸른 하늘을 걷는 하울의 모습을 인생 장면으로 뽑곤 한다.

하지만 유리가 꼽는 인생 장면은, 이사 준비를 하는 하울의 모습이었다.

하울이 진지한 표정으로 바닥에 마법진을 그린 다음, 불의 악마 캘시퍼와 마법을 펼치니, 우중충하고 너저분하기만 하던 마법사의 집이 별가루를 뿌린 듯 모든 것이 반짝반짝거리는 새집으로 변했지.

소피를 생각하는 하울의 절절한 마음이 고스란히 전해진 장면이었다.

유리는 상상의 힘을 빌려 자신은 소피가 되어 보고, 하울에는 성진을 대입해 보았다.

은근한 상상이 현실로 이루어지니 좋기는 좋은데. 미치도록 두근거리고 설레는 만큼, 미치도록 민망하고 미안해졌다.

성진은 집 안을 분주하게 돌아다니며, 제조사가 여태 살아 있는지조차 의문인 구형 가전이나 코팅 다 벗겨진 프라이팬 따위를 끌어냈다.

머리카락 제거기를 화장실 하수구에 꽂으니 흑룡이 한 마리 승천했다. 만수산 드렁칡보다 뒤엉킨 전선들을 멀티탭으로 교통 정리했다.

그렇게 성진은 20L 종량제 봉투 대여섯 개를 살뜰히 채웠다.

"저기, 성진아. 내가 뭐 도울 거 없을까?"

동에 번쩍 서에 번쩍 하는 성진에게 끊임없이 물었지만.

"안 돼. 이 봉투 네가 들기엔 너무 무거워."

"지금 바깥 되게 추워. 넌 그냥 집에 있어."

"윽……. 인간적으로 이 냄새는 나 혼자 평생 안고 가야겠다. 유리 넌 절대 들어오지 마!"

성진은 무거움, 바깥 추위, 메스꺼운 냄새 최대한 혼자 감내하려 했고. 유리는 그만큼 혼자 놀게 되는 제 손이 민망하고 부끄러웠다.

청담동 본가에 살 적엔 학교 다녀오고 나면, 백화점 쇼핑 다녀
오고 나면, 그 넓은 집이 먼지 하나 없이 정돈되어 있었다.

청소도 완벽하게 하면서 삼시세끼 9첩 반상을 차려 내는 김 씨
아주머니가 마법이라도 부리는 줄 알았다.

그렇게 유리는 29년 평생 손에 물 한 방울 안 묻히고 살아왔다.

사용인들의 보이지 않는 손길을 공기처럼 당연하게 여겨 왔던
세월이, 고스란히 짐짝이 되어 성진에게 얹어지는 듯했다.

✤ ✳ ✤

피로한 기색을 최대한 감추고 성진은 리큐어 베이스 수업을 진
행했다.

"리큐어는 향이 강하고 당분이 높아 자기주장이 강한 재료야.
예를 들어 미도리가 들어가는 준벽이나 미도리사워는 멜론 맛이
강하고, 디사론노가 들어가면 아몬드 느낌이 강하게 나지."

"무슨 리큐어가 들어가는지 칵테일이 어떤 맛이 날지 대강 견적
나오겠네요."

"이제 실습해 볼까. 미나, 이리 나와서 푸스 카페 만들어 보자."

성진이 작업대에 리큐어글라스를 올렸다. 소인국에서 만든 것
처럼 작은 잔. 전엔 그 용도를 몰랐지만, 이젠 플로팅 기법을 쓰는
칵테일 전용 글라스라는 사실을 안다.

"그레나딘 시럽 먼저 넣고, 크렘 드 민트 그린, 브랜디를 차례로
띄우면 돼. 잔 안쪽에 바 스푼을 대고 그 위로 살살 부어 봐."

미나는 심혈을 기울여 층을 냈다.

"우와, 내가 했지만 겁나 신기해! 어떻게 이렇게 층이 분리될 수

있는 건가요?"

"액체의 비중 차이를 이용한 거야. 당분이 높을수록 비중이 높아서 가라앉고, 알코올 도수가 높을수록 비중이 낮아서 위로 뜨게 돼."

"보석 같아……."

유리는 푸스카페의 비주얼을 보고 감탄을 금치 못했다.

"리큐어는 칵테일의 맛뿐만 아니라 색과 도수에도 영향을 미치니 적절하게 사용해야 돼. 예를 들어 블루큐라소 리큐어 대신 시럽을 사용하면, 도수를 높이지 않고 푸른색을 낼 수 있어."

성진은 둥근 소서 샴페인 글라스를 준비하고 유리를 불렀다.

"유리는 그래스호퍼 만들어 보자. 크림 드 민트 그린, 크림 드 카카오 화이트, 우유 1온스씩 셰이킹."

처음엔 지거 계량만으로도 헤맸던 유리의 손이, 작업대 위에서 사뭇 자연스럽게 움직였다.

글라스에 얼음을 채워 칠링을 하고, 지거로 재료를 차례로 계량해 넣은 다음 얼음을 채우고, 셰이커가 분리되지 않도록 캡을 엄지로 꾹 눌러 잡아 가슴께에서 십수 번 흔들었다.

파스텔 민트그린톤 칵테일이 뽀얀 거품과 함께 쏟아져 나왔다.

"민트초코 아이스크림의 칵테일 버전이랄까."

부드러운 우유 거품이 입술에 노크를 하고 입안으로 달달한 민트초코향이 퍼진다.

유리가 그래스호퍼를 맛보는 모습을 입맛을 다시며 지켜보던 미나가 불쑥 물었다.

"근데 그래스호퍼가 뭔 뜻이에요?"

"영어로 메뚜기."

"으익! 확 깨네!"

"그래서 구글에 그래스호퍼를 영어로 검색하면 칵테일 대신 귀여운 메뚜기 사진을 잔뜩 보는 수가 있다."

귀엽기는 개뿔이! 상상만 해도 소름이 올라와 유리와 미나는 팔을 문질렀다. 그 모습을 재미나게 지켜보던 성진이 문득 떠오른 듯 말했다.

"그러고 보니 바 호퍼라는 말 들어 본 적 있어? 만화 바텐더에도 나오는데."

바 호퍼. 한 바에 머무는 시간을 줄여 하룻밤 새 여러 바를 전전하는 손님 유형이다.

"한마디로 메뚜기처럼 이 바 저 바로 튄다는 거네요."

"심하게는 딱 한 모금 먹고 홀연히 사라지기도 한다나."

"뭔가 웃다. 바텐더가 어, 이 손님 화장실 갔나? 하는 사이 손님은 다른 바 문을 벌컥! 열어젖히고, 막 이래."

미나가 화끈하게 문을 열어젖히는 시늉을 해 보인 순간, 무슨 연유인지 성진의 얼굴에서 웃음이 사악 가셨다.

"쌤 왜 갑자기 그런 표정 지어요? 음? 얼굴이 좀 발개지신 거 같은데?"

"어, 아니. 내가 뭘……."

"유리 언니. 제 말 맞죠? 성진 쌤 얼굴 지금 살짝 붉어졌……."

유리의 호응을 얻으려던 미나는 말끝을 흐렸다. 유리는 고개를 푹 숙이고 있을뿐더러, 얼굴은 성진보다도 붉긋하게 물들어 있었다.

아니. 한창 메뚜기 얘기 하다가 문 여는 시늉 한 번 했을 뿐인데, 분위기가 왜 이렇게 된 거야?

미나가 혼란에 빠진 사이, 두 사람은 어젯밤의 기억을 공유하고 있었다.

정말 어처구니없이 벌어지고 만, 아주…… 민망한 사고.

❖ ✳ ❖

"유리야. 욕실 잘 썼어."

욕실 문을 막 열고 나온 성진과 마주친 순간. 유리의 입안을 맴돌던 모든 말이 사르르 녹았다.

하루 종일 뒤집어 쓴 먼지를 말끔히 씻어 낸 그의 모습은, 그냥 미쳤다.

제가 평소에 쓰던 샴푸를 썼을 뿐인데, 그에게서 풍겨 오는 향은 심장을 뒤흔들 만큼 달고. 긴팔 셔츠와 팬츠를 갖춰 입고 나와 최소한으로 비치는 살결마저 감당할 수 없을 만큼 맑고. 부지런히 일한 여파로 나른함에 잠긴 눈이 묘하게 섹시해 보였다.

신상이 되어 나타난 내 님의 모습에 유리는 면역력 부족 사태를 겪었다.

"이만하면 많이 깨끗해진 거 같지? 이번 주면 얼추 마무리될 거 같다."

성진이 여상한 손길로 머리에 얹은 수건을 끌어 내렸다.

그 동작이 뭐라고, 또다시 심장이 치였다.

"유리야, 난 이제 잘게. 내일부터 다시 수업해야 하니까."

"어…… 응. 얼른 들어가서 푹 자."

"잘 자라, 골든글라스. 좋은 꿈꾸고."

성진은 유리의 학창시절 별명을 부르며 한번 웃어 주고 들어갔다. 그의 방은 한강이 보이는 작은방으로 정해졌다.

"흠."

침대에 누우려다 성진은 제 옷을 살폈다. 지금의 코디는 캐주얼하긴 하지만, 잘 때 입을 만한 옷과는 확실히 거리가 있었다.

서로 굿나잇을 고하기 전까지도 유리가 외출복을 고수하는 탓일까. 자신도 벌써부터 잠옷차림을 오픈하긴 좀 그랬다.

허나 하루 이틀 머물 것도 아닌데 24시간 이렇게 입을 수는 없는 노릇이고. 이런 식으로 우리 관계가 딱딱하게 이어지는 건 싫으니까.

"셔츠라도 갈아입자."

본가에서 챙겨 온 긴팔 니트를 떠올리며 성진은 셔츠 단추를 하나씩 끌렀다.

한편 유리는 아직도 거실에 남아 있었다. 방금 빤 걸레를 든 채 비장하게 중얼거렸다.

"창틀이라도 닦고 자자."

물방울이 뚝뚝 떨어지는 걸레를 성진이 봤다면 곧장 뺏어 들어 물기부터 다시 짰으리라. 하지만 어설프게나마 뭐라도 해 놓지 않으면, 내일 고스란히 그의 노동거리가 되겠지.

창문을 활짝 열어 시선을 아래로 떨어뜨린 순간, 강력한 전류가 등골을 타고 올라왔다.

수초간 숨이 턱 막힐 만큼 소름이 돋은 연유는 찬 겨울바람 때문이 아니라, 창틀에 끼어 거뭇한 곰팡이가 피어오른 큼지막한 메뚜기 시체 때문이었다.

9층 창문에 어떻게 그런 게 존재할 수 있는 걸까? 여름에 창문을 무방비하게 열어 놓은 사이 날아들었거나, 혹은 저도 모르게 옷에 붙어 왔는지 모르지.

메뚜기 시체가 사람을 잡아먹진 않는다는 자명한 사실을 헤아릴 겨를도 없이.

"꺄아아악!"

유리는 걸레를 손에서 놓치며 냅다 비명을 질렀다.

벌레. 심지어 곰팡이까지 핀 저세상 비주얼 앞에 모든 결심이 무용지물이 되고, 최소한의 이성까지 마비되었다.

"성진아! 성진아!"

노크는 했다.

안에서 대답하기도 전에 문손잡이를 틀어 노크한 의미를 완전히 날려 버린 게 문제지만.

그렇게 작은방 문이 벌컥! 열리고.

"자, 잠깐만 나와서 거실 창문 좀 봐 주⋯⋯."

유리의 목소리는 급속도로 기어들어 갔다.

"⋯⋯."

숨 막히는 침묵이 두 사람 사이에 찾아왔다.

불과 수초 전. 성진은 단추를 끄르며 지극히 한가로운 생각을 했다. 901호를 정화하는 중노동이 끝나면, 한강공원에 가서 며칠 미룬 운동을 해야지.

항시 술을 가까이하는 몸이 무너지지 않으려면 철저한 건강관리가 필수였다. 선샤인주류 다닐 적엔 사내 헬스장을 이용했고, 그만둔 이후에도 공원 운동기구를 적극 활용했다. 뭘 입어도 각이 잡히는 탄탄한 몸은 우직한 자기 관리의 산물이었다.

유리랑 함께 가는 건 어떨까? 워낙 추위를 많이 타니 힘들지도.

생각이 거기까지 미친 순간, 돌연 밖에서 들려온 날카로운 비명 소리에 셔츠를 활짝 열어젖히던 손이 굳었고.

다급한 얼굴로 문을 연 유리가 망부석이 되어 버리기까지, 아무

것도 못 했다.

성진은 셔츠 깃을 쥔 채 벙쪄서 유리를 보았고, 그녀는 뒤늦게 손으로 눈을 가렸다.

"미, 미, 미안해!"

새빨간 사과가 된 유리가 문을 쾅 닫았다.

성진은 단추 풀린 셔츠로 상체를 감싼 채 한참을 서 있었다.

그녀의 시선이 잠시나마 머무른 곳을 기점으로 그슬리듯 열이 퍼져서, 3시간도 못 잤다.

✤ ✱ ✤

"보내 준 사진 중에 강남역 꽃집이 가장 나아 보인다. 거기서 진행하지."

수영이 주차장에 막 도착했을 때, 두현은 개인 비서와 한창 통화 중이었다.

"생화보단 드라이플라워가 낫겠어. 흉하게 시들지 않고 오래 간직할 수 있으니."

두현이 사람의 이목을 피해 개인 비서에게 지시 내리는 모습은 익히 보았다. 배다른 형이 부사장으로 취임한 뒤론 그 빈도가 확연히 높아졌다.

수영은 그 내용의 10퍼센트도 공유하지 못했다.

내가 못 미더운 거냐고 한번 따져 물은 적이 있었다.

'그게 아니라, 너까지 휘말리길 원치 않으니까.'

두현은 비밀스러운 웃음을 단 입술로 수영의 입을 포개어 막곤 했다.

'내가 신용하는 유일한 여자는 너야.'

왕자의 난은 선샤인주류를 배경으로 본격적인 서막이 오른 듯 보였다.

치열한 전투에 임하는 두현의 눈은 이따금 거세게 퍼부어지는 소화제를 버텨 내는 불처럼 악독하게 타오르곤 했다. 수영의 입장에선 그야말로 아군이기에 망정인 눈빛이었다.

그래도 그의 차가운 입술이 간만에 꽃을 말하니, 수영의 가슴에도 오랜만에 봄이 찾아왔다.

"아가타 주얼리 풀세트도 하나 주문해. 스코티 라인 신상으로."

어머나, 심지어 주얼리까지? 수영의 눈이 반짝 뜨였다.

강두현이 크리스마스 선물을 준비하고 있다. 하나뿐인 제 여자를 위해.

"크리스마스 저녁에 맞춰서 배달되게끔 준비해 놔."

비서와의 통화를 끝낸 직후. 입가에 남은 전투적인 미소를 지워 내기도 전에, 두현은 수영과 시선이 마주쳤다.

"뭐야. 너 왜 여기 있어?"

"당신이 여기로 내려오라고 해서 온 거잖아."

"아, 맞아. 내가 그랬지. 요새 정신이 없군."

두현이 이제야 생각났다는 듯 관자놀이를 꾹 눌렀다.

"언제부터 여기 와 있었어?"

"방금."

수영은 옅게 미소 지었다. 속아 줘야 할 타이밍임을 아니까.

"아무튼 잠깐 차 안에서 얘기 좀 하자."

시키는 대로 조수석에 앉자, 두현이 차 문을 닫았다.

"전에 기획개발팀 일이 버겁다고 했었지? 넌 원래 이쪽 전공이 아니니까."

"어……. 입사 초기엔 그랬는데, 이제는 나름 할 만해."

예상치 못한 화제에 수영이 방어적으로 덧붙였다.

"나도 몇 년간 이 일을 했으니까."

"그래도 너라면 다른 부서에서 좀 더 역량을 발휘할 수 있을 거 같은데."

두 사람만을 비추는 불빛조차 불편한 듯 두현은 라이트를 껐다.

"오늘 영업부 부장이랑 얘길 나눠 봤어."

"영업부는 갑자기 왜?"

"너도 알다시피 우리 회사는 직원 복지와 역량향상을 위해 부서 이동 신청을 하면 심사 거쳐서 수리해 주잖아. 영업부장 말이, 네 가 신청하면 바로 받아 주겠다는데."

달콤함에 젖었던 기분이 싸하게 내려앉았다.

"나보고 지금 영업 뛰라는 거야?"

"걱정하지 마. 지원팀 경리로 꽂아 줄 거니까. 일은 지금보다 훨 씬 편할 거야. 영업사원 지원이나 판매장려금 집행업무 정도니까."

일은 확실히 편해질지 몰라도.

"이 시점에 날 거기 보내려는 이유가 뭐야?"

마음은 허공에 던져진 듯하였다.

"별다른 뜻은 없어. 당신이 요새 우리 팀에서 너무 힘들어하는 거 같아서. 업무든 인간관계든."

"그래도 내가 남아 있어야 당신을 도울 텐데……."

"그거 알아? 영업부 경영지원팀장이 선샤인주류 비자금 움직이는 실세인 거."

덤으로 그 팀장은 여직원들에게 손버릇 말버릇 나쁘기로 악명이 높았다.

"당신이 거기 들어가서 긴요한 역할을 한다면, 나한테 정말 큰 도움이 될 거야."

수영의 어깨에 얹어진 손에 은근한 힘이 실렸다.

"생각해 볼게."

수영은 흔들리는 목소리로 말했다.

"연말까지는 답을 줘."

언제나처럼 두현은 통보식이었다.

❖　✳　❖

두현이 한 제안, 들어서 손해 볼 건 없었다.

제 전공은 경제경영이라 술병보단 장부를 들여다보는 편이 적성에 맞다. 더욱이 영업부 경영지원팀은 빽 없이는 못 가는 꿀보직이란 평이 자자하다.

일은 일대로 편해질 거고, 저를 노골적으로 따돌리는 꼴 뵈기 싫은 기획개발팀 여직원들 더는 상대 안 해도 되고, 두현에게 자신의 존재 가치는 더욱 격상하리라.

자신은 고급 오피스텔에 쭉 머물며 고품격 일상을 영위하고, 더욱 풍성한 명품에 둘러싸이겠지.

두현의 세련되고 샤프한 음성이 담는 말은 대체로 합리적이라,

예리한 나이프처럼 수영의 반발 심리를 서걱서걱 썰어 대곤 했다.

형체를 갖추기도 전에 조각나 버린 감정의 찌꺼기를 처리하는 건 늘 수영의 몫이었다.

"나랑 함께 있는 시간이 줄어드는 건 상관없나……."

곯아 터진 혼잣말이 구질구질하기 짝이 없어, 수영은 쓰디쓴 웃음을 삼켰다.

서로 떨어짐으로써 더 큰 효율을 추구하려는 두현의 큰 뜻이 머리로는 이해되지만.

한시라도 저와 함께 있을 방법을 강구했던 한 남자의 얼굴이 또다시 떠올라 버렸다.

수영의 입사 초기, 성진은 함께 풀야근을 했다. 제 업무를 최대한 빨리 마쳐 놓고 수영의 일을 돕느라 늘 두 사람 몫의 수고를 했다.

'난 괜찮아. 야근하면 수당도 나오고, 너랑 이렇게 늦게까지 함께 있을 수 있고 개이득이지!'

성진이 다 가진 미소를 지을 때마다, 수영은 비틀린 박탈감을 느꼈다.

내 옆에만 있으면 자기 몸은 고되어도 상관없다는 네 마음, 나는 점점 부담스럽기만 해. 앞으로도 내 짐을 얼마든지 함께 지겠다는 네 마음, 내 자존심을 상하게만 해.

네 목소리가 따스할수록 오히려 차갑게 식어 버리는 내 마음. 이대로 미래를 함께한다면, 결국은 우리 둘 다 불행해질 거란 징후 아니었을까?

"하아……."

흐린 하늘 위로 훅 뿜어 올린 입김이 갈팡질팡하는 제 영혼 같다. 과거를 깎아내려 현재의 소중함을 되새기는 고전적 마인드 컨트롤이 점점 약발이 안 들었다.

성진을 끊어 내면 저도 마냥 홀가분하지만은 못하리란 건 예상했다. 그가 다 퍼 주는 덕에 편리한 부분도 없잖아 있었으니.

오래 복용하던 비타민제를 끊은 정도의 일시적인 금단 증상쯤은 각오했었다.

하지만 그 증상이, 하이엔드 오피스텔의 편의시설을 마음껏 누려도 텅 빈 궁전을 거니는 듯하고, 플래티넘 카드 긁어 산 명품이 죄다 밑 빠진 독에 부어지듯 허망해지는 거라면.

뭘 해도 답답하고 이건 아니다 싶고, 침대에 가만히 누운 순간조차 이유 없는 불안감이 스멀스멀 밀려와 목이 졸리는 거라면.

너무 오래갈뿐더러, 오히려 중증이 된 것 같다.

이쯤 되면 비타민제가 아니라 산소가 끊긴 게 아닐까 하는 무시무시한 생각이 든다.

"구질구질한 생각 좀 작작 해, 윤수영."

두현이 앞으로도 내게 줄 것만 생각해. 복성진이라면 결코 주지 못했을 것들을 생각해.

크리스마스에 내 품에 들어올 꽃다발과 목걸이가, 선택의 가치를 한 번 더 증명해 줄 거야.

건조한 겨울 거리를 걷는 수영의 발걸음은 우아했지만, 머리에 실리는 생각은 극도로 불안정했다.

마음뿐만 아니라 하늘까지 궂은 날.

"아…….."

금유리와 얄궂게 마주쳤다.

"아…… 수영아, 안녕……. 오랜만이네."

피차 불편하고 어색한 기색을 감추지 못할 거면, 차라리 못 본 척 지나칠 것이지.

최소한의 예의는 차리겠답시고 차분하게 알은체를 해 오는 것도 재수 없고. 하얀 목에 걸린 아가타 스코티 목걸이는 더욱 재수 없다.

깜박했네. 저 강아지 목걸이 쟤 18번인 거.

혹시라도 크리스마스에 저 기집애랑 커플 목걸이를 하게 되는 최악의 사태는 없어야 할 텐데. 내일쯤 두현에게 난 아가타는 정말 별로라고 슬쩍 귀띔해 놓아야겠다.

순간적인 생각을 마치며 수영은 가느스름하게 눈을 접었다.

"그러게. 오랜만이네."

"그럼 난 가 볼게……."

유리는 서둘러 수영을 지나치려 했다. 태연한 얼굴로 서로의 안부를 묻기엔 너무 많은 걸 알아 버린 탓도 있지만, 수영과 마주할 때마다 결코 들켜선 안 될 속마음을 꾹꾹 짓밟아 감춰 버릇하던 세월이 너무 길었다.

욕 한 바가지 퍼부어도 모자란 상대 앞에서, 예전처럼 못나게 주눅이 들어 버릴 것만 같다.

당당하게 맞설 자신이 없으니 알아서 피해 가려는데.

"아젤리아라고 했나. 운영하던 칵테일 바 문 닫았다며?"

수영이 말로 돌팔매질을 했다.

유리는 가던 걸음을 멈추고 돌아서서 그녀를 빤히 보았다.

"미성년자한테 술 팔다가 적발돼서 영업정지 당한 거라고 누가 그러던데. 진짜야?"

입술에 걸린 비웃음만 봐도 소문의 진위가 정말 궁금해서 한 말은 아닌 듯했다.

"맞아. 어디 가서 얘기하기 부끄럽지만, 사실이야."

유리는 바보스럽게 해죽 웃으며 시인한 다음.

"하지만 내년 봄에 리뉴얼 오픈하려고 준비 중이야."

그 누구도 비웃지 못할 강한 의지를 담아 덧붙였다.

"성진이는 아직도 거기서 일해?"

"응. 나 요새 성진이한테 술도 배우잖아."

수영이 그 이름을 입에 담는 순간, 유리는 화한 기운에 휩싸였다.

"복. 성. 진한테 열심히 배워서, 앞으로 내 손으로 직접 만든 칵테일을 팔 거야."

들으란 듯 역점을 주어 그의 이름을 말하니, 수영이 기가 차다는 듯 웃으며 내뱉었다.

"넌 원래 혼자선 아무것도 못하니?"

한 남자 때문에, 서로 묻어 두고 지나칠 수 있었던 억하심정이 수면 위로 떠올랐다.

"굳이 성진이 도움을 받아야만 칵테일을 만들 수 있는 거야? 아니 그전에, 걔를 데리고 한다는 게 고작 칵테일 바야?"

머리로는 이렇게까지 말할 필요가 없단 걸 알면서도, 금유리를 찌르고 싶어지고.

"내가 너만큼 좋은 집안에서 태어났으면 그 재력을 그런 식으로 썩히진 않았을 거야. 연장을 엉뚱한 데 쓰지도 않을 거고."

찌르기로 마음먹으니, 가슴 깊이 숨겨 둔 가시까지 동원되었다.

"연장이라니. 무슨 말이야?"

"성진이 S대에서 식품공학 전공했어. 못해도 중견기업에서 음료 개발해야 제대로 살릴 수 있는 전공이야. 꼭 선샤인주류 아니어도 좋은 조건으로 갈 수 있을 텐데, 완전 생뚱맞은 데 발 묶여 있잖아."

유리는 쓰게 웃으며 손에 들린 봉지를 힘주어 쥐었다.

"나도 그 생각은 해. 성진이라면 더 좋은 직장 갈 수 있을 텐데."

이 여자는 곧 죽어도 제 자신보다 복성진부터 안타까워할 거 같다.

"넌 자존심도 없어?"

그 마음의 근원이 고작 자존심 결핍이라고, 수영은 무작정 깎아내렸다.

"그 재력으로도 친구의 전 남친 없이는 아무 것도 못해?"

길에서 우연히 마주친 금유리 붙들고 이렇게까지 매도할 건 뭔가.

복성진 없이 살아온 반년이 생각만큼 순탄치 못해서? 그와 무엇이든 함께하려는 금유리의 존재 자체가, 그 없이 잘 살아 볼 궁리를 하는 제 각오를 정면으로 부정하는 거 같아서?

휘두른 채찍이 도로 제 얼굴에 휘감기는 듯한 불쾌감이 느껴지던 차.

"수영아. 난 너만큼 머리가 좋지도 않고 자존심이 세지도 않지만, 적어도 하난 확실히 알아. 이 세상에 혼자 강해질 수 있는 사람은 없어. 돈이 얼마나 있든지."

지난 15년간 변변히 눈도 못 마주쳤던 여자한테, 집요하리만치 똑바르게 시선을 얽었다.

"자기 혼자 강해졌다고 믿는 사람이 있다면. 그 사람은 분명, 다른 누군가의 도움을 받아 놓고 그 고마움을 까맣게 잊은 거겠지."

반년 전만 해도 황금글라스 회장의 애물단지 고명딸에 불과하던 자신이, 홍대 최고의 칵테일 바 오너 바텐더를 꿈꾸는 사람이 됐다.

　꿈을 꾸게 해 주고, 그 꿈을 향해 나아갈 수 있게 해 준 성진의 고마움을 떠올리며 유리는 행복한 미소를 머금었다.

　수영은 그 거슬리는 미소에 찬물을 끼얹을 말을 찾았다.

　"복성진이 어떻게 선샤인주류 그만뒀는지는 알지? 결혼 자금으로 고향 사람들 손해 메꿨대."

　성진이 선샤인주류를 그만둔 원인이 전적으로 제게 있다 한들.

　"그런 호구 천치 같은 남자 어떻게 믿고 결혼할 수 있겠어."

　독한 향수로 악취를 감추듯, 수영은 썩어 문드러진 마음을 이기적인 말과 고압적인 눈빛으로 무리하게 가렸다.

　믿기지 않을 만큼 추해 보이는 여자에게 유리는 애잔하게 웃어 주었다.

　"그건 약과야. 나는 신혼집 사기 직전의 돈으로 아젤리아 차렸는데, 뭘."

　"역시 그 가게, 복성진 주워 가려고 차린 거구나."

　유리는 사납게 치뜬 눈으로 그 말을 긍정했다.

　"이게 말로만 듣던 평강공주 신드롬이란 건가. 대단도 하셔라."

　유리는 쓴웃음을 지었다.

　수영은 단 한 번도 저를 살갑게 대해 준 적이 없다. 동창회에서 마주칠 때마다 유독 저에게만 차가운 그녀를 보면서, 유리는 제 마음이 아주 예전에 들통 났을지도 모른단 생각을 했다.

　수영의 불쾌감을 십분 이해했지만, 성진의 사소한 근황이라도 주워 들을 수 있을지 모른다는 희망만은 차마 포기할 수 없었다.

그 대가로 수영과 다른 동창들의 노골적인 따돌림을 감수했다. 경멸적인 시선을 내쏘는 그들에게 따스한 커피와 값비싼 디저트를 열심히 사다 바쳤다.

복성진을 몰래 좋아한 나와 복성진을 당당히 차지한 너는, 단 한 번도 친구였던 적이 없었고.

내가 가지지 못해 그토록 애태운 남자를 고작 바보온달 취급하는 넌, 앞으로도 영원히 내 친구가 될 수 없겠지.

아슬아슬하게나마 유지되던 친구의 가면을 버린 수영의 면전에 대고, 유리 역시 해묵은 가면을 획 내던졌다.

"그래. 나 금수저고, 플래티넘 카드가 유일한 무기인 여자야. 완전 잘 하는 거, 아무 생각 없이 돈 쓰는 거야."

하지만 돈으로도…… 우리 수리 오래오래 건강하게 살게 해 주지 못했어. 하다못해 편하게 보내 주지도 못했어.

"심지어 인생에서 유일하게 사랑했던 남자의 결혼식 날, 차마…… 예쁜 옷을 사지도 못했어."

목에 걸린 가련한 강아지를 움켜쥐며 유리는 서늘하게 웃었다.

"그렇게 괴로워하면서도 나조차도 갔던 결혼식, 넌 안 갔잖아?"

그런 네가 감히 복성진 운운할 자격 있어?

수영을 향해 절로 지어지는 비틀린 미소가 버거우면서도 후련한 감각을 안겼다.

"수영아. 나는 네가 성진이한테 한 짓 가지고 입 아프게 따질 생각 없어. 성진이한텐 미안하지만, 솔직히 난 네가 고맙거든."

수영의 미간에 금이 갔지만, 유리는 멈추지 않고 말했다.

"성진이랑 완전히 끝내 줘서. 그 덕에 평생 안 올 것 같았던 기회가 나한테 돌아와서."

10년 넘게 가지고 있던 보석이라도 소중하게 간직하지 않고 땅에 버리면. 그 보석이 절실했던, 호시탐탐 노리던 사람이 감사하는 마음으로 줍지.

"아직은 모르는 일이지. 나랑 복성진이 정말 끝났는지는."

내가 왜 애한테 이런 말까지 해야 하는 걸까?

스스로를 납득하지 못하면서도, 수영의 입술은 계속 밉살맞게 움직였다.

"나랑 걔 15년 사귀었어. 네가 모르는 복성진을 나는 아주 많이 알아. 고작 반년 가지고 우쭐해할 거 없어."

친구의 전 남친이라는 상도의를 범한 기집애를 타작하고픈 마음인가. 고작 복성진 하나 가졌다고 기뻐 날뛰는 얄팍한 행복을 괜히 흔들고 싶은 심술인가.

단지 그뿐이면, 나는 왜…… 말을 하면 할수록 가슴이 답답하고 얼굴이 뜨거워지는가.

마음의 갈피를 잡지 못하는 수영에게, 유리가 차분히 일침을 가했다.

"이게 말로만 듣던 못 먹는 감 찔러 보기란 건가? 대단도 해라."

고작 했던 말 돌려주는 수법에, 수영은 쇠망치로 얻어맞은 듯 입술을 앙다물었다.

유리의 다음 발언은 더욱 세차게 그녀를 후려갈겼다.

"나랑 성진이, 동거 시작했어."

"뭐?"

"이거 성진이랑 같이 먹으려고 30분 동안 줄 서서 산 거야."

2인 세트 이상만 파는 홍대 유명 맛집에서 산 치킨. 집 정리하느라 오늘도 고생하는 성진과 함께 먹으려고 샀다.

"나 혼자 살 땐 이 집 치킨 사 먹을 일은 없을 거라 생각했는데."

마을버스를 타고 홍대로 오는 길. 유리창 너머로 흩어지는 작은 눈발마저 따스해 보였다.

얇은 코트를 꿰뚫는 겨울의 냉기도 까맣게 잊었다. 내 집을 제 집처럼 아껴 주는 남자와 만찬을 즐길 생각에 마냥 들떠 올랐다.

고급 세단에 갇혀 캄캄한 미래만을 생각하던 때가 있었는데, 이젠 삶에 과정이 생겼다.

이런 온기, 이런 행복의 소중함도 모르고.

네가 잔인하게, 그리고 어리석게 버린.

"가진 거라곤 돈뿐인 내가, 그만큼 썩어 나게 돈 많은 내가, 복성진이라는 최고급 연장, 월급도 듬뿍듬뿍 주고 파격에 파격을 거듭하는 대우하면서 아주 잘 쓸 테니까, 굳이 홍대까지 찾아와서 우리 걱정 안 해도 될 거 같아."

나는 농담으로라도 복성진 절대 안 놓을 테니.

"이 치킨이 다 식기 전에 돌아가야겠다. 안녕."

유리가 마을버스 타고 사라지는 순간까지, 수영은 입이 떨어지지 않았다.

두견중학교 1학년 3반 교실에서 만난 이후 15년. 저 호구 천치 기집애가 처음으로 제게 밉살스레 웃으며 대들었다는 사실보다 충격적인 건.

퇴근길에 저도 모르게 흘러든 곳이, 아무런 볼일도 연고도 없는 홍대라는 것이었다.

17.

바뀌는 게 아까울 정도로 예쁘니까

"금유리, 금유리이."

장난스레 이름을 죽 잡아 늘려 보아도 별 반응이 없다. 유리의
손에 들린 마른 수건은 좀체 진도가 안 나갔다. 근질거림을 참다못
한 성진의 손이 그녀의 뽀얀 뺨으로 불쑥 뻗어 갔다.

"아얏?"

볼을 살짝 꼬집혀서야 유리는 흠칫 몸을 떨며 눈의 초점을 성진
에게로 돌렸다.

"집중하셔야죠? 신성한 신부수업 중인데."

그의 유쾌한 농담을 듣고서야, 깜박 놓아 버린 시간의 흐름을
되살렸다. 겨울 냉기에 취약한 유리가 이 추운 날 홍대까지 가서
공수해 온 맛집 치킨에, 성진은 기대 이상의 리액션을 보이며 감동
했다. 며칠간의 고생을 말끔히 잊고 맛있게 치킨을 먹었다.

기분 좋게 배가 불러올 즈음 건조기의 빨래가 다 말랐다. 갓 마른

빨래를 거실에 소담히 쌓으며 성진이 옷 개는 법을 가르쳐 준댔지.

독립한 지 반년이 넘었는데도 바닥을 치던 집안일을 이제야 제대로 배우게 됐다. 무려 좋아하는 사람에게 1대1 집중과외로.

그야말로 꿈같은 상황이었다.

'성진이는 아직도 거기서 일해?'

홍대에서 수영과 마주치지만 않았더라면.

'나랑 걔 15년 사귀었어. 내가 모르는 복성진을 나는 아주 많이 알아. 고작 반년 가지고 우쭐해할 거 없어.'

그런 말을 듣지 않았더라면, 우리 사이에 가로놓인 마른 빨래의 감촉이 천사의 옷깃처럼 포근했을까?

"혹시 밖에서 무슨 일 있었던 건 아니지?"

아까 집을 나설 때만 해도 들떠 보였던 유리의 얼굴을 떠올리며, 성진이 조마조마하게 물었다.

"아니, 미안해. 그냥 잠깐 멍 때린 거야."

유리는 도리질을 치며 입술에 힘을 주었다. 말만으로도 수영을 성진의 곁에 놓아두기 싫었다.

"휴, 난 또. 잠깐 멍 때렸다 하기엔 되게 심각해 보여서. 내가 너무 과민하게 본 건가?"

유리는 성진 앞에서 퍽 괜찮은 웃음을 꾸며 내며, 무서운 속도로 내려앉는 심장을 감췄다. 잠시 잊고 있었다. 그가 자신과 한 지붕아래 살게 된 마음의 뿌리를.

나를 원해서가 아니라, 그저 보호해 주고 싶은 마음에서인데.

이 이상 짐 없을 데도 없이 무거운 마음인데.

"그나저나 성진이 넌 집안일까지 어쩜 못하는 게 없네."

"말만 한 장정 세 놈 뒤치다꺼리를 홀어머니께만 떠넘길 순 없잖냐. 우리 집은 철저한 당번제로 운영되고 있지."

대화하는 중에도 성진의 옆에는 가지런하게 갠 수건이 차곡차곡 쌓였다. 어느 순간, 그것이 사람의 형상을 하고 유리를 힐난했다.

'넌 원래 혼자선 아무것도 못하니?'

유리는 구깃구깃한 수건을 팽팽하게 잡아 펴며 중얼거렸다.

"아이구. 그 소중한 당번 중 하나를 내가 빼낸 거 아냐?"

큰 회사에서 음료개발을 하며 전공을 살려야 할 사람이. 한 가정의 기둥인 사람이. 내 욕심 때문에 허공에 휘둘러지는 연장이 되어 버린 건 아닌지……

"아니, 오히려 잘됐어. 두 놈도 이참에 이 큰형님의 빈자리를 뼈저리게 느껴 봐야지. 특히 복성혁 이 자식, 가는 곳마다 지 물건으로 영역표시 하고 다니고 빨래도 추상 미술처럼 개는 놈이 까탈스럽기는 제일이여. 내가 설거지 당번일 때 밥그릇에 고춧가루 하나 묻혔다고 10년 늙은 형 아주 대역죄인으로 만들지 뭐야."

유리의 작은 혼잣말에서 처진 마음을 느꼈는지, 성진은 사랑하는 동생까지 팔아 가며 분위기를 띄웠다.

"넌 대체 못하는 게 뭐야?"

이런 네가 결혼까지 생각했던 수영이는 못하던 게 뭐야?

"저런. 고작 요거 가지고 과찬을 하시면. 자, 수건은 다 갰으니 단

75

계를 하나 높여 볼까? 이런 긴팔 셔츠는 우선 잘 펼쳐서 뒤집……."

성진의 쾌활한 목소리가 한순간 뚝 끊겼다. 그가 집어 올린 셔츠 아래, 화기애애한 분위기를 단숨에 살라먹는 옷가지가 있었다.

유리는 한순간 수영의 독설마저 말끔히 잊을 만큼 얼굴이 달았다. 분명 따로 은밀히 모아 뒀다고 생각했는데, 무슨 수로 이 안에 끼었는지 앞으로도 영원히 알 길이 없을……. 브래지어.

하필 여기서 나타날 거면, 그나마 수수한 아이보리색 브라 같은 거나 들어가지! 와이어는 주인의 가슴 없이도 소담한 볼륨을 연출하고 있었으며, 새틴 특유의 반반한 윤기가 도는 블랙톤 본체를 바이올렛 하프레이스가 몽마의 안개처럼 휩싸고 있었다.

보기만 해도 뼈가 삭는 듯한 빅토리아 시크릿 브라의 실물을 난생처음 접한 성진은, 당연하게도 고개를 홱 돌렸다.

"어……. 이런 건 망에 따로 넣어 세탁해야 할 거 같은데……."

민망함과 쑥스러움 때문에 낮고 탁하게 가라앉은 목소리.

"자세한 건 나중에 네가 경민이한테 따로 물어보는 게 나을 거 같다."

안 해도 될 말을 괜히 늘어놓는 건지. 뺨에 불붙은 성진은 속으로 애먼 제 탓만 했다.

유리는 잔뜩 빨개진 얼굴로 브라를 뒤로 감췄다. 손끝에 아무 감각이 없었다.

"으흠! 저기, 유리야."

성진은 반 박자 빠른 속도로 작업을 속개하며 화제를 돌렸다.

"시간 날 때 혹시 귀중품 같은 거 안 사라졌나 확인해 볼래? 내가 네 방에 있는 건 되도록 손 안 댔지만, 혹시 모르니까."

대청소할 때 나름 조심한다고는 했지만. 털갈이하는 새의 깃처럼 어수선하게 옷봉에 달라붙은 명품백이라든지, 화장대 위에서 뒤엉켜 나뒹구는 주얼리 중 단 한 점이라도 실수로 치우지 않았으리란 확신은 할 수 없었다.

"난 내일 본가 좀 다녀올게. 청소는 얼추 끝났으니 나도 본격적으로 짐 풀게."

"응, 그렇게 해."

그와 함께 빨래를 개며 유리는 잠시 밀어 두었던 고뇌를 다시금 머릿속에 펼쳤다.

'그래. 나 금수저고, 플래티넘 카드가 유일한 무기인 여자야.'

수영에게 맞선 카드가 참으로 가난하게 되새겨졌다.

오랜 바람도 되새겨진다. 묵은 빨래만큼 케케묵은 바람. 성진에게 언제까지고 돈만 많은 여자이고 싶지 않다는 바람.

이제는, 우리 사이에 가로놓인 옷들처럼 바짝 말리고 개켜 가지런히 놓아두고픈 바람.

"성진아. 너 가고 나면 나도 한번 쭉 둘러봐야겠어."

비장한 결심이 표 나지 않게 유리는 작게 웃으며 말했다.

"정리할 게 더 없는지."

✤ ✻ ✤

성진이 아침 일찍 본가로 가 제 짐을 챙기고 있을 즈음.

"흐아……."

유리는 압구정동의 한 명품가게에서 캐리어를 끌고 나오며 후련하게 기지개를 켰다.

'중고명품 최고가매입'

최고가 매입은 말뿐. 상인이 제시한 매입가는 구입가에 비해 턱없이 낮았다.

목돈이 필요해 이것저것 알아보고 온 매도자였다면 이 가방은 색이 바랬네 보관이 미흡하게 된 것 같네 식의 후려치는 수작들을 간파했을 테지만, 유리는 두 번 이상 묻지 않았다. 캐리어에 바리바리 싸 들고 온 명품백과 주얼리를 오전 내로 한 점도 남김없이 쿨거래했다.

미련이 없었다. 백화점 명품관에서 무료하게 흘려보낸 시간의 길이를 증명할 뿐, 가진 보람을 못 느꼈던 물건들. 성진이 대청소할 때 거치적거리기나 한 것들.

'금유리 씨 지금 재정 상태로 원래 씀씀이가 감당이 되겠어요?'

강두현의 거만한 경고까지 앗싸리 팔아 치운 것 같아 속이 다 시원했다.

"응, 되고말고요. 지가 뭘 안다고. 재수 없어······."

무심코 중얼거리고 나서 유리는 어머 하며 제 입을 틀어막았다. 방금 나 욕한 거 누가 듣진 않았겠지?

집에 돌아오니 어느덧 노르스름한 오후 햇살이 비쳐 들고 있었다. 보람찬 마음이 남긴 여운은 겨울의 낮만큼 짧았다.

늦은 점심을 무엇으로 때울까 고민해야 할 타이밍에, 유리는 화장대 앞에 우두커니 멈춰 섰다. 거울에 비친 아가타 스코티 목걸이. 목에 걸린 강아지를 덧그리듯 매만지는 손끝이 미약하게 떨렸다.

강아지별로 떠난 수리가 가슴을 저밀 때마다, 연고를 바르듯 목걸이를 걸었다. 친구의 남친이기 전에 첫사랑인 그가 심장을 가쁘게 할 때마다, 마음을 가두는 부적을 하나씩 늘려 나갔다.

아문 뒤에 덧나고, 누르고, 터지고, 또 누르기를 반복한 끝에 수십 개의 아가타 스코티 목걸이가 푸석살처럼 가슴에 눌어붙었다.

자신을 거추장스럽게 하는 것들을 전부 벗어 낼 각오를 다졌건만. 이것만은…… 막상 손을 대려니 살점을 꼬집어 당기는 기분이었다.

팔아넘긴들 몇 푼 되지도 않겠지만.

"나는 달라질 거야. 달라져야 해……."

여기서 멈추면, 모처럼 부풀린 결심이 폭삭 꺼져 버리겠지.

유리는 심호흡을 하고 목 뒤로 손을 뻗었다. 목걸이의 클래습을 풀려는 찰나.

"금유리! 있으면서 왜 대답 안 해? 난 또 어디 간 줄 알았네!"

유리는 도둑질하다 걸린 사람처럼 눈을 치뜨며 얼른 손을 내렸다.

"서, 성진아. 벌써 본가 다녀온 거야?"

"톡 안 봤어? 10분 전쯤에 도착한다고 한 번 보냈는데? 그리고 나 방금 너 엄청 큰 소리로 불렀는데 진짜 못 들었어?"

생각이 너무 깊어 귀까지 먹은 새 너무 많은 일이 벌어졌다.

"점심은?"

"아직…… ."

"진짜? 여태 안 먹고 뭐 한 거야?"

"그게…… 나도 어디 좀 다녀오느라…….."

핑크색 캐리어가 아직도 발치에서 헤벌쭉 입을 벌리고 있었다. 그것을 곁눈질할 엄두도 못 내는 유리 앞에서 성진이 활기차게 말했다.

"와 나, 진짜 죽는 줄 알았어."

본가에 다녀온 성진의 손엔 짐이 한가득 들려 있었다.

"울 어머니가 반찬을 왕창 싸 놓고 계시더라. 아오, 무거워 죽는 줄 알았네. 우리 둘이 다 먹을 수나 있을까 모르겠다."

짐짓 엄살을 부리면서도 성진은 그 위에 쇼핑백을 하나 더 얹었다.

"유리야, 이 패딩 너 주려고 산 건데 사이즈 맞는지 한번 입어 보……."

쇼핑백을 내미는 순간 묘하게 가슴을 간질이는 미량의 쑥스러움 때문에, 성진은 반사적으로 고개를 돌렸다. 우연찮게 시선이 닿은 곳에, 앙상한 뼈대만 남은 옷봉이 있었다.

"유리야, 여기 있던 가방들 다 어디로 사라졌어?"

도둑맞은 사람처럼, 성진의 얼굴에서 웃음이 달아났다.

요란하게 티내고 싶진 않았지만 굳이 숨길 이유도 없는 터라, 유리는 담담히 실토했다.

"압구정동에 가서 팔았어."

"갑자기 왜?"

"아니, 뭐…… 어차피 손도 잘 안 가고. 괜히 공간만 잡아먹는 거 같아서."

"너 설마……."

성진의 생각이 비관적인 방향으로 흐르려는 찰나 유리는 얼른 손을 내저었다.

"아니, 아니! 생활비 때문에 판 거 절대 아냐! 나 아직 돈 많아!"

"그럼 왜?"

"의식 같은 거야."

"의식?"

거듭되는 심각한 물음에 유리는 머뭇머뭇 대답했다.

"그냥……. 앞으로는 아무 생각 없이 가방이랑 보석 지르지 않고, 집도 더 이상 안 어지르고, 정신 똑바로 차리고 살고 싶어서……."

역시나 저답다. 가슴에 품은 열기에 비해 처참하게 멋없는 말이 나와 버리는 것이.

"이것들도 그 의식의 제물이 될 예정인 거야?"

성진이 가리킨 반쯤 열린 서랍에서, 아가타 스코티 목걸이들이 서늘한 빛을 흘리고 있었다.

"그게……."

"다른 건 몰라도 이건 네가 맨날 하고 다니는 거잖아. 되게 아끼는 거 아냐?"

"하지만……."

미간을 살짝 구기고 묻는 성진 앞에서, 유리는 수많은 말을 삼켰다.

지난 14년간 제게는 부적과도 같았던 목걸이들이지만, 남들이 보기엔 그저 매일 줏대 없이 바뀔 뿐인 유치찬란한 사치품이 아니었을까? 한갓 목걸이에 의미를 부여하는 행태가, 주얼리 브랜드 콜렉터의 우스운 합리화로 비쳐지지 않을까?

떠나보낸 지 10년도 더 된 반려견을 여태 못 보낸 스물아홉 철부지의 나약함에, 내심 혀를 내두르지 않을까?

"강아지들 다 가지고 나와 봐."

성진이 두어 번 까닥여 손짓한 다음 방을 나섰다.

양손 가득 목걸이를 들고 나와 보니, 성진은 오후 햇살이 아늑하게 깔린 거실에 앉아 있었다.

"여기다 내려놔."

바닥을 콕콕 찍는 성진은 어딘가 심기가 불편해 보였다.

유리는 그가 지목한 곳에 아가타 스코티를 와르르 쏟아 냈다. 성진은 제 손마디보다도 작은 강아지들을 뚫어져라 보며 줄을 세우기 시작했다.

"딱 40개네. 정확히 조주기능사 출제 칵테일 수만큼 있는데? 과연 아젤리아 오너의 소울메이트답다."

"저기, 성진아. 왜 목걸이들을 이렇게 해 놓은 거야?"

"금유리, 잘 봐. 이 녀석부터 맨하탄, 올드패션드, 위스키 사워……."

14k 옐로골드 스코티, 자개 스코티, 핑크빛 큐빅 스코티……. 조금씩 다르게 생긴 목걸이들을 하나하나 손으로 짚어 내며.

"……블랙러시안, 모스코뮬, 코스모폴리탄, 하베이 월뱅거……."

"설마 얘네한테 칵테일 이름 붙여 주는 거야?"

한순간에 진짜 강아지들의 엄마가 된 기분에, 유리는 얼떨떨하게 눈을 깜박였다.

"내가 이름 막 갖다 붙인 거 같지? 한 놈도 빠짐없이 머릿속에다 집어넣었어."

"에이, 설마……."

유리는 고개를 가로저으며 웃었다. 성진이 머리가 좋은 건 충분히 인정하지만, 아무리 그래도 이 짧은 순간에 40마리 강아지를 다 외울 리가…….

"못 믿겠으면 시험해 보든가."

성진이 팔짱을 낀 채 눈을 흘겼다.

"그럼 우선 이거부터."

유리가 핑크에나멜 스코티를 짚은 순간, 성진의 입에서 막힘없는 말이 나왔다.

"그 핑크젤리 녀석은, 퍼피 러브."

퍼피 러브puppy love.

직역하자면 풋사랑. 안동 소주에 사과 리큐어, 쿠앵트로, 라임주스를 셰이킹하여 만드는 전통주 베이스 칵테일.

칵테일의 창작자가 파르스름한 청사과에서 풋풋한 사랑의 이미지를 포착해 냈다면, 성진은 고양이 발바닥처럼 온유한 촉감의 핑크 에나멜 스코티와 풋사랑을 결부시키기라도 한 걸까?

나름 어울리는 네이밍이긴 한데, 첫 타로 걸린 강아지가 퍼피 러브인 건 단지 우연일까?

"그럼……. 이건?"

공연히 뛰는 심장을 달래며, 유리는 제 목에 걸린 은강아지를 가리켜 보았다.

"그 별자리 같은 녀석은, 힐링."

묵직하게 가라앉은 음성이, 그의 시선과 함께 깊다랗게 쏟아져 들어온다. 크게 덩어리진 온기가 온몸을 휩싸는 느낌에 유리는 하려던 말을 잊었다.

"더 시험해 볼래?"

"아니. 내가 다 못 외워서……."

백기를 흔들듯 손을 내젓는 유리를 보며, 성진은 예전에 그녀의 목걸이를 대하던 제 마음을 떠올렸다.

어떤 날은 금강아지. 어떤 날은 핑크 에나멜 강아지. 또 어떤 날은 큐빅 박힌 강아지.

매일같이 바뀌는 목걸이를 보며, 금유리는 제가 가진 부富의 한 조각을 일일이 기억하려나 식의 꼬인 생각만 했을 뿐. 그녀의 목에 온종일 걸린 마음을 똑바로 마주하지 못했다.

40마리 강아지가 차곡차곡 쌓여 간 세월만큼 더해졌을 서러움의 무게를 가늠하지 못했다.

목걸이, 명품백, 오더메이드 드레스……. 화려한 것들을 무리하게 동원하여 간신히 가린 마음의 구멍을 알아보지 못했다.

14년 전 한때나마 그녀의 아픔을 나눴으면서. 아무도 찾지 않는 학교 뒷산의 숲에서 사무치도록 외로이 울던 그녀를 내리 1시간 동안 지켜봤으면서.

금유리가 10년도 넘게 꽁꽁 가둬 둔 마음 알아차릴 기회. 그녀가 베갯잇에 숨긴 눈물 닦아 줄 기회. 그녀의 가족들조차 받지 못한 기회……. 신에게 받은 몇 안 되는 사람이면서.

병신같이, 눈이 차가웠다.

"일일이 기억 못 한다 해서, 네가 아무렇게나 막 사들인 건 아닐 거야."

시선을 고치는 타이밍이 늦되더라도. 이제부터라도.

그녀를 따스하게 보고 싶다. 그녀의 마음을 지켜 주고 싶다. 그녀를 채우고 싶다.

그러니까.

"한 놈이라도 팔아넘기면, 이름 부르면서 찾는다, 내가."

고작 목걸이 팔지 말라는 말 하나에, 유리의 눈시울이 빠르게 달구어졌다. 그의 목소리는 편편한 무쇠처럼 덤덤히 울렸지만, 발갛게 달구어 세차게 두들긴 진심의 흔적이 완전히 감추어진 건 아니었기에.

눈물이 찔끔 나오려는 걸 간신히 참고, 유리는 싱겁게 웃었다.

"뭐야, 그게……."

✤ ✱ ✤

12월이 성큼 다가온 징후는 프랜차이즈 카페의 성마른 변신에서 느끼기 마련이다. 유리창에 하얀 눈꽃, 사슴, 썰매 시트지를 붙인 카페가 하나둘 보이기 시작했다.

연말시즌을 앞둔 사람들의 설렘이 지상에 잔잔히 깔릴 즈음, 지하의 바에선 치열한 수련이 한창이었다.

유리는 중지와 약지 사이에 바 스푼을 끼워, 얼음을 가득 채운 믹싱 보울에 꽂아 넣었다. 스푼의 등이 벽을 타고 돌게끔 중지로 밀고 약지로 튕겨 내면, 바 스푼이 빙산을 돌리듯 얼음을 끌며 재료를 혼합한다.

"호오, 우리 사장님 매일같이 연습한 보람 제대로 보여 주시네."

유리의 스터링을 지켜보던 다희가 흡족해했다.

맨 처음 해 봤을 땐 전동 드라이버라도 돌린 양 스푼이 자꾸 아래로 빠졌다. 한동안은 고작 반 바퀴씩 휘적휘적 돌아갔다.

손가락 사이에 물집이 잡히도록 연습한 끝에, 이젠 온전한 원을 그릴 수 있게 됐다.

뒤편에선 성진이 미나에게 술병 찾는 연습을 시키고 있었다.

"크림 드 카시스Creme De Cassis."

"으억, 어디 있지?"

미나가 쥔 가위 모양의 묵찌빠 봉이 수십 초간 허공을 헤맸다.

"카시스 무슨 색이야?"

"어……. 자주색이요."

"그럼 우선 자주색 술부터 추려야지. 어디 있는지 말해 봐."

"음……. 두 번째 줄이요. 아얏? 근데 세 번째 줄에 자주색 술이 두 개나 더 있네요!"

"슬로 진이나 체리브랜디도 자줏빛이니까, 색만 봐서는 틀린 걸 고르는 수가 있어. 이럴 땐 라벨에서 정보를 얻으면 돼."

성진이 미나의 묵찌빠 봉을 이끌며 설명했다.

"볼스나 디카이퍼 사 리큐어는 병목 라벨에 이름이 표기돼 있어. 우리 바에 있는 건 마리브리자드 사 제품이라 라벨에 주재료 그림이 있고."

"아, 찾았어요! 우와……. 이 많은 술 중에 하나 찾으려니 빡세네요."

"오늘 연습은 여기까지 하고, 유리랑 미나 잠깐 이리 모여 볼까?"

두 사람 앞에서 다희는 일장연설을 늘어놓았다.

"자격증 딴다고 모든 트레이닝이 끝나는 건 아냐. 아젤리아 고유의 레시피를 다시 외워야 하고 기법도 계속 다듬어야 해. 제대로 된 마티니 만드는 데 최소 2년 걸린다는 말이 우스개가 아니거든?"

다희의 엄한 눈빛만큼 두 사람의 목으로 넘어가는 침은 무거웠다.

"내년 봄에 아젤리아 재개장해도 아마 한동안 여러분은 청소랑 설거지, 바텐더 업무 보조 등 바 헬퍼 업무 위주로 하게 될 거야. 그건 사장님도 마찬가진 거 아시죠?"

"네."

"조주기능사 떨어지면 바텐더 데뷔는 더욱 요원해질 수 있으니, 유리는 다음 달 실기시험, 미나는 내년 1회 차 시험 꼭들 붙읍시다. 파이팅!"

채찍 뒤에 뒤따르는 당근 같은 미소. 불끈 쳐들린 다희의 주먹 감자에서 모두 잘 되길 바라는 마음이 모락모락 뿜어져 나왔다.

"난 두 사람 다 한 번에 패스할 거라 믿어. 너희 아니면 누가 붙겠냐고."

"저기, 성진 쌤……."

미나가 머뭇머뭇 성진에게 다가갔다.

"다음 주에 복성재 연극영화과 최종 실기고사 치죠?"

"응. 그렇다만."

"저…… 복성재 혹시 찹쌀떡 싫어해요?"

손가락 끝을 마주치며 넌지시 묻는 모양새가 귀여워, 성진은 픽 웃었다.

"며칠 전에 집에 가 보니 어디서 그렇게 떡을 산더미같이 받아 온 건지. 아주 떡집 차려도 되겠더라. 내 동생이지만 그 정도로 인기인인 줄은 몰랐다."

"그건 저도 알죠. 맨날 학교에서 보니까."

눈을 내리깔고 웃는 모습이 답지 않게 씁쓸해 보였다.

"그래도 네가 주는 건 가장 먼저 챙겨 먹지 싶은데."

그 말에 미나의 눈빛이 바로 달라졌다.

"내가 예산 보태 줄 테니, 기왕이면 요 앞에 명장 제과점의 화과자를 사는 건 어떠냐."

"우와, 대애박. 진짜요?"

"우리는 거기서 거기인 수능시즌 기성품 찹쌀떡 따위 압살하는 비주얼 깡패 화과자로 승부 보자고. 너도 하나 사 준다. 지금까지 수업 한 번도 안 빼먹고 열심히 들은 상이다."

성진은 미나에게 아빠 미소를 지었다.

"말 나온 김에 지금 바로 출격하도록 할까? 나의 1호 제자여."

"넵넵. 스승님!"

성진은 신바람이 난 미나를 데리고 나갔다.

"거 오누이처럼 훈훈하니 보기 좋네."

입꼬리를 말아 중얼거린 뒤, 다희는 집에 갈 준비를 하는 유리에게도 한마디 했다.

"유리 오늘 처음 보는 패딩 입었네? 따뜻해 보인다."

"네, 완전 따뜻해요. 성진이가 사 줬어요."

베이비 핑크 구스 패딩이 유리를 넉넉하게 품었다.

"잘 했네. 네가 지금까지 입던 코트들은 우아하긴 한데 솔직히 좀 얇아 보였거든. 자기 가뜩이나 추위도 많이 타잖아."

"저, 다희 언니. 옷 얘기가 나와서 말인데요. 아젤리아 재개장하면, 저 아무래도 옷 입는 스타일을 좀 바꾸는 게 좋겠죠?"

"왜에?"

예상 외로 다희가 정색을 했다.

"매일 구경하는 재미가 얼마나 쏠쏠한데! 난 그 재미 잃기 싫은데?"

"아하하……. 그치만 바텐더치고 너무 튀지 않을까요. 일하는 데 거치적거리고."

예전에 자신의 풍성한 치마가 바 헬퍼를 가로막았던 일이 떠올랐다.

"바텐더 용모 깔끔해야 하는 건 맞지만, 모두가 깜장 서버조끼로 대동단결할 필요는 없다고 봐. 일에 지장을 줄 만큼 소매에 프릴이 다닥다닥 붙어 있거나 치마 뽕이 과하게 들어간 것만 피하면 되지 않겠어?"

아, 맞다. 뽕이 아니고 파니에라 하지? 나 막 검색까지 해 봤잖아.

"처음 만났을 때 제게 물으셨죠? 이 바의 콘셉트가 뭐냐고."

유리는 작정한 듯 속에 품은 얘기를 꺼냈다.

"저, 아젤리아 차리면서 바의 콘셉트가 뭔지 제대로 고민해 보지 않았어요."

지금 생각하면 진짜 겁도 없이 덤볐다.

"이제라도 분명하게 정해서 개장 준비해야 할 텐데, 솔직히 아직까지도 감이 잘 안 와요."

맛있는 칵테일. 친절한 직원. 딱히 흠잡을 데 없는 서비스. 마땅히 있어야 할 것만으론 손님들의 마음을 사로잡지 못했다.

애매한 바 콘셉트. 역량이 부족한 사장님. 다시 찾기엔 2% 부족한 바라는 오명만 쓴 채.

"아젤리아도 저도, 저번과 똑같으면 안 될 텐데……."

"너무 복잡하게 생각하지 마."

다희가 유리의 어깨에 탄탄한 팔을 둘렀다.

"사람마다 성격, 옷 입는 스타일, 사귀는 친구 성향이 다 다르듯, 바도 마찬가지 아닐까? 바의 콘셉트는 오너의 수만큼 있다고 봐."

주력 품목에 따라 와인 바, 몰트 바. 장소에 따라 호텔 바, 라운지 바, 루프탑 바. 요리에 역점을 둔 다이닝 바. 장르는 존재하지만, 어디까지나 그 바의 일부분일 뿐이다.

"바가 하나의 사람이라면 무슨 옷을 입고 싶은지, 어떤 식으로 말을 건네고 싶은지, 어떤 손님을 사귀고 싶은지 생각해 봐요."

여전히 아리송하다는 생각이 들 즈음.

"후아, 춥다!"

바깥에서 돌아온 미나가 차오른 숨을 뱉어 냈다. 성진이 제과점 쇼핑백을 들고 뒤따라 들어섰다.

"매니저님?"

다희가 성진을 불러 세웠다.

"사장님이랑 심도 있는 대화를 나눠 봤거든. 아젤리아 2기의 방향성에 대해."

"오. 그러셨습니까?"

"사장님이 바 콘셉트에 대한 고민이 깊은 거 같은데, 어떻게 도와주면 좋을까?"

"흐음, 그건 매니저인 나도 함께 고민해 봐야 할 문제 같은데. 그러니까."

성진은 성큼 유리에게 다가가 능청스레 팔을 내밀었다.

"사장님. 우리, 이 밤에 집 나간 바 콘셉트를 찾기 위한 여행을 떠나지 않겠습니까?"

"지금 당장?"

돌발 제안에 유리의 눈이 휘둥그레졌다.

"지금 9시니까 부지런히 움직이면 대여섯 곳은 돌 수 있을 거야."

"하룻밤 만에 그게 될까?"

"바 호퍼 기억나지? 메뚜기 다리 장착하고 한 바당 30분 내외로 끊으면 돼."

차가운 겨울바람이 실린 대문을 힘차게 밀쳐 내며, 성진이 재차 손을 내밀었다.

메뚜기 하니 뭔가 촐싹대는 느낌인데, 그와 함께라면 매직 카펫을 타고 날아다니는 기분일 거 같다.

"우리 다양한 바 문화를 체험하고 오자."

갑작스러운 만큼 두근거리는 심야의 바 투어. 유리는 설레는 마음으로 그의 손을 잡았다.

"응. 좋아!"

두 사람이 깊은 밤을 향해 날아간 뒤, 미나가 코밑을 슥 비비며 중얼거렸다.

"거 연인처럼 훈훈하니 보기 좋네."

그 말투가 좀 전의 저를 빼다 박은 꼴이라 다희는 호쾌한 웃음을 터트렸다.

❖ ✳ ❖

성진과 유리는 홍대의 이름난 바를 누볐다. 들르는 바마다 매력이 넘쳐서, 잠시만 머물다 가자는 결심을 지키기가 생각만큼 쉽지 않았다.

새벽 2시. 여섯 번째로 도달한 바에서 두 남녀는 날개를 접었다.

"너무 재밌어서 시간 가는 줄 몰랐어."

온 세상이 잠드는 시각에 유리의 눈은 별처럼 초롱초롱했다. 들른 바의 수만큼 칵테일을 마셨는데도 전혀 피곤하지 않았다.

주문한 칵테일을 기다리는 동안, 유리는 바 투어에서 느낀 점을 재잘재잘 풀어냈다.

"처음 간 바는 호텔 바라 그런지 꽤 비쌌어. 한 잔에 2만 원이 넘다니……."

오너 바텐더가 국제대회 수상자라지만, 이름값을 너무 비싸게 쳐서 받는 게 아닌가 싶기도 했다.

"근데, 막상 마셔 보니 그 가격을 납득하게 되더라⋯⋯."

특히 손님 취향에 따라 커스터마이징할 수 있는 메뉴가 인상적이었다.

애플민트뿐만 아니라 로즈마리, 바질, 레몬그라스, 타임⋯⋯. 칵테일에 담아낼 수 있는 허브의 향은 무궁무진했다.

플레인 시럽뿐만 아니라 꿀, 메이플, 아가베 등 다양한 스위트너로 미묘하게 다른 감미와 촉감을 연출할 수 있고. 올리브나 과일뿐만 아니라 생화 가니시로도 보는 맛을 더할 수 있는 거였다.

자신이 아직 12색 물감을 가지고 있다면, 선배들은 족히 64색 물감을 가진 것 같았다.

"두 번째 바는 가게 규모는 작은데 칵테일 맛은 최고였어. 바텐더님이 얼음 손질까지 직접 하셔서 그런가."

"실제로 얼음 크기랑 녹는 정도가 칵테일 맛에 제법 영향을 끼쳐. 크래프트 칵테일을 표방하는 바들은 제빙기 품질에 엄청 신경 쓰지. 그마저도 성이 안 차서 바텐더가 직접 카빙하기도 하고."

"그렇구나⋯⋯. 그분들만큼 되려면 엄청난 내공이 필요하겠지?"

그 수준에 이르기까지 얼마나 많은 시간과 노력이 필요할까 생각하면 정신이 아뜩하지만. 지레 겁먹고 포기하기엔 너무도 매혹적인 경지였다.

"너무 당연하지만, 오너 바텐더가 되려면 역시 칵테일을 잘 만들고 봐야 하는 거 같아."

얌전한 고양이처럼 부뚜막 위로 올라가고픈 마음이 샘솟는다.

반의반만큼. 그다음엔 반만큼. 차례차례 밟아 오르다 보면 지금의 나와는 다른 세계 사람이 되어 있지 않을까?

"내가 한참 멀었다는 건 알고 있었지만, 직접 보니 완전 하늘과 땅 차이야. 나 이대로 아젤리아 재오픈해도 진짜 괜찮을까? 내년 봄도 너무 이른 거 아닐까……."

"유리야, 연기파 배우라는 말이 있잖아."

유리의 말을 묵묵히 들어 주던 성진이 입을 열었다.

"참 이상한 말이지 않아? 배우가 연기를 잘해야 하는 건 당연한데."

그 당연한 수준의 연기력이 부족한 배우들이 의외로 많다는 방증일 터다.

"탑배우 중에도 연기파 아닌 사람 많은데, 어떻게 드라마랑 영화에 꾸준히 나오는 걸까?"

"그야…… 연기가 다소 딸리더라도 우월한 비주얼로 커버하는 사람도 있고. 아님 얼굴만 봐도 웃기고 분위기 재미있게 만드는 사람도 있고……."

연기력, 비주얼, 예능감. 전부 다 갖추지 못한 배우라도 그토록 많은 사람을 휘어잡는 비결은.

"사람마다 제각기 다른 개성과 매력이 있는 거니까……."

"나는 바도 마찬가지라고 봐."

"아……."

"칵테일 바라면 모름지기 일정 수준 이상의 퀄리티를 갖춰야 하는 건 맞아. 하지만 모든 바가 얼음 카빙을 해야 한다든지, 10페이지가 훌쩍 넘는 메뉴 리스트를 갖춰야 한다는 법은 없다고 봐. 중요한 건, 그 바만의 매력 아닐까?"

유리는 지금까지 거쳐 온 여러 바들의 매력을 떠올렸다.

맛집으로 유명한 다이닝 바에선, 고혹적인 조명 아래 극강의 맛깔스러움을 뽐내던 요리들을 구경하였고.

별전구가 늘어진 루프탑 바에선, 성진과 나란히 벽을 짚고 서서 칵테일 한 잔 가격을 훌쩍 뛰어넘는 밤풍경을 감상하였고.

웨스턴 바에선, 네온 레터링을 등진 사장님이 부추기는 대로 다트를 마음껏 던져 보기도 했고.

독립서점과 결합된 바에선, 숲의 요정이 된 듯 은밀한 속삭임을 주고받았지.

"그러고 보니 바마다 손님도 조금씩 달랐던 거 같아."

20대 청년들이 무리지어 앉아 왁자하게 떠드는 바가 있는가 하면, 3, 40대 남성들이 싱글 몰트를 즐기며 점잖게 회포를 푸는 바도 있었다. 서점 바의 손님들은 대부분 혼술족이었다.

"마치 입구에 이러이러한 사람 요기 붙어라 써 붙이기라도 한 것 같았어."

성향이 비슷한 사람끼리 모인 장소에선 묘한 안정감과 무언의 만족감이 느껴졌다.

"스피크이지Speakeasy 형태의 바는 아예 주소 노출을 금지하기도 해. 그런 데 입장하려면 알음알음해서 찾든지, 간판도 없이 숨겨진 입구를 찾아야 한다더라."

"우와……. 그렇게 해도 장사가 돼?"

배짱 장사(?)에 기막혀 하면서도 유리는 흥미롭게 눈을 빛냈다.

"나중에 한번 가 보려면 어떻게 찾으면 되지?"

그녀의 혼잣말에 성진이 쯧 하고 혀를 차며 한마디 했다.

"봐. 너 같은 손님이 기어이 찾아내서 팔아 주기 때문에 장사가 되는 거여."

"아하하, 그러네."

유리의 웃음이 잔잔한 음악처럼 깔렸다. 입을 가리고 얌전하게 웃는 모습을 눈에 담으며, 성진이 힘 있게 말했다.

"그러니까 우리 사장님 하고 싶은 거 다 해."

"아······."

"네 취향에 맞는 옷처럼 아젤리아를 단장하고, 네가 사귀고 싶은 친구를 손님으로 받아."

바 콘셉트를 특화하여 손님을 타게팅하라는 말일 터다.

"성진아. 나 요새 엄청 고민돼. 아젤리아 재개장하면, 어떤 옷을 입어야 할지."

옷뿐만 아니라 나란 인간도, 이대로도 괜찮을까?

"너는 뭘 입어도 예쁘니 괜찮다고 하면?"

그 말이, 며칠간 고민으로 딱딱하게 뭉친 유리의 가슴을 거세게 치고 들어왔다.

"여자들은 이런 말 무신경하다고 별로 안 좋아하는 거 같긴 한데. 난 진심이야."

성진은 유리가 입은 오더메이드 드레스를 훑으며 턱을 매만졌다.

"솔직히 처음엔 너의 그 패션을 보고 대략 정신이 멍해졌지. 여름에 쪄 죽지 않을까 싶고. 그렇게 입고 일이 되나 싶고. 하지만 요새 나도 은근히 기대하게 되더라. 오늘은 뭐 입고 나타날까 싶어서. 손님들도 결국은 나처럼 되지 않을까?"

"아하하······."

유리는 제 패션 센스의 근원을 새삼 고찰해 보았다.

계기는 분명, 아버지가 반강제적으로 붙여 준 맞선남의 눈 밖에

나기 위해서였던 거 같은데. 어느 정도는 진짜 취향이었는지도 모르겠다.

"옷거리도 좋지만, 너는 말하는 모습도 되게 매력적이야."

"에? 나 말 되게 못하는데……."

"일단 목소리가 곱고. 말의 템포가 약간 느린 감은 있지만, 그 점이 오히려 듣는 사람 편하게 해 준달까."

들어 줄 때나 말할 때나 이슬비처럼 스며드는 너는, 사람을 편안하게 해 주는 재능이 있어.

"금유리. 요새 끊임없이 노력하는 모습, 멋있고 보기 좋아. 하지만 나는 지금 이대로의 네 모습도 상당히 좋아해."

성진이 유리가 옆에 벗어 둔 패딩을 보며 말했다.

"난 네가 한겨울에 따뜻하게 입고 다니길 바라지만."

인형 같은 드레스건, 명품백이건. 예쁜 건 앞으로도 마음껏, 자신 있게 입고 다니면 좋겠어.

"칵테일 만드는 모습도 보기 좋지만, 예전에 피아노 치는 모습도 정말 멋졌고……."

"아……. 혹시 나 피아노 치는 모습 본 적 있어?"

성진은 대답 대신 입술 끝을 살짝 올렸다.

예전에 먼발치에서 한 번, 이브닝에메랄드 호텔 라운지 바에서 연주하는 모습을 본 게 전부다. 그날 밤을 흠뻑 적신 애절한 음색이 아직도 귓가에 생생히 감겨든다.

"그러고 보니 건반 만져 본 지도 오래됐네. 지금 사는 집엔 피아노가 없어서."

시원섭섭한 듯 중얼거리는 유리를 바라보며, 성진은 생각했다.

다음에 기회가 닿으면, 내게 활짝 웃는 음색을 들려주길 바라.

"오늘은 퍼피 러브네."

성진의 말에, 유리는 약간 수줍은 기색으로 핑크 에나멜 스코티를 매만졌다. 요즘 들어 은근히 퍼피 러브를 편애하게 된다.

"뭔가를 팔아 치운다든지, 무리해서 스타일을 바꾸려 하지 않아도 돼. 지금 네 모습, 바뀌는 게 아까울 정도로 예쁘니까."

조도가 낮은 장소에 있는데도 유리의 얼굴이 눈에 띄게 발그레해졌다. 성진의 얼굴도 조금 달아올랐다.

커다랗게 뜨여 저를 오롯이 담는 눈과 마주하다 보니, 어느 순간부터 머리가 아닌 심장이 써 준 말을 지껄이게 되었고.

아젤리아의 바 콘셉트를 논하던 대화는, 기승전 금유리 예쁘다가 되어 버렸다.

"주문하신 진피즈, 마가리타 나왔습니다."

29년 평생 가장 적절한 타이밍에 와 준 서버였다.

성진은 열 오른 입술을 진피즈로 축이며 유리를 흘끔 보았다. 그녀의 마가리타도 빠른 속도로 입술 너머로 사라지고 있었다.

'이렇게 보니 마시는 모습도 예쁘다. 객관적으로.'

그래. 완전 객관적으로.

"여기 칵테일도 맛있네."

선홍빛 혀가 빼꼼 나와 입술에 묻은 새콤달콤한 액체를 살짝 핥는 순간을, 성진은 묘한 긴장을 안고 지켜보았다.

유리는 사방을 죽 훑어보며 나직이 중얼거렸다.

"이런 바도 괜찮은 거 같아."

아젤리아의 반절도 안 되는 바인데, 결코 작게 느껴지지 않았다. 복층 좌석으로 공간을 스마트하게 활용해서 그런가 보다.

홀로 카운터에 앉은 손님은 바텐더를 자연스레 말벗 삼으니 외롭지 않아 보이고. 위층으로 오르는 계단에 절묘하게 가려진 자리에 앉은 자신은, 세상에 성진과 단둘이 남겨진 기분을 만끽할 수 있어 만족스러웠다.

별무늬 무드등이 수십 개의 별을 까만 천장으로 밀어내니, 마치 은하수 아래서 술을 마시는 기분이다.

백 바에 진열된 앤티크풍 인형들이, 이 좋은 분위기에 이끌려 아래로 폴짝 뛰어내릴 거 같다. 그러고 나면 잔잔한 음악에 맞추어 밤하늘빛 카운터에서 왈츠를 출까.

유리는 여운에 잠겨 웃었다. 아주 다정하고 아늑한 바의 모습이 머릿속에 떠오르기 시작했다.

"성진아, 오늘 정말 고마워. 덕분에 많은 공부가 됐어."

목이 타서 진피즈 원샷 때린 보람 참 없게. 쨍하게 맑은 눈으로 저를 덥혀 오는 여자 앞에서 성진은 생각했다.

자신이 말을 걸면, 수영은 고개만 살짝 돌리거나 턱짓으로 대답할 때가 많았다. 그런 모습마저도 아름답게 보는 게 사랑이라 생각했던 때가 있었다.

반면, 해바라기 금유리는 마치 제 얼굴이 해라도 된 듯이 봐 준다. 내가 생각하는 나보다 복성진을 높게 쳐주고, 믿어 주고…… 진심을 다해 좋아해 준다.

아주 작은 호의에 벅차오를 만큼 보답하는 여자.

아주 작은 온기를 뜨거운 열기로 되돌려 주는 여자.

내가 나로서 존재하는 고마움을 제대로 알게 해 주는 여자.

날을 거듭할수록, 그녀의 눈빛에 속절없이 빨려드는 순간이 초 단위로 늘어나고 있고.

그녀의 입술 모양이 애잔할 정도로 예쁘다든지. 그 감촉도 생긴

만큼 따스하고 몽글몽글할까 하는, 몹쓸 생각에 이르게 되었다.

"그래도 나 역시, 지금보다 더 멋진 사람이 되고 싶어. 아젤리아 오너 바텐더 클래스, 만만치 않게 잡을 거야."

진짜로 멋진 여자가 돼서, 당당하게 너에게 나아갈래!

한 발짝씩 나아가는 벅찬 기쁨에 취한 나머지, 유리는 미처 눈치 채지 못했다.

여전히 멀게 느끼는 그 길을, 이미 성진 쪽에서 꽤나 좁혔음을.

✜ ✱ ✜

수영이 카페란 장소를 처음 가 본 건 14세 겨울이었다.

성진에게 고백받아 사귀게 된 후 둘이서 처음 맞은 크리스마스.

휘핑크림이 뭉게구름처럼 올라간 핫초코는 부드러우며 달았고, 부모가 하나뿐인 딸의 생일을 잊은 세월만큼 맛보지 못했던 딸기 생크림케이크도 있었다.

달콤함을 맛보고 나니, 작은 선물 상자가 미끄러져 들어왔다.

은 목걸이가 별줄기처럼 쏟아져 나왔다.

몇 달 치 용돈을 모으며 성진이 바란 건 오직 하나, 수영의 환한 미소였다.

29세. 더 이상 그가 없는 크리스마스.

무슨 곡절인지 수영은 작년 데이트 장소였던 유명 셰프 레스토랑에 와 있었고, 성진과 마주 앉은 채였다.

너른 격자창으로 햇살과 나무 그림자가 비쳐들던 예쁜 가게로 기억하는데. 잿빛 강이 창밖 세상을 온통 집어삼킨 듯한 스산함이 감돈다.

테이블 위에 작은 선물 상자가 놓여 있었다.

'안에 든 게 뭐야?'

물음에 답하는 대신 성진은 리본을 끌렀다. 와인 방울 같은 자수정이 세팅된 술병 모티브 은 펜던트가 미려한 광채를 발했다.

'술의 신 디오니소스는 한때 달의 여신 아르테미스를 짝사랑했어.'
받아들여질 수 없는 구애였다. 아르테미스는 처녀의 수호신이기도 하였으니.
'사랑을 거부당한 디오니소스는 격분한 나머지 호랑이에게 명했어. 여신의 신전을 맨 처음 지나는 자를 해치우라고.'

신의 변덕스러운 화풀이에 한 가련한 처녀가 걸려들었다.

'아르테미스는 처녀가 호환을 당하는 찰나 수정으로 만들었어. 뒤늦게 뉘우친 디오니소스는 수정에 포도주를 부었어. 그렇게 생겨난 보석이 자수정이라지.'

자수정. 아메시스트Amethyst. 그리스어로 술에 취하지 않는다는 의미.

'자수정을 몸에 지니면 술에 취하지 않는다는 속설이 있어.'
'그런 건 플라시보 효과에 지나지 않아.'

내심 반가운 마음과 다르게 오랜 버릇이 나왔다. 이건 아니다 싶으면, 그의 기분을 살피기도 전에 제 의견부터 피력하는.

'그리스 신화로 잘못 알려진 그 이야기, 16세기 프랑스 시인 레미 벨로의 창작이잖아.'
'그런 건 중요하지 않아.'

성진이 대수롭지 않다는 듯 입술 끝을 감미롭게 올렸다.

'내 여자가 술을 마시더라도 안전하길 바라는 내 마음은 허구가 아니니까.'

성진은 선물 상자를 도로 닫고 솜씨 좋게 리본 매듭을 지었다.
수영도 알고 있었다. 지금껏 성진이 제게 안겨 준 수많은 선물 상자도 그가 손수 매듭지은 것임.

'마음에 들어 하면 좋겠는데.'

묘한 긴장감이 수영을 꿰뚫었다. 선물 상자가 제 앞으로 내밀어지는 모습이 인정하기 싫을 만큼 자연스럽게 상상되었다. 지난 15년간 빠짐없이 그랬으니까. 그러나 성진은 선물 상자를 품에 감추고 우뚝 일어서더니, 바삐 갈 데가 있는 듯 홱 돌아섰다.

'대체 누구 주려고?'

수영은 스스로도 놀랄 만큼 황망한 목소리로 그를 붙들었다.

돌아선 그가, 서늘한 웃음이 선명하게 그려지는 목소리를 뱉었다.

'그걸 정말 몰라서 묻는 건가.'

✣ ✱ ✣

머리가 지끈거릴 만큼 리얼한 꿈. 수영은 근무 시간 내내 손으로 이마를 받쳐 들었다.

성진이 크리스마스 선물로 준 네잎클로버 은 목걸이. 제 생애 첫 목걸이기도 한 그것이 지금 어디 있는지 모른다. 부모상 치르고 주공아파트로 이사한 뒤론 찾을 수 없었다.

안 그래도 손이 안 가던 차라 시원섭섭하게 떠나보냈다. 시커멓게 녹이 슬기도 했고.

잘못 끼운 첫 단추가 날아갔을 뿐이라 여기면 될 텐데.

'내가 그걸 대체 어디다 흘린 거지?'

오늘따라 짜증이 날 정도로 아쉬웠다.

만약 꿈속에서 본 그 펜던트가 실존한다면, 이번 크리스마스엔 누구의 목에 걸릴까?

'나랑 성진이, 동거 시작했어.'

수영은 금유리가 바로 앞에 있기라도 한 듯 날을 세워 웃었다.

앙큼한 고양이 같은 기집애. 안 보는 새 부뚜막까지 꽤 많이 기어 올라갔네? 복성진 못 가져서 그리도 안달이더니. 소원 성취해서 참 좋겠어.

수영은 손거울을 열어 오늘 착용한 목걸이를 비추어 보았다. 다이아몬드가 촘촘히 박힌 하트 펜던트가 18k 체인에 매달려 있다.

물론 중1 남학생이 용돈 모아 산 은 목걸이 따위보다 수백 배 이상 비싼 거다. 꿈에서 본 자수정 펜던트도 제아무리 비싸게 친들이 목걸이의 10분의 1도 안 될 터다.

그래. 둘이서 허울 좋은 사랑 타령 하며 십 몇 만 원짜리 준보석 펜던트 주고받건 말건. 평강공주와 바보온달. 끼리끼리 눈 맞아 논다고 웃어넘기면 되잖아.

일할 기분이 안 난다. 수영은 책꽂이에 꽂아 둔 베스트셀러 인문학서적을 끄집어냈다.

그러나 2페이지도 채 넘기기 전에, 잡아 뜯을 듯 제 목걸이를 움켜쥐었다.

'둘이 키스는 했을까?'

떨쳐 내려 할수록 상상의 수위는 저 높이 튀어 올랐다.

'둘이 벌써 잤을까?'

수영은 입술을 잘근 문 채 고개를 가로저었다.

혼전 순결을 지키고 싶다는 제 말 한마디에, 15년 내내 정말 손만 잡으며 견딘 남자다. 설마 고작 반년 만에 선을 넘었으려고. 다른 여자랑.

수영은 다시 활자에 몰입하려 했다. 그러나 결국 독서마저 포기했다. 차라리 머리에 총을 쏴 버리고 싶을 만큼 생각이 엉켰다.

선샤인주류 사옥에 텁텁한 낙조가 깔렸다. 날카로운 손톱을 기른 마귀가 창문을 휘감은 것 같다.

수영은 이제나저제나 강릉공장 시찰을 간 두현을 기다렸다. 그가 퇴근 시간 이후 돌아온다는 말을 남기고 간 이상 하염없이 기다릴 수밖에 없었다.

Trrr—

손아귀에서 뜨끈하게 익은 핸드폰은 밤 10시가 돼서야 울렸다. 오늘따라 더 간절했던 기다림 끝에 온 것은.

"……알겠어요. 지금 그리로 갈게요."

지하 주차장으로 내려가니 두현의 개인 비서 나 실장이 쭈뼛거리며 묵례했다. 수영은 한숨을 삼키고 말했다.

"나 실장님. 요새 참 자주 뵙네요."

"죄송합니다. 도련님이 업무 마치고 바로 오려 하셨는데 거래처 사장님들이 기어코 붙잡으셔서……."

천하의 강두현 비서의 몸가짐을 흐트러트리는 건 극도의 민망함이었다.

"죄송하긴요. 그이 공사다망한 거 실장님 탓은 아니잖아요."

수영은 나이 지긋한 사내에게 관대한 마음을 먹으려 노력했다.

열을 잘하다가도 한 가지가 미흡하면, 조카뻘 되는 고용주한테 입에 담지 못할 폭언을 들어야 하는 사람이다. 이 밤에 강릉에서 헐레벌떡 서울로 날아와 그 애인의 비위까지 맞춰야 하는 극한직업 강두현 몸종에 비하면, 제 처지는 그나마 한가롭다.

'너도 알다시피 내 기반이 아직 완전하지 않아. 당분간은 무리를 해서라도 입지를 다져야 해.'

그 기반이란 건 어느 높이에 있는 걸까? 한자리에 가만히 있긴 한 걸까?

하나 확실한 건, 이 다이아몬드 목걸이는 그 하늘의 보물섬에서 떨어진 부스러기라는 것.

제 주제에 감히 그곳에 발을 들이기로 마음먹었으니, 악착같이 인내할 수밖에.

"오피스텔로 모시겠습니다. 타시죠."

차에 탄 수영이 불쑥 물었다.

"나 실장님, 두현 씨가 말한 주얼리는 구입하셨나요?"

"아니, 그, 그걸 어찌 아신 겁니까?"

운전석의 나 실장이 옆구리에 못이 콕 박힌 사람처럼 엉덩이를 들썩였다.

"제가 모를 리가요. 정말 중요한 선물인데."

"아……."

"안심하세요. 제가 알아차린 건 실장님 때문은 아니니까요."

"저……. 그래도 도련님 앞에선 모르는 일로 해 주셨으면 좋겠습니다. 혹시라도 저 때문에 수영 씨가 안 거라고 오해라도 하시면……."

강두현이라면 크리스마스 서프라이즈 이벤트를 누설한 죄도 엄히 물을 위인이긴 하다만, 백미러를 통해 저를 불안하게 흘끔거리는 충혈된 눈은 다소 지나치다 싶었다.

"브랜드는 아가타 스코티 라인인가요?"

"예. 며칠 전에 백화점에서 구입했습니다."

'난 강아지 목걸이는 좀 별로더라.'

며칠 전 한번 언질을 줬는데. 힌트를 줘도 못 알아먹긴.

"환불하셔야 할지도 몰라요. 받는 사람 취향에 전혀 안 맞는 브랜드거든요."

내일 강두현을 만나면 아예 정답을 떠먹여 줄 참이다.

난 아가타 스코티가 진저리 날 만큼 싫어. 그리고 자수정 세팅된 실버 주얼리도 싫어.

명품도 아닌 주제에 늘 짐스러웠던, 복성진이 줄 법한 선물 같은 건 싫어.

"어……. 그럴까요? 아직 그런 말씀은 없으십니다만……."

아까부터 입안에 개구리라도 삼킨 듯 우물거리는 나 실장의 말투가 슬슬 짜증나기 시작했다.

"도련님께서 목걸이 디자인부터 색상까지 워낙 구체적으로 지시하셔서……. 제가 봐도 취향이 확고해 보이는 목걸이더라고요."

그 말을 들은 순간, 짜증이 의아함으로, 나아가 극도의 불안감으로 변했다.

"도착했습니다. 피곤하실 텐데 일찍 주무시지요."

"주얼리랑 꽃, 어디로 배달하실 예정인가요?"

"……."

"실장님이 주소 제대로 알고 계신지 제가 확인해 드리려고요."

확인을 빙자한 추궁이었다.

"망원동의…… 한강아파트 1동 901호로 직접 배달하라고 지시받았습니다."

"수취인이 누구죠?"

나 실장은 숨을 한 번 고른 뒤, 하늘이 무너지는 대답을 내놓았다.

"황금글라스 회장님 따님이신 금유리 양……입니다."

✤ ✳ ✤

"지금부터 재료 확인 시간 2분 드리겠습니다."

성진이 엄숙한 목소리로 선언하자, 작업대 앞에 선 유리와 미나의 눈동자가 분주히 굴러갔다.

마른 행주 위에 엎어진 10여 가지 컵. 스피드레일 안에 빼곡히 찬 수십 가지 술. 주스, 올리브, 레몬, 체리……

재료와 기물의 위치를 긴박하게 확인하는 새, 성진은 화이트보드에 세 가지 칵테일을 적었다.

1. Bloody mary 2. Grasshopper 3. b-52

"2분 지났습니다. 제한시간 7분 안에 칵테일 세 가지를 제출하십시오. 시작!"

두 사람은 뒤편 싱크대로 가 손부터 씻었다. 위생 점수에만 무려 10점이 책정돼 있다. 만드는 순서는 자유. 유리는 셰리글라스를 가져와 b-52를 작업하고, 미나는 블러디메리부터 만들었다.

블러디메리.

영국 여왕 메리1세의 별호에서 따온 칵테일답게 몸 색은 붉지 않을까 하는 사실까진 손님들이 어렵지 않게 유추한다.

하지만 여왕의 칵테일인 만큼 카시스나 체리 리큐어로 차도녀 맛을 내지 않을까 하는 지레짐작으로 주문하려는 손님이 있다면, 완전히 낚인 거니 뜯어말려야 하지 싶다.

블러디메리로 말할 것 같으면.

하이볼글라스에 우스터소스와 핫소스를 뿌려 넣고, 후추와 소금으로 밑간을 한 다음 보드카를 넣고, 토마토 주스로 채워 바 스푼으로 저어 준 다음 레몬슬라이스나 샐러리 가니시를 올린 것이, 시험용 레시피다.

'다희 언니가 장 본 게 아니었다니…….'

하다하다 핫소스 소금 후추까지 들어가는 칵테일이 존재한단 걸 알았을 때, 미나는 극심한 컬처쇼크에 빠져들었다.

다희 말로는 그것이 토마토의 숙취해소 효능을 취한 서양의 해장술이고, 파마산 치즈를 리밍한 컵에 마시면 더욱 별미라나.

칵테일 하나 만드는 데 시간이 무섭도록 빠르게 흘렀다.

유리와 미나가 작업대에서 허둥대는 동안, 성진과 다희는 두 사람의 작업을 매의 눈으로 살피며 채점표를 작성했다.

"그만."

타이머로 잰 7분이 끝나기 무섭게 성진이 가차 없이 말했다.

미나는 간발의 차로 세 번째 칵테일을 내놓았고, 유리는 블러디메리에 올릴 레몬슬라이스를 썰다가 가슴 철렁한 표정으로 성진의 얼굴을 쳐다보았다.

"미나부터 평가를 시작하겠다. 그래스호퍼가 거의 넘치려 하는데, 왜 그럴까?"

"아……. 칠링한 얼음을 버렸어야 했는데 깜박했어요."

이미 제 실수를 깨닫고 있던 미나는 입술을 질겅질겅 씹었다.

"스템이 있는 잔이면 칠링한 얼음을 버리고, 스템 없는 잔은 칠링한 얼음을 버리지 않는다고 가르쳐 줬지? 마시는 사람 입장에서 생각하면 그 원리를 이해할 수 있어."

성진은 작업대로 다가와 하이볼글라스에 담긴 블러디메리를 집어 올렸다.

"칵테일이 가격은 비싼데 몇 모금 마시고 나면 없다고 불평하는 사람들이 있지. 하지만 이렇게 용량이 큰 컵에 얼음 없이 술만으로 가득 채우면, 과연 다 마실 수 있을까?"

"한 잔만 마셔도 만취하겠지⋯⋯."

"유리 말대로야. 얼음은 음료를 시원하게 유지해 주기도 하지만, 알코올 음료인 칵테일의 양을 조절하는 역할도 해. 그나저나."

성진이 미나의 그래스호퍼를 보며 픽 웃었다.

"얼음도 얼음이지만, 이거 아주 총체적 난국이구만."

"왜, 왜요? 또 뭐가 문제예요?"

"메뚜기 색깔이 어째 칙칙하단 생각 안 드냐?"

성진의 말대로 미나의 그래스호퍼는 초록색과 갈색이 뒤섞여 우중충했다.

"그래스호퍼 레시피 읊어 봐."

"어⋯⋯. 크림 드 민트, 크림 드 카카오, 우유 1온스씩이요."

"리큐어 색상까지 정확히 말해야지? 크림 드 민트는 무색과 초록색 두 가지가 있어. 크림 드 카카오 역시 무색과 갈색이 있고."

"아, 그럼 크림 드 민트 그린. 그리고 크림 드 카카오⋯⋯."

레시피를 재차 읊조리던 중 섬광 같은 깨달음을 얻은 미나는 냅다 비명을 질렀다.

"아악! 맞다! 크림 드 카카오 '화이트'를 넣었어야 했는데!"

크림 드 카카오 '브라운'을 넣어서 요 모양이 된 거였다⋯⋯.

"품, 민트초코 아이스크림 맛 칵테일이라고 초코칩까지 넣은 거냐."

"아, 아저씨. 하나도 안 웃기거든요? 겁나 썰렁하거든요!"

"웃어서 미안한데, 블러디메리에도 문제가 있다."

"엑? 또 뭐가요?"

"블러디메리 가니시 뭐야?"

"아……. 혹시 레몬슬라이스인가요?"

허나 미나의 블러디메리에 퐁당 빠진 건 레몬웨지였다.

"그리고 너의 b−52는 층이 전혀 분리되지 않았군. 급하게 만드니까 이렇게 되는 거야. 플로팅 칵테일이 이렇게 심하게 섞이면 엄격한 감독관은 아예 미제출로 처리하기도 해."

"아, 완전 망했어……."

"그 엄격한 기준을 적용하여, 강미나 씨 실격입니다."

"크흑……."

미나의 고개가 추욱 떨어졌다.

"유리는 대체로 잘했는데, 아쉽게도 하나 제출 못 했네."

"으응, 아직 가니시를 못 올려서……."

플로팅 기법을 쓰는 칵테일을 가장 먼저 만들라는 성진의 충고도 잘 지켰고, 미나처럼 그래스호퍼 레시피를 틀리지도 않았지만. 막판에 블러디메리에 넣을 레몬슬라이스를 썰다가 제한 시간이 끝나 버렸다.

"앞으로는 시간 다 가기 전에 일단 제출을 해. 가니시 하나 못 올린 건 감점으로 끝나지만, 미제출은 아예 실격이니까."

첫 모의시험 결과는 둘 다 실격으로 끝났다. 다희는 점수를 말하는 게 무의미해진 채점표를 반으로 접고 총평을 했다.

"미나는 빠르긴 한데 레시피 숙지가 덜 됐고, 유리는 꼼꼼하긴 한데 긴장을 좀 풀어야겠다. 그래야 속도가 붙을 거야."

유리는 코스터에 올리지 못한 블러디메리를 처량하게 바라보았다.

긴장을 푸는 것. 40가지 칵테일 레시피를 완벽하게 외우는 것보다 어려운 일이었다. 다음 달에 치를 실기시험을 생각하면 손마디가 아예 마비되는 기분이다.

시험장에선 이만큼도 못 하고 나와 버리는 건 아닐지…….

"그래도 처음치고 이 정도면 둘 다 진짜 잘했어. 시험장에서 하나도 못 만드는 사람도 수두룩하거든."

성진의 격려에도 두 사람은 고개를 쉬이 들지 못했다. 이런. 고작 이 정도로는 이 아가씨들 기를 못 살리려나. 그러면.

"너희 조주기능사 한 번에 패스하면, 내가 소원 하나씩 들어줄까 하는데."

두 사람의 눈에 경이적인 속도로 초점이 돌아왔다.

"진짜요? 뭐든지 다요?"

"물론 로또 1등 용지를 달라든지 하는 과한 요구는 불가하다. 난 신이 아니니까."

미나가 먼저 물었다.

"혹시 100점 맞으면 프리미엄급 요구도 들어줍니까?"

"대체 나한테 뭘 바라길래 프리미엄까지 나오냐."

"그니까 제가 필기랑 실기 다 100점 맞으면, 인간이 할 수 있는 건 뭐든 들어줄 거냐고요."

"호오, 네가?"

소원이 뭔지를 떠나서 말이지. 성진은 가소롭다는 듯 입술 끝을 비죽 올렸다.

"이 내가 필기 100점을 맞고, 실기에서는 의문의 99점을 받았

111

는데?"

그 의문의 감점 1점 역시, 외모까지 덤으로 완벽한 성진의 바텐딩에 열폭한 감독관이 괘씸죄로 부여했다는 것이 학계의 정설이다.

중학 영어에도 경기하는 네놈은 어차피 필기시험 선에서 정리될 터인데. 둘 다 100점 맞아 오겠다고? 차라리 구운 밤 닷 되에서 싹이 나고 연꽃을 새긴 옥에 세 묶음 꽃이 피길 바라렴.

성진의 눈에서 재수 없는 생각이 고스란히 읽혀서, 미나는 뒷목을 잡으며 그를 째려봤다.

"좋다. 네가 청출어람을 이뤄 낸다면 날 마음대로 해도 좋다. 설령 그것이 네놈의 발 깔개가 되는 것일지라도."

"그런 위험한 발언은 함부로 하는 게 아니란 걸, 내년 조주기능사 1회 합격자 발표 날 뼈저리게 느끼게 해 드리죠."

눈에 불붙은 미나를 보고 다희는 고개를 절레절레 흔들었다. 망했네. 쟤 실기시험까지 술 겁나 버리겠는데.

"유리는 나한테 뭐 원하는 거 없어?"

성진의 따사로운 눈웃음이 유리에게 옮겨 붙었다.

"천천히 생각해 보고 말해도 돼?"

그 어느 때보다 또렷해진 다갈색 눈동자에, 치열할 정도의 신중함이 담겼다.

너에게 원하는 게 너무 많은데 기회는 딱 한 번뿐이라, 고를 시간이 아주 많이 필요해.

성진은 입술을 일자로 문 채 유리의 쨍한 눈과 마주했다. 확신에 가까운 예감이 들었다. 그녀가 미나보다 더 많은 술을 버릴 것이라는.

프리미엄급 소원 운운한 미나보다 더 욕심껏 바랄 것이라는.

"물론 되지."

성진은 별 내용 없는 한마디에 힘을 실어 대답했다. 그 욕심이 터무니없이 컸으면 좋겠다는 은근한 바람을 품은 채.

시간이 멈춘 아젤리아에서 열띠게 피워 올린 모닥불로 따스했던 11월이 지나고.

12월. 유리에게 결전의 날이 찾아왔다.

✛ ✳ ✛

국가기술 자격시험이 대체로 그렇다지만, 조주기능사는 필기보다 실기 붙기가 훨씬 어렵다.

40가지 중 랜덤으로 출제되는 세 가지 칵테일을 7분 내로 만들어야 한다.

세 가지 중 두 가지 칵테일의 베이스가 틀리면 실격. 세 가지 중 두 가지 칵테일의 기법, 글라스, 가니시가 틀리거나, 한 가지 칵테일의 재료를 두 가지 이상 틀려도 실격. 칵테일 하나라도 미제출하면 볼 것도 없이 실격.

실격으로 훅훅 가는 사람이 절대 다수라, 합격 점수 60점에 미달해서 떨어지는 사람을 찾기 힘들 정도다.

지정 고사장인 H직업전문학교로 향하는 길.

"뉴욕."

성진이 미국의 도시 이름을 말하자,

"칵테일글라스, 셰이킹, 버번위스키 1. 1/2온스, 라임주스 1/2온스, 설탕 1티스푼, 그레나딘 시럽 2분의 1티스푼, 레몬 필 가니시."

유리는 동명 칵테일의 글라스, 기법, 레시피, 가니시를 줄줄 읊었다.

"완벽해. 이 정도면 아무 문제 없겠어."

지하철을 타고 오는 내내 문답을 주고받았고 유리는 거의 막힘이 없었다. 그러나 역에서 내린 순간, 맞잡은 손을 통해 전해지는 떨림의 진폭이 커졌다.

성진은 손아귀에 든 가녀린 손을 꽉 쥐었다. 오래도록 감싼 그 손이 핫팩처럼 뜨끈했다.

유리가 싱크대에 버린 얼음과 술은 탄식이 나올 만큼 어마어마한 양이었다. 손이 부르트도록 익힌 몸의 기억은 머리보다 신속하고 정확하다.

마지막 모의시험에선 평균 5분 대를 끊을 만큼 숙달되었건만.

"시험장 구조, 우리 바랑 많이 다를까?"

사람이 양철 나무꾼이 되지 않는 한, 떨리는 심장은 어찌해 볼 수 없는 걸까?

"사람들 후기 보니 별 차이 없는 거 같더라. 롱티 만들 때 콜라 찾기 좀 힘들었단 말은 있었지만."

"나 설마 콜라 못 찾아서 떨어지진 않겠지?"

"여차하면 콜라 빼고 제출해. 점수는 좀 깎여도 재료 하나 빠진 것까진 괜찮으니까."

성진이 격려와 충고로 그녀의 불안을 틀어막는 새, H직업전문학교 정문이 나타났다. 유리는 아랫입술이 하얘지도록 깨물었다.

"하……. 어떡해. 역시 너무 떨려……."

"금유리. 긴장 풀어. 이 시험 하나로 네 인생이 결정되는 거 아니니까."

성진은 저와 마주 보게끔 유리를 돌려세워 차분한 호흡을 심었다.

"다희 누님도 그랬잖아. 어차피 조주기능사 붙더라도 계속 연습하고 공부해야 한다고. 자격증은 긴 과정의 일부일 뿐이야."

"으응……."

"너 정도면 몇 년 안 가 자신을 능가할 거라고, 특급호텔 출신 유다희 바텐더가 공언했어. 앞으로도 그 사람 등 보며 꾸준히 따라가는 게 중요하지 않겠어?"

목에 걸린 것을 겨우 삼켜 낸 듯 유리의 안색이 차츰 돌아왔다.

"아젤리아 오너 바텐더 클래스, 만만치 않게 잡을 거라며."

네 존재 가치는 고작 이 시험 한 번에 걸기엔 너무나도 크니까.

"끝나고 나면 별거 아니네, 괜히 쫄았네 싶을걸?"

성진은 한 번 더 유리의 손을 힘주어 쥐었다.

"이번에 떨어지더라도 또 연습해서 다음 시험 치면 돼. 붙을 때까지 내가 봐 줄게."

나사를 뱉으며 부서져 나갈 듯이 날뛰던 유리의 심장이 서서히 제 박자를 되찾았다.

긴장해서 떠는 사람에게 정말 필요한 건 강철 심장이 아니라, 몇 번을 실패해도 괜찮다고 말해 주는 사람. 몇 번을 좌절해도 기꺼이 도와주겠다고 말해 주는 사람이 아닐까?

'조주기능사 실기시험장 7층 조리실'

엘리베이터에 붙은 안내문이 경계석처럼 성진을 가로막았다. 대기실과 시험장은 수험생만 들어갈 수 있다.

따라가 줄 수 있는 건 여기까지다. 유리가 혼자 경찰 조사를 받던 날처럼 성진은 쓴웃음을 베어 물었다.

"여기서 기다릴게. 끝나고 맛있는 거 사 먹자."

"응."

그의 파이팅 제스처에 심지 굳은 미소로 화답하고, 유리는 엘리베이터에 몸을 실었다.

12시 30분 타임 시험. 15분 전에 도착하니 대기실이 거의 만석이었다. 고등학생이나 대학생 정도로 보이는 앳된 수험생이 다수였다.

"지금 들어오신 수험생은 핸드폰 전원 꺼서 책과 함께 가방 속에 넣어 주십시오."

진행 요원의 지시대로 유리는 수험서와 핸드폰을 손에서 떠나보냈다.

앞자리에 앉은 커플이 유별나게 눈에 띄었다. 남녀는 서로에게 몸을 훌쩍 기울여 보란 듯이 머리를 맞대고 있었다. 뭐가 그리 즐거운지 간간이 킥킥거렸다.

한날한시 시험장 데이트가 성사되도록 잽싸게 원서를 넣은 모양이다.

'부럽다……'

눈꼴신 애정도. 넘쳐 나는 여유도.

12시 30분이 되자 대기실 문이 굳게 닫혔다.

"지금부터 실기시험 보실 때 주의사항 안내 드리겠습니다."

감독관이 강단에 서서 큰 목소리로 말했다.

"우리 시험장은 바카디 럼만 있으며, 일부 주스는 디캔딩되어 있습니다."

시험이 시작되면, 스피드레일과 조주작업대에 빼곡히 쌓인 수십 가지 증류주, 리큐어, 주스를 나름의 노하우를 발휘해 찾아야 한다.

예를 들어 레몬주스는 노란색과 초록색으로 디자인된 병을 찾는다든지. 리큐어는 술의 색깔로 한 번 추리고 병목 라벨을 확인한다든지. 따로 디캔딩된 주스 위치까지 파악해 두어야, 재료 찾는데 시간을 허비하지 않는다.

"블렌딩 기법을 쓰는 칵테일 조주시 반드시 뒤편의 크러시드 아이스를 사용하시기 바랍니다. 제발 큐브아이스 넣지 마시고요. 믹서기 진짜로 나갑니다."

진저리 나는 표정으로 '제발'과 '진짜'를 거듭 강조하는 걸 보아, 누가 사고 한번 친 모양이다.

'감독관님도 참 힘드시겠다.'

유리는 턱을 괸 채 벙그레 웃었다. 상상 속 감독관은 사천왕상처럼 무섭게 느껴졌는데, 실제로 보니 의외로 친근했다.

"지금부터 순서 추첨을 하겠습니다. 시험장에는 세 분씩 입장하시면 됩니다."

그 말을 들으니, 아래층에서 기다리고 있을 성진에게 생각이 미쳤다.

'아, 제발 빠른 번호 뽑아야 할 텐데.'

자신감이 넘쳐서가 아니라 애가 타서 빨리 시험 치고 싶어졌다.

이윽고 유리에게 번호표가 든 봉투가 들이밀어졌다. 11번. 30여 명 중 이 정도면 꽤 빠른 순서였다.

"1, 2, 3번은 지금 즉시 진행 요원 따라 시험장에 입장하십시오."

제 순서도 아닌데 허파가 뚝 떼여 나가는 것 같다.

유리는 심호흡을 하며 감독관이 배부한 프린트를 보았다. 시험 요강과 40가지 칵테일의 이름이 적혀 있었다. 경전을 필사하는 마

117

음으로 프린트 여백에 레시피를 적어 내렸다.

"저기……. 모스코뮬에 들어가는 거 라임주스예요, 레몬주스예요?"

같은 작업을 하던 옆자리 여자가 유리에게 귓속말로 물었다.

"라임주스요."

40가지 칵테일 레시피를 빠짐없이 적는 걸로 시간을 때우고, 이제 그만 매를 맞고 싶다는 생각이 들 즈음.

"10, 11, 12번. 소지품 챙겨서 대기해 주십시오."

남자 두 명이 유리와 함께 일어섰다. 그중엔 앞자리 커플남도 있었다.

커다란 남자들과 줄지어 걸으니 난쟁이가 된 기분이었다. 성별이나 신체 크기랑 하등 상관없는 시험인 거 알면서도, 괜히 위축되는 기분이었다.

시험장에 입성하니, 진행 요원들이 앞 순서 수험생들이 남긴 사투의 흔적을 말끔히 정리하고 있었다.

감독관이 유리에게 숫자 탁구공이 담긴 상자를 내밀었다.

"가운데 분이 공 하나 뽑아 주세요. 출제 칵테일을 정하는 공입니다."

'앞 번호를 뽑으면 좀 쉬운 게 나오려나.'

근거 없는 생각을 하며 유리는 3번 공을 뽑았다.

이윽고 세팅이 끝나, 유리는 10, 12번 수험생과 나란히 조주작업대에 서게 되었다. 커닝 방지를 위한 갈대발이 사이사이 드리워져 있었다.

"지금부터 재료 확인 시간 2분 드리겠습니다."

옆에서 술병을 들었다 놓는 소리가 들렸다. 유리 역시 증류주와 자주 쓰는 리큐어, 기물의 위치를 재빠르게 파악했다.

그 사이 감독관이 이동식 화이트보드에 출제 칵테일을 적었다.

"2분 끝났습니다. 지금부터 7분 드리겠습니다."

바퀴 달린 화이트보드가 드르륵 뒤집어지며 세 가지 칵테일을 드러냈다.

1. Pousse cafe 2. Long Island Iced Tea 3. Healing

세 사람이 동시에 뒤돌아 싱크대에 팔을 뻗었다.

손을 씻으려다 유리는 곤혹스러운 표정을 지었다. 수도꼭지가 평범하게 아래로 내려 잠그는 구조가 아니었다.

초장부터 당황스런 마음을 누르고 손을 씻은 다음, 푸스카페부터 만들기 시작했다. 작업대에 리큐어글라스를 올려 그레나딘 시럽을 계량해 넣는데.

뚝뚝.

수도꼭지가 덜 잠겼는지 물소리가 뒷덜미를 때렸다. 이 와중에 리큐어글라스는 아젤리아에 있는 것보다 작아 바 스푼이 빽빽하게 들어갔다.

그레나딘 시럽, 크림 드 민트, 브랜디. 신호등처럼 층을 낸 푸스카페를 1번 코스터에 올리고, 곧바로 다음 작업에 들어갔다.

2번 칵테일. 롱 아일랜드 아이스 티.

주입 재료가 무려 일곱 가지나 되는 칵테일 계의 폭탄주이자, 명실상부한 실기시험 빌런이다.

'진, 보드카, 럼, 데킬라, 트리플섹, 스윗 앤 사워 믹스……'

유리가 스피드레일에서 병을 뽑아 올리는 속도는 결투하는 총

잡이를 방불케 했다. 제가 그 정도로 빠르다는 것조차 자각 못 할 만큼 다급했다.

얼음 채운 콜린스글라스에 재료를 차례차례 주입하고 저어 준 것까진 좋았는데.

'어…… 콜라가 어디 있지?'

롱티의 홍차빛을 완성하는 콜라가 아무리 찾아도 안 보였다.

뚝뚝뚝.

덜 잠긴 수도꼭지에서 나는 물소리가 곤혹감을 절정으로 치닫게 하고.

"2분 남았습니다."

감독관의 고지는 청천벽력 같았다.

유리는 정신 사납게 하는 수도꼭지부터 잠그고 칵테일글라스를 집어 들었다.

시간이 없어. 생각은 나중에 해. 일단 움직여.

칠링부터 하고 생각해. 셰이커 얼음 채우면서 생각해.

손이 절로 움직여 마비된 머리를 구제했다.

3번 칵테일 힐링. 이름과 달리 수험생 입장에서는 결코 힐링되지 않는 칵테일이다.

전통주 칵테일은 다른 칵테일에 비해 재료와 주입량이 생소한 편이다. 수험생들은 전통주 칵테일 암기 순서를 맨 뒤로 미루거나, 아예 외우길 포기하기도 했다. 40가지 중 설마 그것만은 안 나오겠지 하는 요행을 바라며.

해서 전통주 칵테일은 실기시험의 수문장으로 꼽힌다.

전통주는 항아리에 담겨 있다 보니 대체로 작업대 위에 자리한다. 유리가 힐링의 베이스인 감홍로 항아리를 끄집어낸 순간,

500ml 콜라병이 모습을 드러냈다.

아, 여기 숨어 있었구나, 너.

유리는 감홍로를 잠시 내려두고 웬수 같은 콜라를 틀어쥐었다. 콜라를 원 그리듯 붓고 레몬 웨지 가니시를 올려 롱티를 제출했다.

다시 힐링. 유리는 감홍로, 베네딕틴, 크림 드 카시스, 스윗 앤 사워 믹스를 채운 셰이커를 전광석화와 같이 흔들었다.

"1분 남았습니다."

셰이커 캡을 연 순간, 감독관이 최후통첩을 했다.

'시간 다 가기 전에 일단 제출을 해.'

성진이 곁에서 다급히 속삭이는 듯했다. 유리는 일단 3번 코스터에 잔을 올려 두었다.

쑥쑥.

레몬슬라이스를 썬 다음 칼끝으로 외피 아래 절취선을 찔러 넣었다. 과육에서 떼어 낸 레몬 필의 양끝을 잡아 힐링 위에서 꼬았다.

퐁.

둥글게 꼬인 레몬 필 가니시가 붉은 칵테일에 왕관처럼 씌워졌다. 그 와중에 유리는 살짝 부러져 나온 레몬 조각을 슬그머니 손 안으로 감췄다.

마치 그 순간만을 기다린 듯 감독관이 선언했다.

"그만!"

어……. 아직 20초 정도 남은 거 같은데?

유리가 의아하게 눈을 깜박이자, 감독관이 심사평을 시작했다.

"10번과 12번은 힐링 레시피 암기가 안 되셨나 봐요. 미제출로

간주하겠습니다. 아쉽습니다."

총알이 양쪽 귀를 스쳐 간 기분이었다. 옆에 두 사람이 두 잔밖에 못 만들었다고?

그러니까…… 여기서 나 혼자만 칵테일 세 잔을 완성했다고?

"10번은 롱티 기법이 아예 틀렸어요. 공식 레시피는 셰이킹이 아닌 빌드 기법입니다."

아이구. 유리는 묵음으로 중얼거렸다. 실무상으론 셰이킹 롱티를 채택하는 바도 있다지만, 어쨌든 이건 시험이니까.

감독관의 엄정한 얼굴이 유리에게 향했다.

"11번은 따로 질문 있으신가요?"

"아뇨……."

유리가 고개를 가로젓자 감독관이 쿨하게 말했다.

"고생하셨습니다. 이제 가 보셔도 좋습니다."

"감사합니다!"

유리만이 활기찬 목소리로 감독관에게 고개 숙여 인사했다.

시험장을 나서면서 유리는 조주대를 한번 돌아보았다. 정말로, 자신의 자리에만 칵테일 세 잔이 올라와 있었다.

유리는 아까처럼 키 큰 남자들 사이에 끼어 복도를 걸었다. 가장 작은 그녀가 사기만큼은 하늘을 찌르듯 높았다.

며칠 전 성진과 나눈 대화가 떠올랐다.

'보통 실격이면 감독관이 그 자리에서 바로 말해 줘. 레시피를 물어본다면 재료나 용량을 틀려서일 가능성이 높아.'

'붙어도 감독관이 바로 알려 줘?'

'합격 여부를 알려 주진 않지만, 큰 문제 없으면 보통 이렇게 말

하지. 따로 질문할 거 있냐고.'

유리의 얼굴에 얼떨떨한 웃음이 화악 번졌다.

엘리베이터로 향하며 핸드폰 전원을 켰다. 7층에서 1층으로 내려가는 그 10여 초를 못 참아 성진에게 톡을 날리고 싶었다. 허나 그랬다간 옆에서 암흑의 기운을 풍기는 남자들에게 잡혀갈지도 몰랐다.

엘리베이터 문이 열리자, 벽에 등을 기댄 훤칠한 미남이 고개를 치켜드는 게 보였다.

"유리야……."

성진의 얼굴에서 만감이 교차했다. 지루함 대신 간절함으로 시간을 보낸 기색이 역력했다. 금유리 머리 맑게 해 달라고, 심장 덜 떨리게 해 달라고 신께 기도하면서.

"생각보다 빨리 끝났네."

"11번이라 네 번째로 봤어."

"시험은 뭐 나왔어? 좀…… 어땠어?"

"푸스카페, 롱티, 힐링이 나왔어. 수도꼭지가 잘 안 잠겨서 두 개 만드는 동안 물 떨어졌고, 롱티 만들다 콜라 때문에 헤맸는데 어찌어찌 찾아서 넣었어."

"그거 말고는 별일 없었지?"

"아마도……."

"감독관은 뭐래?"

성진은 찰싹 붙일 기세로 유리에게 얼굴을 들이밀며 연거푸 물었다.

"따로 질문할 거 있냐고 물어보셨어."

"정말, 그게 다였어?"

한껏 경직돼 있던 성진의 입술 끝이 움찔하고 풀리며 환한 곡선을 그렸다.

"응!"

환한 웃음을 피워 내며 고개를 끄덕인 순간.

유리는 성진에게 와락 끌어 안겼다.

"거봐 내가 뭐랬어! 별거 아닐 거라 했지? 괜히 쫄았지?"

옥타브를 획획 건너뛰는 성량만큼 안는 힘이 세졌다.

"장하다, 금유리! 한방에 합격했잖아!"

남자의 기분이 이런 식으로 마구 업돼 버리면…….

숨쉬기 어려울 만큼 끌어안긴 유리가 살짝 불안해진 찰나, 설마하던 일이 벌어졌다.

신성한 직업전문학교의 로비 한복판에서, 성진은 유리를 공주님처럼 안아 올렸다.

"꺄앗! 성진아, 안 돼! 무거워!"

엉겁결에 그의 목에 팔을 휘감은 유리가 새된 소리를 내질렀다. 그 정도 엄살로는 성진의 벅찬 기쁨을 가라앉히기 어려워 보였다.

"무겁긴! 나 진짜 이대로 날 수도 있을 거 같은데!"

와……. 힐링 뽑아 놓고 혼자만 붙은 악마의 손이 시험 염장도 모자라 커플 염장까지 골고루 시전하네.

로비를 나서는 10번, 12번 남자의 따가운 눈총이 날아드는 듯도 했지만, 성진의 세상엔 품 안의 대견한 여자만 오롯이 남았다.

최고의 미리크리스마스 선물이었다.

❖ ✻ ❖

세상이 무너지는 거 같다.

수영은 온몸의 신경 다발이 끊어진 사람처럼 허청이며 걸었다.

강두현. 비서를 시켜 다른 여자에게 줄 크리스마스 선물을 준비해 놓고.

'경영지원팀으로 갈 건지 말 건지, 언제쯤 답 줄 수 있어?'

오늘 회사에서 마주치자마자 뻔뻔하게 그 말만 했다.

"허……. 기가 막혀서."

수영은 물기 어린 목소리로 실소했다.

강두현이 제게 모든 걸 오픈하지 않아도 개의치 않으려 했다. 그가 효율적으로 움직일수록 제게 돌아오는 것도 클 테니. 허나 오픈되지 않은 진실이 여자가 되면, 얘기가 완전히 달라진다.

"둘이…… 완전히 끝난 거 아니었어?"

올봄에 강두현과 금유리가 맞선을 봤다는 사실까진 알고 있었다.

첫이슬 참꽃 사건이 일단락된 이후로, 두현은 그 기집애 얘기를 일절 꺼내지 않았다.

해서 둘의 관계는 그대로 끝났으리라 믿은 것이, 너무 안일하고…… 어리석었다.

위액이 역류하는 느낌에 수영은 반차를 쓰고 나왔다.

정처 없이 거리를 헤매다 보니 H직업전문학교가 보였다. 그제야 수영은 자신이 회사 옆 동네까지 흘러들었음을 자각했다.

수많은 차들이 엇갈리는 사거리. 한순간, 그 안으로 뛰어들면 어떻게 될까 하는 생각이 들었다.

예전에 성진에게 그런 상상을 털어놓은 적이 있었다.

'제발…… 안 좋은 생각은 하지 마. 내가 더 잘할게. 살고 싶게 해
줄게.'

아……. 그랬었지.

너무도 그다운 위로라서. 너무도 익숙한 나머지 적당히 달고 뜨
뜻한 정도의 위로라서. 입에 까 넣은 작은 알사탕처럼, 인생에 별
도움이 안 된다고 생각했었지.

또다시 살고 싶지 않은 순간이 밀어닥쳤는데. 지금이 그 어느
때보다 지독한데.

살고 싶게 해 주겠다는 말 한마디 해 줄 남자는…… 이제 없다.

"하핫, 아직도 그런 녀석이 있어?"

환청인 줄 알았다. 같은 길목에서 울려 퍼진 맑고 따스한 목소
리가.

"그러고 보니, 예전에 나 시험 칠 때도 커플 하나 있었지."

"그 사람들은 붙었어?"

"나야 모르지. 같은 조는 아니었거든."

"나랑 같이 친 분한테 괜히 미안해지네. 내가 힐링만 뽑지 않았
어도 여친이랑 사이좋게 붙었을지도 모르는데."

"야, 그게 왜 네 탓이냐? 염장 지를 시간에 전통주 칵테일을 소
중히 하지 않은 그놈 잘못이지. 그나저나 그 커플 중 여자 쪽만 붙
으면 완전 볼만하겠는데?"

"아이, 너무 짓궂어."

"내년에 강미나도 너처럼 딱 붙으면 바랄 게 없겠다."

"미나 요새 100점 받으려고 되게 열심이던데. 너 좀 긴장해야겠더라."

"하하, 하늘이 두 쪽 나도 고 지지배가 필, 실기 둘 다 100점 받는 건 무리여."

도란도란 맞물리는 남녀의 음성에, 사위가 따가울 만큼 또렷해졌다.

"그래도 아까 공주님 안기는 너무……."

귀에 거슬리는 행위를 입에 담는 여자는 금유리였고.

"혹시…… 싫었어?"

그녀에게 온 신경을 기울이는 남자는, 하늘이 두 쪽 나도 복성진이었다.

"아니! 난 전혀 싫지 않았지만, 가뜩이나 떨어진 사람들 앞에서 너무 염장질한 거 아닌가 싶어서."

유리의 싫지 않았단 말에 성진은 곧바로 안도했고, '전혀'란 말에 더욱 기분이 올라왔다.

"금유리. 아까 그건 염장이 아니야."

성진은 유리의 귓가에 대고 속삭였다.

"노력의 결실을 거둔 사람이 마땅히 취해야 할 승리의 포즈지."

그의 말이 주는 희열에 심장에 과부하가 걸려 유리는 수줍게 고개를 돌렸다. 이대로 단둘이 남겨지고픈 순간, 유리는 수영과 눈이 딱 마주쳤다.

"우리 점심 뭐 먹을까? 이쪽엔 뭐 없나."

"성진아, 저기!"

유리는 성진의 팔에 자물쇠처럼 제 팔을 끼워, 수영과 정반대편에 있는 길 건너를 가리켰다.

"나 저기 선지국밥집 가고 싶은데. 괜찮지?"

"오. 금유리 너 그런 것도 먹어?"

"아까 잔뜩 긴장해서 그런지 따뜻한 국물이 끌려."

횡단보도의 신호등도 금유리 편이었다. 유리는 저보다 보폭이 넓은 성진을 반 발짝이나 앞질러 가며 그를 이끌었다.

"하하, 유리 너 어지간히 배고팠나 보구나."

그들이 멀어지는 속도만큼 수영의 속천불이 거세게 타올랐다.

두 남녀의 발에 쏴 갈길 총이 없어서 핸드폰을 꺼냈다. 아직 성진의 번호를 지우지 않았다.

방아쇠를 갈기듯 통화 버튼을 누르고 길 건너를 지켜보았다.

멈칫. 성진이 주머니에서 핸드폰을 꺼내 들었다. 화면을 보고 굳어진 꼴을 보니, 그도 아직은 저를 지우지 않았다.

저열한 승리감에 수영이 입꼬리를 살짝 올린 찰나.

– 전화기가 꺼져 있어 소리샘으로 연결됩니다.

핸드폰 전원 버튼을 누르는 그가 보였다.

"성진아, 누군데 그래?"

"어……. 그냥 대출 광고. 자꾸 성가시게 전화하는데 이참에 아예 차단해야겠다."

"아하하, 얼마나 성가셨으면 전원까지."

"또 올까 봐. 이 좋은 날에."

신발에 날개를 단 듯, 두 남녀는 수영에게서 빠르게 멀어져 갔다.

18.
새로운 사랑의 잠복기가 끝나다

"바로 그때, 감독관님이 2분밖에 안 남았다고 말씀하시더라고."

"어머머, 어뜩해! 그래서?"

"일단 힐링부터 만들고 보잔 마음에 감홍로 항아리를 꺼냈더니, 콜라가 거기 딱 있더라고."

"오오! 언니 대애박!"

"어우, 다행이다……."

한밤의 아젤리아. 경민과 미나는 재담꾼 앞에 모인 아이처럼 벌어진 입을 다물지 못했다.

"같이 시험 친 사람들은 그 자리에서 바로 실격되고, 난 다른 질문 없냐는 말만 듣고 나왔어."

"오, 그러면 그린라이트 아니냐?"

"아마도?"

뿌듯하게 웃는 유리의 어깨에 경민이 손을 착 걸쳤다.

"대단하다, 진짜. 어떻게 7분 안에 칵테일 세 잔을 만들 수 있냐? 아젤리아 개업하면 바로 주문 받아도 되겠어?"

"아이, 그러려면 한참 멀었지. 실무는 자격증보다 훨씬 심오하니까."

"에효, 칵테일 한 잔에 이렇게나 빡센 속사정이 담기는 걸 하늘만이 알아주니 문제다."

네가 올봄에 무작정 상가 계약할 때만 해도 참 대책 없다 싶었는데 말이지.

"내 친구지만 정말 장해. 반년 새 술알못에서 술잘알로 진화했네?"

경민의 진심 어린 칭찬에 유리는 해죽 웃었다.

이전에 남 보는 데서 쫓기듯이 무언가를 해 본 기억은 대학 졸업 연주회가 유일하다. 그땐 그저 무사히 피아노 연주를 마친 것에 의의를 뒀는데. 비싸게 맞춰 입은 연주 드레스가 무슨 색이었는지도 가물가물한데.

오늘 입은 단출한 투피스 정장은 평생 잊지 못할 것이며. 헬륨풍선처럼 천장에 닿은 이 마음이 당분간 쉬이 내려오지 않을 듯하다.

최종합격자 발표가 나는 건 다음 주지만. 지겹도록 낮던 세상에서 한층 높은 섬돌을 밟아 오른 기분이었다.

"주문하신 칵테일 나왔습니다."

다희가 칵테일을 내왔다. 카페인중독 경민은 에스프레소 마티니. 꼬맹이 미나는 신데렐라. 유리는 마가리타. 아까부터 다른 테이블에 앉아 핸드폰만 뚫어져라 보는 성진 몫은 진피즈.

"참, 경민아. 나 아젤리아 2기 콘셉트를 어떻게 할지 생각해 봤는데……"

"미안, 유리야. 잠깐만 있어 봐."

경민이 성진에게 다가가 등짝 스매싱을 날렸다. 효자손 강도를 훨씬 웃도는 충격에 성진이 찌푸린 얼굴로 돌아보았다.

"아, 뭐야."

"너야말로 아까부터 폰 가지고 뭐 하냐?"

"톡이 와서 답 좀 하느라."

"설마 여자는 아니겠지?"

성진이 대번에 정색을 했다.

"고향친구거든? 자, 보여 줄 테니 얼마든지 확인해 보셔."

필요 이상으로 발끈하는 모습에 경민은 고개를 절레절레 저었다.

"됐다. 하여간 애 앞에선 찬물을 못 마시고 복성진 앞에선 농담을 못 해요."

"고향 친구라면, 며칠 전에 만났다는 동주 씨?"

"어, 맞아."

유리와 성진이 주고받는 말에 경민이 눈살을 찌푸렸다.

"너 또 고향 다녀왔어? 아버님 기일은 한참 전에 지나지 않았냐?"

"정 씨 아저씨가 간만에 술 한잔 하자셔서. 간만에 동주 얼굴도 볼 겸."

"뭐 하러 또 만나재? 이제 와서 무슨 볼일이 남아서?"

"경민아……."

유리가 경민과 성진을 조마조마하게 번갈아 보았다.

"난 아직도 좀, 많이 그렇다. 다 같이 덕 보자고 한 일 잘못되니까, 너한테만 독박 씌운 그쪽 사람들."

131

"……."

"설마 또 너한테 아쉬운 소리 한 건 아니겠지?"

경민의 쏘는 추궁에, 성진은 쌉쌀한 웃음을 머금었다.

"우경민. 난 지금 우리가 여기 이렇게 모여 있어서, 참 좋다. 과정이 어땠든 간에."

시련 앞에 더욱 진가가 드러난 여장부 친구 우경민. 바의 멘토로서 이만한 기연이 없는 유다희 누님. 착하게도 여기까지 잘 따라와 준 강미나 꼬맹이.

시간이 잠시 멈추긴 했지만, 내년 봄 더욱 화사하게 피어오를 홍대 아젤리아.

그리고 누구보다도, 왜 이제야 내 앞에 나타난 건지, 오늘따라 더욱, 마음을 뭉근히 덥혀 오는 여자.

"나는, 지금과 다른 현재는 상상조차 하기 싫어."

유리를 두 눈 가득 담으며 성진은 열띠게 중얼거렸다.

그녀 없는 현재는 말할 것도 없고, 그녀 없는 미래 역시 상상조차하기 싫은 요즈음이지만.

고향 친구가 보낸 카톡이, 며칠 전 충남 당진에서의 일을 떠오르게 했다.

✠ ✱ ✠

"어서 와라, 성진아."

정 씨 아저씨가 성진의 언 손을 덥석 잡았다.

"접때 복 형님 기일에 아무 연락이 없어서, 올해는 안 내려온 줄 알았지 뭐냐."

"그땐 개인적으로 심란한 일이 있어서 조용히 다녀갔습니다. 괜히 안 좋은 얼굴만 보여 드릴 거 같아서."

"인마, 그러면 더더욱 얼굴 보고 갔어야지!"

아저씨의 격앙된 목소리에 성진의 눈은 방파제처럼 덤덤했다. 격조한 만큼 어딘가 서먹한 재회. 아저씨는 죄인처럼 쓰게 웃었다.

"의지가 못 돼서 미안하다. 내 코가 석 자라지만, 그간 너무 우리 챙기기만 급급했어. 너한텐 한없이 부끄럽다."

지난 일을 사과하는 아저씨 앞에서 성진은 올 한해를 잠시 가늠해 보았다.

미련스레 모든 걸 짊어지려 했었지만, 맞들어 준 사람이 있어 생각보다 덜 고생스러웠지.

"지금은 오히려 전화위복으로 여기고 있습니다."

지난날을 너그럽게 돌아보게 하는 건 엄연히, 유리 덕이다.

"추운데 얼른 들어와."

정 씨 아저씨 댁에 들어서니, 한 청년이 방구석에 앉은 채 성진을 올려다보며 손을 흔들었다.

"아, 성진아. 오랜만……."

서울로 이사 가기 전까지 가장 각별했던 친구. 옛정 하나로 수고비도 한사코 사양하며 첫이슬 참꽃에 쓸 진달래꽃을 충남 공장까지 실어 날라 준 친구. 첨단 농법의 선구자로 마을의 기둥 역할을 해 온 충남 농가의 젊은 피, 오동주였다.

올봄에 봤을 때만 해도, 밤볼이 진 복스러운 얼굴 하나는 초등학교 때 모습 그대로였는데.

"오동주, 너 얼굴이 왜 그래? 완전 반쪽이 됐잖아."

"아하하……. 내가 젖살이 좀 많이 빠졌지?"

"아, 그러고 보니 너 올 가을쯤 결혼한다 하지 않았었냐? 나한 텐 왜 청첩장 안 보냈어?"

"……."

동주의 고개가 탈곡당한 벼처럼 우수수 떨어졌다. 아주머니가 그 대신 바닥이 꺼지도록 한숨을 쉬었다.

"그게 엎어진 지가 언젠디! 글쎄 그 못된 년이 동주랑 날까지 잡아놓고, 양놈이랑 눈 맞아서 외국으로 날랐지 뭐여."

"뭐라고요?"

성진의 미간이 심란하게 구겨졌다. 양놈이건 한국 놈이건. 동주가 그녀에게 퍼 준 것들을 생각하면, 인간적으로 그래서는 안 되는 여자였다.

"요새 지지배들 왜 그리 못돼 처먹었냐. 법 없이도 살 남자들만 기막히게 골라 간 빼 먹고."

"고만혀. 뭐 좋은 얘기라고 자꾸 꺼내. 자자, 모처럼 모였으니 원 없이 마시자."

검은 사기잔에 아이보리색 탁주가 퐁퐁 차올랐다. 아저씨는 탁주를 울컥울컥 삼켰고, 성진과 동주는 그 진도의 반도 따라가지 못했다.

그렇게 저 혼자 무르익은 아저씨가 성진에게 넌지시 말했다.

"성진이 넌 '명주인'이 누군지 모르지?"

"네. 처음 듣습니다만."

"내 외사촌 동생인디, 술에 미쳐 여태 결혼도 안 한 놈이여. 반년 전쯤 우리 동네에 양조장 차렸거든. 제 딴엔 여서 아주 기가 막힌 맥을 찾았다나."

예로부터 양조장 있는 곳에 좋은 물이 있다 하였다.

양조장 입지 선정 기준 0순위는 단연 물. 양질의 물이 풍부하며 지하수를 활용할 수 있는 곳이어야 한다.

"이제 슬슬 판 키우려고 법인 전환을 한다더라. 농업회사법인을 설립해야 세금 감면 혜택을 받는대서 그쪽으로 알아본 모양인디."

"농업회사법인이면, 농업인 주주가 적어도 한 명 이상 있어야 하지 않나요?"

"그래서 동주도 얼마 전부터 껴서 혀고 있어. 쌀도 댈 겸 해서."

"아."

농대를 나온 동주는 대대로 물려받은 논을 자경하면서 쌀의 품종 연구를 병행하고 있었다.

"잘됐다. 동주 너 양조용 쌀 연구 중이었잖아. 네 쌀로 만든 술이라. 무척 기대되는데?"

"근데, 나랑 대장님 딸랑 둘이서 하려니 아무래도 좀 벅찬 감이……."

"뭐라더라, 그놈 말론 '누룩 같은 동지'가 하나 더 있었음 좋겠다는디."

정 씨 아저씨가 성진의 눈언저리에 은근한 시선을 걸쳤다.

"그 녀석이 술만 만들 줄 알았지, 나머지는 죄 허당이여. 기계공학과 나와 가지고 술 만드는 것도 웃긴데, 정작 배운 기술은 애들 장난감 만드는 데나 써먹고."

으휴. 더 생각하기 골 아프다는 듯 아저씨는 고개를 내흔들었다.

"아저씨, 그건 애들 장난감이 아니고 피규어예요. 무려 파츠까지 수제인데……."

"아니, 공장에서 찍어내 나 떡 주물러서 만드나 로봇이 애들 장난감 아니면 뭐여!"

"취향이니 존중해 주심이⋯⋯."

동주가 절절매며 그 양반 역성을 들자, 정 씨 아저씨가 쯧 혀를 찼다.

"봐! 동주는 이렇게나 무르고, 대장이란 놈은 나이만 쉰 줄인 머스마고. 중심 잡아 줄 사람이 필히 있어야 돼야. 기왕이면 술도 잘 알고. 시장 돌아가는 사정에도 빠삭혀고."

아주머니도 슬그머니 말을 보탰다.

"성진이 정도 인물이면 그 양반 눈에 차고 넘치지 않을까? 인물 훤하지. S대 나오고 그 선샤인주류까지 다녔으니⋯⋯."

성진은 장단을 맞추는 대신 입가에 잔을 대었다.

막걸리를 한 모금 넘긴 뒤, 성진은 고개를 절레절레 흔들며 아주머니에게 물었다.

"아주머니, 이 막걸리는 어디서 사신 건가요?"

"응, 그거 옆 동네 새로 생긴 양조장에서 샀지."

진달래꽃이 첨가된 6도짜리 막걸리. 하얀 플라스틱 술병에 붙은 예쁘장한 진달래꽃 라벨만 봐선, 무언가 특별한 맛이 날 거 같은 기대심리가 샘솟는다.

허나 성진은 맹물처럼 밍밍하게 넘어간 막걸리 때문에 연신 입맛을 다셨고, 동주는 그것이 독배라도 되는 양 아예 한 입도 대지 않았다. 아주머니가 두 청년을 번갈아 보며 떨떠름하게 웃었다.

"진달래 들어간 게 특이해서 한번 사 봤는디, 솔직히 맛은 좀 별로지?"

코를 대면 미리부터 숙취를 걱정케 하는 골 아픈 냄새가 올라오고. 원가 절감을 위해 가수를 엄청 한 바람에 밍밍해진 술을 아스파탐으로 커버한 티가 노골적으로 나는, 뻔하디뻔한 맛.

성진의 얼굴에 순간적인 냉소가 비쳤다.

"그러게요. 여기 들어간 값비싼 진달래꽃이 아깝네."

역시, 예나 지금이나 막걸리는 영 별로였다.

⚜ ✱ ⚜

왈왈!

겨울바람에 실려 온 개 짖는 소리가 그림자 깔린 야산을 아련히 휘감는다. 벼의 밑동만 남겨진 논은 잔설에 파묻히고, 논을 둘러친 갈대는 바스러질 듯 말랐다.

얼어붙은 둑길을 디디고 서서, 성진은 산마루에 걸린 달을 물끄러미 바라보았다.

"성진아, 추운데 나와서 뭐 해?"

동주가 허연 입김을 뿜으며 다가왔다.

"그러는 넌 추운데 왜 나왔냐."

"나야 뭐, 안에만 있으려니 갑갑해서. 바람 좀 쐬러 나왔지."

"나도 그래."

"그럼……. 나 옆에 좀 있어도 될까?"

겨울밤 달구경 하는 이가 하나 더 늘었다.

"성진아, 기억나? 우리 초딩 때 저 산 올라가서 버섯 따다가 어른들한테 막 혼나고 그랬잖아. 사유지라서 그러면 안 된다고."

"하하, 나 그때 자연송이도 득템했던 거 같은데. 솔직히 토해 내기 좀 아까웠지."

천둥벌거숭이처럼 이 산 저 산 앞집 논 옆집 텃밭 안 가리고 뛰놀던 때가 엊그제 같은데. 이젠 갑갑함을 서릿바람으로 달래는 요

령을 터득한, 어딘가 씁쓸한 어른 남자가 되었네.

우리 둘 다, 어쩌다가.

추운 줄도 모르고 1시간 동안 옛날 얘기를 했다.

이야기 밑천이 동날 때쯤, 성진은 본심을 꺼냈다.

"동주야 미안하다. 나는 아무래도 동참하기 어려울 거 같아."

"……."

"지금 다니는 직장을 도저히 그만둘 수 없거든."

동주는 한숨을 푸우 쉬며 고개를 끄덕였다.

"내가 무슨 염치로 널 탐내겠냐. 네가 와 주면 엔간한 사람 백명보다 든든하겠지만……. 대장님도 널 직접 보면 어떻게든 붙잡으려 하실 텐데."

"백 명은 개뿔. 내가 선샤인주류 다녔었다고 다들 기대치가 과하게 높으신 거 같은데. 난 수년간 희석식 소주만 들이판 놈이라 그쪽 분야로는 별 도움 안 될 거야."

주력 분야도 아닐뿐더러 애정마저 못 붙일 일, 가벼운 마음으로 뛰어들 수는 없다.

"그래도 하던 가락이 있잖아. 너 정도면 금방 파악 끝낼 거 같은데."

"하하, 그건 날 너무 과대평가하는 거……."

"옛날부터 넌 뭐든 금방금방 배웠잖아. 나보다 늦게 시작한 것도 금방 나보다 훨씬 잘하게 되고."

동주가 격양된 목소리로 뇌까렸다. 벙쪄서 저를 보는 성진에게 그가 퍼석한 미소를 지었다.

"내가 너처럼 키 크고 잘생기고, 또 네 반만이라도 똑똑했으면, 유나가 한눈팔지 않았을지도 모르는데."

하. 성진은 허탈한 입김을 한 움큼 뽑아 올렸다.

"글쎄. 나도 15년 사귄 여자 결혼식장에 무사히 오게 할 만큼 잘 생기긴 않아 놔서. 어디 가서 말도 못 할 정도로 멍청하게 통수 맞았고."

"영혼을 팔아서라도 붙잡고 싶었는데…… 그러질 못했어."

성진의 자조 어린 말로도 별 위로가 안 되는지, 동주는 음울하게 눈을 내리깔았다.

"앞으로 어떻게 고개를 들고 다녀야 할지 모르겠어. 일로 잊으려 해 봐도, 이런 마음으론 대장님께 폐만 끼칠까 봐 무서워."

"……."

"성진이 넌 이런 걸 어떻게 견딘 거야? 어떻게 이겨 낸 거야? 하긴 넌 강하니까……."

"죽고 싶었지."

들끓는 듯한 성진의 목소리에 동주의 자기비하가 뚝 끊겼다.

"이게 실화인가 싶고. 눈 시퍼렇게 뜨고 있으면서도 다 꿈이었으면 싶고. 한 달 동안 가족 속이고 거짓 출근도 해 봤고. 그러고도 현실도피가 도저히 안 되니까, 이런 생각까지 했어. 내가, 제발 좀, 나 새끼가 아니었으면 좋겠다고."

눈 뜨고 숨 쉬는 것만으로도 고통스러웠던 당시 생각에, 입김이 증기처럼 터져 나왔다.

"성진아. 미안해. 내가 괜히 말 꺼내 가지고……. 우리 이 얘기는 이제 그만……."

"그런데 감사하게도, 세상에 아직 천사란 게 실존하긴 하더라."

쏴아. 맑고 시원한 서릿바람이 두 남자의 얼굴에 쏟아졌다. 울뚝불뚝한 멍울이 진 마음들을 매만져 주려고 누군가 고운 손길을 펼친 것처럼.

"천사?"

"응. 천사."

성진은 저편에 펼쳐진 갈대숲을 애틋하게 바라보았다.

금방이라도, 금유리가 저 뒤에서 나와 수줍게 미소 지을 거 같다. 자신이 충남에 와 있어도, 서울에 있는 그녀가 수호천사처럼 어김없이 따라다니는 듯하다.

세상에 가만히 존재할 뿐이던 나를 오래도록 지켜봐 줬고, 세상에서 가장 못나진 내가 눈에 밟혀서, 모든 걸 걸고 다가와 준 여자.

그게, 천사가 아니면 뭐지?

"지금은 그 사람에게 줄 영혼을 남겨 놔서 천만다행이란 생각이 들 정도야."

내 모든 걸로 보답하고픈 사람, 이젠 그리 멀리 있지 않다.

"동주 너도 고작 그런 형편없는 여자 하나 때문에 영혼을 파네 마네 하지 말고, 잘 간수하면서 기다려. 사람 인연이란 거 진짜 모르는 거니까."

성진은 다시금 산마루에 걸린 달을 보았다. 얼음처럼 파르스름한 달도 저를 따라 명쾌하게 웃는 거 같다.

"난 이제 뒤돌아보지 않을 거야."

✥ ✱ ✥

"복성진. 톡 그만하고 빨랑 와서 마셔라 좀. 다희 언니가 모처럼 만들어 줬는데!"

"오케이, 잠깐만."

성진은 카톡 친구목록에서 '윤수영'을 찾아냈다.

올봄만 해도 'ㄱ윤수영'으로 설정해 놔서 늘 카톡 맨 위를 차지했던 이름.

헤어진 뒤엔 카톡을 열 때마다 심장이 멍드는 것만은 면하고 싶어 '윤수영'으로 바꿔 놓았던 이름.

행여나 기적처럼 연락이 오지 않을까 해서, 차마 지우지 못했던 이름.

어느 순간부턴가, 여태 있었는지조차 까맣게 잊고 있었던 이름.

성진은 엄지를 꾹 눌렀다. '숨김'과 '차단'. 엇비슷한 선택지 사이에서 단 0.1초도 망설이지 않았다.

차단.

전화번호부를 열어 같은 명령을 입력하는 것도 어이없을 정도로 쉬웠다.

4월의 복성진이었음 상상조차 했겠나. 15년 동안 유일한 ㄱ이었던 이름을, 매달린 두레박의 끈 같았던 번호를, 불과 10초 만에 썩둑 잘라 내게 될 줄.

별 감흥은 없었다. 그저.

'어……. 그냥 대출 광고.'

아까 낮에 유리에게 그런 구차한 거짓말을 해야 했던 제게 화가 나고.

'자꾸 성가시게 전화하는데 이참에 아예 차단해야겠다.'

다신 그런 거짓말을 하지 않겠다는 다짐이 확고해졌다.

더 이상 뒤돌아보지 않아.

유리가 있는 옆 테이블로 자리를 옮기려는 찰나, 동주에게서 톡이 왔다.

[우리술 대축제 초대장

이번에 우리도 참가해. 정식 출시 전이지만, 시음주 준비해 놨어.

놀러 와 줄 수는 있지?]

일시를 보니 이번 주 금요일부터 일요일까지 사흘에 걸쳐 이어지는 행사였다.

성진은 동주가 보낸 이미지 파일을 확대해 보았다.

[동반 1인까지 무료 입장 가능.]

하단의 깨알 같은 글씨가 유독 선명하게 눈에 들어왔다.

"아, 복성진. 뭐 해? 이러다 탄산 다 빠지겠……."

경민이 또다시 잔소리하려는 찰나, 성진은 테이블로 가 제 몫의 진피즈를 들어 올렸다. 벌컥벌컥. 눈 깜짝할 새 원샷을 때리고 나서, 유리에게 대뜸 물었다.

"유리야, 너 혹시 막걸리 싫어해?"

"어……. 마셔 본 적이 거의 없긴 한데. 싫지는 않을 거 같아."

"이번 주말에 시간 되면, 나랑 데이트하지 않을래?"

"응?"

유리의 눈이 대번에 똥그래졌다.

"양재동 A센터에서 전통주 행사를 하는데, 동주가 일하는 양조장도 참가하거든."

아니, 지금 그게 문제가 아니라.

이제 겨우 마가리타 한 모금 마셨을 뿐인데 환청처럼 귓전을 때

142

린 강렬한 단어 하나 때문에, 유리는 마가리타 글라스의 스템을 바짝 그러쥐었다.

"내가 행사 링크 톡으로 보낼 테니 한번 봐 봐. 재미없겠다 싶으면 나 혼자 가도 되고. 솔직히 나도 친구 놈이 출시주 낸다니까 그냥 얼굴이나 비추려고……."

"하여튼 갈래."

갈래. 어딘지 모르지만 갈래. 어디든 따라갈래.

무슨 행사인지 보지도 않고 유리는 냉큼 수락했다.

"데이트으?"

경민이 눈썹을 세모꼴로 올리며 성진을 빤히 보았다.

"왜. 친구랑 전통주 축제 데이트 갈 수도 있지."

대수롭지 않게 응수하고 성진은 유리에게 손짓했다.

"유리야. 잠깐 나와 봐. 우리 구체적인 계획 좀 짜 보자."

"응!"

유리는 설렘 가득한 얼굴로 구스 패딩을 걸치곤 기꺼이 성진을 따라 나섰다.

그들이 나간 뒤, 경민은 기가 차다는 듯 웃으며 중얼거렸다.

"뭐? 친구랑 전통주 축제 데이트 갈 수도 있지 않냐고? 물론 그럴 수야 있지. 근데 복성진. 이 텐션비 자식아."

너랑 10년 넘게 진정한 의미의 친구를 먹은 내가 가장 잘 알 텐데 말이다.

"넌 절대, 친구한텐 데이트란 단어 안 뿌리잖아."

심지어 데이트 계획 짤 때 세상에 단둘이서만 남으려 드는 버릇까지. 어쩜…….

"오오, 그럼 두 분 이제……."

143

미나가 흥미진진하게 두 주먹을 불끈 쥐었다. 다희 역시 뿌듯하게 입꼬리를 올렸다.

"아무래도 올해는 안 넘길 거 같아 보이지?"

✢ ✱ ✢

「우리 술 대축제」

서울 양재동 A센터. 우뚝 솟은 건물에 나붙은 현수막이 거대하게 물결치고 있었다. 유리가 이마에 손을 대고 고개를 쭉 뻗어 올렸다.

"우와, 행사장이 꽤 크네."

"그러게. 참가 업체 수가 꽤 되나 본데."

성진도 숨을 삼키고 현수막을 우러러보았다. 예상보다 판이 커 보였다.

"성진아, 나 오늘 정말 안 이상하지?"

유리가 제자리에서 한 바퀴 돌며 물었다.

흑단 같은 웨이브 롱헤어를 포니테일로 가지런히 올려 묶고, 레드와인과 블랙으로 단아하게 배색된 정장 원피스를 입어 놓고. 대체 어디가 이상할 거라 생각하는 건지.

"평소처럼 입어도 되는데."

"아니야! 네 고향 분들 뵙는데 오늘은 좀 단정해야지."

이젠 그녀의 평소 옷차림이 단정치 못하단 생각은 전혀 안 들지만, 하나라도 더 배려해 주는 마음이 오늘의 자태만큼이나 곱다.

"얼굴만 잠깐 비출 거니까 너무 부담 갖지 마. 그리고."

성진이 유리의 손을 살며시 맞잡았다.

"사실 난 너랑 마음껏 놀고 싶어서 온 거야. 그동안 시험 준비하느라 고생했잖아. 오늘만큼은 마음껏 즐기자."

유리의 심장이 열 오른 피를 뿜었다.

요즘 들어 그가 이렇게 손을 잡아 주는 때가 부쩍 늘어서 좋았다. 비록 그답게 순수한 격려의 의미만이 담겼을지라도.

등록 데스크에 초대장을 제시하니 입장 팔찌를 채워 주고 기념 시음 잔을 나눠 주었다.

"우와……."

행사장에 들어서니, 전시 홍보관에 진열된 각양각색의 술들이 가장 먼저 맞아 주었다.

"대상, 최우수상, 우수상……. 상 탄 술들인가 봐."

"우리술 품평회라. 박람회와 품평회를 겸하는 행사인가 보네."

대한민국 술이 걸어온 자취. 전국의 명주와 명인들. 우리 술 재료 이야기. 스토리텔링을 담은 전시 홍보관을 기점으로, 수십 개의 부스가 드넓은 행사장을 메웠다. 참가 업체 부스가 지역별로 구획되어 있어 참관객들의 동선이 명쾌했다.

성진이 쭉 둘러보며 중얼거렸다.

"전반적으로 깔끔하네. 생각보다 사람도 많고."

어수선하고 사람도 별로 없을 거라 생각했던 건 왜일까?

전통주. 인지도로 따지면 그 수장 격인 막걸리의 첫인상이 최악이어서인지도 모르겠다.

성진은 대학 OT 때 선배들이 퍼 준 밀 막걸리를 마시고 며칠간 격렬한 술병을 앓은 적이 있었다.

머리를 푹푹 찔러 대는 곡주 냄새. 혀에 텁텁함을 남기는 분말

감. 인공 감미료 특유의 싸한 단맛. 토할 때조차 최악의 맛이었다.

한때 막걸리 붐이 대한민국을 휩쓸었다. 허나 그 역시도 전통주 업계가 자력으로 일군 성과는 아니었다.

일본에서 막걸리가 건강과 미용에 좋다는 이유로 열풍이 일었고, 그 열기의 일부가 한국으로 역수출된 것이었다.

막걸리의 반짝 상승곡선은 몇 년 채 되지 않아 잠잠해졌다. 90년대 초 백세주를 필두로 한 약주 열풍이 그랬고, 2000년대 초 복분자주를 내세운 과실주 열풍이 그랬듯이.

전통주가 외면받는 이유는 관심이 부족한 탓이라고들 하지만. 까놓고 말해, 소비자가 찾게 하려는 업계의 노력이 부족한 탓 아닌가?

접속하면 해상도가 깨지는 구식 홈페이지. 마지막 업로드가 수년 전에 머물러 있는 공지사항. 전통 방식으로 빚는다는 점 하나 내세우면 만사가 해결될 거라 믿는, 몇몇 양조장들의 고루하고 안일하기 짝이 없는 신념. 소비자와의 소통에 아껴 둔 노력을 술에 투자할 거 같지도 않다.

비 오는 날 막걸리와 파전. 수세기가 지나도 도무지 발전이 없는 고전 페어링. 심지어 오늘은 비조차 안 오는걸.

예나 지금이나, 전통주 하면 냉소적인 생각이 드는 건 어쩔 수 없었다.

"동주 씨네 양조장은 어떤 술이 있어?"

"이번에 증류주 2종이랑 탁주 1종 시음주 가지고 나왔대."

"어……. 일단 탁주가 막걸리란 건 대충 알겠는데, 약주나 청주는 뭐야?"

"단순하게 이해하자면 여과 정도의 차이랄까."

146

"으음, 그렇구나. 우와, 저 부스 뭐지? 사람이 엄청 몰려 있어."

유별나게 문정성시를 이루는 부스가 있었다.

"청와대 만찬주로 선정된 술이래. 그래서 저렇게 잔뜩 몰려 있는가 봐."

"정 궁금하면 시음해 보고 갈까?"

5분 정도 기다려 성진과 유리는 시음 잔에 술을 받았다.

"꿀물 같은 색이네."

유리의 얼굴에 기대감이 차올랐다. 성진과 유리는 동시에 잔에 입을 맞췄다.

"……."

온 신경이 급작스레 입안으로 쏠렸다.

코로 맡아봤을 땐 누룩 냄새가 살짝 도는 전형적인 약주 향이 올라왔다. 그러나 무심코 머금은 순간부터 술은 마법을 부렸다.

꽃과 과일 향이 입에서 코로 만개하듯 올라왔다. 잘 익은 가을 사과를 베어 문 정도의 적당한 달콤함과 산미가 있다. 산뜻하고 부드러운 목 넘김이 외려 강한 여운을 남겼다.

"우와, 완전 맛있어……."

유리가 발을 동동 굴렀다. 성진 역시 가만히 서서 홀린 표정을 지었다.

한 잔 더 달라고 하고 싶은데. 뭔가 더 확인해 보고 싶은데.

그러기엔 뒤에 줄지어 선 사람들의 눈총이 따가웠다.

"성진아, 충청남도 부스 저쪽에 있어."

유리의 목소리가 성진을 현실로 끌어냈다. 그중 한 부스를 본 순간, 성진은 뒷목에 갈고리 꽂힌 사람처럼 입을 떡 벌렸다.

이번엔 다른 의미로 시선을 끄는 부스였다.

테이블에 술병을 켜켜이 쌓고 얼음 바스켓에 시음주를 담아 놓은 것까진 판에 박힌 광경. 허나 부스 옆에 세워 놓은 물체는, 제가 방금 들이켠 게 술인가 마약인가를 의심케 했다.

유리가 까르르 웃었다.

"피규어 아냐? 후후……. 되게 특이하다."

우리 술 대축제의 현장에 난입한 피규어. 평범한 로봇이었어도 무지하게 튀었을 터다.

허나 미소녀의 얼굴을 하고 아이언맨 팔로 떡 접시를 내미는 마개조 피규어는…… 유리가 제 모든 오더메이드 드레스를 짜깁기해 입었어도 그보단 덜 기괴했으리라.

"그러고 보니 저기가 동주 씨 부스 같은데? 탁주가 한 병 있고, 라벨이 다른 증류주 병 두 가지가 있잖아."

성진은 이 순간만큼은 제가 공들여 전수한 주류 지식 일체를 유리의 머릿속에서 싸그리 수거하고 싶어졌다.

"성진아!"

동주가 부스에서 뛰쳐나와 아예 대못을 박아 버렸다.

"뭐야, 동주. 친구 왔어?"

한 사내가 어기적어기적 뒤따라 나왔다.

"대장님, 이 친구가 그 복성진이에요."

처음으로 마주 선 두 사람 사이에서 동주가 소개를 이어 갔다.

"성진아, 이분이 우리 명 대장님. 풀네임은 명주인."

명주인. 명주名酒와 주인酒人을 합친 듯, 술 빚는 예명 같은 이름. 마치 그 이름이 지운 숙명처럼 술에 미쳐 결혼도 안 했다는 50줄의 사내는, 30대 후반 정도로 젊어 보였다.

"안녕! 만나서 반갑다."

흔쾌히 먼저 악수를 청하는 활달한 기운 덕인지. 입술 끝에 걸린 개구진 웃음 덕인지. 사내는 상상 속 꼬장꼬장한 장인 이미지와는 거리가 있었다.

"처음 뵙겠습니다. 복성진입니다."

명주인과 악수를 나누는 순간, 묘하게 긴장되었다.

얼핏 보기엔 좀 젊게 사는 동네 아재 느낌인데. 사내의 손아귀에서 불기운이 느껴지고, 들이치는 눈빛은 쨍하니 맑다.

그야말로 증류주 같은 사내였다.

"초면에 죄송한데, 이 조형물은 뭔지 여쭤 봐도 될까요?"

"아, 이거? 오늘을 위해 영혼을 갈아 넣은 회심의 역작, '떡 돌리는 아이언법미3기'지!"

"아이언법미…… 3기?"

이런 끔찍한 혼종이 2개나 더 있다는 건가?

"던전앤파이터라는 게임에 나오는 여마법사 캐릭터랑 아이언맨을 합체시킨 거야. 요새 한창 유행 중인 바리에이션이래."

동주의 설명을 반도 알아먹을 수 없었다.

"으음……. 피규어 만드는 게 취미신가 보군요."

"아니! 내 취미는 딱히 그쪽으로만 국한되어 있지 않아. 평범하게 영화 리뷰도 하고. 장르 안 가리고 섭렵 중인데?"

이건 뭐, 예수님 믿느냐 물으니 부처님 알라신까지 믿는다고 버럭 하는 격이다. 명대장이 얌전하게 쿡쿡 웃는 유리를 보고 말했다.

"역시 선남은 선녀와 함께하는가? 아가씨, 전통주에 관심이 있으신가요?"

"아, 잘은 모르지만요……. 여기 와 보니 뭔가 대단해요. 좀 전

149

에 약주를 맛봤는데 칵테일 못지않게 맛있었어요."

"한 바퀴 쭉 돌아보면 더 대단하고 맛날 겁니다."

"성진아, 우리 술도 한번 마셔 봐."

"그래. 유리도 한 잔 줘."

"아, 금유리 씨군요. 성진이한테 얘기 많이 들었습니다. 전 성진이 초등학교 동창 오동주입니다."

"네. 저도 만나 뵙게 돼서 반가워요."

"우선 탁주부터 줄게."

동주가 따라 준 탁주는 진한 아이보리 톤이었다. 성진은 그 빛깔만큼 칙칙하고 마뜩잖은 마음으로 한 모금 머금었다.

"……."

아까처럼 또, 입안으로 온 신경이 쏠렸다.

"저…… 혹시 술에 과일즙이나 꽃 같은 게 들어갔나요?"

유리가 성진이 하고픈 질문을 대신 했다. 명 대장은 그녀에게 떡 한 조각 찍은 스틱을 건네며 씩 웃었다.

"우리 집 탁주는 쌀, 물, 누룩만 들어가고, 일체의 첨가물이나 인공감미료 놉! 입니다."

"우와, 근데 어떻게 꽃 향이나 과일 향 같은 게 나죠? 직접 냄새를 맡았을 땐 향이 별로 안 났는데, 마시니까 향이 올라와요."

"그게 바로 향미란 겁니다."

"향미……요?"

"코로 맡아지는 게 향이라면, 마셨을 때 비강으로 맡아지는 향이 '향미'거든. 우리 술은 향보다 향미가 강한 술이 많아요."

"어머나, 반전 매력이 있네요."

유리가 성진을 돌아보며 감미로운 미소를 띠었다.

"성진아. 넌 좀 어때?"

조심스레 묻는 동주에게 성진은 다짜고짜 빈 잔을 들이댔다.

"증류주도 한번 줘 봐."

"어, 알았어."

동주는 다른 잔을 하나 더 꺼내 두 가지 증류주를 따라 주었다.

성진은 무색투명한 두 가지 증류주의 향을 자세히 맡아 보고, 신중하게 맛보았다.

"한쪽은 증류식 소주 특유의 익은 곡향이 나고, 하나는 사케처럼 깔끔하군요."

어느 쪽이든 술맛을 해치는 과도한 탄내나 알코올취는 없었다. 깨끗하게 뽑혀 잘 숙성된 수준 높은 증류주였다.

"둘 다 같은 탁주에서 뽑아낸 거야. 하나는 상압증류 다른 하나는 감압증류로 뽑았지."

"저어…… 상압증류는 뭐고 감압증류는 또 뭔가요?"

유리의 물음에 명 대장이 자상하게 설명해 줬다.

"일반적인 게 상압증류고, 증류기의 압력을 낮춘 걸 감압증류라 해요. 높은 산에선 100도 아래에서도 물이 끓잖아요. 끓는점이 낮아지니깐. 마찬가지로 압을 낮춘 환경에서 술을 끓이면, 탄내를 유발하는 화학물질이 올라오는 걸 최대한 줄이면서 에탄올을 뽑아낼 수 있죠."

성진은 명 대장과 눈을 똑바로 마주했다.

"두 증류주 다 매력적이고요, 탁주도 정말 맛있습니다."

진심이 꾹 눌려 담긴 찬사에 명 대장이 한쪽 눈을 찡긋했다.

"좋은 발효주에서 좋은 증류주가 나온다. 증류의 정석이지."

미소녀를 초월해 버린 마개조 로봇도, 50대 아재의 징그러운 윙

크도, 술맛 하나로 다 용서되었다.

✥ ✱ ✥

"유리 씨는 우리 술의 리즈시절이 언제일 거 같아요?"

"어…… 지금은 아닌가요?"

"바로 조선시대입니다."

"아, 정말요? 지금도 종류가 되게 다양하고 맛있는 거 같은데요?"

"우리나라 고문헌과 고조리서에 등장하는 우리 술은 약 1400여 가지나 되고, 거기서 중복되는 레시피를 추려도 400여 가지 술이 존재하거든."

"우와, 전 막걸리 말고는 잘 몰라서……. 우리나라에 그렇게 많은 술이 있는 줄 몰랐어요."

고려 시대 술 빚기는 국가사업이었다. 양온서의 관리들과 사찰의 승려들은 종교 행사에 쓸 술을 조직적으로 빚었다. 조선시대 들어 숭유억불 정책으로 환속한 승려들은 술 빚는 솜씨를 민간에 퍼트렸다.

집집마다 술을 빚는 가양주문화가 만개한 조선시대. 술 내리는 부엌의 수만큼 주림酒林 고수가 존재하지 않았을까?

"나는 그 황금시대의 재림을 꿈꾸는 사람입니다. 여기 모인 사람들도 그럴 거고."

우리 술의 황금시대라. 성진은 의미심장하게 되뇌었다.

"우와, 성진아 이거 봐! 벌꿀로 만든 와인이래."

성진과 유리는 여러 부스를 돌아다니며 다양한 술들을 맛보았다.

향기롭고 맛난 술 덕에 기분 좋게 올라오는 취기. 나비처럼 시음주에 옮겨 붙을 때마다 유리는 방긋방긋 웃었다.

"이거도 너어무 맛있다……."

"이거 한 병 계산해 주세요."

유리가 맛있다고 말할 때마다 성진의 손에 술병이 추가되었다.

"우와, 이건 평창 올림픽 공식 와인이래."

로제 스위트 와인의 빛깔이 루비에서 뽑아낸 듯 곱다. 유리의 작은 손에도 너끈히 잡히는 유려한 주병이 인상적이었다.

"어쩜 하나같이 술병 디자인도 세련되고 예쁠까."

"그러게……."

유리가 감탄을 늘어놓을 때마다 성진은 점잖게 맞장구를 쳤다. 그러나 가슴속에선 그 어느 때보다 거센 격랑이 일고 있었다.

솔직히, 꼬장꼬장한 양조장 사장과 나이 지긋한 전통주 바이어만의 잔치 정도려니 생각했는데. 여러 부스를 다니며 눈으로 확인한 현실은, 몇 번이고 눈을 새로 뜨이게 했다.

참관객 중엔 20대 초입의 청년 무리도 있었고, 제 나이 대의 젊은 커플도 제법 보였다. 자기 이름을 내걸고 부스를 낸 이들 중엔 제 또래의 청년 사장도 몇몇 있었다.

이 땅에서 나는 쌀, 밀, 과실, 꿀로 술을 빚으며 황금시대의 재림을 꿈꾸는 이들.

나이도 눈빛도 결코 낡지 않았다.

"아까 그 약주도 그 자리에서 바로 살 걸 그랬지? 그렇게 빨리 품절될 줄 알았으면."

청와대 만찬주로 선정된 뒤로 어마어마한 유명세를 타게 된 약주. 한 부부가 소신을 지키며 더디 빚어내는 술이 수요를 따라가지 못해 늘 품귀 현상을 빚는댔다.

성진은 도원경의 이정표가 사라져 버린 듯한 아쉬움에 시달렸다.

단 한 모금만으로 이렇게 사로잡힐 줄 알았다면…….

"성진이가 오늘따라 말이 적네."

"어…… 그런가?"

"넌 원래 진짜 맛난 술 먹으면 말이 없어지잖아."

성진은 깊어진 눈빛으로 유리를 보았다.

고질적인 버릇을 파악당한 건 함께한 시간이 길어서가 아니라, 저를 담는 그녀의 시선이 그만큼 면밀해서이리라.

"이제 좀 쉴까? 우리도 앉아서 뭐 좀 먹자."

간이 테이블에 모여 앉은 사람들이 구입한 술과 안주를 먹고 있었다. 성진과 유리도 명태강정을 사들고 한자리 차지했다.

"우린 뭐 마실까?"

"허니 와인 마시자. 코르크마개가 아니라서 바로 딸 수 있을 거 같아."

"그 술, 여자들한테 특히 인기 만발이더라."

꿀이 가득한 꽃에 앉은 나비의 기분을 느끼게 해 주는 술이었다. 진피의 상큼함이 풍부한 꿀 향의 테두리를 잡는 느낌. 목 넘김은 그야말로 술술. 꿀이란 소재에 걸맞은 달콤함과 적당한 산미가 산뜻한 뒷맛을 남기는 대한민국의 미드.

특히 포장 박스 측면에 적힌 스토리텔링이 여심을 제대로 저격했다.

"미드는 미용과 최음 효과가 있어, 신혼부부는 한 달간 매일 달콤한 허니 와인을 즐겼습니다. 허니문이란 말도 여기서 유래……."

소리 내어 읽는 걸 멈추고 유리가 속삭여 물었다.

"성진아, 이 얘기 진짜야?"

쌀알 같은 얼굴에 발간물이 살짝 올랐다.

"중세 게르만에 그런 풍습이 있었다곤 해."

꿀의 강장 효과야 말할 것도 없고, 여왕벌은 다산의 상징이었으니까.

"허니문의 본질은, 아이가 생길 때까지 남편이 아내를 안 놔주는 기간이었지."

"꺄, 그랬구나……."

고작 이런 거에 금방 발개지는 금유리 얼굴, 이젠 새삼스러울 것도 없는데.

왜 이렇게 가슴이 울렁거리는 거지.

성진은 가슴에 손을 얹고 숨을 한 번 크게 내쉬었다. 취한 건가. 그럴 리 없는데. 이 내가 고작 시음주 대여섯 잔 먹고.

유리는 성진의 잔에 허니 와인을 따랐다. 라벨이 보이도록 한 손으로 병을 잡아 술을 따르고, 병 입구에 맺힌 술이 흘러내리지 않게 트위스트했다. 수련의 성과가 여실히 드러났다.

"짠."

두 남녀는 다붓하게 첫 잔을 부딪쳤다. 술맛은 역시 달콤했다. 갓 튀겨 내 김이 모락모락 나는 명태강정은 겉은 바삭하고 속은 고소했다.

금방 비워진 유리의 잔을 성진이 채우려는 순간.

"성진아, 나 지금 너무너무 행복해!"

진실로 그래 보이는 표정으로 그녀가 말했다.

"네 덕분에 난, 새로운 세상을 만났어."

유리의 눈에서 꿀이 뚝뚝 떨어졌다.

"소맥도 잘 몰랐던 내가, 발효주, 증류주, 리큐어를 구별할 줄 알게 되고. 무려 40가지 칵테일을 알게 되고."

"7분 안에 세 잔의 칵테일을 만들 수 있게 되고."

"지금은 또 이렇게 맛있는 우리 술도 마셔 보고."

그런 말들을 늘어놓으며 허니 와인을 연거푸 마신 건 금유리인데, 취기는 엉뚱한 사람이 오르고 있었다.

"유리야. 나야말로 네 덕분에 새로운……."

성진은 그 이상 말을 잇지 못했다. 다디단 꿀술이 혈관을 타고 흐르기 시작한 듯 혀가 말렸다.

"새로운……."

무슨 말을 하려다 만 난감한 상황. 생각이 날라치면 혀가 말리고, 혀가 풀릴라 치면 생각이 말려 버린다. 성진은 혀끝을 잘근 문채 유리를 보았다.

"새로운 뭐?"

유리가 꽃받침을 하고 성진을 보았다. 달 같은 얼굴에 꽃 같은 미소가 은은하게 번진다.

곱디고운 얼굴을 보며, 성진은 어젯밤 망원동 집에서 보았던 광경을 떠올렸다.

반쯤 열린 화장실 문 너머, 스터링 기법을 연습하는 유리의 모습이 벽거울에 비쳤다. 바 헬퍼 시절 화장실 거울 보며 기법을 연마했다는 다희의 경험담을 들은 날이었다.

그냥 칵테일이 아니라, 맛있는 칵테일을 만들고 싶어.

할 줄만 아는 사람이 아니라, 잘하는 사람이 되고 싶어.

포스기만 지키는 사장이 아니라, 바텐딩도 서비스도 프로패셔널한 오너 바텐더가 되고 싶어.

그런 다짐을 품은 채, 유리는 맑고 예쁘게 웃어 보였다.

성진은 그녀 안에서 무언가가 조금씩 이끌려 나오는 걸 보았다.

예쁘다. 멋지다.

그런 말만으론 턱없이 부족한.

초월적인 무언가…….

"……."

성진은 시음잔을 그러쥐었다. 손에서 묻어나는 떨림에 허니 와인에 잔잔한 파문이 일었다.

술 만드는 놈으로서 수없이 많은 술을 마셔 보았고, 그만큼 적잖이 취해 보기도 했다.

하지만 이런 취기는 난생처음이다.

주변에 사람이 이렇게나 많은데, 세상의 소리가 간간이 멎고.

적당한 조도로 맞추어진 행사장 불빛이 유난스레 눈부시게 느껴지고.

심장이…… 흔들다리 위에 올라온 듯 세차게 뛴다.

"헤헤, 생각나면 말해. 자, 한 잔 받아."

금유리가 술병 마개를 열며 미소 짓자, 비로소…… 하려던 말이 떠올랐다.

아아, 그래. 내가 너에게 하려던 말은.

소맥도 잘 몰랐던 네가, 술 만드는 놈 복성진 하나 보고 따라오면서 잘 몰라도, 서툴러도, 때론 두렵기까지 해도 알고자 하고, 능숙해지려 하고, 온갖 두려움을 꿋꿋이 이겨 내면서 나날이 새로워졌고, 앞으로도 더 새로워져 갈.

금유리 너라는…… 여자의 눈부신 아름다움에 관한 거였다.

"……큰일 났다. 나 진짜."

성진은 앞머리에 손을 꽂아 넣고 끅끅 웃었다.

"뭐? 성진아. 왜……."

"아니. 그냥 지금 너무…… 쪽팔려서."

"갑자기 왜?"

네가 그럴 일이 다 있느냐는 듯 유리가 유별나게 큰 목소리로 물었다.

"여기 술들 마셔 보니까, 이불 걷어차고 싶어졌거든. 그딴 걸 내 자신작이라고 팔 생각을 했다니. 심지어 국민 첫사랑 CF까지 붙여서 떠들썩하게."

"첫이슬 참꽃 얘기하는 거야?"

"정답!"

성진이 팔을 쳐들며 과장되게 환호성을 내질렀다. 일순간 제게로 모인 시선들을 느끼며 그는 머리를 흔들었다.

"하하, 나…… 진짜 취했나 보다."

"정말? 오히려 내가 너보다 많이 마신 거 같은데. 너, 나보다 술 훨씬 세잖아."

"나도…… 컨디션 따라 훅 가 버릴 때가 있거든."

금유리. 나 진짜 미쳐 버린 거 같다.

"성진아. 혹시 속 안 좋은 건 아니지? 괜찮지?"

미안. 지금 속이 말이 아닌 건 맞는데. 배가 아니라 가슴 쪽이야.

"괜찮으니까 한 잔 더 주라."

몽글거리는 가슴을 억누르며 성진은 잔을 내밀었다.

"유리야. 나는 한때, 내가 행복하다고 믿었어."

국내에서 가장 많은 술을 찍어 내는 공장에 생각이 갔혔고, 15

158

년 동안 공들여 지은 빈집에 사랑이 갇혔어. 그 틀이 나의 행복이라고, 너무 오랫동안 맹신했어.

"혹시…… 지금은 별로 안 행복해?"

지금 내 곁에서…….

유리가 불안한 마음으로 묻자 성진은 얼른 고개를 내저었다.

"아니. 난 지금 행복해. 미치도록."

나의 사소한 표정 하나에 울어 주고 웃어 주는 네 덕에. 사소한 표정 하나로 내 세상을 온통 뒤흔들어 놓는 네 덕에.

"그나저나 금유리 너 술 엄청 늘었다? 언제 또 비었대? 얼른 잔이리 내놔."

"아하핫, 성진아. 이러다 나 갑자기 훅 가서 여기서 자 버릴지도 몰라."

"뭐 어때, 내가 있는데. 자, 건배!"

"헤헤, 건배!"

아무것도 모르는 금유리는 그저 헤실헤실 웃으며 잔을 맞부딪쳐 주었다.

잔이 오갈수록 성진의 세상은 더욱 세차게 흔들렸다.

그녀와 함께 도달한 새로운 세상에는, 자신이 그토록 원하던 두 가지가 존재했다.

하나는, 제가 술 만드는 놈이 된 이유를 일깨워 줄 만큼 향기롭고 맛난 술.

나머지 하나는……. 한시도 떨어지고 싶지 않은 여자.

이곳을 나가면 둘 다 가질 수 없게 된다는 걸 여실히 깨달은 날. 새로운 사랑의 잠복기가 끝나 버렸다.

꿈으로 시작하여 평생의 숙원으로 이어지는, 근원.

그것이 작가 지망생에겐 인생문학이고, 연기자 연습생에게는 워너비 배우라면. 술 만드는 놈의 근원이란 마땅히, 인생주가 아닐까?

면천두견주. 중요무형문화재 제86-나호.

성진의 고향인 충남 당진의 특산주이자, 돌아가신 아버지의 애음주였다.

'두견주의 향을 맡다 보면, 마치 내가 열대과일에 달라붙은 개미가 된 거 같아.'

음식의 맛과 향을 제대로 즐길 줄 알던 당신이 그리도 극찬하시는 향은 대체 어떤 건가 싶었다.

'저도 맡아 보게 해 줘요.'

초등학생 성진이 고사리 손을 내뻗자 아버지는 사기잔을 코앞에 내밀었다. 진달래술의 달콤한 향내가 성진의 콧속으로 스미는 찰나, 담색 약주는 순식간에 아버지의 입속으로 사라졌다.

'어른 되면 맡게 해 주지.'
'아, 왜요! 마시겠다는 것도 아닌데!'

아버지는 심술궂은 신선처럼 웃으셨다.

'마셔야 완전하게 맡아지는 향이거든.'

그러니 네가 어른이 되면, 우리 함께 이 향미를 마시자.

먼 훗날의 약속 때문이었을까? 음주운전 차량에 아버지를 여의고도 술을 미워할 수 없었다. 오히려, 당신이 감추어 아껴 둔 그 향미를 느끼고픈 갈망이 갑절로 더하여졌다.

성인이 되면 아버지의 묘소에서 당신의 혼백과 함께 두견주 한 잔 나누고 싶었다. 그러나 성진이 성인이 되었을 무렵 기능보유자 박승규 씨의 작고로 술 빚는 맥이 끊겨, 시중에서 면천두견주를 찾아보기 어려웠다.

후에 면천두견주 보존회에서 두견주 복원에 성공하였단 소식은 접했지만, 군대 가랴 학점 관리하랴 취업 준비하랴 분주한 나날을 보내면서, 전통주와의 연은 아득히 멀어져 갔다.

우리 술 대축제에 다녀온 이후.

그날 맛본 우리 술의 향미는 여전히 입안에 감돌고, 성진은 무성한 생각을 떨쳐 내지 못했다.

'이번엔 라벨도 안 붙은 시음주만 들고 나왔지만, 다음번엔 라인업을 대폭 늘릴 거야. 조만간 약주제조면허도 취득할 예정이고 하니.'

명 대장은 우리 술 품평회 수상 술들이 진열된 곳을 가리켰다.

'그 다음번엔 저 위에 우리 양조장 술들을 두어 개 올려놓는 거지.'

그의 맑은 눈은 구만리 같은 앞길을 대담하게 주파하고 있었다.

'그다음에 또 다른 계획이 있으신가요?'

성진이 묻자, 명 대장이 하회탈처럼 능글맞게 웃었다.

'글쎄. 그때부턴 우리도 청와대를 노려 봐야겠지?'

내가 빚은 술이 국빈에게 대접할 건배주나 만찬주로 선정되는 것. 술 제조자로서 최고의 영예이자 일생에 한 번 올까 말까 한 기회다.

'그날까지 재밌게, 맛있게 만들어야지.'

재밌게, 맛있게 만든다.
불필요하게 꾸미지 않은 간명한 모토가, 그 어떤 거창한 사상보다 강한 인력을 행사했다.
진실로 즐기며 술을 빚는 모습. 멀고도 쉽지 않은 길을 헤쳐 나가겠다는 의지가 충만한 모습.
명 대장이 개구지게 웃으며 밝힌 포부가, 마냥 꿈처럼 들리지만은 않았다.

'자. 내 명함 하나씩 받아 주시게.'

명 대장이 명함판에서 한 장 뽑은 걸 유리에게 건네고, 성진에게는 주머니에 넣어 둔 걸 내밀었다.

'좋아, 자연스러웠어!'

받은 명함을 진지하게 보는 성진 옆에서, 명 대장이 동주에게 속닥댔다.
'농업회사법인 참술 대표 명주인.'

하도 만지작거려 며칠 새 살짝 닳아 버린 명함을, 성진은 또다시 꺼내어 보았다.

명 대장이 뚜렷한 언질을 준 건 아니지만, 원대한 꿈을 이루려면 일손이 좀 더 필요해 보였다.

그 사람이 저를 필요로 하지 않는다 할지라도, 자신이 가르침을 청하고 싶다. 그곳으로 가면 자신의 근원을 찾을 수 있을 것 같은 예감이 든다.

인생에 큰 기회가 세 번 찾아온다고 하던가?

한 번이 인생의 나락에서 금유리를 만난 것이었다면, 아마도 이번이 두 번째가 아닐까 싶다. 마지막 기회가 온다 해도, 그것이 제 꿈과 관련될 거란 보장은 없다.

술 만들던 놈답게, 다시 술을 만들어 보고 싶다. 새롭게 시작하고 싶다. 꿈꾸고 싶다.

다시 오지 않을 이 기회 잡고 싶다.

하지만……

"뭐? 아젤리아를 이전하겠다고? 이 넓고, 접근성 끝내주는 자가 건물 놔두고 어딜 가려는 거야!"

유리가 중대 발표를 한대서 한달음에 아젤리아로 달려온 경민이 잔뜩 흥분하여 말했다.

"여긴 홍대 예술인들에게 돌려줄까 해. 보증금이랑 월세는 예전 수준으로 받고."

"예술인의 성지 밀어낸 금수저 바라고 기사 나간 거 신경 쓰여서 그래?"

"꼭 그거 때문만은 아냐."

유리는 모두가 보는 앞에 제 핸드폰을 올려놓았다.

"판을 새로 짜려는 거야. 내가 생각하는 아젤리아의 바 콘셉트에 맞게."

예전에 성진과 함께 여러 바를 돌아본 날 마지막으로 갔던 바의 사진이 떠 있었다.

"우선 바 규모를 내가 감당할 수 있는 수준으로 줄일까 해. 여긴 내 역량에 비해 너무 넓어."

"이 사진 속 바 정도의 규모를 생각한다면, 오락 시설이나 주방을 본격적으로 두긴 어렵겠네."

다희의 말에 유리는 과감히 고개를 끄덕였다.

"네. 안주는 과자나 간단한 핑거 푸드로 제공하고, 칵테일에 집중할까 해요."

"산만한 요소를 최대한 없애겠다는 거군. 제법 아늑한 분위기가 되겠는데."

"8인 이상의 단체 손님이나 만취자도 사양할 예정이에요. 손님들이 최대한 편안하게 칵테일을 즐길 수 있게요."

"아하, 어느 정도 물 관리를 하겠다는 거구만?"

"그런 방침을 정하는 것도 나쁘지 않지. 문턱을 낮춰서 미친개까지 받아 주는 게 능사는 아니니. 단골한테 두 잔 세 잔씩 파는 게 훨씬 나은 그림이야."

"칵테일 가격대는 7천 원에서 만2천 원 정도로 책정하고. 주 타깃은 2, 30대 청년층으로 정할까 해요."

"그러려면 갬성과 예쁨이 가득하고 사진발 잘 받는 바로 꾸며야겠네요."

미나가 깨알같이 끼어들자 유리는 빙긋 웃었다.

"일단 전체적인 주제는 '봄꽃'으로 잡았는데, 좋은 의견 있으면 얼마든지 줘."

유리의 두 눈이 빛나고 입술에선 윤기가 흘렀다.

성진은 그녀의 애잔한 입술에 시선을 흠뻑 쏟았다. 남들 눈에도 예뻐 보일 테지만, 제게는 와닿는 강도가 족히 2배 이상 되는 거 같다.

중학생 때 첫사랑은 환한 햇살 아래 파르라니 싹터 올랐었는데. 서른 전에 새로이 시작된 사랑은, 어두컴컴한 항아리에 담긴 술덧의 효모처럼 깨어났다.

결코 금유리를 그 시절 윤수영보다 덜 좋아해서가 아니라, 고백하면 받아 줄까 차이진 않을까 정도가 고민의 전부였던 중학생 때랑, 내일모래 서른인 어른의 고민은 그 볼륨이 극명히 달랐다.

다가갈 거면 무턱대고 다가가고 싶지 않다. 좋아하는 감정 하나로 밀어붙이는 성격도 못 된다.

한 번의 뼈아픈 실패를 겪은 만큼 충분히 준비하고 싶다. 적어도 대기업 주류회사 대리였던 시절 이상으로 갖춰서 다가서고 싶다.

하지만…….

"이 건물 한번 봐 줄래?"

"꺄악! 뭐, 뭐야 이거? 상가임대차계약서 아냐! 이건 또 언제 저질렀데?"

"경민이 네 말대로 내년 봄에 재개장하려면 지금부터 준비해야지."

유리의 심지 굳은 말을 들으며 성진은 숨을 깊이 마셨다.

그녀가 아젤리아 2기의 문을 활짝 열고나면, 자신은.

아젤리아 2기 SNS 계정 관리도 해 주고, 여자가 상대하기엔 버거운 진상 손님도 막아 주고, 아젤리아 2기에 걸맞은 시그니처 칵테일도 개발해 줘야 한다.

그리고 저 아니면 누가 유리의 새벽 퇴근길을 지켜 주나. 미약하게나마 힘 보탤 데가 한두 가지가 아니다.

고작 1억 5천만 원 갚고 그녀 곁을 훨훨 떠날 생각일랑 아주 예전에 단념했다.

금유리를 술의 세계로 끌어들인 한 사람의 술꾼으로서, 그녀가 이토록 멋진 세계를 훨훨 날아다니길 진실로 원한다. 그녀의 활주로를 언제까지고 안전하게 지켜 주고 싶다.

"아이고 심장이야……. 금유리 추진력은 왜 매번 호러 수준이냐고!"

활기를 띤 옆 테이블을 건너보며 성진은 가만히 웃었다.

사람이 하고 싶은 일 다 하고 살 수는 없고. 가장 잘할 수 있는 일만 하며 살라는 법은 없다.

가장 소중한 사람 하나 지지하며 가기에도 벅찬 인생이니까.

복성진의 새로운 사랑은…… 아젤리아에서 활짝 꽃피울 금유리의 진달래나무에 거름을 대면서. 주제넘은 마음은 이룰 수 없는 꿈과 함께 가슴에 조용히 묻어 두는 편이, 바람직한 그림일 테지.

"금유리!"

힘껏 불러 보니 그녀가 바로 돌아보았다.

"정말 이러기야?"

이 와중에도 가슴이 미어질 만큼 예뻐도 되는 거냐고.

"매니저하고 상의도 없이 결정하다니. 우리 사장님 해도 너무하시네."

"아하하, 미안. 우리 매니저님도 얼른 앉아 봐요."

유리가 자기 바로 옆 의자를 빼내며 생긋 웃었다.

그녀에게로 나아가며 성진은 생각했다.

나의 꿈은, 널 두고 딴 데 안 간다는 약속을 어그러뜨릴 만큼 가치 있진 않아.

내가 뼈를 묻을 곳은 바로 여기야.

그러니까 나는…… 이대로도 괜찮다.

❖ ✱ ❖

"81점. 생각보다 점수가 짜네. 큰 실수는 안 했던 거 같은데……."

작게 구시렁대는 유리의 등에 미나가 와락 매달리며 환호성을 내질렀다.

"뭐 어때요! 81점이나 100점이나 조주기능사 합. 격. 인데!"

실기시험 결과 발표일. 오늘부로 유리는 국가기술자격증 보유자가 되었다.

"자, 이건 내가 주는 합격 선물."

다희가 테이블에 술병을 하나 올려놓았다.

"프리미엄 데킬라 패트론 실버Patron Silver야. 유리 넌 마가리타 좋아하니까 이걸로 만들어 먹으라고."

"우와…… 예뻐요."

꿀벌이 그려진 라벨이 달콤한 상상을 자극한다. 술병은 나중에 화병으로 삼아도 좋을 만큼 예뻤다.

"다 마시고 나면 드라이플라워 꽂아서 카운터에 올려놔야지."

"방금 내준 750미리 증류주를 다 마실 생각부터 하다니. 우리 사장님 술꾼 다 됐네."

"앗, 그렇다고 너무 빨리 마셔 버리겠다는 건 아니고요……."

"잠깐만요, 유리 언니! 우리 뭔가 잊은 게 하나 있지 않나요?"

"뭐 말이야?"

유리가 되묻자 미나가 제 가슴을 팍 쳤다.

"소원! 조주기능사 한 번에 붙으면 성진 쌤이 소원 들어준댔잖 아요!"

그 말에, 모두의 시선이 일제히 뒤편의 성진에게로 향했다.

"설마 잊었을 리가. 내가 얼마나 기대하면서 열심히 했는데."

성진과 눈을 똑바로 마주치며 유리는 입꼬리를 말아 올렸다.

"이젠 정했어? 나한테 뭘 원할 건지."

"내가 너한테 원하는 건……."

유리가 뜸을 들이는 찰나, 일순간 세계가 그녀의 손아귀에 든 것처럼 긴장되었다.

"하루 종일 나와 함께 있어 줘. 이번 크리스마스이브에."

그것이 유리의 소원이었다.

"하루······종일? 한밤중이랑 새벽까지?"

성진이 짐짓 눈을 크게 뜨고 묻자, 유리가 금세 발개진 얼굴로 뇌까렸다.

"아, 그러니까 내 말은! 우리 둘이 크리스마스 명소도 가 보고. 근사한 데서 저녁도 먹고······ 그러자고."

결국은 데이트도 하고 저녁을 사라는 정도의 소원이다. 성진이 숨을 길게 뱉으며 중얼거렸다.

"아······. 그건 좀 곤란한데."

"정말? 혹시 딴 사람이랑 선약 있어?"

대번에 나라 잃은 표정을 짓는 유리를 보고 성진은 픽 웃었다.

"금유리. 내가 톡으로 링크 하나 보낼 테니까 한번 봐 봐."

"우와······. 이거 뭐야?"

며칠 전 포털사이트 메인에서 본 '크리스마스 데이트 추천 명소 TOP 10' 포스트에 포함된 레스토랑이었다. 이제 와서 알아보려 들면 예약이 꽉 찼겠지만.

"어떤 거 같아?"

"완전 취저야. 음식도 맛있어 보이고 가게도 예뻐."

"다행이군. 예약 취소 안 해도 돼서."

"예약? 성진아, 너 설마 벌써······."

"저녁 정도는 결과에 상관없이 살 생각이었어."

성진이 멋쩍게 덧붙였다.

"사실 더 괜찮아 보이는 곳도 있었는데, 내가 예약할 때쯤엔 다 찼더라고. 그거도 겨우 막차 탄 거야."

"아······."

"그러니까 소원은 다시 키핑해 둬. 아깝잖아."

"성진아. 넌 정말…… 최고야."

유리는 너무 감동한 나머지 거의 울먹였다.

"사실 나 조주기능사 따게 해 준 너랑 다희 언니에게 내가 선물 주고 소원 들어주고 해도 모자란데……."

"알았으니까 진정하자. 이 좋은 날에 울지만은 말자."

성진이 손을 펼쳐 유리의 어깨를 꾹꾹 내리누르던 중, 테이블에 놔둔 핸드폰이 진동했다. 공방에서 톡이 와 있었다.

[주문하신 펜던트 제작 완료됐습니다. ^^]

성진은 핸드폰을 슬그머니 주머니 속에 감췄다.

한 달 전부터 준비한, 그녀를 위한 크리스마스가 목전에 왔다.

✤ ✱ ✤

크리스마스이브.

달력만 봐도 이유 없이 손꼽게 되고, 함께할 사람이 있으면 설렘이 배가 되는 날이었다.

유리는 트리색 니트티에 빨간색 체크무늬 치마를 매칭하고, 커피색 양모 코트를 입었다.

온종일 성진과 좋은 데 많이 다니고 싶어서 보온성에 각별히 신경 썼다. 카디건도 껴입고, 기모 스타킹을 신고, 발 편한 부츠도 하나 장만했다. 혹시나 해서 핫팩까지 코트 주머니에 쏙 집어넣었다.

백화점 명품관이 아닌 동네 옷가게에서 찾아낸 옷이 퍽 만족스러웠다.

"유리야, 아직 멀었어?"

"잠깐만! 나 틴트만 마저 바르고."

유리는 틴트로 입술에 그라데이션을 준 다음 쪽 하고 가볍게 맞물었다. 과즙미가 넘쳐 나 키스를 부른다는 피치핑크 톤이었다.

만반의 준비를 마친 유리가 문을 열고 나온 순간.

서로에게 심장이 멎었다.

"금유리. 오늘 크리스마스 콘셉트 제대로네. 오래 기다린 보람이 있는데."

확 껴안고 돌아 버릴 정도로 예쁘다 말할 수는 없는 노릇이라, 성진은 벽에 바짝 기댄 채 유리를 위아래로 보았다.

"너야말로 오늘 정말…… 멋있어."

클래식한 네이비 코트는 성진의 탄탄한 몸과 한데 어울렸고, 다크그레이 폴라티가 받쳐 올린 얼굴은 평소보다 환했다. 블랙 팬츠를 입어선지 가뜩이나 훤칠한 그가 평소보다 더 커 보였다.

그 너른 품에 원대로 쏙 들어가 버릴 수는 없는 노릇이라, 유리는 그저 홀린 듯 성진의 얼굴을 올려다보았다.

"이제 갈까?"

성진이 유리에게 손을 내밀었다.

"응. 가자."

맞잡은 서로의 손에서 열기가 전해져 왔다.

❖ ✳ ❖

크리스마스이브.

달력만 봐도 자꾸만 실소가 터지고, 함께할 사람이 있어도 저주스러운 날이었다.

"퇴근하고 저녁이나 함께하지."

두현의 말에 수영은 헛웃음을 흘렸다.

"오늘은 거래처 중역이랑 선약 없어?"

"아니. 크리스마스이브에 비즈니스 미팅하자는 비상식적인 놈은 없으니까."

"이래 놓고 갑자기 취소하는 거 아냐?"

제아무리 비상식적인 요구여도 응할 가치가 충분한 상대면, 나와의 약속이 단 10분 뒤여도 얼마든지 깰 테지.

넌 그러고도 남을 인간이니까.

"오늘은 그럴 일 없을 거야."

"내일은? 크리스마스니까 당연히 스케줄 비겠네?"

수영의 돌발 질문에 두현이 곧바로 고개를 가로저었다.

"미안. 내일은 저녁에 따로 만날 사람이 있어서."

"그게 누군데?"

"그냥 아는 사람. 전해 줄 물건이 있어서."

"물건만 전해 주면 되는 거면 나 실장님 시키면 안 돼?"

"아무래도 내가 직접 전해 주는 게 나을 거 같아서. 얼굴 보고 얘기도 할 겸."

"그럼 나랑 같이 가."

수영의 목소리는 인형이 말하는 것처럼 무감하게 울렸다.

"'그냥 아는 사람'이면 그래도 딱히 상관없지 않아? 근처에서 기다려 줄 테니까 볼일 보고. 내일 저녁도 같이 먹자."

올가미를 휘감듯, 수영은 시선으로 두현을 옥죄었다.

"조금이라도 더 함께 있으면 안 되니? 내일은, 크리스마스인데."

172

"윤수영. 이건 내 개인적인 일이니까…… 다음에."

이번이 대체 몇 번째인지 모를 다음에를 두현이 입에 담은 찰나.

"왜 속 시원하게 말을 못 해? 그 개인적인 상대가, 여자라고."

두현의 눈이 불가항력으로 가늘게 뜨였다.

"한 번 이용해 먹고 버리면 딱 그만인 내게 황송하신 발 하나 걸쳐 놓고. 올해 봄에 맞선 본 황금글라스 금 회장님의 고귀하신 따님에게 꽃다발이랑 스코티 목걸이 갖다 바치러 간다고, 왜 솔직하게 말을 못 하냐고."

강도 높은 비꼼을 담는 수영의 목소리는 일말의 떨림도 없었다. 격렬한 번개 구름을 끌어오는 폭풍의 핵이 그러하듯이.

두현은 골치 아프게 됐다는 듯 한숨을 내쉬고는 수영에게 손을 뻗었다.

"수영아, 뭔가 오해가 있었나 본데……."

짜악!

공기가 매섭게 찢어졌다.

"나쁜 자식인 것까진 좋아. 나도 만만찮게 나쁜 년이라, 나름 죽이 맞는다고 생각했으니까. 근데."

수영이 두현의 시뻘건 뺨을 보며 내뱉었다.

"날 계속 이용해 먹고 싶었으면, 최소한의 신뢰는 깨지 말았어야지."

수영은 화인이 남은 제 오른손을 꼬집어 비틀었다.

"갈수록 진짜 더럽게 손발이 안 맞아서, 너하고는 더는 뭘 못 해 먹겠어."

더럽고 더러워서 안 되겠어.

뺨을 감싸 쥐고 저를 노려보는 두현에게, 수영은 잔혹하게 웃으며 결정타를 먹였다.

"그거 알아? 금유리, 복성진이랑 살림 합쳤어."

"뭐라고?"

"며칠 전에 봤는데 둘이 다정하게 손잡고 가더라. 아, 물론 집 안에선 손만 잡진 않겠지."

"윤수영. 농담하는 거면 너 진짜 나한테……."

반쯤 쳐들린 두현의 주먹을 보고 수영은 헛웃음을 흘렸다.

"그러네. 내가 굳이 말할 필요가 있었나 싶다. 어차피 내일 직접 보게 될 텐데. 그냥 아무것도 모르고 갔다가 눈깔이나 확 튀어나오게 내버려 둘걸."

씩씩. 점점 거칠어지는 숨소리가 꼭, 돼지 새끼가 내는 소리 같다.

아. 진짜 추접스럽고 우스워서 더는 못 봐 주겠네.

"그럼, 내일 어디 잘해 봐."

수영은 머리를 쓸어 넘기며 두현을 등졌다. 그 인간의 헛수고를 실컷 비웃어 주듯 힐굽을 또각또각 찍으며 나아갔다.

그러나 선샤인주류 본사를 나설 즈음, 두 다리가 후들거렸다.

갈 곳 잃은 여자가 밀려오는 절망감을 헤집으며 흘러든 곳. 공교롭게도, 성진과 유리가 한창 설렘을 나누고 있는 신사동 가로수 길이었다.

19.
술잔과 입술 사이, 입술과 입술 사이

신사동 가로수길 와인 바 넥타르.

크리스마스이브 대목, 것도 피크타임인 저녁 8시에 점장은 난데 없는 곤욕을 치르는 중이었다.

"저기요, 손님. 여기서 주무시면 안 됩니다……."

조심스럽게 어깨를 흔들어 봐도, 테이블 위로 상체를 늘어뜨린 여자는 요지부동이었다. 새우 핀초는 그녀의 몰골과 상반되게 우 아한 플레이팅을 유지하고 있었다.

"에휴……."

손님들의 의뭉스런 시선이 모여드는 걸 느끼며, 점장은 인내심 이 극에 달한 한숨을 터트렸다.

개시하기 무섭게 홀로 들이닥친 여자는 와인 리스트 중 맨 아래 있는 걸 찍었다. 30년 숙성된 프리미엄급인 만큼 한 잔도 고가인 셰리 와인을 보틀째로 시켰다.

강남 술집 운영하면서 하룻밤에 백 단위로 쓰고 가는 일행은 종종 겪어 봤다. 그러나 초저녁부터 20도짜리 주정 강화 와인을 병나발 불다 아득하게 가 버린 여자를 처리해 본 경험은 전무했다.

한두 잔 정도 자작하며 적당히 분위기 내다 보틀 키핑 요청하든지 테이크아웃해서 돌아가겠거니 여긴 건 지극히 상식적인 예상이었고, 오늘 같은 날 상식을 맹신한 건 크나큰 오판이었다.

"그냥 경찰 부르면 안 돼요?"

"미쳤어? 다른 손님들 무드 다 깨라고?"

알바생의 볼멘소리에 점장이 차마 높이지도 못하는 언성으로 말했다. 새벽 타임도 아니고 젠장할.

"콜록, 콜록."

수영은 누운 채로 기침을 했다. 지독한 알코올 냄새가 역류했다.

제아무리 아로마와 테루와가 어떠니 몇십 년 숙성이 어떠니 해도, 취하기 위해 마시는 와인은 시큼 떨떠름한 독주에 지나지 않는다. 시어 터진 과일과 썩은 견과류 냄새를 맡으며 수영의 사고는 나락으로 떨어졌다.

처음부터, 강두현과 백년해로 할 수 있을 거란 기대 따윈 안 했다. 그렇다 해도, 1년도 채 못 갈 줄은 몰랐다.

이렇게 맥없이 빠르게 소모되려고 올봄에 그 난리를 친 건 아닌데…….

"이 여자 가족이나 남자 친구 부르면 안 되나?"

곁에서 점장이 지껄인 혼잣말이 송곳처럼 귓속을 파고든다.

15년 세월 참 무섭다. 남자 친구 하니까 어떻게, 강두현이 아닌 복성진 얼굴부터 퍼뜩 떠오르는지.

성진이는 지금 뭐 하고 있을까? 금유리 그 기집애와 크리스마스이브 데이트라도 하려나.

나한테 했듯 근사한 데서 저녁도 먹고, 크리스마스 선물로 놀래 킬 준비도 하고 있으려나?

"에효. 그놈의 돈이 뭔지……."

점장의 나직한 신세한탄에 수영은 속으로 웃었다.

그치? 금유리 그 기집애가 돈 빼면 뭐가 그리 대단해. 나보다 빼어나게 예쁜 것도 아니고. 머리는 나쁘고. 맹하고. 호구천치고.

지깟 게 돈마저도 없었음, 무슨 수로 복성진을 주워 가.

순전히 돈발로 강두현 그 인간도 그렇고 성진이도……. 다들 금유리, 금유리만 찾고. 그 기집애한테만 선물을 잔뜩 안겨 주려 하네.

아 싫다. 역시 세상은 불공평해.

돈 없는 내겐 빛나는 선물을 안겨 주는 법이 없는 세상. 돈을 노력으로 메꾸려 몸부림쳐도, 결국은 돈이 곧 태생이고 운명이란 결론에 도달하게 하는 더러운 세상.

수영은 자신의 내면과 마주할 때조차 철로 된 옷을 몇 겹씩 둘렀다. 최근에는 더욱 두껍게 껴입었다. 그러나 강한 취기에, 그 옷이 한 겹씩 벗겨져 나갔다.

'그래도 성진이만은 달랐는데…….'

성진이 돈에 움직이는 인간이었음, 15년 전에 제가 아닌 금유리에게 달라붙었을 터다. 그 기집애는 아주 예전부터 성진에게 열렬한 눈빛을 보내고 있었으니.

수영은 핸드폰을 들었다. 안 되겠다. 한번 걸어 보자. 지금 당장.

윤수영의 사소한 신호에도 민감하게 반응했던 복성진 15년 세월 어디 안…….

─ 고객님이 전화를 받지 않아…….

신호음이 두어 번 가다 말고, 매몰찬 여자의 음성이 들렸다.

"허어……. 복성진. 너 설마 나 차단한 거야?"

"참나, 이 여자 대체 뭐라는 거야?"

물속에서 말한 것처럼 불명확한 수영의 중얼거림에 점장이 혀를 찼다.

몇 번을 걸어 봐도 결과는 같았다. 수영은 허탈하게 웃었다.

역시 성진이 너도 사랑이 끝나면 섬뜩할 정도로 매정해지는구나. 꼭 우리 아버지처럼 말이야. 빠르든 늦든 이렇게 될 줄 알아서, 나는 너랑 결혼하기 싫었던 거야.

사랑하지 않으려 했던 거야.

"안 되겠다. 아가씨, 데리러 와 줄 사람 없어요? 남자 친구라든지."

점장의 목소리가 먼 산의 늑대울음처럼 아득하게 울린다. 발가벗겨진 채로 차가운 설산에 버려진 느낌에, 수영은 허망하게 웃었다.

자신은 결국 구질구질함을 벗어 내지 못했다.

✛ ✱ ✛

"자, 찍을게요. 하나, 둘!"

제가 찍은 커플 사진을 확인하는 찰나, 여자는 숨을 삼켰다.

크리스마스풍의 카페. 케이크 피스를 맛있게 흡입하던 중, 사진을 찍어 달라는 한 커플의 요청에 흔쾌히 응했다.

이 카페의 명물인 거대 트리 앞에 그들을 세워 놓으니, 장난 아닌 사진이 나왔다.

깜찍한 체크무늬 치마를 입은 보호본능 일으키는 귀여운 미인.

아담한 그녀와 바람직한 키 차이를 보이는 연예인 뺨치게 준미한 남자. 여태 찍어 준 커플 중 초절정 음양의 조화를 보이는 이들이었다.

"정말 감사합니다. 유리야, 이제 딴 데 가 볼까?"

"응. 그러자."

남자는 카페 문을 열어 주고, 여자는 남자가 뒤따라 나오도록 밖에서 그 문을 붙잡았다. 사소한 행동에서도 서로를 배려하는 깊은 마음이 느껴졌다.

우월한 비주얼뿐 아니라, 그들을 온전하게 하나로 묶어 주는 기류 같은 것이 참 보기 좋았다. 한창 꿀 떨어지는 연애 초기 커플 같기도 하고. 둘이 마주할 때의 깊은 눈빛을 보면 신혼부부 아닐까도 싶다. 아직 썸 단계라면, 조만간 진전을 보이지 않을까?

'앞으로도 늘 그렇게 훈훈하시길.'

잠깐 마주친 남이 그런 응원을 보낼 정도니, 서로를 향한 두 사람의 마음은 오죽했으랴.

"유리야, 여기도 서 봐. 찍어 줄게."

크리스마스 포토존이 거리에 넘쳐 났다. 성진은 제 핸드폰에 유리의 모습을 최대한 많이 담아냈다. 핸드폰 화면에 자그맣게 담긴 그녀도 귀엽고 예뻤다.

"성진아, 잠깐만. 눈 좀 털어 줄게."

어느 순간 유리가 성진에게 다가붙어 어깨에 쌓인 눈을 꼼꼼히 털어 냈다. 품에 안기다시피 한 그녀에게서 옮아 오는 온기에 성진은 눈을 끔벅였다.

"너도 쌓였네. 가만있어 봐."

눈을 털어 낸다는 핑계로 성진은 그녀의 허리를 손으로 받쳐 안았다.

세상에 솜 같은 눈이 내렸다.

성진은 그 눈이 천사 같은 유리를 보듬는 신의 축복이라 생각했고. 유리 역시 그 눈이 선한 성진을 신이 돌보는 신호이기를 바랐다.

"앗? 시간이 벌써 이렇게 됐네. 성진아, 우리 영화 시간 20분 남았어."

"그럼 이제 극장으로 가자. 슬슬 걸어가면 얼추 시간 맞겠다."

예매한 영화 20분 남은 것에 마음이 급해져, 유리는 성진을 몇 걸음 앞질러 나갔다.

그녀의 뒷모습만이 보이는 세상에서, 성진은 생각했다.

너는 앞으로 수많은 손님들을 봐. 난 너 하나만 보고 가도 괜찮으니까.

네가 앞으로 날아다닐 새로운 세상엔 아름다운 꽃나무가 가득하길 바라. 나는 그중 아젤리아 한 그루면 족하니까.

네가 더 크고 너른 나무로 몇 번이고 날아가는 모습을, 기쁜 마음으로 지켜보려 노력할 거야. 네가 내 품에 날아든 오늘을 한평생 간직하면서.

아마 내 인생에 여자란 너 이후론 없을 듯해. 내 남은 평생 그어떤 여자도 네가 준 만큼을 내어 주지 못할 테니.

너 같은 후원자는 전에도 없었고, 두 번 다시없을 테니.

나도 그냥 평생, 금유리 후원자 하려고.

"야! 시간 충분하다니까? 같이 좀 가자, 금유리."

애타고 간절한 마음을 발치의 눈처럼 뽀득 밟아 누르며, 성진은 유리와 보폭을 맞췄다.

❖ ✳ ❖

"예쁘다."

거리에서 그토록 많은 트리를 봐 놓고도, 유리는 레스토랑의 골드 트리를 보며 함박웃음을 지었다.

예약제 레스토랑답게 프라이빗했다. 와인 진열장이 테이블을 절묘하게 분리해 놨다. 은빛 앵두가 주렁주렁 열린 크리스마스 리스가 위쪽 벽에 걸렸다.

"와, 술 종류 되게 많다……. 칵테일 메뉴 리스트는 이제 좀 볼 줄 알겠는데."

유리는 와인 리스트를 죽 훑어 내렸다.

"바 운영하려면 와인도 어느 정도 알아 놔야 할 거 같아."

"공부하면서 차차 취급 품목 늘려 가는 것도 괜찮지."

"아, 그리고 전통주도 배우고 싶어. 언젠가 실력이 쌓이면 전통주 칵테일도 개발해 보고 싶거든. 저번에 마신 술들 진짜 맛있었는데……."

"……"

"기왕이면 명 대장님께 배웠으면 좋겠다. 저번에 워낙 친절하게 잘 설명해 주셔서."

"그렇게 해도 괜찮겠지."

"저…… 성진아."

"어, 왜?"

이따금씩 울컥거릴 때 빼곤 오늘 하루 그녀와 함께여서 진심으로 즐겁고 행복했다. 내내 잘 웃었고 표정 관리도 나름 철저하게 되었을 터인데.

왜인지 유리가 기묘한 표정으로 저를 보고 있다. 뭔가 걸리는 게 있는 듯.

"아니, 그냥……."

유리는 눈을 아래로 굴리며 싱겁게 웃었다.

"오늘은 내 생애 최고의 크리스마스이브야. 크리스마스에 이렇게 행복했던 적이 없었던 거 같아. 크리스마스가 다가올 때마다 즐겁고 행복한 상상을 실컷 해 봤지만, 단 한 번도 현실이 된 적이 없었거든. 작년까지는."

작년까지 그랬다면, 이번엔 즐겁고 행복한 상상이 이루어졌다는 걸까?

"오늘은 힐링이네."

성진의 말에 유리는 웃으며 은강아지 목걸이를 매만졌다.

목걸이 체인의 굵기를 보니 너끈하게 들어갈 거 같다. 그녀의 앞날을 지켜 주고픈 마음을 듬뿍 담은 자신의 부적이.

성진은 코트 주머니에 손을 쏙 넣었다. 오늘의 대미를 장식할 작은 선물 상자를 잡으려던 차, 진동하는 물체가 대신 잡혔다.

"아, 누구야."

성진이 산통 깨진 얼굴로 제 핸드폰을 꺼냈다.

처음 보는 번호가 떠 있었다. 070으로 시작하는 번호면 그냥 무시할 텐데, 010이면 일단 받고 보는 게 어쩔 수 없는 사람 습성이었다.

― 저……. 혹시 복성진 씨 핸드폰 맞으신가요? 여긴 신사동에 있는 와인 바 넥타르인데요.

"저 맞습니다만. 신사동 어디시라고요? 무슨 일로 전화하셨죠?"

같은 동네지만 전혀 다른 가게에 있는 사람에게 왜.

— 혹시 윤수영 씨 남자 친구 되시나요? 지금 그분이 저희 가게에 계신데…….

"…….""

"성진아. 왜 그래? 누구야?"

"유리야, 잠깐만 여기서 기다려. 나 전화 한 통만 하고 올게."

가끔 가다 서글픈 기색을 언뜻 내비칠 때 빼곤. 하루 종일 다정하게 웃어 주고, 어디든 흔쾌히 같이 가 주고, 사진도 많이 찍어주고 다 괜찮았던 남자가, 무섭도록 굳은 얼굴로 핸드폰을 귀에 댄채 나갔다.

— 그게…… 이분 말로는 남친 분이랑 싸워서 홧술을 좀 하신 거 같은데……. 본인이 전화하니 차단돼 있습니다. 다른 가족분도 없다 하시고. 저…… 얼마나 심하게 다투셨는지는 모르지만 일단 이분을 모시러…….

바깥에서 성진은 숨을 혹 뱉었다. 하얀 김이 혼처럼 빠졌다.

"제가 번호 하나 문자로 찍어 드릴 테니, 수고스러우시겠지만 그쪽으로 다시 해 보시죠. 현재 그 사람 남친 되는 사람 번호입니다."

— 혹시 끝자리가 9908인 번호인가요? 그거라면 안 받으시던데…….

하, 강두현 이 개자식아. 성진은 힘줄이 도드라지도록 핸드폰을 쥐었다.

— 그리고 무엇보다 이분……. 선생님을 애타게 찾으시면서, 막 우시는데…….

그 사람 말대로, 익숙한 음성이 서럽게 울부짖는 소리가 간간이 섞여 들렸다.

— 하, 저희도 한창 영업시간인데 진짜 미치겠습니다. 이거 경찰을 부를 수도 없고…….

"경찰 부르시면 되잖습니까."

─ ……네?

성진은 살갗을 긁는 냉기보다 엄혹하게 말했다.

"저 그 사람하고 아주 예전에 끝난 사이입니다. 전 여친 만취하면 어디든 흑기사처럼 달려가야 합니까? 번호 차단까지 했는데 이런 전화 받아야 합니까?"

─ 저기, 선생님. 정말 죄송한데 이번 한 번만 도와주시면……. 이분 지금 진짜 상태 심각한데…….

"안 됩니다. 전 지금 절대 혼자 둘 수 없는 사람과 함께 있습니다. 제가 그리로 가면 굉장히 불쾌해할 겁니다."

─ 성진아……. 흐윽, 나 죽을 거 같아. 우욱…….

─ 아오, 이 여자 이젠 토악질까지 하네!

아수라장을 귓속에 밀어 넣으면 이런 느낌일까. 성진은 입술을 한번 짓씹어 물고 냉정하게 말했다.

"정 곤란하시면 경찰에게 도움을 청하십시오. 이만 끊겠습니다."

핸드폰을 쥔 손을 떨어뜨리듯 내린 순간.

"혹시…… 수영이야?"

이 순간 들려서는 안 되는 목소리가 성진의 가슴을 내려앉혔다.

"지금 술에 취해서 쓰러져 있는 거야? 방금…… 신사동이라 하지 않았어?"

연이어 묻는 유리의 목소리가 살짝 떨렸다. 성진은 핸드폰을 얼른 집어넣으며 말했다.

"신경 쓸 필요 없어. 못 간다고 했으니까. 그쪽에서 경찰 불러 주든지 알아서 하겠지."

"정말 그래도 괜찮을까? 만약 경찰 안 불러 주면……."

"괜한 걱정이야. 추운데 나오지 말지. 신경 쓰게 해서 미안해.

얼른 들어가자."

성진은 유리의 가녀린 몸을 안으로 밀어 넣었다.

이윽고 코스 요리가 펼쳐졌다. 유리는 스테이크를 쇳덩이 보듯
물끄러미 보기만 했다. 성진이 썰어 준 것도 겨우 한 조각 고무 씹
듯이 먹었다. 그 모습에 성진 역시 음식이 넘어갈 리 없었다.

디저트가 나오기도 전에, 유리는 입술을 잘근 물며 포크와 나이
프를 내려놓았다.

"성진아, 미안해. 너한테 정말 못 할 소리라는 건 아는데…….
나 이대론 체할 거 같아."

예쁜 레스토랑이 한순간에 매몰된 동굴처럼 느껴졌다.

❖ ✳ ❖

5분 거리 와인 바에 축 늘어져 있던 여자를 기어코 끌어내 택시
에 태웠다. 입만 열면 사람의 말 대신 알코올 냄새를 푹푹 뱉는 수
영과 스무고개를 한 끝에, 청담동 오피스텔 주소를 겨우 얻어 냈다.

일련의 작업에 유리가 훨씬 많은 힘을 쏟았다. 성진의 손이 수
영에게 닿을라치면 그걸 가로막듯 제가 먼저 팔을 뻗었다. 달리는
택시 안에서 수영에게 물샐 틈 없이 말을 건 것도 유리였다.

'절대 손대지 마. 단 한 마디도 섞지 마.'

탁하게 번진 다갈색 눈동자가 분명한 의사를 피력해 왔다. 성진
은 유리가 경비원과 힘을 합쳐 수영을 집에 데려다 놓는 동안 우두
커니 제자리를 지켰다.

그 난리를 치고도, 크리스마스이브가 아직 조금 남았다.

"호구천치 짓 하고 나니 배고프네. 술도 좀 땡기는 거 같고."

번화가의 불빛을 받으며 유리는 지친 기색으로 웃어 보였다.

"그러게 신경 쓰지 말자니까⋯⋯."

한숨 섞인 소리를 내면서도 성진은 빠르게 주변을 스캔했다.

"저기 갈까?"

안주 사진 입간판을 세운 칵테일 바가 보였다.

별 기대 없이 들어온 공간은 나쁘지 않았다. 좌식 룸이라 둘이 담소 나누기도 좋고, 아늑하게 깔린 어스름이 축 처진 기분을 어루만져 주었다.

"진피즈, 설탕 빼고 주세요."

"저는 마가리타 주세요."

안주로는 모둠 치즈와 과일. 두 사람은 뒤늦은 크리스마스이브 만찬을 나누었다.

기운 내서 웃어 보았다. 짜게 식은 크리스마스 감성을 어떻게든 되살리려 해 봤다.

역시나 아까의 더할 나위 없이 좋았던 분위기만은 못해서, 이보다 훨씬 먹음직스러웠던 코스 요리를 거의 다 버리다시피 한 게 아까워서, 모든 게 바보스럽고 억울해서, 두 사람 다 첫 잔을 멋없이 빨리 비워 버렸다.

억울하니까 한 잔 더. 미안해서 한 잔 더. 너무 가슴이 미어져서 또 한 잔. 내리 네 잔을 가슴속에 퍼붓고 나니. 성진의 고개는 약간 앞으로 기울고, 유리는 고개를 시계추처럼 흔들며 헤실헤실 웃는 상태가 되었다.

취기의 탈을 쓴 용기가 모여, 차마 떨어지지 않는 입이 간신히 열렸다.

"미안해. 다시는 이런 일 안 겪게 할게."

그 용기로 성진은 사과부터 했다.

"기껏 전화 차단했더니만 어떻게 다른 사람 거쳐서 연락이 와 버리냐. 이참에 아예 번호랑 통신사 바꿀게. 카톡 계정도 새로 파고."

"응……."

입술을 파르르 떨며 유리는 고개를 까닥였다.

"수영이가 사는 오피스텔 제법 좋아 보였지?"

"어. 더럽게 좋아 보이던데."

양친이 돌아가신 이래 재건축 얘기가 끊임없이 나오는 주공아파트에서 홀로 살아가는 여자. 데리러 와 줄 일가붙이 하나 없는 여자. 그 정도 의리를 발휘할 친구 역시 없는 여자.

그것이 성진과 유리가 기억하는 윤수영의 최근 모습이었다.

와인 바 사장이 만취한 그녀를 무작정 길에 내버리면 어쩌나. 경찰을 부른다 해도 무신경한 경찰관에게 걸려 귀가 조치를 제대로 안 해주면 어쩌나.

혹시라도, 내일 뉴스를 통해 그녀의 변고라도 접하면 어쩌나.

백에 하나, 천에 하나, 만에 하나인 불안감이 선량한 두 사람을 엄습해 왔다.

허나 눈이 떨어져 나갈 듯 호사스러운 청담동 하이엔드 오피스텔에 윤수영을 내려 주고 나니. 갑절의 바보 호구천치가 된 기분이었다.

"우리 어쩌면, 강두현과 윤수영의 시답잖은 다툼에 휘말린 건지도 몰라."

만약 정말 그런 거라면, 화가 나다 못해 환멸스러울 거 같다. 온종일 행복하게 지내다 성스럽게 마무리하고 싶었던 우리의 크리스마스이브를, 고작 그따위 일로 허망하게 날린 셈이니.

하. 성진은 실소를 흘렸다. 온몸에 염증이 생기는 느낌. 윤수영에게 그 말 들으며 헤어질 땐 도무지 어떤 느낌인지 알 수 없었는데. 이젠 절절히도 알겠네.

"두 번은 없어. 앞으로는 길바닥에 쓰러져 있어도 일절 상관 안할 거니까."

"에이, 그래도 그 정도면…… 도와줘야지."

"네가 가자는 소리 안 했으면, 나는 안 갔을 거야."

유리가 실없이 웃으며 중얼거리자 성진은 더욱 완강하게 말했다.

"그런 오만 정 떨어지는 민폐 진상도 친구라고, 그 맛있는 음식도 마다하고 당장 데리러 가자는 착해 빠진 금유리 아니었음, 난 정말로 안 갔을 거라고. 하……."

성진은 한숨을 팍 쉬었다. 호구천치 짓 다 해 놓고 이제 와서 살벌한 말로 뒷북 친들 뭐 하나.

"나 하나도 안 착한데."

이 와중에 금유리는 더욱 헛웃음 터지는 소리를 했다.

"네가 안 착하면 이 세상은 악마 새끼 소굴이냐? 하다못해 나까지도 악마 축에 들걸?"

"흐……. 나 진짜 별로 안 착하다니까……."

유리의 고개가 기묘하게 흔들렸다. 고개뿐만 아니라 목소리까지 꺾어대며 자꾸 신빙성 없는 말 늘어놓는 거 보니, 명백한 오버페이스다.

"나, 한 잔만 더 할래!"

"너 슬슬 도는 거 같은데? 술은 이제 그만 먹는 게 좋겠어."

"안 취했거든? 여기요!"

말릴 새도 없이 유리는 프로즌 마가리타를 주문했다.

서버가 빨대를 가져다줬지만, 유리는 얼어붙은 마가리타 잔을 직접 기울였다. 슬러시가 그녀의 입술로 휘몰리고, 녹은 칵테일이 가는 손을 타고 주르르 흘러내렸다.

이만 집에 가자고 해야겠다. 이 죄인 같은 심정을 다스려서라도.

성진이 입을 떼려는 찰나.

"성진아. 내가 왜, 네가 무려 날 위해 특별히 예약한 레스토랑 버리고, 수영이 데려다주자고 했을 거 같아? 내가 진짜로 착해 빠져서? 아니면 진짜…… 호구천치라서?"

혀는 꼬였지만, 꾹 실린 감정이 느껴졌다.

"단 한 순간이라도, 네가 윤수영 생각하는 게 너어무 싫어서야. 걔가 꽐라가 된 모습이라도, 막말로 당장 길바닥에 쓰러져 죽어 가는 모습이더라도 걔가 네 머릿속에 머무르는 거, 도저히 견딜 수가 없어서."

유리의 눈을 직시하며, 성진의 입안이 바싹 말라 갔다.

"그래서 네 머릿속에서 걔 후딱 치운 거뿐이지, 사실 나한텐 단 한 줌의 착함도 없어."

동공 풀린 다갈색 눈에 남김없이 쓸어 담겨지는 느낌. 전에도 한 번 겪어 본 적 있다.

'네가 여길 그만두면 난 정말 죽어 버릴지도 몰라.'

그 여름밤보다도 더, 금유리는 지독하게 고조되어 있었다.

"성진아, 내가 왜 작년 크리스마스까지 단 한 번도 즐겁지 못했는지 알아?"

팍. 유리가 소리 나게 제 가슴을 쳤다.

"내가 한 즐겁고 행복한 상상이란, 너랑 함께 있는 거 말곤 한 개도 없었거든. 단 5초라도 좋으니, 크리스마스트리 앞에 우리 둘이 같이 서 보면 좋겠다. 지나가는 사람이 사진도 찍어 주면 완전 좋겠다. 열네 살 크리스마스 때부터 그런 상상을 했어. 열다섯 살부턴 대놓고 원했고, 그다음 해도 또…… 원했어."

네가 수영이랑 사귀는 거 알면서. 당연히 크리스마스도 걔랑 보낼 거 뻔히 알면서. 그러니까 절대로 이루어질 수 없는 소원이란 거 알면서…….

"올해도, 내년에도, 그다음 해도 쭉 원했어. 작년 크리스마스까지 그랬어."

유리가 숨도 안 쉬고 뇌까리는 동안, 성진 역시 숨을 쉴 수 없었다. 그녀가 즐겁게 보내지 못한 열다섯 해의 크리스마스가 심장을 치대는 거 같았다.

그의 심각한 표정을 알아보고 유리가 애달프게 웃었다.

"거봐. 네가 생각하는 것만큼 나 착한 여자 아니라니까?"

유리가 목에 걸린 힐링을 움켜쥐었다.

"친구의 남친이 된 남자, 보통은 포기를 하잖아. 둘이서 예쁜 사랑 하라고 축복하잖아. 진심으로 응원이 되어야 정상이잖아. 근데 난…… 죽어도 그게 안 됐어."

너희 둘이 손잡고 함께 웃는 모습을 볼 때면, 손에 힘이 안 들어갔어. 목소리가 안 나왔어. 세상 그렇게 슬플 수가 없었어.

흐읍, 유리가 차오른 숨을 골랐다.

"내가…… 수영이만큼 똑똑하고 공부 잘했으면, 걔만큼 어른스러웠으면…… 네 곁에 있는 여자가 나였을까, 너랑 매일 손잡고 집에 갈 수 있었을까……. 하루에 수십 번도 생각했어."

"유리야, 나는."

무려 15년이나 그랬다는 세월을 감히 뚫고, 성진이 황망히 끼어들었다.

"똑똑하고 공부를 잘한다든지, 어른스럽다는 이유로 걔랑 사귀었던 거 아냐."

그런 걸 누군가를 좋아하는 기준으로 삼은 적이 없고.

바꿔 말해, 넌 그런 거 없이도 이미 나에게 넘치는 여자야.

그러나 유리는 바꿔 말할 틈을 주지 않았다.

"똑똑하지도 않고, 특별히 잘하는 것도 없으니까. 돈이라도 써야 하지 않았겠어? 내가 널 가지려면."

"……."

"공부건, 일이건, 사랑이건. 뭐든지 최선을 다했던 네 인생, 천금을 줘도 못 가질 네 인생, 고작 1억 5천 푼돈으로 저당 잡고. 연애도 하지 말고 결혼도 말라는 속 보이는 조건이나 달고."

"……."

"세상에 나만큼 악독한 금수저 있어? 있으면 어디…… 나와 보라고 해."

성진은 참담하게 숨을 마셨다.

자신은 그토록 악독한 금수저의 손아귀에 잡힌 덕에, 결코 나을 수 없을 터였던 상처에 새살이 돋았다. 영영 멎을 것 같았던 심장은 오히려 예전보다 힘 있게 뛴다.

천사 같은 너한테 잡힌 거 하나로 평생 감사하고, 두고두고 갚아 나가면서 살아갈 마음을 먹었는데. 정작 이 여자는 왜, 제가 천금으로 갚아도 모자랄 인생에 악마의 편집을 가하는지.

20대의 마지막 크리스마스가 오기도 전에 복성진 애간장 형체도 안 남기고 녹여 없앨 작정으로 한 말이라면, 세상에서 가장 악독한 여자는 맞는 거 같다.

"그렇게까지 해서 무리하게 널 끌어들이고, 이게 뭔지……."

유리의 하얀 턱 아래로 촛농 같은 눈물이 뚝뚝 떨어졌다.

오늘, 이런 얘기 하고 싶었던 게 아닌데.

평범한 듯 특별하게, 수수한 듯 예쁘게 차려입고, 야하지 않으면서 키스를 부른다는 피치핑크 틴트까지 바르고, 나 세상에 둘도 없는 천사야 하고 하루 종일 내숭 떨면서, 크리스마스에 종종 일어난다는 기적의 확률을 높여 볼 참이었는데.

그가 날 위해 준비한 만찬을 최대한 음미하면서 기분 좋게 먹어치우고, 2차는 내가 쏠 테니 한 잔만 더 하고 가자고 운을 떼고 자연스럽게 조용한 바로 이끌 참이었다.

그는 진피즈, 나는 마가리타. 딱 한 잔씩 해서 서로에게 적당히 밝고 따뜻한 불이 당겨진 순간에 고백하려 했다.

성진아. 날 지켜 주려는 네 마음 늘 고맙지만, 나는 어쩔 수 없이 늘…… 그 이상의 마음을 바라게 돼. 날 착하게 봐 주는 과분한 시선도 늘 고맙지만. 사실은 그보다 더 뜨거운 시선을 원해.

중고교 동창. 학교 뒷산에서 네 손수건 빌려 간 애. 혹은 후원자. 그런 거 말고, 한 사람의 여자로 봐 주면 좋겠어.

1억 5천만 원. 처음부터 액수 따위 의미 없었던 그 돈. 이대로 영원히 돌려주지 말았으면 좋겠어.

하지만 넌, 네 올곧은 인생에 그런 불순한 돈을 두고두고 빚으로 남겨 둘 사람이 아니지. 해서 좀 더 터무니없는 욕심을 부려 본다면, 네가 그 돈을 돌려주는 날 내게 이렇게 말해 줬음 좋겠어.

앞으로도, 연애도 결혼도 안 하겠다고.

……나하고만 하겠다고.

일련의 생각을 마치고 나니. 차마 눈도 못 마주치고, 도저히 할 말을 고르지 못하는 곤경에 처한 성진이 보였다.

"유리야…… 나도 아니, 나는…….."

앞뒤 조응이 안 되는 말을 하다 급기야 제 가슴팍의 옷깃을 구겨 잡는 그를 보니 아무래도…… 자신의 고백이 생각에 그치지 않은 모양이다.

"헤헤……. 흑…….."

유리는 울듯이 웃었다. 동시에 웃듯이…… 울었다.

맨정신이면, 어디 가서 말도 못 하고 가꿔 온 마음이 이리도 허무하게 새어 나간 사태에 아연해질 텐데. 고르고 골라 놓은 말 다 버려두고, 이리도 멋없게 나온 고백에 속이 쓰릴 텐데.

지금은 그저 눈앞의 남자에게 가슴을 바짝 들이대고 싶다. 봐, 이거 좀 봐, 하면서 안에 쌓일 대로 쌓인 잿더미를 보여 주고 싶다.

그렇게 해서, 나를 평생 잊지 못하게 해 버리고 싶다.

"아까 나, 너무 무서웠어."

유리는 큽 하고 코로 눈물을 마셨다.

"솔직히 절대 가지 말라고 하고 싶었지만……. 그랬다간 네가 날 피도 눈물도 없는 여자로 볼까 봐. 나중에 수영이 잘못되기라도 하면…… 평생 나 원망할까 봐."

어쩌면 아직도 네 마음속에 남아 있을지 모를 여자를 그렇게 만들었다고.

"막상 수영이 데리러 가니까, 더 무서워졌어. 쓰러진 걔를 보고 네가 불쌍해할까 봐. 그래서 다시 걔한테 가 버릴까 봐…….."

뭔 짓을 해도 끝끝내 네 여자가 되지 못한, 날 버려두고.

"내가 그딴 마음 먹을 리가 없잖아!"

성진이 비통하게 목소리를 높였다. 차라리 저도 그녀만큼 취했다면 애타는 진심을 되는대로 지껄여 볼 텐데. 그녀의 서러운 고백에 저주스러울 만큼 정신이 깨 버렸다.

금유리를 좋아하는 제 마음을 자각한 뒤 어떻게든 지금과 달라지려, 더 나아지려 몸부림치던 그녀의 심정을 뼈저리게 공감하게 되었다.

그녀에 비해 터무니없이 부족한 제 처지를 높일 수 없다면, 이이상을 바라서도 안 된다고 생각했다.

그래서 마음을 가둔 모양새가, 제가 아직도 윤수영을 잊지 못했다는 곡해로 이어진 거라면. 복성진이 금유리를 여자로 보지 않는다는 하늘이 무너져 내릴 결론으로 이어진 거라면. 어떤 말로 바로잡아야 하는 걸까?

바로잡으면서, 어디까지 선을 넘어야 하는 걸까?

진퇴양난에 빠진 남자에게, 유리는 무릎걸음으로 다가갔다.

"복성진. 나 키핑해 둔 소원 지금 써도 돼?"

"무슨…… 소원?"

애처롭게 젖은 눈으로 성진을 벼랑 끝까지 몰아놓고, 유리가 말했다.

"내 첫 키스를 줘. 20대의 마지막 크리스마스가 오기 전에."

그것이, 그녀의 진짜 소원이었다.

"지겨울 정도로 아껴 뒀단 말야."

너하고만 하려고. 너 아니면 평생 안 하려고.

"네 첫 키스가 아닌 건 좀 아쉽지만…… 뭐 어때."

눈물을 마저 삼키고, 유리는 입술을 맞물었다.

고운 피치핑크 틴트가 몽땅 녹아 사라진 입술. 서글픈 자조가 대신 발린 입술로, 그녀는 정말로 키스를 하려 들었다.

안 돼.

술잔과 입술 사이에 많은 실수가 있다지만. 다른 실수는 다 받아 줄 수 있고. 잊어 줄 수도 있겠지만.

이 실수만은 도저히, 잊어 줄 자신이 없어.

"금유리, 잠……."

그녀를 멈추려던 성진의 입술에, 가는 손가락이 꾹 눌리듯 얹어졌다. 그녀가 내쉰 더운 숨결이 얼굴에 부딪쳐 오는 찰나, 모든 생각이 날아갔다.

그렇게, 성진의 입술은 유리의 입술을 맞아들였다.

"……."

그녀의 입술에 묻은 눈물은 지독하게 짜고 탄닌감이 강했다.

15년간 마음속에 고이 품어 온 남자의 입술. 그곳에 닿느라 그러모은 모든 용기와 기운을 소진한 여자의 눈이 스르르 감겼다.

금유리의 주사, 수면형. 제 가슴팍에 얼굴을 묻고 잠든 여자를 받쳐 안은 채, 성진은 한참을 우두커니 앉아 있었다.

그녀를 향해 둘러친 보이지 않는 벽. 금유리를 묻은 가슴에 시공한 것부터가 기초 공사가 도저히 될 수 없었던 벽.

그녀의 다갈색 눈과 마주할 때마다, 희열 가득한 미소가 꽉 차오르는 입술을 볼 때마다, 시멘트가 도무지 마르지 못한 벽.

가뜩이나 굳지를 않아 반도 쌓아올리지 못한 벽이…… 5초 남짓 되는 옅은 키스 한 번에 와르르 무너져 내렸다. 그녀가 최후의 벽돌까지 바스러뜨려서 두 번 다신 쌓을 수 없게 되었다.

성진은 하루 속히 갈아 치울 예정인 제 핸드폰을 꾹 눌러 시간을 확인했다.

[12.25. 00:00]

어제와 오늘의 차이는, 이브와 크리스마스의 차이만이 아니게
되었다.

✛ ✳ ✛

크리스마스의 해가 중천에 떴다.

착한 아이들은 빨간 양말 속에 숨은 선물을 발견하며 뛸 듯이
기뻐할 시각. 유리는 침대에 꼼짝없이 누워 있었다.

끼익.

문이 열리는 찰나, 유리는 얼굴이 베개에 파묻히도록 얼른 돌아
누웠다.

네 번째까지는 아무 말 없이 한동안 문가에 서 있다 가더니, 다
섯 번째에 이르러 드디어 성진의 음성이 떨어졌다.

"유리야, 아직 자?"

"……."

무언의 시선이 이불 속에 숨은 제 몸을 머리부터 발가락까지 남김
없이 훑어 내리는 게 느껴졌지만, 유리는 필사적으로 눈을 감았다.

탁.

그 이상 말을 건네는 법이 없이, 그는 다섯 번째로 문을 도로 닫
았다.

"아아……."

유리는 숨죽여 신음했다. 어제 낮부터 입었던 옷이 무겁게 몸을
감싸고 있고, 며칠 뒤면 서른을 맞이할 피부가 떡이 된 화장 때문

196

에 질식하기 일보 직전이었다.

아까운 크리스마스 해가 노랗게 물들도록 '존버'했더니, 슬슬 방광이 터지려 한다. 찝찝함. 간지러움. 통증. 삼중고를 거뜬히 상회하는 두려움이 유리를 잠식하고 있었다.

"미쳤어, 금유리. 대체 왜 그랬어? 미쳤어⋯⋯."

베개를 구겨 잡으며 천 번 만 번 스스로에게 미쳤냐고 물은들 뭐 하나. 지난 밤 성진에게 지껄인 악독한 고백을 주워 담을 수 있는 것도 아니고. 오늘만 살 기세로 그에게 찍어 버린 입술 도장 역시 회수 못 할 텐데.

"아⋯⋯. 딱 죽고 싶어. 진짜⋯⋯ 머리 아파 죽을 거 같아."

숙취 때문에 지끈거리는 머리가 상황 인식을 더욱 비관적인 방향으로 몰아갔다.

오늘 처음으로 들은 성진의 목소리는 무언가 달랐다. 차마 얼굴 들고 마주할 수 없어 표정은 못 봤지만, 여름 햇살처럼 쾌청하게 터지던 평소 목소리와는 분명 거리가 있었다.

"정말⋯⋯ 어쩌면 좋아."

마음은 영혼을 팔아서라도 하루 전으로 시간을 되돌릴 방법을 찾아 나서라 외치는데. 불결함을 못 견디는 몸은 어서 최적화나 시켜 달라 아우성이었다. 옷 갈아입고 싶고, 화장 지우고 싶고, 그 전에 화장실부터 가고 싶다.

방 안을 꽉 메운 해가 발그스름해질 즈음, 유리는 현실에 굴복했다.

여섯 번째로 문이 열리면, 제 발로 못 나가게 될 가능성이 매우 커진다. 성진이라면 제가 어디 아파서 여태 누워 있는 줄 알고 병원으로 훌렁 업어 가 버릴 거다.

가뜩이나 꼬일 대로 꼬인 상황을 저 강 너머로 보내 버려도 안 되지만.

이제 그만, 성진의 얼굴이 보고 싶다.

무슨 표정을 짓고 있을지 확인하기 너무 두렵지만…….

의외로 괜찮은 그의 표정을 확인하고 마음을 놓든지. 안 괜찮은 표정을 확인하게 된다면, 한시라도 빨리 풀어 줄 방법을 찾아야 한다.

자는 척을 끝내기로 마음먹고도, 실제로 문 여는 데는 한참이나 더 걸렸다.

끼익.

다섯 걸음도 채 못 걸어 유리는 제자리에 멈춰 섰다.

성진은 거실 소파를 묵묵히 지키고 앉아 있었다. 오늘따라 그의 옆태가 생경하리만치 날 선 느낌으로 코팅되었다.

등받이 있는 소파에 앉고도 등허리를 곧게 펴고 앉은 자세 때문인지. 거실 창으로 발갛게 들이치며 온 데 역광을 드리운 겨울 낙조 때문인지.

아니면…… 눈앞의 허공을 무섭도록 꿰뚫는 눈빛 때문인지.

사물을 진지하게 임할 때도 늘 부드럽던 얼굴이, 딴판으로 보였다.

성진의 눈동자가 옆으로 굴러 유리를 포착했다. 전극이 꽂힌 듯 그녀의 양팔이 흠칫 떨렸다.

청동 주물로 찍어 낸 근엄한 남신이 돌연 눈을 번뜩이면 비슷한 느낌이 들까?

"이제 일어났어?"

그의 음성은 갓 식은 무쇠 같았다. 무언가에 세차게 후려 맞아

가며 시달린.

이 와중에도 듣기 좋은 그의 목소리를 두고 그런 처절한 이미지가 연상되는 건, 순전히 제가 지은 죄 때문인지도 모른다.

"어……. 내가 좀 많이 잤지?"

"어제 엄청나게 달렸잖아, 너."

성진의 볼이 조금씩 움찔거렸다. 무언가를 씹는 모양새였다.

"인간적으로 마지막 프로즌 마가리타는 참았으면 좀 나았을 거 같은데."

유리는 얼어붙은 칵테일이 정수리에 고스란히 들이부어진 듯한 공황상태에 빠져들었다. 소파에서 우뚝 일어나 곧장 제게 다가오는 그가 오늘따라 유난히 커 보였다.

"지금…… 뭐…… 먹어?"

"이거? 껌."

성진이 팽팽한 제 볼을 쿡 찌르며 답했다.

"어제 간 바 계산대에 있길래 하나 집어 왔지. 한 10년 만에 씹어 보는 거 같네. 내가 원래 껌은 잘 안 먹다 보니."

말 돌린 보람이 없이 어젯밤 그 바로 도로 끌려와 버렸다.

"맛은…… 있어?"

씹다 뱉은 껌만큼이나 무의미한 질문. 서로 그걸 너무 잘 알아 유리는 아랫입술을 꾹 물고, 성진은 약간의 실소를 머금었다.

"거기 바텐더님 말이, 구취 제거에 아주 좋은 껌이라던데."

"……"

"키스하기 전에 씹으면 좋은 껌이라, 손님들 필요하면 갖다 쓰라고 뒀다나."

그의 입술이 풍기는 상큼한 박하향이 목을 틀어잡는 것 같다.

199

"참, 센스 있는 바텐더님이지? 바 분위기도 제법 괜찮았고."

그다운 부드러운 말씨가 전혀 그답지 않은 느낌으로 귓속을 후벼 파서, 유리는 다리 힘이 풀리려는 걸 간신히 지탱했다.

"나중에 한 번 더 갈까?"

성진이 입을 열 때마다 마실 수 있는 공기가 빠르게 줄어드는 느낌이었다.

역시, 그가 어젯밤 일을 잊어버리는 터무니없는 기적은 일어나지 않았다. 그 일을 잊어 줄 생각 역시도 별로 없어 보인다.

잊지 않아 어쩌려는 걸까? 간밤에 저지른 사고를 자백하게 만든 연후에 본격적으로 힐난하려고?

보이지 않는 그의 마음이 너무, 무섭다.

"그, 그거 좋지. 근데 저기, 성진아. 나 진짜 미안한데……."

유리는 눈도 안 마주치고 뇌까렸다.

"나 사실, 프로즌 마가리타 시킨 뒤론 내가 뭘 했는지 기억이 하나도 안 나."

"……."

"나…… 거기서 결국 잠든 거지? 미안해. 네가 말릴 때 들었어야 했는데."

유리가 그렇게 말한 순간, 성진의 사고는 그녀와 가로막힌 곳에서 어두컴컴하게 흘렀다.

"……머리 아프거나 하진 않아?"

"어어……. 머리가 좀 지끈거려."

"그럼 나 나가서 숙취 해소 음료 좀 사 올게."

성진은 휙 돌아서서 제 방으로 들어갔다. 유리가 황망히 뒤따랐다.

"어, 아냐! 나 그거 꼭 안 마셔도 돼. 지금 바깥 되게 추울 텐데……."

"겸사겸사 바람 좀 쐬고 오려고. 좀 걸릴 거야."

유리의 만류에도 성진은 무감하게 대꾸하며 코트를 걸쳤다.

"집에서 쉬어. 옷도 편한 걸로 갈아입고. 화장도 좀 지우고."

현관문을 나서려다 말고, 성진은 약간 일그러진 미소를 지으며 손을 내밀었다.

"금유리. 미안한데 이것 좀 쓰레기통에 버려 줄래?"

성진이 휑하니 나가 버린 뒤. 유리는 그가 제 손에 남기고 간 걸 망연자실하게 들여다보았다.

둥글게 말아 구긴 껌 포장지. 얼마나 오래도록 손톱을 박아 넣었던 건지, 은박이 깨진 창처럼 산산이 벗겨져 있었다.

❖ ✳ ❖

꽁꽁 얼어붙은 한강에 눈이 쌓이며 세상이 온통 하얗게 질려 갔다.

땅거미가 내려앉은 집 안에 홀로 남으니, 성진의 부재가 속절없이 길게 느껴졌다.

[성진아. 지금 어디야?]

톡을 보낸 지 10분이 지나도록 사라지지 않는 1이, 영원토록 녹지 않는 얼음처럼 느껴졌다.

[성진아?]

얼음 같은 1이 하나 더 늘었다.

설마 이대로 영영 돌아오지 않는 건…….

유리는 손톱을 꽉 씹었다. 극으로 치솟는 불안감 때문에 안 하던 행동이 절로 나왔다.

'술은 불과 같아.'

예전에 다희가 해 준 말이 떠올랐다.

'적당히 마실 때는 밝고 따스한 등불 같지만, 과하게 마시면 들불처럼 바깥으로 번져 나가 몽땅 다 태워 버리지. 그 사람이 이룬 일이나 인간관계 같은 거 말야.'

핸드폰을 앞에 놔두고 주저앉아, 유리는 두 손으로 입을 틀어막았다.

술의 마개를 열면서 시작된 우리 사이.

술을 가르쳐 주고 배우면서 서로 마주 보게 되었고, 술과 함께 서로를 이해하게 된 우리. 이제야 겨우, 다정하게 손을 맞잡게 된 우리.

술로 흥한 우리 사이가, 술 때문에 이리도 허망하게 재가 되려는 걸까?

"성진아…… 내가 잘못했어. 제발…… 한 번만 봐줘. 돌아와 줘."

유리는 얼음장 같은 카톡 창을 보며 울먹였다.

정말 미안해.

끝내 사랑받지 못한 여자가 그런 사고를 치고도 할 수 있는 말이 도저히 떠오르지 않아서, 너한테 뻔하고 비겁한 거짓말을 하고 말았어.

돌아오면 내가 다 잘못했다고 빌게. 앞으로도 착하고 좀 호구 같은 금수저 여자 사람 친구로만 남길 원한다면 그렇게 할게.

무엇이든 네가 원하는 모습으로 남을 테니, 제발…… 날 떠나지 만 말아 줘.

비굴한 기도가 캄캄한 하늘에 닿은 걸까?

카톡 창에서 1이 사라짐과 동시에 성진이 톡을 보내 왔다.

[지금 편의점. 컨디션이랑 해장라면 사 감. 좀만 ㄱㄷ]

그가 사 온다는 다정한 물품. 덤으로 맨 뒤에 붙은 개구진 초성 에서, 다소 누그러진 그의 마음을 기대해 볼 만했다.

"휴우……."

유리는 감격스럽게 숨을 골랐다.

10분도 안 남은 기다림을 못 참아, 그가 사 준 베이비핑크 구스 패딩을 챙겨 입었다. 아파트 단지 입구까지만 나가 있자. 몇 걸음 이라도 기다리는 거리를 줄이자.

성급한 마음을 앞세운 것이 화근이었다.

바깥으로 나오자마자, 유리는 앞집 돌담에 파킹된 벤츠와 맞닥 뜨렸다.

선팅하며 도색이 어딘가 낯이 익다는 생각이 뇌리를 스치는 찰 나, 기다렸다는 듯이 차 문이 열리며 인영이 튀어나왔다.

"금유리 씨. 오랜만이네."

"강두현 씨."

외제 차를 몰고 와 꽃다발과 아가타 쇼핑백을 든 채로 여자와 마주 선 남자. 사정 모르는 행인이 보면 크리스마스 거리에서 종종 볼 수 있는 로맨틱한 광경이라 생각하리라.

그러나 강두현의 손에 들린 드라이플라워 꽃다발은 너무도 보기 흉했다. 목화꽃송이가 반으로 꺾여 있고, 안개꽃은 수차례 뽑혀 나간 듯 들쑥날쑥했다.

"그동안 잘 지냈는지 안부 물으러 왔는데."

몽둥이를 든 야차의 몰골로 강두현이 입술을 움직였다.

"크리스마스인데 집에 오래도 틀어박혀 있네. 어지간히 재미 좋은가 봐. 같이 뒹구는 남자랑."

다짜고짜 조롱 섞인 말까지 해 대는 걸 보아, 로맨틱한 의도로 찾아온 건 아님이 명백해졌다.

벤츠 위에 쌓인 눈의 높이를 본 순간, 소름이 등골을 한번 죽 타내리고 불같은 혐오감이 차올랐다.

"다신 오지 말라 했을 텐데요. 또 오면 경찰 부를 거라 했잖아. 아, 맞다. 내가 말로는 안 했었구나. 112가 무슨 번호인지도 모르는 사람이었구나."

유리가 분연히 핸드폰을 꺼내 든 찰나.

탁.

"아얏!"

매섭게 후려 맞은 손에서 핸드폰이 날아가 버렸다.

"네가 그렇게 잘나 빠져서 내가 매번 떠받들어 준 줄 알아?"

두현이 꽃다발 몽둥이를 유리에게 겨눈 채 말을 휘둘렀다.

"학벌이 좋기라도 하나. 음대 나왔다면서 어디 악단에서 예술하는 모양도 못 내는 년이고. 하다못해 나이가 어리길 하나."

"……."

"아니면 얼굴이 봐 줄 만해서 온 줄 알았나. 너 정도 얼굴은 업소에도 널려 있어. 아, 집에 남자 끌어들이는 꼬락서니까지 보니, 이젠 직업여성 상위 호환조차 못 되네."

"……."

"황금글라스 금 회장 딸이라는 과분한 배경 가지고도, 여태 떨거지 하나 못 붙이고 늙은 데는 다 이유가 있는 거지. 안 그래?"

유리는 입꼬리를 써늘히 귀에 걸었다.

비즈니스 혼사가 영영 결렬된 화풀이로 수치심을 줄 작정이었다면, 유감이지만 실패다. 본인부터가 지겹도록 잘 아는 사실을 국어책처럼 읊은들 어디 생채기 하나 날까.

"아무리 생각해 봐도 내 인생이 너무 아까웠거든. 고작 떨거지 붙이고 살기엔."

유리는 땅에 떨어진 핸드폰을 주워 들며 중얼거렸다.

"학벌이나 스펙은 딸려도, 어린 거 하나 내세울 타이밍만큼은 나한테도 있었어. 그때 인형 옷 입고 미친년 행세 안 했음, 그깟 시집 못 갈 거 없었어. 근데 강두현."

유리는 코앞에 들이밀어진 흉한 꽃다발을 한번 비웃어 주었다.

"내가 고작 선샤인그룹 총수의 아들, 괄호 열고 사생아 괄호 닫고 씨한테 눈탱이 맞으려고 그 난리 치면서 기다린 줄 알아? 아니. 나 사실 눈 겁나 높아."

"금유리. 너 말 다 했어?"

"말 다 하자고 온 거 아니었어? 넌 다 한 거 같으니 이제 내가 해도 되지?"

빨리 끝내고, 징글징글하니까 다신 보지 말자.

"강두현. 가슴에 손을 좀 얹고 살아. 성진이가 당신 친구나 직장 동료 아니라 생판 남이었어도, 어떻게 15년 사귄 약혼녀를 건들 수 있어. 여기가 아무리 이승이어도 그렇지, 개똥밭을 막 구르는 당신이 나랑 직업여성 가릴 자격 있어? 아니다. 애초에 내가 왜,

직업여성이랑 비교를 당해야 해?"

평생 한 남자밖에 몰랐던 나인데. 다른 남자하고는 손잡는 것조차 죽어라 싫은데. 그래서 집까지 뛰쳐나왔는데.

사랑하는 사람이랑 한집에서 뒹구는 게 뭐가 어때서? 완전 행복하고…… 축복받을 일이지.

"나, 너 같은 놈이 넘볼 여자 아니야. 그런 생각을 한다는 거 자체가 대단히 모욕적이야."

결혼. 몸도 영혼도 하나로 맺어지는 신성한 의식을, 비즈니스 교미로 보는 당신 따위.

"올봄에 아주 잠깐, 당신이랑 결혼해서 살아 볼 생각은 했었어. 학벌 좋고, 스펙 좋고, 얼굴도 뭐 흉측하진 않아서. 성진이가 당신이랑 수영이한테 배신당하지 않았음 꼼짝없이 그랬을 거라 생각하니, 나 지금 막 소름 돋아. 가족은 몰라도 조상님은 나 돕나 봐."

할 말을 마치고 나니, 역시나 강두현의 눈깔이 뒤집혀 있었다.

"이 개 같은 년이."

충동적으로 손을 쳐든 강두현이.

퍽!

살벌한 소리와 함께 눈앞에서 빠르게 치워졌다.

"유리한테 할 말 있으면, 바르고 고운 말 좀 쓰지 그래. 신이 태어난 이 신성한 날에."

"커헉."

앞집 담벼락에 처박힌 두현은 신음도 제대로 뱉지 못했다. 복부에 꽂혀 든 힘이 어마어마했다.

"아. 물론 할 말 있어도, 너처럼 개 같은 새끼는 만나게 해 줄 생각 없지만."

두현에게 그림자를 드리우는 남자를 보며, 유리는 숨도 쉬지 못했다.

성진이 화내는 모습을 본 게 이번이 처음은 아니다. 아젤리아에서 도를 넘은 진상 고객 상대할 때, 혹은 금유리를 함부로 대하는 사람이 있을 때, 그 정도의 횟수만큼 안색을 바꾸고 화를 냈었다.

하지만 지금의 복성진은 사람 자체가 바뀐 거 같았다.

무섭도록 잠긴 목소리로 내뱉는 강도 높은 욕설. 편의점 봉투를 가지런히 든 손과 상반되게 불을 뿜는 발. 동공이 먹처럼 탁하게 풀렸는데 그 어느 때보다 시퍼런 안광을 발하는 눈.

화산에서 용암 대신 얼음이 솟구치는 느낌이었다.

"복성진."

두현이 표독스럽게 눈을 치뜨자, 성진은 무표정으로 말했다.

"너도 알잖아. 피지컬로는 나한테 절대 안 되는 거. 선샤인주류 사내 팔씨름 대회랑 유도 시합 통산 10전 전패한 기억 벌써 다 증발했어? 아니면 개싸움으론 비빌 수 있나 확인하고 싶은 건가."

여자 앞에서 완력 차가 확연히 드러나는 것만큼 남자에게 수치스러운 건 없다. 때릴 데도 없는 금유리 손찌검하려 든 대가, 그 수치로 치르게 할 참이었다.

"꼬우면 선샤인그룹 대빵인 네 아빠한테 일러바쳐. 황금글라스 금유리가 뭔 짓을 해도 안 만나 주더라. 그래서 열심히 스토킹 하다가."

퍽!

"같이 사는 남자한테 발로 존나게 까였다고."

몸을 겨우 가눈 두현을 똥 묻은 널빤지처럼 걷어차며, 성진이 무감하게 덧붙였다.

"그러니 그 남자한테 무슨 죄 무슨 죄 뒤집어씌워서라도 치워 달라. 겁나 현기증 난다, 라고 네 아빠를 졸라 보든가."

"서, 성진아…… 됐어, 그만해. 우리 이제 들어가자."

이 와중에 유리가 겁에 질려 한 말이 귀에 들어온 건지, 성진은 한 차례 더 날리려던 발을 바닥에 툭툭 두드려 털었다.

"난 그런 아버지가 없어서 잘 모르지만, 네 아빠라면 그 정도는 해 줄 수 있지 않겠냐."

완력으로만 겨룰 수 있는 상황에선 수치만 늘어날 터다.

두현은 몸을 다시 가누며 유리를 노려보았다. 그가 무어라 말하려는 찰나, 성진이 으르렁거렸다.

"절대 손대지 마. 단 한 마디도 섞지 마."

간밤에 유리가 제게 눈으로 했던 말을 고스란히 읊었다.

"썩 안 꺼지면 다음엔 면상이다. 경찰은 그다음이고."

성진이 마지막 경고를 날리자, 두현은 손에 든 아가타 쇼핑백을 쳐들었다. 침을 탁 뱉듯 유리의 발치에 그것을 내던졌다.

두현이 뒤돌아 벤츠 문을 여는 찰나, 구겨진 꽃다발이 놈의 뒷머리에 후려 꽂혔다.

"마포구 쓰레기 투기 과태료 대신이야."

부스러진 안개꽃을 뒤집어쓴 강두현이 두 눈에 핏발을 세웠다.

꼬나보건 말건. 버려진 꽃다발보다 쓰레기 같은 놈에게 그 이상 볼일은 없었다.

"들어가자."

성진이 내뱉은 목소리는 지독히도 낮았고, 유리는 잡힌 팔에서 격통을 느꼈다.

유리는 아까 나올 때 불을 켜지 않은 걸 후회했다.

집 안이 숨 막힐 정도로 짙은 어둠에 잠겼다. 궁상떠느라 미처 몰아내지 못한 어둠에 단둘이 갇히고 말았다. 세상에서 가장 두려운, 화가 머리끝까지 치솟은 성진과.

"왜, 기억 안 나는 척해."

폭풍은 더 이상 우회하지 않았다.

"그게……."

"후회돼?"

"……."

"술김에 나 같은 놈한테 고백한 거. 나 같은 놈한테 첫 키스한 거."

"아, 아니……. 그런 건 절대 아닌데, 아까는 내가 너무 당황해서……."

"당황스러웠던 거, 난 충분히 납득되는데."

유리를 등진 성진이 바싹 마른 목소리로 중얼거렸다.

"아직도 전 여친한테서 연락 오는 놈인데. 다른 전망도 여러 모로 불확실한 놈인데. 섣불리 고백을 하거나 키스 같은 걸 하면 안 될 상대한테, 해 버렸으니까."

"성진아. 정말…… 너 왜 그래……."

왜…… 마치 내가 너 상대로 그런 걸 재고 따지는 것처럼 말해? 왜…… 네가 나한테 고작 그 정도밖에 안 되는 존재인 것처럼 말해?

너무, 무섭게.

"밖엔 왜 나왔어? 강두현이 너 불러냈어?"

"아니…… 너 마중 나갔다가…… 그렇게 된 거야."

"정말로?"

성진이 고저 없는 목소리로 되물었다.

"……."

오해를 사도 할 말이 없었다. 진정성이 보일 만큼 멀리 나와 보지도 못했고, 강두현은 꽃다발까지 들고 있었으니.

"성진아……. 정말 미, 미안해."

"뭐가."

"그게…… 자는 척해서, 기억 안 나는 척해서 그, 그리고……."

유리는 떨리는 손으로 패딩을 벗어 내리며 뇌까렸다.

"너한테 그런 막말을 하고, 또…… 그런 짓까지 해서. 내가 너무 취해서 정신이 나갔어. 정말, 모든 게 다 미안해."

결론적으로 고백하고 키스해서 미안하다는 사과를 들어 버린 순간, 세상에서 가장 상처 주고 싶지 않은 여자를 상대로 이성이 끊어졌다.

성진은 유리의 팔목을 홱 낚아챘다.

"서, 성진아!"

새된 소리를 내지르며 끌려온 가녀린 여자를 거실 발코니 창으로 바짝 밀어붙였다.

커튼이 말끔히 걷힌 유리창 너머로, 한강변 불야성이 흩날리는 눈과 함께 반짝였다. 바깥바람이 거센지, 내리는 눈이 이따금씩 공중으로 화락 솟구쳐 올랐다.

"성진아……."

오싹한 냉기가 등에 닿는 걸 느끼며, 유리는 성진을 애타게 불렀다.

그녀의 가녀린 몸이 저와 창문 사이에서 뭉개질 만큼 밀어붙여 놓고, 성진은 생각했다.

네가 그 자식과 마주 보고 선 모습을 본 것만으로, 온몸이 팔팔 끓는 거 같다.

한편으로 너한테 그토록 쉽게 다가가는 놈과 그러지 못하는 내 처지가 너무 대비돼서, 지독하게 춥다. 아까 얼어붙은 거리를 1시간 넘게 배회하며 겪은 추위도, 이거에 비하면 아무것도 아니었다.

네가 어젯밤에 이런 마음이었구나.

우리 사이에 누군가 잠시 끼얹어진 것만으로, 마음이 다칠 수밖에 없었어. 그 어떤 변명을 듣더라도 개운해질 수 없었어.

술이라도 콸콸 들이붓지 않으면 견딜 수 없을 정도였어.

'세상에 나만큼 악독한 금수저 있어? 있으면 어디…… 나와 보라고 해.'

그래서 너는 그렇게 춥고.

'내 첫 키스를 줘.'

뜨거울 수밖에 없었어.

착한 그녀는 어젯밤 만취하고도 그 정도로 끝내 줬지만. 저는 맨정신으로도 그게 도저히 안 되는 짐승 새끼란 걸, 성진은 지금 이 순간 깨달았다.

"금유리."

이미 눈물이 그렁그렁한 하얀 얼굴 아래 손가락을 대어, 저를 보게 했다.

"술잔과 입술 사이에 많은 실수가 있다는 말. 들어 봤어?"

"아, 아니……."

애처로운 떨림이 턱을 붙잡은 손을 타고 전해져 왔지만. 성진은 외려 굵직한 손가락에 힘을 실어, 고개를 숙이려는 그녀의 시도를 원천봉쇄했다.

"술잔과 입술 사이엔 실수가 있을지 몰라도."

무력하게 저를 보는 그녀에게 한 자 한 자 또박또박 박아 넣었다.

"나는 입술과 입술 사이엔 실수가 없다고 생각해. 있어서도 안 되고."

유리의 입술이 살짝 벌어졌다.

애잔할 정도로 모양이 예쁜 입술. 감촉이 미치도록 궁금했던 입술. 갸름한 턱을 장악한 손의 뭉툭한 마디를 세워, 눈처럼 하얀 얼굴을 추켜올렸다.

"그러니까 이건."

성진은 서로의 코끝이 살짝 스칠 정도로 고개를 기울여.

"실수 아냐."

입을 맞추었다.

"허읍……."

유리의 숨이 콧속으로 확 달아나는 게 느껴졌다.

가볍게 대는 정도로 입술을 한 번 찍고, 성진은 아주 약간 진퇴하여 그녀의 얼굴을 살폈다.

"흐으……."

유리는 눈을 질끈 감은 채 숨을 가쁘게 몰아쉬었다. 술의 힘이란 게 새삼 소름 끼치도록 대단하게 느껴졌다. 고작 이거 하나로 이렇게 되어 버리는 여자가, 간밤엔 어찌 그리 대담했는지.

성진은 유리와 더운 숨을 겹치며 처음보다 진하게 입술을 맞댔다.

"읍……."

그의 입술을 맞아들이며 그녀의 호흡이 긴박하게 터졌다.

지독한 짠맛과 탄닌감. 어젯밤 맛본 것과 익숙한 맛이 나서, 성진은 입술이 닿을락 말락 한 간극을 두고 그녀를 관찰했다.

유리의 뺨 위로 한 줄기 눈물길이 났다.

맑은 샘이, 한번 빨아들인 것만으로 도톰하게 부어오른 여린 입술로 졸졸 흘러들고 있었다.

저를 무력화 시키려는 듯한 눈물이, 외려 정반대의 신호로 바뀌어 성진을 부추겼다.

그래도 안 놔줘. 더 열기나 해.

쪽. 아랫입술을 한층 거세게 빨아 무니, 안에 꽁꽁 숨은 혀가 드러날 만큼 입술이 열렸다.

후끈한 숨이 감도는 그녀의 혀를 제 혀로 찔렀다.

"우읍……."

유리의 혀가 주인처럼 궁지에 몰렸다. 자꾸 도망치려는 혀를 제 혀로 껴안아 나뒹굴었다.

숨 가쁜 술래잡기를 치르고 나서, 서로 잠시 숨을 텄다.

"하아……. 하아……."

흐트러질 대로 흐트러진 유리가 성진의 얼굴에 뜨거운 날숨을 퍼부었다.

어둠속에서도 그녀의 얼굴은 발갛게 달아오르고, 입술은 눈물과 타액에 젖어 번들거렸다. 그 애처로운 모습에 성마른 흥분이 다소 흩어져, 성진은 잠시 간격을 두었다.

한동안 숨을 가만히 섞고 있으려니, 유리의 눈이 반짝 뜨여 그를 물끄러미 담았다.

동공이 깨져 검게 잠긴 눈에 밤바다처럼 맺힌 눈물. 창문으로 흘러든 미세한 빛이 별처럼 그 위를 표류했다.

샴페인이 생각나는 눈이었다.

겨우내 창고에서 묵묵히 자리를 지킨 와인 병이 봄을 맞으며 깨져 나갔다. 날씨가 풀리면서 잠든 효모가 깨어나 추가 발효를 진행하는 통에 이산화탄소가 코르크마개에 갇혀 벌어진 일이었다.

그렇게 세상으로 튀쳐나온 발포 와인의 맛을, 샴페인의 아버지 돔 페리뇽은 이렇게 표현했다고 한다.

'나는 하늘의 별을 마시고 있다.'

지금 이 순간 금유리의 눈에 맺힌 별은, 샴페인의 별처럼 달고 짜릿할 거 같아 보였다. 미치도록 당기는 구미가, 금유리 새가슴 진정 좀 시켜 줘야 한다는 이성을 거뜬히 압살했다.

웨이브 진 흑단 머리칼에 깊숙이 손을 찔러 넣어, 작은 머리를 제게로 바짝 당겼다.

"아……."

유리의 새된 숨소리가 공중에서 잘게 부서졌다. 그녀의 눈물에 담긴 별이 샘솟는 족족 넘쳐흐르도록, 성진은 저를 오롯이 담가 넣었다.

도망칠 데라곤 유리창 한 장 너머 눈보라 치는 허공뿐인 그녀의 입안을 남김없이 범했다.

"하읍……."

가쁘게 달궈지고 아쉽게 식기를 반복하는 숨길을 터 주어 가며 그녀의 입술을 맛보길 수차례.

유리의 가는 손이 헛디디듯 성진의 뺨을 어루만졌다.

쉴 새 없이 녹아 나는 눈물이, 금유리가 15년간 고이 간직해 온 만년설 같았다. 극치의 순도를 지닌 눈물을 보고 있으려니 제가 천하의 악한이 된 기분이었다.

희고 고운 두 손에 얼굴을 잡혀, 성진은 유리의 젖은 눈가를 하염없이 바라보았다. 그녀가 흠뻑 쏟아 낸 게 단지 괴로움뿐이라면, 이대로 심장이 파삭 깨져 나갈 거 같다.

"성진아."

유리가 약간 갈라진 목소리로 무거운 침묵을 깨 주었다.

"나, 정말…… 너 말고 다른 남자는 없었어. 단 하루도, 단 한 순간도. 흐흑……. 강두현 같은 인간 따위 안중에도 없단 말야. 흐윽……."

감정이 북받쳐 우는 유리를 보며 성진 역시 흐느끼듯 웃었다. 그 자식 얘기만 빼 줬으면 더할 나위 없이 깔끔했겠지만, 이미 벅찰 정도로 심장이 격동했다.

제게는 언제나 온실 속 화초 같기만 하던 여자가, 다른 남자 앞에선 견고한 얼음꽃이 되는 모습을 톡톡히 지켜보았다. 그녀의 마음을 몰라서가 아니라, 너무 잘 알아 버려 큰일이다.

심장이 너무 뻐근해서 주체할 수 없으니까.

"우음……."

성진은 유리에게 끌어당겨진 듯이 입술을 덥석 맞댔다. 180도 휘돈 자석처럼 그녀가 맞붙었다. 서툴게나마 혀로 호응하면서 달뜬 숨과 달콤한 타액을 얽었다.

"앗……."

향을 흠뻑 맡고픈 욕구가 기어이 그녀의 목덜미로 옮겨 붙었다.

215

퍼피 러브가 서식하는 목. 달콤한 복숭아 바디워시 향내가 진동하는 뽀얗고 여린 살점을 잘근 깨물자, 유리가 매달리듯 성진의 목을 끌어안았다.

"저, 저기…… 성진…… 아웃!"

감당할 수 없는 자극에 유리는 목을 뒤틀며 소스라치다가, 창문에 등을 주르르 미끄러뜨리며 주저앉아 버렸다.

성진은 곧장 무릎을 꿇어 유리의 젖은 얼굴로 따라붙었다.

고작 다리 힘 좀 풀렸다고 도망가는 거 야비해. 어젯밤 난 그 키스를 당한 몸으로 너를 업고 여기까지 걸어와야 했으니까. 그 춥고 아픈 길을 오늘 저녁까지 이어서 걸었으니까.

성진은 앉은 자세로 두 팔을 내뻗어 유리를 꼼짝 못하게 가두었다. 입술 포개는 소리가 조금 더 뭉근하게 이어졌다. 어딘가에 숨어 있던 굳은 꿀을 찾아내 서로의 입술 사이에 끼워 넣은 느낌이었다.

"하아……"

품 안에서 유리가 으깨진 듯한 숨을 뱉었다. 크리스마스 오르골처럼 아련하게 울리던 신음이 무언가 달라졌다.

뱃속 깊은 곳에서 끓어오른 목소리. 치명적일 만치 음습한 여자의 소리였다.

제가 남긴 흔적으로 불긋해진 그녀의 목덜미를 보는 것만으로 오싹한 전류가 하반신을 직격했다. 최후의 이성이 휘말아 엉겨지기 일보 직전이었다.

성진은 퍼뜩 정신을 차렸다. 여기서 눈금 하나만 더 기울어도, 자신은 결코 멈추지 못하리라.

"하."

성진은 한차례 숨을 깊이 마신 다음, 유리의 눈가에 입술을 붙였다.

그녀의 눈가에 맺힌 리큐어를 연거푸 마시니, 제 안의 부적한 감정이 서서히 녹아내렸다. 흥분이 가신 자리에, 이 여자를 못내 아끼는 마음이 다시금 차올랐다.

불가사의한 약효를 지닌 리큐어를 필사적으로 삼켰다. 성마른 욕망을 앞세워 그녀에게 몹쓸 짓을 저지르지 않도록. 이 밤이, 너무도 소중한 서로에게 돌이킬 수 없는 상처로 남지 않도록.

가까스로 저를 누른 뒤. 성진은 유리의 귓가에 나직이 속삭였다.

"나는 하나도 안 미안해. 너한테 키스한 거."

미안해. 이 마음 더는 무를 수 없어서.

"응……."

유리는 물기 어린 목소리를 내며 고개를 연거푸 주억거렸다.

✣ ✱ ✣

유리가 눈을 떴을 때, 사방은 여전히 어두웠다.

한강변을 점점이 밝히던 건물들은 고요한 어둠에 잠기고, 다리 위 가로등만이 겨울 새벽을 고고히 밝혔다. 가로등 아래로 떨어지는 눈이 금싸라기처럼 보였다.

성진과 거실 발코니 창에 나란히 머리를 기대고 앉아 밤을 보내다가 어느 순간 까무룩 정신을 놓아 버렸는데.

눈을 뜨니 자신은 소파에 눕혀진 채였다. 두꺼운 이불이 어깨까지 살뜰히 덮여 있었다.

유리창에 기대어 앉은 채로 잠든 성진이 보였다. 저를 이렇게 눕혀 주고, 자기는 온밤 내내 눈으로 창밖을 나돈 모양이다.

유리는 살그머니 몸을 일으켰다. 휘감은 이불을 펼쳐 잠든 그를 감쌌다.

❖ ✳ ❖

성진이 눈을 떴을 때, 겨울 새벽이 아슴푸레하게 밝았다.

제 곁에서 잠든 유리를 안아 올려 소파에 누이고 이불을 덮어 준 게 간밤의 마지막 기억인데.

어느샌가 그 이불이, 거실에 나란히 누운 그녀와 자신을 한데 엮고 있었다.

중고교 동창. 학교 뒷산에서 손수건 빌려줬던 애. 후원자.

그리고 이 생에 다시없을 만큼 좋아하게 되어 버린 여자.

서로의 체온 덕에 포근하기 그지없는 이불 속에서, 성진은 잠든 유리의 이마에 살며시 입술을 대었다.

"금유리. 나도…… 너 말고 다른 여자는 안중에도 없어."

20.
후원의 목적

새해맞이 소감이 어떠냐고 물으면, 이 땅의 수많은 어른들은 미적지근하게 웃으며 말한다.

'뭐, 한 살 먹는다고 특별히 달라질 게 있겠어?'

하지만 속으로는 세상에 뿌려진 온갖 씨앗의 마음이 되어 본다.

숨 가쁘게 달리기도 하고 때로는 절뚝거리기도 했던 올 한 해를 돌아보면서, 끄트머리에 남은 아쉬움을 새 목표로 바꾸어 가슴에 묻는다.

'내년에는 내가 원하는 지점만큼 자랄 수 있기를.'

다들 그렇게, 부활을 꿈꾼다.

이전을 앞둔 아젤리아 역시 부활을 위한 태동 중이었다.

"인테리어 업체는 여기로 정하려고. 포트폴리오 봤는데 내가 원하는 이미지에 가장 잘 맞춰 줄 거 같아."

유리는 원탁 한가운데에 제 핸드폰을 내밀어 놓았다. 성진이 진지하게 보면서 의견을 냈다.

"이번엔 백 바 시공을 어떻게 하나 꼼꼼하게 살피자. 저번 같은 사고 또 안 나게."

"그리고 나 요새 소품도 보고 있는데……."

다희는 벽에 기대어 선 채 두 사람을 지켜보았다. 회의는 나름 활기를 띠는데 감도는 분위기가 묘하게 걸린다.

Trrr-

"아, 건물주네. 성진아, 나 전화 좀 받고 올게."

"그래."

유리가 중문을 열고 나간 직후.

"하……."

성진의 사무적인 가면이 암담한 한숨과 함께 떨어져 나갔다. 다희가 대뜸 물었다.

"너희 둘, 뭔 일 있었지?"

성진이 백팔번뇌를 거친 퀭한 눈빛으로 되물었다. 그렇게 티가 나는지요.

"둘이 어제부터 너어무 열일모드더라. 너랑 난 일 빼면 시체요, 하는 것처럼."

"제가 유리한테 몹쓸 짓을 해 버려서……."

"몹쓸 짓? 어머나, 너희 설마?"

"아, 아니! 누님이 생각하시는 그런 일까진 없었고요!"

성진이 귀밑이 시뻘게져 필사적으로 양손을 내저었다. 성인 되려면 아직 며칠 남은 강미나 꼬맹이가 독감 때문에 이 자리에 없는 게 불행 중 다행이다.

"그런 일 미만이면서 뭔가 비선비적인 짓은 했다는 거잖아."

"……."

"설마 고작 뽀뽀한 거 가지고 그러는 거면 새해부터 네 호칭은 진짜 텐션비야."

"아오……."

성진이 입술을 우그리며 테이블에 머리를 쿵 박았다. 다희는 허리를 비스듬히 기울여 그 모습을 관찰하며 흥미롭게 입꼬리를 씰룩였다.

굳이 부정은 안 하면서 지 머리통을 깨부수고 싶어 하는 작태를 보니, 더 안 물어도 뭔 사고 쳤는지 알겠다. 원래 이런 선비 타입이 한번 갓끈 풀리면 한풀이하듯 거하게 지르는 경향이 있지.

"그래서 이대로 유리랑 대한제국시대 스타일로 내외할 생각?"

"아뇨. 풀어야죠."

성진은 허리를 곧추세웠다.

"술꾼답게 연말에 술 한잔 하면서 대화해 볼까 하는데."

"장소는 이브닝에메랄드 호텔 라운지 바 정도면 어때?"

"예? 하지만 거긴 지금쯤 예약이……."

"거기 바 매니저가 내 후배야. 한 자리 정도는 만들 수 있지 싶은데."

다희가 금줄에 걸린 페리도트 펜던트를 끄집어내며 의미심장하게 웃었다.

"아, 예전에 일하셨다는 바가 이브닝에메랄드 호텔 바였군요."

"기왕이면 룸도 잡아 줄 만큼 맥을 쌓아 놨음 좋았을 텐데. 그치?"

"아뇨! 라운지 바만으로도 차고 넘치게 감사합니다."

"저 왔어요."

통화를 마친 유리가 중문을 열고 들어왔다. 그 순간을 기다린 듯 다희가 핸드백을 멨다.

"그럼 난 이만 들어갈 테니 둘이서 마저 얘기해. 우리 꼬맹이 죽이라도 사다 줘야지."

다희의 쿨한 퇴장 후, 숨 막히는 침묵이 찾아왔다.

"저기…… 우리도 그럼…… 갈까?"

유리는 성진을 등진 채 웅얼거렸다. 고개 숙인 채 한 걸음 앞서 나아간 찰나.

"유리야, 잠깐만."

가는 팔목을 성진이 용기 내어 붙들었다.

"연말 밤에, 시간 내줄 수 있어?"

아젤리아 얘기 혹은 지극히 일상적인 집안일 관련이 아닌 말. 두 사람 사이에 이틀 만에 찾아온 진짜 대화였다.

그가 먼저 물꼬를 터 준 게 너무 고마워서, 유리는 숨이 멎을 듯했다.

감격에 휩싸인 침묵인 줄도 모르고, 성진이 애끓는 소리를 냈다.

"나, 너한테 진지하게 할 말이 있어."

"혹시…… 마음의 준비가 많이 필요한 말이야?"

연말까지 미룰 정도의 말이면.

"응."

성진이 무겁게 긍정하자, 유리는 비로소 그를 돌아보며 웃었다.

"잘됐다. 나도 너한테 하고 싶은 말이 있는데."

가슴이 터질 만큼 마음의 준비가 필요한 말이.

❖ ✻ ❖

올해의 마지막 날. 이브닝에메랄드 호텔 라운지 바.

휘황한 밤을 맑게 품은 만경유리는 언제 봐도 절경이었다. 겨우내 피아노 옆을 지킨 애쉬톤 트리는 새해 소망 쪽지를 거는 나무로 활용되었다.

서버가 코르크 마개를 오픈하고 병을 기울였다. 루비빛 와인이 깔끔한 한줄기로 떨어져 글라스를 채웠다.

곳곳에서 잔 부딪치는 소리가 울렸다.

"와인 잔을 저렇게 소리 내서 부딪치는 건, 악귀를 쫓아내려는 의미라며."

유리의 입술이 와인 마개와 함께 열렸다. 성진은 잔잔한 미소를 띠며 잔을 들었다.

"우리도 쫓아내 볼까?"

쨍.

경쾌한 소리가 며칠간의 서먹함을 밀어내 주었다.

"와인은 선혈처럼 붉은색 때문에 생명이나 부활을 상징한대."

와인 잔에 붙였다 뗀 서로의 입술이 적자색으로 물든 찰나.

"저."

"저기……."

동시에 말꼭지를 떼 버려 멋쩍은 웃음이 나왔다.

"너 먼저 말해."

"아니야. 난 괜찮으니까 성진이 네가 먼저 말해."

이 상황에서 또 너 먼저를 거듭하면 양보가 아니다.

"너한테 줄 게 있어."

223

자그마한 선물 상자. 정성 들여 매듭지은 리본이 풀기 미안할 만큼 섬세했다.

"풀어 봐도……돼?"

"물론이지. 네 건데."

유리는 조심스레 리본을 끌렀다. 포장지를 벗기고 상자를 열어 보는 순간까지 손끝이 따끔거렸다.

은술병 펜던트에 세팅된 정밀 커팅 자수정이 간접등 빛을 차르르 반사했다. 자수정이 원래 이렇게 반짝이는 보석이던가 싶을 만큼.

"우와, 너무 예뻐……."

"원래 크리스마스이브에 주려던 건데. 그날 그렇게 돼서……."

성진이 잠긴 목소리로 중얼거리는 사이 유리는 목걸이 클래습을 풀었다. 자수정 펜던트에 체인을 관통시켜 퍼피 러브 옆에 갖다 붙인 다음, 성진에게 내밀었다.

"이거 내 목에 걸어 줄 수 있어?"

"어, 알았어."

성진은 목걸이 체인의 끝을 잡아 올려 유리의 뒤편으로 다가섰다.

"자수정을 몸에 지니면 술에 취하지 않는다는 얘기를 들었는데."

그의 손이 목에 둘러진 순간 유리가 나직이 말했다.

"이건, 아젤리아 오너 바텐더로서의 내 앞날을 응원하는 부적 같은 거야?"

성진은 쓴웃음을 물었다. 어쩜 이리도 말끔하게 속내를 읽혔는지. 모처럼 준비해 온 스토리텔링이 무색해졌다.

"이젠 내가 하고 싶은 말을 할게."

목에 걸린 자수정 펜던트를 매만지며 유리가 수줍게 물었다.

"성진아. 혹시…… 나 좋아해?"

그 타이밍에 와인을 안 머금은 게 천만다행이었다. 저 하늘의 적색 성운이 되도록 멀리멀리 뿜어 버렸을 테니까.

"금유리. 넌 진짜 인간적으로, 내가 좋아하지도 않는 여자한테 그런 걸 할 사람으로 보여?"

"아, 물론 절대 아니지만! 그…… 뭐랄까. 아직도 그날 일이 꿈 같고. 뭔가 실감이 잘 안 나서."

성진은 알까?

키스를 받고 나서 이틀간, 제가 이불 뒤집어쓰고 얼마나 소리 없는 환호성을 내질렀는지.

'나 드디어 성진이한테 그런 존재가 됐나 봐! 질투의 대상! 키스 하고 싶은 여자!'

혼자 너무 꺅꺅댄 나머지, 집 안에서 성진과 마주치면 괜스레 민망해졌다. 그래서 며칠간 눈도 제대로 못 마주친 것이, 성진에 게는 심장 쫄리는 생각을 불러일으켰다.

"……진짜 미안하다. 그날 일 경찰에 신고해도 뭐라 안 할게."

"나한테 키스한 거, 하나도 안 미안해할 거라면서?"

유리가 짐짓 뾰로통하게 말하자 성진이 무겁게 대꾸했다.

"아니 그게……. 내가 생각해도 그날은 좀 강압적이고 거칠었던 거 같아서. 널 너무 놀라게 했고."

키스한 거 자체는 후회 안 하지만. 반쯤 돌아서 한 키스라 도중 에 손 처리를 어찌 했는지 기억이 잘 안 났다.

어느 한순간 유리의 소담한 가슴에 얹어 놓았던 것도 같고. 혹

225

여나, 막판에 혈액이 과도하게 몰린 그곳이 그녀의 여린 몸에 닿기라도 했다면…….

거기까지 생각이 미치자 떨리는 손이 뒤늦게 갓끈을 찾았다.

유리는 알까?

키스를 하고 나서 이틀간, 제가 이불에 얼마나 싸커킥을 날렸는지.

며칠간 저를 슬슬 피하는 그녀를 보자니 더욱 비관적인 생각이 들었다.

'나 기어이 유리한테 그런 존재가 된 건가? 강제 추행범. 죽일 놈…….'

"나 그날…… 더한 걸 당할지도 모른다고 생각했어."

유리의 수줍은 중얼거림이 성진을 한 방에 격추시켰다.

"유리야! 나 진짜 죽일 놈인 거 인정하는데, 이번 한번만 넓은 아량을 베풀어 주면 안 될까?"

급기야 두 손 모아 비는 시늉까지 하는 그를 보며 유리는 입술을 삐죽 물었다.

그날 심장이 까뒤집힐 만큼 놀랐던 건 사실이지만, 솔직히 조금 기대했던 것도 같다. 그 기세면 은밀한 소원이 하나 더 성사될 법했는지라.

그 역시 복성진하고만 하려고 아껴 두었고, 그 아니면 평생 할 생각이 없는 것이었다.

"됐어. 밀어서 갓끈 해제한 내 잘못도 있으니까."

그 이상 풀어 헤치지 못한 건 내 잘못이니까.

"하……. 이젠 너까지 그놈의 선비 타령이야?"

이마를 짚어 내리는 성진을 보며, 유리는 속으로 한숨지었다.

곧 있으면 저물게 될 자신의 20대는 첫 키스 졸업에 의의를 둬야 겠다.

"유리야. 나, 할 말 더 있어."

목소리에 진중함이 실렸다. 유리의 다갈색 눈을 직시하며, 성진은 온 진심을 다해 말했다.

"나는, 널 좋아해."

"……."

"정말 많이 좋아해. 친구만이 아니라 한 여자로. 내가 지금보다 훨씬 나은 사람이었으면 좋았을 거란 생각이 미치도록 들 만큼."

며칠간의 번뇌를 이겨 내고 성진이 고백을 마친 순간, 아무 전조 없이 유리의 다갈색 눈에서 눈물이 툭 굴러 떨어졌다.

올해, 꿈이 참 많아졌다.

한 칵테일 바의 어엿한 오너 바텐더가 되는 꿈. 다희 언니, 미나, 그리고 단골손님들과 함께 매일같이 웃는 꿈. 홍대 아젤리아를 세상에서 가장 예쁘고 포슬포슬한 칵테일 바로 만들겠다는 꿈.

그 모든 꿈은, 오래도록 품은 단 하나의 꿈에서 뻗어 나온 가지였다.

두견중 뒷산 진달래나무와 함께 제 심장 깊숙이 뿌리내린 꿈.

'복성진의 여자가 되고 싶어.'

꿈이…… 이루어졌다. 고맙게도 서른 전에.

심장에서 솟아난 눈물을 얼른 닦아 내고 유리는 활짝 웃었다. 올해 가장 소중한 꿈이 이루어졌으니, 새해부턴 더 많은 꿈을 이뤄 나가야겠지.

그중 순위가 으뜸인 꿈이 있으니.

사랑하는 남자의 꿈. 더 이상 그만의 것이 아닌 꿈이었다.

"성진아. 실은 나도 너한테 줄 목걸이가 있어."

유리는 성진을 향해 무언가를 힘차게 미끄러뜨렸다.

"이건…… 명 대장님 명함이잖아. 나도 똑같은 거 있는데, 왜?"

"한번 뒤집어 볼래?"

유리가 시키는 대로 한 순간, 성진의 눈이 확 뜨였다.

「★목걸이 증정★ 복성진 씨는 우리와 함께 갑시다.」

"이거. 명 대장님이 너 주려던 걸 실수로 나한테 주신 거 같아."

"어…… 의미는 대충 알겠는데 목걸이 증정? 이건 또 뭔 말이지?"

"쇼미더머니 몰라? 래퍼들끼리 경연하는 예능 말야."

"아니. 난 그런 거 잘 안 봐서……."

"프로듀서들이 참가자들에게 랩을 시켜 보고, 마음에 들면 합격 목걸이를 걸어 줘. '누구 씨는 우리와 함께 갑시다.'라 하면서."

"아……."

"이거 요즘 한창 유행하는 드립인데……."

유리가 작게 덧붙인 말에 성진은 멋쩍게 머리를 긁적였다. 어머니 말씀대로 자신은 진짜 시대성이 떨어지나 보다.

"어쨌든 유리야. 나는 어차피."

성진이 뻔한 말을 하기 전에 유리는 잘라 말했다.

"성진아. 아젤리아 바 매니저는 영원히 네 자리로 남겨 둘 거야. 하지만 난 새해부턴 네가 명 대장님께 갔으면 해."

"……뭐?"

"너는 식품공학 전공했고, 선샤인주류에서 일한 경험도 있잖아.

네 능력으로 명 대장님 도와드려. 너도 명 대장님께 배우면서 너만의 술을 만들면, 서로 좋을 거 같아."

어느새 눈물이 마른 다갈색 눈이 맑게 반짝였다.

"맛있는 술 만드는 게 네 특기고, 정말 하고 싶은 일이잖아."

그 말에 성진이 착잡한 표정으로 중얼거렸다.

"하지만 그리로 가면 나는 아젤리아 일은 거의 못 거들게 될 거야. 무엇보다도, 네 옆에 있는 시간이 많이 줄어들 거고."

그가 테이블에 걸쳐 놓은 손에 유리는 제 손을 포개어 올렸다.

"성진아. 내가 널 가장 멀게 느꼈던 때가 언젠지 알아? 올해 4월에 결혼식장에서 턱시도를 입은 네 모습 봤을 때야."

아무리 그가 좋아도 불륜까지 생각할 수는 없는 노릇이었다. 그래서 단념하려던 차, 믿기지 않는 일들이 벌어지면서 그의 옆을 꿰차게 됐다.

한 지붕 아래 같이 살게 된 후에도, 성진과 한시라도 더 오래 있고 싶단 생각은 나날이 커지면 커졌지 줄어드는 법은 없었다.

그 커다란 마음마저 꾹 누르고 말했다.

"난 지금, 네가 지구 반대편에 다녀온다 해도 괜찮을 거 같아."

그녀가 아무리 환하게 웃으며 말해도 그 말에 담긴 어려운 결정을 모르지 않아서, 성진은 먹먹하게 입을 벌렸다.

"충남 당진 생각보다 별로 안 멀더라. 그러니까 주말마다 올 거잖아. 평일이어도 내가 필요할 때, 내가 너 보고 싶어 할 때, 언제든 와 줄 거잖아."

"그야 당연하지만……."

"내 걱정은 안 해도 돼. 너한테 술 배운 덕에, 나도 해야 할 일이 잔뜩 생겼어."

술 공부도 더 하고, 기법도 다듬고, 사람 공부도 하고. 새해가 되면 그도 자신도 눈코 뜰 새 없이 바빠질 터다.

성진이 여전히 망설이는 기색을 보이자, 유리는 잠긴 목소리를 냈다.

"네가 옆에 있어 줘서 난 더없이 행복했지만, 그만큼 마음이 찔렸어."

"……왜?"

"나 아니어도 널 도울 사람은 많았을 거고, 굳이 나 아니어도 너는 잘 이겨 냈을 텐데. 하필이면 나처럼 욕심 많은 여자한테 발목이 잡혀서, 네 꿈이 지체된 게 아닌가 싶어서."

그의 등을 떠밀기 위해 하는 말이라도 새삼 마음이 괴로웠다.

고개 숙인 유리를 가만히 보던 성진이 불쑥 말했다.

"금유리. 맨하탄 레시피 한번 말해 봐."

"어? 어……. 버번위스키 1과 2분의1 온스, 스위트 버무스 4분의 3온스, 그, 그리고 앙고스투라 비터 1대시……."

유리가 우물우물 레시피를 외우자 성진이 말했다.

"맨하탄은 그 몇 방울의 비터 없이는 결코 칵테일의 여왕이 될수 없어. 유리 넌, 나한테 비터 같은 존재야."

네가 준 몇 방울의 생명수 덕에 난 다시 일어설 수 있었고, 틀을 깨고 나와 더 멀리 내다볼 수 있게 됐어.

훨씬 큰 꿈을 알게 됐고, 진짜 사랑도 알게 됐어.

그러니까.

"금유리 넌, 내 인생의 유일무이한 후원자야."

성진의 말이 유리의 심장에 박혀 드는 찰나, 주변이 술렁거렸다. 새해맞이 카운트가 시작되려 했다.

"곧 있으면 우리 서른이네."

"유리야. 우리 잠깐 나가 있을까?"

"어……. 나야 상관없지만."

"여기 좀 시끄러워서. 조용한 데서 카운트 세고 싶은데."

소란스런 분위기에 흥을 보태기보단, 세상에 너랑 나 단둘이 남고 싶단 뜻이다. 성진의 의중을 알아챈 유리는 미소 띤 얼굴로 그에게 손을 내맡겼다.

고요한 층계참의 통유리에 비친 세상이 아름다웠다.

"1분 남았어."

"유리야."

핸드폰 시계를 보던 유리는 성진의 부름에 화들짝 눈을 맞췄다.

"우리 둘 다 지금은 으깨진 포도나 마찬가지지만, 30대에는 훌륭한 와인이 되자고."

향기롭고 맛있게 부활하자.

"헤헤, 술꾼다운 새해 덕담이네."

"10!"

라운지 바 손님들이 카운트를 세는 소리가 들려왔다.

"아앗? 우리도 세자. 8, 7, 6."

5를 말하려는 찰나, 유리는.

"……."

뜨겁게 덮쳐 온 성진의 입술 속에서 20대의 마지막 5초를 셌다. 지금쯤 새해 하늘을 수놓고 있을 불꽃이 귓전에서 터지는 거 같았다. 새해가 된 후에도 기나긴 키스가 이어졌다.

입술을 뗀 성진이 뜨거운 숨을 뱉으며 속삭였다.

"왜 이제야 널 알아본 걸까?"

15년 전 열네 살에 한 교실에서 처음 만난 이래, 자신이 다른 여자를 만날 때조차 변치 않고 저만 바라본 그녀.

돌아온 세월 덕에 지금의 인연이 더욱 값지고 애틋하게 느껴지는 걸 테지만. 하루라도 더 함께하지 못한 지난날이 새삼 안타깝다.

"복성진. 내 후원의 특약, 아직 유효한 거 알지?"

유리는 성진을 올려다보며 짐짓 도도하게 말했다.

"충남을 가더라도 절대 결혼하면 안 돼. 물론 가벼운 연애도."

그 말에 성진은 짜릿하게 웃으며 유리를 제 품에 가두었다.

"그러니까, 너하고만 하란 거지?"

결코 가볍지 않은 연애도. 언젠가는 결혼도.

유리는 그의 듬직한 가슴에 얼굴을 파묻으며 행복하게 웃었다.

"응."

21.

숙성

새해 벽두부터 선샤인주류에 스산한 기운이 감돌았다.

'올해 상반기 중, 전통주 사업 T/F팀이 신설될 예정입니다.'

부사장 김두빈이 시무식 때 공언함으로써, 작년 연말부터 사내에 떠돌던 괴소문이 현실화되었다. 갑작스럽다 못해 불길한 변혁을 내포한 조직개편은 선샤인그룹 총회장님의 의중이었다.

청은그룹. 선샤인그룹과 F&B 분야에서 열띤 경쟁을 벌여 온 유통재벌로, 그 부회장은 자타가 공인하는 술 덕후로 재계에 소문이 자자했다.

수년 전 청은그룹이 전통주점 브랜드를 처음 런칭했을 때, 선샤인그룹은 그 시도를 비웃었다.

막걸리 열풍의 거품이 다 빠진 마당에 전통주점이라니. 재벌 술

233

꾼이 변덕스런 취미 놀음에 심취해 사업 감각을 상실한 거려니 여겼다.

그러나 청은그룹의 장기말은 왕도를 향해 꾸준히 전진해 나갔다. 가맹점은 해마다 꾸준히 늘고, 언론에선 청은그룹의 도전이 참신하고 성공적이었다는 찬사 일색이었다.

막걸리 열풍은 완전히 꺼진 것이 아니었다.

탁주 시장의 드라마틱한 성장 곡선이 2010년대 들어 잠잠해진 건 사실이나, 그 저변은 이전과 사뭇 달라졌다.

막걸리 열풍 당시 생겨난 전국의 수많은 양조장과 한식주점이 전통주 시장의 양적·질적 성장을 견인했다. 텁텁한 밀 막걸리 위주였던 시장에 질 좋은 쌀 막걸리가 대거 유입되고, 중견 전통주 업체들은 프리미엄 막걸리를 앞 다투어 선보였다.

탁주 시장의 발전에 힘입어, 약주 등 다른 우리 술 주종도 점차로 조명받기 시작했다.

소비자들 역시 예전과 달라졌다.

1인 가구 시대. 혼밥, 혼술족은 F&B업계에서 무시 못 할 타깃으로 자리매김했다. 소소한 행복을 위해서라면 기꺼이 지갑을 여는 객단가 높은 고객층.

그들의 화력에 힘입어 수제 맥주펍이 흥하고, 이는 전통주도 안 될 게 뭐 있냐는 논의로 이어졌다.

2016년 하우스막걸리(소규모 주류 제조 면허)가 허용되면서 손수 빚은 막걸리를 파는 현대판 주막이 속속들이 생겨났다. 2017년 7월부터는 온라인에서 전통주를 쉽게 구매할 수 있게 됐다.

거리와 인터넷에 방대하게 펼쳐진 새로운 맛의 세계. '삼겹살에 첫이슬'만으론 소비자들의 소확행과 워라밸을 충족할 수 없게 됐다.

달라진 술과 달라진 소비자. 앞으로도 끊임없이 달라지리라.

청은그룹은 이런 시류를 꿰뚫어 본 셈이었고, 선구자와 후발주자의 처지는 그렇게 역전되었다.

선샤인호텔과 5분 거리에 있는 청은그룹 계열 이브닝에메랄드 호텔은 연일 보란 듯이 프리미엄 전통주 시음회를 열었다. 태양양조부터 시작해 40년 넘게 대한민국의 주류문화를 선도해 온 선샤인그룹은 자긍심에 적잖은 상처를 입었다.

그렇게 선샤인그룹 총회장님은 때 아닌 전통주 바람이 드셨고.

'두현이에게 한번 맡겨 보심이 어떨지요.'

김두빈은 그 바람을 제게로 끌어왔다.

'두현이가 비록 황금글라스 금 회장 따님과의 혼사에 실패했다고는 하나, 선샤인주류에서 사원부터 시작해 착실하게 쌓아 올린 실무 능력은 인정해 줘야 합니다.'

마치 배다른 동생을 생각하는 척하면서.

'능력을 입증한다면 재계에 눈도장도 찍고, 황금글라스 못지않은 혼처도 구할 테고…….'

교묘하게 아버지를 부추겼을 테지.

두현은 내부 문건을 콱 말아 구겼다. 일련의 전개가 불 보듯 빤하여 도무지 화를 주체할 수 없었다.

"영전 미리 축하해. 가칭 선샤인주류 전통주 T/F팀 신임 팀장님."

새해 어스름이 깔린 기획개발팀 사무실. 수영이 두현 앞에서 비틀린 미소를 만들어 냈다.

"윤수영. 날 조롱하려고 안 하던 휴일 출근까지 다 한 건가."

"어머, 과장 승진 1년 만에 팀장이면 완전 초고속승진인데. 이걸 좌천이라 표현해야 되니, 그럼?"

수영은 신들신들 웃으며 정교한 팩폭을 날렸다.

"시무식 때 부사장님, 변화랑 혁신을 한 스무 번은 넘게 말씀하시더라. 근데, 원래 그런 거 열띠게 외치는 높으신 분치고 진심으로 달가워하는 사람이 있던가?"

이번 조직개편에 담긴 부사장의 진짜 의중은 말이지.

"가칭 전통주 T/F팀에 눈엣가시 같은 배다른 동생 허수아비 팀장으로 앉히고. 이참에 성과 나쁜 직원들 패키지로 끼워 넣으면 더 좋고."

수영은 두현의 책상 위에 장식된 첫이슬 미니어처에 손을 뻗으며 중얼거렸다.

"예산을 아주 애매하게 책정해 주겠지. 그저 그런 인프라로 겨우 구색 갖출 만큼."

시퍼런 혈관이 비치는 창백한 손이 첫이슬 미니어처를 한데 모았다.

"그러면 가칭 전통주 T/F팀이 내놓는 술, 지금까지 선샤인주류가 유행에 애매하게 편승했다가 소리 소문 없이 단종시킨 실패작들과 별반 다르지 않은 퀄리티로 뽑힐 테고. 팀장이랑 그 아랫것들 모가지는 병목과 함께, 뚝."

손날에 치인 술병 미니어처들이 바닥으로 추락했다.

시퍼렇게 눈총을 쏘는 두현에게 수영이 애잔하게 웃었다.

"왜? 대리 나부랭이가 과장님께 대든 무례를 탓하시려고? 유감이지만, 난 월요일에 이거 하나만 내면 외부인이거든."

수영은 사직서 봉투를 탁 올려놓고.

"선택해, 강두현."

뜻밖의 선택지를 내놓았다.

"떠나려는 날 설득해서 붙잡을 건지. 아니면, 이대로 목에 방울 단 채로 쫓겨나 복성진처럼 어디 바라도 취직해 복고양이 노릇이나 하든지."

수영이 손짓하는 시늉을 해 보이자 두현이 기가 차다는 듯 웃었다.

"이 시점에, 네가 나한테 그 정도 가치가 있을 거라 생각해?"

"내가 영업부 경영지원팀, 속칭 리베이트팀으로 간다면?"

수영의 반문에 두현의 얼굴에서 비웃음이 가셨다.

주류 리베이트. 주류 유통 질서를 교란하는 적폐로 끊임없이 지탄받아 왔지만, 업계에서는 저만 안 쓰면 바보가 되는 필요악이다.

해서 대형 주류회사에는 영업사원 뒷주머니를 채워 주는 부서가 하나쯤 존재하기 마련인데, 선샤인주류 영업부 경영지원팀이바로 그런 곳이었다.

"팀장이 장부 조작하는 거 거들면서 눈치껏 돈 만지면 쥐꼬리같은 예산도 융통이 될 거고. 검은 돈의 흐름을 열심히 읽다 보면, 자기 배다른 형과 관련해 건수 잡을 게 생길지도 모르지. 그 짓 시키려고 나 열심히 꼬드긴 거 아니야?"

"그 일 하는데 네가 대체 불가능한 인력이라 생각하나?"

"물론 나 아니어도 할 사람 널렸겠지. 근데 당신 발등엔 이미 불이 떨어졌고, 무엇보다도 다른 사람으로 대체하기 쉽지 않을 거야. 왜냐면 당신이 사람 구하는 족족, 내가 귀띔해 줄 거거든. 나처럼 단물 다 빨리고 버려지는 멍청하고 불쌍한 여자 되지 말라고."

"너 따위가 감히 날 협박하는 건가?"

"우리 관계를 효율적인 방향으로 보완하자는 거야. 당신은 사냥개 새로 훈련시키지 않아도 되고. 나도 그간 당신한테 들인 시간과 노력 매몰비용 만들지 않고."

"……."

"사냥개 노릇, 해 줄게. 내가 제시하는 조건을 받아들인다면."

두현은 수영의 독기 서린 눈을 꿰듯이 보며 턱을 매만졌다.

"그래. 네가 원하는 조건이 뭐지?"

지금 사는 오피스텔과 내가 준 카드는 기본 값이라 치고.

"나와 거래하는 동안은 딴 년과 결혼하지 마. 가벼운 연애 역시 안 되고."

두현의 눈썹이 기묘하게 올라갔다. 어차피 지금 상황으론 제 야망과 격이 맞는 여자와의 혼사를 추진하긴 어려울 터. 그때까지 서로의 목표에 전념하는 것도 썩 나쁘진 않을 듯하다.

얼마 전만 해도 금방 떠나갈 것처럼 굴던 이 여자의 심경 변화를 초래한 목표는 무엇이려나.

새삼 이 시점에 사랑을 원하는 건 아닐 테고.

"더 원하는 건?"

두현이 등받이 의자에 기대어 앉아 다리를 꼬며 물었다. 아직은 던져 줄 게 넘쳐 난다는 듯. 수영은 그 오만한 태도에 위장이 뒤틀리는 걸 참고 말했다.

"오늘 저녁 오피스텔로 와. 거기서 날 만족시켜. 하는 거 봐서 결정할 거야."

오늘 하루는 당신이 내 욕구를 위한 종마가 되어 봐.

두현은 바람 빠지는 웃음소리를 한번 내고는, 기껍게 양팔을 펼쳤다.

"이 판에 발을 들였으니, 앞으로 단단히 각오하는 게 좋을 거야."

수영은 거대한 어둠 같은 품에 저를 내던지듯 안겼다. 머릿속에서 지난 크리스마스이브 밤의 일이 펼쳐졌다.

✣　✳　✣

신사동 와인 바에 쓰러져 있던 제게 뻗어 온 구원의 손길. 그것이 성진의 것이라 믿어 의심치 않았다.

저를 오피스텔로 모셔 와 침대에 눕히는 사려 깊은 손. 드문드문 의식이 끊기는 중에도 수영은 승리감에 도취되었다.

역시. 복성진 윤수영바라기 15년 세월 어디 안 가네.

"성진아······. 잠깐만, 나 할 말이······."

"나 복성진 아닌데."

몽롱한 어둠 속에서 여자의 목소리가 낮고 차갑게 울렸다.

"금······유리?"

"맞아. 나라서 실망스럽겠지만."

머리가 날카롭게 지끈거렸다.

"수영아. 이 상황에 제대로 들을지는 모르겠지만, 나 너한테 양심 고백할 게 있어."

유리는 수영의 귓전에 얼굴을 바짝 대었다.

"황금글라스 금 회장의 딸인 내가 네 앞에서 설설 기었던 건, 네가 나보다 공부 잘하고 야무져서가 아냐. 외모도 사실 내가 크게 꿇리진 않는 거 같고."

성진을 품은 가슴에 죄를 지운 것들 중, 친구 간 의리는 지극히 희박했다. 다만.

"너를 향한 성진이의 마음이 너무 굳건해서, 나는 한없이 비굴해질 수밖에 없었어."

제 마음이 부끄럽고 인간적으로 이러면 안 된다는 생각이 끊임없이 들었던 건, 다른 여자에겐 조금도 곁을 주지 않은 성진의 올곧음 때문이었다.

그런 그에게 더 반했고, 제 마음은 오도 가도 못했다.

"동창회 따라다니면서 너한테 커피랑 디저트 열심히 갖다 바치고. 네가 약 올리듯 감질나게 들려주는 성진이 근황 얘기를, 나는 사막의 물 한 방울처럼 받아 마셨지."

"으……."

수영은 무력한 신음을 뱉었다. 그녀의 귓가에 대고, 유리는 또박또박 속삭였다.

"나 조만간 성진이한테 고백할 거야."

"으윽……."

"성공한다면, 이젠 내가 너에게 물 한 방울 줄지 말지 선택하는 쪽이 되겠지."

생각만 해도 황홀해 미칠 것 같은지, 유리의 입에서 약간의 웃음이 끊었다.

"물론 나는, 너한테 복성진 그림자도 내줄 생각 없어."

단 하루도, 단 한 순간도 말이지.

금유리는 침대에 꼼짝없이 누운 수영에게 말로 못질을 가한 다음, 15년간 숨겨 온 검은 날개를 활짝 펼쳐 성진에게로 날아갔다.

악몽 같은 이브 밤이 끝나고 며칠간 격렬한 숙취가 이어졌다. 그 후 카톡을 여니 복성진이 '알 수 없음'으로 떴다.

수영은 어두운 결심을 했다. 강두현의 기생식물이 되건 악어새가 되건, 제게 가장 가까운 권력에 편승하겠다고. 괴물이 돼서 너희를 다시 찾아내, 그 같잖은 행복을 짓밟아 주겠다고.

그것이, 구질구질한 윤수영다운 숙명이라고.

✣ ✱ ✣

3월. 충청남도 당진.

농업회사법인 참술의 집무실에선 원탁회의가 한창이었다.

"우리 양조장 지하수는 최고야. 면천두견주 빚는 안 샘에 비견될 만해. 20년간 술 덕질한 내가 보증하지."

참술의 대표이자 명 대장이라 불리는 사내, 명주인이 유쾌하게 운을 뗐다.

"올해부터 충남 농가 열 곳이 '동주미' 생산에 동참하겠단 의사를 밝혔어요. 제 쌀이 다른 양조장에도 수요가 제법 있는 모양이더라고요."

오동주가 제 이름을 내건 양조용 쌀의 근황을 전했다.

좋은 물과 양질의 쌀이 준비되어 있으니, 이제 누룩이 활약할 차례인데.

탁.

"더헉?"

성진이 원탁 위에 올려놓은 산더미 같은 파일 철에, 명 대장과 동주가 놀란 토끼 눈을 했다.

"이게 다 뭐여?"

"우리 회사가 앞으로 추진하면 좋을 듯한 프로젝트들을 쭉 정리해 봤습니다. 연간, 월간 플랜으로 나눠서요."

성진의 눈빛은 더없이 진지했다.

"우리 양조장 건물, 대표님께서 직접 고안하신 거라면서요? 과연 기계공학 전공하신 대표님답습니다."

이곳에 온 첫날, 솔직히 슬레이트 지붕 재래식 양조장을 떠올리며 왔다. 그러나 막상 와 보니 번지수를 잘못 찾았나 싶을 만큼 인프라가 훌륭했다.

점, 선, 면을 감각적으로 빚어 놓은 사옥은 강남 번화가에 뽑아 심는대도 손색이 없어 보였다. 모던한 외관뿐 아니라 집약적이고 깔끔한 내부시설 역시 높이 살 만했다.

"크하하, 나의 센스가 원래 좀 쩔어 주지. 근데 저기, 성진아. 그 대표란 호칭 넘나 딱딱한 것인디. 그냥 동주처럼 평범하게 대장이라 불러도……."

"요새 조경에 꽤 시간을 할애하시는 거 같더군요."

성진이 거침없이 본론으로 넘어갔다.

"제가 생각하는 대표님의 의중은, 우리 양조장이 빠른 시일 내에 '찾아가는 양조장'으로 선정되도록 하려는 것 같은데, 맞습니까?"

농림축산식품부가 매년 까다롭게 심사하여 선정하는 양조장. 그 지역의 얼굴이 될 관광 명소이기에 마냥 술만 잘 만드는 곳이어선 안 되었다.

"찾아가는 양조장으로 선정된다면 가시적인 홍보 효과도 누릴 수 있고, 인근 관광 명소와 연대하여 관광 프로그램을 짤 수 있겠죠."

"몰라. 그게 뭐야. 무서워⋯⋯."

명 대장은 짐짓 능청을 떨어 대며 성진의 맑은 눈동자를 들여다 보았다.

"제 의견을 말씀드리자면, 지금 축조 중인 신사옥에 작은 카페를 추가하는 게 어떨까 합니다. 주민이랑 관광객들이 언제든 부담 없이 쉬다 갈 수 있게 말입니다."

"어, 성진아. 그 아이디어 완전 좋은 거 같다."

동주가 슬그머니 맞장구를 쳤다.

"관광객을 모으려면 체험 프로그램도 내실 있게 운영해야죠. 대표님, 제가 선샤인주류 다닐 때 기업 강의를 해 본 경험이 있습니다. 제가 한번 맡아 볼까 하는데 어떠신가요?"

"어⋯⋯. 그래 주면 나야 완전 땡큐지. 근데 너무 무리는 말고⋯⋯."

"그리고 허락해 주신다면 올해 소믈리에 경기대회에 참가해 볼까 합니다. 수많은 술 제조자들이 의외로 맛보는 일을 간과한다고 하더군요. 저도 한참 부족한 입장이니 좀 더 실력을 키워야겠습니다."

"그, 그렇게 혀! 일일이 허락 구하지 말고 혀!"

성진의 입에서 촘촘하게 쏟아지는 플랜의 향연에 명 대장이 허우적대는 찰나.

지이이잉.

그를 구원한 건, 성진의 최신 기종 핸드폰 진동음이었다.

"아, 미나구나. 대표님, 죄송한데 저 잠시 전화 한 통화만 하고 오겠습니다."

성진이 집무실을 나선 뒤, 명 대장과 동주는 참았던 숨을 파아아 터트렸다.

"거······. 선비처럼 과한 경어 남발과 숨 막히는 예의범절만 어찌해 보면 참 좋을 텐데 말이다."

"성진이는 옛날부터 워낙 FM이었으니까요. 대기업 조직도 거쳤고."

"그래. 나 평생 정직하고 성실하게 살아왔다고, 얼굴에 훤히 쓰여 있어."

그만큼 세상은 더 큰 짐을 지웠을 테고, 우직하게 짊어졌을 테지.

"성진이는 옛날부터 문무 겸비한 만능캐, 사기캐였죠. 집안까지 부유했다면 진짜 왕자님인데."

"동주야. 내 술 빚기 철학이 뭔지 아냐?"

"맛있게, 재미있게 빚는 거 아닌가요?"

"그거 외에도 하나 더 있어. 사람이 술에 끌려 다니면 안 된다는 거다."

최소 5년은 마이너스를 각오하고 덤비라는 말이 공공연히 나도는 전통주 업계. 마음이 앞선 만큼 좌절도 컸던 젊은 날의 자신을 떠올리며 명 대장은 씁쓰레하게 웃었다.

"세상살이란 술독 안의 미생물만큼 오묘해서, 혼자 힘만으론 통제하기 어려워. 살다 보면 오랜 연인이 고무신 거꾸로 신을 때도 있고, 혹은 가장 믿었던 친구가 통수 칠 때도······."

"저······ 대장님. 저도 잠깐 바람 좀 쐬고 와도 돼요?"

동주가 불쑥 허락을 구하자 명 대장이 혀를 찼다.

"너까지 징그럽게 허락 맡지 좀 말아. 나의 의중도 궁금해할 필요 없고!"

동주마저 나간 뒤, 명 대장은 창밖에 펼쳐진 푸른 하늘을 올려다보았다.

　통제하지 못할 걸 알면서도. 이름 모를 미생물이 가득한 전통 누룩으로 술을 빚는 연유는, 그 결과물의 맛이 워낙 풍만하여 한번 맛보면 다른 술이 영혼에 차지 않게 되는 탓이리라.

　"말도 안 돼! 너 그거 진짜 실화냐? 이건 조작이지? 날조지?"

　바깥에서 들려오는 성진의 처절한 비명에 명 대장은 설핏 웃었다.

　거 보게. 인생은 예측 불허한 사건의 연속이라니까.

　그러니 조금만 어깨 힘을 빼고 가자꾸나. 젊은 동지여.

❖　✳　❖

　─ 하늘이 쪽보다 푸르니. 스승을 발 깔개로 삼기 딱 좋은 날씨로구나.

　아아……. 그래. 네놈이 조주기능사 필, 실기 100점을 받아 오면 그리해도 좋다고, 이 저주스러운 입으로 말했었지.

　새해의 조주기능사 1회 시험 최종합격자 발표일. 미나는 성진에게 톡으로 실기시험 100점 인증샷을 보내 왔다. 한 달 전에 보낸 필기 100점 인증샷은 더욱 믿기지 않았지만.

　─ 정 주작이 의심되면 Q넷 홈피에서 직접 인증해 드리죠. 자고로 남아 일언중천금이라 하였으니. 실기 99점 따리는 지체 없이 서울로 올라와 금약을 이행하도록. 후…….

　핸드폰을 통해 총구의 연기가 훅 풍겨 오는 듯하다.

　성진은 과거의 자신을 죽도록 뚜드려 패며 서울로 올라왔다. 그렇게 구 아젤리아에서 자신의 1호 제자를 만나 지령을 하달받은 순간.

245

"……못해. 절대 안 해! 차라리 날 진짜 발 깔개로 삼든가 해."

성진은 남아일언중천금을 거스르려 들었다.

"아니, 제가 뭐 로또 1등 용지라도 가져와 달라 했어요? 신이 아니어도 충분히 할 수 있는데 왜 못함요? 왜 절대 안 해염?"

미나의 소원은, 성진이 R월드로 가 제각기 다른 놀이기구를 배경으로 인증샷 열 장을 찍어 오는 것이었다. 반드시 큼지막한 바니 리본 머리띠를 착용하고서 말이다.

물론 그 정도는 신이 아니어도 충분히 할 수 있겠지만.

"……올해 나이 서른인 남자더러 그 짓을 하라고?"

"그러고 보니 성진 쌤은 키도 180이 넘겠다, 어딜 가나 씬스틸러겠네염."

"너 진짜! 인간적으로 국가기술자격증 취득한 보람을 이딴 식으로 충족해야겠어? 10년 늙은 스승의 은혜를 그런 낯 뜨거운 수치 플레이로 보답하고 싶으냐고!"

성진의 열띤 항의에도 미나는 가차 없었다.

"마침 내일 토요일이니 서울 올라온 김에 후딱 찍어 보내시죠. 그거 안주 삼아 애플 마티니로 축배를 들 거니깐."

이젠 스무 살 성인. 미나는 당당하게 칵테일을 맛볼 수 있게 됐다.

"하. 진짜 다른 건 안 되겠냐? 먹고 싶은 거 전부 다 사 줄 테니까. 제발……."

한숨을 푹푹 쉬어 대는 걸 보니, 진짜 어지간히 하기 싫은가 보다.

"정 그러면 조건을 다소 완화해 드릴 수는 있는데."

미나가 성진에게 무어라 귀띔한 순간.

"성진아!"

내 님 오셨단 소식을 들은 유리가 헐레벌떡 구 아젤리아 건물로 달려왔다.

"완전 오랜만이야."

마지막으로 얼굴 본 게 지난주 일요일이지만, 그마저도 서로에겐 완전 오랜만이었다.

"개점 준비는 잘 돼 가?"

"이제 소품만 배치하면 돼. 아하하, 완전 떨려. 다음 주면 개업이라니."

"저…… 유리야. 오자마자 이런 말 해서 미안한데, 나 일생일대의 부탁이 있어."

다짜고짜 붙들린 양팔에서 따스함과 절박함을 동시에 느끼며, 유리는 천사 미소를 지었다.

"뭔데?"

❖ ✽ ❖

"아유, 보기 좋아라."

손수 만든 애플 마티니를 홀짝이며, 미나는 성진이 톡으로 보낸 사진들을 감상했다.

바니 리본 머리띠를 한 유리가 성진의 어깨에 머리를 기댄 채 V자 제스처를 취하고 있었다. 유리 언니의 모습이 귀여워 죽겠는 건 저만이 아닌 듯했다. 사진 속 성진 역시 세상을 다 가진 듯 웃고 있었다.

"유리 언니, 성진 쌤 두 분을 만난 건 제 인생 최고의 행운이에요."

미나가 뭉클하게 혼잣말을 했다.

"앞으로 두 분이 함께 잘되셨으면 좋겠어요. 진심으로……."

이번 건은요, 이 꼬맹이가 앞으로 두고두고 갚아 나갈 은혜의 극히 일부랍니다.

＋ ＊ ＋

6월 초. 비단결 같은 바람에 이따금 후텁지근한 기운이 얽혀 드는 초여름 날.

"아…… 짜증나."

홍대의 한 칵테일 바에서 나오며, 설아는 암담한 한숨을 토해 냈다.

그녀의 직업은 8급 세무공무원. 작년에 결혼한 두 살 연상 남편 역시 국세청에서 만났다.

한창 불타는 신혼을 만끽할 시기, 남편이 끌려갔다. 머나먼 세종시에 있는 본청으로.

능력을 인정받아 승진가도를 달리게 되었으니 격려해 줘도 모자랄 판인데. 서로 간에 물리적 심리적으로 어마어마한 거리가 가로놓일 걸 생각하니, 청개구리처럼 서운해졌다.

남편이 세종시로 떠나기 전날, 스스로도 피곤하게 왜 그랬나 싶을 만큼 툴툴거렸고. 저에게만큼은 한없이 다정하던 남편과 대판했다.

'누군 너랑 일부러 떨어지고 싶어서 가는 줄 알아?'

그 뒤 메신저를 통해 서로 사과도 하고 화해도 했지만.

5개월째 홀로 신혼집을 지키고 있으려니, 반강제적인 자아성찰을 하게 되었다.

"뭐라도 배워야 하나."

나는 이렇다 할 특기도, 뚜렷한 취미도 없는 인간이었구나.

"파마라도 할까⋯⋯. 아니다. 관리하기 귀찮겠지?"

어깨 기장으로 자른 단발. 모범적이다 못해 따분한 머리칼을 매만지며 설아는 한숨지었다.

소심한 천성 탓에, 배움이건 변신이건 새로운 인간관계건 도전하기가 녹록지 않았다. 어쩌다 도전해도 한 발 걸쳐 놓듯 애매하게 들이대는 탓인지 번번이 흑역사만 남았다.

예전에 1년 휴직하고 퍼플 컬러 염색에 도전해 본 적도 있었으나. 현실은 일주일 만에 색이 빠졌고, 탈색은 두 번 다신 할 게 못 된다는 것만 깨달았다.

개털 된 머리 복구하느라 꼬박 1년이 걸렸던 걸 생각하면, 당시 남친이었던 남편의 놀림도 그만큼 지속됐던 걸 생각하면⋯⋯.

"그으래! 이 따분한 인생이 내 현실이다!"

설아는 지나가는 사람이 돌아볼 만큼 큰 소리로 떠들었다. 맨정신의 그녀라면 하지 않을 행동이지만, 지금은 알코올이 약간 들어간 상태였다.

오늘의 도전 과제 중엔 칵테일 바 가 보기도 포함되어 있었다.

'홍대 칵테일 바 혼술'을 검색해서 상위에 뜨는 블로그 포스팅 보고 골라잡았다.

소심한 사람답게 겁나 신중하게 골랐건만, 결과는 오히려 최악이었다.

바 카운터 자리에 앉는 게 좋대서 그렇게 했다. 바텐더가 칵테일 조주하는 모습도 구경할 수 있고, 잘하면 알딸딸한 대화도 나눌 수 있다나.

하지만 무뚝뚝한 인상의 남성 바텐더 앞에서 등줄기가 절로 꼿꼿하게 펴졌다.

프로즌 마가리타란 칵테일을 시켰는데, 먹기가 여간 나쁜 게 아니었다. 잔을 기울일 때마다 슬러시가 뭉텅이로 기울며 손가락이 축축하게 젖었다.

모르긴 몰라도 빨대나 스푼을 제공하는 걸 빠트리지 않았나 생각하는 찰나.

'왜케 말씀이 없으셔요. 되게 숨 막힌다.'

나름 말 붙인답시고 바텐더가 한 그 한마디에 섬세한 감정이 다쳤다. 이런 데까지 와서 내 돈 주고 콤플렉스를 쿡 찔려야 하니?

'저…… . 맛있게 드셨나요?'

계산을 해 주며 조심스레 묻는 바 헬퍼에게 쌀쌀맞게 대꾸했다.

'그냥저냥요.'

만2천 원짜리 칵테일 사 먹고 30분도 채 못 앉아 있다 나왔다.

"여성 바텐더가 있는 바는 없으려나. 에이…… 됐다. 카페나 가야지."

그러자니 또, 카페에 하릴없이 앉아 대체 뭐 할 건지 생각이 안 난다.

"그냥 일찌감치 집에나……."

마을버스를 찾으려던 설아의 걸음이 우뚝 멈췄다.

꽃 전구가 달린 인조목이 눈앞에 나타났다.

"와, 예쁘다. 어느 가게 거지?"

나무에 걸린 목조 안내판이 미리 답을 준비하고 있었다.

Bar Azalea. 지하 1층

"바 아젤리아?"

설아의 시선이 절로 뒤편의 건물로 이끌렸다. 층계참 벽에 놓인 화병들이 여심을 저격해 온다.

"한번 들어가 볼까?"

그렇게 혼잣말할 즈음, 설아는 이미 두 계단이나 내려가 있었다.

"어서 오세요!"

20대 초입으로 보이는 서버복 차림의 여직원이 활기차게 인사했다.

설아는 눈동자를 굴려 바 내부를 주욱 스캔했다.

과하지도, 협소하지도 않은 규모의 바는 크게 두 자리로 분리되어 있었다. 어느 바에나 있는 카운터 자리. 그리고 뒤편에 설치된 복층 구조의 좌식 테이블.

위에서 아래로 난 미끄럼틀이 제법 재미있다. 자리마다 세심하게 분리되어 있어, 일행이 있다면 조용히 담소 나누기 좋을 것 같다.

복층 테이블은 거의 만석이라 카운터 자리만 남았다. 오른편 구석에 앉은 남자가 공책에 뭔가를 맹렬하게 끼적이고 있었다.

작가인가 보다. 이곳이 얼마나 편안하면 저리 대놓고 소설까지 쓸까.

청년 작가와 세 자리 정도 간격을 벌려 카운터에 앉은 찰나.

"안녕하세요."

눈앞에서 한 여자가 불쑥 솟아났다.

"아하하……. 죄송합니다. 인사가 늦었죠? 제가 아래 냉장고 좀 정리하느라……."

어쩐지 카운터에 아무도 없더라니.

무엇보다 이 여자…… 옷이? 설아는 동그래진 눈매를 쉽사리 고치지 못했다.

'나 설마 메이드 카페 같은 데 잘못 들어온 거?'

여자의 원피스는 아이보리 단일 톤이지만, 가슴에 매달린 리본과 치마의 주름 때문에 눈에 확 띄었다. 흡사 한 송이 거대한 백합을 보는 듯하다.

그치만 어울리네. 얼굴도 인형처럼 작고 예쁘고. 몸매도…… 축복받았고.

"저희 바는 처음이시죠? 메뉴 추천을 원하시면 도와드릴게요. 궁금하신 메뉴 있으시면 부담 없이 마음껏 물어봐 주세요."

두 손으로 메뉴 리스트를 공손히 건네며 여자가 빙그레 웃었다. 딱히 향수를 뿌린 것 같진 않은데, 그 한순간 꽃향기가 코를 간질이는 듯했다.

메뉴 리스트에는 초심자를 위한 배려가 깃들어 있었다.

프루티, 크리미, 원하는 느낌으로 칵테일을 고를 수 있는 맛의 좌표가 있고, 칵테일 도수도 전부 표기되어 있었다. 저처럼 질문을 별로 선호하지 않는 손님에겐 딱이었다.

설아는 크리미 쪽에서 칵테일을 하나 짚어 냈다.

"그래스호퍼는 어떤 칵테일이죠?"

"그래스호퍼에는 민트맛과 초코맛 리큐어, 우유가 들어갑니다. 민트초코 아이스크림을 좋아하신다면 맛있게 드실 수 있을 거예요."

민트초코 아이스크림. 좋지.

"그럼 이걸로 주세요."

"네. 근데 저, 바텐더님이 잠깐 자리를 비우셔서. 잠시 뒤에 준비해 드려야 할 거 같은데. 괜찮으실까요?"

"선생님은 바텐더 아니신가요?"

설아의 물음에 여자가 멋쩍게 미소 지었다.

"실은 제가 이 칵테일 바의 오너랍니다. 다만 아직은 수련 중인 입장인지라. 도움이 못 돼 드려 죄송합니다."

솔직한 사정을 정중하게 밝히는데 굳이 나무랄 사람은 없다. 누구에게나 처음은 있기 마련이니까.

흑역사로 점철된 자신의 새내기 시절을 떠올리며 설아는 설핏 웃었다.

"이 바는 생긴 지 얼마나 됐죠? 저 가끔 홍대 오는데 여긴 처음 보거든요."

"올해 4월에 개업했답니다."

기다리는 김에, 설아는 가게 구석구석에 시선을 쏟았다.

프리저브드 플라워가 든 유리돔 무드등이 자리마다 양초처럼 놓였다. 벽에 매달린 폴라로이드 사진들이 클립 조명과 함께 은은

하게 빛났다. 포스기 근처에 놓인 패트론 실버 공병에 예쁜 드라이
플라워 꽃다발이 꽂혀 있었다.

바 아젤리아는, 빛의 신과 꽃의 요정이 합작해 만든 마법의 공
간 같았다.

"이런 소품들은 다 어디서 구하시는 거예요?"

"제가 어쩌다가 핸드메이드 작가님들을 많이 알게 돼서. 그분들
작품 중에 고른 것도 있고요. 몇몇 가지는 제가 직접 만든 거랍니
다."

"와…… 진짜요? 손재주가 엄청 좋으시네요."

"아, 감사합니다. 저도 인터넷 보고 한번 따라 해 본 건데…….
손재주 있단 칭찬은 난생처음 들어 봐요."

겸손 밴 말씨가 들으면 들을수록 편안하게 와닿는다.

"음악도 괜찮네요. 곡 이름이 뭔지 여쭤봐도 될까요?"

"정말……요? 감사해요. 실은 지금 흐르는 곡은 제가 연주한 거
녹음한 거거든요."

"우와, 작곡도 하세요?"

"제가 이래 봬도 음대를 나왔거든요. 어디 가서 피아노 전공했
다고 말하긴 부끄러운 수준이지만, 나름 아젤리아 테마곡이라고
만들어 본 건데. 괜찮으시다니 정말 기뻐요."

자기 가게에 애정이 많은 사람이구나. 여자와 말을 섞을수록 설
아는 확연하게 느꼈다.

목에 걸린 자수정 술병 펜던트 역시, 반짝이는 여자에게 잘 어
울리는 거 같다.

"제 옆에 남자분 건 어떤 칵테일이에요?"

속삭여 물으니 여자도 눈치껏 속삭임으로 답했다.

"다이키리입니다. 헤밍웨이가 노인과 바다를 집필하면서 즐겨 마신 칵테일이죠."

"그렇군요."

"아……. 근데 다희 언니가 왜 이렇게 늦지? 슬슬 돌아오실 때 됐는데."

여자가 발을 동동 구르며 초조하게 중문 너머를 살폈다.

그 순간, 설아는 충동적으로 말했다.

"그냥. 사장님이 만들어 주시면 안 되나요?"

"네? 제가……요?"

"제가 보기엔 충분히 잘 만드실 거 같고. 오너신데 한 잔쯤 만들면 뭐…… 그 경력자 바텐더님께 많이 혼나실까요?"

"아뇨. 그러진 않겠지만……."

여자가 망설이는 기색을 내비쳤다.

"저는 사장님이 만든 칵테일 맛이 가장 궁금해요. 연습 삼아 만들어 주는 거라도 좋아요."

두려운 마음으로 첫 민원 전화를 받았던 신입 때의 자신을 떠올리며, 설아는 씩 웃었다.

누구에게나 실전은 찾아오기 마련이고. 경험이 많아지면 더욱 훌륭한 실전을 치르게 될 터. 자신이 이 아름다운 사람의 첫 실전이 되어 주면 좋겠다.

"혹시 망치시더라도 돈 낼게요."

그런 말까지 하니 여자의 안색이 변했다.

"그럴 수야 없죠. 저희 바는 절대 망친 칵테일을 손님께 내드리지 않습니다."

심호흡을 한 번 하고, 여자는 작업대를 향해 손을 뻗었다.

"하지만 손님께서 정 원하시면, 최선을 다해 보겠습니다."

믹싱글라스. 믹싱틴.

기물을 대하는 순간 여자의 눈빛은 달라졌고, 지켜보는 설아의 눈도 반짝였다.

"그럼, 시작하겠습니다."

중문 밖에서 다희가 의미심장하게 웃으며 지켜보는 줄도 모르고.

아젤리아 오너 바텐더 금유리는 제 생애 첫 판매용 칵테일을 만들었다.

"아…… 넘나 맛있다."

지상으로 올라오며 설아는 기분 좋게 신음했다.

무려 세 잔이나 마셔 버렸다. 물론 오너가 만들어 준 걸로.

그녀가 저와 동갑이란 걸 알고 나니, 인생이 흥미진진해졌다. 저렇게도 개성 넘치고 멋지게 살아갈 수 있구나. 보기만 해도 대리 만족이 되는구나.

"바 아젤리아."

아까보다 한결 더 아름다운 꽃 전구 나무를 돌아보며, 설아는 씩 웃었다.

맛있을 뿐만 아니라. 포슬포슬하고, 들뜨고, 행복해지는 곳이었다.

"담에 또 와야지."

2부:

채운여름

프롤로그

12월, 서울 양재동 A센터.

올해도 어김없이 많은 이들이 우리 술 대축제 현장을 찾았다. 소속업체 명찰을 단 바이어와 VISITOR 명찰을 단 마니아들이 수십 개의 부스를 활보했다.

우리 호텔의 품격을 높일 술. 우리 식당 음식에 어울릴 술. 혹은, 나의 소소하고 확실한 행복을 책임질 술.

관점은 조금씩 다를지라도 이곳에 모인 이들이 찾는 건 하나, 대한민국에서 가장 향기롭고 맛난 술이었다.

그것이, 매년 우리 술 품평회 시상식이 행사의 첫 순서가 되는 이유였다.

"지금부터 우리 술 품평회 시상식을 거행하겠습니다. 관계자 여러분은 즉시 메인 무대로 모이시기 바랍니다. 참관객께서도 잠시 시간을 내어 주시면 감사하겠습니다."

낭랑하게 울리는 방송에 구름 같은 인파가 모였다.

"시상식에 앞서 농림축산식품부 국장님 말씀이 있겠습니다."

사회자로부터 마이크를 넘겨받은 국장이 좌중을 둘러보며 연설했다.

"세계로 뻗어 가는 우리 명품주를 육성하자는 취지로 개최된 우리 술 품평회가 올해로 열두 살을 맞았습니다. 업계에서도 부단히 노력해 주셨지만, 무엇보다 국민 여러분의 뜨거운 관심과 애정 덕에 여기까지 올 수 있었던 것 같습니다."

우리 술을 찾는 사람이 많아진 만큼, 만드는 사람도 많아졌다.

"올해에는 무려 300여 개의 제품이 출품되었습니다. 전반적인 수준도 워낙 뛰어나 심사위원께서도 우열을 가리기 어려우셨다고 합니다."

우리 술의 맛을 아는 사람이 많아진 만큼, 맛있게 만들려는 사람도 많아졌다.

"특히, 청년 참여율이 해마다 높아지고 있는 점이 괄목할 만한 변화가 아닐까 싶습니다. 이번 품평회에서 우수한 성적을 거둔 제품 다수가 젊은 주인酒人의 작품입니다."

술 마니아도 제조자도, 바야흐로 새로운 세상을 맞이하고 있었다.

국장의 환영사가 끝나자 사회자가 힘차게 선언했다.

"그럼 지금부터 각 주종별 수상 제품을 발표하겠습니다."

탁주, 약주 및 청주, 증류주, 과실주, 기타 주류.

전국에서 올라온 수백 가지 술들은 두 차례에 걸친 엄정한 심사를 받았다. 1차 서류심사에서 우리 농산물 사용 실적과 술 품질인증 실적을 평가받고, 전문 심사위원단의 블라인드 테이스팅을 거

친다.

치열한 경합 끝에 각 주종별 수상 제품이 가려졌다.

장려상, 우수상, 최우수상 시상 후, 영예의 대상 발표가 시작됐다.

"탁주 부문 대상! 농업회사법인 선샤인주류의 '첫햇살 막걸리'입니다."

불룩한 뱃살 때문에 슈트 핏이 영 안 사는 남자가 어기적거리며 올라왔다.

"첫햇살 막걸리 엄청 광고하더니만 결국 대상 타네."

"흐음, 내가 먹기엔 그냥 적당히 달달하고 깔끔하고 대중적인 그런 맛? 전문가들 평은 좋은가 보지?"

일반 참관객 사이에선 그 정도 말이 오갔지만, 좀 더 깊은 속사정을 아는 업계인들은 수런거렸다.

"품평회도 대기업 판이 다 됐구만. 앞으로 다른 대기업도 지방에 농업회사법인 자회사 차리고 지역특산주 면허 따서 덤벼들겠네."

"양조장도 재작년에 급히 인수한 거라며? 기존 술 아는 사람들 말론 술맛도 예전보다 오히려 밍밍해졌다던데?"

"하, 과연 대기업일세. TV 광고 짱짱하게 때리고 판로 확실하니 쌀뜨물만 팔아도 잘나가고말고!"

정당한 수상자가 올라섰다면 세상을 다 가진 표정을 지었을 영광스런 자리. 선샤인주류 만년 주임 오 주임은 어정쩡하게 대상 피켓을 들어 올리며 억지미소를 지었다.

카메라 플래시가 터질 때마다 뼛속까지 투사되는 거 같고, 사람들과 눈만 마주쳐도 계란 세례가 퍼부어지는 듯하다.

261

아오, 젠장할!

괜히 강두현 코인 샀다가 전통주사업팀이라는 끈 떨어진 두레 박에 탑승한 것도 두고두고 억울해 미칠 지경인데! 이 사태를 뻔히 예상한 듯 대리 수상을 맡기고 내뺀 상사가 오늘도 증오스럽다.

농림축산식품부 고위공무원과 악수하는 소기의 목적을 달성한 이상, 한시라도 빨리 여길 뜨고 싶은 마음뿐이었다.

"다음은 약·청주 부문 대상 발표가 있겠습니다."

싸해진 분위기를 수습하려는 마음이었을까. 사회자는 한차례 숨을 마신 다음, 폭죽을 터트리듯 외쳤다.

"약·청주 부문 대상! 농업회사법인 참술, 채운여름!"

"와아아아!"

"꺄아아!"

유난스레 쏟아지는 갈채. 놀라움 반 부러움 반으로 오 주임은 관람석을 보았다. 맨 앞줄에 기립한 아리따운 여인들이 우레와 같은 함성과 박수를 주도하고 있었다.

열렬한 환호와 함께, 한 청년이 무대 위로 등장했다.

"우와, 저 사람이 전통주 제조자라고?"

"무슨 연예인 나온 줄…… 영화제 시상식이래도 믿겠어."

전통주 업계 종사자가 늙수그레할 거란 편견을 단숨에 깨 버리는 청년의 수려한 용모에 놀라고.

"저렇게 젊은데 무려 대상을 타다니. 대단하다……."

외모뿐만 아니라 능력까지 다 가졌음에 감탄하고.

"여친 당연히 있겠지?"

초면에 그의 개인사를 궁금해할 만큼, 사람들은 한눈에 청년에 게 호감을 품었다.

엄격하고 시크한 업계 베테랑들도 그의 수상에 호의적인 반응을 보였다.

"출시 반년 만에 대상이라니 좀 이른 감은 있지만, 채운여름 정도면 충분히 받을 만하지."

"내가 20년 전에 저 녀석 반만큼만 열심히 살았어도 성공했을 텐데."

오 주임은 귀신에 홀린 듯한 눈으로 무대 위의 남자를 쳐다보았다.

"복성진……."

그래, 그는 분명 복성진이였다.

3년 전에는 선샤인주류 기획개발팀 대리였지만, 현 직함은 농업회사법인 참술 기획개발팀장이다.

진행요원이 꽃다발과 상장 피켓을 성진의 품에 안겨 주었다.

"축하합니다."

농림축산식품부 국장이 나지막이 인사하며 악수를 청했다.

"감사합니다."

성진의 화답은 차분하고 간명했다. 그러나 악수를 나누는 순간, 국장은 그의 손을 통해 전해지는 커다란 떨림을 느꼈다.

전통주에 입문한 지 2년, 자신의 술을 출시한 지 반년 만에 이룬 쾌거였다.

대상 수상자로 내정됐단 연락을 받았을 때, 성진은 마음을 가라앉히려 했다.

운이 정말 좋았구나. 너무 자만하지는 말자. 갈 길은 아직도 한참 남았고, 축제가 끝나면 또다시 가열하게 달려야 할 테니.

그러나 막상 시상대에 오른 순간, 만감이 교차했다.

2년 전. 출발선에 막 섰을 때의 자신은 으깨진 포도 같은 존재였다. 하루라도 빨리 고귀한 와인으로 거듭나고 싶었다. 그런 자신을 세상에서 가장 소중한 여자에게 내어놓는 순간을 꿈꿨다.

그 욕심을 앞세우면서 수많은 벽에 부딪치기도 하였다.

지난 2년, 성진은 수없이 깨져 나가며 세상의 냉정한 이치를 뼛속 깊이 새겼다.

좋은 술을 만들려 할수록 들인 쌀 양에 비해 터무니없이 적은 술이 얻어졌다. 쏟아부은 비용과 노력의 반이라도 건지면 그나마 다행일 때가 많았다.

술뿐만 아니라 인간관계 역시도 그러하였다. 제아무리 뜨거운 가슴으로 대한들, 결국엔 평행선을 달리게 되는 사람도 겪어 봤다.

자신은 이토록 숨이 찬데, 세상은 잔혹하리만치 잠잠하다 싶은 날도 많았다.

31년 평생 정말 최선을 다해 정직하게 살아왔지만, 솔직히 지난 2년만큼 제 삶의 방식을 고단하게 느꼈던 시기도 없었다.

그럼에도 불구하고.

"복성진! 대상 축하한다! 넌 역시 뭘 해도 최고야!"

웬만한 남자보다 의리 짱짱한 여장부 친구, 우경민.

"성진 쌤! 완전 축하해요!"

이제는 홍대 아젤리아의 어엿한 바텐더가 된 1호 제자, 강미나.

"성진아, 축하해. 채운여름 우리 거 한 병씩 꼭 빼 놔라."

늘 든든한 정신적 지주가 되어 주는 베테랑 바텐터, 유다희 누님.

제 일처럼 기뻐해 주는 사람들을 보며 성진은 생각했다. 정직하게 살면 당장은 손해 보는 기분이어도, 결국엔 이렇게 진국인 인연들이 두고두고 곁에 남아 준다.

"정말 수고 많았어요."

국장이 성진을 따스하게 포옹했다. 지금까지 다른 수상자에겐 취하지 않던 제스처였다.

이례적인 온기를 느끼며 성진은 또 한 번 생각했다. 최선을 다해 살다 보면 지금 당장은 티가 안 나더라도, 언젠가는 이렇게 세상이 알아주는 날도 온다.

그리고.

"서, 성진아!"

약간의 떨림이 섞인 한 여자의 가냘픈 외침. 그럼에도 불구하고 그녀의 목소리는 행사장의 온갖 소음을 뚫고 성진의 귀로 날아들었다.

그의 피나는 노력이 드디어 빛을 본 날. 더욱 환한 빛을 보태고 싶었던 듯, 그녀는 밝은 톤의 트위드 원피스를 입었다. 뽀얀 목에 걸린 자수정 은술병 펜던트가 광채를 발했다.

사실 뭘 입건 무슨 목걸이를 하건 세상에서 가장 빛이 날 여자.

"축하해. 정말…… 다행이야."

입 모양만 간신히 보이는 거리인데도 그녀가 하는 말이 선명하게 들렸다. 발갛게 물든 그녀의 눈시울 역시 아주 잘 보였다. 제가 간신히 삼킨 눈물이 그녀에게 다 옮아갔나 보다.

금유리.

한때는 황금글라스 금 회장의 애물단지 고명딸에 불과했지만. 이제는 홍대 아젤리아의 어엿한 오너 바텐더가 된 여자.

곧 있으면 연애 3년 차로 접어드는 자신의 연인.

무대에서 내려오자마자, 성진은 제가 받은 꽃다발을 유리의 품에 안겼다. 그렁그렁 맺힌 눈물이 마스카라와 함께 또르르 굴러 떨어지기 전에, 손수건을 꺼내 그녀의 눈가를 찍었다.

와아! 짝짝짝!

작은 행동에서도 크게 넘실대는 마음. 너무나도 아름다운 연인의 모습에 감복하여 사람들은 열화와 같은 박수를 쳤다.

복성진이 정직하게, 그리고 최선을 다해 살아온 이유. 내일도 그렇게 살아갈 이유.

금유리는 복성진의 삶의 모든 이유가 되었다.

1.

그들의 최대 진도는……

농업회사법인 참술 부스. 위풍당당하게 내걸린 대상 피켓에 어마어마한 액수가 적혀 있었다.

"올! 상금 천만 원! 쏘시죠?"

"왜 그 소리 안 하나 했다."

성진이 피켓 앞에서 까불대는 미나에게 시음 잔을 건넸다.

"호오, 이게 바로 품평회 대상 받은 술의 비주얼이군요."

미나는 너울거리는 술의 표면을 보며 눈을 굴렸다. 맑게 여과된 연한 황금빛 술. 자세히 보니 파르스름한 빛이 감돈다. 잘 나온 약주의 빛깔이다.

술을 오래도록 입안에 굴려 맛본 뒤, 미나는 구체적인 시음평을 했다.

"채운 시리즈 특유의 꽃의 향미가 아주 좋네요. 숙성이 잘 돼서 그런지 목 넘김이 부드러워요. 근데 도수가 낮은 술은 아닌 거 같아요. 당도도 높아 제법 바디감이 있고요."

"예리한데? 채운여름의 도수는 18도거든."

녀석. 사고뭉치 고3 꼬맹이였던 때가 엊그제 같은데 말이지. 이젠 소녀 태를 벗고 프로의 눈빛까지 갖춘 미나를 성진이 기특하게 바라보았다.

"명 대장님도 수상 축하드려요. 정말 대단들 하셔. 한 회사에서 대상이 무려 두 개나 나올 줄이야."

경민의 말대로 참술 부스엔 대상 피켓이 하나 더 붙었다.

'증류주 부문 대상. 채운이슬.'

채운이슬은 참술의 대표 명주인이 출시한 상압 증류 소주다. 재작년 우리 술 대축제에 첫 선을 보일 때만 해도 라벨도 없던 술, 이젠 그 위상이 사뭇 달라졌다.

"하핫, 안 그래도 세 번째 참가 만에 대상 두 개 가져갔다고 눈총받는 중입니다."

"이보게, 명주인!"

옆 부스 사장이 명 대장에게 알은체를 해 왔다.

"겹경사 축하해! 스승과 제자가 나란히 대상이라니, 아주 대박일세."

"하핫, 고마워. 나까지 받으니 대장 체면이 서네. 뭐, 청출어람은 이미 한참도 전에 이루어졌다 생각하지만."

"겸손하긴! 성진이가 난놈인 건 나도 인정하지만 자네가 밑바탕이 돼 주니 이렇게 승승장구한 게지."

"사장님 말씀이 맞습니다."

성진이 환한 웃음을 머금고 대화에 끼었다.

"저희 대장님이 일구신 기반이 워낙 탄탄해서 제 뜻을 마음껏 펼칠 수 있었죠. 저희 대장님이 정말 많은 의지가 되어 주십니다."

"아, 짜식. 또 선비 빙의해서 비행기 태우긴……."

명 대장의 광대가 쑥스러운 기색으로 옴찔댔다.

"말은 이렇게 해도 진짜 이 녀석이 다 했다니까? SNS 계정 파고, 통신판매 뚫고, 거래처 상대하고, 체험 프로그램 운영하고. 난 정말 술만 빚으면 되더라고."

제자를 귀히 여기는 스승. 모든 공을 기꺼이 스승에게 돌리는 제자. 사장과 직원이기 전에 술 빚는 동지인 그들. 언제 봐도 보기 좋은 모습에 손님이 흐뭇하게 한마디 던졌다.

"장인은 꾸준히 술을 빚고, 제자는 술의 향기를 세상에 널리 퍼트린다. 이것야말로 진정한 법고창신이지!"

화기애애한 분위기의 뒤편, 참술의 또 다른 식구 오동주는 묵묵히 부스를 정돈하고 있었다.

명 대장의 장인정신과 노련함이야 농업회사법인 참술의 원천 그 자체고. 성진이 양조장 일뿐만 아니라 대외업무까지 훌륭히 소화한 덕에 참술이 이렇게 클 수 있었다.

그런 두 사람에게 늘 묻혀 왔으니, 제가 있는 듯 없는 듯한 취급을 받는 건 당연하다. 스포트라이트가 두 사람을 비출 때 저만 그늘로 물러나 있는 상황도 이젠 익숙해졌다.

앞으로도 쭉 이런 식이겠지. 죽었다 깨나도, 오동주는 복성진이 될 수 없으니까.

오늘따라 통렬히 와닿는 현실에 동주가 한숨짓는 찰나.

"무엇보다도, 저희가 쓰는 쌀이 워낙 좋거든요."

성진이 힘주어 말했다.

"저희 양조장 전 제품에는 동주미가 들어갑니다. 아밀로오스 함량이 낮아 일반 멥쌀보다 수율이 우수한 양조용 쌀이죠. 그걸 개발하고 공급해 주는 사람이 오동주, 이 친굽니다."

모두의 시선이 일제히 동주에게 모여들었다.

"아……."

동주는 외마디 탄성을 뱉었다. 살면서 이렇게까지 주목받은 적이 없었다.

"참술의 모든 술은 오동주의 한 해 농사가 좌우한다 해도 과언이 아닙니다. 앞으로도 그럴 것이고요."

확신으로 가득 찬 말. 믿어 의심치 않는 말.

동주는 주목받은 쑥스러움을 가장해 고개를 수그렸다. 성진과 함께 일한 지도 어언 2년. 죽도록 부끄러워지는 순간이 셀 수 없이 많았다.

"맞어. 나, 성진, 그리고 우리 똥주! 이 삼위일체가 곧 참술이지! 누구 하나라도 빠지면 쌀, 물, 누룩 중 하나를 빼고 술 빚자는 거나 마찬가지여."

명 대장이 양팔을 펼쳐 두 청년의 어깨를 감싸 안았다. 세 남자 중 가장 키가 큰 성진은 어정쩡하게 허리를 굽혀 명 대장과 어깨높이를 맞추고, 동주는 바보처럼 허허 웃었다.

세상 어색한 어깨동무를 보고 경민이 픽 웃었다.

"그림이 참 좋으네요. 우리 잡지에 실으면 딱이겠는데."

"말로만 그러지 마시고 이대로 한 장 찍어 가서 여우본색에 실어 줘요. 아, 여성지에 사내놈들 사진은 좀 그런가?"

"그런 섭한 말씀을. 잘생긴 남자들이야말로 여성지의 꽃인걸요. 그나저나 유리 얘는 대체 언제 오는…… 아, 마침 저기 오네!"

저만치서 유리가 종종걸음으로 오고 있었다. 부스에 도착한 그

270

녀가 다희와 경민에게 슬그머니 물었다.

"혹시 내 눈 아직도 빨개요?"

아까 시상식 때 샘솟는 눈물을 끝내 막지 못해, 화장실에서 한바탕 수습하고 오는 길이었다.

"음, 약간? 얼굴이 원체 하얘서 어쩔 수 없네."

"그러게 애는! 왜 우냐고, 이 기쁜 날에."

"너무 기뻐서…… 어쩔 수 없었어."

"뭐 해, 성진! 가서 찐하게 포옹해 주지 않고."

"그래 성진아. 시음은 우리 솔로부대에게 맡겨."

성진이 유리에게 다가가려는 찰나, 한 참관객이 빠르게 끼어들었다.

"아, 어서 오세요!"

유리는 얼른 손님에게 길을 터 주었고 성진도 접객 모드로 돌아왔다.

"채운구름, 채운꽃, 채운여름, 채운이슬 네 종류 시음 가능하십니다."

"흠, 뭐부터 마시지……."

"여러 종의 술을 시음하실 땐 탁주, 약주, 증류주 순으로 드시는 게 좋습니다."

탁주인 채운구름과 약주인 채운꽃을 차례로 맛본 손님이, 불쑥 질문을 던졌다.

"근데, 탁주는 막걸리랑 뭔가 다른 건가요?"

"탁주는 말 그대로 빛깔이 탁한 술 모두를 뜻합니다. 막걸리는 '막 걸러낸 술'이라는 뜻인데, 술지게미나 탁주에 물을 혼합해서 걸러 내는 공정이 들어가는 술이죠. 즉, 모든 막걸리는 탁주 카테

271

고리에 들어갑니다."

"아, 그렇구나. 난 막걸리 하면 그냥 마구 걸러 낸 술인 줄 알았는데……."

"하하, 보통 그렇게들 많이 아시죠."

"청주는 원주原酒에서 맑은 술 떠낸 거 맞죠?"

"예. 청주는 워낙 적은 양이 얻어지다 보니 주로 중요한 행사에 쓰였고, 청주를 얻고 남은 지게미에 물을 타서 만든 탁주는 일상적인 반주로 즐겼죠."

청주와 탁주는 맑고 탁한 차이 외에, 귀함과 친숙함의 차이가 있는 술이었다.

"그렇군요. 그럼 약주는…… 말 그대로 약술인가?"

"맞습니다. 전통적인 의미의 약주는 약재가 첨가되거나, 약효가 있는 술을 의미하죠."

성진의 설명이 워낙 친절하니, 손님은 궁금증을 좀 더 해소하려 들었다.

"근데, 어떤 술은 청주라고 파는데 뒤에 라벨을 보면 약주인 경우가 있더라고요. 그건 왜 그런 건가요?"

"으음, 그건 쉽지 않은 질문이신데."

"아, 뭔가 복잡한가요?"

"전통적인 의미의 청주, 약주랑 주세법상 청주, 약주의 개념이 완전히 달라서 그렇습니다."

손님이 아리송하게 눈을 끔벅이자 성진이 생글생글 웃으며 물었다.

"주세법상의 개념도 설명해 드릴까요?"

"아, 그건 괜찮아요. 그보다 이거 얼마죠?"

채운 시리즈 4종 세트를 사 들고 떠나가는 손님의 뒷모습을 보며 미나가 한마디 했다.

"우리야 성진 쌤한테 맨날 들으니 알지만, 일반 손님들은 한 번 들어선 개념 잡기 어렵겠어요."

"그러게 말이야. 성진이니까 저 정도로 풀어서 얘기하지, 나보고 설명하라면 못해."

유리는 시음대에 오른 성진의 술, 채운여름을 어루만지며 씁쓸하게 중얼거렸다.

"대상 탄 건 좋지만, 사실 채운여름은 약주가 아닌데……."

"그래, 맞아. 채운여름의 진짜 주종은……."

성진의 중얼거림이 채 이어지기 전에.

"앗! 죄, 죄송합니다!"

동주가 새된 비명을 내질렀다. 참관객의 시음 잔에 따라주던 술이 넘쳐 버렸다.

"괘, 괜찮으세요? 옷에 묻진 않으셨어요?"

흠뻑 젖은 건 오히려 동주의 손이었다.

"성진아. 나 잠깐…… 손 좀 씻고 올게."

"가는 김에 좀 쉬다 와."

동주는 두 손을 오므린 채 서둘러 부스를 벗어났다.

"동주 씨가 좀 이상한데……. 어디 아픈 건 아니겠지?"

"아프긴. 며칠 동안 행사 준비하느라 힘써서 그래."

성진은 동주가 어지른 시음대를 정돈했다. 며칠간 힘쓴 건 그도 마찬가지일 텐데, 이 정도 노동은 이골이 난 듯 보였다.

'전 제품 전통방식' 슬로건을 수년째 고수해 온 양조장이다. 이보다 더 힘들었던 날을 헤아릴 수조차 없다.

복성진과 오동주. 어느 한쪽이 지치면 다른 한쪽이 자리를 지켰다. 어설픈 격려 대신 묵묵한 기다림으로 서로를 지탱해 왔다.

그러니 앞으로도…… 괜찮을 거야.

유리는 설핏 웃음 지으며 뒤를 돌았다. 그 순간.

줄 달린 갈고리라도 꽂은 듯 이리로 곧장 다가오는 한 남자. 뜻밖의 광경에 그녀의 얼굴에서 훈훈한 웃음이 달아났다.

강두현.

성진의 직장 동료 겸 동갑내기 친구. 유리와는 결혼 얘기까지 오갔던 맞선남.

물론 그건 지독히도 아득한 과거사다. 현재 그는 선샤인주류 전통주사업팀장이자, 남보다도 못한 작자였다.

"저 인간, 혹시 그 강 모 씨 아니니?"

"맞아요. 뭐야? 쟤 설마 지금 여기 들이대려는 거야? 어딜 감히."

두현을 알아본 지인들이 하나둘 수런거렸다.

"성진아……."

다급히 그를 부르려다, 유리는 헉 하고 숨을 마셨다.

성진은 이미 두현을 응시하고 있었다. 한 걸음씩 다가올 때마다 날카로움이 더해지는 눈빛을 조금도 피하지 않았다.

핵탄두 꽂히는 소리가 날 법한 상황. 참술 부스에 도달한 두현은 대뜸 술병을 집어 올렸다.

"이게 그 채운여름인가?"

오랜만이야, 따위의 인사치레는 과감히 생략되었다.

"시음할 거면 말해."

여긴 뭐 하러 왔냐, 식의 무의미한 응수 역시도.

"그래. 한 잔 줘 보지."

성진은 여상한 손길로 한잔 따라 냈다. 채운여름을 맛본 뒤, 두현의 입꼬리가 비리게 올라갔다.

"달고 독한데. 저도수 발포주가 대세인 요즘 트렌드 생각하면 많이 헤비하달까."

고작 그딴 시음평 내놓으려고 처잡수셨어? 댁한텐 한 모금도 아까운 그 귀한 술을!

모두가 핏발 선 눈으로 두현에게 공분을 퍼부었다. 채운여름을 세상에 내놓기까지 성진이 겪은 갖은 고생을 알기에, 무작정 까 내리고 보는 행태가 더욱 무도하게 느껴졌다.

"달고 독한 게 채운여름의 아이덴티티니까."

정작 성진은 의연하기 그지없는 얼굴로 응수했다.

"아무튼, 약·청주 부문 대상 축하한다."

두현이 비릿하게 웃으며 손을 내밀었다.

"너도 탁주 부문 대상 축하해."

성진은 그 손을 잡는 대신 시음대를 마저 정돈했다. 뻔한 수작에 가시 세울 것도 없고, 동하지 않는 악수를 나눌 필요도 못 느꼈다.

빈손을 거둔 두현은 비릿하게 웃었다.

지난 2년, 선샤인주류라는 배경을 등에 업고 이 작은 시장을 쓰레그물처럼 무도하게 휩쓸었다. 그 덕분에 이 바닥에서 나름 떠세하게 되었지만. 언제까지고 호랑이 행세하는 여우로 남을 생각은 없다.

더욱 치고 올라가리라.

제게 감히 눈길도 안 주는 이 거슬리는 서민 자식을 첫 발판으

275

로 삼아.

"품평회 대상도 탔겠다, 이제부터 첫햇살 막걸리와 채운여름의 본격적인 경쟁이 시작되겠군."

"피차 시장에 팔려고 내놓은 상품인데, 당연히 매일이 경쟁 아닌가."

"정상회담 개최일이 내년 8월 말로 잠정 결론난 거 같더군."

정상회담. 제아무리 정치랑 담 쌓고 살아도 요새 TV만 틀면 그 얘기뿐이니 도저히 모를 수 없었다.

내년 여름, 남북미 정상회담이 개최될 거라 했다.

3자 정상회담의 가능성 자체는 꾸준히 논의되어 왔다지만, 세 나라의 수장이 한 테이블에 마주 앉는 그림은 상상의 영역에 가까웠다.

하지만 내년 회담만큼은 확실한 가닥이 잡힌 모양이었다. 오래전부터 각국 수장들의 의중에 큰 판이 짜여 있었고, 실무진들의 지속적인 물밑접촉 끝에 구체적인 장소와 날짜를 정하는 단계에 이르렀다.

내년 여름에 성사될 세기의 만남. 그 자리에 참석한 이들은 역사에 남을 것이고, 그들의 상에 오른 만찬주 역시 두고두고 기억되리라.

"좋은 정보 고맙다."

성진은 간결하게 대꾸했지만, 얼음그릇에 꽂아 둔 술병 위치를 바로잡는 손은 미약하게 떨렸다.

심장이 세차게 뛸 수밖에 없었다. 그 역사적인 만찬주가, 자신의 술이 될 수도 있다고 생각하니.

아예 쳐다도 못 볼 나무면 모를까, 정상회담 직전에 우리 술 품평회 대상을 거머쥔 마당이라 마음을 완전히 비울 수도 없는 노릇이었다.

"고마워할 거 없어. 미안하지만, 희망 고문하려고 한 말이거든."

성진의 심장을 짓밟듯, 두현이 만면에 비웃음을 띠었다.

"복성진. 꿈 깨. 채운여름이 만찬주로 선정될 일은 절대 없을 거니까."

다른 사람 입에서 나온 말이면 적당히 흘려듣겠지만, 상대는 제 목적을 위해 친구의 약혼녀까지도 빼앗았던 남자다.

"네가 뭔데, 그걸 멋대로 정해?"

유리는 분연히 그 앞으로 나섰다.

"내가 만찬주 선정 절차는 잘 모르지만, 고작 회사 이름만으로 선정되진 않으리란 것쯤은 알아. 특히 내년 회담은 정말 중요한 자리니까, 훨씬 까다롭고 공정한 심사를 거치겠지. 선샤인주류 라벨을 떼고 나서도 채운여름 이길 자신 있어?"

유리는 비웃음을 곁들여 두현에게 쏘아붙였다.

"단 한 번도 복성진 못 이긴 주제에. 술뿐만 아니라, 남자로서도."

"아, 그러고 보니 금유리 씨도 와 있었네."

두현은 이제야 그녀를 발견했다는 듯 눈을 가느스름하게 떴다.

"그래, 둘이 결혼은 했어? 지금쯤이면 애도 있겠네. 둘이 한 지붕 아래서 놀아난 세월이 제법 되니까."

저 더러운 입이, 서로를 더없이 아끼며 보낸 나날들에 침을 튀긴다. 성진과 유리는 싸느랗게 두현을 쏘아보았다.

"저런, 설마 아직도야? 지금쯤이면 당연히 진전이 있을 줄 알았더니만."

두현은 유리에게 귓속말을 할 것처럼 다가붙어, 모두에게 들리게 말했다.

"혹시 그럴 예정이었다면, 이제라도 다시 생각하는 게 좋을걸. 앞으로 복성진의 미래가 꽤나 어두워질 수 있거든. 예를 들어, 이 참술 양조장이 하루아침에 공중분해 된다든지."

유리의 눈동자가 뒤흔들렸다. 저를 모욕하는 말보다 성진을 향한 저주가 섬뜩하게 박혔다.

그녀의 반응을 지켜보며 두현이 비릿하게 웃었다.

"지금이라도 나한테 오겠다면, 생각은 해 볼게. 대신 금 회장님 허락은 꼭 받고 와. 넌 원래, 황금글라스 라벨이라도 붙여야 상품 가치가 겨우 생기는 여자잖아?"

사탄도 저따위 말을 들으면 벙찔 터인데, 한낱 인간이 참는 건 무리였다.

'언니. 나 말리지 마요. 오늘 아주 3반 국수장인 예토전생 시켜 버릴란다.'

'안 돼. 넌 금쪽같은 딸이 있잖아. 이런 건 잃을 게 없는 나한테 맡겨.'

경민과 다희가 손에 힘을 빡 주고 아이 컨택으로 순번을 다투던 찰나.

"강두현. 오랜만에 만난 기념으로 내가 선물 하나 준다."

작은 유리용기가 살벌한 분위기를 비집고 들어왔다.

'누룩 소금'

뚜껑에 붙은 라벨에 내용물이 친절하게 적혀 있었다.

"이화곡을 사용한 소금이야. 얼마 전 TV에 나온 돈까스 맛집에도 납품하고 있지. 우리 단골 중에 이걸 바게트에 뿌려 드시는 분

278

도 있어. 치즈 식감이라 빵하고 아주 잘 어울린다나."

누룩소금의 효용은 꽤나 고급지게 들렸지만, 성진이 이 타이밍에 그걸 내민 의도는 누가 봐도 뻔했다.

"풉!"

미나가 참지 못한 척 웃음을 터트렸다.

강두현이 감히 유리까지 건든 순간, 성진은 마음속으론 피떡을 칠 만큼 놈을 때려눕혔다. 그러나 정말 놈을 이기는 길은 그쪽이 아님을 안다.

"강두현. 네가 미래를 지나치게 낙관하는 것도 어느 정도 이해는 간다. 품평회 대상도 탔으니 차기 만찬주 노려 볼 만하고. 우리 같은 중소 양조장과는 달리 자본도 탄탄하고. 근데, 이 시장에 대한 이해도가 처참할 정도로 낮네."

"뭐야?"

"2년 동안 전통누룩으로 술을 빚으면서 내가 끊임없이 되뇐 말이 뭐일 거 같아?"

잔잔한 물결이 쨍한 햇빛을 반사하는 어느 한 순간처럼, 성진의 눈이 번뜩였다.

"술이란 게 늘 내 뜻대로만 되는 건 아니구나, 였어. 마치 인생처럼."

사시사철 발효실 온도를 관리하고 있으며 모든 실험결과를 데이터화해서 기록하고 있다. 양조도구 살균은 기본 소양이고 누룩실엔 유리조차 못 들어오게 했다.

그토록 철두철미하게 분석하고 통제하려 들어도.

"종이 한 장 차이로 맛이 틀어지는 게 전통주고, 그걸 또 귀신같이 알아채는 게 대한민국 술꾼들이야."

성진의 어조는 담백했지만, 그 말에 눌려 담긴 깨우침의 농도는 짙었다.

"이 업계, 네가 생각하는 것보다 훨씬 수준 높아. 제조자도, 소비자도."

이런 행사를 부러 찾은 술꾼들도, 그들의 까다로운 입맛을 사로잡은 이곳의 주인酒人들도 누구 하나 만만한 상대가 없으니.

이토록 대단한 세계에 당당하게 이름을 알린 참술, 대기업이라고 쉽게 낮잡아 볼 상대가 아님을 뼛속까지 알게 해 주리라.

"정상회담 만찬주, 도전할 거야. 이곳의 쟁쟁한 장인들한테 지지 않게 최선을 다할 거고. 뭐, 반짝 성과 하나 믿고 까부는 강 모 씨 정도는 내 선에서 정리될 거라 보지만."

굳어진 얼굴로 저를 보는 두현에게 성진이 성가시다는 듯 손을 휘저었다.

"아, 썩 안 꺼지면 그 소금을 네 면상에 뿌리겠단 말을 너무 장황하게 했나?"

"복성진. 오늘을 마음껏 즐겨. 내년에는 그런 여유 못 부릴 테니까."

"나도 여유란 걸 부려 보고 싶다. 제발 정신 차리고 네 자신이나 좀 챙겨."

두현이 구겨진 얼굴로 퇴장하자 모두가 통쾌해했다.

"야! 간만에 나도 입에 문 걸레 좀 빨아 보려 했더니만, 한 방에 보내 버리면 어쩌냐?"

"성진 쌤, 당신은 도덕책……."

그러나 정작 성진은 심각한 얼굴로 유리부터 살폈다.

"유리야, 괜찮아? 미안해. 너까지 개가 짖는 소릴 듣게 해서."

"어, 아냐! 난 진짜 아무렇지도 않아!"

유리가 마구 도리질을 했다. 이러면 그의 속 시원한 말을 들으며 사이다 파티를 즐긴 자신이 부끄러워진다.

"우리 금유리, 저런 잡균 같은 놈 따위가 감히 가치를 매길 수 없는 여자인 거 알지?"

"헤헤, 나 진짜 괜찮아. 강두현 개 짖는 소리 한두 번 겪어 보는 것도 아닌데 뭘."

서로를 다독이는 두 남녀를 지켜보며 경민은 생각했다.

복성진. 금유리. 더할 나위 없이 좋은 내 친구들. 만날 때마다 느끼지만, 좋은 남자와 좋은 여자가 정말 잘 만났다.

서로의 꿈을 응원하고 지지하며 좋은 영향을 듬뿍 주고받은 지난 2년. 두 사람은 강해졌다.

설령 또 다른 시련이 닥쳐올지라도 괜찮을 거다.

두 사람을 서로에게 인도한 운명이, 아름다운 그들을 보살펴 줄 테니.

✢ ✳ ✢

이듬해 5월.

햇살이 머문 이부자리에 뺨을 대 보면 완연한 따사로움이 느껴지고, 해가 떨어지고 나서도 한동안 훈기가 감돌았다.

따스함과 서늘함이 공존하는 계절의 경계를 만끽하며, 유리는 두 사람 몫의 저녁을 만들었다.

부엌 창문으로 밀려드는 바람이 달보드레하다. 아까 낮에 보니 요 앞 길가에 아카시아 꽃이 흐드러지게 피었다. 여느 봄꽃보다 다소 늦게 피어 그런지, 성숙하고 여운 짙은 향이 났다.

심장을 간질이는 아카시아 향기 때문일까. 프라이팬의 요리를 접시에 옮겨 담는 순간에도 유리의 마음은 온통 꽃그늘 아래로 가 있었다.

성진에게도 그 아카시아 나무를 보여 주고 싶다. 향기 나는 꽃을 무척이나 좋아하니까. 어쩌면 저보다도 하염없는 눈길로 구름 조각 같은 꽃들을 올려다볼지 모르지.

그 모습을 그려 보며 유리는 혼자 웃었다. 떨어져 있는 순간조차 좋았다. 그의 사소한 버릇을 새록새록 되새기는 것도 또 다른 즐거움이어서.

기다림이 다소 길어져도 마냥 외롭지만은 않다. 오래 기다린 만큼, 다시 만날 때의 기쁨이 크니까.

이런저런 생각에 웃음이 잦아지던 차, 유리의 어깨 위로 각진 턱이 불쑥 올라왔다. 나직한 속삭임이 귓속으로 훅 들이쳤다.

"오늘 저녁 메뉴 뭐야?"

"어머!"

유리는 새된 소리를 내지르며 뒤를 돌았다.

복성진. 대외적인 직함은 농업회사법인 참술의 기획개발팀장이지만, 홍대 칵테일 바 아젤리아의 영원한 매니저이기도 하다.

두견중학교 1학년 3반 교실에서 그를 처음 만난 지 어언 18년. 그를 좋아한 세월도 비등하게 쌓였다.

오래도록 간직한 마음이 간신히 그와 맞닿은 것이 3년 전의 일. 연애도, 한집에서 산 세월도 어느덧 3년 차로 접어들었다.

"어우, 심장이야! 뒤에서 놀래키지 좀 말라니까!"

함께한 시간만큼 성진은 제법 짓궂어졌다.

"하하, 미안. 그렇게까지 놀랄 줄 몰랐지. 근데 진짜 하나도 안 들렸어?"

"웃기지 마. 까치발 세우고 온 거 다 알아."

"인정. 일찍 들어오겠다고 내 입으로 말해 놓고, 늦게 온 게 미안해서."

단단한 팔이 유리의 가는 허리를 당겨 안았다. 사소한 미안함을 무마해 보려는 그 나름의 수법이다.

"복성진, 이제 이런 거 안 통해."

말은 짐짓 새침하게 해도, 유리의 얼굴엔 이미 웃음꽃이 만개했다.

"오, 벌써 청소 끝냈어? 집이 완전 반짝거리네?"

성진이 집 안을 둘러보며 감탄했다. 집안일 빵점 금유리와 처음 동거를 시작할 때만 해도 고스트파크 뺨치던 집. 이젠 언제 들어와도 산뜻한 공기가 감돈다.

"대신 서운하지 않게 2주 치 쓰레기를 모아 놨어. 저녁 먹고 나서 버려 줘."

"오케이! 분부 받잡겠습니다, 마님. 근데…… 또 곤약 면이야?"

접시의 내용물을 본 순간, 돌쇠 행세를 하던 성진이 선비로 돌아왔다.

"너 설마 또, 다이어트 모드야?"

"응…… 너 먹을 건 따로 준비해 놨어."

유리는 성진을 흘끗 보며 말했다.

아니나 다를까, 성진은 유리에게 누차 해 온 말을 폭풍같이 꺼냈다.

"도대체 네가 뺄 데가 어디 있다고? 오히려 또 살 빠졌냐고 물어보려던 참이구만."

"아니야! 진짜 좀 쪘단 말야. 요새 시그니처 메뉴 개발한다고 이 것저것 마셨더니, 배 나올 거 같아."

"나온 건 아니네, 그럼. 설령 나와도 뭐 어때서."

유리의 다이어트. 둥글둥글한 두 사람 사이에 드물게 설전이 오 가는 주제였다.

평소 같으면 서로간의 변치 않는 애정을 확인하며 훈훈하게 마 무리되곤 하지만.

"나올 거 같기만 해도, 신경 쓰이는 날이 있어."

오늘따라 유리는 어딘가 의미심장한 말을 덧붙였다.

"……정 그렇게 걱정되면 나랑 같이 한강공원으로 운동 나갈 래? 날씨도 좋잖아."

성진의 말에 유리의 한쪽 볼이 부풀었다. 뭔가가 못마땅할 때 취하는 제스처다.

"그러게. 날씨도 좋은데……."

유리가 운동을 썩 좋아하지 않는다는 사실, 연애하기 전에도 익 히 알았다. 학창시절에 체력장 전 종목 최하위 등급을 찍었다고 본 인이 대놓고 밝힐 정도니. 산책이라도 종종 따라 나오는 게 고마울 지경이었다.

"그럼, 가볍게 산책?"

평소대로라면 순순히 받아들였을 절충안. 유리는 입술을 삐죽 문 채 고개를 흔들었다.

"안 돼. 오늘은 기운 빼면……."

"왜? 나한테 따로 시킬 일이라도 있어?"

성진의 물음에 유리는 얼버무리듯 중얼거렸다.

"어······ 그게······. 어, 그냥 쓰레기가 좀 많이 쌓여서."

그 한순간, 부엌 창문을 넘어 들어온 바람이 두 사람을 휘감았다. 늦봄, 혹은 초여름의 바람. 온후한 기운이 온데 퍼져 나가며 미묘한 꽃향기가 진동했다.

성진의 저녁 메뉴는 장어 구이였다. 유리 앞에 놓인 한 줌의 곤약면 요리와 견주어 보자니 더욱 기가 찼다.

"뭐냐. 이 어마어마한 격차는."

"다희 언니가 미나랑 파주 헤이리 마을 놀러 가서 사 온 거야. 파주에 유명한 장어 농원이 있대. 우리도 맛 한번 보라고······."

"그런 거면 같이 좀 먹지?"

"아냐! 나 원래 기름진 생선 별로 안 좋아하잖아. 내 몫까지 열심히 먹어 줘."

저녁 식사 후 성진은 쓰레기를 내다 버렸다. 유리가 2주간 모았다는 쓰레기는 허탈할 정도로 적은 양이었다. 혹시 그녀가 상당량을 미리 덜어 놓은 게 아닌가 싶을 만큼.

장어 좀 먹는다고 헤라클레스가 되는 건 아니지만, 모처럼 먹은 힘을 쓸 데가 없어도 너무 없었다.

완연히 깊어진 밤. 유리가 DVD를 불쑥 내밀었다.

"성진아, 우리 영화 보자. 다희 언니가 빌려준 거야."

"오, 청소년관람불가! 이거 되게 야한 거 아냐?"

"언니 말로는 무늬만 19금이래. 생각보다 하나도 안 야하대."

"그 누님이 하나도 안 야하다 하니 뭔가 신빙성이 떨어지는데······."

금유리가 2주 모았다는 질소포장 수준 쓰레기만큼 말이지.

그 말에 유리가 볼멘소리를 했다.

"야해도 뭐 어때. 우리가 중학생도 아니고……."

반박의 여지가 1도 없는 말이었다.

TV 불빛만이 밤의 거실을 밝히는 가운데, 성진과 유리는 소파에 나란히 걸터앉았다.

귀에 익숙지 않은 불어. 낯선 감정선. 호불호가 갈리는 프랑스 영화였다. 성진이 저만 재미없나 싶어 옆을 흘끗 보니, 그녀 역시 눈을 깜박거리고 있었다.

우리 그냥 다른 거 볼까? 라고 말하려던 찰나.

불현듯 그녀의 몸이 제게로 기울었다.

"……."

그래, 영화의 내용 따윈 중요하지 않지. 성진은 씩 웃으며 그녀의 어깨에 팔을 둘렀다. 두 남녀의 몸이 자연스럽게 얽혀 든 그 타이밍에.

ㅡ 쪼옥, 쪽.

화면 속 온도가 급작스레 치솟았다.

불과 1분 전만 해도 저게 썸인지 쌈인지 분간이 안 갈 만큼 치고받던 남녀 주인공이, 뜬금없이 서로의 입술을 흡착하더니만.

ㅡ 덜컥.

침실 문을 부술 기세로 밀치고 들어가, 그대로 베드인 해 버렸다.

A에서 Z로 확 튀어 오른 상황. 네모박스 안 남녀는 서로의 옷을 5G 속도로 벗겨 내고 격렬한 육탄전을 치르기 시작했다. 그 와중에도 둘이 말싸움 핑퐁을 했다.

아, 그래. 두 남녀의 불꽃같은 감정선을 성애로 묘사하고 싶었던 감독의 의도는 대강 알겠는데. 영화 평론을 떠나 시각적 자극에 취약한 생물학적 남성 그 자체인 성진은, 당연하게도 동공지진이 일어났다.

생각보다 하나도 안 야하긴…… 개뿔이! 자신이 영화 심의 정하는 사람이었다면 19세가 아니라 40세 이용가 판정을 때려 버렸을 거다. 아니, 아예 이 망할 영화의 수입 자체를 금지했으리라!

– 앗, 아흣!

신음소리 구성지고 빵빵한 거 보게……. 아, 그보다 이거 왜 이렇게 길어!

성진은 점점 좌불안석이 되었다. 얼굴에 피가 쏠리고, 심장이 쿵쿵 뛰고…… 유리와 맞붙은 부분이 특히나 뜨거웠다.

꼴에 사내자식 아니랄까 봐, 보이는 대로 반응해 버리는 몸이 원망스럽다. 피치 못할 신체 변화가 그녀의 몰입을 깨면 어쩌나. 이 영화의 끝이 복성진 변태 자식이면 어쩌나.

"유리야. 나 화장실 좀…….."

성진이 달아오른 몸을 떼어 낼 핑곗거리를 간신히 찾아낸 터에.

"……"

유리의 자그마한 머리가 그의 가슴을 깊게 파고들었다.

심장이 쿵 떨어지는 느낌을 받으며, 성진은 속으로 그녀에게 물었다.

금유리. 넌 저거 보면서 대체 무슨 생각 해?

"재미없다. 그냥 여기까지만 볼까?"

폭풍 같은 장면이 지나가자, 유리는 볼일이 끝났다는 듯 말했다.

"그, 그래! 역시 프랑스 영화는 우리 정서에 안 맞지?"

"성진아, 나 샤워 좀 하고 올게."

"어, 알았어! 으흠, 아직 10시네? 내가 다른 영화 골라 놓을까?"

"알아서 해. 나도 이대로 자긴 아까우니까."

어스름 속에서 유리가 입꼬리를 말아 올렸다. 그 미소가 묘하게…… 요염했다. 성진이 저도 모르게 눈을 깜박여 그 잔상을 곱씹어 볼 만큼.

욕실 물소리가 오늘따라 유난히 크게 들렸다. 유리가 샤워하는 동안 성진은 12세 이용가 히어로물을 골라 놓았다.

"저기, 성진아."

불현듯 유리가 욕실 문을 살짝 열어 그를 불렀다.

"미안한데 타월 하나만 갖다 줄래?"

"어, 알았어."

성진은 타월을 두 개 챙겼다. 한 지붕 아래 같이 산 지 어느덧 3년 차. 가끔씩 문틈으로 휴지나 타월을 주고받는 것쯤은 익숙해졌다.

그가 욕실 앞으로 다가선 순간, 손 하나 들어갈 정도로 벌어져 있던 욕실 문이 벌컥 열렸다.

"……."

난생처음 보는 절경이, 성진의 심장을 들이받듯 펼쳐졌다.

안에 타월이 하나도 없어 저를 부른 줄 알았던 유리는, 뽀얀 몸에 하얀 타월을 휘감아 두르고 있었다.

집에 있는 것 중 그나마 큰 타월이지만 가운을 대체할 만한 정도는 아니었다. 타월의 아래 기장이 그녀의 무릎보다 훨씬 위쪽에서 떨어지고, 윗가슴이 도드라지도록 탄탄히 싸맨 위쪽은 그보다도 치명적이었다.

"하아……."

샤워를 갓 마치고 나온 유리의 입술에 더운 한숨이 나붙었다. 약간 가쁜 호흡을 따라, 절반만 가려진 소담한 가슴이 오르내렸다.

시선 둘 지점을 단단히 잘못 잡은 성진이 뒤늦게 고개를 끌어올린 찰나.

"성진아……."

유리가 무더운 숨을 실어 그의 이름을 불렀다. 뽀얀 몸에 맺힌 이슬과 함께, 그녀의 다갈색 눈이 촉촉하게 빛났다.

그 한순간, 윗가슴에 맺힌 물방울이 깊은 골짜기 속으로 별비처럼 주르르 흘러들었다.

✣ ✳ ✣

오전 6시. 눈 뜨자마자 성진이 하는 일은 인터넷 서칭이다. 식음료 업계의 크고 작은 동향을 살피고, 고객들이 참술 SNS에 단 댓글들을 하나하나 읽어 보고 피드백했다.

오늘 하루도 그렇게 시작하던 차, 침침한 눈이 반짝 뜨이는 인터넷 기사를 발견했다.

<트랜드를 빚는 전통주 회사, 농업회사법인 참술.>

작년 우리 술 품평회에서 2개 부문의 대상을 휩쓴 뒤로, 포털사이트에 전통주를 쳐 보면 참술 관련 기사가 한두 개 정도는 꼭 보이게 됐다.

얼마 전 참술 식구들은 한 인터넷신문사의 인터뷰 요청에 응했다.

<전직 엔지니어, 대기업 직원, 영농인 세 남자의 완벽 케미.>

클릭을 부르는 부제를 뽑기 위해, 기자는 참술 식구들의 이색적인 이력에 초점을 맞추었다.

<Q. 성진 씨는 수많은 청년들이 선망하는 대기업을 그만두고 전통주 업계에 뛰어드셨다. 쉬운 결정은 아니었을 듯한데, 아쉬운 점은 없는가?
A. 아무래도 통장에 찍히는 금액이 확연히 줄어든 게 아쉽다(웃음). 전 직장에서는 기획개발 업무만 했었는데, 참술 양조장에 입사한 뒤론 영업사원, 홍보요원, 체험프로그램 강사까지 겸하고 있다. 사람이 워낙 귀한 업계이다 보니 자연스럽게 멀티플레이어가 되더라. 덕분에 시야가 예전보다 넓어지고 배운 점도 많다.>

"사실 그만둔 게 아니고 짤린 거지만."
성진은 혼자 중얼거리며 웃음 지었다. 전문가의 펜을 거치니, 과거가 불편하지 않은 수준으로 미화되었다.

<Q. 성진 씨에게 참술이란?
A. 사람과 술이 함께 숙성되는, 작지만 큰 술독 같은 곳이다.>

충남 전통주 업계의 신성. 밖으로는 고객들과 끊임없이 소통하고, 안으로는 최상의 팀워크를 이루는 양조장.

그래. 세상 사람들이 지면으로 접하는 참술은 이 정도가 딱 좋다. 그 실상은 나만 알면 되고, 정신건강도 나만 좀먹는 편이 세상에 이롭겠지?

스마트폰을 노려보며 성진은 암흑의 기운을 발산했다.

"성진아, 좋은 아침."

"난 좋지 못한 아침이다."

간이 숙소에서 눈곱을 떼고 나온 동주의 아침 인사를 성진이 음험하게 받아쳤다. 그가 왜 아침 댓바람부터 저기압이 됐는지 동주는 금방 눈치챘다.

"아, 맞다……. 어제 명 대장님 차례였지? 결국 안 올리고 그냥 주무셨나 보네."

차례라 함은, 블로그를 비롯한 참술 SNS 계정에 새 글을 업데이트하는 순번이다.

성진이야 틈만 나면 올리고 있고, 명 대장이나 동주에겐 일주일에 한 번 정도는 올려 달란 주문을 넣은 터다. 그마저도 잘 지켜지지 않아 둘이 번갈아 일주일에 한 번으로 횟수를 줄여 줬다.

해서 2주일에 한 번이 되었는데도…… 이 망할 인간은!

"어제 그 인간 방에서 밤새도록 불빛이 새어 나오길래, 모처럼 포스팅에 영혼이라도 갈아 넣나 싶더니만."

"대장님 지금 주무시는 거 같던데……."

"지금 심정 같아선 영영 재워 드리고 싶다."

그 말을 당장 실천해 보일 기세로 성진은 무시무시한 속도로 계단을 올랐다.

벌컥.

간이 숙소 한가운데 거대한 이불 고치가 있었다. 그 안에 꽁꽁

291

숨은 생명체가 어떤 자세를 취한들, 성진은 5초 안에 그 안을 스캔하고 폭격지점을 정하는 경지에 이르렀다.

신발을 벗고 그 앞으로 다가가 엄지발가락을 꾹 세워, 가장 느끼는 곳을 찔러 주었다.

"아흑, 가 버렷!"

명 대장의 간드러지는 비명을 들으며 성진은 언제나처럼 짙은 회의감을 느꼈다. 아…… 이딴 거 말고 세상에 연마할 가치가 있는 기술은 차고 넘치며, 느끼게 해 줄 사람은 따로 있을 텐데.

3년 전 참술에 막 입사했을 때만 해도, 성진은 이 사내에게 숨막힐 정도로 깍듯했었다.

하지만 지금은.

"똑바로 서라, 명주인."

"네……. 복 선비님."

나이 50 먹은 남자가 저 알아서 무릎을 꿇었다.

"어째서, 어제 블로그 업데이트를 해 놓지 않았나."

"하, 하려고 했는데 어제 2분기 신작 애니가 두 개나 시작해 버려서…… 아흑!"

"너희 덕후 놈들은 항상 말이 많아. 그놈의 1분기 신작, 2분기 신작, 3분기…… 아오 진짜, 대장님!"

익숙한 콩트를 찍던 성진은 깊은 빡침을 견디다 못해 발화해 버렸다.

"그래도 성진아. 우리만큼 SNS 업데이트가 활발한 업체도 없잖아."

"마저, 마저!"

동주 곁에서 슬그머니 외치는 명 대장은 족히 40년은 젊어 보였다.

"그렇다고 미뤄 버릇하면 한 달 밀리는 거 금방이야. 하다가 안 하면 사람들이 오해한다고. 혹시 무슨 일 생겼나 하고."

타 업체를 둘러보며 가장 큰 타산지석으로 삼았던 것이 불규칙한 SNS 업데이트였다. 남들 다 한다니 일단 계정만 파 놓고, 수년째 방치하는 경우가 허다했다.

물론 종사자들의 연령대가 대체로 높고, SNS까지 관리할 여력이 없는 영세업체가 대다수인 전통주 업계 특성을 감안해야 하지만.

"사실 난, 성진이 네가 올리는 알찬 포스팅만으로도 충분하다 생각하는데."

"마저, 마저!"

"우리가 써 봐야 어차피 뻘글이라……."

동주의 말에 성진이 억울한 기색으로 중얼거렸다.

"그 뻘글 조회수가 내가 공들여 쓴 포스팅의 두 배 이상만 아니면, 이렇게 매달리지도 않아……."

성진의 포스팅 내용은 전통주 관련 지식이 주를 이루었다. 반면 명 대장과 동주는 본인의 신변잡기적 일상글을 올렸다. 명 대장의 피규어 제작기는 꾸준한 수요가 있었고, 동주의 글도 의외의 선전을 보였다.

심지어 동주는 의식의 흐름 기법의 끝을 보인 적도 있었다.

<성진이가 오늘까지 포스팅을 쓰라는데 도저히 쓸 말이 생각 안 난다. 나는 왜 사는 걸까? 나는…… 진달래이고 싶다…….>

그 희대의 뻘글이, 같은 날 성진이 심혈을 기울여 쓴 '약주와 청주의 차이점에 대한 고찰'보다 조회수도 응원 댓글도 2배 이상이었다.

＜복 선비 형. 동주 형 좀 고만 괴롭혀 ― ―＞

덤으로 성진의 넷상 이미지는 노잼 선비로 굳어졌다.

"포스팅을 어디 컨펌받아야 할 것처럼 쓰니 그러지……."

"맞어. 그 정성으로 자판을 두드리는 대신 캘리그라피를 했으면, 장원급제 하고도 남았겠어."

두 인간의 시간차 공격 앞에 성진은 무력했다. 한 사람은 기계공학, 다른 한 사람은 농화학 전공이니, 제가 이과라 그렇단 변명은 씨도 안 먹힐 터다.

"언제 한번 네 사진이나 올려 봐. 그럼 네 글 조회수도 2배 이상 뛸걸?"

"대장님."

성진이 가라앉은 목소리로 말했다.

"제가 만찬주 선정하는 사람이라면, 맛뿐만 아니라 인지도도 살필 겁니다. 인지도가 술맛을 보증하는 건 아니지만, 대중이 선택한 술이야말로 세계정상에게 외면받을 리스크가 적으니까요."

선샤인주류, 강두현의 첫햇살 막걸리는 인지도 높은 술이 되었지만. 우린 그처럼 TV 광고를 때릴 수 있는 것도 아니고, 판로도 한정되어 있으니까.

"할 수 있는 거라도 꾸준히 해야, 뭐라도 되지 않을까요."

재미있어서, 보람을 느끼고 싶어 시작한 일이다. 하지만 그 이

상의 결실을 얻고 싶은 계절이 코앞에 다가왔다.

성진이 한숨지으며 방을 나서자, 명 대장이 동주에게 슬쩍 말했다.

"요새 성진이 또 열혈모드인 거 같지?"

"조만간 정상회담 만찬주 선정 심사가 시작될지도 모르니까요."

기대가 큰 만큼 실망도 큰 업계. 명 대장은 성진에게 호흡을 고르는 법부터 가르쳤다.

그럼에도 성진은 언제나 남들의 수배 이상 노력했고, 얼마 전 그 노력을 공인받기까지 했다.

매사 최선을 다하는 태도 자체는 타고난 듯하지만. 서울에 있는 천사 여친의 존재가 그 동력을 두 배로 이끌어 내었을 테지.

이번 기회에 자신의 가치를 증명해 보이고, 여세를 몰아 당당하게 프러포즈도 하고 싶을 텐데. 기대를 내려놓으라고만 하는 건 잔혹하다.

스승이자 술 빚는 동지로서, 이젠 날개를 달아 줘야 할 때가 왔다.

이카로스처럼 성급하게 해를 노리다 날개가 녹아 추락할지도 모른단 걱정일랑 접어 두자. 지금의 성진이라면, 저에게 맞는 높이를 찾아 슬기롭게 날아갈 테니.

"저 성진이한테 한번 가 볼게요."

"그려. 포스팅은 내가 조만간 올리겠다고 전해."

동주는 정원에서 성진을 찾아냈다.

명 대장의 정성스런 가꿈으로 조경이 완연히 자리 잡은 정원. 이 아름다운 정경 덕에 참술은 작년에 '찾아가는 양조장'으로 선정되었다.

특히 커다란 아카시아 나무 그늘은 성진이 즐겨 찾는 장소였다.

구름 조각 같은 꽃을 올려다보는 성진의 모습은 그야말로 한 폭의 그림이었다. 허리를 곧게 편 훤칠한 몸. 나무 그늘이 분위기를 더한 이목구비. 같은 남자가 봐도 수려했다.

"성진아."

조심스레 부르니, 그 얼굴이 금세 환한 웃음을 띠고 돌아본다.

"대장님이 포스팅 점심에 올린대. 그러니까…… 너무 삐지지 말래."

"야, 설마! 내가 고작 그거 때문에 삐지려고. 난 말이다, 명주인 저 인간 덕에 포기하면 편한 법을 터득한 지 오래다."

구김살 없는 미소를 보니 진심이다.

"대장님도 할 만큼 하고 계시잖아. 내가 아무리 떠들썩하게 우리 양조장 홍보해도, 이 정원이 없다면 아무도 찾지 않을 거야."

성진은 정원의 산뜻한 공기를 흠뻑 마시며 기분 좋게 말했다.

"나는 인터넷 정원을 관리하고, 우리 대장님은 진짜 정원을 돌보시고. 그러면 되지."

성진의 마음속엔 더 넓은 정원이 있는 거 같다고, 동주는 언제나 생각했다.

"우리 동주도 요새 아주 칭찬해. 저번 페어링 포스팅도 반응 좋더라."

제가 감히 그 정원에 발을 들여도 되는 걸까, 하는 생각도 늘 더하여졌다.

"그거야…… '마리아주' 님이 알려 준 대로 쓰는 건데 뭘."

마리아주mariage. 주로 동주의 포스팅에 출몰하는 블로거다.

참술의 술과 어울리는 음식을 찾고 싶다. 그렇게라도 우리 양조장에 보탬이 되고 싶다.

　동주가 솔직한 고민을 블로그에 올린 날부터, 마리아주의 조언이 시작되었다. 채운 시리즈에 어울릴 만한 일품요리부터, 편의점에서 쉽게 구할 수 있는 과자까지. 마리아주가 제시한 페어링은 하나같이 절묘하고 실용성이 있었다.

　그걸 활용하니 채운 시리즈의 매출에도 제법 보탬이 됐다.

　마리아주는 아마 식음료업계 종사자일 것이다.

　"젊은 여성분 같던데. 아직 미혼이고, 남친도 없는 거 같았고."

　성진은 마리아주의 블로그에 올라온 일상 포스팅을 보고 짐작한 바를 말했다.

　"그분, 동주 네 포스팅에만 댓글 달잖아. 어쩌면 너한테 관심이 있는지도……."

　"설마! 우린 그냥 블로그 이웃일 뿐이야."

　동주가 마구 손을 내저었다.

　"설령 관심 좀 있다 해도, 내 실물 보면 금방 실망할걸?"

　내가 너처럼 키 크고 잘생겼으면 이런 걱정 안 할 테지만. 또 이런 말 하면 성진이 싫어할 걸 알기에 동주는 말을 삼켰다.

　"솔직히, 아직 여자 만나기 무섭기도 하고."

　동주가 움츠러들 수밖에 없는 심정을 성진은 십분 이해했다. 제모든 걸 주었던 여자의 배신. 두 사람은 비슷한 상처를 공유했다.

　"성진이 너야말로 얼른 유리 씨랑 결혼해야지. 내가 너라면 지금이라도 자신 있게……."

　"동주야."

　불현듯 성진의 목소리에 무게가 실렸다.

　"나랑 유리 결혼식하면, 와 줄 거지? 우리 두 사람 진심으로 축

297

복해 줄 수 있지?"

당연한 걸 마치 가스 누수 점검하듯 물어서일까.

"야! 그걸 말이라고 하냐? 외국에서 식 올린대도 당연히 가지! 나한테 바라는 거 있으면 뭐든 말해. 축가든 주례든 다 해 줄게. 축의금 빵빵하게 하려고 돈도 모으는구만."

동주 역시 당연한 걸로 개오버 떨어 버렸다.

"이제 들어가자. 요새 늘어난 주문량 감당하려면 오늘도 열일해야지."

다시 환한 웃음을 머금은 성진을 뒤따르며, 동주는 못다 한 말을 속으로 되뇌었다.

성진이 넌 아마 모를 테지. 너 이제라도 진짜 행복해져야 한다고, 내가 진심이다 못해 얼마나 처절하게 비는지.

솔직히 손이 발이 되도록 빌어도 모자라거든. 오동주가 아직 사람 새끼면.

✤ ✱ ✤

밤 11시 홍대. 클럽 입구에 줄지어 선 청년들로 지상이 한창 시끌벅적한 시간.

"언니, 다락방 2번에 모히또, 피쉬볼요."

"모히또는 내가 할게. 피쉬볼 하나만."

"네!"

짧은 의사소통으로 역할분담을 마친 그녀들의 손이 신속하면서도 유려하게 움직였다.

신호탄을 쏘듯, 유리는 손바닥으로 애플민트를 탁 터트렸다.

칠링한 하이볼글라스에 라임 조각과 설탕을 넣고 푸시 앤 턴Push and turn. 머들러의 운율로 허브의 향을 깨운다. 베이스인 럼을 넣고 바 스푼으로 애플민트를 건드려 가며 저어 주니, 허브 향이 듬뿍 밴 맛있는 엑기스가 되었다.

크러시드 아이스, 그리고 적당량의 탄산. 자박자박 잠긴 빙산에 애플민트와 라임 가니시를 올리니, 보기만 해도 속이 뻥 뚫리는 모히또가 완성되었다.

유리가 모히또를 카운터에 올림과 동시에 미나도 결과물을 내 놓았다. 어항처럼 둥근 글라스에 담은 푸른빛 칵테일. 툭 건들면 밑에 가라앉은 수제 물고기 젤리가 화들짝 놀라 달아날 것 같다.

미나가 완성된 칵테일을 들고 가니, 주문한 테이블에서 환호성 이 터졌다.

"어머, 대박! 완전 예뻐!"

"이거 아까워서 어떻게 먹지?"

아늑하게 밝은 조명 인테리어. 청정 지역처럼 맑게 순환하는 공기. 도심의 지하 공간이라는 게 믿기지 않을 만큼 안온한 시간이 흘렀다.

이 안정된 활기의 구심점은, 카운터를 지키는 아젤리아 오너 바 텐더 금유리였다. 기물을 가다듬는 순간에도 그녀의 입가엔 그윽 한 미소가 머물렀다.

"안녕하세요!"

유리의 기운을 나눠 받는 맛을 알아서. 그녀가 있는 카운터 자리로 직행하는 단골이 제법 생겼다.

"어머, 설아 씨. 진짜 오랜만이에요."

"그죠? 제가 너무 오랜만에 왔죠? 요새 사는 게 바빠서."

설아가 후우 하고 숨을 고르며 머리칼을 쓸어 넘겼다. 그 모습을 지켜보던 유리가 눈을 반짝거렸다.

"어! 설아 씨 파마 했죠?"

역시 한눈에 알아봐 주는구나. 설아는 손가락으로 머리칼을 배배 꼬며 웃었다.

"그래요. 유리 씨의 성원에 힘입어 제가 드디어 도전을 해 봤습니다."

"완전 잘 나왔다. 다들 예쁘다고 난리죠?"

"뭐, 난리까진 안 났지만 남편은 잘 어울린대요."

"그럼 완전 성공한 거 맞네요."

두 달 만에 보는데도 마치 어제도 만난 듯 대화가 이어졌다.

"칵테일은 뭐 드릴까요?"

"저야 뭐 언제나 우유 들어가는 무언가죠."

"그럼 간만에 만났으니, 우리의 첫 칵테일인 그래스호퍼?"

"콜!"

설아는 유리의 퍼포먼스를 지켜보았다. 실이라도 매단 듯, 믹싱글라스와 믹싱틴이 180도 휙 돌아 유리의 손아귀에 안착했다. 믹싱글라스에 모든 재료를 주입한 뒤, 믹싱틴을 기울여 꽂아 탁 내려치는 순간은 그야말로 킬링포인트다.

'언제 봐도 멋져.'

한편 미나 역시 단골 챙기기에 여념이 없었다.

"작가니임, 오늘은 날이 좀 따뜻하니 프로즌 다이키리 어떠세용?"

"그거 좋죠."

간결하게 대답하고 청년 작가는 다시 공책에 코를 박았다. 아젤

300

리아 2기 오픈 첫날부터 카운터 오른쪽 구석 자리를 점령한 이래,
그는 거의 매일 출근 도장을 찍었다.

'여기가 글이 제일 잘 써져요.'

그가 주문하는 칵테일은 언제나 다이키리 아니면 모히또였다.
그마저도 매일같이 마주 보는 미나에게 적당히 선택권을 넘긴 지
오래다.

많이많이 팔아 줘, 심지어 까다롭지도 않아. 미나가 그만 보면
콧소리가 나올 만했다. 바 식구들끼리 그를 지칭하는 말은 '아젤리
아의 헤밍웨이'였다.

"드시면서 하세용."

미나는 미니프레즐을 수북이 쌓은 컵을 살포시 내려놓았다. 그
모습을 지켜보던 다희가 유리에게 속삭였다.

"그 배우님, 저 모습 보면 속에 천불 나겠는데."

"내 말이요."

"그 배우?"

뭔가 재미있는 내막이 있을 듯해 설아가 슬쩍 끼려던 찰나.

"골든글라스! 여기 콜드브루 네그로니 한 잔!"

우경민이 들이닥쳤다.

"경민아, 마침 딱 한 자리 남았어."

"오늘도 만석이구나."

설아 옆에 앉은 경민이 가게를 둘러보며 제가 다 흡족해했다.

오랜 단골에 절친까지 찾아 준 밤. 유리는 날아갈 듯이 움직였
다.

"성진이 인터뷰 기사 봤지?"

"당연하지. 나 그거 한 열 번은 읽은 거 같아."

"아주 외우겠구만."

언제 봐도 한결같다. 복성진바라기 금유리. 그래서 요즘 들어 더욱 묻게 된다.

"너희 대체 언제 하는 거냐?"

경민이 생략한 주어가 결혼이란 걸 뻔히 알면서도, 순간 유리의 입꼬리에 미세한 경련이 일었다.

"나야 항상 마음의 준비가 되어 있지."

"하……. 그놈 머릿속이야 안 봐도 비디오지. 금유리를 세상에서 가장 행복한 신부로 만들겠어. 그러려면 내가 지금보다 더 성공해야 해!"

"아하하, 너무 그러지 마. 음성 지원되잖아."

말갛게 웃던 유리는 불현듯 설아에게 물었다.

"설아 씨. 결혼하면 어때요? 좋아요?"

"네? 그야 뭐…… 좋은 점도 있고. 별로인 점도 있고. 그렇죠 뭐."

말은 그렇게 해도, 그녀에겐 좋아진 점이 많아 보였다. 남편 얘기만 나오면 입 언저리에 깊은 웃음이 모여드니.

설아의 왼손 약지에서 빛나는 작은 다이아몬드를 보며 유리는 나직한 숨을 뱉었다. 커플링은 있지만 직업 특성상 잘 끼지 못한다. 자수정 은술병이 긁힐까 봐 목에 걸지도 못한다.

모셔 놓기만 할 반지라도, 하나 더 가지고 싶다. 다이아몬드가 아니어도 좋으니.

커플링 말고…… 결혼반지.

나만 욕심나는 걸까?

"나, 이번에 전통주 관련 칼럼을 써 볼까 하는데 말야."

경민이 유리의 상념을 깼다.

"약주와 청주의 본래적 의미랑 주세법상 개념이 완전 다른가 보더라?"

"응. 성진이 말로는 전통누룩이 1프로 미만으로 들어가야 주세법상 청주가 될 수 있대. 그래서 쌀, 물, 누룩만 들어간 맑은 술이어도 전통주는 거의 다 약주로 분류된다고……."

"허, 그럼 이론상 전통방식으로 빚은 술들은 청주 라벨을 붙일 수 없는 거네? 법이 왜 이렇게 현실과 다른 거지?"

"우리나라 주세법을 일본이 만들어서 그래요."

설아가 한마디 거들었다.

"일본 술은 주로 입국을 쓰거든요. 균을 심은 쌀알, 순 우리말로 흩임누룩이죠."

우리나라가 밀떡을 빚어 누룩을 띄울 때, 일본은 입국으로 누룩을 띄웠다. 습한 섬나라 기후 특성상 떡누룩은 금방 상해 버렸으니까.

"쌀, 물, 입국으로 만든 맑은 술이 사케거든요. 걔네 기준으론 사케만이 청주다 보니, 주세법이 이렇게 돼 버린 거죠."

"우와, 역시 조사관님이라 잘 아시네요."

유리가 감탄을 늘어놓자 설아의 얼굴이 발갛게 물들었다.

"윽. 그렇게 부르지 마시라니깐……."

처음 보는 손님도 알코올 좀 들어가면 제 직업 얘기를 뭉텅이로 늘어놓곤 한다. 그에 비하면 설아의 정체는 꽤 오랫동안 베일에 싸여 있었다. 어느 날 그녀가 실수로 공무원증을 흘리고 가기 전까진.

이설아. 서른둘 동갑. 소속 기관은 국세청. 본의 아니게 알아 버린 그녀의 신상명세였다.

'저희 세금 성실하게 내고 있어요. 탈세는 절대 안 해요.'

고이 보관한 공무원증과 함께 유리가 농담 한마디 건넨 날, 설아는 아주 죽으려 했다.

"하아, 이러니 어디 가서 제 직업을 말 못 해요. 사장님들이 세무조사 드립부터 치시니……."

설아가 하소연하는 찰나.

"조사관, 세무조사……."

구석 자리의 헤밍웨이가 뭐라 중얼대며 맹렬하게 공책에 끼적였다.

"뭐죠, 방금?"

"아하하, 작가님이 뭔가 소재가 떠오르셨나 봐요."

다양한 직업. 다양한 세계. 홍대 바 아젤리아는 술도 사람도 한데 어우러지는 공간이었다.

"조심히 들어가세요."

"네. 다음에 봐요!"

아젤리아를 나서며 설아는 흡족하게 미소 지었다. 귀에서 찰랑대는 파마 머리가 오늘따라 더욱 만족스럽게 느껴진다. 늘 이곳에서 좋은 기운을 받아 간다.

밤의 끄트머리에서 잔뜩 업된 설아는 혼자 중얼거렸다.

"역시, 유리 씨는 마성의 여자야."

아젤리아의 라스트 오더는 새벽 2시 반. 마감은 새벽 3시다.

"어, 여보세요?"

집에 갈 준비를 하던 미나가 카운터 위에서 진동하는 제 핸드폰을 집어 올렸다.

"뭐어? 지금 홍대 왔다고? 야, 너 진짜! 에이, 알았어. 간다, 가!"

"또 성재니?"

"네. 언니들 먼저 가세요."

"이 시간에 불러냈으니 당연히 알아서 모셔다 주겠지?"

"당연하죠! 하여간 이놈의 유사 연예인. 촬영 끝났으면 일찌감치 집에나 가지. 하루에 몇 시간 잔다고."

새침하게 툭툭 뱉으면서도 미나의 눈은 이 새벽에 이채를 띠었다.

"여차하면 안 들어와도 되는데."

"마, 말도 안 돼요! 딱 1시간만 얘기하다 들어갈게요. 유리 언니도 내일 봬요."

"응. 재밌게 놀고 조심히 들어가."

미나는 떠나면서 도어사인 문패를 Close로 바꿔 놓았다.

마감. 비로소 가면을 벗어 낸 프로의 진짜 얼굴이 나오는 시간.

"하아……."

마성의 여자 금유리는, 바람 빠진 풍선처럼 쪼그라들었다.

너무도 극적인 사장님의 변화를 알아줄 이는 오직 한 사람, 그녀의 칵테일 스승이자 인생 선배인 다희뿐이었다.

"그래, 어제 어떻게 됐어? 설마…… 이번에도?"

다희의 물음에 유리는 고개를 추욱 떨어뜨렸다.

"너, 내가 말한 '절대영역'은 준수했겠지?"

"언니 말대로 영혼까지 끌어 모아서, 60프로 지점에서 바짝 묶었어요."

지금의 금유리는 수백 가지 칵테일의 분량을 정확하게 따라 내는 실력자다. 그깟 타월 두르는 솜씨를 못 미더워할 군번은 아니라 치고.

"호흡은? 공기 반 소리 반으로 찬찬히 쉬었겠지?"

"그 역시 언니 말대로……."

"그런데도…… 실패라고?"

유리는 울상을 지으며 지난밤의 일을 설명했다.

치명적인 자태로 선 그녀 앞에서, 성진은 홱 돌아서서 부리나케 드레스룸으로 달려갔다. 금세 돌아온 그가 척 내민 것은…….

'유리야, 미안. 옷 갖다 달란 소릴 내가 미처 못 들었나 봐.'

그의 손에 들린 파자마가 살갗에 닿은 순간. 솔직히…… 여자가 써먹을 비유는 못 되긴 한데. 유리는 야인시대 그분이 가랑이에 총 맞았을 때의 기분을 맛보았다.

그걸 사연이랍시고 들은 뒤, 다희의 미간에 금이 좍 가고 입술이 와작 일그러졌다.

"언니. 뭔가 다른 방법이……."

새로운 묘안을 내려 주길 기대하는 유리 앞에서, 다희는 끝내.

"아아악! 도대체 뭘 더 어쩌라는 거야!"

노이로제 충만한 비명을 내지르고 말았다. 이렇게까지 멘탈이 깨부숴지기도 참 오랜만이다.

"진짜, 내가 졌다, 졌어! 아니, 우리가 세트로 졌다! 진짜 그놈의 텐션비 자식, 진짜!"

다희는 핏발 선 눈으로 진짜를 연발했다.

"선비고 자시고 고자일 거야! 게이일 거야! 그것도 아니면 무성 외계인이 틀림없어! 그러니 그냥 포기해! 단념해! 꿈 깨!"

"아, 안 돼요!"

유리가 애처롭게 외쳤다.

"다른 방법은…… 없겠죠?"

이 지경까지 와서도 꿈을 못 깨는 유리가 너무 가여웠다.

"미안해. 이제 난 자신이 없어……."

자신의 풍부한 경험 속에서도 성공률이 높았던 장면만 가려 뽑아 코칭한 결과가 이거다. 다희가 끝내 포기를 선언하자, 유리는 절망스러운 표정을 지었다.

연애 첫 해엔 그도 자신도 각자의 위치에서 눈코 뜰 새 없이 바빴다. 그래도 요샌 서로 어느 정도 자리를 잡았기에, 얼굴만 봐도 감지덕지해야 했던 시기는 지났다.

중학생 때는 손만 잡아 봐도 더는 바랄 게 없겠다고 생각했지만. 나이 서른을 기점으로 자연의 섭리가 뼈를 태우듯 들이쳤다.

손만 잡기 싫다. 키스만으로 끝나기 싫다. 그보다 훨씬 뜨겁게, 깊이 닿고 싶다.

그도 같은 기분일 테니, 내가 적당히 틈을 내주면 역사가 이루어지겠지?

하는 마음으로 기다려 본 결과.

미녀의 유혹에 넘어가지 않을 신체 건강한 남자는 없다는 일반론은 신기루처럼 공감이 안 되었고. 대신 미남을 눈앞에 둔 신체 건강한 여자가 목이 바짝 타는 증상만 잔뜩 체험해 봤다. 허벅지 찌르는 데 쓴 대바늘이 한 트럭은 나오겠다.

지칠 대로 지친 유리는, 존심 상하는 가설을 읊조렸다.

"언니. 저…… 여자로서 성적 매력이 없는 걸까요?"

"없긴! 내가 남자면 너 상대로 하루에 다섯 번도 하겠다!"

다희가 울컥하여 외친 말에 유리가 놀란 토끼 눈을 했다.

아, 제길. 아무리 그래도 처녀 상대로 너무 과격한 발언이었나. 신경질적으로 호흡을 고르는 다희 앞에서, 유리는 헤실헤실 웃으며 맛 간 소리를 늘어놓았다.

"아하하, 저는 성진이와 함께라면…… 플라토닉 러브도 괜찮해요."

"뭐가 괜찮해. 이 기집애야…….""

웃지 좀 마. 내가 오히려 울고 싶어지잖아.

다희는 유리의 허전한 몸을 찐하게 끌어안아 주었다.

❖ ✳ ❖

새벽 4시. 누군가는 잠에서 깨어나 이른 하루를 시작할 시각. 아직도 하루를 마무리 못 한 유리는 미련스레 천장을 올려다보았다.

지금 당장 이 방을 나서면 성진을 볼 수는 있다. 처음엔 충남 양조장에서 살다시피 하던 그였지만, 이젠 정말 바쁜 날 아니면 꼬박꼬박 서울 집으로 퇴근을 한다.

그래도 온종일 일하고 돌아와 제 방에서 곤히 잠든 그를 차마 깨울 수 없었다.

자신이 문밖에서 기척을 내면 잠귀가 밝은 그는 바로 일어나 버린다. 천금 같은 새벽을 쪼개고 또 쪼개어 웃음꽃 이야기꽃을 피워 내다가, 아쉬운 기색을 감추지 못하며 출근한다.

그러고 나가 시외버스 안에서 다시 죽은 듯이 잠을 청할 그가 안쓰러워서, 유리는 애타는 마음을 자주 눌러 참았다.

"성진아……."

지금 이 순간 그와 마주한다면 참다못해 할 말을 속으로 되뇌었다.

천신만고 끝에 너의 연인 포지션을 꿰찼건만. 역시 사람의 욕심은 끝이 없나 봐.

해 보지도 않아 놓고 겁도 없이 하는 소린지도 모르지만. 난, 너랑 그…… 하루에 다섯 번이란 것도 해 봤으면 싶고……. 이러다 나중엔 너 닮은 아들 나 닮은 딸까지 원하게 되겠지?

어쨌든 저쨌든…… 하늘을 봐야 별을 딸 거 아냐.

그러니 누가, 하늘 보는 비법 좀 알려 줘요. 따흐흑…….

원거리 연애 3년 차. 심지어 서로가 알 만큼 안다는 나이, 서른 둘.

그들의 최대 진도는 여전히…… 키스였다.

✤ ✻ ✤

"뭐, 플라토닉도 사랑의 한 형태니까, 그게 쌍방의 취향이면 그대로 쭉 밀고 가도 괜찮겠지."

다희는 커피를 호로록 들이켰다. 갓 나왔을 땐 용암처럼 뜨겁던 것이 미지근해졌다. 이 얘길 해야 하나 말아야 하나, 경민을 앞에 앉혀 두고 고민하는 사이.

"근데, 일단 유리는 절대 아니거든? 오히려 눈물 없인 못 봐 줄
만큼 노력해."

같은 여자끼리도 터놓기 민망하고 어려운 문제임을 안다. 더욱
이 소심한 유리가 얼마나 고민에 고민을 거듭했을지도.

그녀의 자존심을 끝까지 지켜 주고 싶었지만, 다희는 그 결심을
깰 수밖에 없게 되었다. 이대로라면 우리 모두가 나아가지 못할 테
니.

"내가 얘기했다고는 유리한테 말하지 말고."

"당연하죠. 하아……. 어쩐지 요새 유리가 좀 이상하더라니."

'경민아. 저기……. 아, 아니다. 아무것도 아니야.'

네가 그토록 애처로운 눈빛을 한 채 속에 품기만 하는 얘기. 누
구 때문인지 짐작은 갔다만.

"저한텐 털어놓기 어려웠을 만도 해요. 제가 복성진하고도 친구
다 보니."

"내 상식으로는 도저히 이해가 안 가서. 진짜 중학생도 아니고.
더욱이 15년 연애 경력까지 있는 놈이, 어떻게……."

나이도 경험도 넘치는 녀석이, 단순히 둔감할 거라곤 생각되지
않는다.

"이쯤 되면 내가 유리라도 이런 생각 들어. 내가 전 여친보다 매
력이 딸리나."

"아뇨, 그건 절대 아닐 거예요."

"그럼 작금의 사태의 원인이 뭔지 짐작 가는 거 없어? 텐선비의
오랜 지기로서."

"하, 글쎄요?"

"이건 내 짐작인데, 그 15년 경력이 오히려 무언가 걸림돌이 되고 있진 않나 싶어."

일반적으로 지난 연애는 현재의 좋은 자양분이 되어 주지만, 성진처럼 극도로 끝이 안 좋았던 경우는 또 다를 수 있으니.

"혹시, 전 여친이 혼전 순결주의 같은 거라도 내세웠나?"

"윤수영 그 기집애라면 충분히 그러고도 남죠."

경민이라고 그들의 연애사를 세세히 아는 건 아니었다. 성진은 제 여친과의 일을 영웅담처럼 늘어놓는 부류와는 지구 반대편에 있으니까.

그러나 우연찮은 계기로 경민은 거의 확신하게 되었다. 두 사람이 단 한 번도 함께 밤을 보낸 적이 없으리란 걸.

기록적인 폭설이 몰아치던 겨울밤. 경민은 일 관계로 성진에게 전화를 걸었다가 경악을 금치 못했다. 당연히 집에 있을 줄 알았던 그가 찬 숨을 뱉으며 전화를 받았기 때문이다.

'너 아까 전에 퇴근하지 않았냐?'

'수영이 집에 데려다주느라……. 그새 이렇게 눈보라가 심해질 줄은 몰랐지.'

'그냥 수영이한테 오늘 밤만 재워 달라 하지! 하다못해 눈 좀 그칠 때까지라도…….'

'하하, 절대 안 된다는데 어떡해.'

성진의 허탈한 웃음소리를 들은 순간, 경민은 난방이 잘 된 집에서 오한을 느꼈다. 그런 밤마저 매몰찼는데, 다른 밤이라고 달랐을까?

"혼전 순결주의를 다른 남자와 놀아날 핑계로 써먹었다면 진짜 나쁜 년이네."

"그러니 고맙죠. 늦게라도 성진이 인생에서 꺼져 줬으니."

경민은 식어 버린 쓰리 샷 아메리카노를 단숨에 원샷 때리고 씁쓰레한 한숨을 토해 냈다.

윤수영은 남들 앞에선 똑 부러지는 여자였다. 그러나 만만한 성진에겐 철부지 공주 행세하는 것이 경민의 눈엔 뻔히 보였다.

내가 뭘 좋아하는지 눈치껏 알아채.

내가 왜 기분 나빠졌는지 사흘 밤낮을 고민해서라도 스스로 알아내.

세상의 수많은 여자들이 말하지 않아도 아는 남자를 원한다지만, 연인 사이에 심해도 너무 심했다. 성진이 그녀에게 줄 선물을 준비하는 과정은 창작의 고통을 방불케 했다.

그럼에도 성진은 매 순간 수영에게 최선을 다했다. 허전한 그 애의 목을 반짝임으로 채워 주려 은목걸이를 골랐고, 부모조차 챙기지 않는 그 애 생일에 작은 촛불이라도 밝히려고 딸기 쇼트케이크를 샀다.

어디 물질적인 것뿐이었나?

부모님 사랑 제대로 못 받은 수영이. 알고 보면 마음이 여린 수영이.

갖은 이유로 안타까운 제 여자 챙긴다고 성진은 저 노는 시간, 쉬는 시간, 심지어 자는 시간까지 쪼갰다.

수영 입장에서 받은 만큼 돌려주긴 어려웠을 거다. 성진이 주는 것이 워낙 어마어마했으니.

그래서 경민은 어느 정도는 수영을 이해하려 했다. 그 기집애가 성진이 정성 들여 준비한 선물을 앞에 두고 시큰둥하게 굴어도, 한 대 콱 쥐어박고 싶은 마음을 꾹 참았다.

겉은 버석거려도 속엔 일말의 촉촉한 감동이 있으려니, 우경민보다 착한 사람에겐 보일지도 모르는 사랑이 그들 사이에 존재하려니 믿었다.

그렇지 않고선, 겉만 봐도 끔찍한 연애가 15년이나 이어져선 안 되는 거였으니까.

반이라도 믿은 결과는 참혹하기 짝이 없었지.

'아, 우경민 넌 직접 안 겪어 봐서 모르나? 지나친 친절이 계속되면 어떤 기분인지.'

3년 전 수영이 한 말을 떠올리며, 경민은 날카로운 숨을 삼켰다.

아무리 사랑이 끝난 마당이어도 그렇지. 단 한 순간이라도 네가 그를 사랑했다면.

모든 걸 바쳐 널 사랑한 남자를 그딴 식으로 매도해선 안 되었고.

'처음에야 고맙지. 근데 점점 성가시고, 부담 되고, 끝에 가선 사람 무력감까지 느끼게 해.'

네게 흘러넘친 사랑을 당연하게 여기다 못해, 오만방자해선 안 되었다.

성진과 헤어질 땐 얼마나 더 흉기 같은 말을 휘둘렀을지. 그때 찢겨 나간 그의 심장에, 말도 안 되는 생각이 고름처럼 엉겨 붙은 건 아닐까?

최선을 다해 사랑한 게 죄라서. 15년 연애가 설익은 것이 그 혼자만의 잘못이고.

앞으로 그가 주고받는 사랑도…… 괴로울 것처럼.

"지가 복성진 뒤통수 까고, 어디 얼마나 잘 먹고 잘 살고 있으려는지……."

경민은 문득 겁이 났다. 그저 떠올린 것만으로, 그 기집애가 호랑이 제 말한 듯이 나타날까 봐.

✢ ✳ ✢

촤아아.

오후 햇볕 아래 분사된 물줄기에 작은 무지개가 어린다. 꽃송이마다 수정 같은 이슬이 맺힌 오월의 장미가 싱그럽게 빛났다.

"올해도 장미가 아주 예쁘게 피었군요."

정원을 돌보는 명 대장의 뒤편에서 성진이 감탄을 늘어놓았다.

"하긴, 이렇게 매일 물도 주시는데."

"이건 물 주는 게 아녀. 샤워시켜 주는 거지. 이렇게 가끔 씻어 주면 꽃이 안 마르고 잡균도 씻겨 나가."

어떤 때는 그저 애니 삼매경에 빠져 방에서 뒹구는 덕후 아재 같아도, 미생물 다루는 일만큼은 귀신같은 남자다. 효모는 물론이고 장미 잎사귀의 균까지 눈에 보이는 듯이 챙기니.

그래서 그의 주변에 있는 것들은 다들 파르라니 반짝이는 걸까.

314

"우리 대장님은 말 못 하는 것들을 참 잘 키우신다니까. 효모도 그렇고, 식물도."

"사람도 이러면 참 좋을 텐데. 그지?"

"하하, 네?"

"사람은 말을 하는데도 식물 따위보다 훨씬 어렵잖아."

"그런 면이 없잖아 있죠."

"말을 해도 어려운 판에, 입마저 닫아 버리면 더욱 첩첩산중이지."

그냥 하는 소리인가 보다 하고 넘기기엔, 뼈가 있었다.

뭉게구름이 스쳐 가는 생각처럼 해를 가렸고, 성진의 웃는 얼굴도 잠시 그늘에 잠겼다.

"왠지 예감이, 손님이 찾아올 듯한데."

평화 말고는 아무 것도 찾아오지 않을 듯한 오후. 명 대장이 갑자기 그런 말을 했다.

"카페는 동주가 보고 있어요."

"오늘은 이만해야겠다."

적셔야 할 장미가 아직 한참 남았는데도, 명 대장은 호스를 내려놓고 결린 어깨를 풀었다. 시동이 잘 안 걸려 그렇지, 하던 걸 멈추는 변덕은 거의 안 부리는 사람이 말이다.

참술 신사옥 1층에 자리한 카페 '채운'. 방문객 쉼터와 제품 홍보관을 겸한 곳이다.

카페에 들어선 순간, 성진은 명 대장의 측에 놀랐다.

"명주인, 오랜만이여. 아…… 성진이도 안녕하지?"

카페에 찾아온 장년 부부는 보통 손님이 아니었다. 성진이 어릴 때 인사하고 지낸 동네 어른. 명 대장의 초등학교 동창. 그리고 농업회사법인 참술의 20% 지분을 보유한 주주였다.

"우리가 너무 오랜만에 찾아왔지? 연락도 안 허고……."

아저씨가 앞에 놓인 물컵을 괜히 쥐었다 놓았다. 처음에는 오랜 친구와 충남 농가를 위한 일 한번 해 보겠다고 자금을 선뜻 내놓았지만, 소소한 취미일 땐 재미나던 술빚기가 막상 일이 되니 고되었다. 지금은 사실상 주주명부에만 이름을 올린 상태다.

몸도 마음도 멀어진 사람들이 연락도 없이 찾아오니, 반가움보단 불길한 예감이 슬그머니 앞설 수밖에 없었다.

"실은 양해를 구하러 왔어. 우리 부부 참술 지분을 딴 사람에게 양도하게 돼서."

"네?"

어떻게 한마디 상의도 없이…….

어이없어하는 성진을 애써 무시하고, 그들은 명 대장하고만 눈을 맞췄다.

"대표인 자네랑 미리 상의했어야 하는 게 도리인 건 알지만…… 급전이 필요해서……."

"마, 맞요! 울 아들이 곧 유학을 가게 될…… 것 같아서."

사전에 맞춰 본 말을 늘어놓으며, 부부는 곁눈질로 서로를 살폈다. 급전이 필요한 사정은 대강 꾸며 낸 거지만, 마음이 급했던 건 맞다.

얼마 전, 참술의 주식을 사겠다는 사람이 나타났다. 일개 중소 농업회사법인의 주식을 시세의 갑절로 쳐준 데다 세금까지 전액 대납해 준다는, 혜성 같은 매수자를 놓치기 싫었다.

도의를 생각한다면, 그 정도로 참술을 탐내는 매수자의 저의를 고민해 봐야 했겠지만.

"크흠! 요즘 젊은이답지 않게 양조장에 관심이 아주 많은가 보더라고. 그런 사람이 주식 들고 있는 편이 훨씬 도움될 거여."

"아, 매수자 아가씨도 지금 요 앞에 와 있는디……."

"아가씨?"

성진은 황망히 곱씹으며 뒤편의 동주와 석연찮은 눈빛을 주고받았다.

"어, 그려. 일단 이리 들어오……."

명 대장의 허락이 떨어지기도 전에, 카페 채운의 문이 열렸다.

"앗……."

동주가 얼결에 내지른 외마디 탄성이.

또각.

힐 굽에 분질러졌다.

매수자를 본 명 대장이 대뜸 감탄했다.

"오, 웬 미인이 여길 다……."

그냥 미인도 아니고 꽤나 고급진 미인이었다. 모즈펌을 한 단발이 귀 밑에서 매끄럽게 찰랑거리고, 백옥 같은 얼굴에 눈썹도 아주 기가 막히게 그렸다.

하지만 눈빛은 왜, 마치 칼을 품은 괴한 같아 보이는가.

성진만이 그 연유를 짐작했다.

"윤수영."

수만 번 부른 이름. 마지막으로 부른 게 3년 전인 이름. 다신 부를 일이 없으리라 생각했던 이름이, 성진의 굳은 입술에 담겼다.

"어? 혹시 아는 아가씨야?"

성진은 명 대장의 물음에 답하는 대신 눈매를 서늘하게 고쳤고.

"오랜만이네."

수영은 무감한 인사로 그 시선을 받아쳤다.

"저기…… 우린 이제 그만 가 봐도 되지? 잘들 해 봐……."

매도자 부부가 도망치듯 떠나가자, 분위기는 더욱 살벌해졌다.

"처음 뵙겠습니다, 대표님. 윤수영이라 합니다. 예전부터 참술 제품에 관심이 많았습니다. 주주로서 앞으로 잘 부탁드립니다."

"어, 네. 뭐……. 기왕 이렇게 됐으니."

아, 뭔가 선뜻 받아들이면 안 될 거 같은 분위기인데. 명 대장이 난감해하는 사이, 수영은 연이어 동주를 치고 들어갔다.

"오동주 씨, 맞으시죠?"

"아…… 네. 아, 안녕하세요."

"인터뷰 기사 잘 봤어요. 앞으로 잘 부탁드립니다."

"네. 저도…… 아, 아니. 저…… 그게……."

동주가 대답하려다 말고 고개를 돌려 성진의 눈치를 살폈다.

"지금 뭐 하는 짓이야."

몸과 마음을 뒤트는 끔찍한 기억 때문에라도 말 섞고 싶지 않지만. 그녀를 피해 갈 상황이 아니었다.

"무슨 짓이라니?"

수영이 냉연히 되물었다.

"내가 방금 참술의 20프로 지분을 취득한 걸 말하는 거야? 기존 주주들이 충분히 만족할 만한 매입가를 제시했고, 세금 신고도 마쳤어. 서로의 자유 의사와 법적 절차 모두 충족한 합법 거래를 했는데. 아니면, 정관에 주식 양도 제한이라도 걸려 있니?"

성진이 무어라 말하기 전에 수영은 명 대장에게로 고개를 돌렸다.

"대표님. 주주가 된 당일부터 이른 감은 있지만, 참술 임시주총

소집을 요청 드립니다."

"임시…… 무엇?"

"임시 주주총회요. 주주들의 회의."

환청을 들은 양 웅얼거리는 명 대장에게 동주가 얼른 귀띔했다.

"제가 참술에 긴히 제안드릴 게 있어서요."

"무슨 제안."

성진이 언성을 높이자, 수영은 그의 면전에 대고 삐뚜름하게 고개를 기울였다.

"명 대표님 40%, 오동주 씨 40%. 그리고 나 20%. 이게 내가 파악한 참술의 주주현황인데. 아니면 너한테도 의결권이 있었어?"

"……."

"상법상 비상장주식 지분율 3% 이상인 자는 임시주주총회 소집청구권이 있고, 장부열람권까지 있어. 주주의 정당한 권리행사까지 막을 권한, 없잖아. 안 그런가요? 참술 기획개발팀장 복성진 씨?"

"윤수영. 너 정말."

"저, 저기 성진아, 진정해……."

그대로 두면 성진은 수영을 바깥으로 끌어낼 기세였다. 동주가 그의 팔을 잡아당기니, 홱 돌아보는 눈초리가 무시무시했다.

"뭘 진정하라는 건데."

빙산에 눌린 듯 차갑고 낮은 음성. 정말 화났을 때 나오는 목소리임을 아는지라, 동주는 간신히 말했다.

"아니, 내 말은 저…… 윤수영 씨 말이 아주 틀린 건 아니니까, 일단…… 임시주총을 열어 봐야 하지 않을까 싶어서."

명 대장도 별수 없지 않겠냐는 투로 말했다.

"그려. 20프로 주주께서 무슨 제안을 하시려는지 일단 들어나 보자고."

결국 카페 채운의 6인석 테이블에서 참술 임시주주총회가 열렸다.

개회선언도 국민의례도 없이 제게로 시선을 꽂는 세 남자. 수영은 크게 개의치 않는 듯 자기소개부터 했다.

"저에 대해 간략하게 말씀드리자면, 현재 선샤인주류에서 근무하고 있습니다."

"선샤인주류면, 성진이 예전 직장 아녀?"

명 대장이 성진을 보고 한 말에 수영이 대신 답했다.

"네. 복성진 씨와는 예전에 같은 팀에서 근무한 사이입니다."

"단지 그것뿐?"

착한 성진이가 자네를 보자마자 날을 세우는 이유, 따로 있을 터인데.

"사실 성진이하고는 같은 중학교, 고등학교 나왔고, S대 동기이기도 합니다. 그리고……."

그 순간, 성진이 잘라 말했다.

"예전에 사귀었지만, 지금은 완전히 끝난 사이입니다."

너와 나의 관계, 다른 말로 포장되길 원치 않아.

그의 완고한 의지를 느낀 수영은 티 나지 않게 입술을 물었다.

"저런……."

명 대장이 망연히 혀를 내둘렀다.

"사적인 얘기가 길어지면 서로 불편할 테니, 본론으로 들어갈까요."

윤수영이란 여자는 말 한 마디마다 차가웠다. 정말 따사로운 성진과 사귄 적이 있긴 한 건가 싶을 만큼.

"선샤인주류는 전통주사업팀을 운영하고 있습니다. 특히 첫햇살 막걸리는 작년 우리 술 품평회 탁주 부문에서 대상을 수상하는 실적을 냈죠."

"윤수영 씨도 전통주사업팀 소속이신가, 그럼."

"그건 아니지만, 팀장님과 개인적인 친분이 있습니다. 참술 주식은 회사가 아닌 제가 매입한 겁니다."

말로는 선을 그어도, 그녀 뒤엔 사실상 선샤인주류 전통주사업팀이 있겠지.

"팀장님께선 참술의 제품들을 높이 평가하고 계십니다. 특히 채운 시리즈는 선샤인주류의 인프라와 유통망을 만난다면 지금보다훨씬 많은 소비자들을 확보할 수 있을 거라 전망하시죠."

"뭐, 막말로 우리가 채운 시리즈를 선샤인주류에 넘긴다면 그렇게 되겠지."

명 대장이 수영의 의중을 집어내니 이야기가 빠르게 진행되었다.

"그러니 참술 주주 여러분께 제안합니다. 채운 시리즈와 관련된 상표권 및 기술 일체를 선샤인주류 전통주사업팀에 매각할 것을요. 팀장님께선 다른 제품군도 사업성 검토 후 매수할 의사가 있답니다."

수영이 통보식으로 말한 순간.

쾅!

성진이 격노를 드러내 보였다.

"허억……."

테이블이 박살날 듯한 굉음에 동주는 화들짝 어깨를 움츠렸다.

채운 시리즈. 채운구름, 채운꽃, 채운여름, 채운이슬 4종의 제품을 이른다.

'채운'은 당진의 채운평야에서 따온 말로 성진이 고안한 상표였다. 충남 채운평야는 예로부터 학 도래지로 유명한 곳이고, 학은 당진시의 시조市鳥다.

고향의 우수한 쌀로 빚은 술이란 자부심. 수많은 화백들이 신선과 한 폭에 담았던 학의 고귀하고 청청한 이미지. 아울러, 이 술을 마시는 모든 이들의 가슴이 채워지길 바라는 마음.

성진에게 채운 시리즈는 참술의 주력 상품 이상의 의미를 지녔다.

다짜고짜 심장을 내어 놓으라는데, 그 누가 분노하지 않을까?

"물론 세 분을 떼 놓고 채운 시리즈를 생각하긴 어렵죠. 선샤인 주류에서 여러분을 좋은 조건으로 모시려 합니다. 바뀌는 건 술의 라벨과 직함일 뿐, 원래 하던 대로만 하시면 됩니다."

거침없는 제안을 마친 수영은 명 대장과 동주를 향해 턱을 치켜들었다.

먼저 명 대장이 학생처럼 손을 들어 말했다.

"음, 저는 일단 반대요. 이유는 생략!"

"생각할 시간은 드릴 겁니다."

"아니, 생각할 일 자체가 없을 거 같은디."

"그럼 오동주 씨는?"

"어, 저는……."

수영의 종용에, 동주는 생선 가시를 삼킨 표정으로 성진을 보았다. 눈 마주치자마자 그의 눈살이 찌푸려졌다.

일고의 가치도 없는 문제인 거 뻔히 알잖아.

맑은 눈이 책망하는 듯했다.

"저도…… 일단…… 보류하겠습니다. 너무 갑작스럽기도 하고……."

"알겠습니다. 오늘은 이만하도록 하죠."

수영은 쿨하게 자리에서 일어섰다.

"생각할 시간을 충분히 드리면 좋겠지만, 정상회담 만찬주 선정이 코앞이라 여의치 않네요. 잘 생각해 보시고 늦어도 이번 달 내로 확답을 주셨으면 합니다."

옭아매는 듯한 수영의 시선이 한순간 동주에게 머물렀다. 그는 거북스럽게 고개를 숙였다.

"제가 영업부 소속이라 회사를 자주 비우긴 어렵습니다. 번거로우시겠지만 직접 만나 하실 말씀 있으면 저희 회사로 와 주셨으면 합니다."

수영은 선샤인주류 명함을 테이블 위에 올려 두었다. 핸드백에서 차 키를 끄집어내며 카페 문을 나서려던 그녀가, 불현듯 뒤돌아 말했다.

"아, 기왕이면 복성진 씨가 오면 좋겠군요. 우리 회사를 가장 잘 아니까."

수영이 떠난 뒤, 명 대장이 얼른 분위기 수습에 나섰다.

"너무 신경 쓰지들 말어. 나 40프로, 똥주 40프로! 근데 저 여자는 뭐다? 임시주총 백날 열어 봤자 우린 반댈세 하면 그만이지. 그리고 참술은 농업회사법인이란 특수성 때문에 대기업이라고 마구 잡이로 집어삼키지도 못해."

농업회사법인은 각종 세제 혜택을 받는 대신 필수적인 성립요건이 있으니. 회사 지분의 최소 10%를 농업인이 보유하고 있어야 한다.

참술의 농업인 주주는 오동주였다.

"막말로 그 여자가 동주를 홀리거나 하지 않는 이상 난공불락이지. 동주! 설마 홀리진 않겠지?"

"아, 대장님도 참! 저를 뭘로 보시고……."

동주는 또다시 성진을 흘끗거렸다. 그는 관자놀이를 짚어 누른 채 연이어 숨을 길게 뱉고 있었다.

전 연인이 들쑤셔 놓은 가슴이 쉽사리 진정되진 어렵겠지. 명 대장이 그러려니 하는 새, 동주는 조금 다른 생각을 했다.

역시 화가 난 걸까? 아까 단칼에 자르지 못하고 미적댄 제게.

지이이잉―

성진은 난데없이 진동하는 제 핸드폰을 보고 미간을 구겼다. 이 와중에 모르는 번호였다.

"여보세요? 네. 저 맞습니다만."

상황이 상황인지라 성진은 다소 무뚝뚝하게 전화를 받았다. 그러나 어느 순간, 그의 눈이 놀라움으로 벌어졌다.

"잠시만요."

카페 밖으로 나선 성진은 한참 만에 돌아왔다.

"대장님. 죄송한데 저 내일 서울 좀 다녀와도 될까요?"

"어……. 혹시 선샤인주류 가 보려고?"

"네. 누굴 좀 만나야 할 거 같습니다."

성진의 낯빛이 이유 모를 혼란으로 얼룩져 있었다.

"그려, 다녀와. 올라가는 김에 유리도 만나서 기분 좀 풀어."

"그럼 저는 내일 작업분 미리 당겨서 해 놓겠습니다."

성진이 일하러 나간 뒤, 명 대장이 고개를 갸웃거렸다.

"방금 성진이가 '누구'라고 했지? 전 여친 만나러 가는 게 아닌가?"

"그러게요……."

하늘이 무너지는 한이 있어도 선샤인주류 근처엔 얼씬도 안 할 기세더니. 대체 무슨 전화를 받았길래 단단한 네 마음이 움직인 거야?

생각 같아선 성진에게 묻고 싶었지만, 그날 동주는 차마 그에게 말을 붙이지 못했다.

❖ ✳ ❖

다음 날 아침. 성진은 3년 만에 선샤인주류 본사의 회전문을 통과했다.

수년간 제집처럼 드나들었던 곳이건만. 크게 바뀐 점도 없는 로비가 낯설게 느껴졌다.

"누구 찾아오셨나요?"

안내데스크에 다소곳이 선 여직원이 성진을 위아래로 보며 물었다. 그가 없는 새 열 번도 넘게 바뀌었을 자리. 전前 선샤인주류 기획개발팀 에이스 복 대리를 알아봐 줄 리 만무했다.

"저는 오늘……."

성진의 말을 들은 여직원이 눈을 휘둥글게 떴다. 비서실에 확인 전화를 걸어 본 뒤, 그녀는 방긋 웃으며 출입카드를 내밀었다.

"13층으로 가시면 됩니다."

수영이 속한 영업부는 6층이고 강두현의 전통주사업팀은 5층이지만, 성진이 탄 엘리베이터는 아득히 위로 향했다.

"이쪽으로 오시죠."

비서실장이 퍽 깍듯한 태도로 성진을 맞아들였다.

인조가죽을 두른 육중한 문이 열렸다. 성진이 발기척을 내자, 통유리창 너머 빌딩숲을 관망하던 중역 의자가 빙그르 돌았다.

"어서 와. 3년 만인가? 선샤인주류 출근하는 건."

장년 남성이 관록 있는 입술을 느긋이 올렸다.

"기획개발팀의 전설 복 대리를 이렇게 직접 만나게 되어 영광이군."

김두빈. 현 선샤인주류 부사장이자 강두현의 배다른 형. 재계에서 선샤인그룹 총수에 가장 가깝다고 알려진 사내.

어떤 의미로 강두현보다 위험천만한 상대 앞에서 성진은 입술을 바짝 굳혔다.

아늑한 항아리에서 착실하게 숙성되어 이제 막 빛을 보려던 자신의 꿈이, 하루아침 사이 풍랑 가득한 세상으로 끌려 나오고 말았다.

2.
격세지감

"많이 당황스럽겠군. 일면식도 없는 전 직장 부사장이 갑자기 보자니."

김두빈이 중역 의자에 편히 기대어 말했다.

"솔직한 심정으론 그렇습니다."

손님용 소파에도 편안한 등받이가 있었지만, 성진은 등허리를 곧게 폈다.

"내가 왜 만나자고 했을 거 같은가?"

"글쎄요. 죄송하지만 부사장님 의중은 잘 모르겠습니다."

이제 와서 3년 전 사건에 대한 손해배상을 청구하려는 거라기엔, 눈앞의 사내는 고작 그런 일로 시간을 낼 만큼 한가해 보이진 않았다. 그래서 더 그의 의중이 궁금하고, 막연히 불길했다.

"복성진 씨도 이 술 잘 알지? 우리 선샤인주류 전통주사업팀의 야심작."

두빈이 책상에 놓인 첫햇살 막걸리 공병을 손가락으로 툭 건드렸다.

"이 술에 대해 어떻게 생각해?"

"일단, 대중적인 입맛에 맞는 막걸리라 생각합니다. 감미와 산미 밸런스가 좋고, 요즘 소비자들이 선호하는 저도수고……."

"평가가 생각보다 후한데? 그쪽 업계에서 이런 술 정도는 발에 치인다고 할 줄 알았더니만."

두빈이 고개를 갸웃대며 성진의 말을 잘랐다.

"솔직한 평을 들려줬으면 해. 두현이 녀석이 기자한테 돈 몇 푼 쥐여 주고 쓴 홍보성 기사랑 똑같은 내용 말고."

두빈은 여전히 느긋한 미소를 머금고 있었지만, 두 눈에 사나운 심기가 언뜻 비쳤다. 성진은 깔끔히 발라냈던 생각들을 입속으로 되돌렸다. 정 원한다니 가차 없이 솔직해질 수밖에.

"솔직히, 왜 만들었나 싶긴 합니다. 아니, 애초에 선샤인주류가 전통주 시장에 뛰어든 것 자체가 의아하달까요."

"그런가? 요새 전통주 시장이 제법 성장세라던데."

"그렇다고 해도 아직 선샤인주류 같은 대기업이 눈독 들일 만한 규모는 아닐 텐데요."

대한민국 주류 시장을 한마디로 표현하자면, 소맥이다. 연매출 9조 원대 시장의 8할 이상을 희석식 소주와 맥주가 양분하고 있다. 그 희석식 소주 시장 부동의 점유율 1위가 40년 역사를 자랑하는 선샤인주류의 메가브랜드 첫이슬이다.

"앞으로도 첫이슬은 서민을 대표하는 소주일 거고, 그 이미지가 조 단위 시장을 받쳐 줄 겁니다."

그에 비하면, 전통주 시장은 전 주종 다 합쳐도 케이크 반 조각도 안 나올 판인데.

"공룡이 트이지 않은 길을 밟으면 힘만 들죠. 별로 좋은 소리도 못 듣고."

"복성진 씨 말의 요지는, 선샤인주류는 삼대가 망해도 첫이슬로 먹고살 기업이니 그거나 집중하라는 건가?"

"네. 자칫하면 원래 가야 할 길마저도 지체될 수 있으니."

두빈과 대화를 나누면서 성진은 강한 의구심이 들었다. 선샤인주류에 전통주사업팀이 혹처럼 생겨난 이유. 이 사내가 고작 이 정도 상식도 몰라서는 아니었으리라. 결단코.

그 방증으로, 김두빈은 비죽 웃는 얼굴로 자꾸 떠보듯이 물었다.

"그러면 복성진 씨는, 공룡에겐 새로운 길이 무가치하다고 보나?"

성진은 실소를 머금었다.

선샤인주류 신입사원 시절, 영혼을 갈아 넣은 기획안을 수십 번 퇴짜맞아 보며 깨달았다. 실현될 기획이 가장 좋은 기획이고, 실현되려면 윗분들 의중에 맞아야 했다. 그리고 선샤인주류 윗분들 의중에 새로운 길이란 건 없었다.

앞에 계신 부사장님 의중에도 딱히 없어 보이는데 말이지.

"정 뛰어들 거면, 포화 상태인 막걸리 시장보단 차라리 증류소주 쪽을 공략하는 게 낫지 않았을까 생각합니다."

"어떤 식으로 말이지?"

"예전에 증류소주 원액을 첨가한 첫이슬 프리미엄을 출시해 보면 어떨까 생각해 본 적이 있습니다. 약간의 공정만 더 추가하면 되니 리스크도 적고, 부가적으로 첫이슬 브랜드 이미지도 강화할 수 있을 거라 보았습니다. 전 세계적으로 프리미엄 증류주 시장이 강세이고, 국내에서도 증류소주에 대한 관심도가 높아진 현 트렌드에 어느 정도 부합할 테니……."

성진은 제가 한 말에 금방 씁쓸해졌다. 새 묘목을 심기보단 기존 고목에서 가지를 뻗어 가는 발상. 날고 기어 봐야 대기업 직원 마인드였구나. 3년 전의 복 대리는.

이제 와서 이런 얘기까지 해야 하나 회의감이 밀려들던 차.

"그런 얘기를 들어와서 직접 해 주면 좋을 텐데."

"……네?"

"내가 요새 복 대리의 '유작'을 쭉 읽어 보는 중이거든."

두빈의 손아귀에 든 자신의 기획안들. 수년이 지났어도 한눈에 들어왔다.

"지금 봐도 솔깃한 내용이 많아. 진작 추진했다면 수년은 앞서 갔을 기획인데."

차락차락. 두빈이 성진의 기획안 위에 경쟁사 제품 사진을 차례 차례 떨어뜨렸다.

"무능한 동생이 유능한 직원 모략해서 쫓아낸 것도 모자라 흔적 지우기 하는 데 시간을 허비하는 바람에, 경쟁사에서 똑같은 생각 할 시간을 벌어 준 거야."

능력이라도 좋으면 적수로 존중해 줄 것을. 주제넘은 욕심만 가득한 이복동생, 이만하면 충분히 날뛰게 두었다.

이젠, 쳐내야 할 때니까.

"복성진 씨. 선샤인주류의 부사장으로서 긴히 제안 하나 하지. 예전처럼 선샤인주류를 위해 힘써 주지 않겠어?"

김두빈이 덧붙였다.

"선샤인주류 기획개발팀장으로서."

"말도 안 되는 말씀을 하시는군요."

파격적인 제안에, 성진은 신물이 올라왔다.

"3년 전 첫이슬 참꽃 건으로 조사받았을 때, 전 분명 필사적으로 결백을 주장했습니다. 선처도 구해 봤습니다."

어딜 가도 자신 있게 내세울 수 있었던 내 직장. 몸과 마음을 바쳐 일하면 더욱 자랑스러운 직장이 되리라 생각했다. 그토록 열렬했던 복성진 대리를 무참히 잡아 죽인 건 선샤인주류 아니었던가.

"사람 하나 매장시켜 놓고 이제 와서 책상 한자리 높게 놔 주면, 전부 없던 일이 됩니까?"

"내가 자네의 실추된 명예를 회복시켜 준다면?"

"그게 무슨."

냉소하는 성진 앞에서 두빈은 태연히 핸드폰을 만졌다.

"개인적으로 조사해 봤지. 3년 전 첫이슬 참꽃 사건의 진실이 대체 뭔지. 당시 두현이 줄 타려던 몇몇 멍청한 감사팀 직원들이 정해 놓은 결론 말고."

두빈이 야릇하게 웃으며 핸드폰을 흔들었다. 성진은 미심쩍은 표정으로 그것을 받아 들었다.

선샤인주류 지하주차장에서 두현과 수영이 밀회를 나누는 사진. 3년 전 강 주임에게 카톡으로 받은 것과 같았다.

"별로 안 놀라는 거 보니 그 정도는 알고 있었나 보군. 근데, 왼쪽으로 넘기면 더 있어."

그 말대로 이제 와서 처음 보는 사진들도 있었다. 단 한 장이라도 3년 전 제 수중에 들어왔다면 미래가 바뀌었을지도 모르는.

사진을 넘겨 보던 중, 선샤인주류 충남 공장의 전경이 나타났다. 그 앞에 정차된 트럭을 본 순간, 성진은 핸드폰을 책상 위에 뒤집어 놓고 두빈을 빤히 응시했다.

"아직 모르는 게 있으면 얼마든지 물어봐도 좋아. 설명해 줄 시간 넉넉해. 오늘 오전 스케줄 다 빼 놨거든."

그는 마치 여흥을 즐기듯이 웃었다.

이 남자는 강두현에게 맞불을 놓고 싶은 거다. 복성진의 능력뿐만 아니라 복수심까지 이용해서. 땔감으로 소용되기 위해 모아진 제 과거에, 성진은 몸서리가 쳐졌다.

"듣던 것 이상으로 동생하고 사이가 나쁘시군요."

성진이 비꼬자 두빈은 포식한 수사자처럼 입매를 늘어뜨렸다.

"착하게 당하면 복 대리처럼 되고, 그런 게 성미에 안 맞으면 나처럼 하는 거지."

"오늘 하신 말씀, 전부 못 들은 걸로 하겠습니다."

성진이 문 쪽으로 돌아선 순간.

"가만히 앉아서 또 당하고 싶은가? 3년 전처럼."

"……."

"가지지 못하면 부수는 짓거리를 잘 하는 나의 배다른 동생이, 정상회담 만찬주 선정을 앞두고 또 뭔가 꾸미는 거 같던데."

다시 눈을 마주치자, 두빈이 힘 있게 말했다.

"나와 손을 잡는다면 예전처럼 당하지 않게 해 주지. 날 보필한 사람들치고, 지위도 명예도 아쉬워한 사람 없었어. 그래서 누구나 내 줄을 타고 싶어 하지만, 아무나 못 타. 내 기준이 원체 높은 편이라."

그가 성진을 꿰뚫듯 보며 덧붙였다.

"내 곁에선 착해도 괜찮아. 복성진 씨는 열심히 일만 해 주면, 내가 머리가 되어 다 커버해 줄 테니까."

"제가 부사장님께 더 들을 말씀은 없는 듯하니, 이만 가 보겠습니다. 안녕히 계십시오."

성진은 고개를 꾸벅 숙이고 부사장실을 나섰다. 굳게 닫힌 문 뒤에서 두빈은 느긋이 웃으며 중얼거렸다.

"언제라도 환영하도록 하지."

한 번 더 인생의 쓴맛을 보고난 뒤여도 좋아. 갈 데가 없어진 사람일수록 충성심이 남달라지는 법이니까.

✥ ✳ ✥

목걸이 하고 나오는 걸 깜박했네. 수영은 손거울을 보다가 알아챘다.

두현이 준 플래티넘 카드의 한도는 여전하지만, 언제부턴가 수영의 보석함엔 T사, C사 주얼리가 늘어나지 않았다. 백화점 시즌 신상으로 채워 나갔던 옷장도 두 계절 이상 잠잠했다.

무언가를 지를 때의 짜릿함이 휘발해 버리는 주기가 지극히 짧아진 탓이다. 아니, 이젠 아예 없어졌다고 하는 편이 옳을까?

이제 수영은 손에 잡히는 대로 입고 착용했다. 심지어 이렇게 무언가 하나 빼먹는 날도 종종 생겼다.

[오늘은 외부 손님과 약속 있어.]

점심시간을 10분 남겨 두고 두현이 메신저로 통보했다. 수영은 공공연히 그와 점심을 함께했다. 우선순위가 밀리는 날 빼곤.

"윤 과장님. 식사하러 안 가세요?"

직원식당으로 향하던 같은 팀 여사원 하나가 물었다.

"조금 이따 가려고. 먼저들 가요."

같이 먹을 사람이 없다고 사실대로 말하면 난감해할 터다. 부사장 김두빈의 눈초리가 살기등등한 요즘, 같은 팀 직원들은 강두현 라인인 저와 어울리길 꺼렸다.

피차 수영도 이런 날은 김밥 한 줄로 때우든지, 차라리 굶는 게 속 편했다. 온 신경이 곤두서는 단 한 가지 일 빼고, 나머지 일들엔 무뎌졌다.

대체 언제 오려나, 복성진. 이 상황에 지가 안 오곤 못 배길 텐데.

하필 목걸이를 깜박한 오늘은 안 오는 게 나을지도.

아니, 그게 무슨 상관이야. 지금 당장 눈앞에 나타나 버려.

이율배반적인 생각이 수영의 머릿속을 꽉 채웠다.

정오. 이제 경영지원팀 사무실엔 수영만 남았다. 오전 시간이 속절없이 흘러가 버렸고, 은연중에 품은 기대는 무색해졌다.

수영은 신경질적으로 숨을 뱉으며 의자에서 일어났다. 6층에서 1층 로비까지 비상계단으로 내려갔다. 한 계단씩 툭툭 내려디디며 간밤에 꾼 꿈을 떠올렸다.

성진과 처음 만난 날이 초고화질로 펼쳐졌다.

두견중 입학을 앞둔 겨울, 수영은 부모가 매일 전쟁같이 싸우는 집이 지긋지긋해 구립도서관을 피난처로 삼았다. 난다 긴다 하는 애들은 전부 다 대치동 학원가로 향했고, 하다못해 하루이용료 5천 원인 독서실로 빠졌다.

그에 비해, 하루이용료 500원. 1인용 책상이 닭장처럼 붙은 구립도서관 열람실에 오는 애들은, 뭐라도 하라고 집에서 떠밀린 티가 났다.

도서관에 오는 제 또래 남자애들은 덜 자란 티를 팍팍 냈다. 책상에 가방만 내려놓고 PC방으로 사라지면 차라리 양반이었고, 바깥에서 공을 뻥뻥 차 대기 일쑤였다.

허름한 데다 번잡스럽기까지 한 구립도서관 열람실이, 윤수영 집구석보다 백배는 나았다.

떠밀려서 온 거보단 피해서 온 게 낫다고 자위하던 나날. 못 보던 남자애가 나타났다.

안면뿐만 아니라, 풍기는 느낌 자체가 처음인 남자애였다.

깨끗한 피부, 단정한 옷매무새, 에티켓을 갖춘 행동거지로 반 이상 먹고 들어갔고, 거기에 더해 얼굴도 잘생겼다. 수영이 보기엔 모 메이커 교복 광고모델로 나온 남학생보다 나았다.

단순히 잘생긴 것만이 아니라 귀티가 난다. 저 귀티는 대체 어디에서 나오는 걸까?

수영은 저도 모르게 남자애를 관찰하는 순간이 많아졌다. 저처럼 부모를 피해서 온 건 같진 않았다. 매일 싸 오는 점심도시락은 딱 봐도 엄마의 사랑이 듬뿍 담겼다.

그가 책상에서 발군의 집중력을 발휘하는 동안, 아이러니하게도 수영은 딴생각이 많아졌다. 내가 쟤한테 딱히 관심 있어서는 아냐. 단지, 여기서 제대로 된 남자애 보는 게 쉽지 않으니까 시선이 가는 거야.

그러던 어느 날. 점심때 김밥 한 줄 사 먹으러 나왔다가, 수영은 도서관을 둘러싼 숲길을 산책하고 나오던 그와 맞닥뜨렸다.

그는 시선을 피하지 않고, 오히려 이쪽을 보며 환하게 웃었다.

그가 햇볕에 잘 말린 순면처럼 보드랍고 따사로운 내면을 드러내 보인 날. 사계절 내내 얼음 같던 수영의 마음 한 귀퉁이가 부스러져 내렸다.

"하……."

마지막 계단에서 내려서며 수영은 신음하듯 실소했다. 요즘 회상하는 전 남친의 모습은 그런 식이고, 요즘 제 마음은 이따위다.

1층 로비의 회전문을 통과하는 순간, 한 남자가 섬광처럼 시야에 들어왔다.

'복성진…… 왔네?'

앞길 느티나무 아래 서 있는 전 남친을, 하마터면 소리 내어 부를 뻔했다.

성진은 잘게 부서져 내리는 여름햇살을 맞으며 우거진 잎가지를 올려다보고 있었다.

선샤인주류의 전신인 태양양조 창업주가 심었다는 느티나무. 직경 2미터에 달하는 나무 기둥에 그간의 세월을 묻듯, 성진의 눈빛은 깊었다. 준미한 옆모습이 거리의 다른 사람들을 말끔히 지운다.

이 나무도 여전하구나, 따위의 생각을 하고 있을까? 그런 시답잖은 감회나 다지는 게 나 만나기 전 할 일인가? 그래도 하루 만에 왔으니 이만하면 빨리 온 걸로 쳐주자.

수영이 기척을 내려는 찰나, 성진이 핸드폰을 귀에 대었다.

"유리야, 지금 집이야? 나 이제 볼일 끝나서 가려고."

눈앞의 전 남친은.

"점심은? 아직 안 먹었으면 같이 먹을까? 뭐 먹고 싶어?"

3년이 지난 지금도 생생한, 녹아들도록 다정한 목소리를.

"하하, 나야 네가 만들어 주는 거면 뭐든 완전 좋지. 그럼 집으로 바로 가야겠다."

다른 여자에게 들려주었다.

"오늘은 간만에 아젤리아 바 매니저 복귀해 볼까? 항상 궁금했거든, 요새 아젤리아엔 어떤 손님들이 오는지. 우리 금유리 그 앞에서 얼마나 반짝거리는지."

제가 아닌 다른 기집애, 그것도 금유리에게 감미로운 복성진이라니. 고작 통화 한 통 지켜보는 것만으로 잔혹한 현실이 수영의 살갗에 박혀 들었다.

"최대한 빨리 갈게."

통화를 마친 성진이 옆으로 돌아서면서 자연히 수영과 시선이 마주쳤다.

처음 그날처럼, 그의 표정은 계절과 정반대였다.

14세의 성진은 앙상한 겨울나무 아래서 여름햇살처럼 따사롭게 웃더니, 32세의 그는 파릇한 초여름 나무 아래서 동장군처럼 냉엄하게 입술을 닫았다.

윤수영에게 저런 표정 짓는 복성진. 3년 전 같았음 천지가 개벽할 일이다. 그가 주는 파장이 상상 이상으로 커서, 수영은 표정을 일그러뜨리지 않으려 노력했다.

어쨌거나 지금부터 3년 간 멈춰 있던 우리 관계가 다시 시작된다.

어쩌면…… 다시 뒤집어지는 게 생길지도 몰라.

"나 찾아온 거야? 왜 하필 점심시간 다 돼서 와?"

우리 사이에 지극히 의례적이었던 타박 한 번 주고.

"왔으면 안내데스크에 말하면 될 걸."

슬그머니 곁을 주면서 치고 들어오려는 수영을.

"너 만나러 온 거 아냐."

성진이 가차 없이 막았다.

"나 아니면, 누구 만나러 온 건데?"

성진이 거짓말을 하는 눈치는 아니었다. 좀 전까지 치열한 대화를 나눴던 듯, 얼굴에서 다소 피로한 기색이 느껴졌다.

"굳이 너한테 밝힐 이유는 없는 듯한데."

"그래. 뭐, 네가 누구 만났는지는 내 알 바 아니라 치고."

수영은 부글부글 끓는 마음을 누르고 물었다.

"어제 내가 한 말도 그냥 흘려들을 말은 아니지 않아? 뭔가 할
말이 있을 텐데…… ."

"무슨 할 말? 참술을 집어삼키려 하는 이유가 뭐냐, 이런 거 물
어보면 돼?"

성진이 심드렁하게 반문했다.

"그거라면 서울까지 와서 물을 필요가 있나. 강두현, 이번 정상회
담 때 첫햇살 막걸리를 만찬주로 만들어서 지 회장 아빠한테 잘 보
이고 싶은가 보지. 근데 채운 시리즈가 방해될 거 같으니 미리 쳐내
고 싶겠지. 아예 채운 시리즈를 꿀꺽해서 보험으로 삼아도 되고."

"그걸 알면서 이렇게 여유 만만해?"

수영의 말에 성진은 실소했다.

"그럼, 강두현한테 여유를 달라고 빌까? 정정당당하게 선의의
경쟁을 펼쳐 보자 할까? 그런 말도 상대를 봐 가며 해야 한다는
거, 3년 전에 뼈저리게 깨달았어."

어차피 말이 안 통할 짐승으로 몰린 기분이었다. 강두현과 싸잡
혀서.

"저번 품평회 때 상 탄 양조장이 십여 곳이 넘는데, 다 사들이려
면 돈깨나 들겠다. 전통주사업팀이 내 예상보단 푸시를 많이 받나
보다. 받는 게 클수록 가시적인 성과도 시급할 테지만."

한 번도 당하는 입장이 된 적이 없어서 수영은 18년 만에야 알
았다. 말로 뼈 때리는 솜씨, 복성진도 한 가닥 한다는 걸.

"네 괘씸죄가 커서 그래."

생각대로 흘러가지 않는 대화에 힘겨움을 느끼며, 수영은 할퀴

듯이 말했다.

"네가 강두현 그 인간에게 늘 거치적거리니까. 일도 여자도. 제 딴엔 금유리 기집애 다 잡은 물고기라 생각했거든. 근데 결국 네가 방해됐지. 이번에도 너한테 안 될 거 같으니까, 이참에 완전히 부수려는 거야."

"윤수영. 나 할 말 생각났다."

"뭔데?"

"강두현 그 자식하곤 더 말 섞고 싶지도 않으니, 대신 전해 줘."

성진의 안중에 이미 수영은 없었다.

"본인의 입신과 출세를 위해 수단과 방법 안 가리는 건 자유고, 소맥 전문기업 선샤인주류를 막걸리에 말아먹는 것도 내가 상관할 바 아니지만. 참술이랑 채운 시리즈 건들면, 내가 예전처럼 가만히 당하고만 있지 않을 거라고."

차분히 경고하는 눈빛이 전에 없이 푸르고 사나웠다.

"네가 선을 넘으면 나 역시 그럴 거라고, 전해 줘."

선이라 함은, 강두현과 그 운명공동체인 윤수영까지 다치는 지점이겠지. 이렇게까지 말할 정도면 진심인 거다. 경고를 남발하는 성격이 결코 아니니까.

"더 할 말은?"

"저번처럼 유리한테 더러운 말 지껄이면. 아니다, 그림자라도 비치면, 이번엔 진짜 면상이라고 전해 줘."

오늘 성진이 전 여친에게 한 말 중 가장 온도가 높은 말이었다.

"또 할 말 있어?"

수영이 갑갑한 심정을 숨기고 물었다. 예전 같았음 복성진이 윤수영의 마음을 헤아리고 달래 줘야 한다는 신호인데.

"이게 다야."

성진은 일말의 미적댐 없이 돌아섰다. 그저 현 여친을 빨리 보고 싶은 마음뿐인지 전 여친 보는 앞에서 택시를 잡아탔다.

빠르게 멀어져 가는 택시의 뒷모습을 보며, 수영의 얼굴은 모멸감으로 얼룩졌다.

전 남친은 단 한 마디도 제가 원하는 말을 하지 않았고. 내심 그에게 듣고 싶었던 말이 뭐였는지 깨달아 버렸다.

네 행복을 부수고 말겠다는 마음. 지난 3년간 숫돌처럼 날카롭게 갈아 낸 마음. 그런 제 마음이…… 움직일 말이었다.

✛ ✳ ✛

"서울 올라온 김에 집에서 푹 쉬라고 해야 하는데……."

아젤리아 문 앞에서 유리가 작게 중얼거렸다. 간만에 성진과 함께 출근한 건 또 좋아서, 입이 자꾸 귀에 걸리려 했다.

"다 와 놓고 그런 말 하긴. 사장님, 설마 저 못 미더우신 겁니까? 3년 만의 복귀라고."

"아이, 그럴 리가! 내가 누구한테 술을 배웠는데."

성진이 웃자고 한 말에 유리가 마구 손사래를 쳤다. 농담할 게 따로 있다는 듯이.

"난 아직도 널 따라잡겠단 마음가짐으로 매일매일 일하는걸."

유리의 겸손한 말에 성진은 웃음을 머금었다. 그녀의 첫 술 스승이 저였어도, 이제 그녀는 어엿한 3년 차 현역 바텐더다. 바텐딩을 업으로 하는 사람의 솜씨를 제가 당해 낼 리 없다.

그럼에도 유리는 성진의 가르침을 두고두고 소중하게 여긴다.

열심히 해 온 만큼 실력도 일취월장했으면서, 늘 직원과 손님들 앞에서 겸손하다. 이토록 큰 사람이 제 연인이라는 것이 감사하다. 오늘 같은 날은 더욱.

"좋아, 아젤리아 바 매니저 아직 안 죽었다는 걸 보여 주겠……."

아젤리아 내문을 열어젖힌 순간, 성진은 눈을 끔벅였다. 영업개시 1시간 전의 아젤리아에 선객이 둘.

"아니, 여기가 도서관도 아니고 뭔 놈의 지정석이 있대?"

바 카운터 오른쪽 구석자리에 앉아 볼멘소리를 내는 복성재와.

"잔말 말고 당장 일어나지 못해? 작가님 여기만 앉으신단 말야!"

그의 등짝을 찰싹찰싹 때리는 강미나였다.

"아야야! 바텐더 3년 하니 손 매운 거 보소?"

"그러게 왜 개장 전부터 와서 진상질이야!"

"와…… 진짜 얼척없다. 구석자리 좀 앉았다고 진상이래. 강미나 너 설마, 그 자식을……."

제가 말해 놓고도 피가 거꾸로 솟는지 성재가 인상을 팍 썼다.

"아, 아니거든! 이 유사 연예인!"

"유사 연예인이라니! 너, 내가 아직 무명이라고 뼈 때리는……. 엇, 형이랑 유리 누나 왔네?"

"크흠! 우린 잠깐 나가 있을까?"

거 분위기 훈훈하니 좋고 한창 재밌던 참인데 그냥 계속들 하지. 성진이 짐짓 헛기침을 하자 두 사람이 마구 손사래를 쳤다.

"아, 아뇨! 어서 오세요! 근데 성진 쌤 웬일로 이 시간에……."

"그러게? 형 오늘 양조장 쉬어?"

"오늘 서울에서 누구 좀 만나느라. 근데 이 자리가 대체 뭐라고 그렇게 박 터지게 싸워? 여기 뭐 오페라 극장의 유령 지정석 같은

341

거야?"

성진의 반 농담에 유리가 웃으며 설명했다.

"이 자리가 바로 우리 아젤리아의 헤밍웨이 님 지정석이거든."

"헤밍웨이?"

"매일같이 개장 시간에 와서 소설 쓰다 가시는 단골손님. 남자분인데…… 어? 내가 너한텐 얘기 안 했었나…….."

"응. 전혀."

성진이 완강히 고개를 저었다. 네가 일하는 카운터 자리에 '매일같이' 앉는 손님, 그것도 남자라는데, 내가 그런 얘길 들어 놓고 까먹을 리가.

"무슨 소설을 칵테일 바에서 쓴대! 보통은 카페나 독서실 가지 않나? 작품 활동은 핑계고 뭔가 다른 꿍꿍이 있는 거 아냐?"

성재가 못마땅하게 중얼거리자 미나가 발끈했다.

"아니야! 작가님은 여기가 글이 제일 잘 써진댔어. 많으면 하루에 열 장도 쓰시거든?"

"우와…… 너 그 손놈 분량 체크까지 하는 거야?"

"아, 아니! 매일같이 팔아 주는 손님인데, 기왕이면 찾아오는 보람이 있었음 하는 거지! 아, 너 자꾸 그런 식으로 우리 단골 욕할 거면 나가!"

"아니, 내가 뭔 욕을 했다고!"

"미나야, 우리 이제 슬슬 오픈 준비해야지?"

유리가 나긋한 목소리로 미나를 불렀다.

"다희 언니 오늘 비번이라 우리 둘이 해야 돼. 오늘도 작가님 맛있는 다이키리 타 드려야지."

"네에, 언니."

미나는 성재를 곱지 않게 흘기고는 유리를 따라 식자재 창고로 쏙 들어가 버렸다. 잠시 뒤 그들은 애플 민트와 레몬을 박스째 들고 나왔다.

"애플 민트 다듬게? 유리야, 이리 줘."

"그럼 두 분이 애플 민트 다듬으세요. 전 레몬 씻고 스위트 앤 사워 믹스 만들게요."

미나가 눈치껏 역할을 분담해 놓으니 성재가 슬쩍 끼어들었다.

"그럼 넌 나랑 같이 하자."

"됐어! 비전문가는 빠지셔."

"아, 레몬 씻는 것쯤은 나도 할 수 있다고."

"너 레몬 왁싱 벗기는 게 얼마나 고도의 기술을 요하는지 알아?"

"그러니까 네가 알려 주면 되지……."

오늘 쓸 생과와 허브를 다듬고, 술 재고 체크하고, 청소까지 마쳐 놓으니 오후 7시. 마치 타이머로 잰 듯, 한 남자가 아젤리아에 입성했다.

"안녕하세요."

남자가 어색한 눈길로 복 씨 형제를 번갈아 보았다. 유리가 얼른 나서서 두 사람을 소개했다.

"이쪽은 저희 바 매니저예요. 제 남자 친구이기도 하고요. 그 옆은 동생. 간만에 놀러 왔어요."

"그렇군요. 안녕하세요, 처음 뵙겠습니다."

남자의 목소리는 작고 고저가 없었다. 성진은 서비스직의 귀감이 될 법한 미소를 만들어 냈다.

"어서 오시죠. 성재야, 거기 자리 비켜 드려."

"쳇……."

그 와중에 은근슬쩍 구석자리를 점령한 성재가, 형의 지엄한 말에 마지못해 일어났다.

"감사합니다."

성진은 자연스럽게 자리를 차지하는 남자를 티 안 나게 스캔했다. 키는 큰 편인데, 얼굴은 유리처럼 뽀얗고 조막만 하니 곱상하다. 아이돌 그룹 멤버라면 순수 청년 포지션을 맡을 듯한 이미지다.

중요한 건, 아이돌 외모를 전제할 수준은 된다는 게 아닐까.

"오늘은 다이키리 주세요."

간단히 주문한 남자는 곧바로 공책을 꺼내 끼적였다.

네가 무슨 헤밍웨이냐? 콘셉트 한번 확실하네. 성진이 은근히 탐색하는 줄도 모르고, 미나는 신이 나서 떠들었다.

"참, 성진 쌤. 저번에 작가님이 저희 도와주신 적 있어요."

"그래? 어떻게?"

"취객이 난동을 부리는 걸, 작가님이 호신술로 혼쭐내 줬죠."

"오, 운동 좀 하시나 보군요."

"그 취객 덩치가 운동선수만큼 컸거든요. 진짜 경찰 불러야 하나 싶었는데, 작가님한테 손 한번 잡히더니 그냥 픽 쓰러지더라고요."

"그때 진짜 멋졌지. 영화의 한 장면 같았는데."

유리가 간증하듯 덧붙인 말에 성진의 귀가 팔랑였다.

"그러고 보니 아젤리아에 진상이 드문 건 작가님 덕인지도 몰라. 아무래도 남자분이 자리를 지키고 있어서 그런가 봐."

"나도 이참에 여기 토템 박을까?"

성재가 딴죽 걸듯 툴툴대자 미나가 바로 면박을 줬다.

"되도 않는 농담 말고 한 작품이라도 더 찍을 생각이나 하셔! 무슨 연예인이 손님들이 알아볼 거란 걱정이 1도 안 드니 참."

"늬예늬예. 무명따리라 죄송합니다."

"조용히들 해. 손님 글 쓰시잖아."

투닥거리는 두 사람에게 성진이 주의를 준 순간.

"전 괜찮습니다. 대화 소리 신경 쓸 거였음 독서실을 갔겠죠."

남자가 고개를 불쑥 들어 말했다.

"백색소음 계속 들려주세요. 듣다 보면 저도 좋은 아이디어가 떠오르거든요. 그래서 이곳이 좋습니다."

성진을 보는 남자의 입가에 기묘한 웃음이 떠올랐다.

그가 굳이 여기서 마시고, 굳이 여기 앉아 소설을 쓰고, 굳이 매일 오는 것이 아젤리아의 여인들에겐 좋은 일일지라도. 남자로서 미치도록 신경 쓰일 수밖에 없었다.

'대체, 뭐 하는 놈이야 저거!'

✢ ✱ ✢

"성진아. 나, 너한테 보여 주고 싶은 게 있는데."

"그래? 뭔데?"

"이리로 잠깐 와 볼래?"

퇴근길 새벽하늘 아래. 유리는 성진을 아파트 단지 뒤편으로 이끌었다.

"간만에 아젤리아 바 매니저로 복귀한 소감은 어땠어?"

"끝내줬지. 모든 게 다."

아젤리아에서 보았던 광경을 떠올리며 성진이 흐뭇하게 웃었다.

"가게도 전보다 더 예뻐진 거 같고."

나날이 더 아름다워지는 네 모습처럼.

"단골들도 하나같이 재미있고 좋은 사람들 같아서 안심이 돼."

온화한 네게 잘 어울리는 친구들처럼.

"아젤리아는 이제, 좋은 사람들이 계속 찾을 만한 바가 된 거 같아."

그만큼, 네가 얼마나 열심히 노력해 왔는지 알겠어.

성진의 연이은 찬사에 유리의 눈이 샛별처럼 반짝였다.

"손님들이 또 오겠다는 말을 할 때마다 날아갈 듯이 기뻐. 근데 난 역시, 너한테 인정받을 때가 제일 기쁘더라."

"금유리야 항상 인정받아도 모자라지. 근데 나한테 보여 준다는 게 뭐…… 아."

성진이 외마디 탄성을 뱉었다.

하얀 코사지를 단 듯 가지마다 흐드러지게 피어난 아카시아 꽃. 솔솔 부는 바람에 실려 오는 향이 아찔할 만큼 달콤했다.

"이 아카시아 향, 우리 집 부엌까지 올라와."

"좋다. 우리 양조장 정원에도 아카시아 나무가 있지만, 그거보다 향이 더 좋아."

성진은 폐부 깊이 숨을 마셨다. 이 계절의 수많은 아카시아 중에 이 나무가 가장 특별해 보이는 건, 좋은 건 뭐든 함께 보려는 네 마음이 가득 피어서겠지.

달달하고 온유한 향. 널 닮은 향이라 이 밤에 더 좋다.

"성진아, 근데 선샤인주류엔 누구 만나러 갔던 거야?"

"……."

"아…… 말하기 곤란하면 안 해도 돼."

제게도 갑작스럽고 심란한 만남. 그녀까지 끌어들여 얼마 남지도 않은 하루를 번민으로 마치게 하긴 싫다.

유리의 다갈색 눈동자에도 근심의 빛이 어렸다. 연인의 함구가 서운해서라기보단, 차마 털어놓지 못하는 사정이 걱정돼서일 터다.

그 속 깊은 마음이 진동하는 아카시아 향보다도 남자의 심금을 울려서, 꽁꽁 감춰 두려던 속마음이 조금 새어 나왔다.

"유리야. 나 이참에 아젤리아 바 매니저 복귀할까?"

최대한 농담처럼 던지고 싶었지만, 말의 무게를 고스란히 느낀 유리가 두 눈을 크게 떴다.

"요새 양조장 일 많이 힘들어? 혹시…… 무슨 안 좋은 일 생긴 거야?"

"하하, 그런 건 아냐. 우리 양조장 이제 확실하게 자리 잡았고 매출도 요새 제법 괜찮아."

사실, 참술은 지금 그 어느 때보다 위기에 처한 거 같다.

"다만 너도 알다시피 이 업계가 워낙 불확실하다 보니, 가끔 만약의 경우를 생각하게 돼서."

만약의 경우를 생각하는 이유도 업계 탓이 아니다. 진실을 말하자면…… 강두현이나 윤수영 때문만도 아니다.

"네가 아젤리아 복귀하면…… 나야 완전 좋지."

유리는 은하수처럼 펼쳐진 아카시아를 그윽한 눈길로 올려다보았다.

"예전처럼 네가 진상도 막아 주고, 시그니처 메뉴도 개발해 주고. 무엇보다 하루 종일 함께 있을 수 있잖아. 너 복귀하면 나 한동안 엄청 바쁘겠다. 내 남친 이렇게 잘생기고 착하고 멋진 사람이라고, 단골들한테 너 자랑하느라. 너도 충남이랑 서울 왔다 갔다 하는 거보단 덜 피곤할 테고. 매일 우리 둘이 하루를 시작하고, 마무리하고……."

하루 이틀 구상한 게 아닌 듯한 말에 성진의 가슴이 미어졌다.

유리가 저리 즐거운 기색으로 말하는 일상, 자신이 눈 한 번 감으면 이루어질 거다. 지금 그러쥔 걸 내려놓으면, 다시 얻을 것이 결코 가볍지 않으니.

유리야. 네가 원하면, 나 정말 이제라도……

성진의 입이 움직이려던 찰나.

"그러다 네게 새로운 꿈이 생기면, 또 등 떠밀 거야."

서로의 눈이 마주쳤다.

"너 지금까지 숨도 안 쉬고 달려왔잖아. 이젠 한 템포 쉬어 갈 때도 됐지. 이대로 아젤리아에서 쭉 일해 줘도 좋지만, 그래도 혹시 알아? 너한테 새로운 꿈이 또 생길지."

뜬구름 잡는 위로가 아닌, 경험에서 길어 올린 격려였다.

"나만 해도 누가 상상이나 했겠냐고. 이 금유리가, 한 바의 오너 바텐더가 될 거라고."

3년 전 이맘때만 해도 소맥도 몰랐던 나였는데.

"아버지 뜻 거스르고 가출해서 3년이나 잘 살아 낼 줄도 몰랐고."

김 기사나 김 씨 아주머니 없인 아무것도 못 했던 나였는데.

"난 지금도 좋지만, 사람 앞일은 모르는 거니까. 3년 뒤엔 또 다른 일을 하고 있을지도 모르지. 음, 3년 뒤면 우리 30대 중반이네? 그때 가서 또 다른 거 하려면 늦을까?"

"아니, 유리 너라면 충분히 하고도 남지. 뭐가 됐든지."

그 말에 유리가 눈매가 곱게 휘어졌다.

"성진아. 난 3년 전만 해도 내 나이가 많은 줄 알았어. 재계 선 자리에선 스물아홉 살도 많은 나이였거든. 근데 지금은 서른두 살 도 충분히 괜찮은 나이란 생각이 들어."

넘어지면 쉬어 가도 괜찮고. 여차하면 새로 시작해도 괜찮은 그런 나이.

"솔직히, 너한테 이 이상 열심히 하라곤 차마 말 못 하겠어. 주변에 누가 전통주 양조장 차린다면 도시락 싸 들고 말리고 싶은데, 정작 내 남친은 못 말리고 있으니."

유리의 입가에 쓴웃음이 비쳤다.

"특히 작년 가을에 너 엄청 취해서 집에 왔을 땐, 당장 그만두라고 말하고 싶은 걸 참았어."

참술 매출이 증가한 건 우리 술 품평회 대상 수상으로 인지도가 상승한 덕도 있지만. 한 벤더를 통해 전국에 수십 개 지점을 둔 농산물 마트에 납품하게 된 게 컸다.

운명적인 계약이 성사된 날, 성진은 답지 않게 말술을 마셨다.

눈을 떠 보니 백주대낮의 망원동 아파트, 그것도 유리의 침대 위였다.

갈아입혀진 잠옷. 숙취해소제의 잔해. 그리고 싱글 베드 위에서 제 커다란 몸과 벽 사이에 끼겨 새우잠이 든 유리.

심지어 그녀의 파자마 단추는 반쯤 풀려 있었고, 뽀얀 어깨에 브라 끈이 늘어져 있었다.

3년 전 크리스마스 키스 사건마저 뒤엎을 복선비 인생 흑역사가 탄생한 순간이었다.

"아하하, 너 그때 진짜 나한테 아무 짓도 안 했다니까? 단지 술김에 감정이 좀 격해져서……."

유리는 지금도 웃으며 감싸 주는 일이지만, 성진의 안색은 어두워졌다.

'그 벤더 사장님이 워낙 말술이라.'

당시 제가 밝힌 사건의 전말은 그랬고, 지금도 유리는 그렇게 믿을 터다. 금유리의 무한 신뢰에 24시간 포근하게 감싸여 있으면서도, 그녀에게조차 손에 꼽을 만큼의 비밀을 만들게 되는 건. 제 자신이 못 미더워서인지도 모른다.

"아무튼 성진이 넌 충분히 할 만큼 했어."

그래. 하늘에 맹세코 죽어라 했다. 지난 3년간 착한 유리 외롭게 하면서까지 해 온 일이니까.

"사실 난 크게 걱정 안 해. 넌 항상 모든 일에 최선을 다하니까."

그래. 매사 최선을 다하며 살아왔다. 주변 사람들을 행복하게 해 주고 싶고, 자신도 같이 행복해지고 싶었으니까.

그러나 최선을 다한 결과가, 때론 견딜 수 없이 가혹했다.

비정한 현실을 잊고 싶어서, 성진은 비현실적으로 아름다운 아카시아 나무를 두 눈 가득 담았다. 살그머니 팔을 뻗어 유리의 허리를 당겨 안으며.

"사실 꿈만 생각했다면, 진작 때려치웠을지도 몰라."

"정말? 왜?"

"하하, 그야…… 더럽게 힘들어서지."

농담처럼 말하며 성진은 유리의 둥근 이마에 살포시 입술을 대었다. 그녀의 고운 얼굴에 말 못 할 마음을 갖다 붙였다.

실은, 꿈만으로 지탱할 수 없는 무거운 마음을 네가 받쳐 준 덕분이야. 지금도 네가 단단히 받쳐 주고 있으니. 이번에도 난, 널 생각하며 이겨 낼 거야.

＊ ＊ ＊

"아닛, 똥주! 벌써 이번 주 거 업데이트하는 거야? 너무 부지런한 거 아녀?"

"전 대장님처럼 성진이의 발길질에 가 버리기 싫어서 말이죠."

서울로 간 성진을 기다리는 참에 동주는 참술 블로그 포스팅을 했다.

"이번 주제는 채운여름이구만."

"곧 있으면 여름도 오고 하니까요. 아, 사진 보니까 술 땡기네. 아침부터 이러면 안 되는데."

시원한 채운여름과 새콤달콤한 과일 안주를 페어링한 사진. 정말 군침 돌게 찍혔다.

"역시 성진이랑 네가 우리 참술의 보배다. 나 혼자였음 이런 거 다 엄두가 나서 하겠냐."

"전 별로 하는 것도 없는걸요."

성진 애기가 나오자 동주가 습관적인 쓴웃음을 지었다.

"성진이처럼 큰 계약 따 오는 것도 아니고. 소심해 빠져서 체험 프로그램이나 클래스 운영할 주제도 못 되고. 이 포스팅조차도 사실 마리아주님 도움 없으면 언감생심이죠."

"내가 누차 말하잖여. 내가 물이고 성진이가 누룩이라면, 동주 넌 쌀 같은 존재라고."

명 대장이 참술 멤버의 화합을 말할 때마다 써먹는 비유였다.

"사람들은 맛있는 술을 마시면, 누룩에만 대단한 비결이 있을 것처럼 생각하지. 하지만 먹을 밥이 없으면, 제아무리 성능 좋은 누룩이어도 그 안의 효모는 다 굶주릴 뿐이야."

351

"성진이는 특히나 최고급 누룩이죠. 어떤 쌀을 갖다 붙여도 괜찮을 거예요."

"그렇지가 않단다, 동주야."

명 대장이 사뭇 진지하게 말했다.

"성진이가 뭐든 잘하는 것처럼 보여도 빈 곳이 있고, 네가 그걸 채워 주고 있어. 마찬가지로 허당인 날 너희들이 채워 줬고. 우리 셋이 서로한테 없는 걸 찰떡같이 채워 주니 지금의 참술이 있는 게지."

"……."

"옆 동네 진달래 막걸리 양조장 봐. 사장이 워낙 시샘이 강하고 직원들에게 박하니 그 좋은 터 가지고도 결국 작년에 망해 버렸잖아."

정말 자신이 성진에게 쌀알 한 톨만큼이라도 도움이 되긴 한 걸까? 그렇다면 불행 중 다행일 텐데.

블로그 포스팅을 등록하며 동주가 생각에 잠겨 든 찰나, PC 책상에 올려 둔 핸드폰이 드르륵 울었다.

"성진이면 어디쯤 왔냐고 물어봐라. 난 먼저 양조장 간다."

드르륵 드르륵. 명 대장이 나간 뒤에도 핸드폰이 끈질기게 울었다. 동주는 돌처럼 바짝 굳었다. 화면에 뜬 건 성진의 번호가 아니었다.

결코 와서는 안 되는 번호. 드르륵 드르륵. 세 번째로 울어 대는 핸드폰이 귀신 들린 물건처럼 보였다. 동주는 방문을 걸어 잠그고 떨리는 손으로 통화 버튼을 눌렀다.

"왜 또…… 전화했어요. 윤수영 씨."

목소리의 떨림을 도저히 감출 수 없었다.

3.

가까워지면 피하고, 멀어지면 갈구하고

"채운 시리즈 인수 건은 어떻게 돼 가?"

"당장은 주주들의 강경한 반대에 부딪치고 있지."

서걱서걱 썰려 나간 스테이크 단면에 약간의 핏물이 배어 나왔다. 미디엄 웰던으로 구워 낸 고깃덩이 속이, 마주 앉은 사내의 속내보단 촉촉할 터.

"유력한 우호 지분 있잖아. 그쪽은 아직도 우유부단인가?"

"우유부단도 사치라는 걸 조만간 알게 해 주려고."

두현이 스테이크를 포크로 찍어 입에 넣는 순간, 이번엔 수영이 물었다.

"채운 시리즈, 인수한 다음엔 어쩔 거야?"

"어쩌긴. 전량 폐기하고 두 번 다시 세상 빛 못 보게 해야지."

두현은 당연하다는 듯이 말했다.

"그래도 제품 자체는 꽤 괜찮지 않아? 솔직히 인수만 해 놓고 묻어 버리긴 아까운 퀄리티인데."

두현은 검붉은 와인으로 입가심을 한 뒤, 조금도 줄지 않은 수영의 접시를 보고 이죽거렸다.

"왜, 아까워? 복성진 자식의 역작이라서?"

"사람 말 공과 사 확실히 구분해서 들어. 아까울 정도가 아니면 이렇게까지 할 이유도 없는 술이잖아."

"100프로 충남산 양조미, 수제 전통누룩, 최소 100일 이상의 숙성기간. 이게 과연 선샤인주류와 맞는 술이라 생각해?"

정답은 물론 '아니요'다.

저 번거롭고 비싼 조건들을 보라. 떼돈 벌려고 만드는 술과는 거리가 멀지 않은가.

40년 전 태양양조에 어떤 술 빚는 철학이 있었든지 간에, 현재의 선샤인주류는 이윤이 최우선 가치인 대기업이다. 거대한 시장을 선점하고 독점한 덕을 두고두고 누릴 권리와 의무가 있다.

"이번 만찬주 건 성사시키면, 아버지한테 기획개발팀으로 복귀시켜 달라고 할 거야. 물론 전통주 폭탄은 존경해 마지않는 배다른 형님께 돌려 드려야지."

두현의 아버지, 선샤인그룹 총회장은 변덕이 심하고 시기심이 강한 작자였다. 최근에 프리미엄 전통주 시장에 손을 대어 기업 이미지 면에서 쏠쏠한 재미를 보는 라이벌 그룹을 곱게 보질 못했다.

하! 잡것들이 제아무리 날고 긴들, 원조는 우리 선샤인주류야. 3대째 술을 빚어 온 태양양조 시절 초심으로 돌아가, 우리도 내세울 만한 막걸리를 만들자.

기왕이면 청와대 만찬주도 노려 보자. 40년 넘게 대한민국 주류

문화를 선도해 온 우리가 못할 게 무어냐.

총수의 늦된 전통주 바람은 후계자들 입장에선 노망에 지나지 않았다. 그걸 뻔히 알면서도 김두빈은 부친의 변덕을 이용했다.

그렇게 선샤인주류에 전통주사업팀이라는 폭탄이 생겨났고, 지난 2년 동안 두현은 그 폭탄을 되던질 마음만 먹었다.

"술에 미친 복성진의 작품답게 퀄리티 자체는 준수하다만, 채운 시리즈는 한마디로 말해 계륵이야."

남의 갈비뼈를 거리낌 없이 뽑다 계륵처럼 내버리는 짓거리. 이기기 위해서라면 이보다 더한 짓도 하겠지. 김두빈 부사장이나 강두현 이 인간이나.

인성 파탄 난 왕자들의 아귀다툼에 수영은 신물이 올라왔다.

"나, 참술 주주들한테 선샤인주류에 채운 시리즈 넘기면 띄워 주겠다고 설득하고 왔는데. 이러다 사기꾼 되겠네."

"그거야 그쪽이 알아서 할 문제지."

"하다못해 만찬주 후보에라도 올리면 안 되니? 채운여름이나 채운이슬은 첫햇살 막걸리랑 주종도 다르니 보험으로 써먹을 만하지 않아?"

"윤수영, 와인 먹고 취했어?"

와인 잔에 입술조차 안 댄 수영을 두현이 비웃었다.

"인수한 지 한 달도 안 된 술로 만찬주 따내면, 그게 누구 공이 될까? 회장님이 장하다 아들아, 칭찬이라도 해 줄 거 같아? 심지어 횡령으로 쫓아낸 직원이 만든 술로…… 하."

두현은 다소 신경질적인 손놀림으로 입술을 닦았다.

남들은 대세 남배우보다 잘생겼다고 말하는 마스크. 허나 수영의 눈엔 훤히 보였다. 나이 들어 감에 따라 눈에 띄게 발현되는 싸

구려 인격이.

반면 3년 만에 본 성진은 어땠나. 예전엔 순진무구하게 세상을 활보하는 대형견 느낌이었다면, 지금은 열정과 비례를 맞춘 냉정이 더해져 보기 좋은 무게감이 생겼다. 전 남친은 분할 정도로 숙성이 잘 되었다.

"다 먹었으면 그만 일어나지."

제멋대로 식사를 끝낸 두현이 일어섰다.

'수영아, 고기가 좀 질긴 거 같다. 꼭꼭 씹어서 천천히 먹어.'

다정한 환청이 귓가에 엉겨 든다.

오늘도 수영은 새삼스러운 사실을 깨달았다. 전 남친은 느려 터졌던 게 아니라, 저를 기다려 준 거였음을.

수영은 거울에 얼굴을 비추어 보았다. 초라하다. 한때 셰리 와인이 되길 꿈꿨던 여자치고.

강두현, 고급 꼬냑 병에 든 깡소주 같은 자식. 숙성 안 된 알코올이 온몸을 겉도는 이 느낌, 독하고 지긋지긋하다. 제 인생은 이제 평범한 와인으로 돌아가기도 그른 것 같다.

역시, 3년 전 성진과 함께 결혼식장에 들어갔어야 옳았을까?

후회의 감정이 뇌리를 스친 순간, 마음 한구석에서 격렬한 반발이 터져 나왔다.

그건 아니지, 윤수영. 복성진 다정하고 착한 거 몰라서 결혼 안한 거 아니잖아.

내게 한없이 다정하고 착해 빠졌을 뿐 아니라, 뭐든 다 퍼 주고 다 해 주려던 복성진이라 견딜 수 없었던 거잖아. 이제 와서 장밋

빛으로 회상하면 곤란해.

수영은 거울을 보며 눈을 치떴다.

아버지 닮아 이지적인 눈빛. 어머니 닮아 서늘하리만치 창백한 피부. 구질구질한 과거가 거울 속에서 매섭게 소용돌이쳤다.

✥ ✳ ✥

남자는 S대 건축과 나온 대기업 사원, 여자는 명문 여대 출신 스튜어디스였다.

연애 1년 만에 결혼했고, 결혼 반년 만에 딸을 얻었다. 여자는 오래도록 하늘을 날고 싶었지만, 계획하지 않은 임신과 육아로 커리어를 포기했다.

아내의 어쩔 수 없는 선택을 빌미 삼아, 남편은 잘 다니던 회사를 그만뒀다.

'조직 문화는 나랑 잘 안 맞아.'
'하나뿐인 인생, 내가 원하는 대로 좀 살자.'

남자는 대기업을 등에 업은 시절의 자신과 본래의 자신을 혼동했다. 경험과 연륜으로 무장한 자영업자 천지인 세상에, 무턱대고 벌인 사업이 잘 될 리 없었다.

대대로 물려받은 강남 아파트까지 떨어 먹은 후, 남자는 집에서 빈둥거렸다. 꼴에 S대 나왔다고 눈만 높아 중소기업은 거들떠보지도 않았다.

여자는 몸 풀자마자 학습지 교사를 하며 생계전선에 뛰어들었

다. 눈치가 비상한 어린 딸은 흰 눈으로 아버지를 보기 시작했
다.

아내와 딸의 원망 가득한 눈초리에 반성하기는커녕, 남자는 목
소리만 높아졌다. 술이 들어갈 때마다 운명의 여자를 찾아 나서
고, 집에만 오면 손에 잡히는 대로 집어 던졌다.

여자는 거울을 볼 때마다 한숨지었다. 바래지 않은 미모가 더욱
그녀를 비참하게 했다.

여자는 거울을 보며 생각했을까? 날 좀 더 소중하게 대해 줄 남
자를 만났더라면.

아니, 처음부터 결혼하지 않았더라면.

어느 날부턴가 여자도 초록색 병에 입을 댔다. 그 안에 든 게 뭐
라고 사람이 저렇게 악마 새끼가 될 수 있나 궁금했다. 마시고 나
니, 놀랍게도 싸우자, 죽자는 오기가 생겼다.

그렇게 부부는 후회막심한 과거와 싸우고, 비참한 현재와 싸우
고, 가망 없는 미래를 넘나들며 싸웠다. 아버지는 며칠에 한 번씩
들어와 집안을 뒤집어 놓고, 알코올 중독에 빠진 어머니의 얼굴은
유약이 갈라진 백도자기처럼 되었다.

집안에서 부성애와 모성애란 게 흔적조차 남지 않았을 즈음, 수
영의 나이는 열세 살이었다.

구립도서관으로 피난 다니던 겨울방학. 김밥 한 줄 사 먹을 돈
을 달랬다가 어머니한테 꾸지람을 들었다.

'넌 네 아빠한텐 생전 돈 달란 소릴 안 하니?'

아버지란 작자의 지갑에서 5천 원짜리 한 장 꺼내 가려던 걸 들

켰다. 어찌나 세게 밀쳐졌는지 집 안에서 넘어졌는데도 무릎이 깨졌다.

집에 하나 남은 반창고는 상처보다 작았다. 그거라도 붙이고 나와 구립도서관 책상에 틀어박혔다.

이 와중에 공부가 머리에 들어오니? 누구누구 닮아 참 지독한 년. 스스로에게 비웃음을 퍼붓던 차.

「잠깐만.」

조심스러운 말이 적힌 포스트잇이 시야를 가로질러 책상에 붙었다. 놀라 돌아보니, 남자애가 심각한 표정으로 제 무릎을 보고 있었다. 어느새 새빨갛게 물든 밴드가 한쪽이 떨어져 덜렁거렸다.

'조금 따가워도 참아.'

구립도서관 공원 벤치에서, 그는 수영의 까진 무릎에 후시딘을 바르고 새 밴드까지 붙여 줬다. 아까 잠깐 나갔다 온 게 그거 사러 간 거였다.

그 뒤로 수영은 종종 남자애와 점심을 같이 먹었다. 그는 집에서 싸 온 귤이나 맛있는 반찬을 아낌없이 나눠 주었다.

'너도 두견중 배정받았지? 우리 같은 반 되면 좋겠다.'

수영은 굳이 맞장구치지 않았지만, 그의 말은 현실이 됐다.

입학식 날. 그는 다른 애들 시선 따윈 아랑곳 않고 수영에게 바짝 붙어 섰다. 재회의 기쁨이 오롯이 담긴 눈으로 그가 속삭였다.

'우리 완전 운명 같지 않냐? 윤수영.'

가르쳐 주지 않으려 했던 제 이름을 그가 반갑게 불렀다.

복성진. 묻지 않으려던 그의 이름을 그렇게 알았다.

같은 반이 된 성진은 생각 이상으로 인기가 많았다. 잘생기고, 밝고, 거기다 공부까지 잘하는 남자애는 그의 전교 등수처럼 손에 꼽을 정도였다. 여자애들은 괜히 그 근처에서 손 빗질을 했다.

특히, 3반 최고 금수저 금유리의 반응이 꽤 볼만했다.

말 한 번 섞는 게 평생소원인 눈빛. 눈이라도 한 번 마주치길 바라는 눈빛.

성진은 그 절실한 눈빛을 까맣게 모르고 지나쳐, 곧장 제게 다가와 다정한 말을 건넸다. 그런 순간이 수영에게 은근한 희열을 가져다줬다.

'확실히 다른 기집애 주기는 아까워.'

중학교 1학년 겨울방학 전, 수영은 성진에게 고백을 받았다. 축하해 주는 친구들에게 성진은 한턱 쏜다고 했고, 그 곁에서 수영은 지극히 고요했다.

대박 커플의 탄생으로 1학년 3반 교실에 일대 소란이 일어난 와중에, 울 것 같은 얼굴로 교실을 빠져나가는 유리의 모습이 눈에 들어왔다. 수영은 생각했다.

'미래는 어떨지 몰라도, 지금 당장은 나쁘지 않네.'

남친이 되자 성진은 당연하게도 수영의 인생에 깊이 들어왔다. 그는 항상 후시딘과 밴드를 가지고 다녔다. 과학이나 기술가정 시간에 필요한 값비싼 실습 준비물을 두 개씩 사 놨다가, 수영이 못 샀다고 하면 기다린 듯이 내줬다.

그런 호의가 공기처럼 당연하게 느껴질 즈음, 수영의 마음 한구석에 의구심이 생겼다.

'얘는 내가 앞으로도 계속 빠트리고, 다칠 거라 생각하는 거 아닐까?'

그래도 한동안은 성진과의 연애를 나름대로 즐겼다.

그가 쏟아 내는 다정한 말들에 무슨 대답을 줘야 할지 모르겠고. 그가 정성 들여 준비한 선물에 어떤 리액션을 취해야 할지 모르겠고. 제가 그를 좋아하긴 하는 건지, 모르겠어도.

15세 봄. 난장판인 집에서 부모님의 연애의 흔적을 찾아냈다. 그때까지만 해도 수영은 철석같이 믿었다. 부모님의 만남에는 분명 악마의 술수가 개입했을 거라고.

그러나 아버지가 어머니에게 쓴 연애편지를 읽은 순간, 수영은 충격에 휩싸였다.

옆에 큐피드라도 앉혀 두고 쓴 듯, 아버지의 편지는 가지런한 필체로 쓰인 데다 진솔한 사랑의 말이 가득했다. 당시의 아버지는, 지금 제 곁에 있는 열다섯 살 소년에게 결코 뒤지지 않는 순정파였다.

거기에 생각이 미치자, 섬뜩한 미래가 수영의 머릿속에 그려졌다.

아버지처럼 흉악하게 돌변한 성진. 마음 놓고 기댔다가, 어머니처럼 무력하게 넘어지는 자신.

좋아 죽으려 하는 사랑이, 결혼이 무서워졌다.

그때쯤, 5반 여자애가 성진에게 공개고백을 했다. 수영이 두 눈 시퍼렇게 뜨고 보는 앞에서.

나보다 전교 등수도 뒤지고 딱히 예쁘지도 않은 여자애가 저리 자신만만하게 나대는 건, 우리 집 사정을 알아서일까? 나랑 복성진 어차피 오래 못 갈 게 뻔해 보여서일까?

앞으로도 이렇게 비참할 바엔 지금 끝내는 게 나아.

울면서 교실을 뛰쳐나오니 성진이 황급히 따라와 붙잡았다. 헤어지자고 하니 자기가 무조건 잘못했다고 빌었다. 그에게 아무 잘못이 없다는 걸 알면서도 끝까지 못되게 굴었다.

그날 이후로 성진은 수영 외의 여자애들하고는 거의 말을 섞지 않았다. 심지어 가끔 가던 남자애들 PC방 모임도 끊었다. 인간관계가 축소되는 한이 있어도 수영을 무조건 1순위로 삼았다.

수영은 그것이 제 탓이 아니라고 생각했다.

'뭐야, 네가 이렇게까지 하니까 잘 봐 달라는 거야?'

'네 선택일 뿐이야. 나는 너한테 굳이 그러라고 한 적 없어.'

가슴 한구석엔 언제나 그를 향한 냉담함이 있었다. 수영은 언제든 크게 싸우고 갈라설 준비가 되어 있었고, 성진은 본능적으로 그걸 느꼈는지 늘 져 주었다.

고등학교 3학년. 성진의 S대 합격 소식에 주변 사람들은 당연하다는 반응이었다.

수영 역시 S대 합격 통지를 받고 안도했다. 그와 같은 대학에 가게 되어서인지, 아니면 그와 헤어지더라도 더 좋은 남자 만날 기반이 갖춰져서인지.

합격의 기쁨을 만끽하려던 그때.

362

'수영아, 축하해. 나도 성진이한테 집중케어 받았으면 S대 붙었으려나.'

S대 경영학과 한 자리를 두고 수영과 최후까지 경쟁했던 여자애가 툭 던지듯 말했다. 원래 별 사심 없이 말을 뱉는 기집애인 거 알면서, 속이 뒤틀렸다.

'뭐야, 지금 내가 복성진 없이는 S대 못 갔을 거란 말이야?'

인정하기 싫지만 일정 부분 사실이었다. 당시 가세가 완전히 기울어, 수영은 사실상 길바닥에 나앉은 상황이었다. 성진의 도움이 없었다면 S대는 고사하고 고등학교도 마칠 수 있었을까?
들끓는 마음을 식히려 복도를 배회하니, 예체능반에 있는 중학교 동창이 금유리의 근황을 전했다. 서울 중위권 음대로 간단다. 걔 아버지가 그 대학 기둥 하나 세워 준 대가로 붙었을 거란 그럴싸한 루머도 덧붙였다.
마침 금유리가 지나가기에, 수영은 친구와 큰 소리로 떠들었다.

'나 이번에 S대 가. 성진이랑 같이.'
'어머. 축하해, 수영아. 하긴, 너희 둘은 엄청 열심히 했으니까.'
'우린 노력해서 실력으로 갔는데. 부모 힘으로 대학 가는 애들, 솔직히 역겹지 않니?'

유리는 수치스런 얼굴로 예체능반 교실에 숨어 버렸다. 역시 화풀이하는 보람이 있는 상대였다.

'네가 얼마를 써도 못 가질 남자, 나는 보험처럼 끼고 있을 거야.'

수영의 선샤인주류 입사 기념으로, 두 사람은 1박 2일 여행을 떠났다.

여행지의 호텔에서 성진이 샤워하는 동안, 수영은 어매니티에 포함된 콘돔을 만지작거렸다.

10년 넘게 사귀었지만 그와는 단 한 번도 관계를 하지 않았다. 자신이 그럴 여지를 원천봉쇄한 탓도 있지만. 남들은 적당히 콘돔 하나 믿고 즐긴다는 섹스, 성진은 책임까지도 생각했다.

이젠 우리 둘 다 취직도 했고 나이도 찼으니, 그로선 충분히 때가 되었다고 생각할 만했다.

로맨틱한 무드등. 깨끗하고 푹신한 이불이 깔린 침대. 여기까지 이끌어 주고 기다려 준 만큼, 저를 끝까지 아껴 줄 남자.

지그시 눈 감고 받아들이면 아름답게 전개될 밤의 문턱에서, 수영은 역류하는 삭풍을 느꼈다.

'이 남자한테 정말 나쁜일까? 나 안 보는 데서 풀고 다닌 거 아냐?'

'안 풀고 다녔다면, 그건 그거대로 질릴 거 같아.'

'이러다 내가 이 남자 없이 아무것도 못 하게 되면 어쩌지?'

'나중에 내 진짜 운명이 나타나더라도, 이 남자한테 발 묶이는 거 아닐까?'

아무런 근거 없이 연인을 깎아내리던 차, 당사자가 욕실에서 나왔다.

'수영아, 저기.'

성진이 가슴에 오롯이 품은 사랑을 풀어내기도 전에.

'미안한데 성진아. 나, 혼전 순결주의야.'

수영은 일그러진 미소로 막았다.

❖ ✳ ❖

엄마처럼 비행기에서 떨어지는 건 사양이다. 그래서 복성진이라는 비행기에서 내렸다.

헌데, 그 비행기가 다른 여자를 태우고 훨훨 날아가는 모습을 가만히 보기가 괴롭다.

이럴 바엔, 제 손으로 그를 추락시키는 편이 나을까?

"오동주 씨, 언제까지 당신만 착한 척할 참이에요? 3년 전엔 복성진 잘도 팔아넘겼으면서."

전화를 받자마자 덜덜 떠는 상대에게 낮게 을렀다.

우린 은근히 닮은 데가 있는 거 같네. 성진을 질투하면서도, 동경하고. 그의 호의를 거슬려 하면서도, 이용하고.

가까워지면 피하면서, 멀어지면 또다시 갈구하게 되고.

"열심히 일해서 갚겠다, 뭐 그런 생각이에요? 글쎄. 성진이가 3년 전 진달래의 진실을 알면, 과연 동주 씨 용서할까?"

당황한 상대가 뭉개진 발음으로 막 뭐라 뭐라 했다. 수영은 적당히 한 귀로 흘리고 통보식으로 말했다.

"이제 그만 노선을 정해요. 내 입으로 대신 까발리기 전에."

통화가 끝난 뒤, 수영은 거울 속의 자신을 경멸스럽게 보며 웃

365

었다. 남의 갈비뼈 빼앗아 계륵으로 내버리는 강두현이나, 못 먹는 감 마구 찔러 대는 자신이나.

어쩌겠는가. 똑같이 구질구질한 인간끼리 만난 걸.

❖ ✳ ❖

'오빠, 우리 엄마 암이래. 어떡해? 나, 이대론 오빠랑 결혼 못 할 거 같아.'

'이번 한 번만 도와주면 안 될까? 내가 오빠한테 평생 잘하면서 갚을게.'

─ 지금 거신 번호는 고객님의 요청에 의해 당분간 착신이 정지되어⋯⋯.

"동주야, 오동주."

"헉!"

책상 노크 한 번에 동주는 백일몽에서 깨어나며 소스라쳤다.

"어디 아파? 얼굴이 하얀데."

석연찮은 눈빛을 한 성진이 코앞에 있었다.

"어⋯⋯ 약간 좀⋯⋯ 그런 거 같아."

아무렇지 않은 척 행세하기엔, 살가죽이 종잇장이라도 된 듯 오한이 인다.

"컨디션 안 좋으면 들어가서 쉬어. 무리하지 말고."

"성진아, 나한테 뭐 얘기하려던 거 아냐?"

"내일 얘기하자. 내가 오늘 누룩실 온습도 체크를 안 한 거 같은데, 잠깐 내려갔다 올게."

366

성진이 떠나간 자리. 그가 놓아두고 간 핸드폰이 진동했다. 까만 대기화면에 카톡 메시지 알람이 연이어 나타났다.

[알 수 없음 : (사진)]

동주는 충혈된 눈을 희번덕거리며 그 광경을 지켜봤다.

'이제 그만 노선을 정해요. 내 입으로 대신 까발리기 전에.'

윤수영, 그 악마 같은 여자한테 살해협박과도 같은 말을 들은 게 불과 어젯밤의 일. 성진의 핸드폰이 진동할 때마다 신경줄이 끊어질 듯이 당겼다.

알 수 없음은 도대체 누구이며, 무슨 사진을 저리도 집요하게 들이미는 건가?

방을 나선 성진은 좀처럼 돌아오지 않고, 핸드폰은 20번도 넘게 울리며 심장박동과 뒤엉켰다.

동주는 입술을 잘끈 물고 손을 뻗었다. 해서는 안 되는 짓인 걸 알지만, 당장 저 카톡의 내용을 확인하지 않으면 숨 막혀 죽을 것 같다.

3년 전에도 그랬다. 숨 좀 트자는 핑계로 이보다도 해선 안 되는 일을 저지르고 말았고, 그 대가로 3년째 하루하루가 참혹했다.

성진의 핸드폰에는 비번이나 패턴이 걸려 있지 않다. 끔찍이도 떨리는 손으로 대기화면을 걷어 내니, 사진이 흘러내리듯 펼쳐졌다.

그중 한 사진을 본 순간, 동주의 입에서 단말마가 터졌다.

"허억……."

선샤인주류 충남공장 앞에 정차한 자신의 트럭.

철쭉을 실은 트럭.

저벅저벅.

발소리가 불쑥 다가온다. 심장에 전기충격이 가해진 듯 정지해 있던 동주는 퍼뜩 정신을 차렸고, 곧바로 돌변했다.

문제의 사진을 엄지로 꾹 눌러 삭제 버튼을 클릭했다. 그러는 동안에도 새로운 사진이 계속 왔다.

황급히 대기화면으로 돌린 핸드폰을 제자리에 놓음과 동시에, 성진이 문을 열고 들어섰다.

"아…… 성진아. 누가 너한테 계속 톡 보내던데."

범행 현장에 막 당도한 형사 앞에서 선량한 행인인 척하는 살인범의 심정이 이럴까?

'너 혹시 내 폰 만졌어?'

자기 폰을 확인한 성진이 금방이라도 정색하며 추궁할 거 같았다.

"동주야."

"어! 왜? 성진아."

"들어가서 좀 쉬라니까."

성진이 쓴웃음을 물고 있었다.

"아, 알았어. 그럼 난…… 숙소에 가 있을 테니까, 혹시 급한 일 생기면 불러."

도망치듯 자리를 벗어나며 동주는 깨달았다. 지난 3년간 수천 번도 더 상상했던, 형벌 같은 시간이 목전에 다가왔음을.

✛　✱　✛

참술 정원 한복판에 지어진 방갈로. 1박 2일 체험 프로그램을 이용하는 관광객의 편의를 위한 간이숙소다. 명 대장이 정성 들여 가꾼 나무가 결계처럼 사방을 둘러치고 있어 한낮에도 아늑한 그늘이 진다.

동주는 방갈로 구석에 앉아 몸을 웅크려 말았다. 방 안에 드리운 나무 그림자마저 따갑고 숨이 막혔다.

덧없이, 옛날 생각이 났다. 성진이나 저나 똑같은 동네 개구쟁이였던 시절. 둘이서 사유지인 산에 갔다가 성진은 송이버섯 캤다고 혼나고, 저는 인삼밭을 망가뜨려서 혼났다.

또 어떤 날은 밭에서 김매다 일사병으로 쓰러진 동네 어르신을 둘이 힘을 합쳐 구해 내 마을 영웅이 되었지.

기쁨을 두 배로 누리고 슬픔을 반으로 나누던 동갑내기 친구. 성진과의 우정이 영원할 거라 믿었다.

마냥 귀여움 받던 시기를 지나 온갖 평가와 잣대가 들이밀어지자, 그 생각이 서서히 바뀌었다.

학년이 올라갈수록 저와 성진의 다름이 극명해졌다. 아니, 정확히는 격차일까. 저는 최후까지 고민하다 공란으로 낸 수학시험 주관식 문제가 성진의 문제지엔 술술 풀려 있고. 제가 감히 넘보지 못하는 예쁜 여자애들이 하나같이 성진을 넘본다는 소문이 났다.

내 친구가 이렇게 잘난 놈이었나?

어릴 땐 그래서 더 좋은 놈이었는데, 그 옆에서 점점 기우는 제 자신이 선명하게 의식되었다.

'오동주! 같이 좀 가, 인마!'

학교 가는 길에 마주치면 반색하며 따라붙는 성진은 한결같았다. 그 인사가 괜스레 눈치 없게 느껴지는 제 마음이 변했을 뿐.

오동주 이 몹쓸 놈아. 이러면 안 돼. 잘나고 착한 친구를 둔 건 내 인생에도 플러스가 되는 일이고, 그런 친구일수록 더욱 잘되길 바라야지. 나랑 성진이가 친구 먹은 게 몇 년인데.

열등감은 자존감 회복으로 극복할 수 있다는 원론적인 생각도 해봤다.

하나쯤은 내가 성진이보다 잘할 수 있는 게 있을 거야. 그런 걸 찾아 내 존재 가치를 증명해 보인다면, 성진이 놈 옆에 있어도 마냥 비참하진 않겠지?

동주는 초등학교 입학 직후부터 해 온 유도에 더욱 심취했다. 전국소년체전에 도 대표로 참가해 좋은 성적을 내고 체중 체고를 거쳐 유도 국가대표가 되자. 그런 미래를 조심스레 그려 볼 즈음.

'동주야, 나도 유도 한번 배워 보려는데. 네가 다니는 도장 어디야? 네가 나 좀 가르쳐 주라.'

성진은 친구 따라 강남 가는 사람처럼 유도를 시작했다. 원체 운동신경이 발군인 데다 뭐든지 최선을 다하는 놈이라 실력 상승 폭이 어마어마했다. 몇 년이나 앞서 유도를 시작한 동주가 얼마 안 가 위기의식을 느낄 만큼.

6학년이 된 어느 날.

'도 대표 선발전에 나갈 우리 도장 대표선수를 뽑도록 하겠다. 물론 될 놈으로.'

관장님은 수련 기간에 상관없이 대련 성적으로 공정하게 **뽑겠**다고 했다. 성진은 그날 지각해서 그 얘기를 듣지 못했다.

'동주랑 성진이 나와 봐.'

성진의 큰 키와 동주의 살집 때문에 공교롭게도 체급이 같았다. 매트 위에서 동주는 절박한 숨을 마셨고, 성진은 오늘따라 부자연스럽게 긴장한 친구 놈의 모습에 픽 웃었다.

동주는 지면 잃을 것이 너무도 많은 대련. 멋모르는 성진은 늘 해 온 수많은 대련 중 하나일 뿐이라 생각했다.

그날, 동주는 무언가에 쒼 것처럼 성진에게 연거푸 한판 패를 당했다. 제가 그리 맥없이 당한 건 과도한 긴장감 때문이었는지도 모르지만, 관장님은 그 역시도 실력 차라 생각하셨다.

'네? 도 대표 선발전에 나가 보라고요? 제가요?'

성진은 그 말을 듣자마자 펄쩍 뛰었다.

'저보단 동주가 나을 겁니다. 경험도 훨씬 많고⋯⋯.'

오늘 대련에 그런 의미가 있는 줄은 미처 몰랐지만, 동주에게 전국소년체전이 얼마나 큰 의미가 있는지 너무 잘 알았다.

'올림픽 금메달을 운동짬으로 따냐. 다 제 실력이지.'

실력지상주의 관장님의 거침없는 발언에 제가 다 민망하여, 성진은 자꾸 동주를 돌아보았다.

'죄송합니다, 관장님. 저는 수학경시대회 준비해야 돼서 힘들 거 같습니다.'

굳이 수학경시대회 운운한 건, 양보받는 사람 입장을 생각해서 였으리라. 그러나 동주는 그가 쓰다 버린 수건이 면상에 던져진 듯한 기분을 맛보았다.

그 해 도 대표 선발전에서 동주는 예선 1차 탈락했고, 성진 역시 수학경시대회에 참가하지 못했다. 아버지가 이웃사촌에게 음주 교통사고를 당해 돌아가셨기에.

그 비보를 접한 순간, 동주는 그만…… 세상이 공평하다는 소름 끼치는 생각을 해 버렸다.

성진이 서울로 전학 간 뒤, 20대의 끝자락에서 재회했다. S대 출신에 대기업 직원으로 금의환향한 성진은 보물박이 열리는 박 씨를 물어 왔다.

'근디 진달래꽃은 어떻게 실어 날러? 그쪽에서 화물차 대 주나?'
'어유, 당연히 공급자인 우리가 책임지고 갖다줘야지.'
'제 트럭으로 운반할게요.'

동주가 선뜻 나서자 성진은 감동했다.

'동주야, 고맙다. 네가 해 준다니까 진짜 안심돼.'

'그냥 건조 꽃 운반하는 건데 뭘. 거리도 얼마 안 되고.'

그 말을 함으로써, 동주는 악마가 내민 계약서에 사인을 마쳤다.

성진이 당진에 오기 전, 의문의 여성에게서 전화가 걸려 왔다. 자신을 선샤인주류 직원이라 소개한 그녀는 어마무시한 제안을 했다.

성진에게, 선샤인주류 충남공장에 납품할 진달래꽃을 당신이 실어 나르겠다고 해라. 단, 중간 지점에서 우리가 준비한 다른 꽃으로 바꿔 실어라.

그렇게만 하면 준다는 대가가 무려, 3천만 원이었다. 동주가 좀처럼 믿지 못하자 그녀는 착수금 5백만 원을 그의 통장에 바로 쏴 줬다.

하는 일에 비해 터무니없이 큰돈이 걸린 일은 늘 양심을 담보하기 마련이다.

'이번 일 잘되면 나 승진할지도 몰라.'

의뢰인에게 많은 걸 묻지 않아도, 동주는 성진이 사내 정치에 휘말렸다는 것쯤은 유추할 수 있었다.

'다음 달에 결혼할 여자야. 언제 한번 셋이 만나 술 한잔 하자.'

핸드폰 속 미인을 보여 주며 행복하게 웃는 성진. 그 앞에서 동주는 거짓 웃음을 꾸며 냈다.

373

미안하다 성진아. 능력 좋은 넌 여전히 많은 걸 가졌지만, 못난 내겐 정말 유나뿐이야.

그녀 어머니가 암이래. 어머니 살려 주면 유나가 나랑 살아 준대.

그러니 이번 한 번만, 네 행복의 일부를 빌릴게.

동주가 악마에게 영혼을 판 그해. 처음부터 모친이 없었던 유나는 다른 남자와 해외 도피를 했고, 성진 역시 파혼당하고 직장에서 해고까지 당했단 소식이 들려왔다.

윤수영이 우리에게 동시에 접근한 악마였다는 충격적인 진실을 안 건, 한참 뒤의 일이었다.

'열심히 일해서 갚겠다, 뭐 그런 생각이에요?'

솔직히 그 여자 말대로다. 진실을 밝히고 용서를 구할 용기가 없는 비겁한 놈이, 잘못을 만회할 유일한 방법이라 생각했으니.

'글쎄. 성진이가 3년 전 진달래의 진실을 알면, 과연 동주 씨 용서할까?'

결코 용서받지 못할 게 뻔해서 양심으로부터 끈질기게 도망 다녔다.

하지만 이제 더는 달아날 곳이 없다.

성진에게 사진을 보낸 상대는 모든 진실을 아는 사람일 터. 이르면 오늘 안에 제가 필사적으로 감춰 온 추악한 진실이 폭로되리라.

이 지경까지 이른 마당에 오동주가 선택할 수 있는 건 단 하나, 제 입으로 먼저 밝히는 거였다.

성진에게 무조건 잘못했다고 빌자. 감히 용서받을 거란 기대는 품지도 말고.

대대로 물려받은 논을 전부 팔아서라도 그의 잃어버린 3년을 갚겠다고 하자. 그깟 푼돈으로 갚아지겠냐는 지당한 말을 듣더라도.

그의 눈앞에서 영원히 사라지겠다고 하자. 당연한 거 아니냐는 말을 듣더라도.

그것이, 감히 기회를 말할 자격도 없는 오동주가 최소한 인간으로 남을 유일한 방법이다.

늦어도 너무 늦은 결단을 내리고 나니, 시간이 엄청나게 흐른 것처럼 느껴졌다. 그럼에도 방 안에 어리는 한 줄기 햇살은 여전히 한낮이다.

이제 그만 나갈까? 가서 말해야지. 정리해야지.

축 처진 몸을 간신히 일으켜 창밖을 내다본 순간, 동주는 얼어붙었다.

윤수영. 그 여자가 정원에 있었다.

당신이 여긴 또 왜? 대체 어쩔 작정으로!

당장 뛰쳐나가 그녀를 붙들고 따져 물으려다, 동주는 멈칫했다.

성진이 같은 풍경 안으로 걸어 들어왔다. 그 표정이 차가우리만치 의연한 걸 보아, 수영이 전화로 불러낸 모양이었다.

"영업부 소속이라 회사 자주 비우기 어렵다고, 저번에 네 입으로 말하지 않았나?"

그래 놓고 참 자주도 온다는 비꼼이었다.

"이번엔 내가 할 말이 있어서."

"채운 시리즈 매각 건이면 동주랑 얘기하면 되잖아. 의결권도 없는 일개 직원 뭐하러 자꾸 불러내."

너하고는 꼭 필요한 말 아니면 할 생각이 없으니, 우리가 할 얘긴 없단 소리였다.

성진이 세운 완고한 벽 앞에서 수영의 마음이 들끓었다.

"복성진. 너무 대놓고 지겨워하는 거 아냐? 예전엔 네가 지겹도록 매달려 놓고."

"아무리 지겨운 줄 몰랐던 사이라도, 끝난 뒤가 이런 식이면 지겹지."

예전 그 시절 얘기에 성진은 실소했다.

"좋아. 네 말, 이번 한 번만 들을게. 대신 의사 전달을 똑바로 해. 나한테 자꾸 뭔가 되물으려 하지 말고, 빙빙 돌려 말하지도 말고."

성진의 냉랭한 엄포에 수영의 눈꺼풀이 파르르 떨렸다. 굳이 말 안 해도 알았던 남자. 내가 되묻거나 빙빙 돌려 말해도, 내 기분을 맞춰 줄 만큼 헤아림이 넘쳤던 남자가.

"이 자리에서 딱 끝내. 유리가 너 여기 기웃거린 거 알면 불쾌해할 테니까."

내게 이럴 수는 없다.

"오늘 이후로 다신 나 불러내지 말고."

내가 아무리 너한테 심한 짓을 했어도. 3년이 지났어도.

"길에서 마주쳐도 서로 알은척하지 말고, 각자 갈 길 가자."

넌 나한테 이럴 수 없어.

"딱히 할 말 없으면 간다. 나 바빠."

수영의 침묵이 1분을 넘기자 성진은 가차 없이 돌아섰다.

"복성진!"

벌써 몇 걸음 벗어난 성진을 수영이 앙칼진 목소리로 붙들었다.

"내가 왜 3년 전에 결혼식에 안 갔는지 알아?"

"염증이 나서라고 하지 않았나. 뭔가 더 들은 거 같은데 이젠 기억이 잘 안 나서."

"내가 왜 너한테 염증이 났는지, 생각해 본 적 있어?"

또 이런 식으로 되묻는다.

더 상대하지 말고 가 버릴까 하는 생각도 들었으나, 가슴 깊이 눌러 참은 분노가 먼저 폭발해 버렸다.

성진은 홱 돌아서서, 수영에게 울분 가득한 말을 퍼부었다.

"당연히 생각해 봤지. 미치도록 해 봤지. 내가 너한테 대체 얼마나 큰 잘못을 했길래, 네가 내 술에 독을 탄 건지. 결혼식 날 개망신을 준 건지. 딴 놈도 아니고 하필, 내가 친구라고 생각했던 자식하고 내 등에 칼 꽂은 건지."

인턴 월급 모아 샀지만 명품백은 아니었던 가방. 정성껏 골랐지만 T사나 C사 건 아니었던 주얼리. 강두현이 줄 수 있는 거에 비해, 제가 준 게 턱없이 부족해서 그랬나 싶다.

"그래도 난 하늘에 맹세코, 너한테 최선을 다했어."

물적인 것뿐만 아니라 정신적인 것까지.

"내 모든 걸 다 줘도, 넌 하나도 기뻐하지 않았잖아."

달라고 하면 줄 것마저도 가장 잔인한 방법으로 빼앗았잖아.

"네가 한 짓을 안 뒤에도, 난 널 원망하지 않으려 했어. 남들이 우리가 함께한 세월이 아깝다고 말해도, 나는 그러지 않으려 했어."

당시엔 정말 애틋하고 소중했던 추억까지 나쁘게 말해 버리면, 내가…… 15년을 허비한 사람이 되어 버리니까.

"근데 너랑 난 이제, 남보다 못한 사이가 된 거야."

옛정은커녕 최소한의 도의마저 저버린 전 여친과 마주하니, 이제야말로 뼈저리게 후회되었다. 15년 세월 이 여자 하나 바라본 것이. 제 첫 순정을 바친 것이.

"아직도 나한테서 빼앗을 게 남아 있다면, 곱게 좀 가져가. 동주를 두 번씩이나 끌어들이는 건 인간적으로 너무하지 않냐."

성진이 신랄하고도 허탈하게 웃었다.

"그렇게 지독하게 가져 봤자, 어차피 이번에도 안 기쁠 거면서."

그 말 하나가 탁 뱉은 침처럼 수영에게 달라붙었다.

굳이 안 해도 될 말을 한 것 같다. 성진은 한숨지으며 뒤를 돌았다. 그 순간.

"복성진. 넌 최선을 다했으니 됐다 싶지?"

"……."

"너만 아주 천사고, 네 친구나 여친만 나쁜 연놈이지? 세상이 대체 왜 이 모양인가 싶지?"

성진의 묵묵한 등에 대고 수영이 악을 내질렀다.

"너한테 난, 네 열 살 아래 동생이나 마찬가지였어. 마치 걔네 돌보는 것처럼 나한테 뭐든 다 해 주려 했지. 그게 나한테 어땠는지 알아? 여친이 아니라, 보살핌의 대상이 된 거 같았어."

"……."

"내가 S대 갈 때도, 선샤인주류 입사할 때도 다들 그러더라. 윤수영이 대단한 게 아니라, 복성진이 대단한 거라고. 뭐든지 케어해 주는 남친 둔 내가 복 터진 년이라고. 네 옆에 있으니까 내가,

뭐 하나 스스로 할 줄 아는 게 없는 년이 되더라. 네 옆에 계속 있다 보면 영영 그럴 거 같은 기분. 이게 얼마나 막막하고 비참한지, 넌 모르지?"

"……."

"솔직히 너도 은근히 그런 시선을 즐기고 있었던 거 아냐? 재한텐 아까운 남자, 재한텐 아까운 친구. 그런 포지션을 고수하고 싶었던 거 아니냐고."

"……."

"그래서 너의 최선이란 게 아주, 지긋지긋해. 오동주도 마찬가지일걸? 너의 그 위선적인 최선에 구역질이 났겠지. 오죽하면 등에 칼 꽂고 싶을 만큼."

성진이 뒤돈 채 침묵하자 수영은 숨을 몰아쉬는 중에 눈물을 글썽였다.

"금유리는 안 그럴 거 같아? 그 기집애가 너의 숨 막히는 최선에 질리지 않을 거 같냐고."

이렇게까지 말하는데도 한 번을 돌아보지 않는다. 애달프고 답답한 심정에 눈먼 분노가 합쳐졌다.

"너의 최선은 평생 그런 식일 거야. 모두가 질려서 떠나 버릴 거라고."

방갈로 안에서 상황을 지켜보며 동주는 숨을 죽였다. 수영 입장에선 성진이 돌아앉은 돌부처처럼 보일 테지만, 이곳에선 성진의 표정변화가 보였다.

원래 그는 무작정 까 내리는 말에 동요하는 사람이 아니다. 그러나 수영이 한 말 중 어떤 부분이 유탄처럼 파고들었는지, 심장을 꿰뚫린 사람처럼 이를 으득 물었다.

"3년 전에 나한테 이런 말 했었지? 나쁜 년 하나 살리는 셈 치고 꺼져 달라고."

지독하게 낮은 목소리가 동주의 귀에까지 선연히 들렸다.

"너도, 나쁜 놈 하나 살리는 셈 치고 이제 그만, 꺼져."

성진의 축객령에 수영은 홱 돌아서서 빠르게 떠나갔다.

상황 종료되자 동주는 다리 힘이 탁 풀렸다. 역시 커밍아웃은 좀 나중에 하는 게 나을까? 성진의 기분이 나아질 때 말한다고 결과가 달라질 건 아니지만…….

'동주를 두 번씩이나 끌어들이는 건 인간적으로 너무하지 않냐.'

"……어?"

문득 곱씹히는 성진의 말. 동주는 외마디 탄성을 뱉었다.

섬뜩한 깨달음이 찾아온 순간, 정원의 성진과 눈이 마주치고 말았다.

퀭한 가운데 형형함이 감도는 눈이 저를 꿰뚫는다. 당장 이리 오라는 무언의 외침이었다.

동주는 방갈로 밖으로 나와 성진과 마주 섰다. 열 걸음 남짓 되는 거리를 걷는 사이 다리가 백번도 더 떨렸다.

"성진아. 너…… 다 알고 있었던 거야?"

다 알면서 지금까지 넌…….

"그래. 다 안다. 그래서 이제 어쩔 셈이야?"

성진은 잔혹하게도 대답과 물음을 동시에 던졌다.

4.

너무 좋은 것만 주려 하지 않아도 돼

"성진아, 대체…… 언제 안 거야? 어떻게…….."

"내가 언제, 어떻게 알았는지는 알아서 뭐 하게. 내가 왜 여태
네 멱살 안 잡은 건지 알고 싶어?"

무섭도록 침착하고 냉정한 목소리가, 차라리 멱살을 잡히는 게
나았겠단 생각이 들 만큼 동주를 몰아붙였다.

"글쎄. 네가 언제까지 숨길 셈인지, 언제까지 입 싹 닦고 있으려
는지 어디 한번 두고 볼 작정이었던 것도 같고."

성진이 낮게 으르며 동주에게 바짝 다가섰다.

우박은, 농업인에겐 마른하늘의 날벼락 같은 존재다. 비닐하우
스마저 뚫어내려 농작물에 피멍을 지우는 하늘의 흉기 앞에선 그
어떤 대비도 의미가 없다.

아이러니하게도 우박은 초여름에 가장 잘 내린다. 상반된 공기
가 맞붙어 상승기류가 생겨나는 계절. 비나 눈으로 떨어져야 할 얼

음이 상승기류에 떠받쳐지다가, 걷잡을 수 없이 커지고 나서야 떨어진다.

그 모습이, 오래 숨긴 진실이 문제를 키우는 양상과 닮았다.

"네가 나한테 한 짓이 있는데, 터트릴 시점 정도는 내가 선택해도 되잖아."

위장된 평화가 깨진 후, 성진이 내뱉는 말마디마다 우박 같았다.

"근데, 네가 한 짓 이제 와서 터트려 봤자 나한테 득 될 거 하나 없고, 달라질 것도 없고. 터트릴 타이밍이란 게…… 도무지 존재해야 말이지."

그 읊조림을 좀 더 섬세하게 들었다면, 목소리 끝에 묻어나는 비감을 알아차렸으리라.

그러나 성진이 모든 걸 안 뒤에도 저와 태연히 지내 왔다는 사실에 충격 받은 동주는, 떠오르는 의구심부터 해소하려 들었다.

"혹시…… 만찬주 선정이 얼마 안 남아서 참은 거야?"

"……."

성진이 차갑게 눈을 치떴다. 적반하장격 의혹 제기에 말문이 막힌 모습을, 동주는 무언의 긍정으로 받아들였다.

"아, 그래서였구나……. 내가 당장 이탈하면 채운 시리즈를 만찬주로 만들겠단 네 계획에 차질이 생길 테니까. 내가 아무리 쓸모없는 인간이라도, 당장 없으면 아쉬우니까. 차라리 모른 척하고 놔두는 게 지금 당장 이득이라서 그런 거지?"

마음 한구석에서 누군가가 제발 멈추라고 외치는 듯했다. 방금 전만 해도 성진에게 진심 어린 사과를 하려 했던 또 하나의 자신이.

그러나 막상 이 지경이 되니, 양심은 꼼짝없이 얼어붙고 방어기제만 치졸하게 날뛴다.

"복성진, 공사 구분 끝내주게 확실해서 좋다. 내가 부모님의 원수였어도 계속 일했을 기세야. 멘탈 진짜 장난 아니다. 정말, 대단해."

짝짝짝.

조롱의 의미로 친 박수가, 제가 듣기에도 걸레짝을 치대는 소리 같다.

신내림은 몰라도 악마 내림은 존재하는지. 동주는 세상 다 끝난 사람처럼 웃으며 성진을 향해 악착같이 부르짖었다.

그거 알아? 나도 윤수영이랑 같은 생각이야.

너만 아니면 나도 조금은 괜찮고…… 하다못해 중간이라도 가는 인간일 텐데. 우월한 네 옆에 있다 보면, 그마저도 못 될 만큼 쪼그라들어. 너의 양보는 위선적이고, 너의 배려는 숨 막히고, 네 존재는 날 비참하게 해. 어디 가서 말도 못 하는 추악한 괴로움을 품게 해.

그러니 내 증오는 이유가 있어. 내가 너에게 휘두른 칼도 이유가 있어.

내가 처음부터 악마였던 게 아니라, 네가 날 악마로 만든 거야.

내가 불행한 건 네 탓이고, 네 불행도 결국 다 네가 자초한 거라고!

주워 담을 수 없는 말을 뱉은 후, 동주는 후폭풍을 기다렸다. 준만큼 되돌아올 줄 알았다.

하지만 성진은 아무것도 하지 않았다. 아무 말도 않고, 그저 응시하기만 했다.

가만히 굳어 있지만, 너무나 많은 것이 담긴 표정. 입으로 오물을 토해 내며 죽어 가는 괴물을 지켜보는 사람…… 같은 표정이었다.

'어쩌다 이렇게까지 된 거야?'

성진의 눈엔 애잔함 비슷한 것까지 감돌았다. 이런 순간조차도 거울처럼 맑은 그 눈에, 추잡한 괴물의 모습이 고스란히 비쳤다.

"아…… 아니야. 다 개소리야. 내가 죽일 놈이야. 내가 잘못했어. 저, 정말 미안해. 성진아…….."

끝내 동주는 저 스스로를 견디지 못하고 무너졌다.

"참술 주식 다 너한테 넘길게. 내 논도 전부 팔아서 줄게. 그거 가지곤 택도 없을 테니까…… 일해서 갚든 몸으로 때우든 두고두고 너한테 사죄할게."

동주는 제 얼굴을 폐지처럼 구겨 싸며 뇌까렸다.

"네가 원한다면 아예 충남을 떠날게. 다신 네 눈에 안 띄게 평생 죽은 듯이…….."

급기야 그런 말까지 꺼내자.

"이제 와서 한다는 말이 고작…… 그거야?"

성진의 얼굴에 절망이 찾아왔다. 차라리 매도가 훨씬 견딜 만했다는 듯.

"결국, 내가 너랑 2년 반 동안 죽어라 빚은 건 술이 아니라, 잡균투성이 죽밖에 안 되는 거네. 하, 내가 뭐하러 유리 혼자 서울에 두면서까지…… 어차피 이따위로밖에 못 할 거."

성진이 울 것 같은 표정으로 웃었다. 허탈한 웃음소리가 동주의 폐부까지 찔렀다.

이내 그의 얼굴에서 모든 감정이 사라졌다.

"오동주. 내일 아침까지 나한테 확실한 답을 줘."

"뭘…… 말야?"

"다 접자고, 방금 네 뚫린 입으로 지껄였잖아."

성진이 메마른 소리로 역정을 냈다.

"우리 나이 적지 않아. 뜻이 없어졌으면 한시라도 빨리 정리하고 각자 갈 길 가야지. 아, 내가 떠나면 되겠네. 어차피 여기서 가지고 갈 게 하나도 없으니까."

"성진아……."

동주는 송구하게 눈을 내리깔았다. 제가 그를 이토록 절망하게 만들어 놓고, 그가 처음으로 말하는 절망이 너무 낯설고 두려웠다.

"채운 시리즈 선샤인주류에 매각할 거면, 명 대장님 거취를 최우선적으로 고려해서 협상에 임해. 인간적으로 그 정도는 할 수 있겠지?"

모든 것이 끝나는 순간까지도, 성진은 스승을 생각했다.

✢ ✱ ✢

저녁이 멍처럼 푸르게 찾아왔다. 약간 서늘한 초여름 저녁 공기에 목이 죄어 온다.

동주는 전등 하나 밝히지 않은 채운 카페에 아무렇게나 늘어져 앉았다. 그의 손이 테이블 위에 놓인 유리병을 하릴없이 만지작거렸다. 안에 든 볍씨 낟알이 서글프게 짤랑거렸다.

쌀의 기원은 한국이다. 그 얘길 하면 다들 의외라며 놀란다.

오랜 세월 동안 쌀의 기원이 중국으로 알려졌지만, 1만3천 년 전 것인 세계 최고最古의 볍씨가 대한민국 청주 소로리에서 발견되면서 정설이 바뀌었다.

그만큼 한민족은 오래도록 쌀을 먹어 왔다. 대한민국 역사와 한민족의 피를 이어 준 쌀은 가장 귀한 곡물이고, 벼농사 짓는 농부는 가장 신성한 직업이었다.

허나 요즘 대한민국 쌀과 농민의 입지는 위태롭다. 1인당 쌀 소비량은 매년 꾸준히 줄고, 나라에서 수매하여 쌓아 둔 재고쌀이 적정량의 수배나 된다는 현실. 대대로 농사지은 동주의 부모조차 가업을 잇겠다는 아들을 만류했다.

그럼에도 동주는 논을 물려받고 농대에 진학했다.

벼농사에 큰 사명감이 있어서는 아니었다. 그나마 오랫동안 지켜본 일이 그거고, 더 잘할 자신이 있는 일도 없었다.

그래도 청년 영농인 딱지 달고 마냥 고여만 있기는 싫었다. 동주는 제 논에 첨단농법을 도입하여 생산성을 대폭 높이는 한편, 나름의 차별화를 추구했다.

'앞으로 6차 산업이 뜰 거라던데…….'

쌀로 만든 비누, 쌀로 만든 화장품, 쌀로 만드는 막걸리…… 따위가 떠올랐고, 국내 최대의 전통주 회사와 계약재배로 연을 맺은 쌀 농가의 선례를 접하게 됐다.

비슷한 미래를 그리며 연구를 거듭한 끝에, 동주는 양조전용 쌀 '동주미'를 개발해 냈다.

제 이름을 내건 쌀을 써 줄 곳을 찾던 중, 명주인과 만나게 됐다. 명 대장의 열정과 추진력에 감명받아 양조장 경영에 참여하게 됐다.

물도 좋고, 건물도 잘 지어졌고, 괜찮은 쌀도 준비되었지만, 모든 게 녹록지 않았다. 명 대장은 몸이 열 개라도 부족한 사람인데, 동주는 한 사람 몫을 해내는 데도 버거움을 느꼈다.

'누룩 같은 놈이 하나 있으면 좋겠어. 우리 동주처럼 착실한 놈 어디 없으려나?'

명 대장의 한탄을 들은 순간, 동주는 얄궂게도 성진을 떠올렸다.

있긴 하죠. 저처럼 착실한 정도가 아니라, 저 따위와는 비교도 안 되는 놈이.

감히 성진을 입에 올릴 만큼 뻔뻔하지는 않았다. 그래서 명 대장과 사촌지간인 정 씨 아저씨 집에서 그를 봤을 땐 가슴이 철렁 내려앉았다.

솔직히, 성진과 여기까지 오게 될 줄은 몰랐다. 맨 처음엔 성진도 본인 입으로 이 일을 못 할 거라 했으니. 그러나 일단 마음을 정하고 온 성진은 불붙은 증류기처럼 열렬했다.

성진 없이는 어림도 없었을 거다. 채운 시리즈의 완성도, 품평회 대상도, 나아가 청와대 만찬주를 향한 꿈도.

채운 시리즈가 나아가는 길이 곧 동주미가 나아가는 길이니. 복성진의 결실이 곧 오동주의 결실인 셈이었다.

모두의 꿈이 향기롭게 익어 가던 술독. 이제야 겨우 걸러 내어 맛이라도 보나 싶었는데.

제 손으로 모두의 꿈항아리를 깨트려 버렸다.

"하하……."

동주는 허탈하게 웃었다.

성진은 내일이 되면 참술을 영영 떠날 거다. 언제나 저를 다독여 준 명 대장님도 모든 사실을 알고 나면 저를 인간 취급하지 않을 거다.

이대로라면 농업회사법인 참술은 창립 4년 차에 환멸만 남긴 채 공중 분해될 운명이다.

그리되게 하면 안 된다, 오동주. 네가 아직 사람 새끼라면.

"내가 떠나는 게 맞지. 어차피 하나도 도움 안 되는데."

굼뜨고 거치적거리는 주제에 열등감만 심하니. 성진이나 명 대장에겐 뭐든 반 토막 내는 저 같은 놈보단, 하나를 두 개 세 개로 만드는 유능한 동료가 어울린다.

이참에 저 같은 놈 손절하면, 더 높이 날아오를 사람들이다. 차라리 잘됐는지도 모른다.

"그렇다고 내가 잘했다는 건 아니지만……."

동주는 음울하게 중얼거렸다. 스스로에게 어떻게든 면죄부를 지우려는 제 생각의 흐름이 역겹다. 제 자신이지만 정말 나가 죽었으면 좋겠다.

사고가 이리 막히고 저리 막히니. 정말…… 막 나가는 생각이 들었다.

성진에게 여기 남아 달라고 빌까? 지금까지 하던 대로 셋이 함께 술을 빚지 않겠냐고 간청해 볼까? 네 친구로 돌아가진 못하더라도, 새 사람이 될 기회라도 줄 수 없겠냐고 물을까?

서로 눈 마주치며 웃고, 술독 앞에서 함께 소매를 걷어붙이고, 다시 시작할 수 있다면…….

용서받을 수만 있다면.

"역시 불가능하겠지……."

동주는 얼른 고개를 저었다. 가능하길 바라서도 안 된다. 제게도 용서받을 길이 도저히 안 보이는데, 성진이 어떻게 저를 용서할 길을 찾을까?

복성진이 오동주를 용서하는 건 그야말로 기적의 영역이고, 제겐 기적을 바랄 자격이 없다.

동주는 채운 카페 입구를 망연히 응시했다. 희망으로 향하는 길이 저 문처럼 꽉 닫혔구나 생각하던 차.

끼이익.

"저기…… 누구 없어요?"

그 문이 조심스레 열렸다.

"어, 동주 씨? 왜 불도 안 켜고 그러고 있어요?"

탁.

"어둡게."

마치 새벽의 여신처럼, 손가락 끝으로 가볍게 어둠을 몰아낸 금유리가 동주를 보며 미소 지었다.

순간 동주는 눈살을 찌푸렸다. 그녀의 천사 같은 웃음이 불시에 찾아온 빛보다 눈부셨다.

"아…… 유리 씨. 오랜만이에요. 성진이 보러 오신 거죠?"

"네."

성진을 찾는 듯 유리는 빠르게 채운 카페 안을 훑었다. 허탕을 친 다갈색 눈동자가 다시 제게 고정되자, 동주는 목이 바짝 죄는 걸 느꼈다.

"저…… 오늘은 칵테일 바 쉬시는 날인가요?"

"아뇨, 그건 아닌데. 오늘은 성진이를 꼭 좀 봐야 할 거 같아서 직원들에게 양해를 구하고 왔어요. 걱정이 좀 돼서……."

성진에게 전해 들은 유리의 자기 가게 사랑은 엄청났다. 서른 가까이 손에 물 한 방울 안 묻히고 살아온 그녀가 성진 하나 보고 차린 칵테일 바. 단순히 사장 직함만 단 게 아니라, 매일같이 몸소 풀타임을 뛰며 전면에 나선다고 들었다.

그런 그녀가 가게 일을 놓아두고 올 정도면. 좀이 아니고 아주 많이, 제 연인이 걱정되었나 보다.

"혹시 미리 연락하고 오셨나요?"

"아뇨. 저도 갑자기 결정하고 온 거라. 근데 성진이가 전화를 안 받네요. 톡도 안 보고. 그래서 더 걱정이⋯⋯."

그늘진 얼굴로 웃는 유리를 본 순간 동주는 깨달았다. 저 때문에 가슴 아파할 사람이 비단 성진만이 아니라는 걸.

"성진이는 지금 어디 있나요?"

"죄송해요⋯⋯. 저도 어디 갔는지 잘 모르겠어요."

"네? 동주 씨도 모른다고요?"

"그게⋯⋯ 실은⋯⋯."

동주는 입술을 연신 달싹이다, 두 눈 질끈 감고 말했다.

"정말 죄송해요, 유리 씨. 실은 아까 낮에 성진이랑 제가 크게 싸워서⋯⋯."

"아⋯⋯ 왜요? 어쩌다가?"

유리가 믿기 어렵다는 듯 연거푸 물었다. 하긴. 그녀에게 우리는 100년이 흘러도 큰 소리 한 번 안 날 것처럼 보였을 터다. 저는 화낼 배포도 없는 위인이고, 성진은 어지간한 일은 배포 좋게 웃어 넘기는 녀석이니.

"제가⋯⋯ 성진이에게 크게 잘못한 게 있어서요."

역시 자신은 구제불능 쓰레기다. 세상사람 모두에게 죄를 청해도 모자랄 판에, 천사 같은 여자에게 뺨 한 대 맞는 것조차 두려워 끝까지 뭉뚱그리기만 하니.

"그랬군요."

뜻밖의 인내를 발휘하는 유리에게 외려 동주가 의아함을 느꼈다.

성진의 일인 만큼 이것저것 캐묻고 싶을 텐데, 왜 묻지 않는 걸까? 평소에 각별했던 친구지간의 싸움인 만큼, 제3자가 섣부르게 끼면 안 된다는 그녀 나름의 판단일 수도 있겠다만.

단지…… 그 때문일까?

마치 이런 날이 올 줄 예상했던 듯, 침착하면서도 어딘가 애달픈 그녀의 눈빛이.

"기다리면 오겠죠, 뭐. 동주 씨는 지금 어때요? 괜찮아요?"

"저, 전 괜찮아요. 성진이도 조금 있으면 올 겁니다. 유리 씨, 제가 정말 죄송해요."

이 상황에 유리가 제 기분까지 살피자 동주는 도망치고 싶어졌다.

"냉장고 안에 샌드위치 있으니 드시면서 기다리세요. 그럼 전……."

"저기 동주 씨, 혹시 많이 바빠요?"

"아뇨…… 그런 건 아닌데……."

"그럼 성진이 기다리는 동안 같이 얘기 좀 하지 않을래요? 저 혼자 여기 있기는 좀 그래서요."

유리는 말간 눈으로 동주를 보며 빙긋 웃었다.

별수 없이 동주는 유리와 카페 테이블에 마주 앉아 대화를 나눴다. 주된 화제는 그들의 유일한 접점인 성진이 되었다.

동주가 들려주는 성진의 동네 개구쟁이 시절 얘기에 유리는 입을 가리며 웃었다. 유리는 성진과 사귀게 된 이야기를 했고, 동주는 심각한 현실마저 잠시 잊을 만큼 몰입했다.

서늘한 여름밤을 조곤조곤한 대화로 채워 가던 중, 유리가 불현듯 물었다.

"동주 씨는 성진이가 주사 부리는 거 본 적 있어요?"

"아뇨. 전 아직까지 한 번도 못 본 거 같은데요."

"그래요? 동주 씨라면 몇 번 봤을 줄 알았는데."

"그렇지도 않아요. 성진이는 거래처 사장님 술자리에 가도 절대 과음을 안 하거든요."

제아무리 기억을 뒤져 봐도 만취한 성진의 모습은 없었다. 동주는 거듭 강조하듯 고개를 저었다.

"워낙 주도를 중시하는 녀석이니까요."

"맞아요. 술 만드는 일을 하면서 그러기 쉽지 않을 텐데, 제 남친이지만 정말 신통해요. 오히려 제가 성진이한테 주사 부린 적은 있는데. 아이, 지금 생각해도 얼굴에 열나네."

뭔가 쑥스럽고 행복한 추억이 떠올랐는지, 유리는 손부채질을 하며 웃었다.

"사실, 저는 딱 한 번 봤어요. 성진이 주사."

"정말요? 언제요?"

"작년 가을에요. 그날이, 참술의 C마트 진출이 최종 확정된 날이었죠."

그날은 제게도 역사적인 날인지라, 동주는 그날의 일을 통으로 기억하고 있었다.

"맞아요. 성진이 그날 중요한 선약 있다면서 엄청 일찍 퇴근했죠. 입점계약 성사시켜 준 벤더 사장님이 한잔하자는 것도 사양하고."

"……."

"어딜 그렇게 서둘러 가나 했더니, 역시 유리 씨랑 거하게 축배를 들었나 보네요."

"아뇨. 저랑 마신 거 아니에요."

"……네?"

"성진이 그날 집에 엄청 늦게 들어왔어요. 완전 취해서."

"아니, 그럼 성진이는 그날 누구랑……."

"저도 다음 날 아침에 물어봤죠. 누구하고 그렇게 술을 많이 마셨냐고. 그랬더니, 그 벤더 사장님이랑 마셨다고 하던데요."

동주는 아연히 제 입을 틀어막았다.

왜인지는 모르지만, 성진이 무려 유리에게 거짓말을 했다. 제가 별생각 없이 한 말이, 성진이 연인에게조차 숨기고 싶었던 모종의 만남을 들춘 셈이 됐다.

동주는 수습한답시고 유리에게 마구 뇌까렸다.

"저기…… 유리 씨. 제가 이거 하나만큼은 목숨 걸고 장담할 수 있는데요, 성진이가 딴 여자랑 마시고 그러진 않았을 거예요. 걘 죽었다 깨나도 그럴 놈이 아니……."

"동주 씨가 목숨 걸지 않아도 그 정도는 제가 더 잘 알죠."

유리는 가벼운 웃음으로 동주의 호들갑을 부드럽게 끊었다.

"근데요. 성진이가 그날 어지간히 많이 마셨던가 봐요. 아직도, 기억을 못 하는 걸 보면."

"성진이가 뭘 기억하지 못한다는 건가요?"

"그날 밤에 자기가 한 말을요."

유리는 길게 숨을 뱉었다. 무언가 얘기하는 게 망설여지는지 그녀의 눈동자가 아래로 가라앉았다.

한참 만에 겨우 마음을 정한 듯, 유리는 나직이 덧붙였다.

"성진이, 잔뜩 취해서 저한테 다 얘기했어요. 그날, 진달래 막걸리 양조장 사장님 만났던 거."

진달래 막걸리 양조장 사장. 그 인물이 유리의 입에서 튀어나온 순간, 동주는 목에 밧줄이 감긴 사람처럼 대경실색했다.

"그 사람한테 무슨 얘기 들었는지도 나한테 다 말해 놓고, 본인은 전혀 기억 못 해요."

유리는 동주와 똑바로 눈을 마주쳐 왔다.

❖ ✱ ❖

3년 전 봄. 동주는 빼돌린 진달래꽃을 어떻게 처분할까 고민했다. 당시 여친에게 갖다 바칠 돈 한 푼이 아쉬웠던 터라, 어디로든 팔아넘기자는 간 큰 생각까지 했다.

때마침 옆 마을에 새로 생긴 막걸리 양조장에서 진달래꽃을 구하고 있었다. 동주는 그 귀한 꽃을 헐값에 넘겼다.

이후 진달래 사건은 충남에서 모르는 사람이 없게 되었다. 양조장 사장도 그 소식을 접했을 테고, 어렵지 않게 알아차렸으리라.

조급한 판매자 덕에 거저먹기 수준으로 구한 건조 진달래꽃이 다 어디에서 온 건지. 아울러 그 판매자가 왜, 구입처를 함구해 달란 수상한 조건을 단 건지.

"그 사장님이 '양심 고백'할 게 있대서, 성진이가 한번 만나 본 모양이에요."

동주의 얼굴이 새파랗게 질려 가는 중에도 유리는 덤덤히 이야기를 풀었다.

"그 양조장 경영난으로 폐업했죠? 근데 막상 자기네보다 늦게 생긴 참술은 잘되니까, 그쪽 사장님이 배가 많이 아팠던가 봐요."

몇 년간 입 싹 닦고 있다가, 하필 큰 계약이 성사된 기쁜 날에 성진을 불러내 그 얘기를 한 걸 보면.

"자기 망하는 마당에 남 잘되는 꼴은 못 본다는 심보였겠죠."

그렇게 성진이 모든 걸 알게 된 거구나.

동주는 고개를 완전히 떨구었다. 유리 말대로라면, 성진이 배신감을 삼키고 제게 웃어 준 시간은 반년도 넘고. 그녀가 연인의 위태로운 인내를 지켜보며 가슴 졸인 세월도 그만큼이란 소리다.

정말…… 사람으로서 못 할 짓을 했다.

"유리 씨. 제가, 입이 열 개라도…… 할 말이 없습니다."

지금의 그녀에게 제 목소리는 구더기보다 끔찍하리란 걸 알지만, 동주는 두서없이 사죄의 말을 늘어놓았다.

"제가 여자한테 미쳐서 그만……. 아니다, 사실 이딴 건 변명거리도 안 된단 걸 알아요. 상황이 어떻건 간에 애초에 제가 올바른 사고를 가졌다면, 그런 끔찍한 짓을 생각하지도 않았겠죠."

강하지 않으면 최소한의 양심이라도 있어야 했는데, 그러지 못해 이 사달이 났다.

"저는 정상이 아니에요. 살 가치가 없는 놈이에요."

제 인생 하나만도 모자라 주변 사람들 인생까지 말아먹는 버러지 같은 놈.

"성진이뿐만 아니라 유리 씨한테까지⋯⋯. 제 모든 걸 팔아 치워도 갚지 못할 잘못을 저질러서 정말 죄송합니다."

죄송하면 다가 아니기에, 동주는 갚을 방법을 처절하게 생각했다.

"내일 당장 제 논을 내놓을 생각이에요. 얼마 되지 않겠지만, 팔리면 그 돈 전부 성진이에게 부치려 해요."

"동주 씨 논이라면, 채운 시리즈의 주원료인 양조용 쌀을 생산하는 곳 아닌가요? 그걸 팔아 버리면 참술은 뭐로 술을 빚죠?"

"아⋯⋯. 성진이가 필요하다면 논째로 넘길까 합니다. 동주미 권리 일체도요. 제 협력이 필요한 부분이 있다면 끝까지 마무리하고 가겠습니다. 성진이가 원하는 형태로 제 모든 걸 내놓겠습니다."

막말로 제 옷까지 홀랑 벗어 두고 가더라도, 성진의 정신적 피해까진 갚지 못하리란 걸 알기에 너무 뼈아프다.

"성진이는 자기가 참술을 그만두겠다고 했지만, 아무리 생각해도 역시 그건 아니에요. 제가 떠나는 게 맞죠. 당장 농업인 주주가 비는 게 문제긴 한데⋯⋯ 어떻게든 대체할 사람을 구해 놓겠습니다. 참술 이제 겨우 물 들어와서 노 저어야 할 땐데, 저 같은 식충이가 사라지면 탄력받아서 더 잘될 텐데⋯⋯. 유리 씨가 성진이 좀 설득해 주실 수 없을까요? 제가 말해 봤자 성진이 화만 돋울 테니⋯⋯."

"그럼 동주 씨의 결정은, 성진이랑 더 이상 일하지 않겠다는 거네요?"

유리의 목멘 중얼거림이 힐난을 듣는 것보다 훨씬 큰 죄책감을 불러일으켰다.

"하, 하지 않겠다는 게 아니라요, 할 수 없는 게…… 아닐까요?"

동주가 절절매며 더듬거렸다.

"서로 다 알아 버린 마당에, 제가 어떻게 감히 성진이 앞에서 얼굴 들고 일하겠습니까. 성진이도 제 면상 보면…… 될 일도 안 될 거예요."

잘 다니던 대기업 직장. 성공한 프로젝트에 대한 보상. 그리고 행복한 결혼식. 저 때문에 통으로 날려 버린 인생 최고의 순간이 두고두고 생각날 텐데.

무거운 침묵이 두 사람 사이에 가로놓였다. 할 말을 고르는 유리의 얼굴엔 첨예한 번민이 떠올랐고, 동주는 그녀의 말을 처분처럼 기다렸다.

"동주 씨의 본심은 대체 뭐예요?"

유리가 동주의 눈을 지그시 보며 물었다.

"이런 상황이라 이렇게 할 수밖에 없다 식의 생각 말고요. 동주 씨가 단 한 순간이라도 이 일에, 성진이에게 진심이었는지 궁금해요. 지금도 과연 이 일이 절실한지, 할 수만 있다면 성진이랑 함께하고 싶긴 한 건지."

"할 수만 있다면, 당연히요."

유리가 허허롭게 던진 물음에 동주는 절박한 말로 응했다.

"제 죄가 들통날까 봐 저 혼자 찔렸던 거 빼곤, 하늘에 맹세코 이 일에 진심이었어요. 잘은 못 해도 정말 열심히 하려 노력했어요. 특히…… 성진이랑 함께했던 지난 2년 반이 제 인생에서 가장 즐겁고 보람찼어요."

어느 세월에 되나 싶었던 일들이 손끝에서 하나하나 이루어지고. 불가능이 가능으로 탈바꿈하는 모습을 생생히 지켜보면서. 황량한 허허벌판을 노란 알곡으로 채우는 기쁨을 알았다.

"제 인생 최고로 잘 된 농사였어요."

동주의 입가에 서글픈 미소가 차올랐다.

"시간을 돌릴 수만 있다면, 성진이를 대하던 모든 순간을 진심으로 돌려놓고 싶어요."

3년 전 봄날도. 성진이를 질투했던 초등학생 때도.

"성진이의 행복을 약간 갈취해도 된다 생각했던 예전의 제가 진심으로 밉고, 너무 후회돼요. 지금은 오히려 성진이가 열심히 사는 거에 비해 누리는 게 너무 적다 생각해요. 할 수만 있다면 누추한 제 행복이라도 얹어 주고 싶어요."

"진심인가요?"

유리가 잠긴 목소리로 물었다. 동주 역시 울먹임을 힘겹게 억누르고 고개를 끄덕였다.

"네, 이것만은 정말 진심입니다."

이제라도 성진이 행복해졌으면 하는 진심이 있지만 인간이 시간을 되돌리는 건 불가능하고, 깨진 신뢰를 맑은 유리창처럼 돌려놓을 수는 없으니.

"죽을 때까지 뼈저리게 후회하면서, 잘못한 대가를 치러야겠죠."

"동주 씨. 솔직히 저는요, 성진이에게 당장 그만두라고 말하고 싶은 걸 여태 참았어요."

15년 차 연인과 절친 동료에게 덴 상처만도 말이 아닌 사람인데, 어떻게 고향 친구까지.

"심지어 2년 반 동안 그 사실을 숨기고 한솥밥을 먹다니. 나조차도 멘붕인데 성진이는 대체 얼마나……."

성진의 속마음을 가늠하는 대목에서 유리는 차마 말을 잇지 못했다. 끝내 형언하길 포기한 그녀는 동주를 노려보며 눌러 참았던 분노를 표출했다.

"정말 뻔뻔하고, 파렴치하고, 낯짝 더럽게 두꺼운 거…… 본인도 잘 알죠?"

"……네. 지당한 말씀입니다."

동주는 목을 움츠렸다. 제가 한 짓에 비하면 정말 양반인 욕설인데, 유리의 고운 입술에서 나오니 웬만한 쌍욕을 듣는 것보다 간이 졸아붙는다.

"정말, 성진이가 동주 씨 뚝배기를 깨도 무죄인데. 그죠?"

"헉, 뚝…… 아, 네…… 유리 씨 말이 맞아요."

"그래도 성진이 제정신 돌아오자마자 가장 먼저 한 일이, 동주 씨 감싼 거예요."

모든 진실을 안 직후, 성진은 극심한 충격을 억누르기 위해 자신의 주도마저 어기고 폭음했다. 술이 이성을 삼켰을 때 고스란히 드러난 그의 속마음은 미칠 듯한 분노와 배신감이었지만. 술이 깬 후엔 그 모든 감정으로부터 자신을 분리하면서까지 친구를 보호하려 들었다.

미워 죽겠으면서도, 미워하기 싫었던 듯.

너무 일찍…… 용서를 떠올렸던 듯.

"본인이 물으려 하니 저도 아는 척 나설 수가 없더라고요. 그래서 어쩔 수 없이 반년 동안 계속 지켜보면서 생각했어요. 나라면 어떻게 할지. 나라면 과연…… 어디까지 용서할 수 있을지. 그러다 보니, 동주 씨랑 비슷한 사람이 하나 떠오르더군요."

"저랑 비슷한 사람이 또 있다고요?"

물음의 뉘앙스가, 저 같은 쓰레기가 세상에 또 존재하느냐였다. 유리는 조금 쓰게 웃었다.

"좀 사는 집 여자인데요, 아버지가 딸 좋은 데 시집보내려고 그 여자 어릴 적부터 거액의 적금까지 부어 주셨어요."

하지만 그 여자는 나가는 선자리마다 번번이 실패해서 집안 망신 다 시키고 아버지 속만 썩였죠. 급기야 아버지가 마련해 주신 결혼자금에 멋대로 손까지 댔어요.

"아버지는 딸을 내쫓기 전에 좋아하는 남자가 따로 있냐고 물으셨지만, 여자는 당신의 마지막 질문에도 솔직하게 대답하지 못했어요."

동주는 누구 얘기인지 금방 눈치채고 거북스럽게 눈을 내리깔았다.

"하지만 그 여자……는 제 경우와는 다르지 않나요?"

"글쎄요. 전 뭐가 다른지 모르겠네요."

아버지에게 받은 게 그토록 많으면서도 저 서러웠던 것만 생각하다가 딸이니까 아버지가 준 돈을 조금은 멋대로 써도 된다는 생각을 은연중에 해 버렸고, 결국 29년 내내 필사적이었던 아버지의 믿음을 저버린 죄 많은 여자니까.

"그 여자도 동주 씨랑 거의 비슷한 생각을 해요. 돌이킬 수 없는 상처를 줬기 때문에, 용서받는 건 그야말로 기적에 가까울 거라고."

죽을 때까지 잘못한 대가를 치르며 살아야 할 거라고.

"심지어 그 여자는 동주 씨보다 훨씬 뻔뻔해요. 몇 번을 되돌아가더라도 똑같은 선택을 할 거거든요."

뭐라 말하면 좋을지. 고개를 떨군 동주를 유리가 나직이 불렀다.

"동주 씨."

"네……."

"성진이가 동주 씨를 어디까지 용서할 수 있을지는 저도 모르겠어요. 말로는 용서한대도 마음은 반도 열리지 않을 수 있고, 겉으로만 웃는 직장 동료 사이로 남을 수도 있겠죠."

용서에도 여러 가지 형태가 있고, 여러 깊이가 있으니까.

"하지만 어느 지점부터가 되든, 성진이는 동주 씨랑 다시 시작하고 싶었던 거 아닐까요? 그래서 반년이나 참고 기다린 거 아닐까요?"

"아……."

동주의 입에서 먹먹한 탄식이 흘렀다.

"용서라 하면 아무 일도 없었던 것처럼 하하호호 웃는 모습을 떠올리기 쉽지만, 정말 그렇게 되려면 엄청난 시간과 노력이 필요하겠죠. 차라리 서로 안 보는 게 쉬울 만큼."

그래서 사람은 누군가를 용서하기에 앞서, 기로에 선다.

쉽게 안 보고 말 사람인지. 아니면, 어렵게라도 노력해서 미래를 함께하고 싶은 사람인지.

성진에게 동주는 후자였고, 자신도 그런 존재이기를 간절히 바랐으리라.

"쉽지 않아도 동주 씨가 다가가 주면, 성진이도 쉽지 않게 기다린 보람을 느낄 거 같아요."

용서를 구하는 건 단지 자비를 바라는 게 아니라, 당신을 위해 노력하겠단 각오를 보이는 일이 아닐까?

"용서해 달라는 말 한마디가 얼마나 두렵고 하기 힘든 건지 저부터가 너무 잘 알지만, 그래도 부탁해요. 동주 씨. 성진이를 위해

한 번만 용기를 내 줘요."

유리는 어려운 용기를 짜내 동주에게 미소 지었다.

"동주 씨가 잘돼서, 저한테도 용기를 줬으면 좋겠어요."

용서. 그 어려운 길목에서 반년 넘게 기다리느라 너무 힘들었던 그와 한마음이 되어.

푸른 기운이 빠진 밤이 안온한 빛으로 깊어 갔다. 유리는 명 대장님께 인사드린다며 나갔지만, 실은 자리를 비켜 준 것임을 동주는 모르지 않았다.

다시 혼자가 된 동주는 하늘을 보듯 채운 카페 천장을 올려다보았다.

아까는 파탄적인 미래만이 눈앞에 그려졌는데. 유리가 일깨움을 주고 가니, 지난날의 애틋한 기억이 새록새록 떠오른다.

'무엇보다도, 저희가 쓰는 쌀이 워낙 좋거든요.'

남들이 알아주지 않는 저를, 성진은 언제나 속속들이 알아주었고.

'참술의 모든 술은 오동주의 한 해 농사가 좌우한다 해도 과언이 아닙니다.'

보잘 것 없는 제 존재를 크게 키워 주었고.

'앞으로도 그럴 것이고요.'

미래를 함께하자고 말해 줬다.

친구라 할 자격도 없는 이런 놈도…… 소중하다고.

"으흑…… 흑……."

입을 틀어막은 동주의 눈에서 맑은 눈물이 샘솟았다. 그는 밤새 도록 울었다. 제 인생에서 가장 진실한 모습으로.

✥ ✳ ✥

"복선비! 어딜 그렇게 쏘다니냐!"

"어……."

성진은 눈앞에 서 있는 이들을 보고 탄성을 뱉었다. 어둑한 나 무 그림자와 괴괴한 밤공기만이 저를 맞아 줄 줄 알았는데, 명 대 장이 퇴근도 안 하고 저를 기다리고 있었다.

더욱이 그 곁에, 상상도 못 한 사람이 함께였다.

"유리야. 어떻게……."

텅 비어 있던 성진의 얼굴이 놀라움으로 가득 찼다.

"유리가 너 얼마나 기다렸는지 아냐? 폰은 왜 꺼 놨어, 인마!"

"아……."

명 대장의 핀잔에 성진은 아차 싶어 핸드폰 전원을 켰다. 부재 중 전화. 잔뜩 쌓인 메시지와 톡…….

"괜찮아, 성진아. 나 그렇게 많이 안 기다렸어."

성진의 핸드폰에 고스란히 쌓인 제 걱정이 오히려 민망해서 유 리는 멋쩍게 웃음 지었다. 성진은 눈을 괴롭게 내리깐 채 어쩔 줄 을 몰라 했다.

"정말 미안해. 그게…… 아버지 산소에 좀 다녀오느라……."

오늘따라 돌아가신 아버지 생각이 간절했다. 너무 지친 제 영혼을 어루만져 달라고 청할 데가 당신의 혼백뿐이었다.

고향땅에서 착실하게 꿈을 이뤄 나가는 맏아들을 하늘에서 쭉 지켜보셨을 텐데. 강인한 아버지이자 좋은 남자였던 당신을 닮아 가는 모습에 흐뭇해하셨을 텐데. 최선을 다하고도 이거밖에 못 된 아들인 게 죄스러웠다.

산을 내려오며 사랑하는 사람들을 생각했다. 홀어머니 생각, 쌍둥이 동생들 생각이 나고, 유리 생각이 지금까지 이어졌다.

그 생각이 넘쳐 나는 바람에 그녀가 여기 와 있나 싶다.

"거기 가 있었구나……."

"어쨌든 이렇게 보니까 완전 좋다. 나 진짜 너무 반가워."

유리는 안쓰러운 표정으로 성진을 보았다. 그가 마음 추스른 장소가 아버지 산소라는 것도 가슴이 미어지는데, 이 와중에 제 앞이라고 상할 대로 상한 얼굴에 빛을 모으는 모습이 심장을 옥죈다.

뭔가 느낀 바가 있는지, 명 대장이 짧은 한숨을 내쉬고 유리에게 물었다.

"모처럼 여기까지 와 줬으니 술 한잔 대접해야 하는데, 오늘은 늦어도 너무 늦었구만. 유리 씨, 어떻게 할래? 서울 지금 꼭 올라가 봐야 해? 여기서 하룻밤 자고 가는 게 좋지 않을까?"

"아무래도 그래야겠네요."

"혹시 따로 숙소 예약한 곳 있어?"

"아뇨. 저 진짜 아무 계획 없이 온 거라……."

"그러면 오늘은 저기서 자는 게 어때?"

유리의 시선이 명 대장이 가리킨 곳을 향했다. 밤의 어둠에 잠긴 정원 한복판. 가로등에 윤곽을 드러낸 방갈로가 있었다.

"성진이랑 같이."

명 대장이 덧붙인 말에, 유리와 성진은 거의 동시에 서로를 보았다.

"이불도 새 거고, 화장실 깨끗하고 샤워 부스도 있어. 원래 관광객 자고 가라고 지은 거라. 어중간한 모텔보다 나을 겨."

명 대장은 걸리는 문제가 그런 것뿐인 듯이 말했다.

"유리야, 그렇게 할래? 너 불편할 거 같으면 근처에 있는 호텔 가도 되고."

넝마가 된 마음으로 선산까지 다녀와 놓고, 성진은 유리의 손을 다정하게 감싸 쥐며 물었다.

힘겨운 네 몸과 마음, 내 앞에서 감추려 든다고 감춰질 거 같니. 유리는 태연히 웃으며 고개를 가로저었다.

"아니야. 나 안 그래도 저기서 자 보고 싶었어. 뭔가 정취 있어 보이고 낭만적일 거 같아서."

그녀의 말에 숨은 배려를 알아차린 성진은 숨을 한 번 삼키고 나직이 말했다.

"그럼…… 그렇게 하자."

두 사람은 손을 아래로 맞잡고 나란히 정원 길을 걸어 방갈로로 향했다.

❖ ✳ ❖

정원을 비추던 가로등이 꺼지자 방갈로 안에도 짙은 어둠이 깔렸다. 밤바람 세기가 제법인지 이따금 창문 두드리는 소리가 났다.

성진과 유리는 약간의 거리를 두고 이불 위에 나란히 누웠다. 어색해서가 아니라 서로를 너무 잘 알아 만든 거리였다.

하염없이 천장을 올려다보고 있자니, 여러 가지 것들이 보였다. 정자 지붕 모양대로 모서리가 난 천장이라든지. 창가에 비친 나뭇가지에 미세하게 스민 달빛이라든지.

심지어는 허공을 휘도는 아릿한 감정의 형체까지 보이는 듯했다.

유리는 애잔하게 떨리는 눈망울을 어둠 속에 감추었다.

며칠 전 성진을 만났을 때, 그가 한계에 달했음을 눈치챘다. 혹시나 하는 마음에 내려와 보니 위태롭게 곪아 있던 것들이 처참히 터져 있었다.

이제 성진은 분수령에 다다랐고, 힘든 결정을 앞두고 있다. 뭐라도 해 주고 싶은 마음을 앞세워 왔는데, 외려 그의 마음을 더 산란하게 한 건 아닌지.

"유리야. 우리 예전에 우리 술 대축제 처음 갔을 때 기억나?"

마치 그녀의 마음을 읽은 듯, 성진이 나직한 말로 침묵을 깼다.

"명 대장님이 그러셨잖아. 우리 술에도 황금시대가 있었다고."

유리도 명 대장이 들려준 신박한 이야기들을 기억했다. 우리나라 고문헌과 고조리서에 등장하는 우리 술은 1400여 가지나 되며, 중복되는 레시피를 추려도 400여 가지나 된다는.

"이 일 하면서 더 공부해 보니까, 우리나라 정말 대단한 나라였더라."

가양주 문화가 꽃피운 나라로서 집집마다 개성 넘치고 우수한 술들이 있었다. 봄에는 꽃과 송순의 향기를 담고, 과하주로 여름을 이겨 내고, 가을에 햇곡식과 과일을 취하고, 겨울에는 한해의 홍복을 기원하며 삼해주나 삼오주를 빚었다.

한국의 술에는 계절의 정취가 있고, 문화가 있었다.

"근데 88 서울 올림픽 열 때 되니까, 세계에 내세울 우리 술이 하나도 남아 있지 않았대."

발등에 불 떨어진 정부는 부랴부랴 전통주 조사에 나섰고, 85년에 민속주와 관광토속주를 지정하면서 겨우 구색을 갖췄다.

"어쩌다 그렇게 된 거야?"

그 많던 술들, 그 훌륭한 문화, 그 향기롭고 맛난 역사의 맥이 대체 어디서부터…….

"우선은, 일제강점기 때 한 번 크게 흔들렸어. 일본이 주세법을 제정하면서 주류면허제를 실시하고, 전국에 양조장을 지었거든."

더 좋아진 거 아니냐고 반문하는 사람도 있을 터다. 법적 체계가 생기고 양조장까지 지어 줬다 하니.

"일제강점기 정책이 거의 그렇지만, 주류 관련 제도도 결국은 일본이 우리나라를 편하게 수탈하려고 만든 것들이야. 주류면허제는 자기 집 제사에 쓸 술마저도 허락 받고 빚으란 소리였고, 양조장도 어디까지나 자기들이 술 시장을 장악하려고 지은 거고. 그런 양조장들이 오히려 우리 술 시장구조를 단순하게 만들었어."

"아……."

"나중엔 그나마 있던 자가용 면허마저 폐지됐어."

가양주의 나라에서 자가 제조를 금지하니, 대부분의 우리 술이 사실상 밀주로 전락해 버렸다.

"세계대전 막판에 일본이 닥치는 대로 긁어 갔잖아. 우리나라가 증류 기술이 일찍부터 발달한 편이라 근대 와서 훌륭한 동증류기도 있었는데, 그때 대부분 소실됐대."

"너무 아까워. 그게 아직까지 남아 있었다면……."

세계 유수의 위스키 증류소들이 자랑하는 수백 년 역사, 그 이상의 맥이 이어졌을지도 모르는데.

"두 번째 계기는 1965년에 공포된 양곡관리법이야. 당시의 식량난 때문에 정부는 쌀로 술을 빚지 못하게 했어."

"우리나라 술 주원료가 쌀이잖아. 그럼 뭐로 술을……."

"그래서 다른 데서 알코올을 뽑아낼 수밖에 없었지."

쌀 대신 밀로 막걸리를 빚고, 소주는 아예 곡식이 아닌 것으로 만들었다.

고구마, 타피오카 같은 저렴한 전분을 중구난방으로 증류한 95% 순수 에탄올, 주정. 그것에 물을 타서 도수를 맞추고 감미료와 향료로 알코올의 역함을 가린 술.

"그게 첫이슬 같은 희석식 소주야."

희석식 소주는 고된 시대상과 맞물려 서민을 대표하는 술처럼 되었다.

수백 년간 술에 정취를 곁들일 줄 알았던 민족은, 불과 수십 년 사이 폭탄처럼 마시고 속 쓰리게 취하는 데 익숙해졌다.

"막걸리도 점점 퀄리티가 떨어지다가 맥주에 완전히 자리를 내줬고."

저도수 탄산주라는 비슷한 태생을 지닌 막걸리와 맥주는 대체제 관계에 놓여 있다. 한쪽이 뜨면 나머지 한쪽은 질 수밖에 없다.

"그렇게 천 가지 술의 나라가, 소맥의 나라가 된 거야."

95년이 되어서야 자기 집에서 쓸 술을 빚는 게 허용됐다. 예전 주막처럼 식당에서 직접 술을 빚어 파는 게 허용된 지는 5년도 채 되지 않는다.

우리나라에서 우리 술을 다시 빚을 수 있게 되었을 때, 정작 우리 술이 뭐였는지 기억하는 사람은 거의 없었다.

"어쩌면, 소 잃고 외양간 고칠 타이밍마저 놓친 건지도 몰라."

그가 단지 분위기를 풀어 주려 한 얘기일 수도 있지만, 유리에겐 의미심장하게 와닿았다.

우연의 일치랄지. 우리 술의 아픈 역사처럼, 성진의 인생사도 가혹한 기점을 두 번 맞았다.

3년 전 봄에 한 번. 이번은 처음보다 힘든 두 번째……

어느 순간 성진이 돌아누웠다. 이야기하던 중 무언가 울컥 올라왔는지, 그걸 표정으로 드러내길 원치 않는지.

유리는 애타는 심정으로 성진의 등을 보았다. 그의 다친 마음에 조심스럽게 손을 대 보려던 찰나, 성진이 복받친 목소리를 냈다.

"유리야, 난 정말…… 열심히 살았어. 나름 최선을 다해서 살았어."

공부 열심히 해서 좋은 일 많이 하고 싶었고. 운동 열심히 해서 힘차게 주변을 돌보고 싶었다. 무엇보다, 정직하게 살면서 믿음을 주는 사람이 되고 싶었다.

때로는 쉽게 갈 길을 돌아서 간다는 느낌도 들고, 스스로를 피곤하게 한다 싶기도 했지만. 정도를 걸으며 매사 최선을 다하면, 모두가 행복해질 거라 믿었다.

"근데 나의 최선이…… 정작 내게 가장 소중한 사람들한텐 최악이 됐어."

'복성진. 넌 최선을 다했으니 됐다 싶지?'

낮에 수영에게 들은 힐난이 혹한처럼 귓전을 맴돌았다.

'네 옆에 있으니까 내가, 뭐 하나 스스로 할 줄 아는 게 없는 년이 되더라. 네 옆에 계속 있다 보면 영영 그럴 거 같은 기분. 이게 얼마나 막막하고 비참한지, 넌 모르지?'
'그래서 너의 최선이란 게 아주, 지긋지긋해. 오동주도 마찬가지일걸? 너의 그 위선적인 최선에 구역질이 났겠지.'

그 말을 입증하듯 뒤이어 몰아친 동주의 비참한 고백……. 그들 앞에서 간신히 두 발을 지탱했지만, 성진의 마음은 형체도 안 남을 만큼 무너져 내렸다.
"내가 제대로 살아온 게 맞는지 모르겠어. 최선이 뭔지 알긴 하는 건지."
하늘에 맹세코 그들을 괴롭힐 마음은 추호도 없었다.
하지만 더 잘해 줄수록 좋을 거란 생각, 내가 노력한 만큼 행복하게 해 줄 수 있다는 생각, 어쩌면 선량한…… 오만에 그치는 생각.
단 한 순간도 오만하지 않았다고 자신할 수 있는가? 결과적으로 저 때문에 불행해진 그들 앞에서.

410

'금유리는 안 그럴 거 같아? 그 기집애가 너의 숨 막히는 최선에 질리지 않을 거 같냐고.'

"혹시라도 내가, 유리 너한테도 잘못하고 있으면 안 되는데."

심장이 우그러지는 거 같아, 성진은 얼굴을 일그러뜨렸다. 30년 넘게 배워서 실천한 신념이 길을 잃었을 땐 어떻게 해야 하나.

'너의 최선은 평생 그런 식일 거야. 모두가 질려서 떠나 버릴 거라고.'

만에 하나 너마저 떠나 버리면, 내가 살아갈 방법이 있을까?

성진이 숨 쉬는 법조차 잊고 캄캄한 어둠을 헤매는 순간.

"성진아. 그거 알아?"

그의 굳은 등에 유리의 이마가 살포시 닿았다.

"나는, 널 다시 만나기 전까지 단 한 번도 최선을 다한 적이 없었어."

비싼 과외 선생님을 껴도 성적이 안 나오고, 남다른 재능도 없고. 사랑하는 아내의 목숨과 맞바꾼 딸이 그 모양이라 아버지는 실망하시고.

'넌 죄인 같은 마음을 가져야 해.'

존경스러운 큰오빠에겐 대놓고 경멸받고.

"너무…… 외롭다는 생각도 내가 하면 죄인이라서, 난 언제나 죄인 같은 마음을 가졌어."

그 순간 성진이 몸을 돌려 유리를 와락 당겨 안았다. 그런 아픈 말 말라는 듯, 그녀의 자그마한 머리를 보듬는 손이 서럽게 떨렸다. 그의 품 안에서 유리는 사분사분 말을 이어 갔다.

"그런 내가, 네 덕에 겨우 달라졌어. 복성진 아니었으면 나는, 영원히 최선을 다해 보지 못했을 거야. 살지 못했을 거야."

유리가 말을 이을 때마다 그녀를 가둔 팔에 힘이 들어가고 떨림이 더해졌다.

그가 울고 있다는 걸 유리는 알아차렸다. 우리가 만난 이래, 처음으로.

"성진아. 네가 날 얼마나 아껴 주는지 잘 알아. 최선을 다해 잘해 주면서도, 정작 너 자신은 성에 차지 않아 하는 것도. 하지만…… 네 모든 걸 다 주지 않아도 돼. 너무 좋은 것만 주려 하지 않아도 돼."

그의 심장에 자신의 사랑을 뜨겁게 묻었다.

"최선을 다했어도 잘한 것이 아닐 수도 있어. 너조차도 그런데 다른 사람들은 오죽하겠어."

일도 사랑도 그런 거 같아. 그렇지만…….

"나만큼은 너한테, 그런 걱정이 필요 없는 존재였으면 좋겠어."

꼭 잘해야 한다든지, 잘못하고 있을지도 모른다는 걱정 없이. 온전히 내게 기대 호흡을 고르고 편안히 쉬어 갔으면 해.

"넌 이미 나한테 차고 넘치도록 잘해 주고 있어. 지금도 아주 잘하고 있어. 이렇게 같이 있어서 행복하고 오늘도 감사해."

네 덕분에 행복한 사람 나 말고도 많을 테고, 앞으로도 많이 생길 거야. 넌 이 세상에 꼭 필요한 사람이고 네 인생은 고귀해.

그러니까.

"아무 걱정 말고, 지금처럼 최선을 다해."

"왜 이렇게 나한테 잘해 줘? 어떻게 날 이 정도까지 믿어?"

성진이 잠긴 목소리로 물었다.

"해 준 것도 별로 없는데. 이런 사랑 받아도 될 만큼 너한테 잘한 기억이 없는데."

알에서 깬 오리도 처음 본 존재를 이 정도로 믿지 않을 것이며, 신도 인간을 이 정도로 사랑해 주지 못할 텐데.

"글쎄. 아마 우리 둘이…… 운명이라서가 아닐까?"

유리의 수줍은 중얼거림에 성진의 눈이 선연히 뜨였다.

운명. 예전에 한 번, 멋모르던 시절에 윤수영에게 한 번 지껄였던 기억이 난다.

이 나이 먹고, 지금 이 순간이 되어서야 깨달았다.

운명이란 자신이 말로 도모하는 상대가 아니라, 이렇게 기적처럼 품에 들어와 갈라진 심장을 붙여 주는 존재란 걸.

"난 너를 사랑할 수밖에 없는 운명이었어."

유리는 팔을 내뻗어 성진을 마주 안으며 속삭였다. 일도 사랑도 최선을 다한 네가, 멀리 돌아서나마 결국 내게 와 줬으니.

"우리는 맺어질 운명이었던 거야."

❖ ✳ ❖

눈을 뜨니 해가 중천에 떠 있고, 유리는 곁에 없었다. 자신이 알람 소리도 듣지 못하고 곤히 자는 새 살그머니 움직여 떠난 모양이다.

성진은 핸드폰을 확인했다. 역시나 그녀가 남긴 톡이 있었다.

[나 서울 올라가 볼게. 너 깨우기 싫어서 인사 못 하고 가는 거 이해해 줘.]

그다음 할 말을 고민했던지, 다음 메시지는 10분 뒤에 와 있었다.

[성진아. 아무 걱정 마. 난 영원히 네 편이니까.]

5분 뒤, 한 마디가 덧붙었다.

[사랑해.]

성진은 벅찬 웃음을 지었다. 그녀라면 좀 더 있다 가고 싶었을 텐데. 그 마음을 누르고 조용히 떠난 이유는, 앞으로 닥칠 일에 가장 저답게 맞서라는 배려일 테지.

톡창에 '나도 사랑해.'라고 치고 싶은 마음을 간신히 눌러 참았다. 고작 그 정도 성의로 답할 마음이 아니니까.

오늘 안으로 모든 걸 매듭짓고자 한다. 지금도 걱정하고 있을 그녀에게 가장 먼저 결과를 전해야지.

낙관적인 기대는 하기 어렵지만, 마냥 걱정되지만은 않는다. 무슨 소식을 가져가더라도 저를 따스하게 맞아 줄 유리를 생각하면, 무엇이든 이겨 낼 수 있을 것 같은 예감이 든다.

얼마든지 다시, 최선을 다해 살아갈 자신이 생긴다.

성진은 흐트러진 머리를 대강 쓸어 넘기고 방갈로 밖으로 나왔다. 몇 걸음 걷지 않아 제자리에 우뚝 섰다. 전방에 보이는 아카시아 나무 아래, 오동주가 있었다.

눈이 마주치자 놈은 반사적으로 눈을 내리깔았다. 저를 기다리고 있었던 모양새다.

"여기서 뭐 해?"

까닭을 알면서도 성진은 물었다. 먼저 말 안 걸면 족히 10분 넘

414

게 입 됐다 국 끓여 먹을 녀석이라.

"어……. 저기, 성진아. 잘 잤어?"

일단 늦은 아침 인사부턴가. 성진은 실소를 흘렸다.

"그래. 간만에 푹 잤다. 유리가 가는 줄도 모르고."

"아, 유리 씨 벌써 서울 올라갔어? 고맙다는 인사도 못 했는데……."

"유리한테 뭐가 고마운데?"

"아……. 그런 게 있어."

유리가 엮이니 호기심이 샘솟는 건 어쩔 수 없었다. 허나 지금은 다른 얘기를 나눌 상황이 아니다.

"대답은 준비했어?"

동주가 눈동자를 아래로 굴린다. 성진은 쓰게 웃었다. 어차피 뻔한 답을 낸 모양인데, 굳이 말하라고 괴롭힐 마음까진 없다.

"잘 있다 가."

성진은 곧바로 작별 인사를 꺼냈다.

"비록 일이 이렇게 됐지만, 지난 2년 반 동안 배운 것도 많아서 솔직히 후회는 없어."

"……."

"명 대장님한텐 내가 설명 드릴게. 다른 기업에서 좋은 제안이 와서 부와 명예를 좇아 떠난다는 식으로 말하려고. 네가 쌍놈 되는 것보단 그나마 편하게 받아들이시겠지."

구름 조각 같은 꽃이 달린 아카시아 나무를 올려다보며, 성진은 나직이 중얼거렸다.

"이 나무 정말 마음에 들었는데. 가끔 생각날 거 같긴 하네. 이 나무를 보면 마치……."

초연해진 마음에 다소간의 너그러움이 생겨, 뭔가 시적인 이별 멘트가 떠오른 듯도 했는데.

"나는 일하고 싶어! 너와 함께!"

동주가 급작스레 내지른 샤우팅에 휙 날아가 버렸다.

"……뭐라고?"

환청을 들은 거라고 믿어 의심치 않는 그 앞에서 동주가 다다다 말했다.

"성진아. 내가 너한테 감히 용서를 구할 자격이 없다는 거 알아. 나랑 이대로 계속 얼굴 마주 보고 일하는 게 용납이 안 된다는 것도 알아. 하지만 역시, 나 같은 놈 때문에 채운 시리즈가 빛을 못 보는 게 너무 아까워. 그게 다 성진이 네 건데…… 차라리 내가 떠나고 말지."

성진이 입술을 일자로 지그시 물었다. 싸한 반응에 동주가 얼른 덧붙였다.

"아, 누가 그만둘지는 일단 접어 두고…… 인간적으로 알고 싶어. 나 여태 멱살 안 잡힌 이유."

"……."

"너, 작년 가을부터 알고 있었다며. 진달래 양조장 사장 통해서. 진작 다 알아 놓고 왜, 나한테 잘못을 묻지 않은 거야? 네가 단지…… 만찬주 때문에 참고 넘긴 것 같지만은 않아."

"그 사장님 만나기 전에도 어느 정도는 눈치 깠어."

성진이 한숨 섞인 말을 꺼냈다.

"일단 동주 넌 너무 티 나, 인마. 옛날부터 별거 아닌 일도 조금만 걸리면 밥부터 거르는 쫄보 새끼잖아, 너."

그러다 일이 잘 풀리면 다시 우걱우걱 먹어 대서 배로 불어나길 반복했지.

예나 지금이나 죄짓고는 도저히 못 사는 녀석. 그래서 살집 있을 때가 가장 보기 좋은 녀석이 너였다.

"3년 전부터 네가 좀처럼 살이 안 붙길래, 처음엔 전 여친 때문에 그러는 줄 알았어. 하지만 사태가 워낙 장기화되니 뭔가 다른 일이 있을지도 모른단 추측이 들었어. 그러다 진짜 이유를 알고 나니, 아주…… 어이 상실이었지."

성진이 목을 뒤로 꺾으며 헛웃음을 뱉었다. 갑절로 농락당한 듯한 당시 심정 알 만해서, 동주는 송구스럽게 고개를 숙였다.

"솔직히 어떻게 복수해야 할지, 전혀 생각 안 해 본 거 아냐."

오히려 다각도로 생각해 봤다. 배보다 배꼽이 커지는 한이 있어도 놈을 화끈하게 벗겨 줄 변호사를 사 버릴까.

일주일 정도 그런 생각에 메여 살아 보니, 더욱 손해 본 기분만 들었다.

더 억울했던 건.

"차라리 네가 뻔뻔하기라도 하면, 시원하게 줘 팼을 텐데."

지 멋대로 죗값을 톡톡히 치르는 놈의 면상을 볼 때마다, 속절없이 약해지는 제 마음이었다.

결국 이놈은 마음대로 편해지지 못하고, 자신은 마음대로 잔혹해지지 못했다.

"그랬……구나. 난 차라리 속 시원하게 맞고 싶었는데."

동주가 바르르 떨리는 입술로 겨우 웃었다.

"성진아. 어젠 내가 너무 몰리는 바람에 너한테 실언을 했어. 내 진심과는 많이 달라. 단지…… 난 너처럼 되고 싶었어. 나도 잘 좀 하고 싶은데…… 내가 그나마 잘하는 것들은 네가 더 잘하고. 심지어 내가 먼저 시작한 것까지 네가 더 잘해 버리니까⋯⋯."

내가 진짜 뭐가 되나 싶어서. 네 탓이 아니라는 걸 알면서도, 마음이 일그러지고 말았어.

"동주미 개발도 네가 했다면⋯⋯ 훨씬 잘했을 거란 생각을 떨쳐낼 수가 없어."

동주는 두 손으로 얼굴을 받쳤다. 안 그러면 낯가죽이 흐물흐물 떨어져 내릴 거 같았다. 이놈의 자격지심은 참회의 순간에도 떨어져 나가 주질 않는다. 죽도록 싫지만 30년이 넘도록, 이게 진짜 오동주였다.

"오동주. 지겹도록 말한 거 같은데, 넌 예전부터 너 자신을 너무 과소평가해."

성진은 동주의 처연한 어깨에 손을 뻗었다.

"내가 뭐든 잘하는 건 아니지만, 잘하려고 노력하는 건 맞아. 은근히 경쟁심 강하고 지는 거 싫어해. 네가 하는 벼 품종 연구나 농사, 필요하다면 나도 최선을 다해 배울 거고, 가능하면 더 잘하려고 노력할 거야. 하지만 이거 하나는 장담해."

지그시 힘을 실어 동주의 어깨를 거머쥐며 말했다.

"난 절대, 너처럼 그 일을 사랑하지 못할 거야. 그래서 결국 포기하고 말 거야."

포기. 그와 너무나 이질적인 단어에 동주는 헛숨을 삼켰다.

"농사짓고 벼 품종 개발하는 게 얼마나 중요한 일인지 모르는 사람은 없어. 근데, 정작 하겠다는 사람은 없지. 최소 10년, 미치도록 불안하고 외로워도 참아야 하니까. 그래서 나 따위가 감히 엄두도 못 내는 일을 오동주가 해낸 거야. 내가 진짜 너 얼마나 존경하는지 알아?"

말하는 중에 극심한 아쉬움을 느꼈다. 평소에 이런 말들을 해 줬다면, 녀석이 진작 자신의 진가를 알아챘을지도 모르는데. 터무니없이 괴로워하지 않았을 텐데.

"내가 어딜 가서 너 같은 놈을 또 만나냐고. 최고의 쌀을 대 줘, 궂은일 묵묵히 다 해. 무엇보다, 너도 술 엄청 좋아하잖아."

동주는 저도 모르게 고개를 마구 끄덕였다. 성진은 푸시시 한 번 웃고, 제 온 마음을 퍼붓듯 말했다.

"이대로 끝내자니 내 시간과 노력이 아깝고, 너도 아깝고, 우리 술이 아깝고, 모든 게 더럽게 아까워서 네 멱살 안 잡은 거라고. 이제 이해돼?"

친구로서 마지막이 될지도 모르는 오늘. 두 사람은 서로를 가감 없이 드러내 보였다. 서로에게 서로를 온전히 선택할 기회를 주기 위해.

결연한 고요가 이어진 후, 동주는 마른침을 삼키고 말했다.

"성진아. 완전한 용서는 바라지도 않아. 네가 편한 만큼만 마음을 열어 줘도 돼. 그래도 부탁이야. 한 번만 더 기회를 줘. 이대로 너랑 참술에서 쭉 일할 기회."

몸은 여기서 그대로, 하지만 마음은 새로이.

동주는 성진과 올곧게 마주 보며 말했다.

"복성진. 나를 용서해 주지 않을래?"

"정말 말도 안 되는 기대라고 생각했지만."

성진은 복받치는 감정을 간신히 누르고 말했다.

"오동주가 날 위해 용기내 주면 정말…… 고마울 거라 생각했어."

그 역시 동주를 똑바로 보며 말했다.

"오동주. 나는 너를, 용서했어. 그러니까 앞으로는 한눈팔지 말고, 어디 갈 생각 말고, 지금처럼만 하자. 이대로 만찬주까지 쭉 달려 보자."

"성진아……. 저, 정말 고마워! 이 은혜 잊지 않을게! 내가 앞으론 진짜, 진짜 잘할게!"

동주는 감격의 눈물을 왈칵 쏟으며 성진에게 곰처럼 달려들었다.

"아, 울지 마! 울 거면 저리 좀 가."

성진이 칠색 팔색 하며 동주를 밀어냈다.

위험했다. 눈물이란 게 워낙 전염성이 강한 것이라, 녀석의 젖은 눈가를 본 순간 저도 순간적으로 코가 시큰거렸다.

간밤에 유리한테 보인 눈물도 일이 이렇게 풀리니 미치도록 쑥스러워지는 마당인데. 오동주 놈 때문에 24시간도 안 돼서 또 즙을 짤 순 없다.

"어이, 저기 봐. 굉장한 태양이야. 마치……."

불쑥 끼어든 목소리에, 성진과 동주는 불시에 등짝을 맞은 사람처럼 어깨를 움찔거렸다.

"앗, 대장님!"

"언제 와 계셨……."

벙찐 두 사람 앞에서 명 대장은 이마에 손차양을 하고 하늘을 올려다보았다. 신통하게도 구름 한 점 없이 맑은 여름 하늘이었다.

"뭔지는 몰라도 둘이 시원하게 푼 거지?"

"네. 잘 풀었습니다."

성진은 의미심장하게 고개를 끄덕였다. 이 사람이 정말 하나도 몰랐을 거 같지는 않다. 아무것도 묻지 않으면서, 우릴 보는 두 눈에 이유 모를 흐뭇함이 담겨 있으니.

"참, 성진아. 나 이번 주 숙제 다 했다. 이번엔 소소한 일상 얘기 올렸어."

명 대장이 두 사람에게 핸드폰을 들이밀었다. 참술 블로그에 여러 장의 사진이 올라와 있었다.

"아, 이거 저번에 유리네가 놀러 왔을 때 찍은 거군요."

참술의 명주와 인근 시장에서 사 온 먹거리들로 맛깔나게 차린 술상. 참술 식구들과 아젤리아 식구들이 다정하게 모여 앉은 모습.

"이날 유리 씨가 만들어 준 칵테일들 진짜 맛있었는데."

"너무 맛있게 먹은 나머지 넌 그날 개가 됐었지."

성진이 동주를 한번 흘겼다. 모종의 사건을 떠올린 동주가 뒷머리를 긁적였다.

"하하……. 맞아. 그날은 내가 너무 취해서 그만……."

"복선비. 이번엔 잘생긴 네 사진도 올렸는데 괜찮지?"

지금까지 성진은 참술 블로그에 자신의 사진을 올리지 않았다. 자신보단 참술의 술을 드러내야 한다는 고지식한 신념 탓도 있었고, 인터넷에 사생활을 드러내는 걸 별로 즐기지 않아서이기도 했다.

하지만 지금 그의 마음은 활짝 열린 상태였다.

"어디 볼까요? 내가 얼마나 잘생기게 나왔나."

앞으로도 이런 사진을 많이 찍게 되겠지. 이참에 나도 '노잼선비' 이미지 벗고 인싸 한번 되어 봐?

훈훈한 미래를 그리며 스크롤을 내리다가, 성진의 얼굴이 싸하게 굳었다.

"성진아, 갑자기 왜 그……. 헉!"

곁에서 같이 보던 동주까지 화들짝 놀랐다.

사진 속 성진은 분명 잘생겼다. 만취해서 삶은 문어처럼 얼굴을 붉힌 동주에게 기습 볼 뽀뽀를 당하는 순간조차도.

그 광경을 목격하면서 나라 잃은 표정을 짓는 유리의 모습이 가히 압권이었다.

"이 사진, 내가 분명히 지우라고 말했을 텐데."

가능하면 댁들 기억 속에서도 말끔히 지워 버리라고 말 했었는데.

"아니, 거……. 훈훈하고 보기 좋지 않냐? 나만 그렇게 생각……."

명 대장의 말이 끝나기도 전에 성진은 엄지로 블로그 포스팅 삭제 버튼을 꾹 눌렀다. 명 대장이 냅다 비명을 질렀다.

"인마! 그렇다고 지워 버리면 어떡혀! 내가 얼마나 힘들게 썼는디! 아이고! 그렇게 세게 누르면 내 폰 부서져!"

"하."

성진은 신경질적인 한숨으로 명 대장의 말을 잘랐다. 늘 가족 같은 참술 식구이지만. 가끔, 아니 자주, 가 족 같이 느껴질 때가 있다.

한참 만에 성진은 눈앞에 닥친 심연을 걷어 냈다.

"저 오늘 연차 내겠습니다."

"왜, 어디 놀러 가기라도 하게?"

모두의 물음에, 성진은 음산한 웃음을 문 채 내쏘았다.

"당장, 서울 가서 유리한테 정화 좀 받게."

유리는 화장대 거울에 비친 제 얼굴을 말끄러미 응시했다. 간밤에 한잠도 못 잔 티가 났다.

게다가 서울 오는 버스에서 하염없이 눈물을 흘리면서 왔다. 낯빛은 칙칙하고 눈가마저 짓무르니 제가 봐도 정말 못났다.

화장으로 얼굴에 차오른 수심을 가리며 생각했다. 성진이 무슨 소식을 들고 오더라도 웃어 줄 각오를 다졌지만. 여전히 기적을 바라는 마음에, 서울 오는 내내 신께 기도드렸다.

하느님. 성진이 열심히 살았잖아요. 최선을 다했잖아요. 가족, 친구, 연인에게 다 잘했잖아요.

늘 아낌없이 베풀어 온 그인데, 이젠 좀 받게 해 주시면 안 되나요? 마음 편하게 누리게 해 줄 수 없나요?

안 된다면, 제 걸 빼서라도 그에게 주세요.

일찌감치 출근해 술병이라도 닦으면 이 마음이 잔잔해질까? 성진이 하던 것처럼.

외출 준비를 마친 유리가 신발을 꿰어 신으려던 찰나.

삑삑.

도어록 누르는 소리가 나고, 제 눈을 의심케 하는 사람이 눈앞에 우뚝 섰다.

"성진아. 어떻게……."

"너 눈 왜 그래? 혹시 울었어?"

성진이 외려 눈을 동그랗게 뜨고 되물었다.

"어머…… 화장했는데도 티 나? 그보다 어떻게 된 거야? 양조장은?"

423

"어떻게 되긴. 난 하루 땡땡이치면 안 되나."

성진은 중간문 밖으로 몸을 반쯤 내민 유리를 부드럽게 밀어 넣었다. 얼결에 뒷걸음질 치며 저를 올려다보는 그녀에게 나직이 덧붙였다.

"천하의 금유리 바텐더도 내 걱정에 아젤리아 땡땡이치고 와 줬는데."

유리는 성진의 얼굴을 보며 연신 눈을 깜박였다.

그의 얼굴에서 묵은 어둠이 걷혀 나갔다. 간밤에 비해 드라마틱하게 환해진 낯빛이 믿기 어려울 정도지만, 애써 명랑한 척하는 눈치는 아니었다.

지금 그의 두 눈엔 기쁨이 가득해 보였다.

"저…… 동주 씨하고는 어떻게 됐어?"

왠지 좋은 이 예감이 정말 맞는가 싶어, 떨리는 목소리로 물었다.

"하……."

성진이 짐짓 길게 숨을 뱉었다. 그의 한숨에 유리는 흠칫 몸을 떨며 눈을 내리깔았다.

아, 역시 내 촉은 믿을 게 아닌데. 괜히 물었어.

정수리가 보이도록 고개를 숙인 그녀의 모습에 성진은 픽 웃었다.

"모처럼 선샤인주류에서 좋은 제의가 와 가지고 이참에 부와 명예나 좇을까 했더니만. 도저히 놔주질 않네. 청와대 만찬주의 운명이."

유리가 고개를 들어 그를 빤히 보았다.

"그러면 너, 참술에서 계속 일하기로 한 거야? 동주 씨랑도……

화해한 거야?"

숨도 안 쉬고 묻는 그녀에게, 성진은 힘차게 고개를 끄덕여 주었다.

"아……. 다행이다 성진아. 진짜, 잘됐어…… 너무, 하느님……."

안도감이 뼛속 깊이 밀려드니 외려 흥분이 되었다. 이 마음을 말로 다 표현하고 싶은 과욕 때문에 유리는 연신 입을 뻐끔거렸다.

성진은 두 팔로 유리를 그러안았다. 나직한 말로 그녀의 벅찬 호흡을 달랬다.

"내가 걱정 많이 끼쳤지? 앞으로는 좋은 소식만 가져올게."

모든 얘기를 현관에 선 채로 말할 수는 없는 노릇이었다. 마침 성진의 방에서 포근한 오후 햇살이 새어 나오고 있었다. 그의 방엔 탁 트인 리버뷰가 펼쳐지는 유리창이 있다.

두 사람은 자연스럽게 그리로 이끌렸다. 침대에 나란히 걸터앉아 그간의 이야기를 했다. 오고 가는 말들이 무르익은 여름 햇살처럼 따사로웠다.

시간 가는 줄 모르는 사이, 붉은 해가 수평선에 사선으로 걸친 한강 다리와 맞붙었다.

"아…… 이제 출근해야겠다. 오늘은 좀 일찍 가서 밑 작업 해 놓으려 했는데."

유리가 아쉽게 한숨지으며 일어났다. 옆구리가 급격히 허전해지는 걸 느끼며 성진은 핸드폰 시계를 확인했다. 충분히 낮이 긴 계절이건만, 실제 시간이 하늘의 시간보다 덜 지났기를 순간 바랐다.

아젤리아 오픈 시간까지 앞으로 30분. 밑 작업은 고사하고 당장 나가지 않으면 지각을 면치 못할 거다.

"성진이 넌 집에서 눈 좀 붙여. 어제 잘 못 잤잖아."

혹여나 그가 따라 나와 같이 일 하겠다고 할까 봐, 유리는 미리 못 박았다.

"……."

오늘은 웬일로 성진이 잠잠했다. 침대에 걸터앉은 무릎에 깍지를 만들어 붙인 채, 아무 말 없이 유리를 지그시 보았다. 평소대로라면 따라나설 구실을 어떻게든 갖다 붙일 텐데, 어지간히 피곤한가 보다.

그가 오늘만큼은 제 몸을 돌보려는 건가 싶어 유리는 오히려 반가웠다. 내일부터 다시 힘껏 달려야 하는 사람이니까, 집에서 푹 쉬면서 재충전하는 게 좋지.

"성진아, 나 갈게."

그에게 살며시 손을 흔들고 돌아서려는 찰나.

"오늘은 안 가면 안 돼?"

팔목이 덥석 잡히고, 낮고 또렷한 말이 귓가에 따라붙었다.

"어…… 하지만 어제도 갑자기 빠져서……."

유리는 말을 온전하게 맺지 못했다. 망설이는 기미를 꾹 눌러버리려는 듯, 그녀의 손목 맥을 짚은 굵직한 엄지에 힘이 실렸다.

"가지 마."

권유였던 말이 훨씬 강하게 바뀌었다.

"아젤리아에 전화해서 못 간다고 말해. 오늘, 내가 너 안 놔줄 거라서."

그의 의사가 더할 나위 없이 명확해진 순간, 유리는 다리 힘이 탁 풀렸다. 이 앞에 벌어질 일을 예감한 심장이 미치도록 뛰었다.

5.

하나로 맺어진 밤

"다희 언니. 진짜, 진짜 죄송한데 오늘 하루만 더 쉬어야 할 거 같아요. 그게…… 성진이랑 오늘 진지하게 할 얘기가 있어서……."

유리는 핸드폰을 귀에 댄 채 성진을 흘끔거렸다. 곁에서 지켜보던 그가 입꼬리를 씰룩거렸다.

진지하게 할 얘기라니, 뭔가 웃기잖아.

"미나한테도 미안하다고 전해 주세요. 제가 조만간 크게 쏠게요, 진짜로. 네……. 고마워요!"

후우. 통화가 끝나고 유리는 큰일 치른 사람처럼 한숨을 뱉었다.

정기휴무일이나 정말 죽도록 아픈 날 빼곤 거의 하루도 빠짐없이 출근 도장을 찍은 가게다. 그토록 성실한 오너가 어제 오늘 연속해서 이틀 무단결근한 사유를 말하라면, 솔직히 눈먼 사랑 말고는 댈 것이 없으니.

어제도 오픈시간 임박해서 다희와 미나에게 급하게 톡을 보냈다. 성진을 보러 간다 하니, 두 사람 다 아무것도 묻지 않고 빨리 가 보라고 말해 줬다.

어제와 같은 패턴의 전화를 받고도 다희는 고맙게도 짧게 통화를 마쳐 주었다.

– 그래. 가게는 걱정 말고, 둘이 얘기 잘 해.

사랑보다 중한 게 어디 있어.

대놓고 말하지는 않아도, 다희의 선선한 목소리에서 응원의 마음이 느껴졌다.

심장이 콩닥거린다. 모범생이 꾀병을 부려 보니 선생님이 아무 의심 없이 속아 주고 심지어 걱정까지 해 주는 그런 상황 같다.

"유리야, 바깥 봐 봐. 지금 해 넘어가는 거 보여?"

"아, 정말⋯⋯."

유리는 창문으로 다가가 얼굴을 붙였다.

붉은 저녁놀이 하늘가로 접히는 모습이 한강 물결에 고스란히 비쳤다.

해가 가장 드라마틱하게 보이는 시간이다. 중천에 떠 있을 땐 그저 붙박인 것처럼 보이는데, 질 때는 저렇게 체리처럼 잔뜩 발개져서 너울거린다.

어느 순간, 유리가 창문에 댄 손 위로 성진의 손이 포개어졌다.

"유리야."

"응⋯⋯."

"단 하루도 소중하지 않은 날이 없어. 네가 내 옆에 있어 준 날들이."

그가 나직이 속삭였다.

"너랑 늦게 시작한 거 생각할수록 아까워 죽겠어. 학교 다닐 때 잠깐씩 너 마주쳤던 기억이라도 떠오르면 얼마나 반가운지 몰라."

가슴 한편에 금유리 기념관을 하나 지어 났는데 애가 탈 만큼 자료가 빈약하다.

복도에서 순간순간 마주칠 때 그녀를 눈여겨보지 못했고, 어쩌면 모른 채 지나치기도 했고. 주변에서 그녀 애기가 가끔 나와도 귀담아듣지 않아서 금방 잊어버렸다.

"어쩔 수 없지. 그때 넌 수영이랑 사귀고 있었으니까."

유리는 작게 웃었다. 어떻게 봐도 그의 심장이 수영으로 꽉 차 있어서 막막하던 시절이었다.

"중학교 1학년 때 같은 반 해 봤을 때 빼곤 너랑 접점이 별로 없어서, 나도 기억하는 게 많지는 않아. 그래도 너 본 날은 거의 다 기억해."

그가 보이지 않을 때조차 제 심장은 그로 가득 차 있었으니. 그의 모습이 조금이라도 보이는 날엔 가슴이 크게 부풀어 올랐다. 기억이 안 나려야 안 날 수가 없다.

"1학년 2학기 중간고사 때 너 수학 한 문제 틀렸었잖아. 그때 공부 잘하는 애들은 거의 100점 맞았다는데. 난 어차피 망했었지만……."

"아……. 그때."

유리의 말 한마디에 오랜 추억 하나가 들추어졌다.

그녀 말대로 당시 수학 시험이 워낙 쉬워서 만점자가 속출했다. 최상위권 학생들끼리는 수학 점수를 아예 묻지도 않았다.

근데 딴 사람도 아니고 성진이 만점이 아니라니. 경민이 대체 뭘 틀린 거냐며 다짜고짜 그의 시험지를 뺏어 들었다.

'푸핫! 야, 복성진. 레알 1번 틀렸냐, 너?'

'하하, 나 진짜 귀신에 홀렸나 봐. 대신 과학은 100점 받았으니
뭐.'

만점자가 거의 없었던 시험 점수가 좋았으니 그걸로 만족한다
는 투였다. 그러자 경민이 배시시 웃으며 자꾸 놀려 댔다.

'으이그, 쿨내 보소. 야, 솔직히 말해 봐. 지금 속 쓰리지?'

'아, 쿨내 아니라니까? 나도 1번 틀릴 수 있지 뭐.'

성진은 별일 아닌 것처럼 웃었다. 그때 당장은 아무렇지 않아
보였지만.

"다음 날 체육시간에 너 막 소리 지르면서 축구공 뻥뻥 차 댔잖
아."

그때 유리는 생리통 때문에 체육수업을 들을 수 없었다. 교실에
서 쉬어도 되었지만, 굳이 체육복을 입고 나와 운동장 돌계단에 웅
크려 앉았다. 멀찍이서 남모르게 성진을 마음껏 바라보려고.

그날은 모처럼 나온 보람이 있었다.

"평소에 축구 할 땐 정상적인 팀플레이를 했으면서, 유독 그날
은 공만 잡으면 멀리 날리더라. 결국 같은 팀 남자애들이 네 등 마
구 때리고. 솔직히 그때 수학시험 때문에 그랬던 거지?"

질주하는 폭주족처럼 막 나갔던 성진의 이색적인 모습. 지금 생
각해도 웃음이 차올라 유리의 어깨가 흔들거렸다.

"별걸 다 기억하네."

듣는 사람조차 당시의 멋쩍은 감정을 생생히 떠올릴 만큼, 그녀의 추억은 구체적인 색채를 띠었다.

"웬만한 건 다 기억하고 있을걸. 너에 관한 거면."

그렇다면 너는, 내가 잊어버린 나까지 기억하겠구나.

저 강보다 넓고 깊은 네 마음이 내 영혼을 간직해 주고 있으니.

이번처럼 내 영혼이 온통 파 먹히는 일이 또 생겨도, 몇 번이고 네가 새살을 붙여 주겠지.

가장 나답게, 최선을 다해 살아갈 수 있게 해 주겠지.

저보다 훨씬 자그마한 여자 뒤에서 성진은 목이 맺혔다. 감정이 주체할 수 없이 차오르다가, 마침내 뜨겁게 터져 나왔다.

"소중하단 말 따위만으론 부족해. 넌, 나한테 절대적인 존재야."

유리 역시 목이 메었다. 나는, 소중하단 말만으로도 고맙고 벅찬데…….

"특히 이번엔 너 아니었으면 내가 어떻게 됐을지 모르겠어."

"난 별로 한 것도 없는데……."

그저 애타는 마음을 앞세워 어설픈 위로들을 건넨 기억뿐인걸.

늘 아쉬움이 남는 거 같아. 너를 위한다고 무언가를 할 때마다.

"아니. 넌 늘, 나한테 넘치도록 많은 것들을 줘."

성진이 뭉클하게 말했다.

"나한테 너무 과분한 네 마음을 겨우 알게 되고, 과분해도 어쩔 수 없을 만큼 널 좋아하게 됐을 때, 처음엔 이런 생각을 했어. 언젠간 너를 놔줘야 할지도 모른다고."

부와 명예가 있는 네 본가. 공주님으로 태어난 네게 어울리는 사람들. 네가 돌아가고 싶어지면 언제든 미련 없이 보내 주자는 마음의 준비를 했었다.

"그래도 우린 결국 사귀게 되고, 한집에서 살게 됐지."

기쁜 소식을 가장 먼저 가져가고 싶은 곳. 힘든 일이 생기면 가장 먼저 생각나는 곳. 금유리의 품이 그런 곳이 되었다.

"지금은, 널 놔주느니 차라리 죽는 게 낫다고 생각하고 있어."

그의 두 팔이 유리를 끌어안아 단단한 진심을 표현했다.

"금유리. 난 네가 생각하는 것만큼 괜찮은 놈이 아닐 수도 있어. 솔직히 아직 너한테 안 보여 준 거 많아. 너한테 좋은 모습만 보이려고 엄청 노력했거든."

'네 모든 걸 다 주지 않아도 돼. 너무 좋은 것만 주려 하지 않아도 돼.'

그녀가 그렇게 말해 주고 나서야 제 마음의 형체를 알았다.

간신히 찾은 새 사랑이라, 절대로 잃고 싶지 않았다. 쥐면 꺼질까 불면 날아갈까. 최선을 다하고도 좌절을 겪었던 전보다 더 잘해야 한다는 마음에, 새로운 사랑에 다소 조심스러웠다.

하지만 그렇다고 마냥 좋은 것만 보여 주려 한다면. 바꿔 말해, 그녀와 모든 것을 공유하려 하지 않는다면, 복성진을 향한 금유리의 무한신뢰를 저버리는 셈이겠지.

"앞으로 무슨 일이든 반드시 너랑 상의할게. 아무리 힘든 일이 생겨도, 우린 끝까지 함께할 사이니까."

그 어떤 슬픔도, 그 어떤 기쁨도…… 함께 나누게 될 사이니까.

"응……."

유리는 코로 숨을 크게 들이마셨다. 그새 눈물이 찔끔 나와 버

432

렸다.

해의 자취가 다리 밑으로 완전히 떠밀려 갔다. 하늘과 강물이 하나로 합쳐진 듯 푸르렀다. 더 어두워지면 강 너머 빌딩숲이 불을 밝혀 물결 위로 은은한 도시 불빛이 흩뿌려질 테지만, 지금의 광경도 숨이 멎을 듯 아름다웠다.

가슴이 벅차오르는 저녁. 유리는 공연히 저를 품에 가둔 성진의 팔을 매만졌다. 그녀의 손바닥에 땀이 살짝 배어 나와 맞닿은 곳이 뜨듯했다.

성진은 가는 손가락 사이에 제 손가락을 끼워 넣고 꽉 쥐었다. 힘을 실어 속삭였다.

"금유리. 내가 오늘, 널 안아도 돼?"

"……."

지금까지 성진은 수없이 유리를 안아 주었다.

그렇게 하지 말라는데도 뒤에서 몰래 다가가 부엌에 있는 그녀에게 백허그를 하고. 유리가 감기몸살을 앓으면 만사 제치고 달려와 밤새도록 품어 주기도 했다.

하지만 유리는 어렵지 않게 알아챘다.

오늘 그는, 지금까지와는 다른 방식으로 저를 안으리란 걸.

"허락해 준다면, 널 전부 가지고 싶어."

처음이니까 더욱 확실한 허락을 구해야 한다. 그녀가 진정 원해야, 자신도 거리낌 없이 나아갈 수 있으리라.

"난 이런 거 돌려 말하는 방법을 몰라."

유리는 환희에 휩싸였다. 그가 돌려 말하지 않아서 더 기뻤다.

소심한 자신은 타월도 둘러 보고 야한 영화를 틀기도 했다만. 자신과 다르게 용기 있는 성진이 얼마나 든든한지, 그는 알까?

잘 모르는 것 같으니 알려 주고 싶다. 전부 다.

유리는 오래도록 심장에 새겨 둔 말을 꺼냈다.

"키스도, 다른 모든 것도 지겨울 정도로 아껴 뒀어. 너하고만 하려고. 너 아니면 안 하려고."

머리부터 발끝까지 아껴 뒀다. 자신이 그 정도로 대단한 여자가 아니라는 걸 알면서도 고집을 부렸다.

예전엔 도저히 가망이 없는 것 같아 슬펐던 고집이었건만, 차례차례 빛을 보더니…….

"안아 줘. 너한테 내 전부를 주고 싶어."

드디어 여기까지 왔다.

✢ ✳ ✢

유리는 꽤 오래 샤워를 했다. 어스레한 정도였던 방이 그녀를 기다리는 동안 짙푸르게 톤 다운 되었다.

먼저 샤워를 마친 성진은 유리 방 침대에 걸터앉아 그녀를 기다렸다.

설탕에 절인 듯 달달한 복숭아 향. 그녀의 체취로 굳어진 샤워 코롱의 향이 생각났다. 지금 욕실에서 저를 생각하면서 그 향을 온몸에 공들여 끼얹고 있는 걸까.

성진은 콘돔을 어루만지며 유리에게 가장 먼저 할 말을 떠올렸다.

한 번에 끝까지 가고 싶은 마음은 차고 넘치지만, 그녀가 최우선이다. 여자가 소중히 간직한 자신의 처음을 내주는 것이 보통 결심이 아님을 안다. 도중에 무서워지거나 하면 절대 무리하지 말라고 해야지.

그런 생각을 하던 차에, 문이 열렸다.

"……."

유리를 본 순간 성진은 숨을 삼켰다. 한여름에도 긴팔 옷을 입고 잠드는 그녀가, 타월 한 장만으로 맨몸을 감싸고 있었다.

긴 웨이브 헤어가 한쪽 어깨 위로 틀어지듯 모여 찰랑거린다. 드라이를 살짝 했는지, 흑단색 머리칼이 약간 촉촉한 정도로 말랐다.

달덩이처럼 뽀얀 살결이 어스름한 방을 은은하게 밝혀 온다. 약간 고개를 숙인 유리에게선 비장한 차분함이 감돌았다.

"저……."

그녀의 자태를 넋 나간 듯 바라보던 성진이 얼른 정신을 차려 준비한 말을 건네려던 찰나, 유리는 사분사분 그에게 다가들었다. 복숭아 단 향이 그녀를 따라 침대 위에 살랑 올라앉았다.

가슴에 손을 모은 채 유리는 떨리는 속내를 고백했다.

"성진아. 내가 처음이라서…… 자꾸 움츠리거나 내 몸 가리려고 할 수도 있어. 최대한 안 그러려고 노력하겠지만 부끄러워서 그런 거지 너랑 하기 싫어서가 절대 아니니까, 내가 그러더라도…… 멈추지 말아 줘."

마음 주는 것도 처음. 키스도 처음. 몸을 허락하는 것도 처음. 머리부터 발끝까지 자신의 처음인 남자.

사랑해 마지않는 그와 드디어 하나가 되는 순간.

혹여나 자신의 소심함과 서투름이 고대했던 순간을 망치는 건 아닐지. 막연한 걱정이 첫 관계를 앞둔 본능적인 두려움마저 앞섰다.

"알았어."

성진은 유리의 뽀얀 어깨를 따듯하게 쓰다듬으며 답했다.

결연함이 감도는 다갈색 눈이 시선을 부딪쳐 온다. 성진은 유리의 고운 얼굴을 지그시 바라보다가, 손을 뻗어 흑단 같은 머리칼을 파고들었다. 작은 머리를 손으로 받쳐, 모양이 애잔한 입술에 제 입술을 대었다.

"으응······."

도톰한 아랫입술을 감아 무니 달큼한 신음이 딸려 나온다. 유리의 눈이 반사적으로 질끈 감겼다. 다시 그 눈꺼풀이 조심스레 뜨여 촉촉하게 반짝이는 다갈색 눈망울을 드러낸 찰나, 성진은 온 입술을 짓이기듯 밀착했다.

"우음······."

뜨겁고 말캉한 닿음이 자아내는 다디단 맛. 유리는 지그시 눈을 감고 음미하였다. 입술을 갈라 들어온 그의 혀가 심장까지 얽어매는 것 같다. 더운물에 적셔진 설탕 결정처럼, 그녀의 몸이 사르르 녹아내리기 시작했다.

"하아······."

성진의 호흡이 한 템포 빨라졌다. 그의 한 손이 모닥불에서 타닥 튀어 오른 불꽃처럼 유리의 가슴에 얹어졌다. 그 작은 열기가 너무도 손쉽게 유리를 밀쳤다. 입술을 포갠 남녀가 한 몸으로 갸우뚱 기울었다.

제 아래 깔린 유리를 내려다보며 성진은 화한 고양감에 휩싸였다.

90도 기운 세상은 이성표지판을 아득히 벗어난 세계였다. 쌀떡처럼 하얀 그녀를 머리부터 발끝까지 핥아 맛보고 싶다. 손톱만 찍어도 발개질 여린 몸을 남김없이 깨물어 버리고 싶다. 무시무시한 충동이 머리와 가슴을 격렬하게 치받았다.

사랑하는 여자가 다치지 않게, 휘몰아치는 욕정을 다잡았다. 계단을 차근차근 밟아 오르듯 다시 그녀와 입을 맞췄다. 유리는 성진의 목을 끌어안았다. 그의 격정을 어루만져 주듯이.

쪽쪽. 연신 포개어지는 입술을 기점으로 공기가 빠르게 농밀해졌다. 서로의 호흡을 맞추듯 혀를 얽고, 체온을 맞추듯 타액을 섞었다. 한 번씩 숨을 트며 서로의 눈동자에 새겨진 애틋한 감정을 읽었다.

성진의 입술이 유리의 광대뼈를 스쳐 발그레한 뺨에 지그시 붙었다. 그의 입술이 점점 아래로 내려가 목선의 옅은 살결에 안착했다.

"아아……."

유리의 숨소리가 발갛게 물들었다.

"너 되게 뜨거워."

유리의 홧홧한 체온을 입술로 생생히 느낀 성진이 귓가에 속삭였다. 그녀는 고개를 젖혀 그에게 목을 내주며 속수무책으로 달콤한 신음을 흘렸다.

사실 아까 샤워를 하다가 막판에 냉수마찰을 했다. 그와 닿을 생각을 하며 제 몸을 거품으로 씻어 내리다가, 하마터면 샤워하는 도중에 주저앉을 뻔했다.

아, 어떡해. 역시 너무…… 야해. 나 진짜로…… 할 수 있을까? 성진이랑 그걸…….

차가운 거 진짜 싫어하는데, 마음을 진정시키려다 난생처음 찬물을 온몸에 끼얹었다.

그 바람에 열이 펄펄 나나 보다.

성진은 상체를 살짝 들어 유리에게 지그시 시선을 쏟아부었다. 그녀의 희고 둥근 어깨를 덧그리듯 쓸어내려 타월로 휩싼 가슴에 손을 얹었다.

"아……."

유리의 입술에서 가쁜 호흡이 터져 나왔다.

성진은 유리의 얼굴과 목에 자잘한 키스를 퍼부으며 한 손으로 그녀의 굴곡을 만졌다. 소담한 가슴을 둥글게 쓸어 담듯 만지고. 늑골을 쓸어내리고. 배꼽 아래까지 손길이 미쳤다.

자그마한 몸을 크게 덮는 손이 영역을 넓힐수록 그녀의 숨소리가 커졌다.

유리는 팔을 내뻗어 성진의 등을 걸터듬듯이 만져 보았다. 머리로, 가슴으로, 온몸으로 그려 온 감촉이 기대 이상으로 뜨겁다.

문득 정신을 차려 보니, 제 손이 그의 면 티를 걷어 올려 맨등을 쓸어 만지고 있었다. 부드러운 섬유 위로 만질 때와는 또 달랐다.

탄탄하게 짜인 등 근육, 우람하게 솟은 날개 뼈. 감당할 수 없을 만큼 생경한 감촉에 유리는 흠칫 몸을 떨었다.

어쩌지? 도로 끌어 내려야 하나? 아니면 나도 같이…….

유리의 황망한 마음을 읽은 듯, 성진은 그녀를 점령한 채로 셔츠를 과감히 벗어 올렸다.

딱 벌어진 어깨. 군살 한 점 없이 탄탄하게 직조된 흉근과 복근. 저와 달리 운동을 좋아하고 부지런히 돌아다니는 그다운 몸이었다. 제 손가락으로 누르면 자국 하나 안 날 것 같다.

유리는 내리깐 눈으로 성진의 조각 같은 상반신을 소심하게 관찰했다. 그에게서 감도는 강건한 열기에 살갗이 그슬린다.

살짝 닿기만 해도 몸도 마음도 휘몰릴 것 같다. 곧 저 단단한 몸과 섞일 걸 생각하니 가녀린 몸이 안팎으로 따끔거렸다.

성진의 시선이 유리의 가슴골에 그윽하게 닿았다. 유리는 상체를 일으켜 타월의 매듭을 풀었다.

"네가 벗겨 줘."

용기 내어 말하자, 성진은 그녀의 몸에서 서서히 타월을 걷어 냈다.

나름 과감하게 타월을 둘러 봤지만 용기가 살짝 모자랐다. 유리는 팬티 한 장 남은 몸을 침대에 누였다. 그가 기막혀할지도 모르겠다고 생각하며.

베개를 베고 누운 반라의 유리를 보며, 성진은 숨 쉬는 법을 잊었다. 한 줌짜리 오더메이드 드레스를 소화해 내는 것만 봐도 보통 몸매는 아니라는 생각을 늘 했지만, 그녀의 몸은 상상했던 것 이상이었다.

그녀의 살결은 빙옥처럼 투명했다. 늑골이 약간 도드라질 정도로 늘씬한 몸에, 가슴이 제법 풍만한 비율로 예쁘게 자리 잡았다. 산호색 꽃판에 정점이 꼿꼿이 솟아 있고, 팔다리와 허벅지는 사기 인형처럼 매끈했다.

보석을 깎아 만든 듯한 여체. 아름다운 정도를 넘어 고귀하게 느껴졌다.

성진의 시선이 남김없이 문질러지자 유리는 수줍은 기색으로 고개를 살짝 돌렸다. 이토록 귀한 몸을 저 하나 바라보며 간직한 여자라서 더 애틋하고, 보호해 주고 싶은 본능이 샘솟았다.

유리의 팔 하나가 가슴골을 가로질러 자기 입술을 매만지고 있었다. 나름의 경계석인 걸까. 그녀의 부끄러움을 덜어 주고 싶은 한편, 그 팔을 치우지 않고는 못 배기게 하고 싶어졌다.

성진은 유리에게 제 그림자를 드리웠다. 눈앞에 열매처럼 열린 가슴의 정점을 꽃판째로 삼켰다.

"아앗……."

유리가 엉겁결에 신음을 흘렸다. 성진은 입안에 머금은 그녀의 정점을 혀끝으로 둥글려 가며 날름날름 핥았다. 가슴을 사탕처럼 빨리는 유리의 얼굴에 홍조가 피어올랐다. 그에게 점령당한 심장이 미친 듯이 뛰었다.

어떡해. 이런 날 어떻게 뛰어야 하는지 연습한 적이 없는데…….

유리의 가슴을 한껏 부풀려 놓고, 성진의 입술은 점점 아래로 떨어져 내렸다.

그녀의 몸에 밴 복숭아 향을 들이마시고, 매끈한 살결을 핥아 맛보고, 짓궂음이 동해 살짝 깨물기도 했다. 그가 자극을 줄 때마다 유리는 흠칫 몸을 떨며 어깨를 움츠렸다.

"예뻐, 유리야. 너 정말…… 너무 예뻐."

성진은 입술로 유리의 몸을 달구며 예쁘다는 말을 홀린 듯이 반복했다. 그의 탁해진 목소리와 흐트러진 숨결이 진정성 있게 와 닿았다. 그가 가슴과 배에 묻는 말들이 묘약처럼 퍼져나가 심신을 몽혼하게 했다.

"하아, 하아……."

유리는 손 둘 데를 몰라 제 턱에 모아 붙인 채 가쁘게 숨을 몰아쉬었다. 온몸에 흐르는 미세한 전류가 이따금 세지며 몸 군데군데가 파직 튀어 올랐다.

성진은 제가 그녀의 몸에 남긴 흔적을 살폈다. 아슴푸레한 방

안에서도 하얀 몸에 발갛게 핀 열꽃이 선연하다.

유리와 눈을 맞추며 성진은 손을 아래로 뻗었다. 손가락 하나가 비너스의 언덕을 내려간 순간.

"아······."

유리의 입에서 난처한 탄성이 터졌다.

새틴 소재로 된 팬티라도 너무 미끈했다. 샤워할 때부터 젖어 든 곳이 원하는 손길을 받으면서 범람해 버렸다.

그녀가 나를 갈구하고 있다. 성진은 흥분감에 휩싸여 그녀의 팬티를 단숨에 끌어 내렸다.

한 겹 남은 보루마저 사라지자 유리는 반사적으로 다리를 오므렸다. 한없이 품을 펼치던 그녀조차 본능적으로 감추려는 곳. 얼마나 섬세하고 예민한 신경이 몰려 있는지 알만했다.

성진은 숨을 삼킨 채 유리의 다리 사이로 손을 밀어 넣었다.

유리는 두 손으로 입을 틀어막았다. 제 몸이지만 꿀밀랍의 단면이 절로 연상될 정도였다. 젖어 드는 자각은 있었지만 언제 이렇게······.

그의 손가락이 아무도 침범한 적이 없는 꽃봉오리 안으로 조심스럽게 파고들었다. 남녀가 합쳐지는 곳은 믿기지 않을 만큼 좁고 여렸다.

유리는 파르르 떨리는 입술을 얼른 짓씹어 물었다.

"흐으······."

"아파?"

"아니······ 막 아프고 그런 건 아닌데, 그냥 좀······ 느낌이 생소해서."

대답과는 다르게 그녀의 숨결에 따끔함이 섞여 있었다.

성진은 문득 걱정이 되었다. 아프다고 하면 제가 멈출 걸 알고 억지로 참는 건 아닌지.

아래를 휘젓던 손가락이 빠져나가자 유리는 여울진 숨을 뱉었다. 난생처음 침입을 겪은 그녀가 놀란 가슴을 가라앉히는 새, 성진은 바지를 벗고 드로어즈를 끌어 내렸다.

유리가 다치지 않을까 걱정되는 마음과는 다르게, 하반신은 그녀의 좁은 여성을 휘젓고 싶어서 안달이 난 모양새다.

그 간극이 흉악해도 어쩔 수 없었다. 그녀가 너무…… 아름다우니까.

콘돔 포일을 뜯어 내다가, 성진은 유리를 보고 멈칫했다.

유리는 한 손으로 베개를 꽉 움켜잡은 채 두 눈을 감고 있었다. 입술을 안으로 빨아 물고, 발가락을 침대 시트에 콱 박았다.

"유리야."

성진은 콘돔을 도로 내려놓고 그녀의 뺨을 살살 쓰다듬으며 물었다.

"괜찮은 거야?"

"응. 난 완전 괜찮아. 신경 쓰지 말고 계속 해도 되는데……."

"근데 네가 긴장을 너무 많이 한 거 같아."

"아, 아니야!"

여전히 눈을 감아 놓고, 유리는 도리질을 치며 뇌까렸다.

"그게…… 남자가 아무리 잘 해 줘도, 처음엔 어쩔 수 없이 아프다고 들었어. 그, 그리고 하다 말면 더 아프대. 그러니까 멈추지 말고 그냥 한 번에 끝까지…… 해 줘."

그가 저를 찢어 놓더라도 이 악 물고 참아 넘기겠단 말이었다.

베개만큼 와작 우그러진 그녀의 입술을 보며, 성진은 소리 없는 한숨을 내쉬었다.

네 몸이고 네 생각인데, 왜 내가 다 무섭냐.

떠올려 보니, 옛날부터 긴장을 많이 하는 애였다.

반 애들 앞에 서서 무언가를 발표하거나 실기시험을 치를 때마다, 유리는 애처로울 만큼 떨었다. 긴장하지 말라고, 떨지 말라고 아무리 말해 줘도 소용이 없었다. 그녀를 달래다 지친 선생님이 정색을 한 뒤에야 유리는 겨우 과제를 수행했다. 친구들은 양처럼 떨리는 그녀의 목소리를 비웃었다.

조주기능사 시험을 칠 때도 그런 점은 크게 변하지 않았다. 그럼에도 유리는 결국 제 안의 두려움을 극복하고 관문을 넘었다.

이번에도 그녀는 관문을 넘길 원한다.

그녀가 원한다면, 자신은 최선을 다해 도울 거다. 그녀의 떨리는 손을 수없이 잡아 주며 길을 인도했던 그때처럼.

성진은 유리의 골반을 붙들었다. 벌어진 다리 사이로 머리를 집어넣어 입술을 붙였다.

쭙. 예민한 살결이 빨려들었다 떨어지는 소리가 났다. 다리 사이로 유리와 눈이 마주쳤다. 그녀가 손으로 입을 가린 채 조마조마하게 이쪽을 내려다본다. 당혹스러워하긴 해도 거부하는 눈치는 아니었다.

성진은 그녀의 허벅지를 쥐었다. 넓적다리를 감빨면서 점점 안으로 파고들었다.

"아웃, 서, 성진아, 잠⋯⋯."

유리는 말을 맺지 못했다.

충분한 전희로 녹진하게 풀어진 몸에 고압 전류가 흘렀다. 직선적인 쾌락이 등줄기를 타고 올라 머리통까지 찌르르 울렸다.

성진의 입술이 비원을 완전히 덮었다. 뜨겁고 말캉한 혀가 꿀벌의 입틀처럼 꽃봉오리 안을 쑥 가르고 들어와 안에 잠긴 꿀샘을 퍼냈다. 복숭아 향과 뒤섞인 그녀의 체취를 맡으며 그가 코로 더운 숨을 뱉었다. 다리 사이로 여름 공기가 훅훅 차올랐다.

"하웃, 성진아, 앗…… 저, 저기……."

허공에서 바르작대던 유리의 손이 성진의 머리를 움켜잡았다. 날씬한 배가 꽉 죈 듯 움찔거렸다. 그녀의 샘이 끊임없이 흘렀고 그는 계속해서 날름날름 받아 마셨다.

"성진아, 성진…… 아앗!"

애원하듯 그를 부르던 유리가 새된 신음을 뱉었다. 그녀는 목을 뒤로 젖힌 채 바르르 떨다가 베개 위로 고개를 툭 떨어뜨렸다.

그제야 성진은 입을 뗐다. 그는 손등으로 입가를 문질러 닦으며 유리를 살폈다.

유리는 숨 가쁜 달리기를 마친 사람처럼 허덕였다. 바다 안개가 가득 몰려온 듯 세상이 흐리고 눅눅했다. 한껏 경직되었다 탁 풀린 근육이 절정의 여운을 보탠다. 긴장할 힘마저도 축 늘어진 다리를 타고 모조리 방류되었다.

고혹적으로 풀린 다갈색 눈이 성진을 담았다. 까맣게 뻥 뚫린 동공에 그를 향한 탐심이 가득했다. 더는 참을 수 없었다.

유리는 더 이상 베개를 붙들지 않았지만, 그가 콘돔을 집어 들고 움직이자 얼른 눈을 감았다. 아직은 대놓고 볼 용기가 안 나는 듯이.

성진은 안쓰럽게 웃었다. 자신은 그녀를 전부 봤는데, 그녀는 몸으로 먼저 알게 생겼다.

단단한 허벅지에 매끈한 다리가 받쳐 들리고, 서로가 맞닿았다.

"들어갈게."

허락을 구할 여력이 없었다. 성진은 그녀 안으로 저를 맞추어 넣었다.

최대한 조심할 생각이었는데, 그녀 안의 빗장이 생각보다 느슨하게 풀려 있었다.

순간, 유리의 허리가 화들짝 들썩였다. 눈을 치뜬 그녀가 두 손으로 입을 틀어막았다.

"우윽……."

유리는 신음조차 제대로 못 냈다. 허리가 비틀리고, 입을 막은 손등에 힘줄이 섰다. 속에서 치미는 통증을 비벼 끄려는 모습이 보기 애처로웠다.

성진의 심장이 저 아래로 떨어졌다. 영겁처럼 느껴지는 찰나였다.

"흐흑……."

나름 꿋꿋하게 참아 보려 했겠지만, 숨조차 쉬어지지 않는 아픔에 결국 유리는 흐느꼈다.

성진은 진퇴양난에 빠져들었다. 숨이 턱 막힌 건 그도 피차 마찬가지였다. 그녀의 가장 깊숙한 곳을 정복한 쾌감. 그녀와 이어졌다는 정신적 충족감. 이루 말할 수 없는 쾌락에 눈앞이 어두워졌다.

그녀에게 남김없이 쏟아부으라고, 이대로 뿌리박아 완전한 제 여자로 만들라고, 태고의 본능이 부추겼다. 그녀의 고통을 감지하는 이성과 짐승 수컷의 본능이 팽팽한 긴장을 만들어 냈다.

등줄기를 태우는 정욕을 억누르고, 성진은 유리와 이어진 채로 천천히 몸을 겹쳤다. 솜털을 쭈뼛 세운 채 굳어 버린 몸을 살살 주물러 마시지를 해 줬다.

따듯하고 사려 깊은 손길에 어느 정도 진정이 됐는지, 유리가 축축한 눈꺼풀을 열어 성진을 보았다.

하나로 맺어진 순간.

이루 말할 수 없는 감정을 품고 서로를 바라보다가, 유리가 입술을 뗐다.

"성진아. 저기, 나……."

"사랑해."

성진의 말이 먼저 뜨겁게 맺어졌다.

"생각해 보니까, 네가 나한테 먼저 다가와 준 순간이 참 많아. 먼저 좋아해 주고, 먼저 고백하고, 먼저 키스하고."

서로 좋아한다고 하다가, 어느 순간부턴가 사랑한다는 말을 해 왔는데. 정확히 기억은 안 나지만, 그 말도 유리가 먼저 꺼냈을 가능성이 높다.

그녀의 사랑이 워낙에 커서 얄궂게도 항상 선수를 뺏겨 왔으니.

"내 마음이 너보다 뒤처지긴 했지만, 결코 너보다 뒤지는 건 아냐."

"……."

"그러니까 우리의 첫날밤에 사랑한다고 말하는 거라도, 선수 치게 해 줘."

별우물처럼 빛나는 눈으로 성진의 고백을 들은 유리는, 눈꼬리에 작은 이슬을 달고 웃었다.

"너 아니었으면, 정말 죽고 싶었을 거란 말을 하려 했어."

아리고, 답답하고, 뻐근했다. 그를 짝사랑했던 모든 순간을 합친 듯한 고통이 밀려들었다.

하지만 그와 동시에 미치도록 행복했다.

아픈 와중에도 제가 그를 당기고 있음을 알아챘다. 몸 안에 그만이 들어맞도록 된 자물쇠가 있는 거 같았다.

마음이 맞은 뒤에 몸도 맞고, 몸 안에 숨겨진 마음까지 모조리 맞아, 비로소 완성된 운명을 느꼈다.

내 운명인 네가 아니었으면, 난 마른 채로 찢어졌을 거야.

"성진아, 나도 정말 사랑해."

몇 번을 표현해도 부족한 마음을 전했다.

"나 진짜 너 말고는 다른 남자는 절대로 좋아할 수 없었어. 아무리 노력해도 도저히 안 됐어."

말 못 할 외로움에 갇혀 고개 숙이고 지내던 나날. 여름햇살처럼 쾌청하게 터지는 목소리에 고개를 들었어.

그곳에 네가 있었어.

용기 있고 자신감 넘치는 널 보고 심장이 크게 흔들린 그 순간부터, 이렇게 될 운명이었어.

"미안해. 많이 아프지?"

성진은 손가락으로 유리의 눈물을 훔쳤다. 그가 움직이고 싶어 한다는 걸 알아챈 유리는 간신히 웃어 보였다.

"아프기만 하지 않아. 기분 좋아. 정말로……."

오히려 아파서 좋기도 했다. 그가 제 깊은 곳까지 꽉 채웠다는 실감이 나니까. 꿈이면 어쩌지 하는 생각이 안 들게 해 주니까.

"멈추지 말고 계속해 줘. 너도 기분 좋았으면 좋겠어. 너랑 끝까지 하고 싶어."

지독하게 순도 높은 여자의 진심이 남자의 애간장을 녹였다. 호흡을 고르고 마음을 나누는 사이, 그녀는 그에게 맞추어졌다.

성진은 팔꿈치를 시트에 붙여 유리에게 실리는 체중을 덜었다. 가녀린 어깨를 감싸 안고, 그녀의 호흡에 최대한 제 숨결을 맞추었다.

어린 그녀가 셰이커 안에서 난폭하게 흔들린 얼음처럼 부서지지 않도록 천천히 밀어붙였다.

"아! 아흑, 아으윽……."

흐느낌이 절로 터져 나왔다. 유리는 베갯잇을 구겨 잡으며 필사적으로 의식을 붙들었다. 그가 몸을 겹쳐 올 때마다 온몸이 제 것이 아닌 것처럼 바들거렸다. 상대가 그인데도 까무러칠 것 같은 행위였다.

"유리야, 날 봐. 웃, 조금만 힘 빼고…… 천천히 숨 쉬어. 미안해, 조금만……. 고마워."

저도 턱밑까지 숨이 차면서, 성진은 몇 번이고 그녀를 부르고 달래 주었다. 눈꼬리에 매달린 작은 눈물을 손가락으로 훔쳐 내고, 뺨을 살살 어루만져 주었다. 미안해하고 또 고마워하면서.

"성진아……."

울먹이면서 간신히 그를 부르니, 성진이 머리를 쓰다듬으며 더 깊게 안아 주었다.

온 세상이 그로 가득 찬 황홀경에 유리는 눈물을 글썽였다. 얼굴로 불어오는 그의 절제된 날숨이 좋았다. 무방비한 자세로 가장 깊은 곳을 침범당하면서도, 아이러니하게도 가장 안전하게 보호받는 느낌이 들었다.

화인이 새겨지고 또 새겨진 자리에 선득한 미지의 감각이 피어났다. 그가 짓쳐들 때마다 일던 아릿한 파문이, 어느 순간 걷잡을 수 없는 파도가 되어 들이쳤다. 제 안이 그를 걸탐하는 감각에 유리는 전율했다.

"아응…… 하으읏……."

허리가 절로 튀어 오르고, 신음에 민망한 콧소리가 딸려 나왔다. 자꾸만 이끌려 나오는 낯선 자신이 미치도록 부끄럽고, 두렵기도 했다. 눈을 질끈 감고 싶고, 입을 막고 싶고, 움츠리고 싶었다.

하지만…… 숨고 싶지 않았다. 이 순간 제 모든 몸짓과 표정에 주의를 기울이는 그의 품에서.

유리의 가느다란 손가락이 성진의 빗장뼈를 타고 올라 단단한 어깨에 걸쳐졌다. 밤이슬이 송골송골 맺힌 얼굴에 환희가 번졌다. 애정 그득한 다갈색 눈이 그에게 말했다.

날 전부 봐 줘. 전부 받아 줘. 고마워. 사랑해.

세상 아름다운 자태로 저를 따라오는 유리를 내려다보며, 성진은 뭉클하게 웃었다. 자잘한 아픔을 삼키면서 지독하게 달콤한 교성을 흘리는 입술이 미치도록 사랑스럽다. 안으면서도 안고 싶고, 더 완전하게 합쳐지고 싶다.

정말로…… 이 아름다운 사람이 자신의 여자가 되었다.

사랑하는 여자의 달콤한 체향과 숨소리, 뜨겁게 맞물리는 아찔한 쾌감에, 성진의 고삐가 형체 없이 녹아내렸다.

"미안해. 더는…… 못 참겠어."

성진이 잠긴 목소리로 토로하자 유리는 그의 어깻죽지를 그러안았다. 희고 가느다란 다리가 탄탄한 허리를 휘감아 내렸다.

서로의 몸이 빈틈없이 맞물리는 느낌에 남녀는 아찔한 신음을 토해 냈다. 성진은 제 어깨에 턱을 붙인 채 헐떡이는 여자에게 몇 번이고 푹 잠겼다. 귓전에서 부서지는 여린 숨소리가 그의 격정을 부추겼다.

"유리야, 하아, 유리야!"

무아지경에 빠진 성진이 제 이름을 부르짖자, 유리의 얼굴에서 눈물이 왈칵 터져 흘렀다.

드디어…… 그의 세상 역시도 저로 가득 찼음을 알았다.

"성진아, 으흑…… 사랑해. 흐윽……."

유리는 흐느끼는 와중에 몇 번이고 그에게 사랑한다고 말했다. 아파서가 아니라 죽도록 행복해서 우는 거라고, 달리 어떻게 알리면 좋을지 몰랐다.

그 마음에 화답하듯 성진은 그녀의 뺨을 적신 맑은 눈물을 흐르는 족족 삼켰다. 입술을 맞대자, 그녀가 목을 휘감으며 열띤 키스에 응했다.

사랑의 열기로 달뜬 남녀는 더욱 갈급하게 서로를 탐했다. 성진은 거친 숨을 훅훅 뱉으며 빠르게 피치를 올렸다. 아래 깔린 유리가 비명과도 같은 교성을 내질렀지만 멈추는 게 불가능했다. 꽉 맞붙은 서로의 가슴 속에서 심장이 터질 듯이 날뛰었다.

부딪치고, 녹고, 합하여졌다.

"읏……."

마침내 성진이 외마디 신음을 뱉으며 여린 몸을 으스러져라 껴안았다. 유리는 힘껏 마주 안으며 그의 절정을 받아 냈다.

고요한 밤을 담은 창문에 환한 폭죽이 비친 듯한 착각이 일었다. 귀가 뻥 뚫리고 세상이 흐무러져 내렸다.

너무 완벽한 순간 뒤에 찾아온 방전. 정갈하게 씻었던 몸이 서로의 땀으로 흠뻑 젖었다. 그런데도 기분이 너무 좋았다.

제게 온 체중을 실은 남자가 무거운 줄도 모르고 유리는 포만감

가득한 한숨을 내쉬었다.

성진은 그녀를 옆으로 눕혀 팔베개를 해 주었다. 눈이 마주치자 서로의 얼굴에 몽글몽글 미소가 피어올랐다.

둘이 손을 맞잡고 또 하나의 관문을 넘었다.

✥ ✳ ✥

작년 가을. 자정 넘은 시간에 도어록이 풀리는 소리가 났다.

모처럼 일찍 잠자리에 들려던 유리는 바깥에서 나는 소리에 놀라 거실로 나와 봤다.

"성진아…… 어떻게……."

참술의 C마트 입점 계약이 성사된 경사스러운 날이었다. 때마침 아젤리아 정기휴무일이기도 해서, 유리는 서울에서 같이 한잔하면 어떠냐고 성진에게 톡을 보내 보았다.

미안하지만 선약이 있다는 답이 돌아왔다. 누구라고 말은 안 했지만, 유리는 성진이 입점 계약을 주선해 준 벤더 사장님과 한잔하러 가나 보다 여겼다.

내일 출근까지 생각해서 집에 오지 않을 줄 알았던 그가, 한밤중에 들이닥쳤다.

성진이 술김에 유리 생각이 나 앞뒤 안 재고 서울로 올라오는 일은 종종 있었다. 허나 이날 그의 취기는 그 정도로 가볍지 않아 보였다.

"유리야……. 나 왔서."

혀 꼬인 말과 함께 훅 끼치는 술 냄새에 유리의 안색이 새하얘졌다. 성진은 진정 술을 사랑하는 사람이다. 그래서 더더욱 이런

451

식으로 폭음하는 법이 없었다.

"성진아. 무슨 일 있었지?"

성진은 붉어진 눈자위로 유리를 가만히 보았다. 비틀거리면서
도 무릎을 꺾지 않으려 애쓰는 모습이 안쓰러웠다.

"천천히 얘기해 봐. 나한텐 뭐든 다 얘기해도 괜찮아. 응?"

연고처럼 부드러운 그녀의 음성에, 취중에도 성진의 마음이 속
절없이 풀렸다.

"그게……."

성진은 의식을 힘겹게 붙들고 모든 사실을 얘기했고.

"동주 씨가 정말…… 그랬단 말야?"

감당하기 힘든 진실에 유리는 입을 가렸다.

성진이 취중에 극단적인 선택을 하거나 큰 사고를 당할 수도 있
었다는 오싹한 가정과, 그러지 않아 천만다행이라는 안도감이 동
시에 밀려들었다.

"성진아, 이렇게 힘든데 무사히 집에 와 줘서 고마워. 잘 참았
어."

너무 참담하고 허탈해서 울지도 못하는 그 대신 눈물을 흘렸다.

"아, 괜찮아! 내가 그 윤수영한테 칼 맞고도 살아난 놈이야. 그
깟 오동주 자식한테 좀 까였다고 어떻게 되겠냐고."

성진이 호기롭게 떠들며 해죽 웃었다.

"울지 마, 금유리. 뚝! 너 울면 괜찮을 것도 안 괜찮아."

유리의 눈가를 문지르며 성진은 고개를 꾸벅거렸다. 수마가 밀
려오는 중에도 그녀에게 온 신경을 쏟았다.

유리는 얼른 옷소매로 눈가를 찍어 내고 집에 있던 숙취 해소
음료와 그가 갈아입을 옷을 찾아왔다.

"고마워."

성진은 유리가 준 음료를 꼴깍꼴깍 마신 다음, 단추를 끌렀다.

"아……."

자기 셔츠 단추가 아닌, 유리의 파자마 단추를.

"저, 저기? 성진아, 잠깐만!"

성진은 꿈쩍도 하지 않았다. 비록 방향이 어긋났을지언정 취중에도 그의 집중력은 무시무시했다.

"아, 안 돼! 성진아!"

"왜?"

단추를 끄르다 말고 성진이 눈을 끔벅이며 유리를 보았다.

"내, 내 옷 말고 네 옷 단추를 풀어야지……."

유리는 이미 절반 가까이 풀려 버린 파자마를 여미며 중얼거렸다.

"아하하! 이거 네 단추야? 아, 나 진짜 취했나 보네."

성진이 제 머리칼을 마구 헝클어뜨리며 키득거렸다.

"안 되겠다. 미안하지만 내가 네 옷 좀 벗길게."

유리는 성진의 셔츠 단추를 끌렀다. 한집에 살고 연인 관계지만 실수가 아니고서는 서로의 속옷 차림을 볼 일이 없었다. 아직까지 육체관계도 없었고. 상반신 탈의만이라도 그의 몸을 보는 것이 여전히 쑥스러웠다.

"놔 둬. 바지는 내가 갈아입을게."

성진이 바지를 갈아입는 동안 유리는 돌아앉았다. 다행히 그는 무사히 파자마 차림이 되었다.

그러나 성진의 주사는 거기서 끝나지 않았으니.

"금유리. 오늘은 나랑 같이 자자."

"뭐어? 성진아, 자, 잠깐만!"

유리는 손목을 채여 그의 방으로 끌려 들어갔다.

성진은 유리를 제 침대로 밀어 넣고 자신도 덥석 올라왔다. 유리를 제 옆에 누이고 다짜고짜 그녀의 품을 파고들었다.

"아앗……."

유리의 입술에서 아찔한 신음이 터졌다. 미처 단추를 못 채운 파자마 사이로 그의 우뚝한 코가 윗가슴에 꽂혔다. 더운 숨결이 가슴골을 훅 파고들었다.

"나 이 향기 무지 좋아해. 너 생각나서."

성진은 유리의 몸에서 진동하는 복숭아 단향을 맡으며 속삭였다.

"금유리한테 딱 어울리는 향이야. 달콤하면서도 포슬포슬하고. 되게 부드럽고, 상냥하고……."

유리의 얼굴에서 당황스러운 감정이 서서히 걷혀 나갔다.

"동생 두 놈 대학 보냈으니 이제 됐고. 어머니는 내가 걱정이나 안 끼쳐 드리면 되고. 이젠…… 금유리 행복하게 해 주는 게 내 인생 미션이거든."

반쯤 잠에 취한 성진이 꿈결처럼 속삭였다.

"유리야. 내가 어떻게든 너 꼭 행복하게 해 줄게. 최선을 다해 볼 테니까…… 너무 걱정하지 말고…… 날 믿어 봐."

유리는 성진의 얼굴을 살포시 감싸 안았다. 취기도 수마도 막지 못한 그의 진심이 심장에 뭉클하게 새겨졌다.

"성진아, 난 이미 행복해."

잠든 그에게 나직이 속삭였다.

"예전엔 너랑 아무것도 나눌 수 없었는데, 지금은 힘든 일도 함께 나눌 수 있으니까."

가슴에 성진을 묻은 느낌이 제법 편안해서, 유리의 눈이 그대로 스르르 감겼다.

✣ ✻ ✣

유리의 눈꺼풀이 서서히 뜨였다.

눈가가 약간 촉촉하다. 나, 자면서 울었나? 좀 전까지 성진의 꿈을 꿔서 그런가 보다.

몽마는 이따금 성진을 가지고 유리에게 잔혹한 장난을 쳤다.

유리는 꿈에서 가끔 제가 그의 연인이 된 걸 까맣게 잊었다. 예전처럼 가슴 아픈 짝사랑을 하다가 깨어나, 머리맡에 놓아둔 커플링을 보고 심장이 욱신거릴 만큼 안도하곤 했다.

그의 연인임을 자각해도 꿈의 내용이 때때로 아팠다.

눈앞에서 성진이 죽도록 힘들어하는데 고통을 더 나누지 못해서, 행복을 더 주지 못해서, 그게 너무 안타까워서 눈물이 났다. 그런 꿈을 꾼 날은 깨어난 뒤에 더 많이 울었다.

이번에도 그런 꿈이었던 걸까. 애달픈 잔상이 가슴에 남아 있다.

유리는 무심결에 가슴에 손을 모았다. 그런데.

"……어?"

맨살결이 만져졌다. 가슴뿐만 아니라 온몸이 허전하다.

유리의 눈이 동공지진을 일으켰다. 나 왜…… 다 벗고 있지?

뿐만 아니라, 누군가의 건장한 팔이 제 허리를 단단히 휘감고 있어 옴짝달싹할 수 없었다.

유리는 소리 없이 크게 숨을 마셨다. 자신이 누군가와 섞여 있다. 한 침대 위에서.

그때 지난밤의 일이 온몸을 관통하듯 스쳐 갔다.

이 침대 위에서 그와 키스를 했고. 그의 눈이 저를 남김없이 담았고. 그의 손이 저를 만졌고. 그리고…….

"……꿈은 아니겠지?"

뭐가 꿈인 걸까? 간밤의 일이? 지금 이 상황이? 아니면 설마 둘 다…….

그 순간, 허리에 둘려 있던 팔이 유리를 확 끌어안았다.

"당연히 아니지."

귀에 착 감기는 여름 햇살 같은 목소리에 심장이 멎을 뻔했다.

"이게 꿈이면 진짜 안 되지."

뒤에 누운 남자가 유리의 뽀얀 어깨에 각진 턱을 걸쳐 놓으며 속삭였다.

"저…… 내 뒤에 있는 남자분, 진짜 복성진 맞아요?"

유리가 살짝 떨리는 목소리로 묻자 그가 푸하 웃으며 그녀의 볼을 꼬집었다.

"무서운 소리 좀 하지 마."

굵직한 손에 볼이 죽 늘어나자 현실의 윤곽이 더 또렷해지고, 심장이 미친 듯이 뛰기 시작했다.

"나야말로 이 여자분 진짜 금유리 맞나 확인해 봐야겠는데?"

"꺄앗!"

눈 깜짝할 새 바로 눕혀져 양 어깨를 꾹 눌렀다.

성진은 유리를 내리누른 자세로 하염없이 그녀의 얼굴을 보았다. 다갈색 눈동자. 보면 볼수록 희열감을 주는 그 눈이 오롯이 저를 담고 있었다.

18년 전에 처음 만났을 땐 그저 말수 적고 얼굴 하얗고 데면데면한 여자애였는데. 지금은 세상에서 가장 아름다운 여자가 되어 한 침대에 누워 있으니. 운명이란 참 알 수 없는 것이었다.

고맙다고 해야 하나. 사랑한다고 해야 하나. 가슴 벅찬 기쁨을 표현할 말을 고르다가, 성진은 유리의 눈가에 묻은 물기를 발견했다.

"유리야, 너⋯⋯."

햇살처럼 환하던 표정이 당혹감으로 물드는 걸 보고, 유리는 아차 싶었다.

"아, 이건⋯⋯."

유리는 뒤늦게 손등으로 눈물을 닦았다.

"그냥⋯⋯ 간밤에 꿈 꿔서 그래."

"무슨 꿈을 꿨길래 울기까지 해?"

낭패감에 유리는 입술을 빨아 물었다. 처음으로 둘이 하나가 된 후 맞이한 아침에, 그가 나오는 악몽 얘기 따윌 늘어놓으면 분위기가 어찌 될지 불 보듯 뻔하다.

유리의 설명이 불충분하자 성진이 석연찮게 눈동자를 굴렸다. '진짜 꿈 때문일까?' 하는 생각에 잠긴 표정이었다.

"유리야. 혹시⋯⋯."

그가 무슨 생각을 하는지 고스란히 다 보였다.

"아, 아니야! 내 몸 완전 괜찮아! 너랑 잔 거 후회하는 것도 절대로 아니고! 진짜 순수하게 악몽 때문 맞아!"

밑에 깔린 유리가 거의 외치다시피 말하는 통에, 성진은 눈을 번쩍 떴다.

유리는 호흡을 고르고 눈물을 글썽이며 덧붙였다.

"그런 꿈을 꾸고 나서 네가 보이니까 얼마나 안심되고, 행복한데……."

제가 들은 말을 전부 이해한 뒤, 성진의 입가에 깊은 웃음이 배었다.

"놀랐잖아. 진짜."

유리의 둥근 이마에 그의 입술이 깃털처럼 내려앉았다. 그녀의 허리 밑에 손을 집어넣고 다정하게 속삭였다.

"일어나자."

"응……."

유리는 그를 마주 안아 함께 몸을 일으켰다.

"먼저 씻을래?"

"아니…… 너 먼저 씻어."

유리는 이불로 몸을 가리고 답했다. 타월만 입고 들이대는 짓거리의 단점을 뒤늦게 깨달았다. 그녀가 발갛게 익은 고개를 푹 숙인 사이, 성진은 침대 아래 개켜 둔 바지를 챙겨 입었다.

"잠깐 있어 봐. 너 입을 옷도 갖다 줄게."

역시나 성진은 그녀의 난감한 속내를 알아주었다.

방을 나서기 전, 그가 유리의 귓가에 꿀 발린 속삭임을 떨어뜨렸다.

"다음엔 같이 씻자."

그가 가져다줄 옷을 기다리는 동안, 유리는 목 아래까지 푹 익었다.

좋으면서도 부끄럽고, 부끄러우면서도 좋았다.

도톰한 계란말이, 팽이버섯 잔뜩 넣고 보글보글 끓인 된장뚝배기, 성진이 좋아하는 고등어자반구이. 제법 진수성찬을 차려 놓고 유리는 성진의 자리에만 밥그릇을 놓았다.

"넌 안 먹어?"

"지금 먹으면 체할 거 같아서."

"혹시 속이 안 좋아?"

"어…… 가슴이 좀 울렁거려서. 난 신경 쓰지 말고 얼른 먼저 먹어."

어떻게 신경을 안 쓸 수가. 맛있는 거 전부 다 떠먹이고 싶은 마당에 네가 이러는데.

성진은 마지못해 밥술을 뜨며 유리를 살폈다. 그녀는 성진이 보는 앞에서 생각에 잠겼다. 멍 때리는 중에도 허리를 곧게 펴고 앉은 자태가 다소곳했다.

그 몸가짐에 매번 감탄하게 되면서도 늘 씁쓸한 생각이 따라붙는다.

엄한 말로 후려 맞아 가며 익혔을 것이 눈에 선해서. 집 나온 지 꽤 되었는데도 여전히 자 하나가 그녀의 등을 따라다니는 거 같다.

금유리가 본가에서 얼마나 애지중지 다뤄졌던지 새록새록 떠올랐다. 교문을 나서기 무섭게 벤츠에 실려 갔지. 그녀가 제 발로 바깥세상을 다니게 두면 금방 얼룩지기라도 할 것처럼.

성인이 된 후에도 사정이 크게 달라지지는 않았던 모양이다. 10년 만에 그녀를 봤을 때도 차원이 다른 청정지역의 기운을 느꼈었다.

옷을 입고 이성을 차려 평상시의 그녀로 돌아오고 나니, 간밤의 적나라한 행위가 야만적으로 곱씹히는 걸까?

그러고 보니 아까 샤워도 엄청 오래 하던데.

생각이 거기에 미치자, 밥상머리에서 성진의 백팔번뇌가 시작되었다. 너는 후회 안 한다지만, 역시 내가 너한테 못할 짓을 했나 봐.

"저기 성진아, 성진아!"

유리가 애타게 그를 부르며 눈앞에서 손을 흔들었다.

"미안해! 내가 다 설명할 테니까 너까지 밥 먹다 말고 멍 때리지 마……."

"……아."

성진은 어느 순간 숟가락을 든 채로 허공에 정지한 제 손을 보고 탄식을 뱉었다.

"내가 가슴이 울렁거리는 건, 지금 이 순간이 믿기지 않을 만큼 행복해서야."

그가 오해하지 않게 유리는 제 마음을 숨김없이 털어놓았다.

"3년 전에 너한테 처음으로 키스 받고 난 다음 날에도 이랬어."

"……맞아. 너 그때도 하루 종일 밥 안 먹었었지."

당시엔 유리가 짐승으로 돌변한 저 때문에 극심한 충격에 빠져서 그러는 줄 알았다. 나중에 들으니, 오히려 심쿵해서 밥이 안 넘어갔단다.

"행복하면 더 밥맛이 돌아야지. 이러면 더 행복하게 해 주기 겁나잖아."

"그러게. 전엔 이렇게까지 들떠 본 적이 별로 없어서 몰랐어. 사람이 너무 들떠도 밥이 안 넘어갈 수 있다는 거."

유리는 가볍게 말아 쥔 주먹으로 제 가슴을 지그시 누르며 웃음 지었다.

"그리고 고백할 게 하나 더 있는데, 나 원래 들뜨면 혼자서 막 꺄꺄거리고 그래. 아까도 샤워하면서 나 혼자 막……."

유리는 그새 복숭앗빛으로 물든 뺨을 손바닥으로 수줍게 감쌌다.

아, 그래서 샤워를 그렇게 오래…… 그럭저럭 사정을 알 만해서 성진은 고개를 주억거렸다.

"내 걱정은 하지 말고 먹어. 보는 것만으로도 배부르니까. 난 심장 마사지 좀 하고 있을게."

성진은 숟가락을 내려놓았다. 너무 들뜬 나머지 밥맛이 달아나 버리는 느낌이 어떤 건지, 그녀 덕분에 알았다.

"그럼 홈메이드 칵테일 한 잔 정도는 괜찮겠어?"

"네가 만들어 주는 거야?"

"물론 우리 금유리 바텐더님 솜씨엔 조금 못 미치겠지만."

"그래도 난 네가 만들어 준 게 세상에서 가장 맛있더라."

유리의 설렘 가득한 말에 성진은 두말 않고 식탁에서 몸을 일으켰다.

그녀의 최애 스피릿인 프리미엄 테킬라 패트론 실버, 시원한 오렌지주스, 그레나딘 시럽, 얼음 채운 필스너 글라스 두 잔을 세팅해 놓고 조주하기에 앞서 물었다.

"테킬라 얼마나 넣어 줄까? 정석대로? 아니면 2온스?"

"2온스."

"오, 백주대낮부터 센데."

성진은 제 잔에도 테킬라 2온스를 계량해 넣었다. 오렌지주스로

8할을 채워 바 스푼으로 스터링을 한 다음, 소량의 그레나딘 시럽을 천천히 부어 넣었다. 붉은 시럽이 오렌지주스 아래로 가라앉으며 노을 같은 그라데이션을 이루었다.

빨대를 꽂아 넣으니, 비주얼이 출중한 테킬라 선라이즈Tequila Sunrise 두 잔이 완성되었다.

"어제 하늘 생각난다."

잔 안에 아름답게 서린 노을을 보며 유리가 꿈꾸듯이 중얼거렸다.

서로 잔을 부딪치며 성진이 속삭였다.

"평생 잊지 못할 거야."

어제의 노을도. 이 잔의 노을도.

"나도."

잔에 든 노을을 한 모금 맛본 다음, 두 사람은 약속이라도 한 듯 서로의 입술에 묻은 노을까지 맛보았다. 달콤 쌉싸름하고 짜릿한 맛이 났다.

✤ ✱ ✤

"괜찮아?"

아젤리아로 향하는 길에 성진이 자꾸 걱정스럽게 물었다.

"으응, 괜찮아. 일하는 데 크게 지장은 없을 거 같아."

한 발짝씩 디딜 때마다 아랫배가 콕콕 쑤셔 와 유리는 약간 절뚝거렸다. 말로는 괜찮다고 했지만 이마에 식은땀이 살짝 배어 나왔다.

며칠 이러다 말겠지 싶어 유리 본인은 크게 심각하게 받아들이지 않았지만, 성진은 손아귀에 든 그녀의 손이 경련할 때마다 심장이 떨어지는 듯했다.

"그냥 쉬면 안 돼? 이래 가지고 어떻게 일해."

"안 돼. 오늘도 빠지면 다희 언니랑 미나한테 너무 미안해져."

그저께는 그렇다 쳐도 어제는 사실상 땡땡이였으니, 차마 오늘까지 빠질 수는 없었다.

"내가 다 미안하다."

성진은 지난밤의 제 등짝을 때리고 싶어졌다.

첫 관계를 마치고 유리에게 팔베개를 받쳐 준 것까진 그럭저럭 좋았다. 근데 후희를 즐긴답시고 그녀를 품 안에 들였더니, 그녀가 불쑥 제 손을 가져가 자기 뺨에 대는 게 아닌가.

유리는 그 손등에 세상 더없이 애틋하게 뺨을 비비다가, 입을 맞추기까지 했다.

그 동작이 뭐라고 홀랑 넘어가, 자신은 아예 그녀의 입술을 빼앗아 버렸다. 그렇게 서로의 온도가 빠르게 치솟았고, 정신을 차리고 보니 습도까지…….

한 번으로 참았으면 네가 덜 아팠을지도 모르는데. 성진은 가느다란 손가락 사이로 끼워 넣은 손가락에 공연히 힘을 실었다.

유리는 미묘한 자책감이 떠오른 그의 옆얼굴을 흘끔거리며 혼자 웃었다. 신통하게도 그의 생각이 읽혔다.

난, 네가 한 번만 원하지 않아서 더 좋았는데.

유리는 서로의 팔이 맞닿도록 성진에게 바짝 밀착하여 속삭였다.

"괜찮아. 완전 달콤한 통증이니까."

그녀의 입술 바람이 여름 바람보다 무덥게 불어왔다.

사랑을 나누고 나면 세상이 아름다워 보인다는 말이 정말이었다. 번잡스러운 홍대 거리가 꽃길이 된 것 같고, 거리 악사의 버스킹이 축가처럼 들렸다. 재밌는 광경이 보일 때마다, 두 사람은 서로만이 의미를 아는 미소를 주고받았다.

아젤리아에 도착해 중문을 여니, 다희가 바 카운터에 머리를 비스듬히 누인 채 두 사람을 맞았다.

"왔나?"

며칠 새 하얗게 불탄 그녀의 몰골을 보고 유리가 입술에 손을 모았다.

"언니…… 미안해요. 저 때문에 고생 많았죠?"

"그래. 솔직히 이 나이에 이틀 연속 미나와 둘이 풀타임 뛰려니 힘들었다."

"미나는요?"

"아프니까 청춘이라 심부름 보냈다."

다희는 팔을 쭉 뻗어 올리며 끄응 하고 몸을 일으켰다.

"둘이 같이 왔네?"

다희로선 보이는 광경 그대로 말했을 뿐인데, 두 사람은 묘한 멋쩍음을 느꼈다.

"마침 잘됐다. 매니저님, 온 김에 일 좀 하지? 나랑 미나 둘 다 오늘은 일찍 들어가서 뻗어야 쓰겠어."

"아하하, 그럴까요."

성진이 뒷머리를 긁적이며 웃었다. 유리의 상태가 심히 신경 쓰여서 어차피 그럴 작정이긴 했다.

"그래, 둘이 진지한 대화는 잘 했어?"

"아…… 네. 잘…… 했어요."

진지한…… 몸의 대화를요.

유리는 뒷말을 침과 함께 꼴깍 삼켰다.

"심각한 일 같던데, 좋게 풀릴 거 같아?"

"네. 다행히 좋게…… 끝났어요."

엄청 좋게요.

성진은 슬그머니 고개를 돌리며 웅얼거렸다.

어랍쇼? 얘네 분위기가 뭔가 묘해졌는데?

사소한 질문 몇 가지에 쓸데없이 간질간질해진 기류를 포착한 다희는, 흥미로운 표정으로 두 사람을 번갈아 보기 시작했다. 유리는 다희의 예리한 스캔을 피하려 성급히 발을 뗐다가, 아랫배를 감싸며 외마디 신음을 뱉었다.

"아……."

"유리야!"

성진이 황급히 그녀를 받쳐 안았다.

"안 되겠다. 넌 다시 들어가. 내가 대신 가게 볼게."

"아, 아니야. 너도 내일은 양조장 나가 봐야 할 거 아냐."

"지금 그게 대수야? 내 걱정은 말고 네 걱정이나……."

유리를 부축하며 실랑이 아닌 실랑이를 벌이다, 성진은 슬그머니 다희를 돌아보았다.

"갑자기 이 무슨 증세지? 우리 사장님 그저께만 해도 완전 멀쩡했는데."

다희가 이맛살이 접히도록 눈을 치뜨며 성진에게 물었다. 유리가 얼른 둘러댔다.

"속이 좀 안 좋아서 그래요."

"소화불량인데 왜 절뚝거리기까지 해?"

"그, 그게 마법통이 좀 있고 해서……."

이마에서 열이 끓는 것도 아니고, 깁스를 한 것도 아니니. 갖다 붙일 게 그거밖에 생각이 안 났다.

"으음, 그러서?"

다희의 입꼬리에 차츰 야릇한 미소가 감겨들었다. 불과 2주 전에 똑같은 대사 치면서 내가 보는 앞에서 진통제 까 드셔 놓고 말이야.

"뭐, 그렇다 치고."

다희는 선반에서 길쭉한 우드케이스를 꺼내 바 카운터 위에 올렸다.

"어제 단골손님이 선물 두고 갔다. 자기도 어디서 받은 건데 아젤리아에 기증하고 싶대."

"이게 뭔데요?"

"직접 열어 봐."

무심코 케이스를 열어젖힌 성진의 손이 흠칫 굳었다.

안에 든 건, 춘화잔 세트였다. 선비가 갓끈을 풀어 헤치고 기생과 노니는 모습이 다섯 개들이 잔에 걸쳐 전개되었다.

"어때? 재미있지 않아?"

"……."

평소 같았으면 자신들도 재미있다고 생각했으리라. 춘화의 수위는 여인의 한쪽 가슴이 살짝 드러난 정도로 비교적 무난한(?) 편이었으니까.

그러나 하필이면 이런 날 이런 타이밍에 둘이 나란히 서서 그런 물건을 마주하자니…… 간밤의 기억이 몰아치면서 얼굴이 절로 홧홧해졌다.

466

"아이 참, 겨우 요 정도 가지고 왜들 그러시나?"

다희가 천연덕스럽게 웃으며 고개를 갸웃거렸다.

"내가 뭐 40세 이용가라도 꺼냈어?"

"크흠!"

유리는 목 아래까지 발갛게 잠겨 고개를 숙였고, 성진은 헛기침을 하며 다희를 흘겼다. 이거 뭔가 노린 거 아니냐는 원망이 훤히 드러난 눈초리였다.

다희가 잔 하나를 집어 올려 두 사람에게 들이댔다.

"이 잔을 얻다 써먹으면 좋을까. 여러분 의견은?"

평소의 성진이라면 별 사심 없이 춘화잔을 돌려보며 이걸로 사케나 전통주 잔술을 서비스하면 괜찮겠다는 식의 의견을 냈을 거다. 그러나 그는 붉어진 얼굴로 씨근대며 말했다.

"난 반대예요. 이 잔 투입하는 거."

"아니, 왜?"

"그야, 우리 아젤리아 이미지랑 안 맞으니까."

성진이 춘화잔 속 선비에게 괜히 화풀이하듯 삿대질을 했다.

"무슨 놈의 선비가 채신머리없이 갓끈을 풀어 헤치고 말이야. 난 옛날부터 이 그림 영 별로더라고."

옷고름 푼 선비가 갓끈 푼 선비 나무라는 격이었다. 그러다 다희의 야리꾸리한 눈웃음과 마주한 성진은, 더는 버티지 못했다.

"저 잠깐 나갔다 올게요."

성진은 열 오른 얼굴에 손부채질을 하며 문 쪽으로 걸어갔다.

"나가서 뭐 하게? 넌 담배도 안 피우면서."

"아, 한 10년 전쯤 끊었는데 갑자기 막 땡기네요!"

성진은 아무 말 대잔치를 벌여 놓고 중문 밖으로 뛰쳐나가 세계단씩 밟아 올라갔다.

"10년 전에 끊은 추파춥스겠지, 텐션비 녀석! 아하하!"

그가 사라진 자리에서 다희가 배를 잡고 호탕하게 웃었다.

"언니. 우리 선비님 너무 놀리지 마요……."

유리는 수줍은 가운데 들뜬 기색이 역력한 미소를 지었다. 다희가 그녀의 등을 바깥으로 밀며 말했다.

"바 걱정은 말고 성진이랑 돌아가서 쉬어. 이런 날은 일하는 거 아니야."

"앗, 하지만……."

"대신 너무 심하게 도져서 오지는 말고 적당히 텀을 두면서……. 흐흐, 무슨 말인지 알지?"

"네에……."

"오늘은 일찍 마감하고 우리도 좀 쉴게. 내일 다 같이 프레시한 모습으로 만나자."

"항상 고마워요, 언니."

다희와 마주 안은 유리는 감격에 겨운 미소를 지었다. 자신은 남자 복만 있는 게 아니었다.

6.

비와 함께 쏟아지는 너

"나야 언제든 환영하려 했지만, 생각보다 빨리 와 줬군."

황금빛 액체가 둥근 얼음에 윤을 내며 미끄러져 내린다. 비즈니스맨의 블랜디드 위스키 조니 워커 블루라벨 한정판. 가격도 무게도 육중한 술병을 선샤인주류 부사장 김두빈이 손수 기울였다.

"복성진 씨."

성진은 크리스털 온더록스 잔을 받아 들며 의미심장한 미소를 띠었다.

실로 김두빈 부사장의 오아시스다운 장소였다. 현무암 질감의 검은 벽면에 흐르는 금빛 조명이 지하 세계로 흘러드는 황금 같다. 원석 단면으로 만든 바 카운터가 조명을 품어 은은하게 빛나고, 그 위로 고가의 잔술이 끊임없이 오갔다. 청담동 최고급 몰트바란 말조차 이곳을 표현하기엔 너무 단조롭다.

"자네는 좀처럼 심경의 변화가 찾아오지 않는 타입이라 생각했는데."

성진은 선웃음 아래 실소를 감췄다.

웃기시는군. 카톡으로 그 엄청난 분량의 사진들을 보내오며 이 남자는 99프로 확신했을 터다. 네가 이러고도 나랑 손 안 잡고 배기겠냐는.

앞으로도 정신 바짝 안 차리면 알고도 당하는 수가 있다. 한 번 뵙고 싶다는 말 한마디에 곧바로 이런 곳으로 불러내 소탈한 관리자 포지션을 취하며 마음을 틀어쥘 태세를 갖춘 것이, 역시 보통내기가 아닌 남자니까.

"부사장님의 제안을 받아들이기에 앞서, 부탁드리고 싶은 게 있습니다."

성진은 잔을 부딪치기 전에 말했다.

"제가 회사를 너무 안 좋은 모양으로 떠났습니다. 제 이름 석 자 들으면 횡령 사건부터 떠올릴 직원들이 많겠죠."

"복성진 씨 명예회복 문제는 확실하게 처리할 테니 안심해도 돼. 당시 감사팀 직원, 단 한 명도 본사에 남아 있지 않아. 내 칼 맞고 그나마 잘 버틴 사람이 지금 충남 공장에 있던가."

"말씀은 감사하지만, 제 명예는 제 힘으로 되찾고 싶습니다."

"호오, 어떻게?"

"일단, 지난 사건은 공론화시키지 말아 주셨으면 합니다. 거의 묻힌 사건 들춰 봐야 저한테 흙탕물만 튈 듯합니다."

김두빈의 나른한 눈이 일순 번뜩였다. 그가 제 말의 진의를 날카롭게 생각하기 전에 성진은 물 흐르듯 덧붙였다.

"무엇보다 선샤인주류 기획개발팀장, 부당해고 보상으로 덥석 받아도 될 만큼 호락호락한 자리 아니라 생각합니다. 초장부터 부사장님 낙하산 탔다는 편견과 싸우면서 불필요한 데 에너지 쓰고 싶지도 않고요."

"흐음."

"그러니 먼저, 제 식구가 될 기획개발팀 직원들에게 자연스럽게 다가갈 기회를 주셨으면 합니다."

성진은 잔을 들어 김두빈에게 쨍한 눈빛을 보냈다.

"실력으로 증명해 보이겠습니다. 김두빈 부사장이 단지 미안한 마음으로 사람 뽑지 않는다는 걸."

김두빈은 흡족하게 입술을 늘어뜨렸다. 올곧기만 한 게 아니라 본인의 능력에 확신이 있는 모습이 제법 마음에 찬다.

"이거 난감하군. 입도 대기 전에 더 좋은 술 사 줄 걸 하는 아쉬움이 드니."

이 당돌한 인재가 저 알아서 검증할 수고를 덜어 주겠다니, 손해 볼 건 없는 요청사항이다.

"구체적인 복안이 있다면 듣고 싶은데, 일단 한 잔 합시다."

크리스털 온더록스 잔이 무게감 있게 부딪쳤다. 성진이 자신의 구상을 얘기하는 동안 김두빈은 끈질기게 술을 권했다. 50도가 넘는 위스키와 거듭 입을 맞추는 와중에 성진은 치열하게 본심을 붙들었다.

"대장님. 저 당분간 평일에 하루 이틀 정도 서울 올라가도 될까요?"

며칠 전 성진은 명 대장에게 양해를 구했다.

"제가 선샤인주류 출강 제의를 받았어요. 직원들에게 전통주 교육을 해 달라네요. 저희 입장에서도 괜찮은 제의 같아요. 거기 평

471

이 좋으면 다른 기업에서도 제의가 올 테고, 기회가 계속 닿다 보면 참술 서울 거래처도 차차 늘려 나갈 수 있을 듯해요."

"그려. 우리도 이젠 그만큼 영역 넓힐 때도 되었지."

명 대장은 흔쾌히 고개를 끄덕였다.

"마침 사람도 더 뽑아 놨어. 작년에 너한테 배워 간 사람들인디, 진지하게 해 보겠다고 직장까지 관뒀단다."

"와, 정말로요?"

"꼭 매출이 늘어서 사람 뽑은 건 아녀. 그동안 참술 자리 잡는다고 너랑 동주랑 밤낮으로 여기 메여 고생했잖아. 이젠 너희 둘 다 저녁이 있는 삶을 살고 장가도 가고 그래야지. 특히 복선비 너부터 빨리 좀 가, 인마. 그래야 동주도 자극받고 제 짝 찾아 나설 거 아녀."

"하하, 그런가."

"복선비. 내 술 빚는 철학이 뭔지 알지?"

불쑥 물음을 던지는 명 대장의 눈이 청주처럼 맑았다.

"맛있게, 재미있게 빚는 거요."

"그거 말고 하나 더 있잖냐."

잠시 생각해 보고 성진은 답했다.

"술에 끌려 다니지 말라고 하셨죠."

마음이 잔뜩 앞서던 시절엔 그 말이 괜히 사람 김빠지게 한다는 생각도 했었는데. 이제 와선 입에 담는 것만으로 가슴에 큰 울림을 준다.

"좋은 술은 사람을 즐겁게 해 주지만, 좋은 술을 만드는 일이 꼭 즐겁지만은 않아."

소수 인원이서 발효실과 숙성실 등을 오가며 매일 여러 주종 수백 병을 생산하려니 생활의 달인이 다 됐다.

다양한 환경에 놓아둔 동일 제품의 차이점을 짚어 내는 경지에 이르기까지 수백 번의 관능평가를 경험해 봤다. 재료뿐만 아니라 정성까지 비싸게 들였는데, 앞뒤 다 자르고 비싸다는 말에 맥이 빠질 때가 많았다.

"그래도 너희는 정말로 즐기면서 오래오래 좋은 술 만들었으면 좋겠다."

대한민국이 다시 천 가지 술의 나라가 되는 날까지, 젊은 너희가 희망을 놓지 않고 계속 빚어내 많은 사람들에게 향기로운 잔을 돌리면 좋겠다.

명 대장과의 상의를 마친 후, 성진은 동주를 따로 불러내 깊은 의중을 털어놓았다.

"정말 선샤인주류에 갈 거야?"

"응. 스카우트 제의 받아들이는 척하고 들어가서 당분간 상황을 지켜보려고."

"나 때문에 그렇게까지……."

동주는 미안한 마음에 고개를 떨구었다. 김두빈이 강두현과 싸우자고 3년 전 사건을 공론화하면 자신도 참술도 다치게 될 거다. 그걸 막아 보겠다고 피해 당사자인 성진이 몸소 나선단다.

"이참에 강가 놈 다신 우리한테 얼씬도 못하게 혼쭐내 주려는 마음도 있고. 자식, 내가 눈앞에서 알짱거리는데 과연 잠이 올까? 위 점막이 무탈할까?"

성진의 신랄한 웃음에서 진심이 느껴져 동주는 목을 움츠렸다.

"윤수영이 접촉해 오면 너도 채운 시리즈 넘길 마음 있는 척하면서 시간 질질 끌어. 만찬주 선정 전까지 최대한 끌어 봐. 그쪽이 다른 수 생각하고 치고 들어오면 골치 아프니까."

"근데 어떤 말로 시간 끌면 될까? 나 그 여자 무서운데……."

"예를 들어, 채운 시리즈 넘긴 대가로 내게 어떤 자리를 줄 수 있냐. 세후 연봉은 얼마냐. 복지는 보장되는 거냐. 서로간의 먹튀를 방지할 안전장치는 무엇이며…… 이딴 식으로 사딸라 하면서 밀당을 해 보라고."

"……성진아. 내가 너 배신하고 뭘 짓을 할지 아주 구체적으로 상상했구나."

"좋아. 복성진 씨 말대로 해 봅시다."

김두빈의 중후한 목소리와 함께 상념이 끝났다.

쨍.

성진은 진검을 맞대듯 크리스털 잔을 부딪치며 정신을 다잡았다.

술밖에 모르는 자신이 재계에서 잔뼈가 굵은 이 남자를 거하게 이용해 먹을 수 있을 거란 기대는 하지 않는다.

다만, 강두현의 발판이 되길 원치 않는 서로의 이해가 일치하는 상황에 걸어 볼 뿐이다.

위험천만하지만 친구와 회사를 지키기 위해 경유하게 된 하늘의 전쟁터. 비정한 매 형제가 무식하게 치고받는 하늘에서, 날개를 만들어 단 인간은 제게 맞는 높이를 찾아 슬기롭게 날아야 하리라.

추락하지 않게. 날개가 녹지도 않게.

✢ ✻ ✢

선샤인주류 본사 근처 카페 노블. 비구름이 몰려온 하늘 때문에 오후 1시인데도 우중충했다.

수영은 저를 불러낸 여자 앞에 다리를 꼬고 앉아 턱을 쳐들었다. 3년 전 봄엔 우경민이더니, 이번엔 금유리다.

오랜만에 만난 그녀는 분홍집 색조화장품 화보 같은 차림이 아니었다. 조가비색 더블버튼 재킷 원피스가 단아하면서도 슬림한 라인을 유감없이 드러낸다.

예전보다 수수해진 메이크업이 오히려 고귀한 원판을 돋보이게 했다. 흐린 날의 금유리에게선 빗방울 어린 진주와도 같은 그윽함이 감돌았다.

무엇보다, 누가 어떤 마음으로 걸어 주었을지 뻔한 자수정 은술병 목걸이가 수영의 심기를 건드렸다.

왜? 나는 이렇게 꾸밀 줄도 모르는 여자인 줄 알았어?

그렇게 말하는 듯 냉연한 유리의 시선에 수영은 뒤틀린 웃음을 지었다.

아니. 진즉에 알아보았어. 네 안에 이런 여자가 숨어 있는 걸. 복성진을 호시탐탐 엿보다가 손에 넣는 날, 백치 인형 행세 때려치우고 이렇게 본색을 드러낼 것이 훤히 보였어.

그래서 네가 재수 없었던 거야. 착하게 대할 수 없었던 거야.

"무슨 일로 보자고 했니? 우리가 친하게 수다 떨 사이는 아니고. 모처럼 반차 낸 보람이 있긴 하려나 몰라."

뻔뻔하게 묻는 수영 앞에 유리는 통장을 미끄러뜨렸다.

"뭐야. 이건?"

"네가 참술 지분 매수한 돈의 2배야."

유리는 통장 위에 도장을 얹어 놓으며 서늘하게 덧붙였다.

"긴말 안 할게. 돌려줘."

쿨하게 앞서간 상황에 수초간 기막혀하다, 수영은 코웃음을 쳤다.

"하, 웃긴다. 내가 투자 가치가 있다고 생각해서 사들인 건데, 누구 마음대로 돌려 달라 말라야. 다짜고짜 이런다고 내가 되팔 거 같아? 너 머리 청순한 건 알고 있었지만 이건 너무하잖아."

"맞아. 내 머리 청순해. 근데 수영아. 내가 아빠 힘으로 대학 갔어도 아주 바보는 아냐."

고3 때 수영이 저 들으라고 한 말을 찬찬히 읊어 주며 유리는 쓰게 웃었다.

다섯 살 때부터 피아노를 쳤다. 비록 악단에 들 실력은 못 되었지만, 서울 중하위권 음대 실기시험에서 인생 연주를 할 만큼은 되었다. 아버지가 모교에 기둥뿌리 세워 주신 건 사실이지만, 자신이 입학한 연후에 성사된 일이다.

"참술도 성진이도 절대 네 뜻대로 안 움직일 거야. 한마디로 넌 그냥 헛돈 쓴 거야."

"⋯⋯."

"넌 돈 낭비 그만하고, 난 정신력 낭비 그만하고. 서로 좋게 끝내는 게 어때? 그 가격에 되팔기 쉬운 주식도 아니잖아. 너처럼 우리 해코지하려는 사람이 또 안 나타나는 한은."

유리는 커플링 낀 손으로 자수정 은술병 펜던트를 매만지며 덤덤히 말했다.

"말했잖아. 복성진 그림자도 안 줄 거라고."

"좋을 대로 해. 난 나대로 하고 싶은 대로 할 거니까."

수영은 커피에 입도 안 대고 자리에서 일어섰다. 유리는 가만히 앉은 채 물었다.

"못 먹는 감 아직도 찌르고 싶어?"

"그렇다고 하면?"

"우리 3년째 한집에서 사는데?"

실소를 금치 못하는 유리에게 수영은 아랑곳 않고 말을 퍼부었다.

"고작 3년 같이 살았다고 우쭐해하지 마. 난 너보다 복성진이랑 5배 이상 오래 있었어. 네가 개에 대해 안다고 좋아하는 것들, 난 예전부터 다 알아."

"양보단 질이고, 과거보단 현재 아닌가?"

"다시 과거 안 되게 잘해. 내가 너 호락호락 행복해지게 놔두지 않을 테니까."

커피값은 선불로 각자 계산을 마친 뒤였다. 수영이 돌아서서 카페 문으로 향하던 찰나.

"어, 성진아!"

뒤에서 유리가 반색하며 전화를 받았다.

"여기? 청담동. 으응, 그냥 간만에 와 보고 싶어서."

가만히 서서 엿듣자니, 기집애가 저 들으라고 유치하게 전화를 건 것은 아니었다. 그가 먼저 건 거다.

"오늘 일찍 들어온다고? 아, 정말? 너무 좋아. 우리 뭐 할까? 응 응, 이따 봐."

좀 전까지 차갑고 덤덤한 말을 뱉던 입술에서 교태 어린 봄바람이 술술 나왔다. 수영은 아랫입술을 짓씹으며 카페 문을 밀쳤다.

금유리는 듬뿍 사랑받고 있었다. 뭉그러진 15년 위에 여유롭게 드러누운 채.

✣ ✳ ✣

"그럼 언제부터 선샤인주류에 출근하는 거야?"

아일랜드 식탁에서 허브티 한 잔 나누며 화기애애하게 담소를 나누던 차, 성진이 조심스럽게 꺼낸 이야기에 유리가 물었다.

"다음 주부터 한 달간, 일주일에 두 번 가기로 했어. 요일은 그쪽 사정에 따라 유동적일 순 있는데, 일단 월요일은 무조건 끼는 조건으로."

월요일은 아젤리아 정기휴무일이다. 평일에 그와 온 저녁을 함께 보낼 수 있는 날이 생겼다. 그거 하난 확실히 좋긴 한데.

"거기 가면…… 수영이도 보겠네."

"마주칠 일은 별로 없을 거야. 기획개발팀이랑 전통주사업팀 대상으로 하는 강의니까. 걘 지금 영업부 소속이라."

표정이 약간 뚱해진 유리를 보고 성진이 얼른 덧붙였다.

"나도 개하곤 그림자도 안 마주쳤으면 좋겠어."

유리는 내리깐 눈으로 고개를 주억거렸다. 맞아. 난 네 그림자도 내주고 싶지 않아. 절대로 안 줄 거야.

"근데 낮에 청담동 어디 갔었어?"

"그냥…… 두견중 근처 한번 가 봤어. 간만에 생각나서."

윤수영 만난 얘기만 빼놓았을 뿐, 거기도 다녀오긴 했다.

"다음엔 나도 같이 가자. 이번엔 너랑 손잡고 구석구석 다녀 보고 싶어."

성진이 커플링 낀 유리의 왼손을 덮었다. 그의 왼손에서도 커플링이 반짝였다.

"아, 맞다. 요새 중학교 함부로 출입 못 하던데. 졸업생이라고 말하면 어떻게 안 되려나."

유리는 나머지 손을 그의 손 위에 포개어 올리며 쓰게 웃었다. 성진아, 그거 알아? 난 오늘도 돈의 무력함을 뼈저리게 느꼈어.

어느덧 밤이 깊었다. 샤워를 마친 유리는 처음 보는 잠옷 차림이었다. 무릎을 약간 덮는 셔츠형 원피스. 아이보리색 실크 사이로 그녀의 굴곡이 어른어른 비쳤다.

"성진아, 저기…… 잘 자."

말로는 잘 자라지만, 그녀에게서 풍기는 복숭아 향은 그를 휘감고 싶어 했다.

"너도 잘 자."

성진은 유리의 머리를 한번 쓰다듬고는 제 방으로 들어갔다.

토옥 톡.

창문에 비 꽃이 피더니 비가 후드득 쏟아졌다. 일기예보에 의하면 오늘 밤새도록 물 폭탄이 퍼부어질 거랬다.

"에휴……."

유리는 침대에 모로 누워 암담하게 한숨지었다. 샤워도 했고. 모처럼 새로 산 잠옷도 입었고. 안에는 더 야심찬 것도 준비되어 있는데…….

"복성진. 이대로 진짜 그냥 자는 거야?"

유리는 시무룩하게 혼잣말을 했다. 난 몸도 마음도 완전 말똥말똥해서 죽을 맛인데, 넌 건넛방에서 꿀잠 자고 있겠지?

쏴아아.

이대로 혼자 침대에 누워 있으려니 빗소리 볼륨이 점점 올라가는 것 같고, 낮에 윤수영에게 들은 말도 고음질로 재생되었다.

'난 너보다 복성진이랑 5배 이상 오래 있었어. 네가 걔에 대해 안다고 좋아하는 것들, 난 예전부터 다 알아.'

최후의 발악도 못 되는 과거 여자의 비루한 말 따위 한 귀로 흘려 넘기려 했는데. 공들여 샤워해 놓고, 새 잠옷이랑 속옷 입고, 무려 이 빗속에! 독수공방이나 하려니…… 쓸데없이 감성 돋는다.

양보다 질 아니냐고 반박은 했다만, 성진은 수영을 사랑할 때도 최선을 다했을 거다. '고작' 3년 차로 접어든 저조차 그와 쌓아 올린 교류의 양이 어마어마하게 느껴지는데, 15년이면 대체…….

"하아……."

따라잡아야 할 세월이 아직 너무 많다. 자기도 늦게 시작한 게 억울하다고 저번에 그가 말했지만.

"역시, 내가 더 억울해……."

유리는 다리를 허공으로 쭉 뻗어 올려 침대에서 벌떡 일어났다.

그래, 윤수영. 15년 세월 동안 그와 맘정뿐만 아니라 몸정도 많이 나눠 봤겠지. 하지만 난 앞으로 그와 30년, 40년…… 죽는 날까지 백년해로할 여자야.

언젠간 그의 아이도 낳을 거고, 먼 미래엔 손주 재롱까지 같이 볼 여자야.

비록 10대, 20대는 너에게 빼앗겼지만, 30대부터는 앞자리가 뭐로 바뀌건 간에 1월 1일부터 12월 31일까지 그를 나로 꽉꽉 채울 거야. 맘정은 말할 것도 없고, 양도 질도 충만한 몸정 쌓을 거야.

유리는 돌돌 만 이불과 베개를 챙겼다.

끼익.

곧장 그의 방으로 직행할 생각이었는데, 눈앞에 보이는 광경에 유리는 흠칫 놀라 멈춰 섰다.

불과 다섯 걸음 앞. 성진이 베개를 든 채 저를 빤히 보고 있었다.

쏴아아.

빗소리 가득한 거실. 그의 얼굴에 짓궂은 미소가 떠올랐다.

한 지붕 아래 산 지도 어언 3년째. 빗소리 가득한 한밤의 거실에서 그와 만난 게 이번이 처음은 아니다.

그럼에도 세상에 단 하나 남은 길에서 마주친 듯 심장이 쿵쿵 뛰었다.

"성진아. 자는 거…… 아니었어?"

말하기 직전 꼴깍 삼킨 침이 목구멍을 달구며 내려갔다.

"너야말로 안 자고 뭐 해."

성진이 피식 웃으며 바로 되물었다.

"난 그냥…… 물 좀 마시려고……."

그의 방에 쳐들어가기 위해 끌어 모은 비장함은 그새 어디로 달아나 버린 건지. 스스로 생각해도 너무 속 보이는 말을 해 버렸다.

아니나 다를까. 성진의 말에서 웃음이 끓었다.

"베개랑 이불에도 물 주려고?"

"으…… 몰라."

얼굴이 화끈 달아오른 유리가 입술을 삐죽 물고 방 안으로 뒷걸음질 치려던 찰나. 성진이 재빠르게 달려들어 한 줌도 안 되는 손목을 덥석 채 갔다.

"어딜 도망가려고!"

"아앗!"

유리는 그에게 잡혀 거실 창가로 이끌려 나왔다.

"그, 그럼 넌 왜 베개 들고 내 방 앞에 와 있는 건데!"

"그야 재워 달라 하려고. 난 네 거 같이 덮을 생각으로 이불은 안 챙겼지만."

"이불 같이 덮고 뭐 하려 했어?"

"손만 잡고 자는 척하다 본색을 드러내려 했는데, 친히 마중을 나와 주시네."

"아이, 너 정말."

유리는 그의 힘을 버텨 보는 시늉을 하다 못이기는 척 웃으며 끌려 나왔다.

빗소리가 잔잔한 음악처럼 깔린다. 서로 왈츠를 추듯 밀고 당기며 발코니 창에 이르렀다.

성진은 유리를 창문에 밀어붙여 놓고 두 팔로 가뒀다. 어딘가 친숙한 구도. 유리는 그를 올려다보며 입꼬리에 웃음을 달았다.

"이러니까 3년 전 크리스마스 생각나."

성진에겐 나름 흑역사인 그 얘길 종종 꺼내는 건 그녀 나름의 짓궂음이었다.

평소 같으면 '아, 유리야 제발…….' 하고 손을 내저으며 난감하게 웃었을 텐데. 성진은 짐짓 그날처럼 유리의 턱을 잡아 올리며 목소리를 착 깔았다.

"그래서 후회되십니까, 사장님. 나 같은 놈 좋아한 거. 첫 키스 한 거. 사랑해 준 거."

그날과 다르게 등 뒤에선 차가운 눈 대신 여름비가 시원스레 쏟아지고, 그의 얼굴엔 절박한 격정 대신 희열 가득한 미소가 차올라 있었다.

유리는 의미심장하게 웃으며 도리질을 쳤다. 그러자 성진의 입술이 곧바로 그녀의 입술을 덮었다.

위로 한 입, 아래로 한 입. 솜사탕을 뜯어 먹듯이 입술을 빨아 문 그가 그윽한 시선을 보내온다. 유리는 그의 목에 팔을 둘러 자신도 욕심껏 입술을 먹어 들어갔다.

쾌르릉.

창 너머로 간간이 번개가 번쩍거리고, 등줄기가 쭈뼛 펴질 만큼 큰 천둥소리가 뒤를 이었다. 그 와중에 둘이서 달콤한 걸 나누어 먹는 소리가 더 잘 들렸다. 서로의 입안을 음미하면서 지그시 감은 눈이 편안하였다.

단물이 빠지도록 유리의 입술을 맛본 성진이, 그녀의 귀밑에 입술을 갖다 붙였다. 그가 귓불을 잘근 물어 오자 유리는 어깨를 바짝 움츠렸다.

"앗……."

희고 가는 목선을 따라 그리듯 퍼부어지는 키스. 그의 입술이 남기는 온기와 자취가 너무나 상냥해서, 어딘가 숭배받는 느낌까지 들었다.

세상에서 제일 귀하고 소중해.

여리고 예민한 목의 살결에 그의 절절한 마음이 고스란히 박혀 들었다.

"하아……."

유리는 성진의 단단한 어깨를 붙잡으며 달뜬 숨을 뱉었다.

약기운 같은 열기가 온몸으로 번진다. 그의 입술이 피부를 간질일 때마다 야릇한 감각이 피어났다. 급기야 그의 혀가 빗장뼈의 움푹 팬 골을 뜨겁게 파고들자, 아웃 하고 신음이 터지며 고개가 뒤로 젖혀졌다.

결국 유리는 그에게 매달리듯 안겨 항복을 선언했다.

"성진아, 나 다리 힘 풀렸어……."

이젠 네 방으로 갈지 내 방으로 갈지 정할 타이밍이다. 어딜 가도 괜찮겠다고 생각하는 찰나.

"여기 괜찮지 않아?"

성진이 즉흥적으로 속삭였다.

유리는 빗소리 가득한 주변을 둘러보았다. 발코니 커튼이 반쯤 걷혀 있지만, 굳이 다 치지 않아도 될 것 같았다.

강변 맨 앞줄에 자리한 아파트라 밖에서 보일 염려도 없고. 창문 위로 개울처럼 고여 흐르는 빗물에 강 건너 빌딩숲과 하늘이 정취 있게 버무려진 광경을 전부 가리긴 아깝다.

이곳에서 비와 함께 가득 쏟아지는 너, 짜릿할 거 같아.

유리는 성진의 목을 와락 끌어안고, 그의 귓가에 단비 같은 속삭임을 떨어뜨렸다.

"3년 전에 하다 만 거 해 줘."

가지고 나온 차렵이불을 깔았다. 베개를 베고 누운 유리의 몸 위로 성진이 건장한 몸을 드리우며 물었다.

"어때? 푹신해?"

"응. 이만하면 괜찮은 거 같아."

그 말에 성진이 만족스럽게 웃었다.

"다행이네. 너 등 쓸리는 거 신경 쓰느라 살살 하긴 싫거든."

언뜻 듣기엔 선비적인데, 곱씹어 보니 다분히 짐승 같은 말이었다.

"잠옷 새로 산 거지?"

"응. 맘에 들어?"

"귀여워. 섹시하기도 하고. 금유리 원래 이렇게 짧은 거 잘 안 입잖아."

그렇게 말하며 그의 손이 셔츠 원피스 자락 밑을 파고들었다.

484

매끈한 허벅지를 둥글게 쓸어 만지는 움직임이 얇은 실크에 윤곽을 만들어 냈다.

"하앗……."

성진의 손길이 배꼽을 스쳐 가자 배가 꽉 조이고, 허벅지 안쪽으로 짜르르한 전류가 흘렀다. 그의 손이 유영하듯 올라와 유리의 소담한 가슴에 얹어졌다.

"오늘은 뭔가 입었네."

레이스 자락 같은 게 만져지는 것이 흥미를 돋운다. 성진은 유리의 셔츠 원피스 단추를 끌렀다. 단추가 하나씩 해금될 때마다 은은하게 빛나는 살결이 드러났다.

단전까지 셔츠를 열어젖히니, 뽀얀 가슴을 예쁘게 모은 브래지어가 드러났다. 블랙 시스루 홑겹. 밑단에 붙은 바이올렛 톤 레이스. 어딘가 친숙한 색 조합에 그가 웃음 지었다.

"예전에 너랑 빨래 개다가 비슷한 거 본 기억이 나는데."

"그거하곤 다른 거야. 앞 후크고……."

더 예쁘고 섹시한 거란 말야. 알아봐 달라는 듯 유리가 성진의 어깨를 톡 때렸다.

"이제 와서 밝히는데, 나 그때 되게 쑥스러웠어. 어쩔 수 없이 상상돼서."

"뭘 상상했는데?"

"그거 입은 네 가슴이 어떻게 생겼을지."

성진의 우뚝한 코가 앙가슴에 박혔다. 가슴골에 뭉친 복숭아 향내를 맡은 그가 뜨겁게 뇌까렸다.

"직접 보니까…… 상상보다 훨씬 예쁘고 섹시해."

"하아……."

유리는 그의 머리를 감싸 안으며 갸르릉거렸다. 저 역시 그에게서 예쁘고 섹시하단 말을 듣는 상상을 수없이 해 왔는데. 실제로 들으니 상상보다 훨씬 두근거리고 배부를 만큼 기뻤다.

성진이 그녀의 셔츠 깃을 서서히 잡아 내렸다. 완전히 다 벗기진 않고 허리 아래쪽을 감질나게 남겨 두었다.

그의 손이 원피스 자락을 파고들어, 시스루 팬티에 비밀스럽게 감싸인 비원을 문질렀다. 천과 천 사이에서 야릇한 손장난이 이루어졌다.

"핫……."

유리는 두 손을 가슴에 모은 채 신음했다. 어떡해. 언제 또…… 이렇게까지 젖어 버린 거야.

성진이 그녀의 팬티에 손가락을 걸어 단숨에 끌어 내렸다. 유리는 헉 하고 숨을 마셨다. 브래지어와 원피스를 아직 걸친 상황에서 아래가 먼저 허전해지니 괜히 더 야릇했다.

손가락에 꿀이 묻어나는 느낌에 성진이 탁한 숨을 뱉었다.

"내 손가락 기별이라도 오긴 해?"

"몰라……."

얼굴이 달아오르고 침이 자꾸 삼켜진다. 가뜩이나 그의 존재만으로 온종일 구름 위를 떠다니는 몸인데. 남자와 여자로서 닿으며 밀어를 주고받으니, 더 아득히 높이 날아 버릴 것 같다.

온몸이 물 맞은 솜사탕처럼 속절없이 녹아 버리는 건, 역시 비때문이기도 한 걸까?

그녀의 꽃봉오리 밑동을 살살 문지르며 달래던 그의 손가락이, 꽃잎을 갈라 천천히 안으로 파고들었다.

"으……."

"괜찮아? 혹시, 아직도 아파?"

성진이 조심스럽게 물었다. 유리가 신음을 뱉은 순간, 지난번에 그녀가 절뚝거리던 모습이 떠올라 심장이 덜렁거렸다.

"으응, 이젠 완전 괜찮아."

그의 걱정을 일소하려는 듯 유리는 크게 고갯짓을 했다. 여전히 익숙지 않지만, 한번 겪어 보고 나니 그나마 좀 나았다.

비가 계속해서 쏟아졌다. 유리의 하얀 몸 위로 투명한 물그림자가 번진다. 애틋할 만큼 아름다운 절경을 감상하며 성진은 제 파자마 셔츠를 획 벗었다.

우왓…… 유리는 반사적으로 눈을 내리깔았다.

"왜 이렇게 부끄러워해. 우리 이젠 진짜 볼 거 다 본 사이잖아."

"아…… 그치만."

네 몸이 너무 멋있어서 더 똑바로 못 쳐다보겠어. 봐도 되는 걸 보는 정도가 아니라, 정신없이 눈요기를 하게 될까 봐.

"아, 맞다. 너 저번에 눈 감느라 전부 다는 못 봤지?"

성진이 손가락 사이에 끼운 콘돔을 유리의 코앞에 들이대며 입술 끝을 매달아 올렸다. 유리는 침을 꼴깍 삼켰다. 그곳까지 대놓고 보면 나 진짜 심장 떨어질지도 몰라.

일부러인 듯 성진은 바로 곁에서 거침없이 드로어즈까지 벗었다. 유리는 홧홧한 볼을 양손으로 감쌌다. 열을 좀 식히고 싶은데 손바닥까지 뜨끈뜨끈하다. 왜지? 몸에 천이 남아 있는 건 난데, 나만 괜히 더 부끄러워……

새하얀 허벅다리 사이로 그의 건장한 하체가 옴짝달싹 못 하게 자리 잡았다.

"넣어도 돼?"

"으, 응."

유리는 흠칫 어깨를 떨며 고개를 마구 끄덕였다. 그러자 그가
천천히 허리를 밀었다.

"아아아……."

아랫배에서 화악 치솟는 열감에, 유리는 끊어질 듯한 신음을 뱉
었다. 저번엔 극도의 긴장감과 첫 교합의 아픔에 휘몰리는 감이 있
었는데, 오늘은 잔잔한 빗소리가 온몸을 이완시키고 감각을 총총
히 깨워 놔서 그런지 그와 이어진 느낌이 너무나도 생생했다.

곧바로 움직이려나 싶더니, 성진은 유리의 겨드랑이 아래로 팔
을 집어넣어 등을 껴안았다. 탄탄한 복근이 오목한 배와 밀착했
다.

유리는 얼결에 성진을 마주 안았다. 가슴이 짓눌리도록 그와 맞
닿으니 충족감이 상당했다.

그가 귓가에 허스키하게 속삭였다.

"다리 좀 펴 볼래?"

"어……."

유리는 그가 시키는 대로 해 봤다. 그러자 성진이 그녀와 밀착
된 몸을 비벼 올렸다.

"헉……."

등줄기를 꿰뚫는 쾌감에 유리는 긴박하게 숨을 들이마셨다.

"너도 움직여 봐. 느끼는 쪽으로."

"이, 이렇게?"

유리는 골반을 서서히 움직여 보았다. 그의 하체가 그녀를 맞받
아 가며 움직였다. 두 사람은 한 호흡이 되어 서로를 뭉근하게 마
사지했다.

"아, 하웃……."

유리의 입에서 달뜬 숨이 연신 터졌다. 그가 온 체중을 실어 누르는데도 온몸이 두둥실 떠오르는 것 같다. 발가락을 한껏 곱아 보아도 버텨지지 않았다.

급기야 아래에서 무언가가 주륵 흐르는 느낌이 나자, 더는 참을 수 없었다. 유리는 성진의 허리 아래 근육을 갈급하게 더듬었다. 잔잔하면서도 우직한 율동이 느껴진다. 그녀의 입술에서 갈라진 신음이 봇물 터지듯 나왔다.

"흐윽, 성진아, 나, 아……."

왜 이럴까? 내가 미쳤나 봐. 부드럽기 그지없는 너를 채찍질해서 거칠게 뒤흔들리고 싶어지고, 빗소리와 함께 쏟아지는 너의 더운 숨결에 심장이 뛰쳐나갈 것 같아.

어느 순간 그가 그녀에게서 빠져나갔다. 유리는 촉촉한 눈으로 성진을 보았다. 절정을 향해 두둥실 날아오르던 열기구의 불이 팟 하고 꺼졌다. 왜에, 하고 칭얼댈 뻔했다.

"옆으로 누워 봐."

그가 잔뜩 갈라진 목소리를 냈다.

유리가 모로 눕자 성진이 뒤에 나란히 누웠다. 밑을 파고든 단단한 팔이 낭창한 허리를 껴안았다. 한 손으로 위쪽 다리를 들어 올린 그가 단숨에 그녀를 꿰뚫었다.

"아윽."

허리를 당겨 안아 주는 듬직한 팔. 옆으로 누운 채 그를 받아들이는 느낌은 다정하고도 짜릿했다.

성진이 유리의 부푼 가슴을 한차례 쓸어 올렸다. 꼿꼿이 선 정점이 약간 따끔하게 쓸렸다. 그의 손에 브래지어 앞 후크가 툭 풀려 나가며 소담한 가슴이 쏟아졌다. 굵직한 손가락이 뜨듯한 가슴 골로 말려들었다.

"하……."

제 여자의 온기를 한손 가득 움켜쥔 성진이 만족스러운 한숨을 흘렸다. 그는 유리의 어깻죽지에 충동적으로 이를 박아 넣었다.

"아앗!"

유리가 목을 뒤로 꺾으며 자지러지는 신음을 뱉었다. 거기가 그 토록 민감한 데인 줄 몰랐다.

"금유리, 좋아?"

그가 이따금 숨이 멎을 만큼 깊이 쳐올리며 물었다.

"웃, 으응, 너, 너무 좋아…… 너는?"

"날아갈 거 같아."

성진은 유리의 한쪽 다리를 벌려 잡고 왕성한 움직임을 이어갔다. 그의 것이 쾌락점을 스칠 때마다 흣 하고 새된 신음이 터지며 허벅지가 파들거렸다. 그녀가 흐느끼는 지점에서 그는 더욱 집요해졌다. 움츠리는 것마저 포기해 버린 유리는 팔을 축 늘어뜨린 채 헐떡였다.

힘도 좋아 정말. 역시…… 경험치도 다르고.

그의 열기를 흠뻑 쬔 몸이 주전자처럼 보글보글 끓었다. 절정을 한 눈금 앞둔 쾌감이 아슬아슬하게 이어졌다. 유리는 연신 아랫입 술을 깨물다 애처롭게 성진을 돌아보았다. 기다렸다는 듯이 그가 입술을 들이댔다.

쪽. 가벼운 키스를 나눈 입술이 떨어지자, 유리는 여울진 숨을 뱉으며 애원했다.

"성진아, 나, 나아…… 제발……."

가고 싶어.

항복 선언을 받아 낸 성진은 유리를 바로 눕혔다. 앞섶이 풀린 브래지어를 걷어 내고 허리춤에 걸친 잠옷을 말끔히 벗겨 냈다.

유리의 나신에 밤이슬이 흠뻑 맺혔다. 한차례 소나기를 맞은 것 같다. 하얀 얼굴과 목에 엉겨 붙은 흑단 머리칼이 미치도록 고혹적이었다.

유리는 그윽한 눈으로 성진을 올려다보았다. 몸도 마음도 흐물흐물 녹아 버린 마당에 부끄러움이 낄 자리는 없었다.

이토록 저를 감질나게 한 그를 조금은 도발하고 싶어졌다. 숨을 크게 들이마시니 산호색 꼭지를 세운 뽀얀 가슴이 탱탱하게 솟아올랐다.

"하아……."

유리는 그를 당기듯 음습한 숨을 길게 내쉬며, 한 손을 삼각주에 은근하게 걸쳐 보았다. 그 결과가 어땠는지는 말할 것도 없다.

퓨즈가 끊긴 성진이 퍽 소리가 나도록 그녀에게 박혀 들었다.

"아앗!"

잔뜩 성난 그가 벌을 주듯 그녀를 맹렬하게 헤집었다. 눈앞에서 불꽃이 파드득 튀겼다.

"서, 성진아, 자, 잠깐만, 잠까…… 앗, 아악!"

유리는 그에게 짓이겨지며 숨넘어가는 교성을 내질렀다. 이성이 돌아오는 순간 얼굴이 화르륵 타 버릴 걸 알면서도 주체할 수 없었다.

"성진아, 조, 조금만 천천히, 아악!"

말과 다르게 허리를 내려앉힐 듯이 다리를 휘감아 오는 그녀가 진짜 원하는 게 뭔지 성진은 귀신같이 알아챘다. 더 빨리, 더 강하게, 단단한 몸이 활처럼 휘어지는 가녀린 몸을 터트릴 듯이 뭉갰다.

살이 철썩이며 부딪치는 소리가 빗소리와 어지러이 섞였다. 폭우를 맞는 창이 제 몸 같았다.

더 많은 비를 뿌려 줘.

유리의 원대로 빗줄기가 더 세차게 창을 두들겼다.

"아아악!"

의식이 파도 맞은 모래처럼 촤라락 흩어졌다.

허공에 던져진 듯한 탈력감에 유리의 몸이 파들파들 떨렸다. 성진도 그녀의 가슴에 얼굴을 묻고 거칠게 호흡을 골랐다.

이탈된 영혼이 돌아오자 몸의 감각도 서서히 돌아왔다. 뼈마디가 저릿저릿하고, 약간 서늘한 공기청정기 바람에 온몸에 맺힌 땀이 산뜻하게 식어 갔다.

"하아……."

성진이 흐트러진 유리를 갈무리하듯 끌어안았다. 그가 뭉쳐 뱉는 숨이 다분히 섹시하게 느껴졌다.

유리는 그의 품에서 숨을 몰아쉬며 황홀한 미소를 지었다. 이 말만은 꼭 해야겠다.

"성진아. 너 정말…… 끝내줬어."

"좋았다니 다행인데, 이번엔 내가 아프다."

"뭐? 아프다니, 어디가? 혹시……."

"아니. 네가 방금 떠올린 거긴 아무 문제 없고, 등 쪽."

성진이 등을 보인 순간, 유리는 헉 하고 숨을 마셨다. 제가 남겼지만 정말…… 와일드하게도 할퀴어져 있었다.

"꺄악! 미안해! 오늘 손톱 깎았는데 왜지?"

"갓 깎은 손톱이 더 날카롭긴 하지."

"미안해 정말! 내가 후시딘을 어디 뒀더라?"

"깨는 건 나중에 하고 좀 쉬자."

황급히 몸을 일으키려는 유리를 성진이 붙잡아 도로 눕혔다.

"어디, 우리 고양이 손톱 좀 볼까."

성진의 유리의 손을 가져가 면밀히 들여다보았다. 아무것도 안 바른 깨끗한 손톱이 바짝 깎여 있었다.

"그리고 보니, 너 예전엔 네일아트 같은 것도 받지 않았었냐?"

처음엔 그녀의 파격적인 옷차림에 정신이 팔려 손톱까지 관심이 가지 않았다. 그래도 얼핏 기억하기에 이 정도로 수수하지는 않았다.

"받았었지. 꾸준히 다니는 샵도 있었고. 그라데이션은 기본이고 큐빅도 곧잘 붙이고 다녔어."

유리가 예전 생각을 하며 웃음 지었다. 이젠 일 때문에 언감생심이지만.

"대신 이 손으로 칵테일 위생적으로 예쁘게 만드니까, 네일 받을 때보다 훨씬 뿌듯해. 아……."

성진이 갑자기 손마디에 입을 맞추는 바람에 유리는 눈을 휘둥글게 떴다. 이번엔 성적인 뉘앙스로 한 키스가 아니란 짐작이 들면서도 괜히 침이 고였다.

그는 키스를 정말 잘한다. 이제야 겨우 알았지만, 밤일도 잘하는 것 같고. 아무래도 15년 경력이 있으니까.

수영에게도 이렇게 다정하게 키스하고, 열렬하게 안아 줬을까?

물색없이 확장되는 생각에, 유리는 입술을 잘근 물었다. 안 돼, 금유리. 이런 생각을 하는 것 자체가 윤수영이 바라는 바일 거야.

"지금 무슨 생각 해?"

품에 안은 여자의 복잡 미묘한 표정을 금세 캐치한 성진이 물었다.

"그냥…… 너랑 함께 있는 시간이 더 늘었으면 좋겠다고 생각했어."

유리는 약간 그늘진 미소를 지었다.

"네가 일찍 퇴근해도 내가 밤에 일해서 시간이 잘 안 맞잖아. 아젤리아도 충분히 자리 잡았으니까, 나도 슬슬 개인 시간을 늘려 볼까 해. 바 헬퍼를 뽑아 가르치면서 교대로 일해 볼까 싶어."

"오, 이제 금유리도 제자 양성에 나서는 거야?"

"아직 누굴 가르칠 주제는 못 되지만, 같이 열심히 해 보려고."

"너라면 충분히 잘 해낼 거야."

성진이 유리의 머리칼을 귀 뒤로 쓸어 넘겼다.

다정하기 그지없는 손길에, 그동안 쌓였던 뭔가가 울컥 올라왔다. 왜 괜히 오늘 윤수영 만나 가지고 이렇게 됐나 싶지만, 감정이 널을 뛰고 말았다.

"복성진. 나 솔직히 억울해."

"……뭐?"

성진이 눈을 끔벅였다. 뭐지, 이 갑분싸는. 내가 뭔가 실수했나?

"인간적으로 사귄 지 3년이 돼서야 여친에게 손대는 건 너무한 거 아냐? 우리 나이가 적은 것도 아닌데."

"……아."

"내가 너한테 얼마나 애타게 신호를 보냈는데. 정말 몰라서 안 넘어온 건 아니지?"

파주산 장어 몰아주고, 몸에 타월도 두르고, 야한 영화도 틀어 보고, 뻔하디뻔한 수작에도 네가 안 넘어오니까.

"솔직히 불안했어. 전엔 이런 거 잘만 하다가, 나한텐 동하지 않는 건가 싶어서. 내가 그렇게…… 매력이 없나 싶어서."

성진이 곤혹스러운 듯 눈동자를 아래로 굴렸다.

죄지은 것도 없이 자기 잘못부터 찾는 그의 모습에, 마음이 바로 약해지면서 알싸하게 아파 왔다. 뜨겁게 사랑을 나눈 후에도 이렇게 될 수 있구나.

"저기, 과거는 더 이상 안 물을 테니까…… 이제부터라도 꽉꽉 채워서 책임져. 너 때문에 지금까지 처녀로 살았으니까."

"하아."

유리의 소심한 투정에 성진이 착잡한 숨소리를 뱉었다. 남자로서의 존심도 중하지만, 여친의 멜랑꼴리한 감정을 풀어 주는 게 급선무인 것 같다.

결국 그는 굳이 밝히고 싶지 않았던 진실을 오픈했다.

"유리야. 미안한데 변명을 해 보자면, 저번에 너랑 한 게 나한테도 처음이야."

"……뭐?"

"내 동정, 네가 떼 간 거라고."

"저, 정말? 하지만 넌……."

믿기지 않는 듯 저를 빤히 보는 유리에게 성진은 알아듣기 쉽게 설명했다.

"윤수영하고 잔 적 없어. 결혼하기 전엔 절대 안 된다고 해서. 15년 사귀고 어떻게 그럴 수 있나 싶겠지만, 실화다."

그렇다는 건, 몸정으로는 자신이 그의 첫 여자란 말이고.

"앞으로 뭘 하든 넌 나의 처음이자 마지막이 될 거야."

"우와······."

유리는 얼떨떨하게 제 볼을 감쌌다. 어쩔 수 없이 웃게 되었다.

"근데 너도 처음이면서 어쩜 그렇게······."

"야했냐고?"

성진이 나른하게 웃으며 말을 가로채 갔다. 유리가 얼굴을 붉힌 채 고개를 끄덕이자, 그는 짐짓 갸웃거렸다.

"글쎄다. 30대 아재의 기본값이 높은가 보지."

농담처럼 한마디 던진 다음, 성진은 그간의 고뇌를 진솔하게 털어놓았다.

"나도 처음이다 보니, 해 보기도 전에 생각이 많아지더라고. 네가 아파하진 않을지, 하고 나서 우리 관계가 변하진 않을지, 나한테 과연 널 끝까지 가질 자격이 있는지."

수영에게 매몰차게 거부당한 기억이 마음 한편에 남아 제동을 건 탓도 있었던 듯하다.

"난 정말 좋았어. 네가 많이 배려해 준 덕에 생각보다 덜 아팠고. 전보다 네가 더 좋아지고. 그리고 원래 너 말고는 아무도 날 가질 자격이 없어."

유리의 격려에 성진은 이루 말할 수 없는 행복감을 느꼈다. 그녀는 처음 몸을 섞은 여자이기 전에, 처음으로 진짜 사랑을 알게 해 준 여자다.

"너야말로 처음치고 야하던데?"

"나, 난 별로 한 것도 없는데 뭘······."

"김유리 머리카락 한 올도 야해서 저번엔 내가 너무 정신을 못 차렸다."

성진이 유리의 머리칼을 한 가닥 당겨 매만졌다.

"지난번에 여러모로 아쉬움이 남아서, 한 주간 성찰의 시간을 보냈지. 어떻게 하면 널 더 기분 좋게 해 줄 수 있을까 하고. 오늘은 나름 연구해서 보완한 건데, 나쁘지 않았지?"

"어……. 나쁘지 않은 정도가 아니라 엄청 좋았어. 그리고 저번에도 난 좋기만 하던데."

이런 부분까지 성실한 그 때문에 웃음이 난다. 떨어져 있는 동안에도 그가 얼마나 제 생각을 하는지 새삼 알겠고.

"그동안 못 한 거 실컷 하게 해 달라고 투정 부리고 싶은 건, 나도야."

성진이 유리의 등을 보듬어 안았다.

"나한테 바라는 거 있으면 뭐든 다 얘기해. 나도 그럴 거니까. 이제부턴 시간 아깝게 돌아가지 말자."

"응……."

그의 품 안에서 유리는 편안하게 호흡했다. 이토록 자상한 마음에 어떻게든 화답하고 싶다. 자신도 그를 기분 좋게 해 주고 싶다. 그러려면 자신도 연구와 보완을 거쳐야겠지.

"저기, 성진아. 내가 너를 좀…… 만져 봐도 돼?"

"얼마든지."

성진의 흔쾌한 말이 떨어지자 유리는 조심스럽게 그의 몸을 탐험해 보았다. 딱 벌어진 어깨. 강건한 빗장뼈가 거느린 탄탄한 가슴. 숨 쉴 때마다 꽉 조여지는 복근…….

"더 아래쪽도 괜찮거든?"

그가 배꼽에서 머뭇대는 유리의 손을 과감하게 잡아 내렸다.

"앗……."

탄탄한 허벅지에 손이 불시착했다. 차마 시선까진 내리지 못하고 유리는 그의 하반신을 더듬었다.

우람한 장골을 만져 내리던 중, 단단한 무언가가 손등에 툭 닿았다. 유리는 바로 소스라치며 고개를 치켜 올렸다. 괜히 마른침을 삼키며 성진의 눈치를 살폈다. 그는 무언가를 잔뜩 기대하는 듯한 웃음을 귀에 걸었다.

할 수 있다, 금유리. 아자, 아자, 파이팅.

그가 목음으로 짓궂게 속삭였다. 도망도 못 가게 등허리를 바짝 당겨 안으며.

아이, 너 정말! 유리는 울며 겨자 먹기로 숨을 크게 삼켰다.

하아…… 그래. 부끄러워도 자꾸 보고, 만지고, 알아야 해. 그래야 나중에 나도 그한테 이런 것 저런 것 해 주지.

비장한 결심을 다지고, 유리는 조금 더 손을 뻗었다.

마침내 그의 것을 오롯이 손에 넣은 순간, 유리는 등줄기가 쭈뼛 섰다.

15년 연애를 한 남자가 동정이더란 진실만큼 그녀에게도 믿기 어려운 진실이 하나 있으니. 이 나이 먹도록 단 한 번도 포르노를 본 적이 없다는 것이었다.

본가의 검열이 워낙 삼엄하기도 했고, 무엇보다 자신이 다른 남자 건 보고 싶지도 않았다. 성진과 살면서 베드씬이 나오는 영화는 종종 봤지만, 그보다 적나라한 영상은 단 한 개도 본 적이 없었다.

이렇듯 간접 체험이 전무하여도, 충분히 알 것 같다. 손안에 든 것의 부피감이 남다르단 걸.

내 안에…… 이걸? 복성진. 너 대체 나한테 무슨 짓을 한 거야?

정신이 아득해지는 찰나, 성진이 먹잇감을 덮치는 맹수처럼 유리의 어깨를 덮어 눌렀다.

"꺄아!"

제 아래 깔린 여자를 보는 남자의 눈이 폭풍의 전조를 담아냈다. 그가 탁음을 뱉었다.

"하나 알려 주자면, 그런 식으로 만지면 남자는 훅 가."

유리는 애처롭게 그를 올려다보았다. 여자도 그런 눈으로 바라보면 훅 간단 말야.

"금유리. 그거 알아? 나도 솔직히 억울해."

그녀를 점령한 채 성진은 두 번째 콘돔을 뜯었다.

"이제 와서 후회해 봐야 아무 소용 없지만, 진짜…… 왜 이제 벗겨 본 거지?"

이렇게 예쁘고 착하고, 미치도록 섹시한데, 줘도 못 받아먹은 호구 자식. 진짜 어디 가서 고자, 게이, 무성 외계인 등등으로 오해받아도 할 말이 없다, 내가.

분기 어린 억울함이 하체로 빳빳하게 몰렸다.

성진은 유리의 골반을 우악스레 당겼다. 그녀의 등이 이불을 쓸어내렸다.

"저, 저기 성진아? 자, 잠깐…… 아…….."

빗소리 가득한 거실. 두 연인은 또 한 번 열락의 시간으로 미끄러져 들어갔다.

❖ ✳ ❖

"아야야……. 아, 뭐야. 손대지 마."

스테인리스 발효조를 열어 밑술의 상태를 살펴보던 차. 뒤에서 등을 쿡 찌르는 동주를 돌아보며 성진이 성을 냈다.

"아니, 네가 계속 등을 짚고 있길래. 어디 긁혔어?"

"어…… 그냥 고양이한테 좀."

"네가 떼껄룩을 키웠던가? 내 기억엔 없는데."

"키우거든? 아주 착하고 예쁜 녀석."

거기다 속궁합까지 끝내주게 맞는.

성진은 달고도 또 달았던 어젯밤을 떠올리며 웃음 지었다. 집에 있는 고양이에게 더 큰 열락을 안겨 준 대가로, 등에 훈장이 더 생겼다. 그걸 빌미삼아 그녀를 욕실로 데리고 들어가는 데 성공했다. 쓰라린데도 기분은 좋기만 하니, 참.

동주는 눈꼴 신 활력이 감도는 성진을 흘겨보다가, 손을 척 내밀었다.

"사진 내놔 봐."

"뭔 개소리……."

순간 발끈했다가, 동주의 뚱한 표정과 마주한 성진은 얼른 헛기침을 했다.

"나중에 보여 줄게. 으음, 이 3호 발효조는 이제 덧술 해도 될 거 같은데."

성진은 멋쩍은 기색으로 슬그머니 밖으로 나갔다. 발효실에 홀로 남겨진 동주는 허탈하게 혼잣말을 했다.

"성진아. 내가 아무리 너한테 큰 죄를 지었다지만. 누굴 개호구 옹이눈깔로 아나."

에휴. 동주는 짙은 한숨을 내쉬었다. 누가 그랬다. 죽고 싶지만 떡볶이는 먹고 싶다고.

나는, 죽을 죄인이지만 사랑이 하고 싶다.

"어? 마리아주 님 댓글 달렸다."

폰으로 참술 블로그를 들여다보던 동주의 얼굴에 화색이 돌았다.

매번 제 포스팅에 댓글 달아 주는 그녀가 현실에선 감히 쳐다도 못 볼 님일지라도. 잠시잠깐 행복한 상상을 하게 해 주는 것만도 참 고마운 사람이었다.

✤ ✱ ✤

"이번 직무역량평가 결과를 받아 보니, 솔직히 갑갑하더군요."

선샤인주류 전통주사업팀 사무실. 김두빈은 직원들 앞에서 대놓고 한숨을 뱉었다.

"예고 없이 치른 시험이라도, 전통주사업팀 여러분 정도면 마땅히 알아야 할 기본 상식조차 제대로 답을 한 사람이 적으니."

"저, 부사장님. 그게요……. 문제들이 다 주관식이다 보니……."

"소비자들이 우리에게 사지선다형으로 물어봅니까?"

만년주임 오 주임은 눈치 없이 변명했다가 본전도 못 건졌다.

"요새 2, 30대 소비자 중에 취미로 술 제조법을 배우는 사람도 많고, 특히나 전통주 시장은 전문가 못지않은 식견을 가진 마니아층이 포진되어 있는데. 이 역량으로 과연 고객과의 소통을 원활히 할 수 있나 심히 걱정입니다."

며칠 전, 선샤인주류 기획개발팀과 전통주사업팀 대상으로 예고에도 없는 직무역량평가가 치러졌다. 마치 노린 것처럼, 대다수 문제가 전통주 관련이었다.

기획개발팀은 그렇다 치고 전통주사업팀이 소나기를 면치 못했으니, 호되게 혼쭐나도 할 말이 없었다.

"우리 팀원들 너무 몰아세우지 않으셨으면 합니다."

두빈 곁에 서 있던 두현이 날을 세우고 말했다.

"가뜩이나 적은 예산으로 최선의 성과를 내느라 다들 고생이 말이 아닌데, 예고도 안 하고 치른 시험 결과 하나로 후려치시면, 이 사람들 사기가 어떻게 될까요?"

팀원들을 긍휼히 여기는 마음에 한 말은 아니었다.

쥐꼬리 같은 예산. 기획개발팀에서 강제 차출된 루저들로 구성된 팀원. 그에 비해 터무니없이 높은 목표치.

지방 공장보다 더한 유배지에서 독하게 살아남아 보이니, 배다른 형님께서 슬슬 마음이 급해지시나 보다. 이젠 제 면전에서 부하 직원 잡도리하는 치졸한 화풀이나 하고.

두고 보라지. 머잖아 여기 머저리들은 나 강두현이 아닌 김두빈 당신의 폭탄이 될 테니까.

"여러분들의 노고를 모르는 건 아닙니다. 그간 회사 차원에서 충분히 지원해 주지 못해 미안한 마음도 있습니다."

두빈은 짐짓 누그러진 투로 말했다.

"며칠 전 있었던 선샤인그룹 임원진 세미나에서 가장 큰 화두가 된 것이 소통의 중요성입니다. 특히 부서 간 소통에 각별히 신경 쓰라고 회장님께서 거듭 강조하셨죠. 전문성도 물론 중요하지만, 급변하는 트렌드 속에서 대중들의 입맛을 사로잡으려면 기획개발팀과 전통주사업팀이 서로 소통하면서 저변을 넓힐 필요가 있다고 봅니다."

"그러면 부사장님께선 두 팀 간 소통을 위해 생각해 둔 묘안이 있으신지?"

비꼬는 듯한 두현의 물음에 두빈이 의미심장하게 웃었다.

"다음 주부터 기획개발팀과 전통주사업팀 합동으로 역량향상 교육을 진행할 예정입니다. 강사는 내가 특별히 모신 외부 전문가입니다."

"그 외부 전문가가 누굽니까?"

"들어와요."

두빈이 문 밖에 대고 말하자 한 남자가 사무실로 들어섰다.

"어, 어어?"

그의 얼굴을 확인한 순간, 오 주임이 대놓고 소리 지르며 삿대질을 했다.

두현의 미간에 금이 갔다. 배다른 형이 소통 운운할 때부터 기분 나쁜 일이 일어나리란 짐작은 했지만.

"앞으로 한 달 동안 여러분의 교육을 진행할, 농업회사법인 참술의 복성진 기획개발팀장입니다."

모두가 귀신을 본 표정을 짓는 가운데, 두빈이 한가롭게 그를 소개했다.

"예전에 우리 회사 기획개발팀 대리로 근무했었고, 퇴사 후 전통주 업계에 몸담고 있죠. 새로운 길로 나아간 지 불과 2년 만에, 채운여름이란 본인의 술로 우리 술 품평회 대상을 수상하는 실적을 거양하였습니다."

"우와……."

그 사실을 이제야 안 팀원 하나가 감탄을 뱉었다가 주변의 눈총을 받았다.

"지난 인연 내세워 어렵게 모셔 왔으니, 열심히 배워서 많은 노하우를 전수받길 바랍니다. 아, 이 친구 유능한 건 여러분이 더 잘 알겠군. 예전에 같이 근무해 봤으니까."

"이보시죠, 부사장님."

들끓는 소리를 내는 두현에게 두빈이 손을 내보였다. 끼어들지 말라는 분명한 제스처를 취한 채 그가 엄포를 놓았다.

"성진 씨는 여러분에게 너무 부담 주지 말라지만, 내 입장에선 어렵게 모신 보람이 있어야 하니까. 교육 출결사항이나 평가시험 결과를 이번 인사고과에 반영할 겁니다."

그를 거부하면 가만두지 않겠다는 경고였다.

❖ ✳ ❖

수영은 전통주사업팀이 있는 5층으로 내려갔다. 한 층 아래인데도 숨이 찰 만큼 서둘렀다.

기획개발팀 직원과 메신저를 하던 중, 김두빈 부사장이 기획개발팀을 거쳐 전통주사업팀에 행차했다는 얘길 들었다. 성진을 대동한 채.

"복성진. 이게 뭐 하는 짓이야?"

복도에 이르니 두현의 살벌한 목소리가 울렸다.

"김두빈한테 붙어서 뭘 꾸미는 거냐고."

서슬 퍼런 두현과 대치한 남자가 느른하게 받아쳤다.

"그야 내 이력을 꾸미겠지? 선샤인주류 기업 강의 경력 은근 써먹을 데 많을 거거든. 강사료도 두둑이 준다는데 굳이 마다할 이유가."

"복성진!"

강두현이 일갈하자 수영은 제가 다 민망했다. 도발이랄 것도 없

504

는 말에 버럭 하는 옹졸함하고는.

"지금 네 머릿속에서 날뛰는 생각, 내가 한번 말해 볼까?"

성진은 3년 전 합정역에서 제 영혼을 찢어발겼던 두현의 어투를 본떠 말했다.

"설마, 이놈이 3년 전의 진실을 폭로하려나. 설마, 출세 필수코스라는 선샤인주류 기획개발팀장 자리를 가로채려나. 설마, 네가 뿌린 대로 거두게 해 주려나."

그리 말하니 두현의 숨소리가 확연히 거세어졌다.

성진은 실소했다. 지은 죄가 많은 놈 머릿속은 정말 이따위구나 싶어서. 제가 술수를 부리고 사니, 남은 생각도 안 하는 술수를 저 혼자 열심히 상상하고 화내고 두려워하지. 그 저열한 사고의 흐름이 이젠 불쌍할 지경이다.

"강두현. 너무 쫄지 마. 내 머릿속은 네가 생각하는 것만큼 잡스럽지 않거든. 이 기회를 잘 살려 전통주 매력을 충분히 어필하겠단 생각, 너희 팀 직원들하고 동종 업계 종사자로서 술 한잔 하면 좋겠단 생각, 정도 하고 있어. 예나 지금이나 난 술밖에 모르는 놈이라."

적어도 남을 해하려는 생각은 품은 적이 없고, 앞으로도 그럴 것이지만.

"아, 이렇게 말해 봐야 부사장실 앞에서 갓끈 고쳐 매는 격인가? 어차피 너한테 난 모난 돌, 그 이상도 그 이하도 아니니까."

3년 전 두현이 했던 말을 고스란히 되갚아 주며 성진이 싸느랗게 웃었다.

"뭐, 이렇게 됐으니 한 달간 잘해 보자. 내 얼굴 보고 술 땡긴다고 너무 과음하진 말고."

두현의 어깨를 툭 한 번 치고 성진은 돌아섰다. 바로 뒤편에 서 있던 수영을 못 보진 않았으련만, 그는 오로지 정면만을 보며 그녀를 스쳐 갔다.

'길에서 마주쳐도 서로 알은척하지 말고, 각자 갈 길 가자.'

성진은 전에 한 말을 충실히 지켰다.
파악!
두현이 벽에 내던진 서류철에서 종이가 쏟아져 나왔다. 수영의 심기는 그 종이들보다도 어수선하게 뒤엎어졌다.

✣ ✳ ✣

"흐아아, 끝났다!"
유리는 기지개를 켜며 털퍼덕 누웠다. 그녀의 몸이 퀸 사이즈 침대의 새 차렵이불에 포근하게 잠겼다.
성진이 기거하던 작은방은 오늘부로 두 사람의 침실이 됐다. 서로의 공간을 완전히 합치기 위해 며칠간 아젤리아 임시휴무를 내걸고 성진과 함께 힘쓰는 일 좀 했다.
이것저것 들어내 옮기고, 오늘 택배로 도착한 침대 프레임 조립을 남겨 둔 상황이었다.

'이따 나 오면 같이 조립하자.'

성진은 그렇게 말했지만.

"헤헤, 내가 다 해 버렸지룽."

그를 깜짝 놀래켜 주겠단 일념 하나로 하루 종일 진땀을 흘린 결과, 퀸 사이즈 침대 프레임을 혼자 힘으로 조립하는 데 성공했다.

라텍스 매트리스에 새 침구를 깔고 누우니 구름밭이 따로 없다.

"꺄아, 너무 좋아!"

유리는 양 볼에 주먹을 붙인 앙증맞은 포즈로 공중그네를 탔다.

며칠간 몸은 고생했지만 시종일관 행복한 작업이었다. 새 침대랑 침구를 검색하면서 신혼부부란 말을 함께 쳐 넣으니 예쁜 것이 어찌나 많던지. 주문한 물건들이 도착할 때마다 꿈속에서 지른 것들이 현실로 배달된 기분이었다.

"유리야, 나 왔어!"

성진이 잔뜩 신이 난 표정으로 집 안으로 들어왔다.

"이제 침대 조립을 시작해 보…….."

전방에 보이는 활짝 열린 작은방. 낯선 침대 위에 다리를 꼬고 누운 유리를 본 순간, 성진의 손에서 비닐봉지가 툭 떨어졌다.

"……내 일감 어디 갔어."

성진은 현관에 우두커니 선 채 입을 떡 벌렸다. 심지어 비닐봉지 안에 든 건 유리 손 다치지 말라고 사 온 목장갑이었다.

"뭐 해? 얼른 들어와."

유리가 까르르 웃으며 손짓했다. 하늘에서 침대가 뚝 떨어진 것처럼 구는 그의 반응이 기대 이상으로 재미있다.

하루 종일 조립 설명서와 씨름하며 제 키보다 큰 부품을 들었다 놨다 한 보람 제대로 느끼게 해 준다.

"뭐야, 이거 진짜 뭐냐고!"

잠옷까지 입고 침대 모델처럼 누운 유리 주변에서, 성진은 프레임을 이리저리 만져 보며 난리를 피웠다.

결국 현실을 받아들인 그가 침대 위로 덥석 올라왔다.

"야, 금유리. 진짜 이러기야?"

제게 그늘을 드리운 성진을 올려다보며 유리는 나른하게 웃었다. 얼떨떨해하면서도 대견한 기색을 감추지 않는 미소. 하루 종일 기다리고 기대한 미소였다.

"진짜 죽는 줄 알았어. 두 번은 혼자 못 하겠다."

"으이그, 그러게 같이 하자니까."

성진이 습관대로 유리의 볼을 꼬집었다.

"금유리가 손수 조립한 이 침대, 믿어도 되는 거겠지?"

"못 믿겠으면 당장 시험해 보든가."

유리는 프레임을 여기 저기 눌러 보는 성진에게 은근한 바람을 넣었다.

"조립은 내가 했으니까, 성능 테스트는 네가 해."

샤워를 갓 마친 그녀의 몸에서 달큼한 복숭아 향내가 진동하고 있었다.

성진은 유리의 볼에 쪽 소리 나게 입을 맞추고 속삭였다.

"씻고 올 테니까 딱 기다려."

샤워하는 성진을 기다리는 동안 유리는 천장을 물끄러미 올려다보았다. 그와 한 침대를 쓰게 된 게 꿈만 같으면서도, 원래 있던 침대를 덜어낸 것이 못내 마음에 걸렸다.

새 침대를 들이고 나서야, 오랫동안 까맣게 잊고 살았던 사실을 떠올려 버렸다. 이 집이, 내 집이 아니라는 걸.

"휴우……."

유리는 착잡한 한숨을 뱉었다.

돌아가신 어머니의 비서였다던 남자. 본가에서 쫓겨나던 날 수호신처럼 나타나 이곳으로 인도해 준 사람. 그날 이후로 단 한 번도 연락이 오지 않았다. 이 집 주인도 아직까지 아무런 액션이 없었다.

어머니는 외동딸이었고, 외가분들은 거의 다 이민을 갔다고 들었다. 아마 이 집은 해외 이주한 외가 친척 중 한 분이 국내에 남겨 둔 부동산이 아닐까, 막연히 추측해 볼 따름이다.

이 집 주인, 어쩌면 저를 계속 지켜보고 계시지 않을까? 아버지 뜻 거스르고 집에서 쫓겨나던 날에도 어떻게 알고 바로 거두어 주셨으니.

그토록 마음 넓은 분이라도, 언제까지고 이 좋은 집을 내어 주진 않으시겠지.

언젠가 만나 뵙게 된다면. 가능하시다면 부디.

"이 집 팔아 주시면 좋겠는데……."

얼마면 될까? 이렇게 좋은 집. 얼마를 줘도 안 파시겠다면, 우리는 심장이 울렁거릴 만큼 행복한 추억이 곳곳에 서린 이 집을 떠나야 하겠지.

유리는 혼자 약간 쓰게 웃었다. 조만간 성진에게 터놓고 얘기해야겠다. 이제부터 같이 준비해 나가야겠다.

어딜 가도 둘이서 죽도록 행복하게 잘 살 준비.

✤ ✳ ✤

오픈 시간을 10분 남짓 앞둔 아젤리아. 포스 스피커에서 수주째

차트 1위를 차지하는 달달한 발라드가 흘러나왔다.

"후후후……."

유리의 입에서 과일청처럼 다디단 허밍이 흘렀다. 첫 손님을 기다리는 동안 미소 띤 얼굴로 핸드폰을 들여다보았다.

"유리 언니 요새 뭐 좋은 일 있어요? 눈에서 꿀 떨어지네."

"한창 신혼이잖냐."

"히힛, 언제는 신혼 아니었나용."

다희와 미나가 훈훈한 눈빛으로 지켜보는 가운데, 유리는 발그레한 뺨을 손으로 감쌌다.

어제 바꾼 카톡 프로필 배경 사진이 아주 그냥, 미쳤다. 아젤리아 바 카운터에 선 저를 성진이 뒤에서 안으며 어깨에 턱을 걸친 사진. 이 사진 하나 찍겠다고 예쁜 술들만 골라 백바에 꽂아 두기까지 했지.

무지개보다 알록달록하고 짜릿한 술들에 둘러싸여 웃음 짓는 연인. 사진 속 우리는 더할 나위 없이 행복해 보이고, 보면 볼수록 행복하고 또 행복했다.

아, 생각난 김에 카톡 상태 메시지도 바꿔야지. 유리는 핸드폰 자판을 눌렀다.

[행복한 매일]

옆에 하트를 붙여 마무리하려는 차, 누군가가 돌개바람처럼 중문을 훅 밀치고 들어 왔다.

"어……."

늘 하던 대로 활기찬 인사로 첫 손님을 맞으려던 미나의 눈이 뚱그레졌다.

아젤리아의 주 고객층은 2, 30대 청년. 친자매 같은 여성 바텐더들의 포슬포슬한 분위기가 입소문을 타 여성 손님 비율이 특히 높다. 오픈 3년 차로 접어든 이날 이때까지, 첫 손님이 중년 남성이 된 적은 단 한 번도 없었다.

"아…… 어서 오세요."

프로답지 못한 인사란 자각을 하면서도, 미나는 의아한 기색을 감추지 못했다.

원래 이 나이대 분들이 머리를 단정히 빗어 넘기고 고급 슈트 빼입으면 훌륭한 삶을 사셨을 것처럼 보이는 감은 있다지만, 눈앞의 노신사는 진짜 드라마에 나오는 회장님 같았다.

잔주름 하나 허투루 진 게 없어 보이는 근엄한 마스크에 절로 숨을 삼키게 되고, 이리로 다가오는 걸음새는 감탄을 자아낼 만큼 절도 있었다.

홍대 아젤리아가 아니라 강남 고급 몰트바로 행차하셔야 할 분인데. 강미나의 시그니처 칵테일 피쉬볼을 잡수러 오셨……을 리는 없고.

홍대 사진 명소 아젤리아에서 칵테일 항공샷 찍으러 온 것도 역시나 아니시라면, 미모도 바텐딩도 출중한 마성의 아젤리아 오너 바텐더 금유리를 한번 만나 보시려고?

신기한 마음으로 중년 신사를 올려다보던 중, 미나는 문득 싸한 위화감을 느꼈다. 왜일까? 아무리 봐도 이곳과 전혀 안 어울리는 노신사가 마냥 낯설지만은 않은 건.

무엇보다, 유리 언니가 웬일로 손님을 보고도 인사를 안 하지?

뒤를 돌아본 순간, 미나는 경악했다. 방금 전만 해도 구름 위를 떠다니던 유리가, 카운터를 부여잡은 채 숨이 멎어 있었다.

"유리 언니……."

왜 이래요? 이분이 대체 누구시길래…… 금방이라도 기절할 것처럼 동공이 풀린 거냐고요.

한여름에 얼부푼 유리의 입술이 한참 뒤에야 겨우 떨어졌다.

"……아버지."

3년 전 여름이 오기 전에 절연한 부녀는, 여름의 한복판에서 재회했다.

−다음 권에서 계속